ULLSTEIN

Das Buch

Gus Wheatley hat es geschafft! Geld, Macht und Erfolg als Staranwalt einer bekannten Kanzlei in Seattle. Nichts scheint ihn aufhalten zu können – bis seine Ehefrau Beth spurlos verschwindet. Zur selben Zeit ermittelt das FBI in einer Mordserie: Ein brutaler Killer tötet »paarweise« immer zwei Menschen, die sich sehr ähnlich sehen, sonst aber nicht miteinander verbunden sind. Für Gus beginnt ein Alptraum, als die Polizei ihm ihre Theorie eröffnet: Entweder ist Beth das jüngste Opfer des Killers ... oder sie ist seine Komplizin.

Der Autor

James Grippando arbeitete als Rechtsanwalt und war Teilhaber einer der führenden Kanzleien Floridas, bevor er zum internationalen Bestsellerautor avancierte. Er lebt in Coral Gables, Florida.

Von James Grippando sind in unserem Hause bereits erschienen:

Die Entführung
Die Abfindung

James Grippando

Im Schutz der Dunkelheit

Roman

Aus dem Amerikanischen
von Norbert Möllemann

Ullstein

Ullstein Taschenbuchverlag
Der Ullstein Taschenbuchverlag ist ein Unternehmen
der Econ Ullstein List Verlag GmbH & Co. KG, München
Deutsche Erstausgabe
2. Auflage 2002

Published by arrangement with HarperCollins Publishers, Inc.
Titel der amerikanischen Originalausgabe: Under Cover of Darkness
(HarperCollins Publishers, New York)
Übersetzung: Norbert Möllemann
Redaktion: Lothar Strüh
Umschlagkonzept: Lohmüller Werbeagentur GmbH & Co. KG, Berlin
Umschlaggestaltung: DYADEsign, Düsseldorf
Titelabbildung: Mauritius, Mittenwald
Gesetzt aus der Sabon
Satz: hanseatenSatz-bremen, Bremen
Druck und Bindearbeiten: Ebner & Spiegel, Ulm
Printed in Germany
ISBN 3-548-25279-6

Prolog

Die Schlinge war außerordentlich sorgfältig vorbereitet. Ein zu großer Knoten, der an der falschen Stelle saß, konnte das Fleisch an Gesicht und Hals zerfetzen. Zu viel Schnur und eine zu große Fallhöhe konnten zu einer Enthauptung führen.

Ein Seil um den Hals ließ wenig Raum für einen Fehler.

Er band die Schlaufe zu einem Gleitknoten, anders als bei der klassischen Schlinge. Die klassische Variante würde eine rasche Exekution zur Folge haben, bei der das zu einem langen Knoten aufgewickelte Seil gegen den Hinterkopf schlägt und das Opfer sofort bewusstlos macht, ähnlich wie bei einem Hieb mit einem Totschläger. Das Genick würde brechen und Knochensplitter würden das Rückenmark zerquetschen. Das Resultat: völlige Lähmung und, theoretisch, ein schmerzloser Tod. Theoretisch. Seit Jahrhunderten hatten Augenzeugen immer wieder bestätigt, dass der Tod nie wirklich schmerzlos war. Sie berichteten von verzerrten Gesichtern, von wild zuckenden Körpern am Ende des Seils, von aufgerissenen Mündern, die vergeblich nach Luft schnappen. Manche behaupteten, dass es sich dabei lediglich um einen Reflex handle, wie bei einem Huhn, das buchstäblich kopflos über den Hof rast. Andere beharrten darauf, der Schmerz sei real, selbst bei einer »sauberen Exekution« durch den Strang.

An diesem Nachmittag war die alte Debatte unwichtig. Das

hier sollte kein »sauberer« Vorgang werden. Er hatte etwas anderes vor.

Das gelbe Plastikseil war zweieinhalb Meter lang und knapp zwei Zentimeter dick. Er hatte es von einer Baustelle gestohlen, die eineinhalb Kilometer von ihm zu Hause entfernt lag. Es durchzuschneiden war ihm vorgekommen, als müsste er ein Stahlseil durchsägen. Mit einem Seil dieser Stärke konnte man fünf oder sechs Wasserski gleichzeitig ziehen oder Baumstümpfe aus dem Boden reißen, mit Wurzeln und allem Drum und Dran.

Ganz bestimmt konnte es das Gewicht eines fünfzehnjährigen Jungen aushalten.

Mit dem Seil in der Hand kletterte er auf die Trittleiter und wäre beinahe über seinen ausgefransten Hosenaufschlag gestolpert. Die ausgebeulten Jeans und der baumwollene Rollkragenpullover waren sein Markenzeichen. Er war bei weitem der Intelligenteste seiner Jahrgangsstufe an der Highschool, auch wenn seine Zeugnisse nur durchschnittlich waren, und er sah aus wie fast alle anderen Jungs an der Schule. Dünn und schlaksig. Mit Füßen so groß, dass er wie ein wandelndes L wirkte. Jede Menge Pickel im Gesicht ließen das Einsetzen der Pubertät erkennen. Ein paar kostbare Gesichtshaare deuteten einen Schnurrbart an.

Durch das beschlagene Garagenfenster warf er einen Blick nach draußen. Ein am Fensterrahmen befestigtes Thermometer zeigte zehn Grad Celsius an – ziemlich warm für das Ende des Winters, aber irgendwie schien es in der Garage kälter als draußen. Sein Blick wanderte zum Dachsparren und machte Halt an einer Stahlrolle, deren Halterung an der Holzdecke festgeschraubt war. Vorsichtig schob er das Seil nach oben und führte es über die Rolle. Zwei Enden von eins zwanzig Länge baumelten von oben herab und hingen wie Rattenschwänze über seiner einfachen Vorrichtung. Am einen Ende befand sich die Schlinge. Das andere Ende war ausgefranst und ungeknotet. Er zog daran. Die Rolle quietschte und die Schlinge bewegte sich langsam nach oben. Alles war betriebsbereit.

Er holte tief Luft und legte sich die Schlinge um den Hals.

Unvermittelt stürmten die Eindrücke seiner Umgebung auf seine Sinne ein; ganz plötzlich nahm er alles um sich herum wahr, als wohnten dem Seil magische Kräfte inne. Der Regen trommelte rhythmisch auf das alte Dach und gegen die Garagentür. Eine Neonlampe summte neben der Werkbank an der Wand. Motorenöl aus dem abgewrackten alten Buick seines Vaters hatte sich auf dem rissigen Betonboden verteilt. Auf der Trittleiter stand er gerade einmal einen halben Meter über dem Fußboden, aber es kam ihm viel höher vor. Er fühlte sich an die Bungee-Springer erinnert, die er bei einer dieser Nervenkitzel-Shows im Fernsehen gesehen hatte, deren Fußgelenke an einem langen elastischen Band befestigt waren und deren Augen vor Aufregung leuchteten, als sie sich von irgendeiner Brücke in einen Canyon stürzten.

Die sollten das hier erst mal ausprobieren, dachte er.

Er schlug den Rollkragen hoch und legte ihn eng an seinen Hals, bis hinauf zum Kinn. Das schützende Gewebe musste rundherum unter die Schlinge geschoben werden, so dass das Seil an keiner Stelle die empfindliche Haut des Halses berührte. Blaue Flecken ließen sich nicht vermeiden, aber er hatte gelernt, Brandblasen, die das Seil verursachen konnte, zu verhindern.

Er verschob den Gleitknoten so weit, dass sich die Schlinge fest um seinen Hals zog. Sofort fühlten sich seine Füße leichter, obwohl er immer noch fest auf der Trittleiter stand. Bei jedem Schlucken drückte das Seil gegen seinen Adamsapfel. Er befeuchtete seine Lippen und griff mit beiden Händen das lose Ende des Seils. Langsam begann er zu ziehen.

Die Rolle quietschte. Das Seil straffte sich. Die Schlinge umfasste seinen Hals und kippte seinen Kopf nach hinten. Seine Fersen hoben sich von der Trittfläche. Er stand auf seinen Zehenspitzen.

Er zog weiter.

Er hörte sich selbst aufstöhnen. Sein Blick verschwamm. Sein Stöhnen ging in Keuchen über. Er zog wieder, und noch einmal, Hand über Faust. Seine Zehen reckten sich instinktiv zum Fußboden hin, aber der war außer Reichweite. Jetzt hing er am Hals in der Luft.

Wir haben abgehoben!

Er fasste das Seil fester. Seine Beine strampelten. Seine Gliedmaßen befanden sich im Kriegszustand: Die Füße wollten zurück auf den Boden, die Hände wollten aber das Seil nicht loslassen.

Die Schlinge funktionierte perfekt. Durch die Arterien pumpte das Herz weiterhin Blut in den Hals und in den Kopf. Die Venen jedoch waren völlig abgeklemmt, so dass das Blut nicht zurückfließen konnte, was zu Druck auf das Gehirn führte. Vom Blutstau pochte ihm der Kopf wie bei den allerschlimmsten Kopfschmerzen. Die Augen traten aus den Höhlen. Das Gesicht lief rot an. Er konnte Blut schmecken, als es in der feuchten, weichen Schleimhaut der Lippen und der Mundhöhle zu kleinen Blutungen kam.

Und dann stellte es sich ein – das bizarre Gefühl, wenn Schließmuskel sich unkontrollierbar verkrampften und entspannten. Es war eine von drei ihm bekannten Möglichkeiten, zu einer Erektion zu kommen, sogar zum Orgasmus. Schlaf. Sex. Und Erhängen.

Seine Augen schlossen sich. Alles wurde schwarz. Der tödliche Griff ließ nach. Die Rolle quietschte, als das losgelassene Seil zurückjagte. Der schlaffe Körper plumpste auf den Boden und warf dabei die Trittleiter um.

Instinktiv erhob er sich auf die Knie und löste die Schlinge. Er hustete zweimal und schnappte nach Luft. Seine Brust schwoll an und seine hageren Schultern hoben und senkten sich unwillkürlich. Nach und nach wich die Dunkelheit verschwommener Wahrnehmung. Sein Blick wurde wieder klar.

»He! Was zum Teufel geht da draußen vor sich?«

Es war sein Vater, der aus dem Haus brüllte. Er brüllte immer. Das letzte Mal, dass sie ein normales Gespräch geführt hatten, musste irgendwann vor dem Tod seiner Mutter gewesen sein, bevor ihr halbwüchsiger Sohn ihre schlaffe Leiche entdeckt hatte, wie sie auf dem Dachboden ihres alten Hauses von der Decke baumelte.

»Nichts.« Seine Stimme klang schrill und das lag nicht am Stimmbruch.

»Wenn du irgendwas kaputtmachst, setzt es eine Tracht Prügel.«

Sein Alter verdarb ihm den Spaß, deshalb blendete er ihn aus seinem Bewusstsein aus, während er sich in eine gebückte Haltung erhob, die Hände auf die Knie gestützt, und nach Luft rang. Das Gefühl war besser als das Hochgefühl eines Langstreckenläufers, besser als jeder Endorphinrausch. Hätte er einen Kumpel dagehabt, hätte er ihn abgeklatscht. Aber seine Freunde würden das nie verstehen. Sollten sie ruhig glauben, die Druckstellen an seinem Hals wären Knutschflecken. Solche Erlebnisse würde er vorerst ganz allein auskosten.

Er hob das Seil auf und löste die Schlinge. Er hatte es schon mehrmals benutzt. Er würde es wieder benutzen. Übung macht den Meister, hatte seine Mutter immer gesagt. Er war eindeutig auf dem Wege, ein Meister zu werden. Irgendwann würde er derjenige sein, der anderen den Weg weisen würde. Weil *er* dort gewesen war. Viele Male.

Und er kannte den Weg zurück.

TEIL 1

Vierzehn Jahre später

1

Der Regen war ein Vorzeichen für Glück und Freude.

Andrea Henning hat dieses Ammenmärchen heute schon mindestens dreißig Mal gehört. Hatte Mr Gallup jemals eine Umfrage durchgeführt, um herauszufinden, ob die Scheidungsrate bei Paaren, die an sonnigen Tagen heirateten, tatsächlich höher lag als bei jenen, die auf dem Weg zum Altar durch Pfützen stapfen mussten? Nicht dass das wirklich wichtig gewesen wäre. Dass es bei dieser Hochzeit regnen würde, war vorhersehbar gewesen. Schließlich neigte sich der Winter in Seattle dem Ende zu.

Andie – niemand nannte sie »Andrea« – ließ sich weder vom Wetter noch von all den anderen Dingen, über die sich eine Braut normalerweise den Kopf zerbricht, aus der Ruhe bringen. Vielleicht war das auf ihre Ausbildung zur FBI-Agentin zurückzuführen, vielleicht lag es aber auch an dem ihr eigenen gesunden Menschenverstand. Immer, wenn irgendetwas außer Kontrolle geriet, nahm Andie die Sache kurz entschlossen in die Hand, meist mit positivem Ausgang. Ihre Blitzdiät war eine Katastrophe gewesen, trotzdem saß ihr Kleid perfekt. Der Trauzeuge war zwar ein Idiot, aber wenigstens hatte er an die Papiere gedacht. Und die alte von Kerzen erleuchtete Kirche hatte nie besser ausgesehen. Mit Spitze und rosafarbenen Bändern geschmückte Gestecke aus weißen Rosen zierten die Kirchenbänke. Im Mittelgang war ein langer weißer Läufer von der Vorhalle bis zum Altar ausgelegt. Die Menge hatte sich links und rechts gleichmäßig verteilt und wurde von sanften Harfenklängen eingelullt, als die letzte der vier Brautjungfern den Mittelgang entlang auf den Altar zuschritt. Regen hin oder her, das war die Hochzeit, von der zu träumen ihre Mutter ihr beigebracht hatte.

Andie trat durch die offene Doppeltür in die Kirche. Ihre beste Freundin trug die seidene Schleppe hinter ihr her.

Vorn am Altar wartete der grauhaarige Pfarrer, zu seiner Rechten flankiert von Brautjungfern in roten Samtkleidern. Zu seiner Linken standen drei junge Brautführer und Andies gut aussehender Ehemann in spe. Rick war seine Nervosität schon von weitem anzusehen. Seine stahlblauen Augen glänzten. Sie waren fast schon glasig – wahrscheinlich von dem Trinkgelage, das ihm seine Freunde in der Nacht zuvor aufgenötigt hatten. Der geliehene Smoking schien um Brust und Schultern zu spannen, was vielleicht daran lag, dass er gerade tief Luft holte. In Jeans hätte er sich erheblich wohler gefühlt. Andie ging es ebenso.

Die Harfenmusik klang aus. Die Gäste verstummten. Alle Köpfe wandten sich zum Eingang der Kirche um.

Andie nahm den Arm ihres Vaters. Obwohl er einen halben Kopf kleiner war als sie, war er durch nichts zu erschüttern – normalerweise. Aber in diesem Moment spürte sie, wie seine Hände zitterten.

»Bist du bereit?«

Sie gab keine Antwort. Es war so weit.

Die Orgel dröhnte los. Andie zuckte zusammen. Sie hatte den Organisten ausdrücklich angewiesen, *nicht* den traditionellen Hochzeitsmarsch zu spielen. Ihre übereifrige Mutter hatte mal wieder zugeschlagen.

Am Arm ihres Vaters schritt Andie den Mittelgang entlang.

Ein Blitzlicht blendete sie. Dann noch eins. Es war, als würde sie in eine Stroboskoplampe starren. Wenn das so weiterging, würde sie in diesem Jahr nicht nur eine gemeinsame Steuererklärung ausfüllen, sondern auch bei der Frage: »Sind Sie blind?«, das Kästchen vor dem Ja ankreuzen müssen. Andie konzentrierte sich auf die brennenden Kerzen auf dem Altar.

Freunde und Verwandte strahlten, als sie an ihnen vorüberschritt. Sie gaben ihr das Gefühl, schön zu sein, auch wenn man ihr das schon ihr ganzes Leben lang gesagt hatte. Sie hatte natürlich keinerlei Ähnlichkeit mit ihren Adoptiveltern. Sie hatte die ausgeprägten Wangenknochen und das tiefschwarze Haar ihrer indianischen Mutter, die sie nie gekannt hatte. Die dunkelgrünen Augen stammten wahrscheinlich von einem angelsächsischen Vater. Das Ergebnis war bemerkenswert, eine exotische Mischung verschiedenster Erbanlagen.

Auf halbem Wege zum Altar verlangsamte Andie ihren Schritt. Ihr nervöser Vater ging viel zu schnell. Seine Hand schwitzte in ihrer. Sie drückte sie kurz. Schließlich blieben sie nebeneinander vor dem Pfarrer stehen. Die laute Orgelmusik verstummte.

Andie spürte ein Kribbeln in der Magengegend. Der Pfarrer bedeutete den Anwesenden, Platz zu nehmen. Nur leises Schlurfen war zu vernehmen, als zweihundert Gäste sich auf den Eichenbänken niederließen. Als Ruhe eingekehrt war, fragte der Pfarrer mit lauter Stimme: »Wer gibt die Braut frei?«

Die Frage hallte zwischen den gotischen Steinbögen wider.

Andies Vater musste schlucken. »Ihre Mutter und ich geben sie her.«

Andie erkannte die zittrige Stimme kaum wieder. Er hob ihren Schleier und küsste sie auf die Wange. »Ich liebe dich«, flüsterte sie.

Er brachte kein Wort heraus. Er drehte sich um und nahm neben seiner Frau in der vordersten Kirchenbank Platz.

Andie ging die beiden Marmorstufen hinauf. Der Bräutigam reichte ihr seine Hand. Doch sie drehte sich um und wandte sich den Gästen zu. Sie holte tief Luft und setzte selbstbewusst zu einer Rede an. »Ich weiß, dass das ungewöhnlich ist. Aber bevor wir beginnen, möchte ich mich bei einigen Menschen bedanken.«

Die Gäste wirkten verwirrt. Ihre Eltern sahen einander an. Niemand rührte sich.

»Als Erstes«, fuhr Andie fort, »möchte ich meinen Eltern danken. Mom, Dad, ich liebe euch beide sehr. Ich möchte mich bei Reverend Jenkins bedanken, der mich schon kennt, seit ich ein schlaksiger Teenager war, und der sich wahrscheinlich mehr als alle anderen auf diesen Tag gefreut hat. Ich möchte mich außerdem bei euch allen dafür bedanken, dass ihr heute hier erschienen seid. Eure Freundschaft und eure Unterstützung bedeuten mir sehr viel.« Ihre Stimme verlor sich. Sie wandte den Blick ab, holte tief Luft und fixierte die Uhr im hinteren Teil der Kirche. »Aber ganz besonders«, sagte sie mit zitternder Stimme, »danke ich Linda, meiner wunderbaren Schwester und Trauzeugin.« Sie wandte ihren Blick nach rechts.

»Dafür, dass sie vergangene Nacht mit dem Bräutigam geschlafen hat.«

Die Anwesenden schnappten nach Luft. Andie fuhr herum und knallte dem Bräutigam den Blumenstrauß vor die Brust. Außer sich vor Wut und Verlegenheit, raffte sie ihr langes weißes Hochzeitskleid und lief zum Seitenausgang.

»Du verdammter Scheißkerl«, schrie ihr Vater und stürzte sich auf den Bräutigam. Ricks Trauzeuge machte einen Satz nach vorn, um den Vater zurückzuhalten, stellte sich jedoch so ungeschickt an, dass er ihn niederschlug.

»Mein Rücken!«, stöhnte Andies Vater auf. Der Trauzeuge stand breitbeinig über ihm wie Mike Tyson, der Red Buttons k.o. geschlagen hatte.

»Er hat ihren Vater umgehauen!«, schrie jemand.

Die Kirche dröhnte wie bei einem mittleren Erdbeben, als ein Dutzend Männer von ihren Sitzen aufsprangen, die einen, um dem am Boden liegenden Brautvater beizustehen, die anderen, um auf den Angreifer loszugehen. Ricks Kumpels eilten ihm zu Hilfe. Aus dem Geschrei wurde schnell ein Handgemenge und innerhalb von Sekunden rollte ein schwarz-weißes Knäuel von sich prügelnden Männern im Smoking auf den Altar zu. Ein schriller Schrei übertönte den Aufruhr, als die verschreckte Trauzeugin zum Ausgang rannte.

»Haltet sie!«, rief eine der Brautjungfern.

Die Hochzeitsgäste liefen auseinander. Frauen kreischten. Fäuste flogen. Plötzlich stürzte einer der Brautführer rücklings gegen das Lesepult.

»Leute, ich bitte euch«, rief Reverend Jenkins. »Nicht im Hause des Herrn!«

Andie lief einfach weiter. Sie stürmte zum Ausgang hinaus in die Vorhalle. Hinter ihr hörte es sich an wie ein Aufruhr im Fußballstadion. Sie hoffte, dass niemand ihr folgte. Sie musste jetzt allein sein. Sie schlüpfte in ein leeres Büro und schloss schnell die Tür hinter sich ab.

Sie war außer Atem, ihre Schultern hoben und senkten sich. Sie war den Tränen nahe, aber sie kämpfte gegen das Gefühl an. Er war die Tränen nicht wert, er hatte es nicht verdient, geheiratet zu werden.

Eine Träne lief ihr über die Wange. Sie wischte sie auf der Stelle weg. Also gut, eine Träne. Aber mehr würde sie nicht zulassen. Als sie sich an die Wand lehnte, stieß sie aus Versehen mit dem Schulterblatt gegen den Lichtschalter. Nun lag das Zimmer in völliger Dunkelheit. Sie lächelte schwach, als ihr die letzten Worte ihres sterbenden Großvaters einfielen.

»Macht das Licht aus, das Fest ist vorüber«, wiederholte sie leise.

Das schwache Lächeln verschwand und sie war allein im Dunkeln.

2

Die Sonntage waren Gus Wheatleys liebste Arbeitstage. Von Montag bis Freitag klingelte ununterbrochen das Telefon, gab es Sitzungen in der Anwaltskanzlei und außerhalb. Auch an den Samstagen hatte man keine Ruhe. Ehrgeizige junge Anwälte kamen in sein Büro, nur um den Geschäftsführer damit zu beeindrucken, dass sie ihre Wochenenden nicht auf dem Tennisplatz verbrachten. Der Sonntag war der einzige Tag, an dem er ungestört die Stereoanlage aufdrehen und seinen Schreibtisch in Ordnung bringen konnte.

Für einen Workaholic war Gus in erstaunlich guter körperlicher Verfassung, was hauptsächlich daran lag, dass er die Ermahnungen seines Arztes, der ihn auf das häufige Vorkommen von Herzinfarkt in seiner Familie hingewiesen hatte, übertrieben beherzigte. Fast jeden Tag ging er vor Sonnenaufgang aus dem Haus, um zu joggen oder Rad zu fahren. Telefonkonferenzen erledigte er häufig auf dem Laufband in dem kleinen Fitness-Raum neben seinem Büro. Bei Geschäftsessen oder auf Cocktail-Partys trank er selten etwas, da er es vorzog, jederzeit klar denken zu können. Sein gutes Aussehen und seine zuversichtliche Ausstrahlung erregten in jeder Gesellschaft Aufmerksamkeit. Mit einundvierzig Jahren war er der jüngste Anwalt, der je die Position des Geschäftsführers bei Preston & Coolidge, Seattles führender Anwaltskanzlei, innegehabt hatte. Er hatte seine gesamte juristische Laufbahn dort absolviert; nach seinem Jura-Examen an der Universität von Stanford hatte er sogar eine Anstellung beim Obersten Bundesgericht abgelehnt. Für manch einen wäre ein Jahr am höchsten Gericht der USA ein Traumziel gewesen. Aber Stellungnahmen zu Berufungsverfahren zu erarbeiten, war ihm als zu trocken erschienen. Vom ersten Tag seines Jurastudiums an hatte er sich zum Ziel gesetzt, eine der führenden Anwaltsfirmen des Landes zu leiten. Bei Preston & Coolidge konnte er diesen Traum in die Tat umsetzen. Tag und Nacht. Sieben Tage die Woche.

Die Firma hatte formal einen fünfköpfigen Verwaltungsrat, aber niemand bestritt, dass es Gus war, der tatsächlich die Geschicke lenkte, der gütige Diktator, der das Schicksal von zweihundert Anwälten in der Hand hatte. Gus liebte es, die Dinge unter Kontrolle zu halten; allerdings war das Geschick eines gewieften Politikers vonnöten, Übereinstimmung zwischen Partnern herzustellen, deren Egos kaum unter einem Dach Platz hatten. Es setzte leidenschaftliches Engagement voraus, eine Anwaltsfirma zu leiten, nebenher Zeit für einen Small Talk mit neuen Mandanten zu finden und sich darüber hinaus auch noch ein wenig mit der Rechtsprechung zu befassen. Natürlich hatte er Unterstützung. Zwei der besten Sekretärinnen der Firma ordneten seinen Tagesablauf. Zudem hatte er zwei Laufburschen, loyale junge Männer, die für alles Mögliche zuständig waren, dafür, Mandanten vom Flughafen abzuholen oder auch ihrem Boss die Schuhe zu putzen. Für wichtigere Angelegenheiten stand ihm Martha Goldstein, eine Anwältin für internationales Recht, als unersetzliche Assistentin der Geschäftsführung zur Seite. »Assistentin der Geschäftsführung« war die reichlich untertriebene Bezeichnung für eine derart begehrte Position. Man ging allgemein davon aus, dass Gus Martha darauf vorbereitete, seine Nachfolgerin zu werden. Bis dahin würden noch Jahre vergehen. Schon jetzt besaß sie die geistigen Fähigkeiten und die Ausstrahlung, Mandanten zu beeindrucken, wenn Gus nicht da sein konnte, und sie organisierte mehr und mehr die innerbetrieblichen Verwaltungsabläufe, mit denen Gus sich nur äußerst ungern beschäftigte. Vielleicht grenzte es ja an Sexismus, aber es war nicht von der Hand zu weisen, dass ältere männliche Mitarbeiter weniger über ihre jährliche Prämie zeterten, wenn sie ihnen von einer attraktiven, sechsunddreißigjährigen Frau überreicht wurde.

Im Rhythmus der Musik, die aus der Stereoanlage dröhnte, klopfte Gus mit seinem Bleistift auf die Zahlenaufstellungen, die vor ihm lagen. Nur Sinatra konnte etwas Glamour in seine obligatorische Übersicht über die monatlichen anwaltlichen Honorarabrechnungen in Höhe von elf Millionen Dollar bringen. Die Lautsprecher auf seinem Bücherschrank begannen zu scheppern. Zu viel »New York, New York«. Er lehnte sich zurück und drehte die Lautstärke herunter.

»Wollen Sie auch was vom Chinesen?«

Die weibliche Stimme schreckte ihn aus seinen Gedanken auf. Es war Martha.

Er warf einen Blick auf seine Rolex, er hatte gar nicht gemerkt, dass es schon Zeit fürs Abendessen war.

»Ja, gerne«, erwiderte er lächelnd. »Setzen wir es Ihrem Mandanten auf die Rechnung oder meinem?«

Sie wusste, dass er nur scherzen wollte. Martha hatte eben erst eine führende internationale Bank als Mandanten verloren, nachdem sie die Rechnung eines Kollegen abgeschickt hatte, auf der auch die Position »Wäschereiservice« aufgeführt war. Dabei war es nicht einmal um Geldwäsche gegangen. Der Kollege hatte einfach nur seine Hemden in die Hotelreinigung geschickt und die Kosten seinem Mandanten aufgebrummt.

»Das finde ich jetzt gar nicht witzig, Gus.«

Das Telefon auf seinem Schreibtisch klingelte. Er drückte auf den Freisprech-Knopf. »Ja, bitte?«

»Mr Wheatley?«

»Am Apparat.«

»Hier ist Mrs Volpe vom Jugendzentrum.«

»Wer bitte?«

»Ich bin die Leiterin der Turngruppe der Sechs- bis Achtjährigen, an der Ihre Tochter sonntagnachmittags immer teilnimmt.«

»Ach ja, stimmt«, sagte er; er hatte keine Ahnung davon. »Morgan hat Spaß an dieser Turnerei.«

»Ich habe den Eindruck, dass sie noch ziemlich schüchtern ist. Aber das ist nicht der Grund meines Anrufs. Sie hat mir zwar gesagt, ich solle Sie nicht bei der Arbeit behelligen, aber sie wartet schon seit zwei Stunden darauf, abgeholt zu werden. Es ist jetzt fast sechs Uhr. Alle anderen sind schon gegangen. Wir würden gerne bald Feierabend machen.«

»Danke für den Anruf, aber Morgans Mutter holt die Kleine immer ab.«

»Ja, gewöhnlich macht sie das auch. Aber den ganzen Tag über hat niemand Ihre Frau gesehen. Wir können sie auch nicht telefonisch erreichen.«

Gus sah Martha an, die das Gespräch mithören konnte. Sie flüsterte: »Schicken Sie doch ein Taxi.«

Seine Augen strahlten, als wäre Martha ein Genie. »Mrs Volpe, wenn Sie noch einen Moment warten könnten. Ich schicke sofort ein Taxi vorbei.«

Einen Moment lang herrschte Schweigen am anderen Ende. »Es tut mir Leid, Sir. Aber die Einzigen, die Kinder unter zwölf vom Jugendzentrum abholen dürfen, sind die Eltern oder Betreuer, deren Foto und Unterschrift im Büro hinterlegt sind. Wir schicken Kinder nicht mit Fremden nach Hause.«

»Oh, natürlich.« Er fuhr sich mit einer Hand durchs Haar und überlegte. »Und Sie können meine Frau ganz sicher nicht erreichen?«

»Ich versuche es schon seit zwei Stunden.«

»In Ordnung«, sagte er verärgert. »Ich versuche, sie zu finden. Einer von uns beiden wird so bald wie möglich da sein.« Er legte auf, dann wählte er schnell die Handy-Nummer seiner Frau. Nach vier Klingelzeichen erhielt er von einer Computerstimme die Mitteilung, der Teilnehmer sei nicht erreichbar.

»Verdammt, Beth. Schalt dein blödes Telefon ein.« Er sah genervt zu Martha hinüber. »Wir müssen wohl ein andermal zusammen zu Abend essen. Sieht ganz so aus, als müsste ich heute den Chauffeur spielen.«

»Wo ist Beth?«

»Wenn ich das wüsste.«

»Kommt das öfter vor, dass sie einfach vergisst, das Kind abzuholen?«

Er ging zur Tür und nahm seinen Mantel vom Haken. »Dauernd hat sie irgendwelche spontanen Einfälle.«

»Klingt, als könnte sie mal ordentlich was auf den Hintern gebrauchen.«

Gus warf ihr einen scharfen Blick zu.

»War nur so dahergesagt«, sagte Martha. »Ich habe so was einen meiner englischen Mandanten neulich sagen hören.«

»Hoffentlich nicht über seine Frau.«

»Immer mit der Ruhe. Ich hab's nicht wörtlich gemeint.«

»Na gut. Wir sehen uns morgen.«

Er eilte den Flur entlang. Mit Hilfe einer Codekarte passierte er das Eisentor, mit dem die aufwendig gestaltete Eingangshalle der Firma, die sich über drei Stockwerke erstreckte, an den Wochenenden gesichert war. Er drückte den Knopf, um den Aufzug zu bestellen. Es würde ein bis zwei Minuten dauern, bis er im neunundvierzigsten Stock ankam. Während er wartete, dachte er über Marthas Bemerkung nach. Diese Art Witz war ihm ziemlich peinlich in Anbetracht des Zustands seiner Ehe. In den fünfzehn Jahren mit Beth hatte es reichlich Gerüchte und Unterstellungen gegeben. Über so etwas sollte man keine Witze machen. Vielleicht war er aber auch nur empfindlicher in letzter Zeit und sich stärker der Tatsache bewusst, dass seine Gefühle für Beth nach wie vor ziemlich unklar waren.

Manchmal erschien es ihm wie ein Wunder, dass er immer noch mit ihr verheiratet war.

3

Gus und seine Tochter blieben noch auf und sahen sich das Video »Der König der Löwen« an. Die Zeit, zu der Morgan sonntagabends ins Bett ging, war längst überschritten, aber Gus hatte angenommen, er könne sie mit dem Sonderrecht, länger fernzusehen, von ihrer Sorge ablenken. Es klappte nicht.

»Wann kommt Mommy nach Hause?« Sie musste diese Frage jede Viertelstunde gestellt haben. Gus hatte längst alle Entschuldigungen vorgebracht, die ihm einfielen. Der Verkehr. Vergessen, auf die Uhr zu sehen. Jetzt, inzwischen fast zehn, fiel ihm absolut nichts mehr ein. Er brachte Morgan ins Bett, was sich zu einem Drama entwickelte. Er las ihr vor, blieb an ihrem Bett sitzen und kroch schließlich zu ihr unter die Decke. Er versuchte alles, um sie zu beruhigen. Aber sie spürte deutlich seine eigene Besorgnis.

Schließlich schlief sie ein.

Er ließ sich in den ledernen Lehnsessel sinken und zappte

durch das Fernsehprogramm. Bei den Lokalnachrichten blieb er hängen. Die üblichen Meldungen über die Verbrechen am Wochenende boten ein wenig Ablenkung, bis der Sender zu einer Livereportage über einen verheerenden Verkehrsunfall auf der I-5 umschaltete. Im Bild erschien ein Gewirr von verkeiltem Metall, die Wracks von zwei PKWs und einem Lastwagen. Er beugte sich vor, entspannte sich aber wieder, als er hörte, dass sämtliche Unfallbeteiligten männlich waren.

Er schalt sich dafür, sich aufgeregt zu haben. Natürlich war Beth nicht dabei. Ihr Wagen stand noch in der Garage.

Aber genau das irritierte ihn.

Er wusste, dass sie Morgan um zwei Uhr in dem Jugendzentrum abgeliefert hatte. Das hatte ihm Morgan bestätigt. Gus war alles mehrmals mit seiner Tochter durchgegangen, aber sie konnte sich einfach nicht mehr erinnern, ob ihre Mommy gesagt hatte, sie würde um vier wieder dort sein, oder ob sie gesagt hatte, Daddy würde sie abholen. Er versuchte verzweifelt, sich daran zu erinnern, ob Beth irgendwohin wollte und ihn gebeten hatte, Morgan abzuholen. Vielleicht hatte er es ja schlichtweg vergessen. Das musste es sein. Während der vergangenen Monate hatte sich ihre Kommunikation auf ein Minimum reduziert. Vermutlich hatte sie vor drei Tagen irgendetwas dahingemurmelt, während er gerade zur Tür hinausging. Typisch Beth.

Gus erhob sich aus dem Sessel und ging in die Küche. Die Frühstücksecke in ihrer an einem Hang gelegenen Villa war in der Form eines sechseckigen, gläsernen Schmuckkästchens gebaut und die raumhohen Fenster ermöglichten eine nahezu perfekte Rundumsicht. Den nächtlichen Ausblick liebte er ganz besonders. Es war der einzige, der ihm wirklich vertraut war. Er ging immer vor Sonnenaufgang aus dem Haus und kehrte nicht vor der Dunkelheit zurück. Die Wheatleys wohnten in dem nördlich der Innenstadt gelegenen besseren Viertel von Magnolia, wo neu errichtete Traumhäuser und prachtvolle alte Villen sowohl den Blick auf die Stadt als auch auf das Wasser boten. Bürotürme aus Glas und Stein erleuchteten die Skyline im Südosten. Wie an vielen anderen Abenden waren auch heute die Spitzen der höchsten Gebäude von niedrig hängenden Wolken verdeckt. Gus' eigenes Büro lag genau auf Höhe der Wolken, ein ständig erleuchteter Würfel am Himmel. Im Westen befand sich der Puget Sound, der riesige Wasserfinger, der sich von Norden nach Süden erstreckte und die Hafenstadt Seattle von den Kitsap- und Olympic-Halbinseln trennte. Mit ein bisschen Fantasie konnte man sich den Nordwesten des Staates Washington wie einen rechten Fausthandschuh vorstellen. Den Daumen bildeten die nach Westen hin gelegenen Halbinseln und die Olympic Mountains, die verhinderten, dass der Pazifische Ozean den Puget Sound und die Stadt Seattle im Osten verwüstete. Die Meerenge lag jetzt im Dunkeln, nur die Lichter einiger Schiffe waren zu sehen. Ein paar vereinzelte Lebenszeichen in Form von flimmernden Lichtern markierten Bainbridge Island. Gus konzentrierte den Blick auf das am weitesten entfernte schwache Licht, irgendwo da draußen in der Nacht.

Wo zum Teufel steckt Beth?, fragte er sich.

Der Montagmorgen war alles andere als Routine. Gus war die ganze Nacht aufgeblieben. Um sechs Uhr verspürte er den einprogrammierten Drang, die übliche Flut von Telefonaten mit seinen Mandanten von der Ostküste zu erledigen, die ihm drei Stunden voraushatten. Allerdings fühlte sich dieses Bedürfnis nicht zwingend an. Er war sogar eher überrascht, was für die Prioritäten eines Mannes, der voll in seinem Beruf aufging, einer Beleidigung gleichkam. Aber er war mit seinen Gefühlen und seinen Gedanken woanders. In einer halben Stunde würde Morgan aufwachen. Sie würde wissen wollen, wo ihre Mommy war.

Er wollte auch wissen, wo ihre Mommy war.

Gus goss sich eine Tasse Kaffee ein und setzte sich allein an den Küchentisch. Das *Wall Street Journal,* die *New York Times* und der *Seattle Post-Intelligencer* lagen zusammengerollt und ungelesen auf der Anrichte. Der Regen pladderte leicht gegen das Küchenfenster. Die Sonne war noch nicht aufgegangen. Dichter Frühnebel verwehrte ihm jede Aussicht aus dem Fenster, kein Mond, keine Sterne, keine Lichter der Innenstadt. Es war zwar noch früh, aber er benötigte Antworten, bevor seine Tochter aufwachte. Nach Morgans Geburt hatte Beth eine Liste von Telefonnummern erstellt, die am Kühlschrank hing, eine Liste von Leuten, die man in Notfällen anrufen konnte. Er wählte die oberste Nummer und machte sich auf Unannehmlichkeiten gefasst.

Nach dem vierten Klingeln ertönte ein gereiztes »Hallo«.

»Carla, ich bin's, Gus. Tut mir Leid, dass ich dich wecke.«

Sie antwortete nicht. Einen Moment dachte Gus, sie würde wieder auflegen. Carla war seine jüngere Schwester, aber das war nebensächlich. Vor allem war sie die beste Freundin seiner Frau. In ihrer Kindheit hatten sie nie ein inniges Verhältnis zueinander gehabt. Als er Beth geheiratet hatte und damit buchstäblich zwischen sie und ihre beste Freundin geraten war, war es nur noch schlimmer geworden. Immer, wenn Beth sich über Gus beklagte, hatte sie Carla auf ihrer Seite. Manchmal kam es ihm vor, als wäre Carla sogar diejenige, die hinter Beths Anschuldigungen steckte. Aber irgendwie hatten sie es dennoch geschafft, ein gewisses Niveau des zivilen Umgangs miteinander zu erreichen. Allerdings nur ein ziemlich niedriges Niveau.

»Es ist zwanzig nach sechs«, stöhnte Carla. »Was willst du?«

»Ich bin ein bisschen in Sorge um Beth.«

Ihre Stimme wurde schärfer. »Was hast du mit ihr angestellt?«

Der vorwurfsvolle Ton ärgerte ihn. Der Himmel wusste, was Beth Carla mal wieder erzählt hatte. »Ich habe überhaupt nichts mit ihr angestellt. Kannst du mir bitte eine einfache Frage beantworten? Wann hast du das letzte Mal mit Beth gesprochen?«

»Wir sind gestern zusammen frühstücken gegangen. Warum?«

»Hat sie was davon gesagt, dass sie irgendwohin wollte – dass sie wegwollte?«

»Du meinst in Urlaub?«

»Irgendwas. In die Stadt, aus der Stadt weg. Es spielt keine Rolle.«

»Das Einzige, was sie gesagt hat, war, dass sie Morgan um zwei zum Jugendzentrum bringen wollte. Warum fragst du das alles?«

Er seufzte. »Beth hat Morgan hingebracht, aber nicht abgeholt. Ich musste Morgan selbst abholen. Beth ist die ganze Nacht nicht nach Hause gekommen. Ich habe keine Ahnung, wo sie steckt.«

»Bei mir ist sie jedenfalls nicht, falls du darauf hinauswillst.«

»Ich will auf gar nichts hinaus. Ich versuche einfach nur, meine Frau zu finden. Hast du eine Ahnung, wo sie sein könnte?«

»Nein. Aber ich kann es mir vorstellen.«

»Tu dir keinen Zwang an.«

»Hast du schon mal darüber nachgedacht, dass Beth vielleicht endgültig ein Licht aufgegangen sein könnte und sie den Mut gefunden hat, dich zu verlassen?«

Sie klang so selbstgefällig, dass er sie am liebsten zum Teufel gewünscht hätte. Aber er wusste, dass Carlas Gedanke nicht so abwegig war. »Wenn das der Fall wäre, meinst du nicht, sie hätte andere Möglichkeiten gehabt, als ihre sechsjährige Tochter im Jugendzentrum hängen zu lassen? Macht eine einigermaßen intelligente Frau so was?«

»Wenn sie richtig durcheinander ist, kann das schon sein. Beth war sehr unglücklich. Du hast keine Ahnung, wie unglücklich sie war.«

»Aber das erklärt nicht alles. Ich habe in ihrem Schrank und in ihren Schubladen nachgesehen. Alle ihre Sachen sind noch da. Ihre Schuhe. Ihre Fotoalben und ihr ganzer persönlicher Kram. Anscheinend fehlt nichts. Es sieht ganz einfach nicht so aus, als hätte sie eine Flucht geplant. Selbst ihr Auto steht in der Garage.«

»Sie kann dich auch ohne Auto verlassen.«

»Ich habe seit vier Uhr heute Nacht herumtelefoniert. Ich habe jeden Taxibetrieb überprüft. Niemand hat Beth gestern von unserem Haus abgeholt. Ich habe bei jedem Hotel bis nach White Pass nachgefragt. Ich habe sogar die Autobahn-Polizei angerufen, um herauszufinden, ob es Unfälle gegeben hat.«

»Hast du es am Flughafen probiert?«

»Die Fluggesellschaften geben keine Informationen über Passagiere heraus.«

»Das wird's sein. Wahrscheinlich sitzt sie fröhlich in irgendeinem Flieger, während wir hier telefonieren.«

»Das glaube ich nicht.«

»Warum nicht?«

»Rück schon raus mit der Sprache, Carla. Ich weiß, was hier los ist. Ich habe schon seit Monaten den Verdacht.«

»Welchen Verdacht?«

»Sie trifft sich mit jemandem, stimmt's?«

»Mit einem anderen Mann? Keinesfalls. Diese Gattung hast du ihr für den Rest ihres Lebens vermiest.«

»Carla, sei offen mir gegenüber. Wenn sie die Nacht mit einem anderen Mann verbringt, geht das nur sie und mich etwas an. Aber wenn das nicht der Fall ist, dann geht hier irgendetwas Beängstigendes vor sich, und ich muss die Polizei anrufen, damit sie die Suche nach ihr aufnehmen können. Also, sag's mir, und du tätest gut daran, mir die Wahrheit zu sagen. In letzter Zeit war die Beziehung zwischen mir und Beth nicht gut. Aber wir reden hier über Morgans Mutter. Die Mutter deiner Nichte.«

»Ehrlich, ich hab keine Ahnung, was ich dir sagen könnte.«

»Hör auf, sie in Schutz zu nehmen.« Er war lauter geworden, als er beabsichtigt hatte. Er holte tief Luft, fuhr jedoch immer noch ziemlich barsch fort. »Ich meine es sehr ernst. Verlässt eine Frau ihren Mann ohne einen Koffer? Ohne Handtasche, ohne Brieftasche, ohne ihre Papiere? Ohne auch nur fünfzig Dollar von der Bank abzuheben? Bring mich nicht dazu, die Polizei einzuschalten, wenn du weißt, dass da lediglich ein Liebhaber im Spiel ist. Aber wenn wir uns einig sind, dass sie möglicherweise in Schwierigkeiten steckt, dann ist es höchste Zeit, die Polizei zu benachrichtigen. Also, was machen wir, Carla?«

Am anderen Ende der Leitung herrschte Schweigen, als versuchte sie, angestrengt die ganze Wut auf ihren Bruder zu verdrängen, die sich ein Leben lang aufgestaut hatte. Schließlich antwortete sie mit zitternder Stimme: »Ich glaube, du rufst lieber die Polizei.«

Die Antwort jagte ihm einen Schauer über den Rücken. Er bedankte sich nicht. Er verabschiedete sich nicht. Er legte einfach nur auf und wählte die Nummer der Polizei.

4

Die Meany Science, Math and Arts Academy hatte um halb vier nachmittags Unterrichtsschluss. Fünfhundert Schüler der Mittelschule drängelten sich durch die Türen wie ausgebrochene Häftlinge. Manche gingen auf den Spielplatz, bis sie abgeholt wurden. Andere steuerten direkt die lange Reihe gelber Busse an. Lärmende Gruppen von Kindern, die nahe genug wohnten, um zu Fuß nach Hause gehen zu können, wurden vom Schulgelände hinunter von freiwilligen Aufpassern begleitet. Benny Martinez und seine beiden Kumpels machten sich allein auf den Weg.

Benny war groß für einen Sechstklässler, selbstbewusst mit einem Anflug von Überheblichkeit, der geborene Anführer. Ob er sein Talent in den Dienst einer guten Sache oder einer Straßengang stellen würde, musste sich noch erweisen.

Er ging langsam den Gehweg entlang, von der Schule weg, und kam an den überfüllten Bussen vorbei. Er trug eine grelle blaugraue Sportjacke der Seattle Seahawks. Kaum hatte er das Schulgelände verlassen, befestigte er eine Kampfhundleine an seinen Jeans in Übergröße, nur um anzugeben. Auch wenn seine Eltern ihm keine Skinhead-Frisur erlaubten, die das Markenzeichen der Straßengangs war, hatte er sein Haar so kurz geschnitten, wie es mit einer Schere gerade möglich war.

»Komm schon, Benny«, sagte sein Kumpel. Seine Stimme zitterte vor Nervosität. Er hatte es offensichtlich eilig.

»Bleib ganz ruhig.« Benny umklammerte seinen Rucksack, der einen gestohlenen Football verbarg. Die Erfahrung hatte ihn gelehrt, nie zu rennen, wenn man etwas geklaut hatte. Ungefähr zwanzig Prozent seiner Mitschüler waren irgendwann einmal während des Schuljahres vorübergehend vom Unterricht ausgeschlossen worden. Benny war bisher noch nicht erwischt worden. Alles Trottel. Cool bleiben war die Devise.

Er lächelte die Aufpasserin an der Ecke an, als er und seine beiden Kumpels die Straße überquerten. Seine Freunde wirkten, als würden sie sich jeden Moment in die Hose machen. »Wehe, ihr rennt«, murmelte Benny vor sich hin, »ich bring euch um.«

Seine Freunde verlangsamten ihren Schritt. Die Schläge, die Benny ihnen in der Vergangenheit verpasst hatte, hatten sie gelehrt, genau das zu tun, was er sagte.

Benny schien über die Straße zu gleiten, nicht im Geringsten beunruhigt. Seine Freunde trotteten neben Benny her, der einen halben Schritt vorausging. Sie gingen mehrere Blocks weit zusammen, bis Benny das Zeichen zum Stehenbleiben gab. Sie hatten den Eingang zum Washington Park Arboretum erreicht, einem bewaldeten Gelände von einem drei viertel Quadratkilometer nördlich der Innenstadt. Eine leichte Brise aus der Union Bay bewegte die hoch aufragenden Tannen vor ihnen. Die Sonne war bloß ein verschwommener bernsteinfarbener Ball hinter einer hier und da aufreißenden Wolkendecke. Benny öffnete seinen Rucksack und holte den ledernen Football heraus. Erst jetzt erlaubte er sich ein Lächeln.

»Auf geht's«, sagte er.

Seine Freunde sprinteten in den Park. Benny gab ihnen winkend zu verstehen, sie sollten weiterlaufen. Mit aller Kraft schleuderte er den Ball im hohen Bogen. Durch die Unterstützung des Windes schaffte er es fast bis zu seinen Freunden, die miteinander rangen und sich im Gras wälzten, um den springenden Ball an sich zu bringen. Benny spurtete los, um sie einzuholen. Sein Freund warf den Ball in Rugby-Manier zurück. Alle drei rannten den asphaltierten Fahrradweg entlang, wobei sie sich den Ball nach vorn und zurück zuwarfen. Über den gewundenen Weg, der sie hinauf über den Hügel führte, erreichten sie eine saftig grüne Wiese. Der eindrucksvolle Japanische Teegarten tauchte vor ihnen auf. Aber die Jungs interessierten sich mehr für den Ball als für die Umgebung. Von der Rennerei waren sie völlig außer Atem, aber keiner von den dreien wollte der Schlappschwanz sein, der das Spiel beendete. Benny schleuderte den Ball wieder hinauf. Sein Freund berührte ihn mit der Hand, verfehlte ihn jedoch. Der Ball rollte den Hügel hinunter in ein dicht bewaldetes Gelände.

»Idiot!«, schrie Benny.

»Ich? Du hast geworfen.«

Sie standen am Rande des Radweges. Der Hügel hatte hier ein steiles Gefälle von vierzig Grad. Die Kiefern waren fast zehn Meter hoch, die Douglasien sogar noch höher. Aber die Schlucht war so tief, dass einige der Baumwipfel sich auf Augenhöhe der Jungs befanden. Sie konnten Wasser rauschen hören, das irgendwo da unten gegen Felsen plätscherte, aber die immergrünen Gehölze standen zu dicht, als dass man den Bach hätte sehen können.

Benny starrte seinen Freund an. »Geh ihn holen.«

»Ich denk nicht dran.«

Benny schubste ihn über den Vorsprung. Er rollte fast zehn Meter den Abhang hinab, bis er sich schließlich an einem Baum festhalten konnte. Lose Steinchen rieselten an ihm vorbei weiter hinunter. Er blickte voller Angst nach oben, kurz davor loszuheulen. Benny verzog keine Miene. »Hol den Ball«, befahl er.

Der andere Junge mischte sich ein. »Lass doch. Der war sowieso geklaut.«

»Hast du etwa Angst?«, fragte Benny.

»Nein. Du?«

Benny zog die Augenbrauen zusammen. »Wenn du eher unten bist als ich, kannst du den Ball behalten.«

Sein Kumpel grinste über die Herausforderung. Schnell, aber vorsichtig, begannen sie, auf ihrem Hosenboden den Abhang hinunterzurutschen. Oben wuchs Gras, wodurch sie ihren Abstieg noch abbremsen konnten. Aber der Schlamm weiter unten ließ sie immer schneller werden. Zu schnell. Sie stolperten und verloren die Kontrolle. Tief hängende Äste peitschten ihnen ins Gesicht. Überall war Schlamm, er drang in ihre Schuhe und spritzte auf ihre T-Shirts. Je weiter hinunter sie rutschten, desto dunkler wurde es. Das Geräusch des Bachs wurde immer lauter, bis sie schließlich mit einem Aufprall auf dem Boden der Schlucht landeten.

Benny stöhnte. Sein Freund stöhnte noch lauter. Sie waren nur einen guten Meter voneinander entfernt, aber das Licht war so spärlich, dass sie einander kaum sehen konnten.

»Benny?«

Der schüttelte den Kopf und fand bald die Orientierung wieder. »Ja?«

»Was zum Teufel ist das?«

»Was?«

Sein Freund deutete auf etwas. »Das da. Da oben. Hinter dir.«

Benny drehte sich um. Seine Augen hatten sich langsam an das Dämmerlicht gewöhnt. Irgendetwas war in dem Baum, sechs Meter über ihnen. Er kniff die Augen zusammen, um besser sehen zu können. Schließlich erkannte er es. Es drehte sich hin und her. Seine Augen weiteten sich. Ein Irrtum war ausgeschlossen.

Da baumelte eine Leiche an einem Seil.

Die Jungs sahen einander an, schrien gleichzeitig auf und rannten in die andere Richtung den Bach entlang.

Für einen Special Agent des FBI war ein »typischer« Montag schwer zu beschreiben. Der Montag nach einer Hochzeit wie der von Andie war auf jeden Fall nicht typisch.

Andie war seit drei Jahren beim FBI, und zwar bei der Außendienststelle in Seattle. Man konnte nicht sagen, dass sie ihr ganzes Leben lang von diesem Posten geträumt hätte. Er war eher eine Art sichere Landung einer selbstbewussten Draufgängerin, die sich hätte durchaus auf der anderen Seite des Gesetzes wiederfinden können, wären nicht Mr und Mrs Henning gewesen, die sie im Alter von neun Jahren adoptiert und ihre Energie in die richtigen Bahnen gelenkt hatten. Sie war Teilnehmerin am olympischen Juniorwettbewerb in der Mogul-Ski-Disziplin gewesen, bis ihr Knie nicht mehr mitmachte, und mit sechzehn hatte sie eine Ausbildung zur Sporttaucherin gemacht. Sie ging nach Santa Barbara, um ihr Grundstudium am College der University of California zu absolvieren, in der Hoffnung, sie könnte sich eine Existenz in der Nähe der Küste aufbauen. Zur allgemeinen Überraschung entschied sie sich für ein ziemlich ernsthaftes Hauptfach, für Psychologie. Ihre Noten waren gut genug für eine Zulassung zum Jurastudium, das sie, was die nächste Überraschung war, tatsächlich aufnahm. Aber erst im letzten Studienjahr wurde ihr klar, welchen Weg sie einschlagen wollte. Bei einer Anwerbeveranstaltung für verschiedene Berufe schlug eine Frau sie in ihren Bann, die eben erst von Ermittlungen zu einem terroristischen Bombenattentat zurückgekehrt war. Das hatte den Ausschlag gegeben. Sie beschloss, beim FBI zu arbeiten.

Ihr Vater war begeistert von ihrer Entscheidung. Schließlich war er selbst Polizist und hatte sie schon früh im Umgang mit Waffen vertraut gemacht. Während ihrer Ausbildung in der Police Academy war sie die zwanzigste Frau seit Bestehen des FBI, der es gelang, in den »Possible Club« vorzustoßen, einem zu achtundneunzig Prozent von Männern dominierten Eliteclub von Agenten, die bei einem der härtesten Feuerwaffen-Kurse der Polizei die höchstmögliche Punktzahl erreicht hatten. Trotz dieser Auszeichnung hatte sie ihre ersten sechs Monate mit Routineüberprüfungen von zukünftigen Angestellten des FBI verbracht. Diese Arbeit wurde normalerweise von unbedeutenden Agenten erledigt, die keinen weiteren Aufstieg zu erwarten hatten, oder von jemandem wie Andie, die ganz einfach jünger aussah, als sie war, und nicht besonders ernst genommen wurde. Zum Glück entdeckte einer der Special Agents, die sie betreuten, ihr Talent: »Unübertroffener Unternehmungsgeist und gesunder Abenteuerdrang«, hatte er in ihre Beurteilung geschrieben, »die von ausgeprägter Intelligenz und außergewöhnlichen technischen Fähigkeiten ausgeglichen werden.« Er sorgte dafür, dass sie dem Bankraubdezernat zugeteilt wurde, wo sie sich innerhalb der nächsten eineinhalb Jahre einen Namen machte. Mit siebenundzwanzig sah sie immer noch jung aus. Aber niemand hatte mehr ein Problem damit, sie ernst zu nehmen.

Zumindest nicht bis zu ihrer geplatzten Hochzeit.

Andie bemühte sich den ganzen Tag über, ein Lächeln aufzusetzen. Niemand verlor ein Wort über die Hochzeit, obwohl einige Sekretärinnen, die um den Wasserspender herumstanden, gekichert hatten, als sie vorbeigekommen war. Jeder wusste natürlich Bescheid. Einige von ihnen waren dabei gewesen. Einer hatte ein blaues Auge als Andenken vorzuweisen.

»Wir sehen uns morgen«, sagte Andie auf dem Weg zum Aufzug. Die Empfangsdame winkte ihr zu und öffnete per Knopfdruck die elektronisch gesicherte Tür.

Es war noch früh, ungefähr halb fünf. Dank ihrer abgeblasenen Hochzeitsreise war ihr Terminkalender völlig leer und sie musste sich schon ziemlich anstrengen, mit ihrem Tag irgendetwas Sinnvolles anzufangen. Ihr war nicht danach, direkt nach Hause zu gehen und schon wieder eine Nacht allein zu verbringen. Um diese Jahreszeit waren die Nächte scheußlich lang, selbst ohne Liebeskummer. Vom FBI-Gebäude aus ging sie einige Häuserblocks nach Süden zum historischen Pioneer Square, dem alten Geschäftsviertel in der Innenstadt, in dessen idyllischen Straßen mit Kopfsteinpflaster und Ziegelbauten aus dem neunzehnten Jahrhundert schicke Galerien, Boutiquen und Restaurants entstanden waren. Andie betrat das J&M-Café, eine beliebte Bar, in der der beeindruckendste Holztresen diesseits von San Francisco zu bewundern war. Hier gab es die besten Nachos, das ideale sündhafte Ende ihrer Kaninchenfutterdiät. Dieser hatte sie sich nur unterzogen, um auf ihrer Hochzeitsreise, die sie nun nicht machte, am Strand von Hawaii einen Bikini, den sie nun nicht mehr brauchte, tragen zu können.

Die Bar war wie üblich voller lärmender Leute, aber sie fühlte sich allein. Ein ständiger Strom von Stammgästen schob sich an ihrem Rücken entlang auf die Toiletten zu. Nachdem sie ihren Berg fettiger Tortilla-Chips zur Hälfte verdrückt hatte, spürte sie, dass jemand direkt hinter ihr stand. Sie warf einen Blick über die Schulter.

Ein gut aussehender Schwarzer starrte auf den leeren Barhocker neben ihr. »Entschuldigung«, sagte er, immer noch auf den Barhocker schauend, »ist diese Frau besetzt?«

Andie hob die Augenbrauen. »Das ist ja wohl der lahmste Annäherungsversuch, der mir je untergekommen ist.«

»Danke.« Er nahm sich den Hocker und hielt ihr die Hand hin. »Bond ist mein Name. B. J. Bond.«

Sie schüttelte ihm die Hand. »Was bedeutet B. J.?«

»Bond James.«

»Dann lautet also Ihr voller Name ...?«

»Bond James Bond.«

Sie machten beide im gleichen Moment schlapp. Zusammen lachten sie laut los und beendeten ihre Scharade.

»Isaac«, sagte sie ausgelassen, »gut zu wissen, dass ich mich auf Ihren urigen Sinn für Humor verlassen kann. Das hebt doch gleich meine Stimmung.«

Er grinste breit, winkte dem Barkeeper und bestellte eine Tasse Kaffee. Isaac Underwood war Special Agent und der stellvertretende Leiter des FBI-Außendienstbüros in Seattle, genannt ASAC, die Nummer zwei in einem Büro mit hundertsechzehn Agenten. Vor seiner Beförderung war er Andies unmittelbarer Vorgesetzter gewesen.

Er machte es sich auf dem Barhocker bequem und langte nach einem dick mit Käse beladenen Nacho. »Ganz schön dekadentes Mittagessen«, sagte er mit vollem Mund.

»Wir haben uns schließlich nicht an die Spitze der Nahrungskette vorgearbeitet, um uns mit Tofu abfüllen zu lassen.«

»Amen.« Der Barmann brachte den Kaffee. Isaac nahm sich Zucker. »Also, meine Liebe. Alles in Ordnung?«

»Ja«, erwiderte sie und nickte schnell wie zur Bestätigung. »Doch, doch.«

Sein Gesichtsausdruck wurde ernst. »Wenn es irgendwas gibt, was Sie brauchen. Eine Auszeit. Vielleicht sogar eine Versetzung ...«

Sie hob eine Hand, um ihn zum Schweigen zu bringen. »Mir geht's gut. Wirklich.«

Er nippte an seinem Kaffee. »Falls Sie das tröstet, ich fand schon immer, dass der Typ ein ziemliches Arschloch ist.«

»Was Sie nicht sagen.«

»Haben Sie das etwa nicht gemerkt?«

»Er war nicht immer so. Während des ganzen Jurastudiums waren wir unzertrennlich. Wir haben sogar überlegt, eine gemeinsame Kanzlei zu gründen. Als ich die Idee fallen ließ, die

Juristerei zu praktizieren, und mich stattdessen für das FBI entschied, hat er sich offenbar gesagt, dass mich der Job auffressen und ich ihn über kurz oder lang aufgeben würde. Auf keinen Fall konnte er sich vorstellen, dass ich drei Jahre durchhalten würde.«

»Viele Leute ändern ihre Meinung darüber, ob sie einen Polizisten heiraten sollten. Die meisten lösen die Verlobung wieder auf.«

Andie senkte den Blick. »Im Nachhinein denke ich, dass er das auch wollte. Vergangene Woche hatten wir einen Riesenkrach. Seit dem ersten Tag unserer Verlobung hatten wir geplant, eine Familie zu gründen. Und auf einmal sagt er mir, er will keine Kinder, solange mein Job die Möglichkeit einschließt, dass ich in Schießereien verwickelt werde.«

»Eigentlich hätten *Sie* Schluss machen sollen.«

»Ich weiß. Meine Mutter hat auf mich eingeredet, ich müsste da durch. Sie wollte mich davon überzeugen, dass wir das klären könnten und dass Rick nur geblufft hätte. Aber ich glaube, er hat es wirklich ernst gemeint. Wenn er bloß nicht so einen schäbigen Weg gewählt hätte, um uns beide davon abzuhalten, einen schrecklichen Irrtum zu begehen. Und jetzt wünschte ich mir wirklich, ich hätte nicht so einen Zirkus veranstaltet.«

»Das tut mir Leid, Andie.«

»Danke. Aber das braucht es nicht. Ich möchte nur einfach so schnell wie möglich zur Normalität zurückkehren.«

»Es freut mich, dass Sie es so sehen. Ich habe nämlich einen Auftrag für Sie.«

»Wie nett von Ihnen. Da haben Sie also extra einen Bankraub organisiert, nur um mich auf andere Gedanken zu bringen.«

»Nicht ganz.« Er lächelte, wurde dann aber wieder ernst. »Victoria Santos kommt morgen früh von Quantico rüber.«

Andie kannte Santos nicht näher, aber sie wusste auf jeden Fall über sie Bescheid. Santos hatte in Andies Kurs für Anwärter auf der Academy Kurse über Kriminalpsychologie abgehalten. Vor allem aber galt sie als Legende unter den Profilern bei der ISU, der FBI-Elite-Einheit für Verbrechensaufklärung.

»Warum kommt sie her?«

Isaac warf einen Blick auf die vielen Gäste, die um sie herum standen. »Lassen Sie uns draußen darüber reden, okay?«

Sie zahlten, kippten ihren Kaffee in Pappbecher und verließen die Bar. Der Stoßverkehr rauschte auf dem nassen Pflaster durch die belebte Hauptstraße. Feuchte Kälte drang in ihre Mäntel. Die Sonne war zwar eben erst untergegangen, aber die Temperatur war augenblicklich gesunken. Andie trank ihren heißen Kaffee. Isaac nahm das Gespräch wieder auf, während sie den breiten, von Bäumen gesäumten Gehweg entlangspazierten.

»Die örtliche Polizei hat um Unterstützung durch das FBI gebeten«, sagte er. »Es gibt einige Fälle von Totschlag, zwischen denen ein Zusammenhang bestehen könnte. Möglicherweise steckt ein Serienmörder dahinter.«

»Wie viele Opfer sind es bisher?«

»Zwei, die eindeutig zuzuordnen sind. Ein drittes wurde heute gefunden.«

»Was lässt darauf schließen, dass da ein Zusammenhang besteht?«

»Die ersten beiden Morde wurden an verschiedenen Orten in der Stadt verübt, im Abstand von ungefähr einer Woche. Aber sie waren so gut wie identisch.«

»Besteht die Übereinstimmung im Vorgehen des Mörders oder in den Charakteristika der Opfer?«

»Beides. Vom viktimologischen Standpunkt aus betrachtet sieht es aus, als wäre ein Opfer die Kopie des anderen. Beides weiße Männer. Beide einundfünfzig Jahre alt. Dieselbe Augen-

und Haarfarbe. Beide geschieden. Sie fuhren sogar die gleiche Automarke. Ford Pick-ups.«

»Wie sind sie gestorben?«

»Im Grunde durch Strangulieren. Aber es gab eine Menge Anzeichen für mehrfache Todesursachen. Zahlreiche Stichwunden, Einwirkung von stumpfen Gegenständen, sogar Brandverletzungen.«

»Also haben wir es mit einem Serienmörder zu tun, der weiße Männer mittleren Alters hasst?«

»Nicht ausschließlich. Das dritte Opfer ist eine weiße Frau von Mitte dreißig. Ein paar Jungs haben ihre Leiche heute Nachmittag gefunden.«

»Warum geht die Polizei davon aus, dass ein Zusammenhang zu dem Mord an den beiden Männern besteht?«

»Zum einen wurde sie auch stranguliert. Zum anderen gab es auch bei ihr auffällig viele andere Verletzungen. Aber die Cops sind nicht sicher, dass es eine Verbindung gibt. Deshalb haben sie das FBI eingeschaltet. Ich habe den Eindruck, dass die Genies drüben in Quantico noch nicht einmal von einem Serienmörder ausgehen. Deshalb schicken sie wohl auch Santos von der ISU anstelle eines Profilers von der CASKU.«

Andie nickte, obwohl sie nicht besonders vertraut war mit der Arbeitsteilung des FBI zwischen der ISU, die die Erstellung von Täterprofilen ursprünglich entwickelt hatte, und der CASKU, der Einheit für Kindesentführung und Serienmörder, die erst vor einiger Zeit ins Leben gerufen worden war.

Sie blieben an der Ecke bei Andies Wagen stehen. »Und welche Aufgabe haben Sie für mich vorgesehen?«, fragte sie.

»Ich möchte, dass Sie die Koordination vor Ort übernehmen. Arbeiten Sie mit Santos zusammen. Sorgen Sie dafür, dass sie alles, was sie braucht, bekommt, solange sie hier bei uns ist.«

Andie zögerte, sie war überrascht. »Sie können sich vorstellen, dass ich nichts lieber täte, als an der Seite von Victoria Santos zu arbeiten. Aber es gibt mindestens fünfzehn andere Agenten in der Dienststelle, die sich um diese Aufgabe reißen würden.«

»Sie sind die Einzige mit einem Abschluss in Psychologie. Und das ist bei diesem Fall so gut wie eine Grundvoraussetzung für jeden Agenten, der darauf hofft, bei der ISU Fuß fassen zu können. Warum soll man den Auftrag an jemanden verschwenden, der ohnehin keine Chance hat, da reinzukommen?«

»Isaac, ich weiß das wirklich zu schätzen. Aber ich will ganz offen sein. Ich möchte nicht, dass diese Entscheidung nur auf Mitgefühl wegen der Ereignisse am Samstag beruht.«

»Das hier ist keine Wohltätigkeitsveranstaltung. Es ist einfach nur gutes Timing. Sie sind qualifiziert. Es ist das, was Sie immer machen wollten. Und Sie haben Zeit. Ehrlich gesagt, nachdem Sie jetzt ihre Hochzeitsreise abgesagt haben, sind Sie der einzige Agent in Seattle, dessen Terminkalender in den nächsten zwei Wochen völlig leer ist.«

»Sieht ja ganz so aus, als ob Rick mir einen Gefallen getan hätte.«

»Vielleicht hat er sogar uns beiden einen Gefallen getan.«

Für den Bruchteil einer Sekunde überlegte sie, ob seine Worte eher privat als dienstlich gemeint waren. Bevor sie weiter darüber nachdenken konnte, hatte er schon seinen Aktenkoffer geöffnet und übergab ihr einen Ordner.

»Hier sind Kopien des Materials, das wir an Santos geschickt haben. Polizeiprotokolle, Autopsieberichte, Fotos der Tatorte – alles, was sie über die ersten beiden Verbrechen haben wollte. Gehen Sie es heute Abend durch.«

Die Fußgängerampel sprang auf Grün um. Isaac stand schon mit einem Fuß auf der Straße. Andie klemmte den Ordner unter ihren Arm und blieb an der Ecke stehen.

»Ach ja«, sagte er, »seien Sie um Punkt acht morgen früh in meinem Büro. Und machen Sie sich darauf gefasst, dass das hier Knochenarbeit wird.«

Kalter Regen setzte ein. Andie öffnete ihren Regenschirm. »Soll ich Sie bis zu Ihrem Wagen mitnehmen?«

»Schon gut. Ich steh bloß einen halben Block weg.« Er wandte sich um.

»Isaac«, sagte sie. Er blieb stehen. »Danke.«

Der Regen wurde heftiger. Er salutierte scherzhaft und eilte über die Straße. Andie sah ihm nach. Auf halbem Wege kam er auf dem nassen Pflaster ins Rutschen, fing sich aber wieder und setzte seinen Weg fast ohne Unterbrechung fort. Triumphierend reckte er eine Faust in die Luft.

B. J. Bond, dachte sie lächelnd und ging zu ihrem Wagen.

5

Von der Polizei bekam Gus nicht die Hilfe, die er sich erhofft hatte. Eine fünfunddreißigjährige Frau, die in einer zerrütteten Ehe lebte und weniger als vierundzwanzig Stunden vermisst wurde, galt für sie nicht als Opfer eines Gewaltverbrechens, sondern eher als Kandidatin für eine außereheliche Affäre. Sie ließen ihn eine Vermisstenmeldung ausfüllen. Abgesehen davon war Gus ziemlich auf sich allein gestellt.

Er sagte all seine Termine für den Montag ab und verbrachte den Vormittag und die meiste Zeit des Nachmittags mit dem Versuch, Beths Wochenende zu rekonstruieren. Er rief die Kreditkartengesellschaften an, um herauszufinden, wo sie mit der Karte bezahlt hatte. Dann suchte er die in Frage kommenden Geschäfte und Restaurants auf. Ihm selbst war es peinlich, dass sein jüngstes Foto von Beth fast ein Jahr alt war;

um ihre Beziehung stand es wirklich sehr schlecht. Dennoch erkannte eine der Verkäuferinnen im Kaufhaus Nordstrom's sie wieder. Sie hatte Beth seit Wochen nicht mehr gesehen. Alle anderen konnten sie nicht einmal zuordnen.

Gegen fünfzehn Uhr erhielt er einen Notfallanruf von einem dieser ach so rücksichtsvollen Mandanten, die nicht einmal eine »Familienangelegenheit« als Verhinderungsgrund akzeptieren. Aus zwei Minuten wurden zehn, aus zehn wurden fünfunddreißig. Schließlich musste Gus leere Batterien in seinem Handy vortäuschen, um seine Ruhe zu haben. Er verbrachte den größten Teil des Nachmittags zu Hause damit, herumzutelefonieren. Beth hatte eine Adressenliste auf ihrem Rechner gespeichert, die er in alphabetischer Reihenfolge durchging. Er rief bei jedem eingetragenen Namen an, um zu fragen, ob jemand sie gesehen hatte. Nach einer Weile machte er das nur noch ganz mechanisch und verlor darüber irgendwann das Zeitgefühl. Er war gerade bei den Adressen, die mit P anfingen, als es an der Tür klingelte.

Gus öffnete. Carla stand draußen mit einem abgedeckten Topf.

»Ich bringe das Abendessen für Morgan.«

Bevor er sie hereinbitten konnte, war sie schon unterwegs in die Küche. »Kann ich auch was davon haben?«

Der Scherz konnte das Eis nicht brechen. »Es ist so«, sagte er, »dass Morgan bei einer Freundin zu Abend isst. Ich habe den ganzen Tag telefoniert. Ich wollte sie nicht dabeihaben.«

»Die Geschäfte müssen weiterlaufen, wie?«

»Es hatte nichts mit Geschäften zu tun. Ich habe versucht, Beth zu finden.«

»Oh«, erwiderte Carla verlegen. Ihre Streitlust ließ ein wenig nach. »Ich übrigens auch.«

»Hast du irgendwas rausgefunden?«

Sie stellte die Kasserolle auf die Anrichte und zog ihre

Handschuhe aus. »Nein. Aber das hat nichts zu sagen. Es ist ja noch nicht so viel Zeit vergangen.«

Gus wandte den Blick ab, dann sah er sie wieder an. »Darf ich dich etwas Persönliches fragen?«

»Kommt drauf an.«

»Vergiss einfach einen Moment, dass du meine Schwester bist. Sieh dich einfach als Beth' beste Freundin.«

»Okay.«

»In letzter Zeit habe ich euch beide nicht mehr so häufig zusammen gesehen. Manchmal können enge Freundinnen wie Schwestern sein. Manchmal sieht es aber auch nur so aus. Steht ihr euch sehr nahe?«

Sie verzog das Gesicht, als sei die Frage kompliziert. »Es gab eine Zeit, da haben wir uns sehr nahe gestanden.«

»Aber in letzter Zeit nicht?«

»Wir waren uns schon mal vertrauter. Es hat keinen Riesenkrach oder so gegeben. Aber es stimmt, was ich dir heute Morgen gesagt habe. Beth ist seit einigen Monaten wirklich unglücklich. Sie wurde ziemlich unnahbar.«

Gus nickte. »Genau das ist auch mein Eindruck. Ich bin ihr ganzes Adressbuch durchgegangen und habe alle ihre Freunde und Freundinnen angerufen. Keiner von ihnen hat sie in den vergangenen zwei Monaten gesehen oder auch nur mit ihr telefoniert.«

»Vielleicht hat sie sich zu sehr geschämt. Misshandelte Frauen geben sich oft selbst die Schuld.«

Er wandte sich verärgert ab. »Ich habe nie die Hand gegen Beth erhoben. Ich weiß nicht, warum sie so etwas erzählt hat. Höchstens, um mich zu verletzen.«

»Gus Wheatley soll ein Opfer sein? Das glaube ich nicht. Wie ich sie in letzter Zeit erlebt habe, hätte sie eher sich selbst etwas angetan, als dich zu verletzen.«

Sie starrten einander unvermittelt an, wie vom Blitz getroffen. Jeder hätte genau sagen können, was der andere dachte. »Du glaubst doch nicht ...?«, sagte Gus.

»O Gott, ich hoffe nicht.«

Das Telefon klingelte. Gus nahm beim zweiten Läuten ab. »Hallo. Ja, das bin ich.« Er begann, auf und ab zu gehen, und hörte gespannt zu. Seine Augen spiegelten Besorgnis wider, die sich in Panik verwandelte.

»Ich kann in zwanzig Minuten da sein«, sagte er schließlich und legte auf.

Carla schien vor Anspannung zu platzen. »Was ist los?«, fragte sie eindringlich.

»Die Polizei hat im Washington Park Arboretum eine Leiche gefunden. Es soll sich um eine Frau von Mitte dreißig handeln.«

Sie hob vor Schreck eine Hand an den Mund. »Ist es –«

»Keine Ahnung. Ich soll hinkommen, um sie zu identifizieren.« Er musste schwer schlucken und sagte mit krächzender Stimme: »Sie meinen, es könnte Beth sein.«

Wie die meisten FBI-Agenten ging auch Andie nicht oft in die Arbeitsräume des Gerichtsmediziners. Außer in Fällen, die mit der US-Regierung im Zusammenhang standen, oder bei Straftaten, für die nach den Bestimmungen des Kongresses die US-Behörden zuständig waren, fielen Leichen in erster Linie in den Kompetenzbereich der bundesstaatlichen oder örtlichen Gerichtsbarkeit. Die örtlichen Behörden baten häufig das FBI bei bestimmten Fachgebieten um Unterstützung. Zum einen das FBI-Labor. Zum anderen die Abteilung für die Erstellung von Täterprofilen. Andie musste allerdings nicht erst daran erinnert werden, dass die örtlichen Dienststellen die Ermittlungen leiteten, selbst wenn das FBI die Unterstützung zugesagt hatte.

Zum Glück hatte Andie sich sofort darangemacht, die Akten zu studieren, die Isaac Underwood ihr ausgehändigt hatte. Sie war voll im Bilde, als er sie nach dem Abendessen anrief und sie anwies, sich unverzüglich in die Gerichtspathologie zu begeben.

Die King-County-Pathologie war im Keller des Harbor View Medical Center untergebracht. Andie traf kurz nach sieben dort ein. Ein Angestellter führte sie direkt zum Hauptuntersuchungsraum. Vor der Tür wurde sie bereits von einem Detective des Seattle Police Department erwartet. Er war stämmig, hatte schütteres braunes Haar und eine breite, flache Nase wie ein ehemaliger Boxer.

»Andie Henning«, stellte sie sich vor.

Er schien erstaunt, als ob er sich unter »Andie« eher einen Mann namens »Andy« vorgestellt hätte. »Dick Kessler«, sagte er, als sie sich die Hand gaben. Seine Stimme war monoton, ebenso wie der in Beige und Weiß gehaltene Raum, in dem sie standen.

»Ich soll Sie von Isaac Underwood grüßen.« Das entsprach zwar nicht der Wahrheit, aber an Kesslers Lächeln konnte sie ablesen, dass die bloße Erwähnung des Namens von ihrem Boss das Eis zum Schmelzen brachte. Isaac hatte ein hervorragendes Verhältnis zur Polizei von Seattle; dort hatte seine Polizeilaufbahn begonnen.

»Der gute alte Isaac«, sagte Kessler mit einem wehmütigen Lächeln. »Was war das für ein Vergnügen, ihn im Zeugenstand zu beobachten. Wussten Sie eigentlich, dass bis heute kein anderer Cop so viele eingebildete Strafverteidiger auseinander genommen hat?«

»Das wundert mich gar nicht.«

»Kommt er auch?«

»Er hat mich geschickt. Er sagte mir, er hätte einen Anruf bekommen, dass Sie derjenige sind, der heute Abend die Identifizierung der zuletzt gefundenen Leiche durchführt – der Frau, von der Sie annehmen, dass sie einem Serienmörder zum Opfer fiel. Ich hatte gehofft, dass ich Sie dazu überreden könnte, die Identifizierung bis morgen früh zu verschieben, bis die ISU-Profilerin aus Quantico ankommt. Sie fliegt heute Nacht hierher.«

Kessler schüttelte den Kopf. »Ich kann es nicht verschieben. Es wäre nicht fair gegenüber der Familie. Vorausgesetzt, wir haben die richtige Familie.«

»Wer kommt her, um die Leiche zu identifizieren?«

»Gus Wheatley. Ein Staranwalt aus der Innenstadt.«

»Ich habe von ihm gehört. In welcher Beziehung steht er zum Opfer?«

»Er hat heute Morgen seine Frau als vermisst gemeldet. Ehrlich gesagt haben wir uns nicht besonders um den Fall gekümmert. Nicht, bis die Leiche entdeckt wurde.«

»Was führt Sie zu der Annahme, dass sie es ist?«

»Bisher noch nicht sehr viel. Nicht identifizierte weiße Frau. Mitte dreißig. Braune Haare. Ungefähr fünfundfünfzig Kilo. Sie könnte es sein.«

»Ich nehme mal an, dass bei der Leiche weder ein Führerschein noch sonstige Papiere gefunden wurden.«

»Richtig.«

»Stimmt die Kleidung überein?«

»Die Leiche wurde nackt aufgefunden.«

»Keine besonderen charakteristischen Merkmale?«

»Dafür benötigen wir die Hilfe von Mr Wheatley. Vögel und Ungeziefer haben sich schon an der Leiche zu schaffen gemacht. Sie ist etwas größer, als Mr Wheatley seine Frau angegeben hat, aber der Körper könnte sich gestreckt haben, als er am Seil hing.«

Die Tür des Untersuchungsraums öffnete sich. Der Chefpathologe, Dr. Rudolf Fitzsimmons, stand im Türrahmen. Er hatte fahlblondes Haar, fast so weiß wie sein Kittel. Seine Haut war ebenso bleich. Andie hatte bei manchen Leichen schon mehr Farbe gesehen. Wahrscheinlich hatte er einfach zu viel Zeit hier unten im Keller verbracht. Er winkte sie mit einer Handbewegung herein.

»Alles ist vorbereitet«, sagte er. »Möchten Sie einen vorläufigen Bericht?«

Kessler ließ Andie zuerst eintreten.

Die Kälte und das Licht waren ihr auf der Stelle unangenehm. Autopsieräume vermittelten einem immer den Eindruck, als beträte man die Antarktis, so hell und frostig wirkten sie. Die Leiche lag auf einem Untersuchungstisch aus Edelstahl, der sich mitten im Raum befand. Ein Bein, der größte Teil des Rumpfs und die linke Seite des Gesichts waren mit weißen Tüchern verdeckt, was Andie nicht wie die Standardprozedur vorkam.

»Aus Rücksicht auf Mr Wheatley«, erklärte Dr. Fitzsimmons, »habe ich die grausigeren Wunden abgedeckt. Ich halte es für unnötig, einem Mann zu demonstrieren, welche Teile seiner Frau zurzeit den Tieren im Washington Park als Nahrung dienen.«

»Müssen wir denn den armen Mann direkt in den Autopsieraum holen, um die Identifizierung vorzunehmen?«, fragte Andie. »Es ist schon hart genug, zu erleben, wie der geliebte Mensch aus einer Schublade in der Leichenkammer herausgezogen wird.«

»Normalerweise würde ich das auch nicht machen«, erwiderte Kessler. »Aber ich möchte in diesem Fall nicht noch mehr Zeit verlieren. Ich habe Dr. Fitzsimmons gebeten, die Autopsie sofort vorzunehmen, sobald Mr Wheatley die Leiche identifiziert hat.«

»Wenn wir noch zwölf Stunden warten könnten«, wandte Andie ein, »könnten wir alle von der Untersuchung profitieren, die Agentin Santos an der Leiche vor der Autopsie durchführt.«

Kessler dachte einen Moment nach. »Nun, vielleicht könnten wir die größeren Eingriffe verschieben. Aber zumindest hätte ich gern, dass Dr. Fitzsimmons seine Arbeit so weit fortsetzt, dass wir Selbstmord ausschließen könnten. Wenn wir weiter in die Richtung eines Serienmörders ermitteln wollen, sollten wir wenigstens wissen, ob diese Frau tatsächlich einem Verbrechen zum Opfer gefallen ist.«

»Diese Frage kann ich schon jetzt beantworten«, sagte der Arzt.

Kessler sah ihn neugierig an. »Wie?«

»Sehen Sie hier.« Er richtete einen Scheinwerfer seitlich auf den Hals des Opfers. Andie und der Detective traten näher an die Kopfseite des Untersuchungstisches heran, um besser sehen zu können. »Sehen Sie die schmale Druckstelle rund um den Hals? Das ist eine Linie, die gerade um den Hals herum verläuft und den Druck des Seils abbildet. Diese Markierungen deuten auf Erwürgen mit einer Schnur hin. Wenn jemand erhängt wird, gibt es eine genau definierte Druckstelle in Form eines umgekehrten V. Stellen Sie sich vor, wie die Schlinge sich um den Hals legt.«

»Aber sie wurde an einem Baum hängend aufgefunden«, wandte Kessler ein. »Warum ist die Druckstelle nicht dementsprechend?«

»Damit es Druckstellen gibt, muss Blut durch die Adern fließen«, sagte Andie.

»Ganz genau.« Der Arzt schien beeindruckt.

Andie beugte sich vor und untersuchte den Hals. »Doktor, wollen Sie damit sagen, dass sie schon tot war, als sie aufgehängt wurde?«

»Ja. Erwürgt, um genau zu sein.«

»Also haben wir es nicht mit Selbstmord zu tun.«

Dr. Fitzsimmons schüttelte den Kopf. »Wahrscheinlicher mit Mord.«

Kessler nickte. »Begangen von jemandem, der es nach Selbstmord aussehen lassen wollte.«

»Möglicherweise.«

Andie richtete sich wieder auf. »Oder von jemandem, dem es Spaß macht, seinen Mord zur Schau zu stellen.«

Gus' Mercedes schaffte es in Rekordzeit quer durch die Stadt. Der Wachmann begrüßte ihn an der Tür und geleitete ihn den Flur entlang zum Autopsieraum. Gus hatte erwartet, ins Leichenschauhaus geführt zu werden, wo man eine Schublade herausziehen würde, in der seine Frau lag, genau wie im Fernsehen. Aber in letzter Zeit lief alles anders, als er es erwartet hatte.

»Bitte warten Sie hier«, sagte der Wachmann, als sie den Warteraum erreichten.

Gus nahm auf einem der beiden Kunstledersessel Platz, die an einem Siebziger-Jahre-Rauchglas-Tisch standen. Die Beleuchtung bestand aus billigen Neonlampen, deren Flimmern in den Augen schmerzte. Gus hatte nie als Strafverteidiger gearbeitet, aber plötzlich gewann er Verständnis für die damit verbundenen Umstände und die Dramatik. Er fühlte sich, als ob jemand im Nebenzimmer buchstäblich die Macht hatte, über sein Leben oder seinen Tod zu bestimmen. Allerdings war es nicht so, als hätte der Pathologe ein Privileg wie ein Geschworener, der über den Ausgang des Verfahrens entschied. Entweder es war Beth oder sie war es nicht.

Bald würde er es wissen.

Seine Gedanken kreisten voller Zärtlichkeit um seine Frau. Die verliebten Abende in San Francisco während seines Jurastudiums. Die Wochenendwanderungen auf den Mount Rainier, als sie nach Seattle gezogen waren. Ihre Hochzeitsreise nach Hawaii, die verkürzt worden war durch einen Anruf von seinem Senior-Partner. Die Geburt ihrer Tochter, die zwei Wochen zu früh auf die Welt gekommen war, während er in Hongkong auf einer seiner vielen Geschäftsreisen war, obwohl Beth ihn gebeten hatte, nicht wegzufahren. Früher hatten sie einander geliebt, aber den traurigen Zeitpunkt, an dem ihr klar geworden war, dass er seine Arbeit mehr liebte, konnte er nicht mehr exakt ausmachen.

»Mr Wheatley?«

Er war sofort auf den Beinen.

»Mein Name ist Andie Henning, FBI.«

Er trat einen Schritt vor und gab ihr die Hand. »Was macht denn das FBI hier?«

»Ich möchte, dass Sie hereinkommen und die Identifizierung vornehmen, falls es Ihnen möglich ist. Allerdings muss ich Sie darauf hinweisen, dass die Leiche in keinem guten Zustand ist. Wir haben sie so vorbereitet, dass Sie nur die rechte Gesichts- und Kopfhälfte sehen werden, wenn Dr. Fitzsimmons das Laken wegnimmt. Ich denke, dass das ausreicht.«

Gus hatte einen Kloß im Hals. »Okay. Bringen wir es hinter uns.«

Andie ließ ihm den Vortritt. Gus spürte ein Frösteln auf seinem Gesicht und an den Händen, das aber nicht auf den Temperaturunterschied zwischen den Räumen zurückzuführen war. Er ging langsam hinein, ein Schritt nach dem anderen, den Blick starr auf den Edelstahltisch in der Mitte des Raums gerichtet. Unter dem hellen Licht verdeckte ein sauberes weißes Laken die Leiche. Es schien sich über der einen Brust zu wölben, aber nicht über der anderen. Das Gleiche bei den Füßen. Seine Hände zitterten. Das musste Agentin Henning gemeint haben, als sie sagte, die Leiche sei in keinem besonders guten Zustand.

Er blieb an dem Autopsietisch stehen. Andie stand rechts neben ihm. Detective Kessler befand sich gegenüber neben Dr. Fitzsimmons.

»Sind Sie so weit, Mr Wheatley?«, fragte Andie.

Er blinzelte nervös und nickte.

Dr. Fitzsimmons schlug das Laken zurück und legte den Kopf frei.

Gus' Augen füllten sich mit Tränen. Er brachte die Worte kaum heraus. »Es ist nicht Beth«, sagte er und wandte sich hastig ab.

6

Andie sah ihm nach, als er zur Tür ging. Die Veränderung war plötzlich und auffallend gewesen. Von einem Moment zum nächsten hatte er sich aus einem Nervenbündel in einen gebrochenen Mann verwandelt. Für Freunde und Verwandte war die Suche nach einem geliebten Menschen, der vermisst wurde, immer die gleiche schmerzvolle Achterbahnfahrt.

Auf jeden Fall rückte es eine geplatzte Hochzeit in eine andere Perspektive.

»Mr Wheatley?«, sagte sie, als Gus die Tür öffnete.

Er blieb im Türrahmen stehen. »Ja?«

»Würde es Ihnen etwas ausmachen, ein paar Minuten im Vorraum zu warten? Detective Kessler und ich werden gleich bei Ihnen sein.«

Er zögerte. »Ich würde wirklich gerne meine Tochter abholen und nach Hause fahren.«

»Nur fünf Minuten. Versprochen.«

Gus nickte, dann verließ er den Raum.

Detective Kessler sah sie über den Untersuchungstisch hinweg fragend an. »Lassen Sie ihn doch gehen. Ich kann den Papierkram später noch erledigen.«

»Hier geht's nicht um Papierkram. Ich möchte ihn gerne einige Dinge über seine Frau fragen.«

»Jetzt? Warum?«

»Ich möchte mich nicht vordrängen«, sagte Andie. »Agentin Santos ist die Expertin und sie wird uns morgen ihre Sicht der Dinge mitteilen. Aber betrachten Sie einmal, was Sie bisher ermittelt haben. Drei Mordopfer. Alle erwürgt, mit Anzeichen mehrfacher Todesursachen. Die ersten beiden sind wie ein Paar – beinahe identisch. Das dritte Opfer ist eine Frau von Mitte dreißig.«

Sie richtete den Blick auf die Leiche vor ihr. »In Anbetracht des Verwesungsgrades konnte man eigentlich davon ausgehen, dass es sich nicht um Beth Wheatley handelte. Dr. Fitzsimmons wird sicherlich bestätigen, dass sich der genaue Zeitpunkt, an dem der Tod eingetreten ist, bei einer Leiche, die dem Wetter und Tieren ausgesetzt war, nur schwer bestimmen lässt. Ich würde vermuten, dass diese Frau tot war, bevor Beth Wheatley am Sonntag verschwunden ist.«

»Mit der Annahme dürften Sie richtig liegen«, sagte der Arzt.

»Und das heißt?«, fragte Kessler.

»Möglicherweise«, fuhr Andie fort, »haben wir es hier mit – ich weiß nicht, wie Sie es nennen würden – Doppelgänger-Morden zu tun. Die ersten beiden Opfer waren Männer, die sich wie Doppelgänger glichen. Der dritte Mord wurde an einer Frau verübt, die nichts mit den Männern gemein hatte, außer dass auch sie erwürgt wurde und unterschiedliche tödliche Verletzungen aufwies. Aber zufällig weist sie große physische Ähnlichkeiten mit Beth Wheatley auf, die gestern verschwunden ist.«

»Sie vermuten, Beth Wheatley ist die zu dieser Frau passende Doppelgängerin, wie Sie es nennen?«

»Ich ziehe die Möglichkeit in Betracht. Deshalb müssen wir mehr über Mrs Wheatley in Erfahrung bringen. Ihren Tagesablauf, ihren Lebensstil. So viel wie möglich. Wenn wir erst eine bessere Vorstellung davon haben, wer Beth Wheatley ist«, sagte sie mit Blick auf die Leiche, »wird es uns leichter fallen herauszufinden, wer *das* hier ist.«

Kessler kratzte sich am Kopf und dachte darüber nach. »Hört sich an wie etwas, auf das nur eine FBI-Agentin kommt.«

»Was wollen Sie denn damit sagen?«

»Nichts. Wenn Sie Wheatley ein paar Fragen stellen wollen, bitte schön. Aber Sie müssen entschuldigen, wenn ich nicht vor lauter Begeisterung in die Luft springe.«

Sein Zynismus ging ihr auf die Nerven, aber auf dem Weg zur Tür dachte sie nur noch an die Qualen des Mannes draußen im Wartezimmer. Sie blieb noch kurz stehen und sah Kessler in die Augen. »Im Grunde hoffe ich, dass Sie Recht haben, Dick. Ich hoffe selbst, dass meine Doppelgänger-Theorie totaler Quatsch ist. Aber wenn etwas dran ist, dann haben wir eine verdammt gute und eine verdammt schlechte Nachricht.«

Kessler nahm den Ball auf. »Gute Nachrichten, Mr Wheatley. Das ist nicht Ihre Frau, die da auf dem Tisch liegt.«

»Aber die schlechte Nachricht ist, dass sie bald da liegen wird.« Sie öffnete die Tür und sie betraten das Wartezimmer.

Sie beschloss, ihm ihre Fragen direkt im Warteraum zu stellen. Hier waren sie ungestört und das Gespräch würde nicht wie ein Verhör wirken. Es gehörte zu Andies Stärken, dass sie den Opfern nicht das Gefühl vermittelte, sie wären Verdächtige.

Gus blieb auf der Couch sitzen. Andie und Kessler holten sich Stühle heran und nahmen ihm gegenüber Platz. Andie verschonte ihn mit der »Doppelgänger«-Theorie. Sein Alptraum war auch so schon schlimm genug. Sie mussten ihm nicht auch noch unter die Nase reiben, dass die Polizei spekulierte, man hätte es vielleicht mit einem Serienmörder zu tun, der sich die Opfer paarweise aussuchte.

»Mr Wheatley«, sagte sie sanft. »Ich hätte von Ihnen gerne einige Informationen über Ihre Frau. Nicht über ihre Größe, ihr Gewicht, Haarfarbe und so weiter. Es geht mir mehr um persönliche Dinge.«

»Wie persönlich?«

»Nichts Peinliches. Wenn ich zu neugierig werde, brauchen Sie nicht zu antworten. Lassen Sie uns mit allgemeinen Dingen beginnen. Arbeitet Ihre Frau außer Haus?«

»Nein.«

»Wie sieht ihr Tagesablauf aus?«

Gus zuckte verlegen die Achseln. »Ich vermute, das hängt von dem Tag ab.«

»Dann fangen wir doch einfach mit dem Montag an.«

»Sie bringt unsere Tochter morgens in die Schule.«

»Was sonst noch?«

»Sie holt sie wieder ab.«

Andie lächelte ihn an, um ihn zu beruhigen. »Dazwischen liegt eine ziemlich lange Zeit. Wie verbringt sie ihren Tag?«

»Sie meinen montags?«

»Wir müssen uns nicht an speziellen Tagen aufhalten. Ich möchte es Ihnen leicht machen. Nehmen Sie irgendeinen beliebigen Wochentag. Erzählen Sie mir einfach, was sie so mit ihrer Zeit anfängt.«

»Ich habe mich mit den Kreditkartengesellschaften in Verbindung gesetzt, um das vergangene Wochenende zu rekonstruieren und um herauszufinden, wo sie Sachen eingekauft hat. Aber ich könnte nicht grundsätzlich sagen, dass ich über alles Bescheid wüsste, was sie an einem normalen Tag macht.«

»Vielleicht ist sie ja in einem Klub oder in irgendeiner Organisation?«

»Ich glaube ... sie macht da irgendwas. Nein, das war vor Morgans Geburt.«

Andie warf Kessler einen Blick zu, dann sah sie Gus wieder an. »Geht sie zum Essen aus? Hat sie ein Lieblingsrestaurant?«

»Ich nehme es an.« Er überlegte einen Moment, schien aber eine Niete zu ziehen. »Erwähnt hat sie es aber nie, glaube ich. Wenn ich mir den Bericht der Kreditkartengesellschaft noch mal ansehen würde, könnte ich vielleicht was herausfinden.«

»Was ist mit Einkäufen? Wo kauft sie ihre Lebensmittel?«

Gus schwieg.

»Geht sie in ein Fitness-Studio?«

»Ja«, sagte er entschieden, froh, endlich einen Treffer gelandet zu haben.

»Und in welches?«

Sein Enthusiasmus legte sich wieder. »Das müsste ich erst herausfinden.«

Andie zögerte, bevor sie die nächste Frage stellte. Das Schweigen schien ihm Unbehagen zu bereiten. Kessler beugte sich mit hochgezogenen Augenbrauen vor. »Mr Wheatley, sind Sie und Ihre Frau *glücklich* verheiratet?«

»Was hat denn das damit zu tun?«

»Sie scheinen ziemlich wenig über die Frau zu wissen, die neben Ihnen schläft.«

»Ist es das, worum dieses ganze Verhör sich dreht? Glauben Sie etwa, diese ganze Geschichte hat etwas mit einem Ehekrach zu tun?«

Kessler sah ihn prüfend an. »Ich schließe nichts aus.«

»Nun, das sollten Sie aber ausschließen. Oder Sie vergeuden hier nur wertvolle Zeit.«

»Bitte«, sagte Andie, »regen Sie sich nicht auf.«

»Ich habe guten Grund, mich aufzuregen. Ich kann Ihnen nicht haarklein berichten, was meine Frau den lieben langen Tag über treibt, na und? Das bedeutet schließlich nicht, dass ich mir keine Sorgen darüber mache, was mit ihr passiert ist.«

»Sie haben völlig Recht«, erwiderte Andie.

»Und warum veranstalten Sie dann ein solches Verhör mit mir?«

Andie setzte zum Sprechen an, unterbrach sich aber. Es wäre verfrüht, ihm zu sagen, dass seine Frau Opfer eines Doppelgänger-Mordes sein könnte, und diese Befragung führte zu nichts. »Es tut mir Leid, Mr Wheatley. Es ist schon spät und Sie haben eine schreckliche Nacht hinter sich. Sie gehen jetzt besser nach Hause zu Ihrer Tochter. Ich bin sicher, dass sie jetzt jede Unterstützung von Ihnen braucht.«

»Und noch mehr«, sagte er, anscheinend plötzlich von Gefühlen überwältigt.

Kessler ließ noch nicht locker, so als hätten Gus' schwache Antworten plötzlich sein Interesse geweckt. »Mr Wheatley, gibt es jemand anderen, der uns diese Fragen beantworten könnte?«

»Am ehesten Carla, meine Schwester. Sie war Beths beste Freundin, bevor wir geheiratet haben. Und sie ist meine größte Feindin, seit Beth und ich verheiratet sind.«

»Was meinen Sie damit?«

»Nichts. Ich übertreibe. Man kann es vielleicht so ausdrücken, dass Carla schon immer ein engeres Verhältnis zu Beth gehabt hat als zu mir.«

»Und sonst jemand?«

»Meine Tochter natürlich. Aber sie ist erst sechs. Ich würde sie lieber da heraushalten.«

»Wenn es dazu käme, würden wir schon entsprechend mit ihr umgehen«, sagte Andie.

»Die Eltern Ihrer Frau leben irgendwo in der Nähe?«, fragte Kessler.

»Sie sind beide verstorben.«

»Haben Sie eine Haushälterin?«

»Zweimal die Woche kommt eine Frau zu uns, montags und donnerstags. Sie macht die Arbeit und geht wieder.«

»Wie heißt sie?«

»Ach Gott ... Ramona irgendwie. Ich kenne ihren Nachnamen nicht.«

»Haben Sie ein Kindermädchen?«

»Wir hatten eins bis vor kurzem. Michelle Burgette.«

»Was war mit ihr?«

»Beth hat ihr gekündigt, als Morgan in die erste Klasse kam. Sie brauchte niemand mehr, der im Haus wohnte.«

»Wissen Sie, wo sie jetzt ist?«

»Keine Ahnung.«

Kessler hob die Augenbrauen. »Sie hat sechs Jahre lang Ihr Kind aufgezogen und das war's dann? Schluss, aus, kein Kontakt mehr?«

»Hören Sie, ich weiß es nicht. Vielleicht haben sie miteinander telefoniert. Soweit ich weiß, ist sie sogar mal zu Besuch da gewesen. Beth hat sich um all diese Dinge gekümmert.«

Kessler machte sich ein paar Notizen. »Haben Sie was dagegen, wenn ich mich mit irgendeinem von diesen Leuten unterhalte, Mr Wheatley?«

»Was sollte ich dagegen haben?«

»Das müssten Sie mir schon sagen«, sagte Kessler mit zusammengekniffenen Augen. Offenbar versuchte er, Gus einzuschüchtern.

Gus erhob sich, er konnte seinen Ärger kaum verbergen. »Es gefällt mir überhaupt nicht, auf welche Weise ich hier einem Verhör unterzogen werde.«

»Und mir gefällt es genauso wenig, welche Antworten ich erhalte.«

Andie trat zwischen die beiden. »Okay, Jungs. Das war's für heute Abend.«

Gus starrte ihn noch einen Moment an, dann wandte er den Blick ab. Er reichte Andie die Hand. »Danke«, sagte er und sah nur sie an. »*Sie* waren sehr nett. Bitte benachrichtigen Sie mich, sobald Sie irgendetwas in Erfahrung bringen.«

»Das werden wir«, sagte sie und geleitete ihn hinaus. Nachdem sie die Tür hinter ihm geschlossen hatte, wandte sie sich zu Kessler um und fragte: »Sind Sie immer so auf Konfrontation aus?«

»Nur wenn mein Gegenüber sich ausweichend verhält.«

»Ich fand nicht, dass er sich ausweichend verhalten hat.«

»So was erlebe ich hier dauernd. Diese Rechtsverdreher glauben doch, das Einzige, was man einem Polizisten sagen kann, ist entweder ›ich weiß nicht‹ oder ›er ist da lang gegangen‹. Von so einem Burschen kriegt man doch nie eine ehrliche Antwort.«

»Er hat uns nicht zum Narren gehalten. Haben Sie denn nicht gemerkt, wie peinlich ihm das alles war? Haben Sie seinen gequälten Blick nicht gesehen?«

»Nun machen Sie mal halblang. Ich bin bestimmt nicht der großartigste Ehemann auf der Welt. Und ich könnte darauf wetten, dass ich sogar noch mehr Stunden arbeite als er. Aber selbst ich weiß, wo meine Frau Lebensmittel einkauft.«

»Tatsächlich?«, gab sie scherzhaft zurück. »Wo denn?«

Ihm blieb der Mund offen stehen und er fing an zu stottern. »Na, im Lebensmittelladen.«

»Gut geraten, Detective.«

»Nein, warten Sie, ich hab's gleich.«

Sie sah auf die Uhr und wartete. »Wissen Sie was? Schicken Sie mir doch ein E-Mail. Ich muss jetzt wirklich nach Hause. Morgen wird wieder ein langer Tag.« Sie ging zur Tür.

»Safeway!«

Andie blieb stehen. »Was?«

»Da kauft meine Frau die Lebensmittel.«

Sie lächelte schwach. »Ich bin schwer beeindruckt, Dick. Aber um wirklich ein besserer Ehemann zu sein als Gus Wheatley, müssten Sie Ihr Wissen schon anwenden.«

»Was meinen Sie damit?«

»Da Sie jetzt wissen, wo der Laden ist, könnten *Sie* ab jetzt ja den Einkauf übernehmen.« Sie winkte ihm freundlich zu und ging zur Tür hinaus.

Die Verkleidung war einfach, aber wirkungsvoll. Eine braune Perücke und ein Schnurrbart gleicher Farbe. Eine Sichtglas-Brille mit Schildpattgestell. Gefärbte Kontaktlinsen verliehen seinen blauen Augen braune Farbe. In dem dick gefütterten Wintermantel sah er aus, als würde er nicht fünfundachtzig, sondern mindestens hundert Kilo wiegen. Die Lederhandschuhe waren völlig unauffällig. Um 22.00 Uhr waren die Temperaturen unter null gefallen und ein kalter Wind blies vom Puget Sound her. Nur ein Narr würde sich nicht warm anziehen.

Das Quicksilver Copy Center hatte rund um die Uhr geöffnet. Es lag gleich neben einer Pizzeria in einer Ladenpassage. Zu jeder Tages- und Nachtzeit standen übernächtigte Gestalten an den Kopierern und heute war keine Ausnahme. Der Laden bot außerdem eine Vielzahl von Dienstleistungen an, von der Mailbox über Konferenzräume bis hin zu Faxgeräten und Computern, die man auch stundenweise mieten konnte. Was ihn interessierte, waren die Computer – besonders der anonyme Internetzugang, der niemals bis zu ihm zurückverfolgt werden konnte.

Die Glocke an der Tür läutete, als er eintrat, aber niemand blickte auf. Er ging an den Tresen und wartete. Die Angestellte, eine junge Frau, telefonierte gerade. Er verzog nicht das Gesicht und zeigte keinerlei Anzeichen von Ungeduld. Er wartete ganz einfach. Er würde nichts unternehmen, woran sie oder sonst wer sich nachher erinnern könnte.

Schließlich verabschiedete die Angestellte sich von ihrem Freund und legte auf.

»Kann ich Ihnen helfen, Sir?«

»Ich brauche einen Computer.« Er hielt ihr zwanzig Dollar hin, wobei er seine Handschuhe anbehielt.

Sie nahm das Geld entgegen und gab ihm Wechselgeld aus der Kasse. »Gerät Nummer drei ist frei. Danke, dass Sie zu Quicksilver kommen.«

Er nahm die Münzen vom Tresen und drehte sich um. Die Computer waren durch schulterhohe Trennwände voneinander abgeteilt, jeder Kunde hatte seine eigene Kabine. Damit war er ungestört.

Er setzte sich an den Rechner und zog die Handschuhe aus. Da sie aus Tierhaut waren, könnten sie unverwechselbare Muster hinterlassen, die Fingerabdrücken ähnelten. Unter den Lederhandschuhen trug er fleischfarbene Gummihandschuhe, die zu keinerlei Abdrücken führten. Seine Finger huschten über die Tastatur, als er sich ins Internet einwählte. Er klickte sich ins Mail-Center, von wo er E-Mails versenden konnte. Er gab die Adresse ein, die er sich gemerkt hatte. Er tippte keinen Absender ein. Es würde nur »Quicksilver Copy Center« erscheinen. Das Nachrichtenfeld ließ er unbeschrieben. Er zog eine Diskette aus seiner Manteltasche und legte sie ins Laufwerk. Er lud den Inhalt der Diskette auf den Arbeitsspeicher des Computers und hängte ihn als Datei an das leere Nachrichtenfeld an. Die Datei enthielt alles, was er brauchte, um sich verständlich zu machen. Sie enthielt keine Wörter. Nur Fotos. Fotos, die er gemacht hatte.

Ein Foto sagte so viel aus wie tausend Schreie.

Er grinste boshaft, als er den SENDEN-Button anklickte und seine blutige Botschaft abschickte.

7

Gus war gegen zweiundzwanzig Uhr zu Hause. Er bezahlte die Babysitterin, ließ sie von einem Taxi abholen und sah nach Morgan. Zu seiner Erleichterung war sie in ihrem Zimmer und schlief. Es wäre ihm schwer gefallen, noch weitere Fragen über Mommy zu beantworten.

Obwohl er seit zwei Tagen kaum ein Auge zugetan hatte, war er nicht schläfrig. Er ging in die Küche, um sich ein Sandwich zu machen. Im Kühlschrank waren Schinken und ein paar Käseecken. Er rollte alles wie einen Hotdog zusammen, packte es in ein Baguette und verteilte noch dick Dijon-Senf darauf. Dann fiel ihm plötzlich etwas ein. Er betrachtete das Firmenlogo auf der Verpackung, um nachzusehen, wo Beth sie gekauft hatte. Es stand lediglich »Boar's Head« darauf. Konnte von überall her kommen. Er hatte wirklich keine Ahnung, wo sie einkaufte.

Er zog sich einen Hocker heran und setzte sich gedankenversunken an den Küchentresen. Detective Kessler hatte ihm ordentlich die Meinung gesagt, aber vielleicht hatte er ja Recht. Beths Verschwinden deutete nicht notwendigerweise auf ein Verbrechen hin. Sein Ego ließ ihn voreilige Schlüsse ziehen. Es war schon ziemlich egozentrisch, aber welcher Mann würde nicht lieber davon ausgehen, dass seine Frau entführt worden war, anstatt davon, dass sie sich einen würdigen Ersatz gesucht hatte? Vielleicht hatte er der Tatsache, dass sie ohne ihren Wagen, ihre Kleider, selbst ohne ihre Handtasche und ihre Kreditkarten weggegangen war, zu viel Bedeutung beigemessen. Er wusste nur, dass sie seit Monaten Bargeld gehortet hatte. Davon hätte sie sich eine komplett neue Garderobe kaufen, ein rotes Kabrio mieten und damit nach Acapulco fahren können. *Adios, Gus.*

Die Frage war, ob sie zurückkommen würde. Natürlich würde sie das. Sie wollte es ihm nur mal ordentlich zeigen. Jetzt war die Zeit der Abrechnung gekommen für all die Male, als er sie allein gelassen hatte, ohne die geringste Information darüber, wann er zurück sein würde. Seltsam, aber er konnte den Niedergang ihrer Ehe anhand all seiner Geschäftsreisen nachzeichnen. Während seines ersten Jahres als angestellter Anwalt hatte er seine Termine mit Mandanten gewöhnlich auf den Freitag oder den Montag gelegt, so dass Beth ihn begleiten konnte und sie die Wochenenden gemeinsam an Orten wie Malibu oder Monterey verbrachten. Das hörte auf, als Beth keine Lust mehr hatte, von einem Flugzeug ins nächste zu steigen, nur um zuzusehen, wie er auch noch am Swimming-Pool Akten studierte. Er begann schließlich, alleine zu reisen, und rief anfangs noch jeden Abend zu Hause an, bevor er ins Bett ging. Eine Zeit lang war das ganz nett, ließ dann aber auch nach. Mit der Zeit hatte er immer mehr Termine in seine Dienstreisen gepackt. Abendessen mit Mandanten dauerten manchmal Stunden. Schließlich kam es so weit, dass er tagelang weg war und froh sein konnte, am Flughafen gerade noch Zeit für einen Anruf zu finden, um ihr mitzuteilen, dass er unterwegs nach Hause war. Selbst das funktionierte zuletzt nicht mehr. Irgendwann gab er es auf und ließ seiner Frau über seine Sekretärin mitteilen, wo er steckte. Das war für ihn das Bequemste. Schließlich suchte seine Sekretärin ohnehin die Geburtstags- und die Hochzeitsgeschenke aus und schickte Beth Blumen, wenn er wieder einmal ihre gemeinsamen Pläne über den Haufen warf. Beth bekam eine Menge Blumen.

Ein Geräusch hinten im Flur erregte seine Aufmerksamkeit. Er war plötzlich hellwach und lauschte angestrengt. Er hörte es wieder, diesmal deutlicher.

»Mommy.« Es kam aus Morgans Zimmer.

Sein Puls ging schneller. *War sie zurückgekommen?*

»Mommmmiii.« Der Schrei klang verzweifelt.

Was mach ich jetzt bloß? Er glitt von seinem Hocker und ging den Flur hinunter. Die Rufe wurden lauter, nur unterbrochen von kurzen, Mitleid erregenden Pausen. »Mom. Mommy!«

Gus holte tief Luft und machte die Tür auf. Ein Lichtstreifen fiel vom Flur in das Schlafzimmer. Morgan saß gegen das Kopfende gelehnt. Sie trug einen rosafarbenen Minnie-Maus-Schlafanzug. Es war erstaunlich, wie mager und zerbrechlich ein Kind in so einem engen Schlafanzug wirken konnte. Er trat näher und setzte sich an das Fußende.

»Alles in Ordnung. Daddy ist ja bei dir.«

»Wo ist Mommy?«, fragte sie mit zitternder Stimme.

»Sie ist nicht hier, mein Liebling.«

»Wo ist sie denn?«

»Sie ist ...« Gus fiel nichts Passendes ein, aber er war doch einfühlsam genug, Morgan nicht zu ängstigen. »Mommy musste dringend etwas erledigen.«

»Wann kommt sie denn nach Hause?«

»Bald. Ich denke, sie kommt bald zurück.«

»Können wir sie anrufen?«

»Nein. Heute Abend nicht.«

»Morgen?«

»Mal sehen.«

Sie war zutiefst misstrauisch. Im schwachen Licht der Winnie-Puuh-Nachttischlampe fühlte Gus sich in die Enge getrieben. Zehn Sekunden quälenden Schweigens hatten ihm ganz neue Einsichten über die Scharfsinnigkeit eines Einzelkindes vermittelt, das mehr Zeit mit Erwachsenen verbrachte als andere Kinder. Sechs Jahre Erziehung durch ein strenges Kindermädchen, das auf keinen Trick hereinfiel, hatten ebenso wenig geschadet.

»Wo ist sie denn hin?«, wollte Morgan wissen.

»Das ist ihr Geheimnis. Sie hat's nicht gesagt.«

»Und warum hat sie mich nicht mitgenommen?«

Er spürte den Kloß in seinem Hals. »Es ist etwas, was sie nur alleine angeht, Liebes. Das ist alles. Manchmal müssen Eltern mal was nur für sich ganz alleine machen.«

Sie wirkte nicht überzeugt. Gus rückte etwas näher und zog ihr die Decke über. »Und jetzt wollen wir wieder schlafen.«

Sie lehnte sich gehorsam zurück. Gus spürte die Anspannung in ihrem kleinen Körper. Er streichelte ihr sanft über die Stirn. »Mach einfach die Augen zu und schlaf.«

Sie schloss die Augen, aber ihre Lider flatterten. Er fragte sich, woran sie denken mochte. Sie stellte erstaunlich kluge Fragen. Wahrscheinlich würde sie besser mit einem Zeugen umgehen können als die Hälfte der so genannten Strafverteidiger in seiner Firma. Eine Frage hallte ganz besonders in seinem Kopf nach. Die eine, die Morgan besonders quälte. Die Gus am schwierigsten zu beantworten fand.

Wenn Beth beschlossen hatte, ihn zu verlassen – wenn sie wirklich vorhatte, seine Aufmerksamkeit zu erregen –, warum hatte sie dann Morgan nicht mitgenommen?

Er blieb neben ihr sitzen und betrachtete sie, während sie einschlief. Und er suchte nach der Antwort, die es nicht zu geben schien.

Nachdenklich verließ Andie das Leichenschauhaus und fuhr auf direktem Wege nach Hause. Sie hatte einfach zu wenig detaillierte Informationen von Gus bekommen, um ihre Doppelgänger-Theorie überprüfen zu können. Dennoch teilte sie nicht Kesslers Meinung, Gus hätte sich bewusst ausweichend verhalten. Aus welchem Grunde auch immer waren er und seine Frau sich schlichtweg fremd geworden, obwohl sie unter einem Dach lebten.

Irgendwie schien ihr das genauso traurig wie Beths Verschwinden.

Andy war um halb zwölf im Bett, aber sie hatte das Gefühl, dass sie kein Auge zumachen würde. Sie war jetzt schon aufgeregt, weil sie Victoria Santos am nächsten Morgen vom Flughafen abholen sollte. Sie stellte zwei Wecker, um sicher zu sein, dass sie nicht verschlief. Falls sie überhaupt einschlafen würde. Mit weit offenen Augen starrte sie an die Decke. Ihr Bett kam ihr neuerdings ganz fremd vor. Obwohl Rick nie offiziell bei ihr eingezogen war, hatten sie bis zur geplatzten Hochzeit seit Monaten beinahe jede Nacht zusammen verbracht. Es spielte keine Rolle, dass sie sich eine dieser teuren Federkernmatratzen angeschafft hatte, auf die man eine Bowling-Kugel fallen lassen konnte, ohne den anderen zu stören. Wenn man daran gewöhnt ist, mit jemandem das Bett zu teilen, weiß man genau, wann man alleine ist.

Gegen Mitternacht waren ihre Gedanken von Rick zu Gus gewandert, dann zu Gus' Frau. Es war durchaus möglich, dass ihr etwas Schreckliches zugestoßen war. Aber sie konnte andere Möglichkeiten nicht außer Acht lassen. Sie wusste, wie schmerzhaft es war, einen Mann, der einen nicht wirklich liebte, *fast* zu heiraten. Sie konnte sich nur vorstellen, wozu eine Frau fähig war, die ein ganzes Jahrzehnt ihres Lebens mit ihrem Irrtum vergeudet hatte. Sicherlich, Andie hatte auch schon mehr als genug einsame Samstagabende erlebt. Aber nichts war schlimmer, als sich allein zu fühlen, wenn man es gar nicht war.

Der Wecker summte, aber sie wachte unausgeschlafen auf und brauchte eine Zeit lang, bis sie ihre Träume und die Gedanken, mit denen sie sich vor dem Einschlafen herumgeschlagen hatte, auseinander halten konnte. Sie war fertig angezogen und wollte gerade aufbrechen, als die Dienstagmorgen-Ausgabe des *Seattle Post-Intelligencer* geliefert wurde. Sie lag vor ihren Füßen, als sie zur Tür hinaus wollte, aber die Überschrift sprang deutlich ins Auge und hätte sie fast stolpern lassen: SERIENMÖRDER HINTERLÄSST DRITTES OPFER. Darunter in kleinerer Schrift: *Tötet er paarweise?*

Andie riss die Zeitung förmlich auseinander und verschlang den Leitartikel. Sie beendete die Lektüre, die sie lautstark kommentierte: »Scheiße!«

Victoria Santos würde in fünfunddreißig Minuten am Flughafen Sea-Tac ankommen, also sprang Andie in den Wagen und wählte die Nummer von Isaac Underwood auf ihrem Handy. Sie wusste, dass er Frühaufsteher war. Wahrscheinlich starrte er jetzt gerade auf die Zeitung und die Cornflakes blieben ihm im Halse stecken.

»Hallo, Isaac, ich bin's, Andie. Haben Sie schon den *P-I* von heute Morgen gelesen?«

»Habe ich. Nicht gerade einer Ihrer geschicktesten Schachzüge, Andie.«

»Isaac, ich schwöre Ihnen, ich habe nicht die leiseste Ahnung, wie das in die Zeitung gelangt ist. Diese ganze Doppelgänger-Geschichte – ich bin überhaupt erst gestern Abend darauf gekommen. Ich habe mit niemandem außer Kessler darüber gesprochen. Ich würde niemals etwas ohne vorherige Absprache mit einem Vorgesetzten nach außen dringen lassen.«

»Ich glaube Ihnen. Das Problem ist nur, dass es jetzt so aussieht, als wollten Sie einen ISU-Profiler vor vollendete Tatsachen stellen. Das wird Victoria Santos nicht gefallen. Gestern hatte sie noch keine Anhaltspunkte. Jetzt muss sie sich mit einer Theorie herumschlagen, die sie möglicherweise für bescheuert hält.«

»Und was soll ich machen?«

»Erstens, verlieren Sie nicht die Nerven. Zweitens, sehen Sie ab und zu in den Spiegel. Wenn Sie feststellen, dass Ihr Gesicht anfängt, blau anzulaufen, denken Sie daran: Atmen.«

»Ich meine es ernst. Ich treffe Santos in weniger als einer Stunde.«

»Wollen Sie, dass ich mit ihr rede?«

»Nein. Das ist mein Problem. Ich werde es selbst geradebiegen.«

»Das hatte ich nicht anders erwartet. Ich weiß, dass Sie nicht viel Zeit haben, aber es wäre hilfreich, wenn Sie herauskriegen könnten, wie die Sache nach außen dringen konnte.«

»Ich werde mit Kessler reden.«

»Gut. Aber seien Sie vorsichtig bei ihm.«

»Wie meinen Sie das?«

»Ich komme gut mit ihm klar, aber das geht nicht jedem so. Als ich noch beim Department war, sagte man ihm nach, dass er vor lauter Komplexen kaum gehen konnte.«

»Und das erzählen Sie mir jetzt.«

»Ach, wenn jemand es schafft, ihn aufzurichten, dann sind Sie das.«

»Danke, Boss«, sagte sie und schaltete ihr Handy ab. Der Morgenverkehr auf der Autobahn wurde von Minute zu Minute schlimmer. Während sie mit einem Auge die Straße im Blick behielt, kramte sie Kesslers Visitenkarte aus ihrer Handtasche und rief ihn zu Hause an. Seine Frau nahm den Anruf entgegen und teilte ihr mit, ihr Mann sei unter der Dusche.

»Können Sie ihn holen, bitte? Es ist furchtbar wichtig.«

Andie schnitt einen Kleinbus, als sie in die Abfahrt zum Flughafen einbog. Schließlich kam Kessler ans Telefon. »Hallo-o«, sagte er ein bisschen schwerfällig.

»Dick, ich will Ihnen nichts unterstellen, aber wie sind das Fazit und der Inhalt unseres gestrigen Gesprächs im Autopsieraum in die Morgenzeitung gelangt?«

»Ich habe sie angerufen.«

»Ohne mir was davon zu sagen?«

»Ich stehe auf dem Standpunkt, dass die Medien bei der Aufklärung von Verbrechen von großem Nutzen sind. Victoria Santos sieht das genauso. Ich habe ihre Vorträge gehört.«

»Ich finde die Idee ja grundsätzlich nicht falsch«, erwiderte Andie. »Aber wenn man so eine unüberprüfte Theorie in Umlauf bringt, könnte irgendein Spinner auf die Idee kommen, sie in die Tat umzusetzen. Und Sie selbst konnten doch der Theorie nichts abgewinnen, als ich sie vorgebracht habe.«

»Je mehr ich darüber nachgedacht habe, desto plausibler erschien sie mir.«

»Zumindest hätten wir Agentin Santos davon in Kenntnis setzen können.«

»Dafür ist es jetzt verdammt noch mal zu spät. FBI-Angelegenheiten sind Ihr Problem, nicht meins.«

»Allerdings«, gab Andie zurück. »Ich hatte einfach auf eine bessere Zusammenarbeit gehofft.«

»Das hätten Sie sich überlegen sollen, bevor Sie schlaue Bemerkungen darüber machen, wer in meiner Familie die Einkäufe erledigt.«

»Lieber Himmel, Dick. Lassen Sie uns nicht kleinlich werden, okay?«

»Ich bin überhaupt nicht kleinlich. Tatsächlich tue ich Ihnen einen Gefallen. Dieses kleine Presse-Leck gibt Ihnen die ideale Gelegenheit, von Anfang an herauszufinden, ob an den Gerüchten was dran ist.«

»An welchen Gerüchten?«

»Soweit ich gehört habe, hat Santos einen Charakterzug, der sogar ihre brillanten Fähigkeiten in den Schatten stellt.«

»Ihre Geduld?«, fragte Andie hoffnungsvoll.

»Ihr Ego. Viel Glück, Kindchen. Geben Sie mir Bescheid, wann Ihre königliche Hoheit Audienz hält.«

Andie warf ihr Handy auf den Beifahrersitz und betrachtete sich selbst im Rückspiegel. »Atmen«, sagte sie, als sie den Flughafen erreichte.

8

Mit ihrem karierten Kleid und Kniestrümpfen fix und fertig für die Schule angezogen, lag Morgan schlafend auf der Couch in Gus' Büro. Gus hatte sie viel früher geweckt als sonst, ihr die Grundschul-Uniform angezogen und sie mit zur Arbeit genommen. Sie hatte tief und fest geschlafen, als sie noch vor Tagesanbruch in der Innenstadt angekommen waren. Es war ihm gelungen, sie nicht aufzuwecken, als er sie vom Auto in den Aufzug und in sein Büro getragen hatte. Die Schule fing erst um neun an, aber er musste vor sieben im Büro sein. Er traf pünktlich ein, mit seinem schlafenden Kind im Schlepptau.

Um viertel nach acht blinzelte Morgan schlaftrunken und begann, sich zu bewegen. Gus blickte von seinem mit Papieren übersäten Schreibtisch auf. Nie zuvor hatte er beobachtet, wie Morgan aufwachte, zumindest nicht den gesamten hinreißenden Prozess. Es war solch ein Kontrast zu der Welt der Erwachsenen, die vom Geräusch summender Wecker aus dem

Schlaf gerissen wurden. Er fühlte sich an Filme erinnert, die im Zeitlupentempo das Aufblühen von Knospen zeigten. Morgan gähnte wie ein Bärenjunges, das den Winterschlaf abschüttelt, und versuchte, sich vor dem gleißenden Sonnenlicht zu schützen, das durch das Ostfenster des großen Eckbüros einfiel.

Sie glitt von der Couch herunter und trat direkt an das Fenster. Die Aussicht aus dem neunundvierzigsten Stock zog sie völlig in ihren Bann. »Wow. Das ist ja wie in der Space Needle.«

Sie drückte ihre Nase an der Fensterscheibe platt und schaute zum schneebedeckten Mount Rainier hinauf. Gus lächelte matt, aber zuckte innerlich zusammen. Morgan war jetzt schon sechs Jahre alt und sie war nie im Büro ihres Vaters gewesen.

»Kein Wunder, dass du hier wohnst.« Das Fenster beschlug, als sie gegen die Scheibe sprach.

»Das ist nur ein Büro, Liebes. Daddy wohnt nicht hier.«

»Mommy sagt aber, du wohnst hier.«

Die Worte trafen ins Mark. Widerspruch war zwecklos.

Morgan trat vom Fenster weg. Die bunte Sammlung geschnitzter Holzpferde auf dem Couchtisch hatte ihre Aufmerksamkeit erregt. Sie nahm eins in die Hand. Gus sprang auf, bevor sie sich auch die anderen nehmen konnte. »Das ist kein Spielzeug, Kleines.«

»Die sehen aber aus wie Spielzeug.«

»Das waren sie auch mal. Aber jetzt sind sie Antiquitäten. Teure Antiquitäten.« Er nahm das geschnitzte Rassepferd und stellte es zurück auf den Tisch neben die anderen.

»Bringst du mich heute zur Schule?«

»So ähnlich.«

Ein junger Mann erschien in der offenen Tür. »Fertig, Mr Wheatley?«

Morgan sah auf, als wollte sie sagen: »Wer ist das denn?«

Gus kniete sich vor sie hin, so dass er mit ihr auf einer Augenhöhe sprechen konnte. »Morgan, das ist Jeremy. Er ist sehr nett. Er arbeitet in der Poststelle. Er nimmt Daddys Auto und fährt dich zur Schule.«

»Warum bringst du mich nicht hin?«

»Es geht heute nicht.«

»Und warum bringt Mommy mich nicht hin?«

»Es ist so, wie ich dir gestern Abend erklärt habe. Mommy ist eine Zeit lang weg.«

»Holt sie mich denn ab?«

»Keine Ahnung. Das werden wir dann sehen.«

Schweigend senkte Morgan den Kopf. Gus war sich nicht sicher, ob er etwas sagen oder sie vielleicht umarmen sollte. Er stand auf und gab Jeremy die Autoschlüssel. »Sie muss nach Bertschi.«

»Wohin?«

Jeremy gehörte nicht gerade zu der Sorte Jungs, die den Weg zu einer Grundschule kennen würde, auf der das jährliche Schulgeld eine fünfstellige Summe betrug. Gus machte ihm schnell eine Skizze auf seinem Notizblock. »Die Schule liegt an der Tenth Avenue. Ganz leicht zu finden. Fahren Sie vorsichtig. Und sorgen Sie dafür, dass sie hinten sitzt.«

»Kein Problem.«

Morgan war offenbar immer noch sauer. Mit einem Finger hob Gus ihr Kinn an. »Komm, mach nicht so ein Gesicht, okay? Ich verspreche dir, dass ich dich selbst abhole, wenn Mommy heute Nachmittag nicht kommt. Abgemacht?«

Sie umklammerte ihren Plastik-Schulranzen, ohne zu antworten.

Er gab ihr einen Kuss auf die Wange. »Komm, drück mich doch einmal.«

Sie hielt ihre Arme an den Körper gepresst. Er umarmte sie trotzdem, aber sie rührte sich nicht. Er stand auf, die Situation war ihm in Jeremys Anwesenheit ein bisschen peinlich. »Sie fahren jetzt besser. Sie muss um neun dort sein.«

Jeremy geleitete Morgan zur Tür. Gus sah ihnen nach, als sie an der Anmeldung vor seinem Büro vorbei und den Flur entlang gingen. Sein Instinkt sagte ihm, dass es besser war, sich Morgan gegenüber normal zu verhalten, bis er etwas von der Polizei hörte, und nichts von sich zu geben, was sie ängstigen könnte. Das Problem war, dass er nur eine schwache Vorstellung davon hatte, was zwischen ihm und Morgan »normal« war.

Er schloss die Tür und ging an seinen Schreibtisch zurück. Plötzlich stutzte er. Der Couchtisch erregte seine Aufmerksamkeit, genauer gesagt, die Sammlung antiker Pferde. Eins fehlte. Und zwar genau das, mit dem Morgan gespielt hatte.

Zuerst sah er unter dem Tisch nach. Nichts. Er suchte auf dem Sofa, wo sie gesessen hatte, und fuhr mit der Hand zwischen die Kissen. Ein paar Kulis kamen zum Vorschein und dann ein Fünfcentstück. Aber kein geschnitztes Pferd.

Er sah zum Fenster hinaus und konzentrierte den Blick auf die Handabdrücke, die Morgan auf dem Glas in Hüfthöhe hinterlassen hatte. Ihn beschlich ein unbehagliches Gefühl, aber die Schlussfolgerung war unausweichlich.

Seine eigene Tochter hatte ihn soeben beklaut.

Andie betrat das Hauptterminal durch den Eingang von American Airlines. Die Sonne war noch nicht aufgegangen, aber es herrschte bereits reges Treiben. Die Stunde vor dem Morgengrauen war wie Yin und Yang auf dem Flughafen von Seattle. Die eine Hälfte der Leute eilte energiegeladen zu ihren Flügen, die den Beginn ihres Arbeitstags darstellten. Die andere Hälfte wirkte wie Zombies, die von irgendwo weit her kamen und die ganze Nacht geflogen waren. Andie fühlte sich irgendwo zwischen den beiden Extremen, einerseits aufgeregt über ihre neue Aufgabe, aber gleichzeitig nervös wegen des zweifelhaften Einstiegs. Sie war noch zu keinem klaren Entschluss gekommen, wie sie Victoria Santos das Presse-Leck beibringen sollte, aber sie würde sich sehr bald etwas einfallen lassen müssen. Auf Schritt und Tritt kam sie an Zeitungsständern voller Boulevardblätter vorbei, auf denen die voreiligen Überschriften über einen Serienmörder prangten. Sie klemmte sich eine Ausgabe des *Seattle Post-Intelligencer* unter den Arm und ließ sich von der Menge in Richtung der Gepäckbänder schieben.

Am Drehkreuz blieb sie wie angewurzelt stehen. Direkt vor ihr befand sich Victoria Santos.

Sie trug bequeme Kleidung für den langen Flug, Hose und Pullover, aber Andie erkannte sie auf der Stelle. Santos galt als eine Art FBI-Legende, besonders unter weiblichen Agenten. Vor Jahren hatte sie sich einen Namen bei der CASKU gemacht, der Einheit für Kindesentführung und Serienmörder. Mit großem Einsatz als Profiler hatte sie den berühmten »Zungenmord«-Fall gelöst, eine Kette abstruser Morde, die nur durch die grausige Handschrift des Mörders miteinander in Verbindung standen – er hatte allen Opfern die Zunge herausgerissen. Dieser Fall war der erste einer ganzen Reihe von erfolgreichen Einsätzen. Sie war in der Position einer leitenden Spezialagentin, als Andie ihr zum ersten und einzigen Mal begegnet war, und zwar bei einem Ausbildungskurs, den Santos in der Acadamy abhielt.

Sie war ein wenig größer als Andie und hatte noch den gleichen intensiven Blick, den Andie in Erinnerung hatte. Bis vor einem Monat waren ihre langen dunklen Haare eins ihrer auffälligeren Merkmale gewesen. Es ging das Gerücht, dass sie es an ihrem fünfundvierzigsten Geburtstag auf Schulterlänge gestutzt hatte; angeblich war sie nicht etwa zu einem teuren Frisör gegangen, sondern hatte die Schere aus ihrer Schreibtischschublade genommen und sich die Haare eigenhändig abgeschnitten.

Es war kein Geheimnis, dass die Profiler des FBI im Verhältnis zu den anderen Beschäftigten am ehesten verschlissen wurden. Einige behaupteten, auch Victoria würde sich allmählich dem Punkt in ihrer Laufbahn nähern, an dem sie sich schon in zu viele Köpfe von Psychopathen hineinversetzt und zu vielen leblosen Opfern in die Augen geschaut hatte. Andere glaubten, sie sei immer noch aufgebracht darüber, dass die Entscheidung, sie zur Chefin der CASKU zu machen, gekippt worden war und man sie stattdessen zur ISU versetzt hatte. Ihre Anhänger sagten ihr nach, sie sei außergewöhnlich durchsetzungsfähig. Ihre Gegner behaupteten, sie sei extrem aggressiv. Die Strukturen der »Firma« waren nun einmal so, dass in einer von Männern dominierten Abteilung selbst eine Frau in höchster Position nicht vor Intrigen geschützt war.

»Miss Santos?« Andie reichte ihr die Hand. »Ich bin Agentin Henning. Sehr erfreut, Sie kennen zu lernen. Besser gesagt, es ist mir eine Ehre.«

Bei dem Wort »Ehre« zuckte Andie ein wenig zusammen und befürchtete, es könnte unterwürfig klingen.

»Hoffentlich fühlen Sie sich nicht zu sehr geehrt, um mich Victoria zu nennen«, antwortete diese und schüttelte ihr die Hand.

»Okay, Victoria.«

Sie lächelten einander an, aber Victoria wirkte übermüdet, was kein Wunder war. Sie war kurz nach Mitternacht von zu Hause in Virginia aufgebrochen und hatte den ersten Flug vom Süden der Ostküste bis in den Norden der Westküste genommen. Andie warf einen Blick auf die beiden Koffer, die neben Victoria standen.

»Wie ich sehe, haben Sie Ihr Gepäck schon.«

»Ja. Gehen wir.«

Andie und Victoria bückten sich gleichzeitig nach demselben Koffer. Ihre Köpfe stießen zusammen. Andie zuckte erschrocken zurück. Die zusammengerollte Ausgabe des *Post-Intelligencer* rutschte ihr unter dem Arm weg und fiel auf den Boden. Die Titelgeschichte lag direkt vor ihren Füßen. Victoria rieb sich die Stirn, wo Andie sie getroffen hatte. Sie stutzte beim Anblick der reißerischen Überschrift, dann hob sie die Zeitung auf und warf einen kurzen Blick darauf.

»Ein Serienmörder, der paarweise mordet? Wo kommt denn *das* her?«

Andie wand sich bei der Antwort. »Es war nur so eine Idee.«

»Wessen Idee?«

»Meine«, erwiderte sie kleinlaut.

»Und was hat das in der Zeitung zu suchen?«

»Die örtliche Polizei hat es durchsickern lassen.«

Victorias Miene verfinsterte sich. »Dann sollte ich es vielleicht lesen«, sagte sie und schlug die Zeitung auf.

»Das glaube ich auch«, pflichtete Andie bei.

Victoria las im Gehen. Andie folgte ihr mit den Koffern. Sie sprach auf dem Weg zum Wagen kein Wort und wartete Victorias Reaktion auf den Artikel ab. Victoria öffnete die Beifahrertür und stieg ein. Andie verstaute die Koffer auf dem Rücksitz, setzte sich ans Steuer und verließ die Tiefgarage.

Victoria faltete die Zeitung zusammen und legte sie auf das Armaturenbrett.

Andie bereitete sich innerlich schon auf ein Verhör vor, aber Victoria öffnete lediglich ihren Aktenkoffer und vergrub sich in einen Notizblock, während Andie das Flughafengelände hinter sich ließ. Zehn Minuten lang ertrug Andie das Schweigen. Schließlich hielt sie es nicht mehr aus. »Entschuldigen Sie, aber wollen Sie jetzt gar nicht mehr reden?«

Victoria blickte von ihren Notizen auf. »Ich habe nicht vor, Sie auszuquetschen, Andie. Was passiert ist, ist passiert. Aber wenn Sie darauf warten, dass ich sage, alles ist okay, dann irren Sie sich.«

»Ich hatte nicht vor, Ihnen die Schau zu stehlen oder Sie zu beeindrucken. Ich hatte überhaupt nicht vor, irgendwen zu beeindrucken. Es war einfach nur eine Theorie.«

»Und ich sage ja auch gar nicht, dass Ihre Theorie notwendigerweise falsch ist. Der eigentliche Schaden besteht darin, dass es sehr schwierig ist, eine Theorie, nachdem sie einmal bei der Presse gelandet ist und sich im Denken der örtlichen Polizisten festgesetzt hat, wieder aus den Köpfen zu bekommen. Das erschwert meine Arbeit unnötig.«

»Aber ich war jedenfalls nicht diejenige, die es hat durchsickern lassen. Das kam von einem Detective namens Kessler.«

»Das ist keine Entschuldigung. Es ist Ihre Aufgabe als Koordinatorin, sich bei den örtlichen Behörden Respekt zu verschaffen. Wenn Sie den erst haben, werden sie Ihrer Bitte, etwas aus den Medien herauszuhalten, in neun von zehn Fällen Folge leisten.«

Andie bekam ein schlechtes Gewissen, als ihr klar wurde, dass sie Kessler nicht ausdrücklich gebeten hatte, sich nicht an die Presse zu wenden. »Sie haben Recht. Ich entschuldige mich dafür.«

Wieder herrschte Schweigen.

»Ich möchte Ihnen ja nicht auf die Nerven gehen«, sagte Andie, »aber es würde mir schon erheblich besser gehen, wenn Sie irgendetwas sagen würden. So was wie ›Entschuldigung akzeptiert‹.«

Andie hielt ihren Blick auf die Straße geheftet, in Erwartung einer Antwort. Schließlich wandte sie den Kopf zu Victoria und sie sahen sich an. Victoria zeigte nicht den missbilligenden Gesichtsausdruck, den Andie erwartet hatte. Ganz im Gegenteil. Es schien, als fände Victoria Gefallen an ihrem Kampfgeist.

»Entschuldigung angenommen«, erwiderte sie. »Und machen Sie sich keine Sorgen. Das kann jedem von uns passieren.«

Andie war nicht so richtig erleichtert. »Irgendwie kann ich mir nicht vorstellen, dass *Ihnen* jemals so etwas passiert ist.«

»Ist es aber.«

»Wirklich?«

»Das ist schon lange her. In meinem ersten Jahr in Quantico. Wir hatten es mit einem Serienmörder zu tun, der immer an anderen Orten zuschlug. Die einzige Spur war ein anonymer Zeitungsinformant, der über die unheimliche Fähigkeit verfügte, jeden Mord einschließlich Zeitpunkt, Ort und Namen des Opfers vorherzusagen. Der Chef meiner Einheit ging davon aus, dass der Informant selbst der Mörder war. Ich nicht. Ich habe meinen Chef übergangen und mich direkt an den stellvertretenden Leiter der Verbrechensabteilung gewandt. Habe meinen Ruf aufs Spiel gesetzt.«

»Was meinte denn der Chef Ihrer Einheit dazu?«

»Sie können es sich ungefähr vorstellen. Er war stinksauer.«

»Und wie haben Sie die Geschichte wieder ausgebügelt?«

»Manchmal beruhigen sich die Dinge von selbst wieder.«

»Wie das?«

»Es ist ganz einfach, wirklich. Jetzt, wo Ihre Theorie in ganz Seattle schwarz auf weiß gedruckt ist, können Sie nur auf eins hoffen.«

»Worauf?«

»Dass Sie richtig liegen.«

Andie setzte zu einem Lächeln an, dann wurde ihr bewusst, dass Victoria nicht scherzte. Sie drehte die Heizung auf und fädelte sich in den Berufsverkehr auf der überfüllten Autobahn ein.

9

Nachdem Morgan weg war, wandte Gus sich wieder seiner Arbeit zu, aber er konnte sich nicht auf die Papiere konzentrieren, die auf seinem Schreibtisch verteilt lagen. Um elf Uhr war er mit drei anderen seiner Abteilungsleiter verabredet, um mit ihnen ein Angebot für einen japanischen Fabrikanten abzustimmen, der eine auf Seattle bezogene Beratung suchte. Unter Anwälten wurden diese Dienstleistungen »Schönheitswettbewerbe« genannt, da die größten Firmen der Stadt ihre besten Anwälte vorführten, um die Herzen und die Geldbeutel der großen Firmen zu erobern. Die Analogie hatte ihre Grenzen. Gus hatte weder jemals erlebt, dass auch nur einer der Bewerber – wie bei Schönheitswettbewerben sonst üblich – gelobt hätte, etwas für hungernde Kinder oder den Weltfrieden zu unternehmen, noch, dass die unterlegenen Parteien lächelten und dem Gewinner gratulierten.

Heute Morgen kreisten seine Gedanken nur um Beth und seine Sorgen stürzten dabei ständig von einem Extrem ins andere. Eben noch war er sich sicher, dass es ihr gut ging, sie ihn aber verlassen hatte. Im nächsten Augenblick war er davon überzeugt, dass sie tot war. Der Zwischenfall mit dem Diebstahl hatte ihn nur noch mehr verwirrt. Wahrscheinlich spürte Morgan, dass irgendetwas nicht stimmte, und versuchte, Aufmerksamkeit zu erregen. Vielleicht war es aber auch ein Symptom für schon lange bestehende psychische Probleme, derer sich Gus bisher nicht bewusst gewesen war. Vielleicht hatte Beth sich die Schuld gegeben, sich als Versagerin betrachtet, und war in einem schwachen Moment aus Verzweiflung davongelaufen. Wie auch immer, Gus musste sich besser auf den Umgang mit Morgan vorbereiten. Er könnte professionellen Beistand in Anspruch nehmen, aber er hatte noch nie etwas dafür übrig gehabt, jemanden zu Rate zu ziehen, ohne sich vorher schlau zu machen. Ganz sicher gab es im Internet Beiträge über die seelischen Auswirkungen auf Kinder, die einen Elternteil verloren hatten. Er schaltete den Rechner ein.

Auf dem Bildschirm erschien eine Mitteilung. »Ihr Kennwort ist nicht mehr gültig. Bitte geben Sie ein neues Codewort ein.«

Aus Sicherheitsgründen verlangte die Firma von ihren Anwälten, alle neunzig Tage das Passwort zu ändern. Gus versuchte, sich eine neue vierstellige Zahl auszudenken. Normalerweise benutzte er Daten. Das Datum, an dem er das Examen in Stanford abgelegt hatte. Der Tag, an dem er zum Teilhaber gewählt worden war. Heute Morgen jedoch war er in einer sentimentalen Stimmung. Er begann, seinen Hochzeitstag einzutippen. Er gab den Monat ein – 09 –, doch dann konnte er sich nicht an den genauen Tag erinnern. Es war entweder der vierzehnte oder fünfzehnte September gewesen. Er war sich nicht sicher. Auf jeden Fall war es ein Samstag.

Natürlich war es ein Samstag, du Trottel.

Ein Klopfen an der Tür verschaffte ihm Aufschub. Die Tür wurde geöffnet, bevor er »herein« sagen konnte, was nur bedeuten konnte, dass es entweder der Präsident der Vereinigten Staaten oder aber Martha war.

»Sie brauchen Hilfe?« Es war nicht das Staatsoberhaupt.

»Kommen Sie rein.«

Wie eine besorgte Freundin trat Martha leise ein und schloss die Tür hinter sich. Sie setzte sich auf die Sofakante.

»Irgendwelche Neuigkeiten über Beth?«, fragte sie erwartungsvoll.

»Wir können nur abwarten. Die Polizei scheint im Dunkeln zu tappen. Im Moment versuche ich einfach nur, einen klaren Kopf zu behalten.«

»Ich denke, das ist das Beste. Ich würde nicht zu viel darauf geben, was die Zeitungen schreiben.«

»Zeitungen? Wovon reden Sie?«

»Haben Sie den *P-I* von heute Morgen noch nicht gelesen?«

»Nein. Ich war so beschäftigt, dass ich dafür gar keine Zeit gefunden habe. Steht was über Beth drin?«

»Tut mir Leid. Kein Grund zur Beunruhigung.«

»Was schreiben sie denn?«, fragte er eindringlich.

»Sie haben sie nicht beim Namen genannt. Es ist aber ein Bericht über einen möglichen Serienmörder, der seine Opfer paarweise nach Ähnlichkeit aussucht. Zwei Männer waren die ersten Opfer. Jetzt haben sie eine Frau gefunden. Sie schreiben es nicht geradeheraus, aber von der äußerlichen Beschreibung hört es sich an, als wäre es Beth.«

»Ich war gestern Abend im Leichenschauhaus. Man hatte mich gebeten, mir die Leiche einer Frau anzusehen. Es war nicht Beth.«

»Das muss die nicht identifizierte Frau gewesen sein, die in dem Artikel erwähnt wird.«

»Und wovon gehen sie jetzt aus? Dass Beth zu ihr passt?«

»Sie benutzen den Begriff ›Doppelgänger‹.«

Plötzlich wurde er nervös. »Jetzt, wo Sie es sagen, es bestand eine gewisse äußere Ähnlichkeit.«

»Ich möchte Sie nicht ängstigen, Gus. Die Polizei sagt nichts direkt über Beth. Das war meine Schlussfolgerung. In dem Artikel steht lediglich, dass es zwei männliche Opfer gab, beide erwürgt, beide einander sehr ähnlich, und in beiden Fällen stimmte der Tatort überein. Jetzt gibt es ein weibliches Opfer, auch erwürgt. Was sie noch nicht haben, ist ein zweites weibliches Opfer. Nur die Befürchtung, der Mörder könnte eine weitere Frau töten, die der ersten gleicht.«

»Und das *könnte* Beth sein.« Gus griff nach dem Telefonhörer und bat seine Sekretärin über die Gegensprechanlage, ihm eine Ausgabe der Zeitung zu bringen. Unmittelbar darauf trat sie ein, legte die Zeitung auf den Schreibtisch und ging, ohne ein Wort zu sagen, wieder hinaus. Schweigend verschlang Gus die Titelgeschichte. Schließlich legte er die Zeitung weg und sah Martha an.

»Ich kann es nicht fassen. Erst gestern Abend war ich mit jemand vom FBI zusammen. Niemand hat mir gegenüber etwas von einem Serienmörder erwähnt.«

»Wahrscheinlich, weil sie nicht davon ausgehen, dass Beth die Doppelgängerin ist.«

»Wie können Sie das nach der Lektüre dieses Artikels noch sagen?«

»Weil ich genauso wenig glaube, dass Beth diese Doppelgängerin ist.«

»Also denken Sie, dass all das Gerede über einen Serienmörder nichts als – wie soll ich sagen – voreilige Spekulation ist?«

»Das habe ich nicht gesagt. Vielleicht gibt es ja einen Serienmörder in Seattle. Er tötet vielleicht auch paarweise. Ich glaube einfach nicht, dass Beth eins seiner Opfer ist.«

»Und auf welche fantastischen Untersuchungserkenntnisse stützt sich Ihre Auffassung?«

Sie zögerte, bevor sie antwortete. »Tut mir Leid. Aber wenn man mich fragen würde, würde ich sagen, Beth hat Sie wahrscheinlich verlassen.«

Er beugte sich vor. »Haben Sie mit ihr gesprochen?«

»Nein.«

»Wissen Sie etwas, das ich nicht weiß?«

»Nennen Sie es einfach Instinkt.«

»Instinkt?« Er schien seinen Ohren nicht zu trauen.

»Eigentlich mehr als das. Eher eine Annahme, die sich auf Beobachtung stützt. Was zwischen Ihnen und Beth war, kann man nicht ignorieren. Es ist noch nicht so lange her, dass sie Sie der Misshandlung bezichtigt hat.«

»Das war vor über fünf Jahren.«

»Wie auch immer. Selbst falsche Anschuldigungen erhebt eine Frau nicht ohne Grund. Ich glaube, bei Beth handelte es sich um den klassischen Fall einer Frau, die nach der Aufmerksamkeit ihres Mannes schreit.«

Gus rutschte unruhig auf seinem Sessel herum. Ihr Eheberater hatte das Gleiche gesagt. Die Anschuldigungen waren nicht böswillig gewesen. Sie waren ein Akt der Verzweiflung. »Worauf wollen Sie hinaus?«

»Offensichtlich haben Sie ihr nicht ausreichend Gehör geschenkt. Also hat sie Sie schließlich verlassen.«

»Das erscheint mir doch sehr simpel.«

»Vielleicht. Aber ich gehöre zu den Menschen, die davon ausgehen, dass die einfachste Antwort häufig die richtige ist. Natürlich ist es vernünftig, alle Möglichkeiten in Betracht zu ziehen. Nach dem, was ich heute Morgen alles am Wasserspender gehört habe, wird Beth schon als viertes Opfer des Serienmörders abgeschrieben. Aber für mich ist die Sache klar. Beth geht's gut. Wohin sie auch immer gegangen sein mag.«

»Sie würde nicht einfach ohne Morgan verschwinden.«

»Vielleicht wird sie ihretwegen zurückkommen.«

»Wollen Sie mich trösten oder mir nur ein schlechtes Gewissen machen?«

»Weder, noch. Ich möchte einfach nur, dass Sie alle Tatsachen kennen.« Sie sah ihm in die Augen und fuhr dann in einem milden Tonfall fort: »Ich habe Ihnen das bisher noch nie gesagt. Ich habe es niemandem gesagt. Das letzte Mal, dass ich Beth gesehen habe, war auf der Betriebsfeier. Ich werde nie vergessen, wie sie mich angesehen hat. Den ganzen Abend über tödliche Blicke.«

»Und warum?«

»Dafür, dass ich die andere Frau bin.«

»Die andere Frau?«, erwiderte er sarkastisch. »Machen Sie mal einen Punkt, Martha. Vielleicht ist Ihnen das ja neu, aber soweit ich mich erinnern kann, hatten wir nie Sex miteinander.«

»Es gibt andere Ebenen ehelicher Untreue.«

»Wovon reden Sie?«

»Von Intimität. Sie muss gar nicht körperlich sein. Es ist eher die Frage, mit wem Sie jeden Tag reden. Wen Sie zuerst anrufen, um die guten Nachrichten zu verkünden. An wen Sie sich um Rat wenden und wer Ihnen hilft, Probleme zu lösen. Sicherlich, wir haben einander nie nackt gesehen. Aber in jedem anderen Bereich verstehe ich Sie besser als Ihre eigene Frau. In jedem anderen Zimmer außer dem Schlafzimmer bin ich die Frau, mit der Sie am liebsten zusammen sind. Zwei Menschen müssen nicht unbedingt miteinander ins Bett hüpfen, um seelenverwandt zu sein.«

Er lächelte verlegen. »Martha, ich mag Sie. Ich mag Sie sogar sehr. Aber wir sind weit davon entfernt, Seelenverwandte zu sein.«

Einen Moment lang wirkte sie traurig, dann aber verärgert.

»Ich bitte Sie«, sagte er, »wir sind doch nicht seelenverwandt.«

»Also gut. Wenn es Ihnen schwer fällt, es auszusprechen, vergessen Sie's einfach. Aber Sie müssen mich ja nicht gleich vor den Kopf stoßen, indem Sie so tun, als wäre es das Lächerlichste, was Sie je gehört haben.«

»Bitte. Nun seien Sie doch nicht gleich so empfindlich.«

Sie warf einen Blick auf ihre Uhr und erhob sich. »Ich gehe

jetzt besser. Bevor Sie noch irgendetwas sagen, das Sie später bereuen.«

»Was soll denn das jetzt wieder bedeuten?«

»Ich habe immer zu Ihnen gehalten. Als Beth Sie wegen Misshandlung beschuldigt hat, war der Aufsichtsrat kurz davor, Ihre Position als Teilhaber zu kippen, bevor die Geschichte in die Zeitung kommen und den Ruf der Firma schädigen konnte. Einige Leute haben die Sache schon als gute Gelegenheit für einen Wechsel in der Firmenleitung betrachtet. Plötzlich schienen Sie verwundbar.«

»Was hat denn das mit all dem zu tun?«

»Möglicherweise gar nichts. Aber wenn es sich herausstellt, dass Beth Sie schließlich doch verlassen hat, wundern Sie sich nicht, wenn das Gerede wieder von vorne losgeht.«

»Die Leute denken sowieso, was sie denken wollen.«

Sie beugte sich vor, stützte sich mit den Händen auf der Schreibtischkante ab und sah ihm direkt in die Augen. »Ich kann Ihnen nur raten, vorsichtig zu sein. Sie können es sich jetzt weniger denn je leisten, Freunde zu verlieren.«

Sie drehte sich um, ging hinaus und ließ die Tür hinter sich ins Schloss fallen.

Gus holte tief Luft. Er hatte sie früher schon verärgert erlebt, richtiggehend wütend. Aber das jetzt war anders. Er wusste nicht recht, wie er damit umgehen sollte. Er wusste nur, dass er nicht noch ein Problem gebrauchen konnte.

Er wandte sich wieder seinem Rechner zu. Der Cursor blinkte auf seinem Bildschirm und forderte ihn auf, ein neues Passwort einzugeben – der Rechner wartete nach wie vor auf das Datum seines Hochzeitstags. Er versuchte, sich zu erinnern, aber es fiel ihm nicht ein. Ihm gingen Marthas Worte durch den Kopf, seiner selbst ernannten Seelenverwandten, die ihre eigene Definition von ehelicher Untreue kundgetan hatte. Er spürte einen Druck auf der Brust. Trotz aller Probleme in ihrer Ehe hatte er sich immer an ein Prinzip gehalten: Beth niemals zu betrügen. Das würde er nie tun. Im Moment kam er sich jedoch so vor, als hätte er es längst getan.

Mit leerem Blick starrte er auf den Bildschirm, immer noch bemüht, sich an das Datum zu erinnern. Zwecklos. In einem Anflug von Frustration gab er ein neues Passwort aus vier Ziffern ein.

Das Datum, an dem Beth verschwunden war.

Andie fuhr Victoria vom Flughafen direkt zum Polizeirevier in der Innenstadt. Die örtlichen Behörden hatten das FBI um Unterstützung gebeten, deshalb war es nur logisch, dass das Treffen auf ihrem Gebiet stattfand.

Sie betraten das Gebäude durch den Haupteingang auf der Ninth Street. Andie schüttelte die Regentropfen von ihrem Schirm auf den grünen Fliesenboden. Einige Detectives kamen direkt hinter ihnen hereingestürzt, ihre Trenchcoats waren durchnässt vom morgendlichen Nieselregen. Cops in blauen Uniformen liefen in der Eingangshalle herum. Ein halbes Dutzend Festgenommene in Handschellen warteten auf einer Bank im langen Flur. Der älteste war ein betagtes Relikt aus den Sechzigern mit langen, strähnigen grauen Haaren. Auf seinen Schuhen klebten angetrocknete Reste von Erbrochenem und er nervte die Beamtin, die ihn wegen Erregung öffentlichen Ärgernisses verhaftet hatte, mit dem entschlossenen Absingen von Sonny und Chers »I Got You Babe«. Erfreulicherweise ging seine kreischende Stimme in dem allgemeinen Lärm und dem Tumult, der von den hohen Decken widerhallte, ziemlich unter. Andie stellte mit einem Blick auf ihre Uhr fest, dass der Trubel im Revier mit dem morgendlichen Wachwechsel zusammenhing. Es war leicht zu erkennen, wer kam und wer ging. Das Gesicht eines Cops, der die Nachtschicht von Mitternacht bis um acht Uhr morgens hinter sich hatte, sprach Bände.

Victoria steuerte direkt auf den wachhabenden Polizisten zu, um ihre Ankunft mitzuteilen. Andies Pieper meldete sich. Sie sah sofort, woher der Anruf kam. Gus hatte ihr am Abend zuvor seine Privatnummer gegeben.

»Wir sind noch ein paar Minuten zu früh«, sagte sie zu Victoria. »Ich würde gerne zurückrufen.«

»Gern. Machen Sie nur.«

»Danke«, sagte sie, eilte an den Münzfernsprecher am Ende des Korridors und wählte die Nummer. Sie presste den Hörer ans Ohr und legte einen Finger an das andere, um nicht von dem Lärm in der Eingangshalle gestört zu werden.

»Gus? Hier ist Andie Henning. Sie wollten mich sprechen?«

»Wieso erfahre ich von diesem Serienmörder aus der Zeitung?«

Ihr rutschte das Herz in die Hose. Den ganzen Vormittag war sie wegen Victorias Reaktion ganz nervös gewesen. Aber das war gar nichts im Vergleich zu dem Gefühl, das Gus' Stimme in ihr auslöste. »Es tut mir Leid, dass das passiert ist.«

»Was tut Ihnen Leid? Dass es durchgesickert ist? Oder dass meine Frau tot ist?«

»Niemand hat behauptet, dass Ihre Frau tot ist. Diese Doppelgänger-Theorie ist lediglich eine Spekulation.«

»Warum haben Sie mir das gestern Abend nicht gesagt?«

»Weil es noch verfrüht ist.«

»Aber nicht zu früh, um als Titelgeschichte zu dienen.«

»Glauben Sie mir, ich war genauso überrascht wie Sie, darüber in der Zeitung zu lesen.«

»Wie bitte?«

»Ich hatte nicht vor, diese Theorie in die Medien gelangen zu lassen.«

»Das ist ja sehr beruhigend«, erwiderte er höhnisch. »Klingt tatsächlich so, als hätten Sie die Dinge im Griff.«

»Es ist –« Andie rang nach den richtigen Worten. Je mehr sie ihm zu diesem Zeitpunkt sagte, desto mehr ritt sie sich in Schwierigkeiten. »Ich wünschte, ich hätte Zeit, es Ihnen zu erklären. Aber es geht im Moment nicht.«

»Würden Sie mir bitte wenigstens eins erklären: Was hat das FBI mit der Sache zu tun? Ich bin kein Strafverteidiger, aber Mord ist doch normalerweise keine Angelegenheit für die Bundesbehörden. Gehen Sie davon aus, dass Beth entführt und über die Staatsgrenze geschafft wurde? Ist das der Grund für die Beteiligung des FBI?«

»Nein. Das FBI ist lediglich mit von der Partie, um die örtlichen Polizeikräfte zu unterstützen.«

»Was soll das heißen?«

»Wollen Sie es wirklich wissen?«

»Meine Frau wird vermisst. Ich habe ein Recht, es zu erfahren.«

Andie konnte ihm nicht widersprechen. Einige Einzelheiten würden ihn vielleicht beruhigen. Sie warf einen Blick in die Eingangshalle. Victoria wartete. »Ich muss mich kurz fassen«, erwiderte sie. »Eine unserer Agentinnen von der ISU ist heute Morgen hier eingetroffen. Wir werden uns mit den Detectives der örtlichen Mordkommission treffen.«

»Zu welchem Zweck?«

»Zuallererst werden wir versuchen festzulegen, ob wir es überhaupt mit einem Serienmörder zu tun haben.«

»Und dann?«

»Wenn wir zu dem Schluss kommen, dass dies der Fall ist, werden wir wahrscheinlich eine Spezialeinheit zusammenstellen, an der verschiedene Behörden beteiligt sind.«

»Unter Leitung des FBI?«

»Nicht direkt. Je mehr unterschiedliche Abteilungen beteiligt sind, umso komplizierter wird die Angelegenheit. Ich kann Ihnen nur sagen, dass solche Dinge in der Regel ganz anders ablaufen, als sie im Fernsehen dargestellt werden. Das FBI leitet die Ermittlungen nicht. Das ist Sache der örtlichen Polizei. Wir helfen dabei, die Arbeit zu organisieren und sicherzustellen, dass die Polizeikräfte vor Ort die Unterstützung bekommen, die sie brauchen – Verbrechensanalysen, die Formulierung der Ermittlungsstrategie, die Koordinierung der technischen und forensischen Hilfsmittel, die Unterstützung durch Teams des FBI zur Sicherung von Beweismitteln oder durch die FBI-Labors. Unsere Experten werden auch das Beweismaterial prüfen, um ein psychologisches Profil des möglichen Mörders zu erstellen. Das hilft der Polizei, ihre Ermittlungen zu konkretisieren und sich auf einen bestimmten Menschentypus zu konzentrieren. Im Prinzip geht es darum, ihnen zu sagen, nach wem sie suchen müssen.«

»Und, nach wem suchen Sie?«

»Es gibt noch kein Profil. Das dauert eine Weile.«

»Und diese Profile – sie sagen eine Menge über den Mörder aus, sehe ich das richtig?«

»Richtig, diese Profile sind meistens ziemlich genau.« Sie warf wieder einen Blick in die Eingangshalle. Victoria ging auf und ab. »Es tut mir Leid, Gus. Ich muss wirklich gehen.«

»Warten Sie bitte. Es gibt eine Sache, an der ich ganz besonders interessiert bin.«

»Welche?«

»Bei diesen Profilen, gibt es da irgendeine Möglichkeit herauszufinden, ob der Mörder sein Opfer am Leben hält? Ich meine, wenigstens eine Zeit lang.«

»Ich habe es Ihnen schon gesagt. Wir haben noch kein Profil.«

»Ich flehe Sie an.« Seine Stimme wurde laut vor Verzweiflung. »Ich brauche irgendeine Information. Irgendetwas, um weiterzukommen, verstehen Sie? Wenn es einen Serienmörder gibt und wenn er Beth in seiner Gewalt hat ... wie viel Zeit haben wir dann noch?«

»Ich wünschte, ich könnte Ihnen darauf eine Antwort geben. Wir haben noch keine Möglichkeit, irgendetwas Gesichertes zu sagen.«

»Aber es muss doch irgendeine grobe Schätzung geben.«

»Schätzen würde zu nichts führen.«

»Verdammt, dann geben Sie mir wenigstens die Fakten. Bisher gibt es drei Opfer. Wie viel Zeit lag zwischen dem Verschwinden der Opfer und dem geschätzten Zeitpunkt des Todes?«

»Bei der Frau wissen wir es nicht. Wir wissen nicht einmal, wer sie ist, deshalb können wir nicht sagen, wie lange sie verschwunden war, bevor sie starb.«

»Und was ist mit den Männern?«

Sie zögerte, aus Angst vor den Schlussfolgerungen, die Gus ziehen könnte. »Der Tatort war der Ort des Todes.«

»Können Sie sich bitte verständlich ausdrücken?«

»Beide Männer wurden bei sich zu Hause ermordet. Der Mörder hat die Opfer nirgendwo hingebracht, bevor er sie getötet hat. Soweit wir wissen, hat er sie genau dort getötet, wo er sie überwältigt hat. Er hat sie überfallen.«

»Und was schließen Sie daraus?«

»Noch nichts Konkretes.«

»Sie wollen damit sagen, dass es zu spät ist für Beth, habe ich Recht?«

»Es ist wichtig, dass wir schnell handeln. Das zumindest steht fest.«

»Sie halten sie schon für tot.«

»Das stimmt nicht.«

»Ich höre es an Ihrer Stimme. Sie denken schon an das nächste Opfer. Beth ist nur eine Ziffer in Ihrer Statistik.«

»Nein«, erwiderte sie heftig. »Wenn Sie die Menschen kennen würden, die diese Arbeit machen, würden Sie nicht so reden. Dann wüssten Sie, dass sie die Opfer nicht vergessen. Niemals.«

»Also *ist* Beth ein Opfer?«

»Das habe ich nicht gesagt.«

»Aber in Ihrer Vorstellung ist sie das. Sie haben es selbst gesagt.«

»Sie drehen mir die Worte im Munde herum. Hören Sie auf, sich wie ein Anwalt aufzuführen.«

»Wie soll ich mich denn sonst aufführen?«

»Wie der intelligente, rationale Mann, der Sie sicherlich sind. Bitte, Gus, ich bin auf Ihrer Seite.«

»Also gut, Sie wollen, dass ich mich rational verhalte. Also werde ich rational sein. Sagen Sie mir nur noch eins.«

»Und das wäre?«

»Wie soll sich meine sechsjährige Tochter aufführen?«

Andie schwieg.

»Denken Sie daran, mir Bescheid zu sagen, wenn Ihre aus vielerlei Experten zusammengesetzte Spezialeinheit eine Antwort auf diese Frage gefunden hat.«

Die Leitung wurde unterbrochen und das war Andie ganz recht. Sie hätte ohnehin nichts zu sagen gewusst.

10

Die erste Besprechung der Task Force fand in einem fensterlosen Büro des Seattle Police Department statt. Der lange, rechteckige Tisch war zu groß für den Raum, man konnte sich nur vom Tisch wegbewegen, wenn jemand anders aufstand. In einer der Ecken stand eine verwelkte braune Pflanze. Eine detaillierte Landkarte des King County erstreckte sich über eine ganze Wand. Blaue Stecknadeln markierten den Tatort der beiden Morde, eine rote Stecknadel markierte den Fundort der dritten Leiche, da der eigentliche Tatort nicht bekannt war. Drei überquellende Ordner lagen aufeinander gestapelt auf dem Tisch wie eine bedeutsame Tischdekoration.

Andie saß neben Victoria Santos, mit dem Rücken zur Landkarte. Auf der anderen Seite hatten Detective Kessler und seine direkten Vorgesetzten, beides Sergeants der Mordkommission, Platz genommen. Hinter ihnen direkt an der Wand saßen die Streifenpolizisten, die als Erste an den drei Tatorten gewesen waren, ebenso wie die Techniker der Spurensicherung, die dorthin geschickt worden waren. Mit im Raum befanden sich Detectives der Mordkommission aus dem Büro des Sheriffs von King County, ein Pathologe der Gerichtsmedizin und ein Vertreter der Staatspolizei Washington. Wahrscheinlich würden sie in diesem frühen Stadium nicht viel zum Erstellen des Profils beitragen können, aber bestimmte Schlüsselpersonen von Beginn an mit einzubeziehen, war eine wirksame Methode, die Zusammenarbeit zwischen den verschiedenen Behörden zu fördern.

Punkt neun Uhr betrat Lieutenant Ethan Wile vom Seattle Police Department den Raum. Er war zwar der älteste unter den anwesenden Männern, aber mit Abstand der bestaussehende. Wile hatte persönlich das FBI kontaktiert und sich für eine Task Force eingesetzt, die aus verschiedenen Behörden zusammengesetzt war.

»Guten Morgen.« Sein Gruß galt allen Anwesenden, aber Victoria war die Einzige, die er ansah. Sie erwiderte sein Lächeln. Zum ersten Mal sah Andie sie auf diese Weise lächeln, mit leuchtenden Augen, die herzliche Zuneigung ausdrückten, vielleicht sogar auf eine frühere Liebesbeziehung schließen ließen. Der Altersunterschied zwischen Victoria und Wile war etwa so groß wie der zwischen ihr und Isaac, dachte Andie, wenn sie auch nicht recht wusste, warum ihr dieser Gedanke in den Kopf gekommen war.

Es war nicht überraschend, dass Victoria und Wile sich kannten. Die Profiler des FBI waren in der Regel für bestimmte Regionen zuständig und der pazifische Nordwesten schien mehr Serienmörder anzuziehen als jede andere Gegend. Vielleicht wurden sie ja von dem geheimnisvollen Regen und Nebel angezogen – einem schaurigen Leichentuch für die Opfer ihrer unsäglichen Gewalttätigkeit. Vielleicht lag es ja auch an der Herausforderung durch einen würdigen Gegner wie die gut ausgebildeten Polizeikräfte, die die Psychopathologie von Serienmördern zu verstehen gelernt hatten, seit Ted Bundy, der im Washingtoner Gouverneurswahlkampf von 1972 in einem Werbespot noch als einfacher Mörder bezeichnet wurde, zu einem der zehn meistgesuchten Verbrecher Amerikas avanciert war. Was auch immer die Gründe sein mochten, mit ihren Reisen nach Seattle hatte Victoria genug Vielflieger-Meilen angespart, um eine Reise zum Mond antreten zu können.

»Ich kann nicht bis zum Ende der Versammlung bleiben«, sagte Wile, »aber lassen Sie mich kurz einige Aspekte beleuchten, die mich dazu gebracht haben, das FBI einzuschalten.«

»Bitte«, forderte Victoria ihn auf.

»Wir haben es mit drei Opfern zu tun. Alle erwürgt. Allen dreien wurden vielfache Stichwunden zugefügt, aber der Gerichtsmediziner definiert diese alle als postmortal. In allen Fällen ist das Opfer offensichtlich durch Erwürgen umgekommen, bevor der Mörder überhaupt zum Messer gegriffen hat.«

»Also haben wir es mit regelrechtem Blutrausch zu tun.«

»Nicht nur mit Blutrausch, sondern mit einem Mörder, der seine Opfer erniedrigt. Alle wurden in entwürdigenden Positionen zurückgelassen. Das jüngste Opfer, die bislang nicht identifizierte Frau, wurde nackt aufgehängt in einem Park gefunden. Die Männer wurden zu Hause aufgefunden, ebenfalls nackt und in einer Weise auf den Fußboden gelegt, dass ihre blutüberströmten Leichen direkt zu sehen waren, wenn man zur Tür hereinkam. Und bei beiden waren fremdartige Objekte in den After eingeführt.«

»Fremdartige Objekte?«, höhnte Kessler. »Wollen Sie damit sagen, dass die Messer aus China stammten?«

Wile betrachtete Andie, als wäre sie seine Tochter. »Ja, es handelte sich um Messer.«

Victoria sagte: »Sie müssen gegenüber Agentin Henning nichts verharmlosen. Sie sieht zwar jung aus, aber sie hat schon schlimmere Dinge erlebt, als Sie sich vorstellen können.«

Andie war sich nicht sicher, ob sie sich bei Victoria für die Unterstützung bedanken sollte oder ob sie rülpsen und auf den Boden spucken sollte, um zu beweisen, dass sie einer der Jungs war.

»Konnten Sie feststellen«, fragte Victoria, »ob der Mörder seine eigenen Messer zum Tatort mitgebracht hat oder ob er einfach nahm, was er gerade in die Hände bekam?«

»Er hat keine Messer mitgebracht. Er hat sie sich aus der Küche geholt.«

»Interessant.« Sie machte sich erneut Notizen, als wäre diese Information wichtig. »Fahren Sie fort.«

»Was die Tatorte betrifft, gibt es da ebenfalls Übereinstimmungen. Auffallend ist, dass die Tatorte, an denen die Männer gefunden wurden, auf den ersten Blick so wirkten, als wäre ein Verrückter durchgedreht und hätte in blinder Wut auf seine Opfer eingestochen, nachdem sie schon tot waren, obwohl sie ansonsten vollständig von Spuren gesäubert waren. Nicht ein einziger Fingerabdruck.«

Victoria machte sich am Rand eine Notiz, die Andie als »Inszenierung« entzifferte. Sie unterstrich das Wort zweimal. »Machen Sie weiter.«

»Aber der zwingendste gemeinsame Nenner«, fuhr Wile fort, »besteht darin, dass für alle drei Morde dasselbe Seil benutzt wurde. Aus drei Schnüren geflochtenes gelbes Plastikseil. Knapp zwei Zentimeter dick. Wie ein Seil für Wasserski.«

»Wurde in den Zeitungen irgendetwas davon erwähnt, welche Art Seil benutzt wurde?«

»Nein. Zum Glück konnten wir das geheim halten. Hauptsächlich aus diesem Grund gehen wir davon aus, dass alle drei das Opfer desselben Mörders sind. Zu viel Übereinstimmung, als dass es sich um Zufall handeln könnte. Und ein Nachahmer würde nicht wissen, welche Art Seil er benutzen müsste.«

Victoria ging schnell ihre Notizen durch, dann schlug sie die nächste Seite ihres Notizblocks auf. »Wie sieht's mit Abweichungen aus? Ich meine nicht die offensichtlichen Dinge wie Geschlecht oder Alter der Opfer. Gibt es irgendwelche unbedeutenden Kleinigkeiten, auf die Sie sich konzentriert haben?«

»Eine Sache im Autopsiebericht ist mir ins Auge gefallen«, erwiderte Wile.

»Und zwar?«

»Der Hals war unterschiedlich stark gequetscht. Da der Mörder das gleiche Seil benutzt hat, wurde also mit unterschiedlich langer Dauer unterschiedlich starker Druck ausgeübt.«

»Und warum überrascht Sie das?«

»In einem Fall wie diesem mit Anzeichen von Blutrausch hätte ich erwartet, dass der Bursche die Beherrschung verliert und so fest zieht, wie er kann und so lange er kann. Dann hätte man ein ziemlich konstantes Maß von Druck und eine ziemlich konstante Dauer. Aber dem ist nicht so.«

»Der Tatzeitpunkt und die näheren Umstände könnten das

erklären. Er könnte der Frau zehn Tage lang aufgelauert haben und dem Mann nur zehn Minuten. Er könnte betrunken oder im Drogenrausch gewesen sein. All diese Faktoren beeinflussen die Kraft eines Mörders.«

Andie meldete sich zu Wort. »Möglicherweise wendet er auch gerade nur so viel Kraft an, wie nötig ist, um das jeweilige Opfer zu töten.«

»Aber das passt nicht zu einem Mörder, der sich dem Blutrausch hingibt«, erwiderte Wile. »Er hört nicht auf, sobald sein Ziel erreicht ist. Er hört erst auf, wenn die Raserei nachlässt.«

»Oder wenn sein Opfer aufhört zu leiden«, fügte Andie hinzu.

Victora warf ihr einen zustimmenden Blick zu. »Was meinen Sie damit, Andie?«

Sie war ganz aufgeregt. Das war das erste Mal, dass eine vorgesetzte Spezialagentin ihr das Wort erteilte. »Zunächst einmal gilt Erwürgen als eine Tötungsmethode, die ein extremer Ausdruck von tief sitzender Wut ist. Jemand, der auf diese Weise tötet, will seinem Opfer Leiden zufügen. Das trifft besonders in diesem Fall zu, bei dem der Täter sogar sein eigenes Seil zum Tatort mitbringt. Wenn er schon eine Waffe mitbringt, warum dann nicht gleich eine Pistole? Nur aus einem Grund: um sein Opfer leiden zu lassen.«

»Sie wollen also sagen«, hakte Victoria nach, »dass seine Handschrift die Folter ist. Er will Schmerz zufügen.«

»Ja.«

»Und warum dann noch all die Stichwunden?«, fragte Kessler. »Wenn er auf Folter aus ist, warum verstümmelt er noch die Leiche?«

»Wahrscheinlich, um uns zu verwirren«, erwiderte Victoria. Sie schlug ihren Notizblock zurück zur vorherigen Seite, wo sie »Inszenierung« notiert hatte. »Ich muss die Geschichte noch näher untersuchen, bevor ich ein Profil erstellen kann, aber nach dem, was ich bisher gehört habe, haben wir es hier mit einem komplexen Fall zu tun.«

»Alles deutet auf einen Mörder hin, der sowohl geplant handelt als auch auf ungeplante Umstände reagiert«, pflichtete Wile bei.

Es gab einige verdutzte Gesichter. »Diese Begriffe«, sagte Victoria, »die Lieutenant Wile soeben benutzt hat, sind sehr wichtig – geplant und ungeplant. Für Profiler ist diese Unterscheidung die grundlegende Methode, den jeweiligen Mehrfachmörder einer der beiden völlig verschiedenen Persönlichkeitskategorien zuzuordnen. Mörder, die ihre Tat planen, sind besser organisiert, sie wählen ihre Opfer sorgfältig aus und bringen sie vollständig unter ihre Kontrolle. Sie sind im Allgemeinen intelligenter und verfügen über gute verbale und soziale Fähigkeiten. Denken Sie nur an den freundlich daherredenden Schwindler, der seine Opfer in sein Auto oder in seine Wohnung lockt. Der planlose Mörder ist genau das Gegenteil. Er hat häufig Wahnvorstellungen und der Tatort spiegelt seine Verwirrung und den Mangel an Vorbereitung wider. Wie zum Beispiel der Verrückte, der mit seinem Schatten spricht und Blut aus Kaffeetassen trinkt.«

»Warum meinen Sie, dass in diesem Fall ein komplexes Profil vorliegt?«, fragte Kessler.

»Das hat verschiedene Gründe. Der Mörder bringt sein Mordwerkzeug mit, das ist geplant. Aber er lässt das Seil am Tatort liegen und er benutzt Messer aus der Küche, das ist ungeplant. Die Leichen zeigen keinerlei Spuren eines Kampfes, was den Schluss nahe legt, dass die Opfer die ganze Zeit völlig unter der Kontrolle des Täters standen. Das ist wiederum geplant. Andererseits wurden die Leichen verstümmelt. Das ist ungeplant. Der Mörder macht sich nicht die Mühe, die Leichen zu verstecken oder sie irgendwo loszuwerden. Auch das ist ungeplant. Aber es gibt kein Anzeichen eines gewaltsamen

Eindringens in die Wohnungen seiner Opfer, was den Schluss zulässt, dass er sich einer List oder einer Täuschung bedient haben könnte, um hineinzukommen. Es gibt nicht einen einzigen Zeugen, der etwas Verdächtiges gehört oder gesehen hätte. Außerdem hinterlässt der Täter keine Fingerabdrücke am Tatort. Alles geplant.«

»Was lässt sich aus der Art schließen, wie er die Frau zurückgelassen hat?«, fragte Kessler. »Er hat sie vom Ort des Verbrechens weggeschleppt und an einem Baum aufgehängt. Was sagt das aus?«

»In diesem Kontext bestärkt mich das in der Annahme, dass wir es weder mit einem planlosen Mörder noch mit einem psychisch Kranken zu tun haben.«

»Wieso das?«

Sie betrachtete ihre Notizen. »Es ist gut möglich, dass die ungeplanten Aspekte bei diesen Verbrechen ganz bewusst inszeniert sind. Ich halte den Täter für einen hochgradig planvoll handelnden Mörder, der schlichtweg versucht, uns auf die falsche Fährte zu locken, indem er uns absichtlich planloses Verhalten vortäuscht. Ich halte ihn für einen erfahrenen Mörder, dessen Vorstellung vom Töten so hoch entwickelt ist, dass er nicht nur die Verbrechen bis ins kleinste Detail plant, sondern auch die Tatorte inszeniert. Die Tatsache, dass er die letzte Leiche zur Schau gestellt hat, indem er sie in einem öffentlichen Park an einen Baum hängt, zeigt mir, dass er verwegener wird, selbstbewusster. Er verhöhnt die Polizei, wahrscheinlich genießt er die Schlagzeilen. Er hält sich für zu gut und zu intelligent, um geschnappt zu werden. Was bedeutet, dass eines ganz sicher ist: Er wird wieder töten.«

Im Raum herrschte unheimliche Stille. Andie wand sich innerlich und musste an Gus' Frau denken. Vielleicht hatte der Mörder ja bereits wieder getötet. Schließlich ergriff Wile das Wort. »Sieht ganz so aus, als ob wir hinter einem gemeingefährlichen, krankhaften Selbstdarsteller her sind, der meint, er könnte das perfekte Verbrechen durchziehen.«

»Zum Glück gibt es das nicht«, sagte Victoria. »Abgesehen davon, dass er uns mit am Tatort hinterlassenen Spuren zu narren versucht, verrät sich ein Mörder immer mit seinem Verhalten nach dem Verbrechen. Deshalb ist es so wichtig, dass wir uns darauf konzentrieren, was er jetzt tut – nach dem Mord.«

Kessler murrte. »Wie zum Teufel sollen wir wissen, wonach wir suchen sollen?«

Ihr Blick wurde hart und sie zog die Augenbrauen zusammen. Es sah aus, als versetzte sie sich bereits in den Kopf eines Serienmörders. »Genau dabei kann ich Ihnen helfen.«

11

Gus beteiligte sich nicht am »Schönheitswettbewerb«. Seine Partner waren überrascht. Normalerweise ließ Gus keine Gelegenheit aus, einen neuen Mandanten zu gewinnen. Die Erwähnung eines Serienmörders hatte alles geändert. Für ihn war es an der Zeit, seine Frau zu finden.

Agentin Hennings Erklärung hinsichtlich des Zeitungsartikels hatte ihn verärgert und bestürzt. Sie habe keine Ahnung, wie die Zeitung Wind von ihrer Theorie bekommen hatte. *Von wegen.* Er hatte ja schon viele lächerliche Ausreden gehört. Entweder sagte sie nicht die Wahrheit, oder sie hatte die Ermittlungen nicht im Griff. Wie auch immer, irgendjemand musste etwas unternehmen.

Er beschloss, die Medien einzuschalten. Beths Foto musste veröffentlicht werden, damit die Leute die Augen offen hielten. Zusammen mit dem PR-Chef seiner Firma verbrachte er

Stunden damit, ihre Kontakte zu aktivieren. Der *Times* und dem *Post-Intelligencer* stand er telefonisch Rede und Antwort. Die örtlichen Fernsehanstalten wollten ihn in seinem Zuhause interviewen. Gus empfing die Reporter gleich nach dem Mittagessen, damit die Interviews in den Abendnachrichten gesendet werden konnten.

Kurz nach vierzehn Uhr verabschiedeten sich die Reporter, bedankten sich und drückten ihm die Daumen. Die Fernsehteams packten ihre Scheinwerfer, Mikrofone, die Kabel und die ganze Ausrüstung wieder ein. Gus begleitete sie zur Tür. Die Kleinbusse fuhren ab. Das Geräusch der zuschlagenden Tür hallte im Haus wider. Nach der hektischen Betriebsamkeit fühlte er sich wie ein Witwer, von dem sich die letzten Gäste nach der Beerdigungsfeier verabschiedet hatten.

Allein im leeren Haus.

Er brauchte etwas zu tun. Normalerweise würde er sich in die Arbeit stürzen. Aber diesmal nicht. Er rief im Büro an, erklärte Jeremy, dass er Morgan nicht abzuholen brauchte, und fuhr selbst zu der nördlich von Capitol Hill gelegenen Bertschi School.

Er wusste, wo die Schule war, genauer gesagt, er kannte die Adresse. Bisher war er noch nie dort gewesen. Beth hatte die Schule ausgesucht, bevor Morgan im vergangenen September eingeschult wurde. Beim ersten halbjährlich stattfindenden Elternabend war Gus nicht in der Stadt gewesen. Die Weihnachtsfeier hatte er ebenfalls versäumt.

Als er in die Tenth Avenue einbog, konnte er schon die Schlange der Autos auf der geschwungenen privaten Auffahrt sehen, die zum Haupteingang führte. Alles Autos der Marken Jaguar, BMW und Range Rover. Es erinnerte ihn sehr an das Parkhaus seiner Firma. Er ordnete sich hinter dem letzten Wagen ein und rückte Zentimeter für Zentimeter vor, langsamer, als wenn er zu Fuß gegangen wäre. Bei diesem Tempo würde es mindestens zwanzig Minuten dauern, bis er bei Morgan ankam. Vielleicht sogar länger. Bertschi war zwar eine kleine Privatschule mit durchschnittlich vierzehn Schülern pro Klasse, aber die Gesamtzahl von einhundertsiebenundfünfzig Schülern bedeutete jeden Nachmittag eine Schlange von ebenso vielen Autos. Die meisten waren offensichtlich schon lange vor Gus eingetroffen. Anscheinend bestand der Trick darin, da zu sein, bevor der Unterricht beendet war. Er begann zu begreifen, was Beth mit all ihrer »freien« Zeit anfing.

Er fand einen Sender mit beschwingter Jazzmusik und versuchte sich zu entspannen. Ein plötzlicher zwanghafter Impuls ließ ihn nach seinem Handy greifen, um seinen Anrufbeantworter abzuhören, aber eigentlich war er nicht in der Stimmung, sich mit den Problemen der Welt zu beschäftigen. Schließlich war er bis zum Portal vorgerückt. Er war einer der Letzten. Er war sogar der Allerletzte. Morgan wartete außen vor dem Vordereingang. Ihre dünnen Beine steckten in dicken roten Kniestrümpfen und erinnerten unter dem unförmigen Wintermantel an Zahnstocher. Sie wirkte unglücklich. Zwei Frauen standen neben ihr. Gus kurbelte das Fenster hinunter, als eine der Aufpasserinnen auf seinen Wagen zutrat.

»Hallo, ich will meine Tochter abholen.«

»Und Sie sind ...?«

»Gus Wheatley. Morgans Vater.«

»Beth holt sie sonst immer ab.« Die Frau warf einen Blick auf ihre Arbanduhr. »Gewöhnlich viel früher als jetzt.«

»Ich weiß, ich weiß. Beth war verhindert. Deshalb bin ich hier. Wenn Sie mir Morgan herbringen, sind wir schon unterwegs.«

»Ich bin nicht sicher, ob das möglich ist, Sir.«

»Warum nicht?«

»Sie sind der Letzte, der gekommen ist, und Morgan ist die einzige Schülerin, die noch da ist. Aber als Sie näher kamen, habe ich sie gefragt, ob Sie sie abholen würden. Sie sagte, sie kenne Sie nicht.«

Gus verdrehte die Augen. »Okay, ich bin spät dran. Sie ist sauer.« Er nahm seinen Führerschein aus seiner Brieftasche und zeigte ihn ihr. »Sie sehen, ich bin Gus Wheatley.«

Sie sah sich das Foto an und gab ihm den Führerschein zurück. »Warten Sie bitte hier.«

Sie ging zurück zum Eingang, nahm Morgan an die Hand und brachte sie zum Bordstein. Sie beugte sich zu Morgan hinunter und zeigte durch das offene Fenster der Beifahrertür auf Gus. »Morgan, ist dieser Mann da dein Vater?«

Sie schob die Unterlippe vor und antwortete widerwillig: »Ja.«

Gus löste die Zentralverriegelung. Die Frau öffnete die hintere Beifahrertür. Anscheinend hatte sie genug Mercedes 600 gesehen, um zu wissen, dass sie auf den Vordersitzen mit Doppelairbag ausgestattet waren. Nachdem sie die Tür wieder geschlossen hatte, beugte sich die Frau am offenen Fenster zu Gus hinab. »Kommen Sie ruhig öfter mal vorbei. Hier an der Bertschi School wird es gern gesehen, wenn die Eltern sich engagieren.«

Er lächelte und fuhr los. Beth hatte ihm irgendwann erzählt, dass die Lehrer Morgan für intelligent genug hielten, eine Klasse zu überspringen. Er begann sich zu wünschen, sie könnte die ganze Grundschule überspringen.

Am Stoppschild blickte er in den Rückspiegel. Morgan schmollte.

»Tut mir Leid, dass ich so spät gekommen bin, Liebes. Aber ich mache das noch nicht so lange.«

»Hast du nicht gesagt, Mommy holt mich ab?«

»Ich habe gesagt, Mommy holt dich ab, wenn sie rechtzeitig wieder da ist. Sie ist aber noch nicht da.«

»Und wann kommt sie wieder?«

»Ich weiß es nicht. Ich hoffe, bald.«

Morgan lugte zum Fenster hinaus. Gus war sich bewusst, dass er ihr bald eine Erklärung liefern musste. Aber er hatte das Gefühl, dass jetzt nicht der richtige Zeitpunkt dafür war. »Sag mal, wie wär's mit einem Eis?«

»Mommy kauft mir nie Eis vor dem Essen.«

»Ich verrate es ihr nicht, wenn du auch dichthältst.«

Sie zuckte scheinbar gleichgültig die Achseln. »Na gut, von mir aus.«

Nach ein bisschen gutem Zureden lotste sie ihn zu ihrer Lieblingseisdiele. Es war ein kleiner Laden mit altmodischen Rohrstühlen und Tischplatten aus Marmor. Die Wände bestanden aus unverputzten Ziegelsteinen, Orchideen und Grünpflanzen, die von Balken an der Gewölbedecke herabhingen, sorgten für einen gemütlichen Eindruck. Gus und Morgan waren die einzigen Kunden. Die meisten Leute waren nicht wild auf Eis, wenn die Temperatur draußen nur fünf Grad betrug, aber Morgan war es dafür nie zu kalt. Hinter einer Glasscheibe standen die verschiedenen Eissorten aufgereiht. Auf dem obersten Regal lagen Kekse von der Größe einer Pizza. Morgan ließ sich einen Eisbecher »nach eigener Wahl« zusammenstellen: eine Kugel Kaugummi-Sorbet, zwei Kugeln Schokosplit und darauf noch klein gehackte Smarties mit Ananas-Mus. Gus verging plötzlich jede Lust auf etwas Süßes. Er bestellte Kaffee. Sie setzten sich in eine Ecke neben eine ausrangierte Musikbox, die zur Dekoration diente. Morgan war vollauf mit ihrem Eis beschäftigt, darauf bedacht, nur ja nichts aus dem übervollen Becher tropfen zu lassen.

»Wie war's in der Schule?«

»Okay.«

Sie löffelte ihr Eis ziemlich hastig. Sicher reichte schon die seltsame Mischung von Geschmacksrichtungen aus, um sie ins Krankenhaus zu befördern. Das Tempo, mit dem sie das Eis verschlang, konnte das Einsetzen der Bauchschmerzen nur beschleunigen. »Mach ein bisschen langsamer«, ermahnte er sie. Sie ignorierte ihn. »Morgan, hast du nicht gehört, was ich gesagt habe?«

Sie schaufelte noch schneller. Einen kurzen Moment lang war er verärgert, dann aber besorgt. Sie wirkte eher hungrig als trotzig. »Morgan, hast du zu Mittag gegessen?«

Sie zuckte die Achseln.

»Soll das heißen, du kannst dich nicht erinnern? Oder ist es dir egal oder heißt das nein?«

Sie zuckte erneut die Achseln und löffelte weiter.

»Machst du dir wegen irgendetwas Sorgen, Kleines?«

Sie hörte auf zu essen. »Du etwa nicht?«, sagte sie in den Eisbecher hinein.

Er verstand, was sie sagen wollte, aber es war nicht der Zeitpunkt, mit ihr über Beth zu sprechen. Noch nicht. »Ich mache mir wirklich ein bisschen Sorgen. Und zwar über dich.«

»Mir geht's gut.«

Er wandte den Blick von ihr ab, dann sah er ihr in die Augen. »Morgan, ich möchte dir eine Frage stellen. Ich verspreche dir, nicht sauer zu werden, egal wie die Antwort lautet, solange sie der Wahrheit entspricht. Einverstanden?«

Sie nickte. Geschmolzenes Eis tropfte ihr vom Kinn. Gus langte mit der Serviette hinüber und wischte es ab. »Erinnerst du dich an das kleine Holzpferd in meinem Büro? Von dem ich gesagt habe, dass es kein Spielzeug ist?«

»Ja.«

»Hast du es mitgenommen?«

Sie erstarrte und sah ihn wortlos an.

»Sag mir einfach die Wahrheit. Ich werde mich nicht aufregen. Hast du es weggenommen?«

Sie senkte den Blick. Ihr Kopf bewegte sich fast unmerklich, aber es war eindeutig ein Nicken.

»Warum hast du es weggenommen?«

Sie zuckte wieder die Achseln. »Ich weiß nicht.«

»Du weißt, dass es nicht richtig war, stimmt's? Hat dir mal irgendjemand gesagt, dass man nichts wegnimmt ohne Erlaubnis?«

Noch ein Achselzucken.

»Ich verstehe dich schon wieder nicht, Morgan. Willst du damit sagen, du weißt nicht, dass es falsch ist, Dinge zu stehlen?«

Sie saß einfach nur da. Gus versuchte, in ihrem Gesicht zu lesen. Sie wirkte beunruhigt, als würde sie etwas verbergen. »Morgan, hat dir jemals jemand gesagt, dass es *in Ordnung* ist, Dinge zu stehlen?«

Ihr Achselzucken kam diesmal langsamer, eher übertrieben. Eher zweideutig.

»Heißt das ja?«

»Eigentlich hat es mir niemand gesagt. Ich habe einfach nur ...«

»Einfach nur was?«

Sie senkte den Kopf und starrte auf den halb leeren Eisbecher. »Ich habe gesehen, wie Mommy es gemacht hat.«

Ungläubig zuckte er zusammen. »Du hast gesehen, wie deine Mutter etwas gestohlen hat?«

Sie nickte.

»Wo?«

»Bei Nordstrom's.«

Das war Beths Lieblingskaufhaus. »Bist du sicher?«

»Mmm-hmm.«

»Erzähl mir, was passiert ist.«

»Sie hat einfach ... ein paar Anziehsachen in die Tasche gesteckt.«

»Mommy hat Kleider in ihre Einkaufstasche gesteckt?«

»Ja. Und dann sind wir rausgegangen.«

»Und an der Kasse seid ihr nicht stehen geblieben, um zu bezahlen?«

Sie schüttelte den Kopf.

»Bist du dir ganz sicher?«

Ihre Stimme war zwar gepresst, aber die Antwort war deutlich. »Ganz sicher. Es ist oft passiert.«

»Was meinst du mit ›oft‹? Mehr als zwei Mal?«

Sie nickte.

»Mehr als drei Mal?«

Sie nickte wieder.

»Mehr als fünf Mal?«

Morgan schwieg. Schließlich nickte sie.

Gus lehnte sich auf seinem Stuhl zurück, er war völlig perplex. Dann kam ihm die Erleuchtung und sein Ärger verwandelte sich in Mitleid. Plötzlich verstand er. Morgan war sauer, das war alles. Sie hatte Angst, dass ihre Mutter sie verlassen hatte, und jetzt versuchte sie, sie schlecht zu machen.

»Morgan, bist du wegen irgendetwas sauer auf Mommy?«

Sie zuckte mit den Schultern. Gus hatte sie mittlerweile so oft mit den Achseln zucken sehen, dass er unterscheiden konnte, wann es »ja« und wann »nein« bedeutete. Das hier war eindeutig ein »Ja«.

»Du musst ja nicht gleich sauer sein auf Mommy. Aber es ist normal, sich ein bisschen Sorgen zu machen. Ich mache mir auch ein bisschen Sorgen.«

»Wirklich?«

Er nickte. »Ich habe sogar schon ein paar Leute gebeten, bei der Suche nach deiner Mommy mitzuhelfen.«

»Ist ihr denn was Schlimmes passiert?«

»Das wissen wir nicht. Es gibt ein paar Dinge, die ich tun muss, denn wir wollen schließlich nichts unversucht lassen.«

»Was für Dinge?«

Er zögerte aus Furcht, es könnte sie überfordern, wenn er vom FBI und dem, was in der Zeitung stand, berichtete. »Erinnerst du dich noch an vergangenes Jahr, als ihr mit eurer Klasse einen Ausflug in den Zoo gemacht habt und du eine Zeit lang weg warst?«

»Ja.«

»Deine Lehrerin hat sich große Sorgen gemacht, weil du verschwunden warst, und sie hatte keine Ahnung, wo du steckst. Sie hat den anderen Kindern gesagt, sie sollen nach dir Ausschau halten, auch den anderen Lehrern und den Zoowärtern. Ich glaube, selbst die Schimpansen haben nach dir gesucht.«

Sie musste lächeln. »Die Schimpansen nicht.«

»Also gut, die Schimpansen vielleicht nicht. Aber eine Menge Leute waren damit beschäftigt, dich zu suchen. Und die ganze Zeit hast du einfach nur dagestanden und dir die Eisbären angesehen.«

»Glaubst du, dass Mommy da jetzt auch ist?«

»Nein. Aber es könnte sein, dass es auch genau so etwas Einfaches ist. Also versprich mir nicht zu erschrecken, wenn du mitbekommst, dass Leute nach Mommy Ausschau halten oder sich fragen, wo sie ist. Wir alle geben jetzt besonders Acht.«

Sie aß ihr Eis nicht mehr weiter und starrte auf den Tisch.

»Morgan? Versprichst du es mir?«

Sie schwieg. Nach einer Weile nahm er eine leichte Bewegung wahr, ein angedeutetes Achselzucken. Er beschloss, nicht weiter auf sie einzureden.

»Also gut, Kleines. Lass uns nach Hause fahren.«

12

Die privaten Anrufe gingen ihr allmählich auf die Nerven. Anscheinend hatten alle beschlossen, sie nach dem Hochzeitsdesaster vom Samstag ein paar Tage in Ruhe zu lassen. Am Dienstag jedoch war die Schonzeit vorbei. Die ganze Welt schien plötzlich zu glauben, dass es an der Zeit war, sie nach ihrem Befinden zu fragen. Freunde meldeten sich. Ihr Vater rief an. Ihre Mutter auch. Sogar mehrmals.

»Wirklich, Mom. Mir geht's gut.« Ihre Stimme war angespannt. Sie starrte auf den Haufen Arbeit, der sich auf ihrem Schreibtisch stapelte.

»Bist du sicher?«

»Ja, ganz sicher. Ehrlich, ich bin so beschäftigt, dass ich nicht einmal Zeit habe, an Rick zu denken.«

Ihre Mutter schwieg einen Moment, als läge ihr etwas anderes auf dem Herzen als Andies Wohlergehen.

»Was ist los, Mom?«

»Warum bist du überhaupt vor den Altar getreten, Andie?«

»Wie bitte?«

»Wenn du wusstest, dass er dich betrogen hat, hättest du die Trauung einfach absagen können. Die Sache wäre nicht so peinlich gewesen.«

»Rick hat es nicht anders verdient.«

»Ich rede gar nicht von ihm. Es war für die ganze Familie peinlich.«

»Was du nicht sagst, Mom. Tut mir Leid, dass ich dir den Tag versaut habe.«

»Sei doch nicht so unversöhnlich. Deine Schwester hat einen fürchterlichen Fehler begangen und sich sofort entschuldigt.«

»Linda konnte es gar nicht abwarten, aus Ricks Bett zu springen und mir zu erzählen, dass sie mit ihm gevögelt hat.«

»Andie!«

»Es ist die Wahrheit. Das war der wahre Grund, warum sie mitten in der Nacht bei mir aufgekreuzt ist, um ihre so genannte Entschuldigung vorzubringen. Sie hasst mich. Schon immer. Glaubst du etwa, die Tatsache, dass ihr mich gezwungen habt, sie zu meiner Brautjungfer zu wählen, hätte plötzlich ihre Liebe zu ihrer Adoptivschwester erwachen lassen?«

»Du hättest mehr Rücksicht auf deine Gäste nehmen sollen.«

»Ich war wütend.«

»Es war grausam.«

»*Grausam?* Gönn mir doch einfach meinen Triumph und Schwamm drüber. Vielleicht wärst du ja anders mit der Situation umgegangen. Aber für mich war es die beste Möglichkeit, einen Schlussstrich unter die ganze Sache zu ziehen. So bin ich nun mal. Ich lasse mich nicht ungestraft demütigen.«

»Das ist nicht gerade eine christliche Einstellung.«

Christliche Werte ins Feld zu führen, war eine Taktik ihrer Mutter, die ihr allzu vertraut war und nur ihre Wut anstachelte. Mit diesem Argument hatte sie es schon immer geschafft, Andies Fehlverhalten der Tatsache zuzuschreiben, dass sie nur eine Halbindianerin war, ein Adoptivkind.

Es klopfte an der Tür. Sie wurde einen Spaltbreit geöffnet und Victoria steckte ihren Kopf herein. »Es gibt eine neue Wendung in dem Fall.«

Andie legte die Hand über den Hörer, damit Victoria nicht mitbekam, dass ihre Mutter am anderen Ende war. »Ich muss weg«, murmelte sie in die Sprechmuschel.

»Wir sind aber noch nicht fertig«, erwiderte ihre Mutter.

»Ich lege dich mal eben in die Warteschleife.« Mit einem Knopfdruck schnitt sie den Protest ihrer Mutter ab, dann winkte sie Victoria herein.

»Wir haben eine Nachricht von jemandem erhalten, der der Mörder sein könnte.«

Andie war fassungslos. »Was für eine Nachricht?«

»Eine E-Mail aus einem Kopierladen in Seattle. Aus einem dieser Servicecenter, wo man für eine Stunde einen Computer mieten kann, um E-Mails abzuschicken.«

»Er hat eine E-Mail geschickt?«

»Genauer gesagt, Fotos. Sie sind offensichtlich von der ermordeten Frau, aufgenommen vor ihrem Tod. Wie es aussieht, nehme ich allerdings nicht an, dass sie nach der kleinen Foto-Session noch lange gelebt hat. Sie wirkt sehr schwach, offensichtlich wurde sie geschlagen. Außerdem sieht man am Hals üble Würgemale.«

»Sind Sie sicher, dass sie noch gelebt hat?«

»Keine Frage. Ihr Blick lässt keinen Zweifel daran, dass sie ihren Mörder vor Augen hatte.«

Andie verstummte. »Wie haben Sie die Fotos erhalten?«

»Das Außendienstbüro in Minneapolis hat sie mir zugeschickt.«

»Er hat dem FBI in Minneapolis eine E-Mail geschickt?«

»Nein. Er hat sie an das Institut für Folteropfer in Minneapolis geschickt. Die haben sich dann an die örtliche FBI-Dienststelle gewandt.«

»Es gibt ein Institut für Folteropfer?«

»Es ist sogar eine ziemlich beachtenswerte Organisation mit einigen sehr fähigen Psychotherapeuten. Politische Folteropfer aus aller Welt kommen dorthin, um behandelt zu werden und sich beraten zu lassen.«

»Er will also möglicherweise andeuten, dass er seine Morde mit politischen Zielen verbindet?«

»Nicht mit politischen Zielen«, sagte Victoria. »Seine Botschaft ist konkreter.«

»Und wie lautet sie?«

»Sie haben es selbst bei der Einsatzbesprechung gesagt. Wir haben es mit einem Sadisten zu tun. Und es geht ihm um Folter. Punkt, aus.«

Andie war ziemlich perplex. Victoria spürte Andies Unbehagen. »Sie wissen nicht recht, was Sie davon halten sollen, nicht wahr?«

Andie schüttelte den Kopf.

»Das ist das Problem beim Erstellen von Täterprofilen. Wenn man erst einmal erkannt hat, mit welcher Sorte Verbrecher man es zu tun hat, bereitet es kein Vergnügen, Recht zu haben. Nicht, bevor er geschnappt wird.«

Andie erwiderte nichts.

»Ich lasse gerade Abzüge von den Fotos machen. Sie müssen sie an die Task Force verteilen, sobald sie fertig sind. Außerdem müssen Sie sich auch mit dem Außendienstbüro in Minneapolis wegen der Nachforschungen bei dem Institut in Verbindung setzen. Ich glaube nicht, dass Sie hinfliegen müssen, aber sorgen Sie dafür, dass ihre Personalunterlagen gründlich durchleuchtet werden, und zwar speziell in Hinblick auf vergrätzte frühere Mitarbeiter. Überprüfen Sie, ob das Institut in der Vergangenheit ähnliche Nachrichten erhalten hat. Es gibt übrigens ein Internationales Zentrum für Folteropfer. In Dänemark. Nehmen Sie Kontakt zu denen auf und finden Sie heraus, ob diese Bestie ihnen auch etwas zugeschickt hat.«

»In Ordnung.«

Victoria verließ Andies Büro und schloss die Tür hinter sich. Andie ging wieder ans Telefon. Ein Blinklicht zeigte an, dass noch jemand am anderen Ende war. Ihre Mutter wartete und hatte nichts anderes im Sinn, als ein Problem durchzukauen, das ihr im Moment noch trivialer erschien als je zuvor.

Andie drückte den Knopf und unterbrach die Leitung absichtlich.

In der Abgeschiedenheit seines Schlafzimmers hielt er einen Anhänger in der Hand. Diese neue Errungenschaft war ihm ans Herz gewachsen. Die lange geflochtene Kette pendelte zwischen seinen Fingern hin und her wie ein goldenes Seil. Er hielt sie höher gegen das Licht, so dass sie in voller Länge ausschwang. Der herzförmige Anhänger, nicht größer als ein Zehn-Cent-Stück, baumelte am Ende der Kette. Er bestand aus goldgefassten Diamanten und war in der Mitte hohl. Im Licht der Neon-Schreibtischlampe funkelte er. Wenn man die Augen zusammenkniff, wirkte er komischerweise wie die Schlinge am Ende eines Seils. Genau das war es, was ihm daran so gut gefiel.

Die so genannten Experten hätten den Anhänger eine Trophäe genannt – ein Andenken, das er einem Opfer weggenommen hatte. Das war einer jener Begriffe, die er sich aus der Vielzahl der von früheren Profilern geschriebenen Bücher gemerkt hatte. Er hatte sie alle gelesen und kannte ihre Geheimnisse. Es belustigte ihn, wie diese Autoren leugneten, dass sie es damit künftigen Serienmördern ermöglichten, ihre Ergreifung zu vermeiden. Soziopathen könnten nicht anders – so die Argumentation der Experten –, als sich in bestimmte Verhaltensmuster zu verstricken, deshalb sei es auch unmöglich, dass aufgrund der Veröffentlichung dieser Charakterzüge ein Serienmörder sein Verhalten ändere und seine Ergreifung erschwere. Sie übersahen dabei eine entscheidende Tatsache. Ihre Annahmen basierten auf den Arschlöchern, die geschnappt wurden.

Er drehte die Kette in seiner Hand und ließ sie langsam kreisen. Während sie sich immer mehr verdrehte, musste er an jene Nachmittage denken, die er als neugieriger Teenager in der Garage verbracht hatte. An seinen eigenen Körper, der am Hals aufgehängt war, so lange, bis er das Bewusstsein verlor, zu Boden fiel und das Seil losließ. Um den Effekt zu erhöhen, war er dazu übergegangen, das Seil zu verdrehen, wie ein Kind in einer Autoreifenschaukel. Er konnte sich schneller oder langsamer um sich selbst drehen, je nachdem, wie stark er das Seil verzwirbelt hatte. Es war einfach ein zusätzlicher Kick für den Durchschnitts-Jungen von fünfzehn Jahren, der sich strangulierte und dabei eine Erektion bekam, auf die er stolz sein konnte.

Vorsichtig, fast schon liebevoll, ließ er die goldene Kette zurück in das Kästchen gleiten. Sie ringelte sich zusammen in dem mit Filz ausgekleideten Fach, gleich neben einem Paar Ohrringe. Dann lag da noch ein Perlen-Halsband. Eine Armbanduhr. Ein Ring. Mit jedem Stück verband er eine Erinnerung. Der Ring allerdings löste gemischte Gefühle bei ihm aus.

Er hatte jemand ganz Besonderem gehört.

Er schloss den Deckel des Schmuckkästchens und trat ans Bett. Er ging in die Knie und zog einen großen braunen Briefumschlag zwischen der Matratze und den Sprungfedern hervor. Den Inhalt, eine Sammlung von Polaroid-Schnappschüssen, entleerte er auf die Tagesdecke. Die meisten waren Fotos von jungen Frauen, ein paar von Männern. Einige waren nackt, einige bekleidet. Die Gesichter waren teilweise verängstigt, teilweise friedlich. Je nachdem, ob er sie vorher oder nachher aufgenommen hatte.

Beim Betrachten der Fotos wurde ihm ganz heiß. Es war kühl im Zimmer, dennoch begann er zu schwitzen. Die Intensität der Konzentration raubte ihm fast den Atem. Er nahm die Einzelheiten jeder Pose im Anblick des Todes begierig auf. Die Position der Hände. Die Haltung des Kopfes. Die ganze Erscheinung des Opfers. Das waren nicht einfach bloß Erinnerungen. Er betrachtete diese Fotos nicht als Fenster zur Vergangenheit, sondern als Entwürfe – für die Zukunft. Alles musste perfekt sein.

Er ließ die Fotos säuberlich angeordnet auf dem Bett liegen und kroch unter die Bettdecke. Nackt und ziemlich erregt sah er zum Wecker auf dem Nachttisch. Noch nicht ganz sechzehn Uhr. Noch genug Zeit, in seinen Fantasien zu schwelgen. Dann ging es an die Arbeit.

Er rollte sich langsam auf den Rücken und schloss seine Augen.

13

Andie gab normalerweise nicht viel darauf, was die Leute über sie dachten, aber bei Victoria war das etwas anderes. Einen Fuß in die obere Etage der ISU zu bekommen, war normalerweise ziemlich aussichtslos. Wenn Victoria sich für sie stark machte, konnte sie diesem Ziel schon ein gutes Stück näher kommen. Doch wenn sie Victoria nicht auf ihrer Seite hätte, wäre die Tür verschlossen.

In Wirklichkeit wollte Andie mehr, als nur von einer einzigen Frau anerkannt zu werden. Gewisse Kollegen im Büro ritten immer noch auf Andies Hochzeitsdesaster herum. Erst heute hatte irgend so ein Blödmann eine manipulierte Fotokopie des FBI-Wappens in ihr Postfach gelegt, auf dem das Motto *Treue, Tapferkeit und Redlichkeit* in *Untreue, Feigheit und Peinlichkeit* geändert war. Obwohl es der Bräutigam gewesen war, der mit der Brautjungfer geschlafen hatte, ging der Scherz auf Kosten der Braut, nur weil sie die Geschichte bei der Trauung öffentlich gemacht hatte. Ein Spitzenjob als Profilerin könnte die Trottel am Wasserspender schnell zum Schweigen bringen.

Andies Überlegungen bezüglich möglicher Folter, die sie bei der Einsatzbesprechung der Spezialeinheit angestellt hatte und die durch die Fotos aus Minneapolis bestätigt worden waren, schienen Victoria durchaus beeindruckt zu haben. Aber dann hatte sie ohne ein weiteres Wort Andie gegenüber den Rest des Tages mit dem Studium der Akten verbracht, allein in einem kleinen fensterlosen Büro, das für einen Special Agent der ISU das perfekte Zuhause fern von daheim war. Die Arbeitsräume der ISU in der FBI Academy von Quantico lagen zwei Stockwerke unter der Waffenkammer buchstäblich unter der Erde begraben.

Um vier Uhr schließlich schien es Andie an der Zeit zu sein, einen Einblick in Victorias Gedanken zu bekommen. Das war ein gefährliches Vorhaben, wenn man berücksichtigte, wie viel Zeit Victoria darauf verwandte, wie ein Serienmörder zu denken. Doch Andie ging unerschrocken den Korridor hinunter und klopfte an die Tür.

Sie wurde geöffnet. Victoria trug eine Lesebrille und hatte gerötete Augen. »Ja, bitte?«

»Entschuldigen Sie die Störung, aber haben Sie vielleicht einen Moment Zeit für mich?«

Viktoria wirkte abwesend, aber sie trat einen Schritt zur Seite und ließ Andie ein. Fotos von Verbrechens-Schauplätzen lagen auf dem Tisch ausgebreitet wie die Teile eines grausigen Puzzles. Andie war nicht gerade eine blutige Anfängerin, aber der Anblick der vortretenden Augen eines Würgeopfers ließ sie zusammenzucken.

Victoria nahm wieder an ihrem Schreibtisch Platz und betrachtete die Fotos. Andie zog sich einen Stuhl heran. »Es dauert nicht lange.«

»Schon in Ordnung«, erwiderte Victoria. »Ich kann ohnehin eine Pause gebrauchen.«

»Es gibt etwas, das mich seit dem Task-Force-Treffen beschäftigt.«

»Etwas, das wir nicht berücksichtigt haben?«

Andie fühlte sich ertappt. Es kam ihr so vor, als wüsste Victoria, warum sie gekommen war. »Allerdings.«

»Ihre Doppelgänger-Theorie?«

»Genau.«

Victoria lächelte schwach. »Ich habe mich schon gefragt, wie lange Sie wohl brauchen würden, um mich darauf anzusprechen.«

»Ich will mich ja nicht darauf versteifen. Ich bin einfach nur neugierig. Heute Morgen stand es auf den Titelseiten der Zeitungen. Aber während der gesamten dreistündigen Einsatzbesprechung haben Sie es kaum erwähnt.«

»Jeder in dem Raum hatte die Morgenzeitungen gelesen. Eine ernsthafte Diskussion darüber hätte nur ihre Fantasie angestachelt. Wie ich Ihnen schon im Wagen gesagt habe: Wir können nicht unsere Spezialeinheit mit Volldampf auf einen Weg schicken, bei dem wir jetzt schon befürchten, dass es sich um einen Holzweg handeln könnte.«

»Warum sind Sie sich so sicher, dass meine Theorie falsch ist?«

»Das habe ich nicht gesagt.«

»Glauben Sie denn, dass etwas für die Richtigkeit der Theorie spricht?«

»Würde es Ihnen besser gehen, wenn es so wäre?«

»Vielleicht.«

Victoria hob die Augenbrauen. »Also gut, ja, es würde mir besser gehen«, gab Andie zu. »Aber nicht, weil ich egomanisch veranlagt bin. Es ist einfach so, dass mir Ihre Worte heute Morgen im Wagen einiges Kopfzerbrechen verursacht haben.«

»Welche meinen Sie?«

»Sie haben gesagt, es wäre okay, dass meine Theorie an die Presse gelangt ist, wenn sie sich als wahr erweist.«

»Stimmt.«

»Nun, ich fände es nicht fair, die Guillotine scharf zu machen und mich gleichzeitig im Unklaren zu lassen, ob *Sie* meine Theorie für richtig oder falsch halten.«

Victoria nickte. »Das ist ein berechtigter Einwand.«

Andie war sich nicht sicher, ob Victoria ihre Meinung teilte oder ob sie lediglich Andie das Recht zugestand, sich zu beklagen. »Und was halten Sie nun von der Doppelgänger-Theorie?«

»Es spricht auf jeden Fall einiges dafür, wenn man die ersten beiden Opfer betrachtet. Beide Männer waren einundfünfzig Jahre alt. Hatten dieselbe Haar- und Augenfarbe. Beide geschieden, Angehörige der Mittelschicht. Vom Standpunkt der Viktimologie aus betrachtet besteht der einzige sichtbare Unterschied zwischen ihnen darin, dass der Ford Pick-up des einen von 1989 war und der des anderen von 1993. Und natürlich erschöpfen sich die Ähnlichkeiten nicht in der Auswahl der Opfer. Beide wurden erwürgt und wiesen je elf postmortale Messerstiche auf, beide waren gleichermaßen verstümmelt und entwürdigt, indem ihre Leichen in ihren eigenen Wohnzimmern zur Schau gestellt wurden. Und hier habe ich noch etwas, was ich gerade eben den Polizeiberichten entnommen habe. In beiden Fällen war das Fernsehen schon da, als die Polizei eintraf. Und beide Male der gleiche Sender, KOMO, Kanal 4.«

»Sie verstehen also, wie ich auf die Idee komme«, sagte Andie.

»Natürlich. Aber es gibt auch Abweichungen. Und solange wir kein zusammenhängenderes Profil des Mörders erstellt haben, ist schwer zu sagen, ob diese Unterschiede bedeutende psychologische Indikatoren oder lediglich kosmetische Änderungen beim Vorgehen darstellen.«

»Aber Sie sagten doch, dass je mehr Sie die drei Fälle untersuchen, umso mehr für die Doppelgänger-Theorie spricht.«

»Das habe ich nicht gesagt. Ich sagte lediglich, dass die Morde an den beiden Männern auffällig ähnlich waren.«

»Die Frau wurde auch erwürgt.«

»Ja. Aber im Gegensatz zu den Männern wurde sie lebend fotografiert und diese Fotos wurden an das Institut für Folteropfer geschickt.«

»Aber in allen drei Fällen handelte es sich um das gleiche Seil. Führt Sie das nicht zu der Überlegung, dass das Opfer Nummer vier dem dritten Opfer ziemlich ähnlich sehen wird und dass vielleicht sogar auch davon ein Foto nach Minneapolis gesandt wird?«

»Nicht so sehr, dass man die Überlegung in die Zeitung setzen müsste.«

Dieser Dämpfer ließ Andie verstummen.

Victoria wechselte schnell das Thema, um sie nicht ganz zu entmutigen. »Übrigens, welche Bedeutung messen Sie dem geplatzten Trommelfell bei?«

»Wie bitte?«

Victoria warf einen Blick auf ihren Notizblock. »Ich war gerade dabei, den endgültigen Autopsiebericht des weiblichen Opfers zu lesen, der gerade erst hereingekommen ist. Haben Sie sich darüber keine Gedanken gemacht?«

»Mit ihren Ohren habe ich mich noch gar nicht beschäftigt.«

»Da steht, dass ihr rechtes Trommelfell geplatzt war. Strangulierung verursacht sicherlich Druck im Kopf, aber ich habe nie gehört, dass davon ein Trommelfell platzen kann. Interessanterweise haben wir keinerlei Ohrtrauma bei den beiden männlichen Opfern.«

»Und was wollen Sie damit sagen? Dass meine Doppelgänger-Theorie hinfällig ist, nur weil Opfer Nummer drei ein geplatztes Trommelfell hat?«

»Vorerst hat Ihre Theorie einen grundlegenderen Mangel.

Die Ähnlichkeiten und die schlichte Tatsache, dass bei drei Morden die gleiche Art von Seil benutzt wurde, legen den Schluss nahe, dass wir es mit einem Serienmörder zu tun haben. Aber es ist schwierig, diesen Serienmörder als ›Doppelgänger-Mörder‹ zu bezeichnen, wenn wir bisher erst einen Fall von Doppelgänger haben. Wir können nicht mit Sicherheit davon ausgehen, dass es ein Gegenstück zum dritten Opfer geben wird.«

»Meinen Sie nicht, dass Sie zu behutsam vorgehen?«

»Wollen Sie vielleicht die ganze Stadt in Panik versetzen? Nach dem Zeitungsartikel von heute Morgen dreht sich hier in Seattle doch jetzt schon jede brünette Frau um die Dreißig ängstlich um.«

»Das ist doch vielleicht gar nicht so falsch.«

»Vielleicht ist es aber auch furchtbar. Vielleicht wiegen wir alle blonden und rothaarigen Frauen im King County in trügerischer Sicherheit.«

Plötzlich begriff Andie, warum Victoria zögerte, ihre Theorie voll zu unterstützen – zumindest gegenüber der Öffentlichkeit. »Vielleicht ist es verfrüht, unserem Mörder einen Namen zu geben. Aber lassen Sie uns den Gedanken weiterspinnen. Angenommen, der Mörder tötet als Nächstes eine Frau, die dem Opfer ebenso gleicht, wie die beiden Männer einander ähnlich waren. Oder angenommen, Beth Wheatley ist bereits Opfer Nummer vier und unsere Tote ist nicht nur irgendeine Brünette. Was ist, wenn es sich herausstellt, dass sie ebenso eine wohlhabende Mutter eines sechsjährigen Mädchens ist und ebenso von ihrem Top-Manager-Ehemann entfremdet – genau wie Mrs Wheatley?«

»Nehmen Sie es mir nicht übel, aber ich beurteile die Dinge nicht nach ihrem Schein. Ich würde wahrscheinlich Mrs Wheatleys Ohren untersuchen.«

»Und wenn es ein geplatztes Trommelfell gibt?«

Victoria betrachtete die Fotos auf dem Tisch und wandte sich dann wieder Andie zu. »Dann würde ich sagen, dass wir es mit einer gefährlichen Bestie zu tun haben.«

»Und ich würde Ihnen Recht geben«, sagte Andie mit zitternder Stimme.

Gus wollte auf keinen Fall, dass seine Tochter es sah. Er hatte Morgan nicht einmal gesagt, dass er in den Abendnachrichten sein würde. Aber Carla hatte natürlich geplaudert. Gus hatte ihr nicht ausdrücklich verboten, es Morgan zu sagen, aber er hatte von seiner Schwester mehr Feingefühl erwartet. Die Tatsache, dass er versucht hatte, es geheim zu halten, hatte Morgan nur noch darin bestärkt, sich die Sendung anzusehen.

Sie hockte schon eine Viertelstunde vor den Fünf-Uhr-Nachrichten auf dem Ledersofa. Gus wollte eigentlich nicht zulassen, dass sie die Nachrichten sah, auch wenn sie reifer war als die meisten Sechsjährigen. Er brauchte einige Minuten, um ihr zu erklären, warum die Reporter ins Haus gekommen waren und was er ihnen gesagt hatte. Er rief ihr die Geschichte aus dem Zoo in Erinnerung. Das Bild von ihrer Mutter, wie sie völlig hingerissen Eisbären anschaute, würde sie nicht ängstigen. Er wünschte, es wäre so einfach.

»Bitte, kann ich nicht auch gucken?«, fragte sie.

»Ich glaube nicht, dass das so eine tolle Idee ist.«

»Aber ich möchte das Foto von Mommy sehen.«

»Ich nehme es auf Video auf, okay? Und dann können wir darüber reden, ob du es sehen darfst.«

»Warum?«

»Morgan, keine Diskussion.« An seinem strengen Ton merkte sie, dass er es ernst meinte. Sie schmollte, folgte ihm aber gehorsam in ihr Zimmer.

»Versprichst du mir, dass ich das Band sehen darf? Bitte!«

»Ich verspreche dir, dass ich es mir überlege«, erwiderte er und schloss die Tür.

»Guten Abend«, sagte der Nachrichtensprecher, »die heutige Meldung des Abends ist …«

Es ging nicht um Beth. Zwar hatte ihm niemand versichert, dass die Nachricht von Beths Verschwinden die Meldung des Abends sein würde, dennoch war er enttäuscht. Für ihn war *seine* Story die wichtigste Meldung des Tages, weit wichtiger als die neueste Wahlkampfgelder-Affäre.

Er schob eine Kassette in den Videorekorder, wie er es Morgan versprochen hatte. Ihm war kalt, während er wartete, und er bezweifelte, dass er Morgan in absehbarer Zeit das Video sehen lassen würde, denn er hatte keine Ahnung, wie er sie auf den Bericht vorbereiten sollte. Er fragte sich, ob er *selbst* darauf vorbereitet war.

Schließlich wurden die Lokalnachrichten gesendet. »Des Weiteren wird die Frau eines berühmten Rechtsanwalts aus Seattle als vermisst gemeldet …«

Der Anblick von Beths Foto versetzte ihm einen Schlag. Es war schlimmer, als er es sich vorgestellt hatte, seine Frau im Fernsehen zu sehen, neben ihr das dramatische Wort: VERMISST.

Die junge Sprecherin sagte: »Mehr darüber von unserem Reporter Vince Daniels.«

Gus war überrascht. Er hatte mit keinem Vince Daniels gesprochen. Eine Frau war zu ihm nach Hause gekommen, um das Interview zu machen. Die Geschichte nahm eine unerwartete Wendung.

Auf dem Bildschirm erschien ein stämmiger Reporter, der live neben dem staatlichen Gerichtsgebäude stand. In einer Hand hielt er ein Mikrofon, in der anderen Papiere.

»Judy, nicht zum ersten Mal ist im Zusammenhang mit der Familie Wheatley von angeblichen Gewalthandlungen die Rede. Laut Gerichtsdokumenten, die *Action News* exklusiv vorliegen, erhob Beth Wheatley Klage wegen Gewaltanwendung in der Ehe gegen ihren Mann Gus Wheatley, den Geschäftsführer von Seattles angesehenster Anwaltskanzlei. Der Fall wurde vor fünf Jahren aktenkundig, also zu einer Zeit, in der das Paar nach Aussagen von Eingeweihten die Scheidung in Erwägung zog. Auch wenn die Wheatleys sich wieder versöhnten, erhebt Mrs Wheatley in dieser explosiven Akte den Vorwurf der wiederholten ehelichen Misshandlung während eines Zeitraums von mehr als einem Jahr. Nach ihren Aussagen gipfelten die Misshandlungen in physischer Gewalt.«

»Vince, gibt es Hinweise darauf, dass die Polizei einen Zusammenhang zwischen den Misshandlungen und dem Verschwinden von Mrs Wheatley herstellt?«

»Darüber sagt die Polizei nichts. Aber wir werden an dieser Geschichte dranbleiben.«

Gus langte verdattert nach der Fernbedienung und schaltete zitternd den Fernseher ab. Im gleichen Augenblick ließ ihn eine Stimme aus dem Hintergrund zusammenzucken.

»Deshalb wolltest du nicht, dass ich zugucke.« Es war Morgan.

Er hatte nicht gehört, wie sie sich angeschlichen hatte, aber es war zu spät, sie auszuschimpfen und in ihr Zimmer zurückzuschicken. »Morgan –«

»Hast du Mommy geschlagen? Bist du schuld, dass sie weg ist?«

»Nein, Morgan.«

Er sah Hass in ihren Augen, der sich in Angst verwandelte. Sie rannte aus dem Zimmer. Gus lief hinter ihr her. »Morgan, bitte.«

Sie rannte nur noch schneller, direkt in ihr Zimmer und schlug ihm die Tür vor der Nase zu. Er rüttelte am Türknauf. Morgan hatte abgeschlossen.

»Morgan, ich werde es dir erklären.« Er klopfte und probierte wieder, den Knauf zu drehen.

»Geh weg!«, rief sie.

Er wollte ihr sagen, dass es nicht stimmte – dass er Beth nie geschlagen hatte, dass sie die Klage zurückgezogen hatte. Entscheidende Einzelheiten, die einem sensationslüsternen Reporter nicht wichtig waren.

»Morgan?«

»Geh weg!«

Er presste sein Ohr gegen die Tür. In seinem Kopf drehte sich alles, dann plötzlich spürte er gar nichts mehr, als wäre er mit voller Geschwindigkeit gegen eine Mauer gelaufen und läge zermalmt unter den Trümmern.

Er hörte Morgan in ihrem Zimmer weinen.

14

Selbst der Regen sah kalt aus. Winzige Tropfen sprühten auf die Windschutzscheibe, wo sie, kurz bevor sie zu Eis erstarrten, von den Wischerblättern heruntergefegt wurden.

Es hatte den ganzen Tag über genieselt, das typische Winterwetter an der nördlichen Pazifikküste. Auf das Jahr verteilt regnete es in Dutzenden amerikanischer Städte – Miami, Atlanta, New York – mehr als in Seattle. Aber nirgendwo schien es einen derartig ausdauernden Regen zu geben, der Stunden, Tage oder sogar Wochen anhielt.

Colleen Easterbrook schaltete die Geschwindigkeit der Scheibenwischer eine Stufe höher. Es regnete jetzt stärker. Vor ihr glänzte die nasse Straße im Scheinwerferlicht. Sie hatte das Red-Lion-Flughafenhotel nach einer aufreibenden Zehn-Stunden-Schicht um halb zehn verlassen. Als stellvertretende

Geschäftsführerin war sie an Überstunden gewöhnt, sie konnte sich nicht daran erinnern, wann sie das letzte Mal einen Acht-Stunden-Tag gehabt hatte. Heute hatte der übliche Stress geherrscht. Fünf Busladungen mit lärmenden Mitgliedern des Rotary-Clubs, die alle gleichzeitig einchecken wollten. Immerzu kamen Gruppen an oder flogen ab. Sie empfand ihr tägliches Pendeln über die Staatsgrenze als willkommenes Ritual, fast schon als Therapie. Diese wertvolle Zeit, die sie allein in ihrem Wagen verbrachte, war ihre einzige Möglichkeit, sich zu entspannen.

Im Radio wurde die Popmusik zur halben Stunde für die Nachrichten unterbrochen. Sie wollte gerade einen anderen Sender einstellen, als die Hauptmeldung ihre Aufmerksamkeit erregte. Der Sprecher berichtete mit sonorer Stimme von einem möglichen Serienmörder. Während sie lauschte, verharrte ihre Hand wie erstarrt auf dem Drehknopf.

»Unbestätigten Polizeiquellen zufolge scheint der Mörder jeweils zwei Menschen kurz nacheinander zu töten, wobei das zweite Opfer dem ersten verblüffend ähnlich ist.«

Sie schaltete das Radio ab. Sie hatte die gleiche Geschichte schon in der Morgenzeitung gelesen, allerdings mit eher mäßigem Interesse. »Doppelgänger«, so hatte es in der Zeitung gestanden. Die ersten beiden waren Männer, was sie nicht weiter berührt hatte. Das dritte Opfer allerdings war eine bisher nicht identifizierte weiße Frau. Sie war brünett, Mitte dreißig, knapp eins fünfundsechzig groß. Wie sie. Und wie wahrscheinlich zwanzigtausend andere Frauen im Gebiet der Großstadt. Im geschäftigen Hotel hatte ihre vage Ähnlichkeit mit irgendeiner nicht identifizierten Frau sie kaum interessiert. Sie hatte die Meldung schnell abgetan und sich dem Kulturteil mit dem neuesten Kinoprogramm zugewandt. Spätabends alleine nach Hause zu fahren war jedoch etwas ganz anderes. Der Gedanke an eine Doppelgängerin und ein mögliches viertes Opfer gab ihr ernsthaft zu denken. Die Ähnlichkeiten mit ihr waren eindeutig. Zu eindeutig.

Unter der Überführung verlangsamte sich der Verkehr. Auf allen fünf Spuren vor ihr fuhren die Autos mit eingeschalteter Warnblinkanlage. Wahrscheinlich ein Auffahrunfall. Sie bremste ihren Mustang auf Schrittgeschwindigkeit. Seit zwei Jahren kam sie fast jeden Abend an dieser Ausfahrt vorbei. Das war das erste Mal, dass sie in einen Stau geriet. Ein Zufall, der sie frösteln ließ. Plötzlich erinnerte sie sich daran, dass der Green-River-Killer – der schrecklichste Serienmörder von Seattle – nicht weit von hier eins seiner Opfer in den Graben geworfen hatte. Seitdem waren zehn Jahre vergangen, aber jener unvergessliche Fernsehbericht war in ihrem Gedächtnis haften geblieben – wie die Polizei die nackte Leiche der armen Frau aus dem Gras zog und ihr linker Arm unter der Decke hervorbaumelte.

Sie warf einen Blick auf das Radio. Es war längst abgeschaltet, aber trotzdem hörte sie die Stimme des Nachrichtensprechers, der über den Doppelgänger-Mörder redete. Ein weiterer Gedanke ging ihr durch den Kopf: Der Green-River-Killer war nie gefasst worden. Es gab vermutlich neunundvierzig Opfer und er trieb womöglich immer noch sein Unwesen.

Jetzt stand sie im Stau. Sie saß in der Falle. Sie überprüfte den Benzinstand. Weniger als ein Achtel. Damit konnte sie keinen langen Stau durchstehen. Bei der Vorstellung, irgendwo an der Straße ohne Benzin stehen zu bleiben, geriet sie fast in Panik. Zwar hatte sie die Türen verschlossen, aber das würde einen Verrückten kaum davon abhalten, durch den Regen zu laufen, ihre Scheiben einzuschlagen, sie am Hals zu packen und in einen Graben zu zerren. Sie empfand das dringende Bedürfnis, sich von der Stelle zu bewegen. Sie nutzte die erstbeste Lücke, um auf die äußerste rechte Fahrspur zu gelangen, die einzige, in der es vorwärts ging. Sie schlängelte sich rücksichtslos durch den Stau, schnitt andere Autos und provozierte wütendes Gehupe. Sie passierte die Unfallstelle und nach einem letzten, schnellen Spurwechsel hatte sie wieder freie Fahrt. Ein Gaffer musste gewaltig ausscheren, um einen Zusammenstoß zu verhindern. Sie warf einen Blick in den Rückspiegel. Er zeigte ihr den Vogel. Sie holte tief Luft, überrascht über sich selbst. Normalerweise fuhr sie ausgesprochen rücksichtsvoll.

Herrgott, was ist bloß in dich gefahren?

Das mussten ihre Nerven sein. Sie schaltete das Radio an und suchte irgendeinen Musiksender. Während der nächsten Kilometer ließ der Verkehr nach. Ohne es zu bemerken, fuhr sie schneller, mehr als hundertzehn. Schon erreichte sie die Ausfahrt. Sie überlegte, ob sie tanken sollte, beschloss aber weiterzufahren. Sie hatte noch genug Benzin, um bis nach Hause zu gelangen. Sie würde am nächsten Morgen bei Tageslicht tanken. Wenn es endlich wieder hell war.

Sie konnte es kaum erwarten, nach Hause zu kommen. Die Ampeln waren aufeinander abgestimmt. Wenn sie zu schnell fuhr, würde sie irgendwann stehen. Sie hielt sich exakt an die vorgeschriebene Geschwindigkeit und passierte alle Kreuzungen, ohne anhalten zu müssen.

Sie wohnte in der Carter Street, im drittletzten Haus. Alle Häuser in dem Block waren in den Fünfzigern erbaut worden und sahen eins wie das andere aus. Giebeldächer und Verkleidung aus Schindeln. Einige Nachbarn hatten ihre Vorgärten zu beeindruckenden Gärten mit Sträuchern, Steinen und Blumen umgewandelt. Colleen fand kaum die Zeit, den Rasen zu mähen. Als sie in die Einfahrt einbog, wünschte sie sich, sie hätte sich darum gekümmert, eine Außenbeleuchtung zu installieren, wie sie bei ihren Nachbarn so beliebt war. Ihr Haus lag im Dunkeln. Sie hatte nicht einmal die Verandabeleuchtung eingeschaltet. Nicht besonders klug, solange ein Serienmörder frei herumlief.

Sie öffnete die Wagentür und begab sich auf den glitschignassen Gehweg. Den Hausschlüssel fest umklammert, schritt sie forsch durch die frostige Nachtluft. Instinktiv blickte sie ein paar Mal über die Schulter, bevor sie die Stufen zur Veranda hinaufging. Es war verrückt anzunehmen, dass bei so vielen Frauen, die im Gebiet des Puget Sound lebten, ausgerechnet sie das nächste Opfer des Mörders sein sollte. Warum sollte ein Serienmörder sich ausgerechnet eine attraktive fünfunddreißigjährige Frau aussuchen, die allein lebte, jeden Abend zur gleichen Zeit ohne Begleiter von der Arbeit kam und weder einen Hund noch eine Alarmanlage hatte?

Warum sollte er es *nicht* tun?

Mit zitternder Hand steckte sie den Schlüssel ins Schloss. Sie entriegelte es, schob die Tür auf und schlüpfte hinein. Ihr Herz raste. Sie nahm sich nicht einmal die Zeit, das Licht anzuschalten, bevor sie die Tür wieder abschloss und die Kette vorlegte. Es fand ja alles nur in ihrem Kopf statt, aber sie hatte das Gefühl, gejagt zu werden. Sie lehnte sich an die Tür, erleichtert darüber, im Haus und in Sicherheit zu sein.

Mitten im Zimmer knarrte eine Bodendiele. Erschrocken wandte sie sich um. In der Dunkelheit war nichts zu sehen. Sie lauschte reglos. Nichts war zu hören, aber sie traute sich nicht, das Licht anzumachen. Langsam hob sie ihre Hand zum Schalter und betätigte ihn. Die Diele wurde erleuchtet. Ihre Augen weiteten sich vor Entsetzen. Direkt vor ihr stand ein Mann in einem schwarzen Ganzkörperanzug, sein Gesicht von einer Skimaske verdeckt. Er hielt die Arme ausgestreckt, wie ein Adler, der sich im nächsten Moment auf seine Beute stürzen wollte.

Sie wollte schreien, aber der Mann kam ihr zuvor. Mit einem raschen Schlag brachte er sie zum Schweigen. Seine Arme sausten blitzschnell auf sie zu und im nächsten Augenblick schlugen seine geöffneten Handflächen gleichzeitig mit voller Wucht auf ihre Ohren. Alles ging ganz schnell, aber sie erlebte es wie in Zeitlupe. Der betäubende Schlag, der Knall in ihren Ohren, im linken, das er mit der rechten Hand getroffen hatte, lauter und fürchterlicher als im rechten. Die Explosion machte sie beinahe bewusstlos. Sie stürzte zu Boden. Vor ihren Augen verschwamm alles. Ihr Gleichgewichtssinn war verschwunden. Hilflos blickte sie auf. Der Mund des Mannes bewegte sich, als ob er etwas sagte, vielleicht sogar schrie. Aber sie hörte kein Wort. Sie hörte überhaupt nichts. Ihr Gehör war zerstört.

Ihre Trommelfelle waren geplatzt.

Mit einer weiteren schnellen Bewegung warf der Mann sie bäuchlings auf den Boden und drückte ihr sein Knie in den Rücken. Der Schmerz in ihren Ohren wurde schlimmer und nahm ihr jede Kraft, Widerstand zu leisten. Ihre Arme lagen hilflos neben dem Körper, bis er sie an den Handgelenken ergriff und ihre Hände auf dem Rücken mit Handschellen fesselte. Ihr Körper wurde ganz starr. Sie versuchte zu schreien, aber es war unmöglich. Sie war unfähig, sich zu wehren, doch auf eigenartige Weise registrierte sie ganz genau, was mit ihr geschah. Ein Nylonseil wurde ihr über den Kopf gezogen und legte sich fest um ihren Hals. Ihr Kehlkopf wurde zusammengepresst, so dass sie nicht mehr sprechen konnte. Ihre Trommelfelle waren zerfetzt, deshalb konnte sie nichts hören.

Aber irgendwo tief in ihrem Bewusstsein spürte sie das durchdringende Geräusch ihrer vergeblichen Schreie.

TEIL 2

15

Gus hatte sich fast die ganze Nacht mit der Frage gequält, wie er Morgan die Wahrheit vermitteln könnte. Er wollte sie nicht in ihrem Zimmer mit einem Gespräch überfallen. Er würde geduldig am Frühstückstisch warten, bis sie herauskam. Aber sie kam nicht.

Gegen halb neun klingelte es an der Tür. Es war Carla. Sie wollte Morgan zur Schule bringen.

»Ich kann das machen«, sagte Gus.

Carla warf ihrem Bruder einen wissenden Blick zu. »Sie will, dass ich es mache. Sie hat mich vor zwanzig Minuten angerufen und mir gesagt, dass sie nicht mit dir fahren will.«

Gus zuckte innerlich zusammen. Es war unnötig, Carla etwas zu erklären. Zweifelsohne hatte sie die Abendnachrichten gesehen und glaubte bestimmt jedes Wort.

Morgan marschierte auf direktem Wege aus ihrem Zimmer zur Haustür, fertig angezogen, ihre Schulsachen unter dem Arm. Sie würdigte ihren Vater keines Blickes, als sie an ihm vorbeiging.

»Morgan?«, rief er ihr nach.

Auf halbem Wege blieb sie auf der Treppe stehen, drehte sich aber nicht um.

»Ich wünsche dir einen schönen Tag, Kleines. Daddy hat dich lieb.«

Sie wandte ein wenig den Kopf, sah ihn aber nicht an. Carla nahm sie an der Hand und ging mit ihr zum Wagen.

Gus sah ihnen nach, als sie wegfuhren, schloss das Haus ab und stieg in seinen Wagen. Er hatte nicht vorgehabt, ins Büro zu gehen, aber seine Sekretärin Bonnie hatte ihn angerufen und ihm mitgeteilt, dass sie ein paar Leute zu seiner Unterstützung im Büro zusammengerufen hatte. Nichts Offizielles. Lediglich einige Sekretärinnen und einige Mitarbeiter, die ihm helfen wollten. Die Besprechung sollte um neun im Konferenzzimmer stattfinden. Gus hatte sich in der Zeit verschätzt, die er zum Büro benötigen würde, deshalb kam er ein paar Minuten zu spät an, allerdings in Schlips und Kragen. Er hatte nicht vor, irgendjemanden mit seinem geschäftsmäßigen Aussehen zu beeindrucken, aber wahrscheinlich würde jede Abweichung in der äußeren Erscheinung – wie zum Beispiel in der Kleidung – Gerüchten Vorschub leisten, er verlöre die Kontrolle über seine Gefühle. Darauf konnte er verzichten.

Seine Sekretärin erwartete ihn am Aufzug. »Gott sei Dank sind Sie endlich da, Gus.«

Wie üblich war sie außer Atem, garantiert war sie mal wieder von einem Zimmer zum nächsten gelaufen, um Leute zu dem Treffen zusammenzutrommeln. Von den Kollegen wurde sie »Speedy Gonzales« genannt, weil sie immer so in Eile war. Ihr Name stand zwar nicht im Guinness-Buch der Rekorde, aber der Geschwindigkeitsrekord zu Lande war ganz sicherlich von der liebenswerten Bonnie DeVreeze in den heiligen Hallen von Preston & Coolidge aufgestellt worden.

»Stimmt was nicht?«

Sie holte tief Luft und begleitete ihn den Flur entlang. »Sie warten alle schon.«

Sie blieben vor dem Konferenzzimmer stehen. Gedämpfte Unterhaltung drang durch die geschlossene Tür. »Wie viele sind es denn?«

»Fast hundert.«

»Wow.«

Sie lächelte. »Allerdings. Wow.«

»Was soll ich zu ihnen sagen?«

»Bedanken Sie sich einfach. Sie wollen wirklich helfen.«

»Das ist sehr nett. Aber ich wüsste nicht, was sie tun können.«

»Ich habe im Kopierladen Flugblätter und Plakate drucken lassen. Tausende. Wir können sie hier verteilen und Freiwillige bitten, sie in Geschäften, Einkaufszentren und sonst wo aufzuhängen.«

Er war erneut dankbar dafür, dass wenigstens *einer* hier gut organisiert war. »Danke.«

»Gern geschehen.«

Er wollte schon die Tür öffnen, zögerte jedoch. »Wegen dieser Fernsehsendung gestern Abend. Die Vorwürfe wegen Misshandlung –«

Sie fiel ihm ins Wort. »Reicht es nicht, dass all diese Leute hier anmarschiert sind, um Ihnen zu helfen? Ist das kein deutliches Signal?«

Zum ersten Mal an diesem Tag fühlte er sich gut. »Es ist sehr deutlich. Danke.«

Er umarmte sie kurz, dann betrat er den Raum.

Im siebten Stock des Federal Building pulsierte die übliche frühmorgendliche Energie. Im Gegensatz zu den großstädtischen Polizeirevieren mit ihrem hektischen Treiben waren die Flure des FBI-Außendienstbüros von einer würdevollen Atmosphäre der Bedeutsamkeit und Effizienz erfüllt. Dennoch gab es auch hier hin und wieder Gefühlsausbrüche, zum Beispiel die ausgelassene Gruppe, die um den Wasserspender versammelt war und die Drogenrazzia von vergangener Nacht in Port Angeles feierte. Normalerweise hätte sich Andie zu den Kollegen gesellt, um die Einzelheiten zu erfahren, aber heute schloss sie einfach ihre Bürotür und wollte von all dem nichts hören.

Am frühen Morgen hatte Victoria Santos sie zu Hause angerufen. Andie wusste nicht genau, wie sie von Gus Wheatleys Auftritt in den Abendnachrichten erfahren hatte. Vielleicht hatte sie mit Isaac gesprochen. Wie auch immer, Victoria war nicht gerade begeistert. In ihren Augen bedeutete die Tatsache, dass Gus Kontakt mit den Medien aufgenommen hatte, ohne auch nur Andie zu informieren, einen völligen Mangel an Vertrauen und Kommunikation. Es war Andies Aufgabe, diesen Mangel zu beheben.

Andie wollte nicht reflexartig reagieren. Sie musste mit Gus reden, aber zuvor wollte sie sich Klarheit über die Fakten verschaffen. Was die Fernsehsendung vom Vorabend anging, bei der die alten Misshandlungsvorwürfe die Nachricht über Beths Verschwinden in den Hintergrund gedrängt hatten, stand eines außer Frage: Es war nicht Gus gewesen, der der Sache diese Wendung verpasst hatte. Aber wer dann?

Andie befürchtete, Gus würde sie dafür verantwortlich machen. Er hatte ihr in jener Nacht in der Gerichtsmedizin von den Beschuldigungen erzählt. Er würde es auf jeden Fall für möglich halten, dass diese Information durch das FBI an die Medien gelangt war, vor allem nachdem die Presse schon von dem Serienmörder Wind bekommen hatte. Sie würde ihm gerne versichern, dass das FBI keineswegs dahinter steckte, dass auch sonst niemand bei der Polizei etwas damit zu tun hatte. Punkt. Das Problem war nur, dass sie sich dessen nicht sicher war.

Sie nahm den Telefonhörer ab und rief die Mordkommission in Seattle an.

»Hallo«, sagte Detective Kessler, »ich habe mich schon gefragt, wann Sie anrufen würden.«

»Haben Sie gestern Abend die Nachrichten gesehen?«

»Klar doch.«

»Und?«

»Hat mich nicht überrascht.«

Sie wartete einen Moment. »Weil Sie damit etwas zu tun haben?«

»Sie meinen das Gerede über die Misshandlungen?«

»Sie wissen, was ich meine.«

»Ich doch nicht, Süße.«

»Sie waren doch ziemlich auf die angeblichen Misshandlungen fixiert, als wir uns mit Mr Wheatley unterhalten haben. Wollen Sie mir erzählen, Sie haben Ihre Theorie fallen gelassen?«

»Ich lasse nie etwas fallen, bis ich meinen Mörder habe.«

»Heißt das, Sie halten Gus Wheatley für verdächtig?«

»So würde ich es nicht nennen.«

»Hören Sie, ich brauche Ihnen ja wohl nicht zu sagen, dass wir ganz anders mit Gus Wheatley umgehen müssen, wenn er ein Verdächtiger ist. Deshalb würde ich eins gerne wissen: Stellen Sie Untersuchungen zu einer möglichen Verbindung zwischen der Misshandlung und Beths Verschwinden an oder nicht?«

»Kommt darauf an, was Sie mit Untersuchungen meinen.«

»Ich habe keine Zeit für Wortspielchen.«

»Keine Spielchen. Keine Verdächtigen. Sagen wir einfach, bisher ist es nur eine Theorie.«

Frustriert schloss sie die Augen. »Ich glaube, Sie lassen sich auf die falsche Fährte locken.«

»Und ich glaube, dass Sie Ihre Kompetenzen überschreiten. Es passt mir nicht, dass das FBI hier Sherlock Holmes spielt. Bisher haben wir lediglich um die Erstellung eines psychologischen Täterprofils durch eine Ihrer Expertinnen gebeten.«

»Und ich kann Ihnen jetzt schon sagen, dass nach Fertigstellung des Profils durch Victoria Santos die angeblichen Misshandlungen sicherlich keinen Platz in den Überlegungen des FBI finden werden.«

»Das sollten sie aber vielleicht.«

»Dick, hören Sie –«

»Nein, Sie hören mir jetzt zu. Wollen Sie mir vielleicht erzählen, dass das FBI noch nie ein falsches Profil erstellt hat?«

Andie schwieg.

»Sehen Sie, das habe ich auch nicht angenommen«, sagte er. »Ich danke Ihnen für Ihren Anruf. Wenn ich noch irgendetwas von Ihnen brauche, melde ich mich.«

Die Leitung wurde unterbrochen, bevor sie reagieren konnte. Sie knallte den Hörer auf die Gabel und ließ sich auf ihrem Stuhl zurückfallen. *So ein Idiot.*

Als Gus die Mitarbeiterversammlung verließ, hatte er wieder Mut gefasst. Die große Anteilnahme rührte ihn. Zumindest war er nicht völlig allein.

Noch bevor er die Eingangshalle ganz durchquert hatte, wurde er zu einer außerordentlichen Sitzung des Aufsichtsrats gerufen. Wahrscheinlich wollten sie wissen, wie lange er freizunehmen gedachte und was die Firma tun konnte, um ihm zu helfen. Es war eine nette Geste, sicherlich ausgelöst von der Hilfsbereitschaft der Mitarbeiter, die sich herumgesprochen hatte. Seine Partner aus den Führungsetagen wollten nie zurückstehen, selbst wenn es bedeutete, einen Akt der Freundlichkeit erweisen zu müssen.

Er begab sich zum nördlichen Konferenzzimmer, wo der Aufsichtsrat tagte. Interessant, dass man diesen Raum ausgesucht hatte, den einzigen Konferenzsaal mit einem runden Tisch. Niemand konnte am Kopfende sitzen, was normalerweise Gus' Platz war.

»Ich hoffe, ich habe Sie nicht zu lange warten lassen«, sagte Gus, als er eintrat.

Unisono murmelten die Anwesenden etwas wie: »Kein Problem.« Martha saß gegenüber, mit dem Rücken zum Fenster. Neben ihr der Abteilungsleiter für Rechtsstreitigkeiten und der Abteilungsleiter für Körperschaftsrecht. Buster Ullman stand am Fenster und schaute nach draußen. Er war der Verwaltungsleiter, der die Leute an der Kandare hielt und das Geld verwaltete. Er überprüfte die »Produktivität« aller Anwälte, sorgte dafür, dass sie die korrekten Stundenzahlen auflisteten und die Honorarforderungen rechtzeitig abschickten. Und er zählte die in Rechnung gestellten Stunden zusammen. Ein Anruf von Ullman hatte eine ähnliche Auswirkung wie die Ankündigung einer Buchprüfung durch das Finanzamt.

Mit Gus' Erscheinen war der fünfköpfige Aufsichtsrat komplett.

»Nehmen Sie Platz«, sagte Ullman in geschäftsmäßigem Tonfall. Gus setzte sich auf einen Stuhl gegenüber von Martha.

Ullman blieb stehen. »Ich nehme an, Sie wissen, warum wir diese Sitzung einberufen haben.«

»Wollen Sie mir helfen, meine Frau zu finden?«

Ullman hüstelte. »Nun, wir hoffen doch sehr, dass die Polizei in dieser Frage Fortschritte macht. Aber die Aufgabe dieses Gremiums besteht darin, sich um die Dinge zu kümmern, die in unserer Macht stehen.«

»Und das heißt?«

»Das heißt, dass wir uns mit den möglichen Auswirkungen auf die Öffentlichkeit und auf unsere Mandanten auseinander setzen müssen, die die Fernsehsendung von gestern Abend hervorrufen könnte.«

Verärgerung stieg in Gus hoch – aber er war nicht wirklich

schockiert. »Meine Frau wird vermisst und Sie reden von der Öffentlichkeit?«

»Bitte drehen Sie es nicht so.«

»Wie soll ich es nicht drehen?«

Ullman trat einen Schritt näher. »Diese Sache ist eine persönliche Tragödie für Sie. Es tut uns allen sehr Leid. Aber irgendjemand muss dafür Sorge tragen, dass sich diese persönliche Tragödie nicht zu einer Firmenkrise ausweitet.«

Gus blickte von einem zum anderen. Schließlich verweilte sein Blick auf Martha. »Sehen Sie das hier alle so? Dass meine privaten Probleme die Firma belasten?«

Alle schwiegen. »Das kann Sie nicht so völlig überraschen, Gus. Dieselbe Diskussion hatten wir schon vor fünf Jahren. Wenn gegen einen Geschäftsführer dieser Kanzlei der Verdacht erhoben wird, seine Ehefrau zu misshandeln, kann das ernsthafte Auswirkungen nach sich ziehen. Unsere Klienten könnten uns das Mandat entziehen. Mandantinnen könnten sich von uns zurückziehen. Von der schlechten Presse ganz zu schweigen. Und so weiter und so fort.«

»Nichts von all dem ist damals passiert.«

»Stimmt. Aber bis gestern Abend wusste auch niemand, dass Beth tatsächlich Anzeige erstattet hatte.«

Gus hätte am liebsten um sich geschlagen, aber er wählte seine Worte mit Bedacht. »Finden Sie es nicht eigenartig, dass *Action News* nach so langer Zeit Wind von dieser Anzeige bekommen hat?«

»Eigenartig? Ich kann nicht ganz folgen.«

»Als diese ganze Geschichte vor fünf Jahren anfing, habe ich mich offensiv damit auseinander gesetzt. Nichts davon entsprach der Wahrheit, aber aus irgendeinem Grund hatte Beth mich wegen Misshandlung beschuldigt. Ich habe die ganze Geschichte vor diesem Gremium offen gelegt, für den Fall, dass sie publik würde.«

»Sie sagten damals, Ihre Frau hätte einer Freundin erzählt, Sie hätten sie geschlagen. Sie erwähnten nichts von einer formellen Anzeige.«

»Sie hat die Anzeige gleich am nächsten Tag zurückgezogen. Weil ihre Beschuldigungen einfach nicht der Wahrheit entsprachen. Wir haben die Sache hinter uns gebracht und eigentlich nie mehr darüber gesprochen. Nur sehr wenige Leute wussten, dass das überhaupt aktenkundig war. Wahrscheinlich könnte ich diese Leute an einer Hand abzählen. Vielleicht sogar an einem Finger.« Er sah Martha an.

Sie hielt seinem Blick stand. »Sie sind nicht ganz bei Trost, Gus.«

»Wirklich nicht?«

Ullman schaltete sich ein. »Also, lassen Sie uns nicht persönlich werden. Wir möchten noch einmal betonen, dass uns Ihre private Situation aufrichtig Leid tut. Aber diese Kanzlei kann deswegen nicht aufhören zu arbeiten.«

»Nichts hat aufgehört. Ich bin lediglich drei Tage nicht hier gewesen.«

»Und zweifellos werden Sie noch länger weg sein.«

»Ganz sicher.«

»Gut. Ich hatte gehofft, Sie würden es einsehen.«

»Was einsehen?«

»Dass ein kommissarischer Geschäftsführer ernannt werden muss. Jemand, der Ihre Arbeit während Ihrer Abwesenheit erledigt.«

Gus witterte einen Anschlag, bei dem sein Blut fließen würde. Er wusste, dass laut Geschäftsordnung vier Stimmen nötig waren, um ihn zu ersetzen. Er brauchte nur seine Stimme und die eines anderen. Er warf Martha einen Blick zu. Sie wandte sich ab. Nach dem »Seelenverwandtschafts«-Fiasko vom Vortag konnte er auf ihre Stimme offenbar nicht mehr zählen.

Ullman sagte: »Ich stimme dafür, dass Martha Goldstein die kommissarische Leitung übernimmt.«

Gus war völlig überrascht. O Mann, klar, dass er auf ihre Stimme nicht zählen konnte.

»Ich unterstütze den Antrag«, sagte der Nächste.

»Alle dafür?«, fragte Ullman.

Die Wahl war einstimmig. Gus schwieg. Er kochte vor Wut.

»Versuchen Sie, objektiv zu sein, Gus«, ergriff Ullman das Wort. »Sie verstehen sicherlich, dass es vernünftig ist, eine Frau das Ruder übernehmen zu lassen, wenn der derzeitige Geschäftsführer in der Presse bezichtigt wird, seine Frau geschlagen zu haben.«

Gus erhob sich langsam und ruhig. »Diese Firma kann jeden, den sie will, das Ruder übernehmen lassen.« Sein wütender Blick wanderte von einem zum anderen und blieb schließlich auf Martha haften. »Und in diesem Fall haben Sie verdient, was Sie bekommen.«

Er wandte sich um, verließ das Zimmer und schlug die Tür hinter sich zu.

16

Am späten Vormittag gönnte Andie sich noch eine Tasse Kaffee. Sie brauchte das Koffein, obwohl sie sich damit mehr schadete als nutzte. Kaffee machte ihrem Magen eigentlich nichts aus, aber der doppelte K.-o.-Schlag bei ihren Ermittlungen in puncto Serienmörder, der ihrer persönlichen Katastrophe am Traualtar auf dem Fuße gefolgt war, hatte offensichtlich ihre körperliche Verfassung beeinträchtigt.

Kaum hatte sie es sich auf ihrem Schreibtischstuhl bequem gemacht, klingelte das Telefon. Als sie den Hörer greifen wollte, verschüttete sie den heißen Inhalt ihrer Tasse über die Papiere auf dem Schreibtisch. Sie hatte gerade Gus anrufen wollen. Jetzt beschlich sie das komische Gefühl, dass er zuerst zuschlagen würde. *Kein bisschen nervös heute Morgen, stimmt's?*

Das Telefon hörte nicht auf zu klingeln. Sie tupfte hektisch den heißen Kaffee mit einer zu kleinen Serviette ab und nahm den Hörer in die andere Hand. »Henning.«

»Spreche ich mit Agentin Henning vom FBI?«

Es war die Stimme einer Frau. Andie packte mit spitzen Fingern ein bekleckertes Notizblatt an der Ecke und warf es wie ein totes Tier in den Mülleimer. »Ja, am Apparat.«

»Sie kennen mich nicht, aber ich würde gerne mit Ihnen über das Verschwinden von Beth Wheatley sprechen.«

Sie war ganz Ohr. »Ich höre.«

»Ich habe keine Ahnung, wie wichtig das für Ihre Ermittlungen sein wird, aber für mich ist es wichtig, ein paar Dinge loszuwerden.«

»Was für Dinge?«

Am anderen Ende war ein Seufzer zu vernehmen. »Ich möchte das nicht am Telefon besprechen. Wenn ich mich schon jemandem anvertraue, dann lieber von Angesicht zu Angesicht.«

»In Ordnung. Wir können uns in meinem Büro treffen. Oder wäre Ihnen ein anderer Ort angenehmer?«

»Wie wär's mit dem Waterfront Park? So gegen halb eins?«

»Okay.« Sie notierte es in ihrem Kaffee-getränkten Terminkalender. »Wissen Sie, aufgrund Ihres Tonfalls hatte ich den Eindruck, dass dies ein anonymer Anruf ist, deshalb habe ich Sie nicht nach Ihrem Namen gefragt. Aber da wir uns nun unter vier Augen treffen werden, wollen Sie ihn mir verraten?«

»Nur wenn Sie mir garantieren, dass niemand etwas von diesem Gespräch erfährt.«

»Warum ist das für Sie wichtig?«

»Das werden Sie verstehen, wenn wir uns treffen.«

»In Ordnung. Ich werde mir Mühe geben, Ihnen entgegenzukommen.«

»Was soll das heißen?«

»Das heißt, ich werde Ihren Namen nicht bekannt machen, es sei denn, ein Gericht ordnet es an.«

»Ich glaube, das genügt mir.«

»Also, wie heißen Sie?«

Sie zögerte. »Ich sag's Ihnen, wenn wir uns treffen. Ich möchte nicht, dass Sie vorab Erkundigungen über mich einziehen. Niemand hat was davon, mit vorgefertigten Meinungen zu so einem Treffen zu gehen.«

Was für eine merkwürdige Begründung. »Okay. Wie erkenne ich Sie?«

»Warten Sie einfach am Eingang zum Pier 57. Ich weiß, wie Sie aussehen.«

Es war ein bisschen unheimlich, wie sie das sagte. »Okay. Wir sehen uns um halb eins.«

»Bis dann.«

Andie drückte auf die Gabel und wählte dann schnell die Nummer von Isaac Underwood. Sein Anrufbeantworter sprang an. »Isaac, hier ist Henning. Habe hier eine Informantin im Fall Wheatley, die mich gegen Mittag treffen will. Nur wir beide. Ich brauche jemanden, der uns beobachtet.« Aus dem Augenwinkel erhaschte sie einen Blick auf die Akte mit dem Autopsiefoto des weiblichen Mordopfers.

»Nur für alle Fälle«, fügte sie hinzu.

Gus wurde an einem einzigen Vormittag tausend Flugblätter los. Er brachte sie an Wänden, Bushaltestellen, Tankstellen und Lebensmittelläden an – überall, wo Leute vorbeikamen.

Die Energie und ein leerer Kopf hielten ihn in Schwung. Als er sie alle verteilt hatte, kam ihm ein Gedanke in den Sinn: Was wäre, wenn sie ihn einfach verlassen hatte? Das war unwahrscheinlich. Nicht nach den Nachrichten des Vorabends. Dann hätte sie garantiert angerufen oder zumindest Morgan beruhigt, dass ihre Mommy in Sicherheit war und kein Grund zur Besorgnis bestand. Was bedeutete, dass das Gegenteil zutraf: Es *bestand* Grund zur Besorgnis.

Genau diese Besorgnis hatte ihn in das Waffengeschäft geführt. Feuerwaffen waren Gus nicht fremd. Einer seiner Mandanten war ein begeisterter Tontaubenschütze und Gus hatte schon beim ersten ihrer häufigen Wochenendausflüge entdeckt, dass er ein Naturtalent war. Einige Jahre lang hatte er zum Selbstschutz eine Pistole besessen, bis Morgan sich als ausgesprochen neugieriges Kleinkind erwiesen hatte. Das schien ihm jetzt der richtige Zeitpunkt zu sein, die alte 9-mm-Smith-&-Wesson zu ersetzen. Natürlich hoffte er, dass Beth wieder zu Hause sein würde, bevor die Wartefrist für den Kauf von Handfeuerwaffen ablief. Wenn nicht – wenn sie das Opfer eines Verbrechens geworden war –, würden Gus und seine Tochter nicht die nächsten Opfer sein. Zumindest nicht kampflos.

Was Morgan betraf, hatte er ohnehin andere Sorgen. Am späten Vormittag rief er Carla an, um herauszufinden, ob sie auf dem Schulweg über ihn gesprochen hatten. Obwohl sie es leugnete, hatte Gus doch den Verdacht, dass der Brunnen, wenn er nicht schon vorher vergiftet gewesen war, jetzt sicherlich von Toxinen überschäumte.

Seine Handzettel-Aktion hatte er in der Innenstadt begonnen und dann in Richtung Norden fortgesetzt. Deshalb aß er im nördlichen Teil von Seattle in der Nähe der University of Washington zu Mittag. Eine bunte Mischung aus Buchläden, Zeitungskiosken, Kneipen, Läden und preiswerten Gaststätten säumte den University Way Northeast. Gus kehrte in Shultzy's Sausage ein. Ein Schild draußen verhieß »DAS BESTE VON DER WURST«.

Er verzehrte eine Bratwurst, ohne sich von lärmenden Studenten und Geschäftsleuten an den Nebentischen stören zu lassen. Den Stadtstreicher, der sich am Tresen die von einem Kunden übrig gelassenen Reste eines Hotdogs einverleibte, nahm er kaum wahr. Sein Kummer nahm allmählich überhand und machte ihn kopflos. In Bezug auf die Pistole machte er sich selbst etwas vor. Wenn Agentin Henning Recht hatte – und Beth wirklich das Opfer eines Serienmörders war –, könnte er es überhaupt nicht mit einem Psychopathen aufnehmen, der aus purem Vergnügen tötete. Es gab auch keinen besonderen Grund für die Annahme, der Mörder würde hinter ihm oder Morgan her sein, aber es war auch nicht auszuschließen. Wenn er sich ernsthaft bedroht fühlte, sollte er sich über ernsthafte Schutzmaßnahmen Gedanken machen.

Er holte sein Adressbuch aus der Aktentasche und ging die Liste seiner Mandanten durch. Gus hätte ein Dutzend Firmenchefs anrufen können, die alles Notwendige über Personenschutz wussten. Er entschied sich für Marcus Mueller, einen vertrauenswürdigen Industriemagnaten, der nirgendwo mehr ohne Leibwächter auftauchte, seit jemand Bill Gates in Belgien eine Sahnetorte ins Gesicht geworfen hatte. Nach Auskunft seiner Sekretärin war Marcus gerade mit seiner Frau im Yachtclub zum Mittagessen. Die Yachtsaison fing zwar erst am ersten Sonnabend im Mai an, aber die Lachssteaks im Clubhaus schmeckten das ganze Jahr über vorzüglich.

Wenn es jemand anders als Marcus gewesen wäre, hätte Gus niemals ein Ehepaar beim Mittagessen gestört. Aber es war wahrscheinlich ein Geschäftsessen. Mrs Mueller hatte in dieser Familie das Sagen. Die Firma war von ihrem Vater gegründet worden, seit dessen Tod leitete ihr Mann die Geschäfte. Und das machte er gut. Auch aus diesem Grunde war Gus nicht sonderlich beunruhigt über die Ernennung von Martha Goldstein zur »kommissarischen« Geschäftsführerin. So lange Mueller sein Mandant war – dessen Firma fast zu zwanzig Prozent zum Umsatz der Kanzlei beitrug –, konnte Gus die Kontrolle zurückerlangen. Er musste einfach neue Bündnisse mit all jenen Partnern schmieden, die genau davon profitierten.

Gus erreichte ihn über sein Handy. Der Zeitpunkt war richtig. Leslie war auf der Toilette, somit hatte er Marcus für sich allein.

»Marcus, Sie müssen mir einen Gefallen tun.«

»Ach?«

Es war ein vorsichtiges »ach«, was ihn ein bisschen überraschte, hatte Marcus doch versprochen, nie den Anwalt zu vergessen, der ihn vor einer Anklage wegen Verstoßes gegen das Antikartellgesetz bewahrt hatte. »Es geht um Sicherheitsfragen«, erklärte Gus. »Ich mache mir Sorgen um meine Tochter Morgan.«

»Was ist passiert?«

»Tja, es ist ...« Gus zögerte, näher auf die Einzelheiten einzugehen. Es war nicht gut für das Geschäft, einen wichtigen Mandanten wissen zu lassen, wie beschissen das eigene Privatleben verlief. »Ich nehme an, Sie haben die Sache mit Beth mitbekommen.«

»Ja, äh, ich habe die Nachrichten gesehen.«

Gus fragte sich, welche er gesehen haben mochte – die mit den Misshandlungsvorwürfen oder die ohne. Er forschte nicht weiter. »Bei allem, was im Moment passiert, fände ich es gut, jemanden zu haben, der sich um Morgan kümmert. Einen Leibwächter, meine ich.«

»Ich verstehe. Ich mache mir große Sorgen um Beth.«

»Das geht uns allen so. Wenn Morgan irgendetwas zustieße – ich wage gar nicht, daran zu denken.«

»Wenn Sie solche Angst haben, wäre es dann nicht besser, sie aus der Stadt weg zu Verwandten zu schicken?«

»Ich glaube nicht, dass es das Beste ist, sie wegzuschicken. Es tut ihr gut, mit ihren Schulfreundinnen zusammen zu sein. Ich würde gerne die Dinge so normal wie möglich lassen.«

»Ihr einen Leibwächter zu verpassen, wird ihr kaum dazu verhelfen, sich normal zu fühlen.«

»Man muss ihr ja nicht sagen, dass es ein Leibwächter ist. Wir können ihn auch Fahrer oder männliches Kindermädchen nennen.«

Er lachte leise vor sich hin. »Die meisten Burschen, die ich empfehlen könnte, sind eher wie der Fels von Gibraltar gebaut und nicht so sehr wie Fran Drescher.«

»Ich habe auch nicht an einen Rausschmeißer-Typ gedacht. Ich denke mehr an eine Art Privatdetektiv.«

»Sie sind ein wohlhabender Mann, aber ich kann es nicht leiden, wenn man mehr Geld als nötig ausgibt. Ein guter Privatdetektiv wird mehr kosten als ein Leibwächter und außerdem wird er Morgan kaum besser beschützen können.«

»Ich brauche mehr als nur Schutz.«

»An welche Fähigkeiten haben Sie denn gedacht?«

»Ich will bei dieser Geschichte die Initiative ergreifen. Ich brauche jemanden, der mir dabei helfen kann, Beth zu finden.«

»Bleiben Sie einen Moment dran, Gus.«

Gus hatte oft genug mit den Muellers gemeinsam gespeist, um sich vorzustellen, was los war. Leslie kam wahrscheinlich gerade an den Tisch zurück, ein ebenso beglückendes Ereignis wie die Rückkehr der Herzkönigin in jenen Garten im Wunderland: »Kopf ab«, wenn man nicht sofort alles stehen und liegen ließ, sich verbeugte und gebührend Ehrfurcht zollte.

»Mit wem telefonierst du da?«, hörte Gus Leslie fragen.

»Gus.«

»Gus Wheatley?«, fragte sie spitz.

Das »Psst« war als Krächzen in der Leitung zu vernehmen. Marcus reagierte eindeutig empfindlich auf den Tonfall seiner Frau. »Er braucht Hilfe.«

»Du wirst diesem Frauenprügler *keinen* Gefallen tun. Sag ihm, was wir beschlossen haben.«

»Das geht jetzt nicht. Er ist in einer schrecklichen Verfassung.«

»Los, sag's ihm.«

Gus konnte die Verlegenheit in Marcus' Stimme spüren. »Gus, kann ich Sie zurückrufen?«

»Ich habe gehört, was Leslie gesagt hat. Was sollen Sie mir sagen?«

»Es ist etwas rein Geschäftliches.«

»In welcher Hinsicht?«

»Ich möchte darüber wirklich nicht am Telefon sprechen.«

»Was ist«, schnaubte Gus, »wollen Sie mir das Mandat entziehen?«

Marcus' Stimme nahm einen ernsten Tonfall an. »Für den Moment, denke ich, ist es am besten, wenn wir unsere geschäftlichen Beziehungen beenden.«

Gus umklammerte das Handy. »Wegen einer blödsinnigen Fernsehsendung? Ich bitte Sie!«

»Es geht um mehr.«

»Dann müssen Sie etwas wissen, von dem ich nichts weiß.«

»Es sieht ganz so aus.«

»Wovon reden Sie?«

Das Zögern in seiner Stimme war deutlich. Zweifellos machte Leslie ihn mit einem ihrer tödlichen Blicke zur Schnecke. »Gus, ich kann jetzt unmöglich darüber reden.«

»Hat es etwas mit der Veränderung in der Geschäftsführung unserer Firma zu tun?«

»Lassen Sie uns nicht über Interna von Anwaltskanzleien reden.«

»Das ist doch nur eine kommissarische Ernennung. Bis diese Geschichte vorbei ist. Das ist nicht endgültig.«

»Richtig. Und genau so sollten Sie auch unsere Trennung auffassen. Als eine vorläufige Sache.«

Gus erstarrte. Der unpersönliche Tonfall machte ihm schmerzhaft bewusst, dass keine der beiden Veränderungen nur vorübergehend war.

»Gus, ich wünsche Ihnen wirklich alles Gute.«

»Ja. Ich danke herzlich.«

Er schaltete sein Handy ab. In einem Anflug von Wut hätte er am liebsten Martha Goldstein angerufen, sie angebrüllt und gefragt, was zum Teufel eigentlich vor sich ging. Doch dann ertappte er sich dabei, wie er nervös an seinem Ehering herumspielte, und schon war der Impuls verflogen. Es war eine Angewohnheit von ihm. Immer wenn er gestresst war, zog er sich den Platinring vom Finger und steckte ihn wieder an. Er hatte ihn jetzt in der Hand und betrachtete die Inschrift, obwohl er sie auswendig kannte.

Er musste lächeln. Beths Sinn für Humor hatte immer ein Lächeln bei ihm ausgelöst. Früher. Jetzt war es jedoch ein trauriges Lächeln. Trauriger als je zuvor.

STECK MICH WIEDER AN, lautete die Inschrift.

Er streifte den Ring wieder über den Finger, griff nach seiner mit Handzetteln voll gestopften Aktentasche und ging zum Wagen.

17

Der Waterfront Park lag am südlichen Rand der Innenstadt und säumte die Elliot Bay. Er war Seattles Version einer gemütlichen Strandpromenade, mit erhöhten Fußwegen, von denen sich großartige Ausblicke auf den Puget Sound boten. An sonnigen Sommerwochenenden traf sich hier alles, um die Wasserspiele zu betrachten, bei denen von den städtischen Feuerlöschbooten riesige Meerwasserfontänen in die Luft geschossen wurden. Die Liegewiesen wurden von den Leuten zum Picknick und von übermütigen Jugendlichen zum Frisbeespiel genutzt. An einem bewölkten Wintertag allerdings war der Park auch nur ein grauer Ort, an dem die Fußwege aus Beton sich kaum von dem Nebel abhoben, der sowohl das Land als auch das Meer verhüllte.

Andie war ein paar Minuten zu früh und schritt forsch durch den kalten Nebel. Auf ihrem Trenchcoat sammelte sich Feuchtigkeit, für die sich ein Regenschirm kaum lohnte. Ein paar unverdrossene Touristen standen am Ende des Piers und versuchten ihr Glück mit den Fernrohren, in die man fünfundzwanzig Cent einwerfen musste. Hin und wieder riss die Nebelwand auf und dann konnten sie vielleicht einen Blick auf einen Schlepper oder einen mit Holz beladenen Frachter erhaschen, die den Puget Sound entlangschipperten. Andie konnte in der Gegend nicht mehr als insgesamt sechs Fußgänger entdecken und sie hatte keine Ahnung, ob die Frau, die sie angerufen hatte, darunter war. Sie hatte den Eingang zu Pier 57 erwähnt, aber Andie war sich nicht über den genauen Treffpunkt im Klaren. Sie blieb bei der Gedenktafel stehen, die an den Beginn des Goldfiebers in Alaska im Jahre 1897 erinnerte. Die Stelle schien ihr geeignet und sie hoffte, einen Treffer gelandet zu haben.

»Agentin Henning?«

Bei dem Klang der Frauenstimme wandte sie sich um. Es war, als blickte sie in einen verräucherten Spiegel. Eine attraktive junge Frau, die einen regennassen Trenchcoat trug. Vielleicht war sie ein bisschen älter als Andie.

Sie trat vor und streckte ihre Hand aus. »Ich bin Martha Goldstein.«

»Nett, Sie kennen zu lernen.« Ihrem Tonfall nach zu urteilen schien Andie der Name nichts zu sagen.

»Ich bin Anwältin bei Preston und Coolidge. Gus Wheatleys Kanzlei.«

»Verstehe. Ich nehme an, deshalb wollten Sie mir nicht Ihren Namen nennen.«

»Genau.«

»Das hätten Sie mir am Telefon ruhig sagen können. Sie waren derart bemüht, Ihre Identität zu verschweigen, dass ich misstrauisch wurde.«

»Tut mir Leid. Als Sie mich nach meinem Namen fragten, bin ich leicht in Panik geraten. Glauben Sie mir, selbst jetzt im Moment frage ich mich noch, ob es richtig ist, was ich tue.«

»Das brauchen Sie nicht. Nicht, wenn Sie vorhaben, mir die Wahrheit zu sagen.«

»Oh, alles, was ich zu sagen habe, ist die reine Wahrheit.«

»Schießen Sie los. Sie glauben, dass Sie etwas über Beth Wheatleys Verschwinden wissen?«

Martha wandte den Blick ab, als würde sie mit sich ringen. »Lassen Sie es mich so ausdrücken: Ich kenne Beth nicht sehr gut, aber ich kenne Gus schon sehr lange. Seit über sechs Jahren.«

»Wie gut kennen Sie ihn?«

»Gut genug, um zu wissen, dass er kein Serienmörder ist wie zum Beispiel der, der in der Zeitung vom Dienstag beschrieben wurde.«

»Also war es nicht die *P-I*-Geschichte, die Sie veranlasst hat, mich anzurufen.«

»Nein.« Sie sah Andie an. »Es war die Beschuldigung, Gus habe seine Frau misshandelt.«

»Was ist damit?«

»Ich habe den Fernsehbericht gesehen, der eine Verbindung zwischen der Misshandlung und Beths Verschwinden nahe legt.«

»Glauben Sie, es gibt eine Verbindung?«

»Ich weiß nur, dass Gus sich an dem Tag, als Beth verschwand, komisch benommen hat.«

»Inwiefern?«

»Wir waren zusammen im Büro. Er musste ein Abendessen absagen, weil Beth ihre Tochter von irgendwo nicht abgeholt hatte. Er war richtiggehend wütend. Er hat irgendwas gesagt wie: ›Sie könnte mal ordentlich was auf den Hintern gebrauchen.‹«

»Merkwürdige Art, sich auszudrücken.«

»Deswegen erinnere ich mich auch so gut daran.«

»Wollen Sie damit andeuten, er misshandelt sie immer noch?«

»Ich möchte einfach nur offen und kooperativ sein. Wenn die Polizei nach einer Verbindung zwischen den Misshandlungen und Beths Verschwinden forscht, will ich, dass mein Name da herausgehalten wird.«

»Das verstehe ich nicht. Wieso könnte er denn hineingeraten?«

Sie seufzte nervös. »Gus und ich haben ... wie soll ich es ausdrücken? Eine Geschichte.«

»Aha.«

»Um ganz ehrlich zu sein, er hat mich jahrelang bedrängt. Ich habe ein rein berufliches Verhältnis zu ihm unterhalten, aber er wollte immer mehr. Es war zeitweilig so offensichtlich, dass Gerüchte aufkamen. Es waren lediglich Gerüchte. Es gab nichts Sexuelles zwischen uns. Ich mochte Gus, aber ich habe immer deutlich gemacht, dass zwischen uns nichts passieren würde, solange er verheiratet war. Nachdem seine Frau jetzt auf eigenartige Weise verschwunden ist, möchte ich nicht durch die Tatsache belastet werden, dass er hoffnungslos in mich verliebt war.«

»Hoffnungslos verliebt?« Die Frage klang zweifelnder als beabsichtigt.

»Ja«, erwiderte Martha defensiv. »Gus Wheatley war in mich verliebt.«

»Ich verstehe. Und warum würde Sie das in Bezug auf das Verschwinden seiner Frau belasten?«

»Ich habe nicht gesagt, dass es das *würde*. Ich hatte lediglich die Befürchtung, dass irgendjemand auf falsche Ideen kommen könnte.«

»Wer?«

»Ich bin nicht blöd. Ich weiß, wie diese Mordermittlungen funktionieren. Die Polizei erstellt eine Liste der Verdächtigen und geht sie alle einen nach dem anderen in einer Art Ausschlussverfahren durch. Als Frau, der nachgesagt wird, Gus' Geliebte zu sein, würde ich zwangsläufig auf der Liste von irgendwem landen. Deshalb dachte ich mir, dass ich es lieber selbst zur Sprache bringen sollte. Obwohl ich mir bewusst bin, dass es ein zweischneidiges Schwert ist.«

»Wieso?«

»Nun, ich würde zwar meine Unschuld beweisen. Aber ich würde ihn womöglich belasten. Das fällt mir nicht leicht. Gus ist jemand, an dem mir sehr viel liegt.«

»Ihn belasten? Womit?«

Sie seufzte noch einmal, ganz die widerstrebende Zeugin. »Lange Zeit fühlte sich Gus in seiner Ehe eingesperrt. Vor ein paar Jahren wollte er Beth verlassen, und zwar meinetwegen.

Das war zu der Zeit, als sie ihn wegen Misshandlung anzeigte. Er hatte keine andere Wahl, als sich mit ihr auszusöhnen. Sie war nicht bereit, ihn gehen zu lassen. Ihm blieb nichts anderes übrig, wenn er seinen guten Ruf nicht ruinieren wollte.«

»Woher wissen Sie das?«

»Ich weiß es einfach.«

»Hat er es Ihnen gesagt?«

»Es war *offensichtlich*.«

»Also, worauf wollen Sie hinaus? Dass Beth sich weigerte, ihn gehen zu lassen, und er sie schließlich aus dem Weg geräumt hat?«

»Das haben Sie gesagt. Das würde ich nie behaupten.«

Andie sah sie scharf an. Martha zuckte nicht mit der Wimper, sie wirkte todernst. Der Nebel schlug in Regen um. Andie öffnete ihren Regenschirm. »Wollen wir nicht irgendwo hingehen, wo wir weiterreden können?«

Martha warf einen Blick auf ihre Uhr. »Ich muss wieder zurück an meine Arbeit. Ich habe Ihnen so ziemlich alles gesagt, was ich weiß.«

»Ja, wahrscheinlich habe ich ohnehin genug gehört. Ich gebe Ihnen auf jeden Fall meine Karte. Sollte Ihnen noch etwas einfallen, können Sie mich natürlich jederzeit anrufen.«

Martha nahm die Karte und steckte sie in ihre Manteltasche. »Sie werden dieser Sache doch sicherlich nachgehen?«

Das klang eher übereifrig als neugierig. Andie gab ihr eine unverbindliche Antwort. »Wir nehmen alle glaubwürdigen Spuren ernst.«

Sie gaben sich die Hand. Martha wollte schon losgehen, blieb aber noch einmal stehen. »Ich hoffe, Sie haben Verständnis dafür, warum ich hierher gekommen bin. Ich möchte einfach die Tatsachen offen legen. Ich versuche nicht, Gus zu schaden.«

»Ich verstehe.«

»Gus ist ein Freund.«

Andie sah ihr in die Augen, sagte aber nichts.

»Ein guter Freund.« Sie lächelte verlegen und wartete auf eine Antwort. Andie schwieg. Martha wandte sich um und ging. Das Klappern ihrer Absätze hallte auf dem nassen Gehweg wider.

Und was für ein Freund, dachte Andie und sah ihr nach, bis sie im Nebel verschwand.

18

Gus verbrachte den restlichen Mittwochnachmittag damit, noch weitere Zettel auszuhängen. Er konzentrierte sich vor allem auf beliebte Restaurants, die Beth gewöhnlich aufsuchte, ihr Fitnessstudio, ihren Lebensmittelladen und ihre bevorzugten Geschäfte. Diese Dinge hatte er von Carla erfahren. Sie hatte ihn auf dem Handy angerufen, lediglich um ihm mitzuteilen, dass sie Morgan von der Schule abholen würde. Morgan wollte es so.

Gus widersprach nicht. Er wusste, dass er mit seiner Tochter reden musste, aber wenn er sich den Tag über beschäftigte, konnte er vielleicht weitere Zurückweisungen aufschieben. Er war sich immer noch nicht sicher, was er ihr sagen sollte. Er würde natürlich leugnen, jemals ihre Mutter misshandelt zu haben. Aber das reichte nicht. Er brauchte Antworten auf die Fragen, die sie natürlich stellen würde. Würde Mommy wiederkommen? Wann? Wo war sie die ganze Woche? War sie in Sicherheit? Von Natur aus widerstrebte es Gus, sich auf ein Treffen oder ein Gespräch einzulassen, ohne sich auf alle möglichen Antworten vorbereitet zu haben. Ihm war nur zu bewusst, dass er diese Haltung überwinden musste, sollte er zum allein erziehenden Vater werden, unabhängig davon, ob für kurze Zeit oder auf lange Sicht.

Seine größte Angst war, das Falsche zu sagen und alles nur noch zu verschlimmern. Das schien ihm ein Problem zu sein, bei dem er professionelle Hilfe gebrauchen konnte. Auf die Schnelle fand er einen angesehenen Kinderpsychiater, der ihm für kurz vor Feierabend noch einen Termin einräumte. Er fuhr die halbe Strecke bis Bellevue, bis ihm klar wurde, dass er es im Berufsverkehr niemals bis halb sieben schaffen würde, dort zu sein. Er rief noch einmal an, sagte den Termin ab, wendete den Wagen und fuhr nach Hause.

Bis er ankam, war es acht Uhr. Carla empfing ihn an der Tür. Sie hatte Morgan von der Bertschi School abgeholt, noch eine Weile mit ihr gespielt, ihr Abendessen gemacht und sie – zu seiner Bestürzung – schon ins Bett gebracht.

»Die arme Kleine war ganz aufgelöst«, sagte Carla. »Ich nehme nicht an, dass sie gut schlafen wird.«

»Danke, dass du dich um sie gekümmert hast«, erwiderte er und warf seine Lederjacke auf den Küchentisch. »Bei allem, was hier los ist, kann ich jede Hilfe gebrauchen.«

»Das mache ich gern. Morgan ist für mich wie eine Tochter.«

Das war nicht übertrieben. Da die Großeltern alle nicht mehr lebten, hatte Morgan ihre Tante Carla sehr ins Herz geschlossen. Sie musste irgendeine weiche Seite haben. Eine Seite, die nicht völlig von einem früheren gewalttätigen Liebhaber zerstört worden war, der Carla weitaus übler behandelt hatte, als man es je Gus Beth gegenüber unterstellt hatte. Weil er wusste, wie sehr Carla unter den Schlägen dieses brutalen Kerls gelitten hatte, war er auch verständnisvoller und nachsichtiger gegenüber seiner Schwester, die versucht hatte, seine eigene Frau davon zu überzeugen, dass keinem Mann zu trauen war. Beth hatte erst verschwinden müssen, damit Gus sich schließlich darüber klar wurde, wie wenig er über die Jahre unternommen hatte, Carla zu beweisen, dass man ihm trauen konnte.

»Hör zu, Gus. Ich möchte dir was sagen. Ich weiß, dass du die ganze Woche nicht im Büro warst. Du bist unterwegs auf der Suche nach Beth und unternimmst alles, was in deiner Macht steht.« Sie senkte den Kopf, schob die Hände in ihre Hosentaschen und suchte nach Worten. »Jedenfalls war ich ziemlich eklig zu dir, nachdem Beth verschwunden war. Es tut mir Leid.«

»Ist schon gut.«

»Nein, wirklich. Du hast mich überrascht.«

Er sah sie von der Seite an, befremdet über das zweifelhafte Kompliment. Aber er würde alles annehmen, was er bekommen konnte. »Ich glaube, das ist das Netteste, was du je zu mir gesagt hast, Carla.«

»Es könnte auch das einzig Nette gewesen sein.«

Irgendwie war es lustig gemeint, aber keiner von beiden lachte. Es hatte zwar etwas Erbärmliches an sich, dennoch genossen sie den Moment, das schlichte Vergnügen von Bruder und Schwester, die ein halbwegs normales Gespräch führten.

»Im Backofen gibt's noch Putenbrust, falls du Hunger hast. Morgan hat kaum etwas gegessen.«

»Danke.« Er ließ seinen Blick den Flur hinunter und wieder zurück zu Carla schweifen. »Ich hatte gehofft, ich könnte mit ihr heute Abend reden. Ich wollte diese Geschichte nicht zu lange gären lassen.«

»Sie ist erledigt. Warte bis morgen.«

»In Ordnung. Bestimmt eine gute Idee.«

Carla nahm ihren Mantel. »Also, gute Nacht. Ruf mich an, wenn du irgendetwas brauchst.«

»Mach ich.« Er begleitete sie zur Tür und hielt sie ihr auf.

Auf der Schwelle blieb sie noch einmal stehen. »Wenn du mit Morgan redest, tu mir einen Gefallen.«

»Welchen?«

»Sei der neue Gus.«

Er nickte kaum merklich. Sie ging zu ihrem Wagen und fuhr davon. Er sah ihr die ganze Zeit nach, bis ihre Rücklichter in der Dunkelheit verschwunden waren.

Er blieb deutlich unterhalb der Geschwindigkeitsbegrenzung. Benutzte den Blinker, wenn er abbog. Fuhr rücksichtsvoll und vermied jede Möglichkeit eines Unfalls. Seine Fracht war zu wertvoll, um ein Risiko einzugehen. Leblos, aber wertvoll.

Geruch war kein Thema. Der fensterlose Kleinbus war voll beladen mit Blumen, buchstäblich Dutzenden schöner, duftender Sträuße. Er hatte sie in großen Mengen bei einem Großhändler gekauft, die meisten schon fast verblüht, so dass sie nicht zu teuer waren. Falls er aus irgendeinem Grund angehalten würde – allgemeine Verkehrskontrolle oder defektes Rücklicht –, wäre er lediglich der Auslieferer für irgendeinen Blumenladen. Nur ein Spürhund könnte den Geruch des Todes unter dem Bett aus Blumen erschnüffeln.

Er hatte die Leiche eigentlich in der Nacht zuvor loswerden wollen, aber das hatte nicht geklappt. Er war schon fast bis zur Abladestelle gekommen, als er plötzlich den deutlichen Verdacht hegte, dass die Polizei den Park, den er ausgewählt hatte, überwachte. Es war nichts Offensichtliches, aber sein sechster Sinn sagte ihm, dass in der Gegend mehr Streifenwagen unterwegs waren als üblich. In solchen Situationen vertraute er seinem Instinkt. Um sicherzugehen, hatte er beschlossen, die Leiche bis heute Abend zu behalten und sich ihrer irgendwo außerhalb von Seattle zu entledigen.

Die Fahrt dauerte mehr als eine Stunde, aber das störte ihn nicht. Er machte oft lange Fahrten. Es war irgendwie eigenartig. Er hatte in dem Buch eines FBI-Profilers gelesen, dass Serienmörder, die nicht an eine bestimmte Region gebunden waren, häufig weite Wege auf sich nahmen. Erst nachdem er das gelesen hatte, war bei ihm dieser Drang entstanden. Die Kraft der Suggestion. Oder er entsprach einfach dem Profil.

Von wegen.

Die Straße in Richtung Westen wurde immer einsamer. Irgendwo hinter der dicken Wolkendecke verbarg sich der strahlende Vollmond, aber die neblige Nacht war tiefschwarz, vor allem hier draußen in der Wildnis. Ohne Kenntnis des Weges hätte er sich leicht verfahren können. Bei der verfallenen alten Hütte am Fuß des Hügels musste er abbiegen. Er verließ die Schnellstraße und bog in eine Schotterstraße ein. Der Talisman, der am Rückspiegel hing, pendelte in der Kurve weit aus und hätte ihn beinahe im Gesicht getroffen.

Es war ein goldener Ring an einer langen Kette.

Schlamm spritzte aus einer Pfütze auf und gegen die Windschutzscheibe. Er schaltete die Scheibenwischer ein, um das Zeug wegzuputzen. Der Kleinbus fuhr fast Schritttempo. Er schaltete die Scheinwerfer aus. Genau vor ihm war der Eingang zum Park. Er fuhr durch ein letztes Schlagloch. Der Bus schaukelte. Die Blumen flogen durcheinander. Der Ring mit dem Goldkettchen rutschte vom Rückspiegel herunter. Er versuchte, ihn in der Luft aufzufangen, griff aber daneben. Der Ring fiel auf den Boden und rollte weg wie ein verlorener Penny. In Panik machte er eine Vollbremsung und schaltete in den Leerlauf. Auf Knien suchte er den Ring und wühlte unter dem Sitz herum.

»Verdammte Scheiße!«

Im Dunkeln war es zwecklos, aber so nah an der Entladestelle das Licht einzuschalten, wagte er nicht. Er stocherte unter dem Beifahrersitz herum und suchte hektisch. Wütend stieß er einen Kuli und eine Münze weg. Dann wurde er ruhig. Und lächelte. Er hatte ihn. Erleichtert umklammerte er den Ring und atmete tief ein, als wollte er dessen Kraft in sich aufnehmen. Für ihn war es mehr als nur ein Schmuckstück. Die Gravur auf der Innenseite besagte: IN DANKBARKEIT – T. V. I.

Es war der Ring seines Vaters, der an die vielen Jahre erinnerte, die er dem Torture Victims' Institute, dem Institut für Folteropfer, gedient hatte.

Er ließ den Ring in seine Tasche gleiten und zog den Reißverschluss zu, bereit für die bevorstehende Aufgabe.

19

Ein schriller Schrei weckte ihn auf.

Gus fuhr im Bett hoch. Das Elternschlafzimmer war ruhig und schwach erleuchtet. Eine verregnete Nacht war in einen grauen Donnerstagmorgen übergegangen. Er hatte sich fast die ganze Nacht herumgewälzt und mit der Frage gequält, ob die Polizei genug unternahm, Beth zu finden, und ob Morgan ihm je wieder vertrauen würde. Im Morgengrauen war er schließlich in tiefen Schlaf gesunken. Der plötzliche Lärm hatte ihn zwar geweckt, aber er war völlig verwirrt. Sein Herz klopfte wie wild. Er konnte sich nicht erinnern, ob und was er geträumt hatte, aber den Schrei musste er geträumt haben, da war er sich sicher.

Bis er ihn wieder hörte. Lauter. Er sprang aus dem Bett. Das war kein Traum. Der Schrei war aus Morgans Zimmer gekommen.

»Morgan!« Er hastete über den Flur zu ihrem Zimmer. Die Tür stand einen Spalt offen. Sie schlug gegen die Wand, als er ins Zimmer stürzte.

Er blieb wie erstarrt stehen. Morgan kniete über ihr Kissen gebeugt im Bett. Blutrote Tröpfchen fielen auf den rosafarbenen Kissenbezug. Sie sah ihn mit vor Schreck geweiteten Augen an. Ihr Mund war blutig.

»O mein Gott!« Er eilte ans Bett und nahm sie in die Arme.

»Mein Zahn«, murmelte sie.

Er öffnete ihren Mund. Einer ihrer Schneidezähne hing lose an der Wurzel, völlig verdreht. Sie hatte ihn offensichtlich im Schlaf losgedreht. Obwohl der Anblick ihn schmerzte, war er erleichtert. Als er panisch den Flur entlanggerannt war, hatte er viel Schlimmeres als den Verlust eines Milchzahns befürchtet.

»Es tut weh!«

»Ich weiß, Kleines.« Er berührte den Zahn vorsichtig, um zu überprüfen, wie fest er noch an der Wurzel hing.

»Au!«

»Tut mir Leid. Aber er will wohl noch nicht herauskommen. Zumindest noch nicht ganz.«

»Zieh ihn raus!«

Er hob die Hand zu ihrem Mund, nahm sie aber zaghaft wieder weg. Das Zahnfleisch war rot und wund, schon beinahe entzündet. »Ich will es nicht noch schlimmer machen.«

»Hol Mommy. Ich will, dass Mommy es macht.«

Er wusste nicht, was er sagen sollte. »Wir gehen zu deiner Zahnärztin.«

»Ich kann sie nicht leiden.«

»Ich auch nicht. Aber sie macht das am besten.«

Morgan fing an zu weinen. »Mommy kann das viel besser. Mommy hat die anderen Zähne auch rausgewackelt.«

»Mommy ist nicht hier.«

»Dann ruf sie an. Sag ihr, sie soll nach Hause kommen.«

Der durchdringende Blick verursachte ihm eine Gänsehaut. Es war das blanke Misstrauen, als wüsste sie genau, dass er sie holen könnte, es aber aus irgendeinem Grund nicht wollte. Sie hatte sich fast einen Zahn ausgerissen, damit er Hand anlegte. Es war der ausgebuffte Trick einer Sechsjährigen: »Entweder du holst Mommy nach Hause oder beweise mir, dass du nicht Schuld daran bist, dass sie weggegangen ist.«

»Wir gehen jetzt zur Zahnärztin, okay?« Er nahm sie fest in die Arme und schob ihr die Haare aus dem Gesicht. »Und dann müssen wir miteinander reden.«

Wecker und Telefon klingelten gleichzeitig. Es war ein Doppelschlag, als würde sie aus dem Bett fallen und dabei auf eine Landmine treten. Andie kam zu sich, schaltete den Wecker aus und nahm den Hörer ab.

»Hallo.«

»Henning. Dick Kessler hier. Wir haben schon wieder eine Leiche.«

Andie war plötzlich hellwach. Sie notierte sich die Informationen. »Wir treffen uns dort«, sagte sie und legte auf. In weniger als fünf Minuten war sie aus dem Haus und saß im Wagen Richtung Lakewood Park.

Issaquah war ein Städtchen südöstlich von Seattle und dem wunderschönen Lake Washington. Die Gegend war ländlicher als Bellevue, der Vorort im Norden, obwohl in der ganzen Region viel gebaut worden war, seit sie als kleines Mädchen mit ihrem Vater auf Streifzüge gegangen war. Aber das Gebiet des Städtchens, das sich in ein Tal zwischen den Squak, Tiger und Cougar Mountains schmiegte, war weitgehend so geblieben, wie sie es in Erinnerung hatte, ein putziges Einkaufsareal mit hölzernen Bohlenwegen, einer Vielzahl bunter Blumen in Pflanzenkübeln und alten schindelverkleideten Häusern, in denen Läden eingerichtet waren. Die Vergangenheit wurde wieder lebendig, als sie an dem Gemischtwarenladen vorbeifuhr und ihren Weg zu dem Park außerhalb des Städtchens fortsetzte.

Andie konnte sich nicht erinnern, wann sie das letzte Mal in der Gegend gewesen war, aber das erste Mal würde sie nie vergessen. Sie war damals zehn Jahre alt und wohnte ziemlich weit südlich von Seattle außerhalb von Tacoma. Sie war mit ihrem Vater nach Issaquah auf ein Stadtfest gefahren. Auf dem Nachhauseweg wollte Andie ans Steuer. Ihr Vater suchte im Handschuhfach nach Straßenkarten, als sie die Pistole bemerkte. Da er Polizist war, hatte er sie ständig bei sich. Andie hatte immer schon damit schießen wollen, aber ihre Mutter hatte durchgesetzt, dass sie noch drei Jahre warten musste: keine Waffen vor dem dreizehnten Geburtstag. Während der Heimfahrt redete Andie so lange auf ihren Vater ein und versprach ihm, ihrer Mutter bestimmt nichts davon zu erzählen, wenn er sie wenigstens nur ein paar Mal schießen lassen würde, bis er schließlich nachgab. Sie bogen von der Schnellstraße ab und fuhren noch ein kurzes Stück bis zu einem freien Feld im White River Valley. Ihr Vater stellte einige leere Sprudeldosen auf einen Baumstumpf. Er stand hinter ihr und hielt ihre kleinen Hände, während sie ein Auge schloss und bedachtsam zielte. Ihre Hand zitterte leicht, als sie abdrückte. Beim ersten Mal schoss sie noch vorbei, die nächsten drei Schüsse trafen. Während sie noch vor Vergnügen kreischte, wurden sic von einem Fremden erschreckt, der hinter ihnen stand. Es war ein alter Mann mit langen grauen Haaren und wettergegerbtem Gesicht. Zwei schwarze Federn steckten in der Krempe seines Filzhutes.

»Wer ist das, Daddy?«, flüsterte Andie ängstlich.

»Ein Indianer.«

Der Mann sprach mit ausdrucksloser Miene. »Ihr könnt hier nicht schießen, das ist ein Reservat.«

»Aber ich bin doch auch eine halbe Indianerin.«

Ihr Vater nahm sie an die Hand. »Lass uns gehen, Andie. Das spielt keine Rolle.«

Sie liebte ihre Eltern, beide hart arbeitende Angehörige der weißen Mittelschicht, die ihre halbindianische Stieftochter wirklich liebten. Aber seit diesem Tag hatte sie immer jene Worte im Ohr. Vielleicht war es der Tonfall ihres Vaters gewesen. Vielleicht war es der finstere Blick gewesen, mit dem er den alten Muckleshoot-Indianer angesehen hatte. Aber diese vier Worte – »Das spielt keine Rolle« – schienen ihre eigene Geschichte zusammenzufassen. Aus Respekt hatte sie sich immer den Wünschen ihrer Adoptiveltern gebeugt und nicht versucht, das indianische Erbe ihrer leiblichen Mutter zu erforschen. Dieser weiße Fleck in ihrem Leben hatte sich in vieler Hinsicht ausgewirkt. Es konnte durchaus sein, dass durch ihn ihre Begeisterung für diese spezielle Polizeitätigkeit erwachsen war – Viktimologie und Erstellung von Täterprofilen. Auf diesem Gebiet spielte *alles* eine Rolle. Jede noch so kleine Einzelheit im Leben eines Menschen war von Bedeutung.

Mit diesen Gedanken bog sie in die Seitenstraße ein. Details. Intime Details, angefangen bei der Anzahl der Zahnfüllungen bis hin zu den Beinen, die eine Rasur bräuchten. Schmutzränder unter den Fingernägeln. Spermaspuren in den Schamhaaren. Der Inhalt des Magens. Das Eindringen in die Intimsphäre der Toten verursachte Andie in gewisser Weise Schuldgefühle. Sie, eine Fremde, würde über eine junge Frau im Lakewood Park mehr erfahren, als irgendjemand je über sie gewusst hatte.

Über Opfer Nummer vier.

20

Andie stellte den Wagen auf dem Parkplatz ab und ging zu den beiden Hilfssheriffs hinüber, die am Eingangstor postiert waren. Es war nicht eigentlich ein Tor, sondern eine einfache horizontale Eisenstange, die auf einem Scharnier gelagert war und sich wie eine Schranke öffnen ließ. Sie verhinderte, dass Autos nach Dunkelheit in den Park fuhren, aber Fußgänger konnten sich mühelos darunter wegducken und sie passieren. Der Eingang war mit dem polizeiüblichen gelben Absperrband gesichert. Beamte durchkämmten in dichten Reihen den Park nach Spuren. Andie schlug den Kragen ihres Trenchcoats hoch. Es war zwar noch nicht so kalt, dass ihr Atem sichtbar wurde, aber aufgrund der Feuchtigkeit fühlte es sich kälter an, als es war. Sie blieb am Eingang stehen und zeigte dem Hilfssheriff ihre Dienstmarke.

»Agentin Henning, FBI.«

Er überprüfte die Marke. Regentropfen sammelten sich auf der goldfarbenen FBI-Plakette. »Detective Kessler aus Seattle ist am Fundort. Er erwartet Sie.«

»Wo genau finde ich ihn?«

»Ungefähr eine halbe Meile den Weg entlang. Nach den öffentlichen Toiletten auf der rechten Seite halten Sie sich links und gehen einfach den Hügel hinunter. Da treffen Sie auf die Leute der Spurensicherung.«

Andie bedankte sich und folgte dem Fußweg. Obwohl sie es eilig hatte, achtete sie auf die Umgebung. Ihr fiel auf, dass es ein wenig bergauf ging. Nur ein kräftiger Mann konnte eine Leiche so weit getragen haben.

Auf dem Hügel befanden sich die erwähnten Toiletten. Es waren die für Parkanlagen typischen Häuschen aus Schlackensteinen. Die größte Wand war mit Graffiti beschmiert. »Macht Washington nicht zu Kalifornien«, hatte jemand dorthin gesprüht. Die Menschen in Washington State hatten zwar eine starke Abneigung gegen übertriebene Entwicklungen, aber Andie war sich ziemlich sicher, dass das nichts mit der jüngsten Serie von Mordfällen zu tun hatte.

Der Fußweg endete bei den Toiletten. Dahinter ging es eine steile Böschung hinab. Dichter Bewuchs hoher immergrüner

Bäume beschattete den Abhang, so dass der moosbedeckte Boden beinahe immer im Dunkeln lag. Die Böschung fiel so steil ab, dass die Spitzen der zwölf Meter hoch aufragenden Fichten auf Augenhöhe waren. Der Lakewood Park lag weit entfernt vom Washington Park Arboretum, wo die andere Leiche aufgefunden worden war. Der Schauplatz jedoch war erstaunlich ähnlich.

Andie hörte Stimmen von unten. Sie konnte nichts durch die Bäume sehen, aber das Team der Spurensicherung war eindeutig bei der Arbeit. Sie stieg den Hügel hinab zum Fundort.

Am Fuße des Hügels war ein Gebiet von der Größe eines Baseball-Feldes durch Absperrband markiert. Am Rand des abgeriegelten Gebiets standen Hilfssheriffs als Wachtposten. Ihre Schirmmützen waren zum Schutz gegen den Nieselregen in Plastikhüllen gepackt, die aussahen wie Duschhäubchen. Ein Fotograf der Spurensicherung umkreiste den Tatort und fotografierte ihn aus jedem Winkel. Andie bemerkte das Seil, das noch von einem Ast herunterhing. Eine Bahre mit einem dunklen Plastiksack lag auf dem Boden. Das vierte Opfer.

Sie trat auf Kessler zu, der sich gerade einige Notizen machte. Ein dunkelblauer Mantel schützte ihn gegen den Nieselregen. Seine Haare waren nass und klebten ihm am Kopf, aber er schien das Wetter nicht wahrzunehmen.

»Danke, dass Sie mich benachrichtigt haben, Dick.«

»Keine Ursache. Wie ich schon am Telefon gesagt habe, der Bereich außerhalb des Stadtgebiets von Seattle liegt mehr in Ihrer Zuständigkeit. Ich versuche lediglich festzustellen, ob es einen Zusammenhang zu unserer vorherigen Toten gibt.«

»Was glauben Sie?«

»Ich glaube, dass Sie Recht damit hatten, mich in Bezug auf Gus Wheatley wieder auf den Teppich zu holen. Zum Glück ist das Polizeirevier von King County in unsere Spezialeinheit eingebunden. Und ich schätze, der Fall hat sich so ausgeweitet, dass jetzt auch das Issaquah Police Department dazugehört.«

Er fuhr fort, den Tatort abzuschreiten, untersuchte einige Stellen und machte sich weitere Notizen. Andie blieb ihm auf den Fersen und stellte die Fragen, die am Telefon zu kurz gekommen waren.

»Muss schon ein kräftiger Bursche sein, wenn er die Leiche den ganzen Weg vom Eingang bis hierher geschleppt hat.«

»Sie gehen also davon aus, dass sie schon tot war, als sie hier ankamen.«

»Sie etwa nicht?«

Er zuckte die Achseln. »Weiß nicht. Entlang des ganzen Fußwegs befinden sich Reifenspuren. Er ist bis zu den Toiletten gefahren, was den Schluss nahe legt, dass er die Last nicht so weit schleppen wollte. Das Opfer war tot oder bewusstlos, würde ich sagen.«

»Wie ist er mit dem Wagen hinter die Schranke gelangt? Ich habe nur einen kurzen Blick darauf geworfen, aber die Verriegelung schien unversehrt zu sein.«

»Die Schranke war gar nicht verricgelt.«

»Warum nicht?«

»Ist sie fast nie. Die Parkwächterin hat rund um die Uhr Bereitschaft, aber sie hat Angst davor, nach Einbruch der Dunkelheit hier heraus zu kommen und die Schranke zu verriegeln. Bestimmt hat die Tatsache, dass die Sicherheitsvorkehrungen hier nicht so streng gehandhabt werden, den Mörder aus Seattle hergelockt. Seit wir Jane Doe gefunden haben, gilt bei uns in allen Parks erhöhte Wachsamkeit, überall sind zusätzliche Streifenwagen unterwegs. Wenn er versucht hätte, in unserer Gegend eine weitere Leiche aufzuknüpfen, wäre er Gefahr gelaufen, dabei beobachtet zu werden.«

»Wer hat die Leiche entdeckt?«

»Die Parkwächterin, als sie bei Sonnenaufgang ihre Runde machte.«

Er drehte sich um und ging zu dem Baum, um ihn auf Haken oder Nägel hin zu untersuchen, mit deren Hilfe der Mörder an einem Baumstamm hatte hochklettern können, der so kerzengerade und glatt war wie ein Fahnenmast.

»Wie lange ist sie schon tot?«, fragte Andie.

»Ungefähr einen Tag, schätze ich.«

Sie betrachtete den Baum von oben bis unten. »Der Tatort hat große Ähnlichkeit mit der Stelle, an der wir die andere Frau gefunden haben.«

»Stimmt.«

»Und?«

»Was und?«

»Ähnelt das Opfer der Frau?«

»Wenn Sie darauf hinauswollen, ob es sich um Beth Wheatley handelt, lautet die Antwort nein.«

»Sind Sie sicher?«

»Eindeutig. Keine Abdominalnarbe.«

Andie wusste genau, was er meinte. Als sie Gus nach Erkennungsmalen oder Narben gefragt hatte, anhand derer seine Frau identifiziert werden könnte, hatte er darauf hingewiesen, dass ihre Tochter mit Hilfe eines Kaiserschnitts auf die Welt gekommen war.

»Aber um Ihre Frage vollständig zu beantworten, sie sieht der anderen ermordeten Frau sehr ähnlich.«

»Inwiefern?«

»Brünett, braune Augen. Mitte dreißig. Gleiche Größe und Statur. Die Leiche hing splitternackt an einem Baum.«

»War sie tot, bevor er sie aufgehängt hat?«

»Man muss die Autopsie abwarten.«

»Sie haben sich doch sicherlich ihren Hals angesehen, nicht

wahr? Sie haben gehört, was der Gerichtsmediziner über die Würgemale gesagt hat. Was glauben Sie, was hier vorgefallen ist?«

»Ich vermute, dass er sie woanders erwürgt hat, die Leiche dann hergebracht und sie am Baum aufgehängt hat. Hier hat er sich ihrer nur entledigt, aber sie nicht ermordet. Es ist dasselbe wie bei dem anderen Fundort.«

Andie nickte. »Das alles überrascht mich überhaupt nicht.«

»Sollte es aber«, gab er scharf zurück. »Diese Geschichte schießt ein riesiges Loch in Ihre Doppelgänger-Theorie.«

»Was meinen Sie damit?«

»Zuerst hatten wir Opfer Nummer drei. Jetzt haben wir Nummer vier und es ist nicht Beth Wheatley. Aber Beth Wheatley wird immer noch vermisst.«

»Und Sie meinen, damit ist meine Theorie hinfällig?«

»Wenn wir Beth Wheatley auch an einem Baum aufgeknüpft finden, dann ja. Denn es ist doch höchst unwahrscheinlich, dass der Mörder noch einen weiteren Doppelgänger braucht.«

Er klappte seinen Notizblock zu, wandte sich um, ging zu der Leiche und ließ Andie allein am Baum stehen.

21

Gus war allein im Wartezimmer. Eigentlich wollte er bei Morgan bleiben, während die Zahnärztin ihren Zahn zog, aber seine Anwesenheit regte sie noch mehr auf als die Tatsache, dass ihre Mutter *nicht* da war. Auf den Rat der Zahnärztin hin blieb er draußen.

Er setzte sich auf die Couch und blätterte den üblichen Stapel Zeitschriften durch. Nur im Wartezimmer eines Zahnarztes konnte man noch eine Ausgabe des *People* von 1991 mit den schillerndsten Persönlichkeiten des Jahres finden. Aber Gus war ohnehin zu abgelenkt, um lesen zu können. Er musste immer noch an Morgans Schrei denken, der ihn am frühen Morgen aus dem Bett gescheucht hatte. Beth wurde nun schon seit drei Tagen vermisst und er hatte immer noch keine Ahnung, was sich an jenem Abend ihres Verschwindens zugetragen hatte. Angefangen bei seiner Schwester bis hin zu Detective Kessler hatten alle spontan vermutet, Beth hätte ihn endgültig verlassen. Die Misshandlungsvorwürfe nährten diesen Verdacht nur. Einzig Agentin Henning vertrat eine abweichende Auffassung. Sie klammerte sich immer noch an die makabre Möglichkeit, dass Beth das Opfer eines Serienmörders geworden war.

Er steckte in einem Dilemma. Er konnte nur auf einen Serienmörder hoffen, damit seine Freunde aufhörten, ihn als Frauen-Prügler zu bezichtigen.

»Mr Wheatley?«

Dr. Shippee stand in der offenen Tür. Gus schüttelte seine Gedanken ab und erhob sich. Ihrem Lächeln nach zu urteilen war alles gut gegangen. Aber man konnte nie wissen bei Zahnärzten, selbst nicht bei einer so netten Frau wie Dr. Shippee. Diese grauen Haare und das freundliche großmütterliche Verhalten waren bloß Tarnung. Dahinter lauerte die Sadistin.

»Geht es Morgan gut?«

»Es geht ihr bestens. Sie hatte sehr große Angst, deshalb musste ich anstelle einer Spritze eine Lachgasbetäubung anwenden. Kommen Sie ruhig herein, sie wird in zwei Minuten wieder einen klaren Kopf haben.«

»Danke.« Gus folgte ihr den Gang hinunter. Sie blieb stehen, bevor sie in das Behandlungszimmer traten. Ihr Gesichtsausdruck verriet Sorge, als beschäftigte sie etwas.

»Es geht um diesen Angstanfall«, sagte sie. »Morgan hat

die ganze Zeit nach Beth gerufen. Besser gesagt, geschrien. Sie wollte sich nicht von mir anfassen lassen. Deshalb musste ich ihr eine Narkose geben.«

»Beths Verschwinden hat bei uns eine ziemliche Krise ausgelöst.«

»Das ist verständlich. Aber sind Sie sicher, dass diese Krise nicht schon vorher angefangen hat?«

Gus blinzelte und wusste nicht, was er sagen sollte. »Wie kommen Sie darauf?«

»Beth hatte zwei Termine letzte Woche, bevor sie verschwunden ist. Sie hat nicht einmal abgesagt.«

»Wahrscheinlich hat sie es vergessen.« Er wandte sich ab, doch ihr misstrauischer Blick ließ ihn zusammenzucken. Dr. Shippee zu belügen war, als würde man seine Mutter belügen. »Was gibt's?«

»Ich möchte ja nicht aufdringlich sein, aber Sie wissen doch, warum sie bei uns in Behandlung war, oder?«

»Ich nehme an, irgendwas stimmte nicht mit ihren Zähnen.«

»Sie kam in den vergangenen Monaten zweimal die Woche her. Sie hatte noch vier Termine.«

»Wofür?«

»Ich behandle ihren Zahnschmelz mit einer Versiegelung. Er wurde von der Magensäure ihrer Verdauungsflüssigkeit zerstört.«

Gus sah sie prüfend an. Sie wollte auf irgendetwas hinaus. »Ich verstehe nicht.«

»Das kommt von häufigem Erbrechen.«

»Sie wollen sagen, dass sie ein Problem hatte?«

»Beth leidet an Bulimie.«

Er schaute betreten auf seine Füße. »Davon wusste ich nichts.«

»Das habe ich auch nicht angenommen. Und als Beths

Zahnärztin dürfte ich Ihnen das eigentlich gar nicht erzählen. Aber jetzt, wo sie vermisst wird, spielt das Vertrauensverhältnis zwischen Arzt und Patient keine Rolle. Das ist etwas, das Sie wissen sollten. Jede Essstörung ist ein Zeichen von mangelnder Selbstachtung. Bei jemandem, der unter Bulimie leidet, ist es nicht ungewöhnlich, dass er noch andere Formen der Selbstzerstörung an den Tag legt.«

»Und das heißt? Glauben Sie, sie könnte Selbstmord begehen oder so etwas?«

»Ich möchte Ihnen auf gar keinen Fall Angst einjagen. Ich bin nicht ihre Psychiaterin, aber nach dem Zustand ihrer Zähne zu urteilen, muss die Störung bei ihr ausgeprägt sein und seit langer Zeit bestehen. In dieser geistigen Verfassung sollte eine junge Frau nicht allein auf der Flucht sein. Sie braucht Hilfe. Ich weiß nicht, was Sie unternehmen, um sie zu finden. Aber wenn ich ihr Ehemann wäre, der sie liebt, dann würde ich nicht einfach untätig herumsitzen und darauf warten, dass sie nach Hause kommt.«

Ihre Worte klangen vorwurfsvoll, als hätte er bereits zu viel Zeit vergeudet. »Das würde ich auch nicht tun«, erwiderte er und sah ihr in die Augen.

»Gut.« Sie wandte sich um und öffnete die Tür.

Morgan war wach, aber erschöpft und saß immer noch im Behandlungsstuhl. Eine Zahnarzthelferin stand neben ihr und passte auf, dass sie nicht herausfiel. Vom Flur aus durch die Tür in das Zimmer bot sich ihm ein Blick wie durch ein Teleskop. Morgan wirkte plötzlich erwachsener, vielleicht weil sie im Zahnarztstuhl höher als gewöhnlich saß. Er betrachtete nicht so sehr die Einzelheiten des Gesichts wie Augen oder Nase. Es war mehr ein umfassender Eindruck, ein Gefühl, das er bisher nie so stark empfunden hatte.

Sie hatte eine unglaubliche Ähnlichkeit mit Beth.

»Da sitzt Ihre schöne Tochter«, sagte Dr. Shippee.

Die unerwartet intensive Erinnerung an seine Frau machte ihn einen Augenblick ganz benommen. »*Unsere* Tochter«, sagte er leise, als er das Zimmer betrat.

Andie telefonierte schon wieder. Als Isaac Underwood ihr mitgeteilt hatte, sie würde mit Victoria Santos zusammenarbeiten, hatte sie nicht geahnt, wie viele Ferngespräche sie führen würde. Victoria war schwer zu erreichen. Der Doppelgänger-Mörder von Seattle war lediglich einer von vielen heißen Fällen. Sie hatte den größten Teil der Woche in San Francisco verbracht, wo sie versuchte, ein Profil von einem Serienvergewaltiger zu erstellen, der es auf Highschool-Schülerinnen abgesehen hatte. Außerdem war sie damit beschäftigt, einen Brandstifter in Sacramento und einen Entführer in Spokane zu stellen. Notwendigerweise waren Profiler ausgefuchste Jongleure, die es irgendwie fertig brachten, eine schier unglaubliche Anzahl von Fällen gleichzeitig zu bearbeiten. Schätzungsweise gingen jederzeit mehr als fünfzig Serienmörder quer durch die USA ihrem grausigen Geschäft nach. Obwohl die Mitarbeiterzahl der ISU seit den Anfängen, als sie noch *Abteilung für Verhaltensforschung* hieß, ständig gewachsen war, gab es immer noch erheblich mehr Verbrecher als Profiler. Manche Dinge änderten sich eben nie.

Es war später Nachmittag und vieles hatte sich ereignet, seit Andie am Vortag mit Victoria gesprochen hatte. Vor sich auf dem Schreibtisch hatte sie eine handschriftliche Übersicht mit den einzelnen Punkten, die sie mit Victoria besprechen musste, denn sie wollte sicherstellen, dass sie auf keinen Fall etwas vergaß. Die vollständigen Akten lagen griffbereit direkt neben ihrem Schreibtisch, für den Fall, dass Victoria irgendwelche ungewöhnlichen Fragen hatte. Seit dem Morgen war der Aktenstapel noch einmal um gut fünfundzwanzig Zentimeter gewachsen und enthielt nun auch alles über Opfer Nummer vier. Der umgehend erstellte Autopsiebefund war vollständig, die Polizeiberichte waren abgeheftet. Colleen Easterbrook war von einem Freund, mit dem sie immer gemeinsam im Wagen zur Arbeit gefahren war, identifiziert worden. Die Polizei wusste über Opfer Nummer vier mehr als über Nummer drei; über diese Frau war immer noch nichts bekannt.

Von ihrem Büro im Federal Building aus gelang es Andie schließlich, Victoria in ihrem Hotelzimmer in San Francisco zu erreichen. Offenbar hatte sie wenig Zeit. Deshalb fasste Andie sich so kurz wie möglich, um sie auf den neuesten Stand zu bringen. Mit drei der acht Punkte aus ihrer Übersicht kam sie glatt durch, bevor Victoria Fragen stellte.

»Zum Autopsiebericht«, sagte Victoria. »Hatte Easterbrook ein geplatztes Trommelfell?«

»Ja. Diesmal beide. Bei der anderen Frau war es nur das rechte.«

»Wodurch wurde das Ihrer Meinung nach verursacht?«

Andie fühlte sich herausgefordert. Es klang wie eine Testfrage, als wüsste Victoria längst die Antwort. »Ich bezweifle, dass es vom Hören lauter Musik herrührt. Vielleicht von einem Schlagtrauma auf den Kopf?«

»Antworten Sie nicht in Form einer Frage, Andie.«

»Wie bitte?«

»Sie haben Ihre Stimme am Satzende gehoben, als würden Sie eine Frage stellen. Das ist eine Angewohnheit von Ihnen, die mir schon bei der Zusammenkunft unserer Task Force aufgefallen ist. Sprechen Sie mit mehr Selbstsicherheit. Sie sind auf der richtigen Fährte. Welche Art von Schlagtrauma?«

Nervös überflog Andie die Übersicht, die vor ihr lag. Auf diese Art der Auseinandersetzung war sie gar nicht vorbereitet.

»Nur zu, Andie. Sie stehen direkt neben dem Mörder. Er sieht Colleen. Er will sie erwürgen. Was braucht er?«

»Kontrolle. Kontrolle über das Opfer.«

»Und wie stellt er das an?«

»Mit einer Waffe?«

»Nein. Seine Waffe ist das Seil. Er muss das Opfer unter seine Kontrolle bringen, *bevor* er irgendeine Waffe benutzen kann.«

»Er überrascht sie. Ein Angriff aus dem Hinterhalt.«

»Und dann kratzt sie ihm die Augen aus und unter ihren Fingernägeln hinterlässt sie Spuren von seiner Haut für unsere DNA-Experten. Nicht gut. Lassen Sie uns noch mal auf das Schlagtrauma zurückkommen. Auf die geplatzten Trommelfelle.«

Andie blinzelte und versuchte, sich die Szene irgendwie vorzustellen. »Er betäubt sie.«

»Wie?«

»Mit beiden Händen. Es muss mit beiden Händen sein. Beide Trommelfelle sind geplatzt. Er schlägt ihr auf die Ohren, mit beiden Händen gleichzeitig. Wie diese Kampfsportexperten.«

»Steht er vor oder hinter ihr?«

»Ich – ich weiß nicht.«

»Denken Sie wieder an Jane Doe. Das linke Trommelfell war geplatzt. Nur das linke. Also, was denken Sie?«

Andie wand sich nachdenklich. »Er steht direkt vor ihr.«

»Woher wissen Sie das?«

»Ich weiß es *nicht.* Nicht mit Sicherheit. Wenn er Rechtshänder ist, hat er mehr Kraft in seiner rechten Hand, sie prallt mit größerer Wucht auf. Wenn sie sich gegenüberstehen, trifft seine rechte Hand auf ihr linkes Ohr. Wenn er hinter ihr steht, geht seine linke Hand zu ihrem linken Ohr.«

»Und das heißt?«

»Wir haben es mit einem Rechtshänder zu tun, wenn er von vorne angreift, oder mit einem Linkshänder, der von hinten angreift.«

Victoria schwieg. Andie wartete unruhig auf eine Reaktion – wie eine Schülerin auf ihr Zeugnis.

»Gut gemacht, Andie. *Ich* musste erst mit einem Kampfsportexperten sprechen, bevor ich mir das alles vorstellen konnte.«

»Sie haben mich mit der Nase drauf gestoßen.«

»Akzeptieren Sie einfach das Kompliment und reden Sie nicht mehr darüber. In unserem Geschäft gibt's nur selten Streicheleinheiten.«

»Okay«, erwiderte Andie mit einem schmalen Lächeln. »Danke. Heißt das, die Prüfung ist beendet?«

»Sie ist nie zu Ende. Was sagt Ihnen das alles über die männlichen Opfer? In keinem der beiden Fälle gab es geplatzte Trommelfelle.«

Andie stellte es sich bildlich vor. »Er muss sie auf andere Weise überwältigt haben. Möglicherweise hat er ihnen eine Waffe vorgehalten, sie gefesselt und dann erwürgt. Vielleicht ging ihm das zu einfach. Beim nächsten Mal suchte er schon mehr Aufregung, eine größere Herausforderung. Deshalb hat er die Kampfsport-Technik bei den Frauen benutzt.«

»Da stimme ich Ihnen zu. Vorerst.« Victoria sah auf die Uhr. »Schicken Sie mir die ganze Akte per Express ins Hotel. Sobald ich alles gelesen habe, können wir weiter darüber reden.«

»Noch ein Letztes«, sagte Andie. »Es gibt ein interessantes Detail, das auf den ersten Blick unbedeutend zu sein scheint. Aber ich glaube, es könnte für das Gesamtbild wichtig sein.«

»Was?«

»Colleen Easterbrooks Arbeitsstelle. Sie war Hotelmanagerin.«

»Und?«

»Es könnte unsere Doppelgänger-Theorie untermauern.«

»Wollen Sie damit andeuten, Ihre Eingebung sagt Ihnen, dass das erste Opfer ebenfalls Hotelmanagerin war?«

»Nein. Aber überlegen Sie einmal Folgendes. Ich hatte diese Woche einige Gespräche mit Gus Wheatley, dem Anwalt, dessen Frau am Sonntag verschwunden ist. Sie heißt Beth Wheatley. Vor einigen Jahren hat Beth ihren Mann der Misshandlung beschuldigt. Es war eine ziemlich hässliche Geschichte, auch wenn es keine gerichtlichen Folgen gab. Aber darauf will ich eigentlich nicht hinaus.«

»Und worauf wollen Sie hinaus?«

»Die beiden trennten sich für ein paar Monate. Das war die einzige Zeit während ihrer ganzen Ehe, dass Beth Wheatley außerhalb des Hauses arbeitete. Und jetzt kommt's. Sie arbeitete in einem Hotel, wo sie Kongresse organisierte. Als eine Art Assistentin der Hotelleitung.«

»Und damit hat sie etwas gemein mit Colleen Easterbrook.«

»Mehr als etwas. Das gleiche Alter, die gleiche Haar- und Augenfarbe. Easterbrook war geschieden, war aber vorher mit einem Anwalt verheiratet. Nicht so berühmt wie Gus Wheatley, aber doch auch Anwalt. Und beide Opfer arbeiteten als Hotelmanagerin.«

»Bloß dass Sie nicht wissen, ob Beth Wheatley ein Opfer ist.«

»Stimmt. Aber sie wird immer noch vermisst. Sie ist verschwunden.«

»Andie, ich hoffe doch, dass Sie nicht nach Ähnlichkeiten suchen, nur um Ihre Doppelgänger-Theorie zu untermauern.«

»Im Gegenteil. Detective Kessler hat es deutlich genug ausgesprochen. Ein drittes weibliches Opfer würde meine Theorie über den Haufen werfen. Vor allem, falls sich herausstellen sollte, dass das erste Opfer auch als Hotelmanagerin gearbeitet hat. Damit hätten wir dann ein Paar, gefolgt von dreien, die sich gleichen.«

Ein unheimliches Schweigen hing in der Leitung, als hätten beide plötzlich dieselbe Einsicht. »Glauben Sie«, fragte Victoria, »dass wir womöglich den ersten Mord in dieser Serie nicht mitbekommen haben? Einen einzelnen Toten?«

»Das würde bedeuten, dass unser Mörder irgendeine Art Zahlenspiel betreibt. Beim ersten Mal sucht er sich ein Opfer. Beim zweiten zwei. Beim dritten drei.«

»Jedes Mal steigert er seine Erregung und setzt noch eins drauf. So dass er beim vierten Mal vier Opfer hätte und so weiter, bis wir ihn aufhalten.«

»Was eine faszinierende Frage aufwirft«, sagte Andie.

»Allerdings. Und jetzt verstehen Sie vielleicht, was mich dazu treibt, diese gottverdammte Arbeit zu tun. Ich muss das *Warum* ergründen.«

22

Um sieben Uhr früh war Gus bereit, den Tag in Angriff zu nehmen. Er musste ins Büro gehen, um nach der Post zu sehen und vor dem Wochenende einige Aufgaben umzuverteilen. Den Rest des Tages hatte er für einen neuen Anlauf eingeplant, Beth zu suchen.

Er warf seinen Mantel über, nahm sein Schlüsselbund und ging den Flur hinunter. Carla schlief im Gästezimmer bei geschlossener Tür. Die Tür zu Morgans Zimmer stand jedoch halb offen. Er blieb stehen und lugte hinein. Auf dem Bett war nur ein Haufen Decken zu sehen, unter dem sich Morgans schlafende Gestalt abzeichnete. Schweigend verweilte Gus im Türrahmen.

Am Tag zuvor hatte er mehrere Versuche unternommen, das geplante ernsthafte Gespräch mit Morgan zu führen. Es hatte sich kein passender Moment ergeben – dafür hatte Morgan gesorgt. Wahrscheinlich tat ihr das Zahnfleisch noch weh, wo sie sich den losen Zahn zu früh ausgerissen hatte, aber sie machte mehr Wind darum als nötig. Sie hatte den ganzen Tag im Bett verbracht. Gus war ein Dutzend Mal zu ihr gegangen, um mit ihr zu sprechen. Oberflächliche Plaudereien waren kein Problem. Aber sobald er versuchte, das Gespräch auf Beth zu bringen, brauchte sie plötzlich Schlaf, noch ein Kissen oder wollte eine Geschichte vorgelesen bekommen. Es war frustrierend, aber er wollte keinen Druck auf sie ausüben. Nach dem Schrecken jener Nachrichtensendung am Dienstagabend empfand er jedes Gespräch als positiv.

Er schaute auf seine Uhr. Er musste sich auf den Weg machen, doch er konnte sich nicht losreißen. Sein Blick wanderte durch das Zimmer, das Traumland eines kleinen Mädchens. Winzige Ballerinas tanzten im Gleichschritt auf den Wänden, auf den Vorhängen und auf dem dazu passenden Quilt. Minnie Maus bewachte die Spielzeugkiste unter dem Fenster. Barbie saß in ihrem rosafarbenen Cabriolet neben dem Bett. Gus hatte das alles bezahlt. Ausgesucht hatte er nichts davon. Beth hatte sich um all das gekümmert. Um *alles,* was Morgan betraf, hatte sich Beth gekümmert.

Das Zimmer war so trügerisch friedlich. Er fragte sich, was in Morgans Kopf vorging, tief unter den Bettdecken. Er konnte es nur ahnen. Aber eins wusste er genau. Er musste ihr etwas sagen. Etwas, das nicht länger warten konnte.

Sanft schob er die Tür ganz auf und trat näher. Ein riesiger Teddybär saß im Schaukelstuhl neben dem Bett. Gus nahm ihn heraus und ließ sich leise auf dem Kissen nieder. Er flüsterte kaum hörbar ihren Namen. »Morgan.«

Sie rührte sich nicht.

Er holte tief Luft. Es spielte keine Rolle, dass sie schlief. Er musste es sich von der Seele reden. Einen Moment lang schloss er die Augen. Dann begann er, im leisen, heiseren Flüsterton zu sprechen.

»Ich wollte gestern Abend noch mit dir reden«, sagte er mit einem Kloß im Hals, »aber da hast du schon geschlafen.«

Das Knäuel unter den Decken bewegte sich nicht. Nur Morgans leiser Atem war zu hören. »Deine Bücher lagen verstreut auf dem Fußboden«, fuhr er fort, »deshalb habe ich sie aufgehoben und wieder ins Regal gestellt. Dabei habe ich die kleinen Markierungen innen auf der Schranktür gesehen. Kleine Linien in einem Abstand von einem Zentimeter. Die erste war ungefähr sechzig Zentimeter über dem Boden, die nächste ein bisschen höher, immer weiter hinauf. Neben jeder Linie steht ein Datum. In der Handschrift deiner Mutter.

Ich habe einfach dagestanden und die Striche angestarrt. Ich war schockiert. Zu sehen, wie du in all den Jahren gewachsen bist. Es waren buchstäblich die Zeichen an der Wand. Deine Mutter war immer für dich da, als du größer geworden bist. Beim ersten Schritt, beim ersten Wort, beim ersten Schultag. Bei allen wichtigen Dingen deines noch so kurzen Lebens und auch bei den unwichtigen. Tagein, tagaus war deine Mommy da.«

Er blickte gedankenverloren zum Schrank hinüber. »Und ich dachte nur ... wo zum Teufel bin ich eigentlich die ganze Zeit gewesen? Ich habe so viel verpasst. All das habe ich verpasst.«

Seine Augen füllten sich mit Tränen und seine Stimme klang belegt. »Und als ich heute Morgen aufgewacht bin, ging es mir noch viel schlechter. Mir wurde klar, dass ich dich am Montag zum ersten Mal von der Schule abgeholt habe. Und gestern, als du Zahnweh hattest, haben wir zum ersten Mal an einem Wochentag den Vormittag miteinander verbracht, nur wir beide. Ich begreife nicht, wie das passiert ist, wie die Zeit vorübergeht. Ich wünschte mir, dass nicht erst deine Mutter hätte verschwinden müssen, damit dein Vater aufwacht.«

Er legte eine Hand auf die Decken, ganz sanft, um Morgan nicht zu wecken. »Ich wollte nur sagen, dass es mir Leid tut. Ich weiß, dass das nicht zählt, weil du ja schläfst. Aber es tut mir ehrlich Leid. Und ich konnte nicht länger warten, dir das zu sagen.«

Er saß reglos im Schaukelstuhl. Es war schwer zu sagen, von wo die Gefühlswallung ausging. Aber sie kam, unaufhaltsam. Es war, als ob sich die gesamte fürchterliche Woche auf einen Punkt zuspitzte. Die Angst um Beth. Die Zurückweisung durch Morgan. Die gereizte Atmosphäre zwischen ihm und Carla und die Verlogenheit in seinem Büro. Er war intelligent und erfahren. Das mit seiner Firma würde er in den Griff bekommen. Nur bei den Dingen, auf die es wirklich ankam, war er völlig machtlos.

Nach einer Weile bemerkte er Bewegungen unter der Bettdecke. Er wollte Morgan nicht wecken, aber er hatte das starke Bedürfnis, sie in den Arm zu nehmen. Er wartete darauf, dass sie von alleine aufwachte, doch lag sie wieder still da.

»Morgan?«, sagte er leise.

Er hörte ein mechanisches Klicken, gefolgt von gedämpfter Musik. Vorsichtig zog er die Decke weg, bis Morgans Hinterkopf zum Vorschein kam. Ein schwarzes Kabel schlang sich durch ihre Haare. Es führte zum Ohr. Sie hatte Kopfhörer auf und hörte Musik. Sie hatte sie so laut gestellt, dass Gus sie sogar aus einem Meter Entfernung hören konnte.

Der Anblick deprimierte ihn. Sie war die ganze Zeit wach gewesen. Sie hatte jedes Wort verstanden. Er wartete einen Moment lang in der Hoffnung, sie würde die Augen öffnen. Vergeblich. Die Musikfetzen kamen weiterhin aus dem Kopfhörer. Ohne dass sie ein Wort von sich gab, war ihre Antwort laut und deutlich.

Sie hatte ihm nichts zu sagen.

Langsam und traurig erhob er sich aus dem Schaukelstuhl und verließ das Zimmer.

Andie verließ das Federal Building gegen halb vier, es war ihre erste Gelegenheit zu einer Mittagspause. Victoria hatte sie zwar nicht darum gebeten, aber Andie bereitete eine Zusammenfassung der übereinstimmenden Verhaltensindikatoren vor, die bei allen vier Morden erkennbar geworden waren. Sie war nicht so anmaßend, sich an der wirklichen Erstellung eines Täterprofils zu versuchen, obwohl sie im Stillen hoffte, dass Victoria sie dazu ermutigen würde.

Isaac Underwood sah, wie sie gerade ihr Büro verließ. Anscheinend kam der stellvertretende Chefagent ebenfalls mit drei Stunden Verspätung zu seinem Mittagessen. Er eilte die Granitstufen hinab, bis er auf gleicher Höhe mit ihr war.

»Was dagegen, wenn ich mich anschließe?«

»Eigentlich wollte ich rüber zum Markt. Kurz vor Feierabend bekommt man alles günstiger.«

»Wollen wir zusammen hingehen?«

»Ich wollte den Bus nehmen.«

»Der eignet sich nicht für berufliche Besprechungen. Kommen Sie, ein Spaziergang wird Ihnen gut tun.«

Während sie die First Avenue fünf Blocks weit bis zum Pike Place Market entlanggingen, berichtete Andie ihm von den jüngsten Entwicklungen, einschließlich ihrer Begegnung mit Martha Goldstein. Eine leichte Brise von Norden her blies ihnen ins Gesicht, aber dank ihrer Handschuhe und Wintermäntel wurde ihnen bei ihrem forschen Tempo nicht kalt.

Der Autoverkehr und die Zahl der Fußgänger nahmen zu, als sie sich dem historischen Markt näherten. Es war zwar kein warmer Sommernachmittag, aber dennoch schien es leichter, den Hauptgewinn in der Lotterie zu gewinnen, als einen Parkplatz zu finden. Am Pike Place befand sich der älteste ortsgebundene Bauernmarkt des Landes und mit seinen vierzigtausend Besuchern pro Tag bedeutete er für viele Menschen das eigentliche Herz von Seattle. Auf einer Länge von zweieinhalb Blocks konnte man hervorragend Menschen beobachten oder auch viele alte Häuser betrachten, die über die Jahre durch Rampen, Gässchen und Treppen miteinander verbunden worden waren. Der Stadtrat hatte im Jahre 1947 zwar den Marktfrauen das Singen verboten, aber das verhinderte keineswegs das unablässige und lautstarke Feilbieten aller möglichen Produkte, angefangen bei Zigarren aus Guatemala und türkischem Gebäck bis hin zu Usambaraveilchen und Lachs aus dem nördlichen Pazifik. Ladenketten und Franchise-Unternehmen waren nicht zugelassen, somit handelte es sich hier um einen echten Basar und nicht um eine weitere Mall.

Andie steuerte auf die Hauptarkaden zu, einem halb offenen Bereich entlang der Straße. Hier befand sich die Hälfte der Stände mit frischen Produkten, direkt daneben die silbern schimmernden Auslagen mit frischen Krabben und Heilbutt in mit Eis gefüllten Kisten. Es war nicht die Haupteinkaufszeit, dennoch gab es einen gleichmäßigen Strom von Kaufwilligen. Ein Zauberer führte unter der großen Marktuhr Kunststücke vor. An der Ecke spielte ein Gitarrist einen alten Song von Jimmy Buffett. Einen Aal über der Schulter, der erst kürzlich das Zeitliche gesegnet hatte, eilte ein Fischhändler vorüber. Andie hatte aber eher die lebenden Hummer aus Maine am Boden des großen Aquariums im Visier und Isaac sprach immer noch über Berufliches.

»Wie kommen Sie mit meinen alten Kumpels vom Seattle Police Department zurecht?«

»Gut, glaube ich.« Sie blieb bei Arkade Nr. 8 an einem Stand mit selbst gezogenem asiatischem Gemüse stehen, das auf den bevorstehenden Frühling schließen ließ. »Haben Sie etwas anderes gehört?«

»Ich habe gestern mit Detective Kessler zu Mittag gegessen. Er meinte, Sie hätten aus der Geschichte mit Ihrer von der Presse veröffentlichten Doppelgänger-Theorie eine Menge gelernt.«

»Allerdings. Ich werde ihm nie wieder etwas erzählen, was nicht druckreif ist.«

»Also er geht davon aus, dass Sie beide sich mittlerweile gut verstehen. Wenn Sie wollen, dass etwas nicht in der Zeitung erscheint, machen Sie es ihm unmissverständlich klar. Keine Vermutungen mehr darüber, was als vertraulich anzusehen ist und was nicht. Erinnern Sie sich, was ich Ihnen über Vermutungen gesagt habe? In dem Moment, wo Sie anfangen, Vermutungen anzustellen –«

»Ich erinnere mich.«

»Gut.«

»Ich wünschte mir nur, Kessler hätte mir nicht so viel Ärger mit meinen Vermutungen eingebrockt. Und das ausgerechnet an dem Tag, als Victoria Santos in die Stadt kommt. Bei dem Burschen habe ich ein ganz unangenehmes Gefühl.«

»Komisch. Er hat eine ausgesprochen hohe Meinung von Ihnen.«

»Tatsächlich?«

»Es hat ihn ziemlich beeindruckt, wie schnell Sie auf die Doppelgänger-Theorie gekommen sind, selbst wenn sie sich als falsch erweisen sollte.«

»Davon hat er sich aber nichts anmerken lassen.«

»Das würde er nie tun. Dick ist ziemlich anstrengend und neigt dazu, einem die Ohren voll zu jammern. Aber ansonsten ist er ein verdammt guter Detective. Und wenn man gut ist, respektiert er einen. Auch wenn er es nicht zeigt.«

Andie kaufte einige gesprenkelte chinesische Auberginen und ein Bund Zitronengras, dann ging sie weiter die Arkaden entlang zu einem Stand mit frischen und getrockneten Blumen. Isaac war am Stand davor stehen geblieben und kaufte eine Tüte Pistazien. Ihr Handy klingelte. Sie trat hinter einen hohen Stand mit geflochtenen Körben und meldete sich. Es war Kessler. *Wenn man vom Teufel spricht.*

»Sie hatten mich gebeten, Sie zu benachrichtigen, sobald wir etwas über die erste Frauenleiche herausgefunden haben. Also, sie ist identifiziert.«

Andie presste einen Finger gegen ihr freies Ohr, um den Marktlärm auszuschalten. »Wer ist sie?«

»Ihr Name lautet Paula Jablinski. Sie ist erst vor drei Wochen von Wisconsin hierher gezogen. Sie hatte noch nicht einmal einen Job. Keine Freunde oder Familienangehörige in der Gegend, wodurch sich erklärt, warum sie nicht als vermisst gemeldet wurde. Ihre Mutter in Milwaukee hat uns heute benachrichtigt. Sie sagte, ihre Tochter sei seit einer Woche nicht mehr ans Telefon gegangen. Nach der Beschreibung und ihren Zahnunterlagen, die sie uns gefaxt hat, scheint es ziemlich sicher zu sein, dass sie es ist.«

»Kluge Auswahl eines Opfers«, erwiderte Andie. »Keine Verbindungen in der Gegend, keiner vermisst sie.«

»Ideales Opfer. Besonders wenn Sie nach Ähnlichkeiten mit Colleen Easterbrook Ausschau halten.«

»Colleen ist aber nicht gerade erst hierher gezogen.«

»Das meinte ich nicht. Passen Sie auf. Paula Jablinski arbeitete bei einem Holiday Inn in Milwaukee. Sie war in Seattle auf der Suche nach einem Job im Hotelmanagement. Genau wie Colleen Easterbrook.«

»Und genau wie Beth Wheatley.«

»Also, glauben Sie, Jablinski und Easterbrook sind ein Doppelgängerpaar? Oder fehlt uns noch eine weitere Leiche namens Wheatley?«

»Ich weiß es nicht.«

»Ich bin kein Spieler«, sagte er. »Aber ich wette, wir werden ein drittes passendes Opfer finden.«

»Ich gebe es ungern zu«, sagte sie mit leerem Blick auf einen Strauß verwelkter Blumen, »aber ich fürchte, die Wette würde ich ebenfalls eingehen.«

23

Völlig in Schwarz gekleidet war er ein undeutlicher Schatten in der frühabendlichen Dunkelheit. Das hintere Kellerfenster bot die beste Einstiegsmöglichkeit. Es gab keine Alarmanlage, keinen Hund. Sie ließ immer das Licht in der Küche an, wenn sie das Haus verließ, eine Einladung an jeden potentiellen Einbrecher. Er befestigte einige Streifen Klebeband auf der Scheibe des Kellerfensters und schlug vorsichtig dagegen, bis sie zerbrach. Das Glas ließ sich mit dem Band abziehen. Er öffnete das Fenster und kletterte blitzschnell hindurch.

Sie war ausgegangen, wahrscheinlich zum Abendessen und auf ein paar Drinks, anschließend ins Kino. Er kannte ihre Gewohnheiten, ihren Freundeskreis, wusste, dass sie alleine lebte. Er hatte sie schon häufig ausspioniert, so auch vergangene Nacht. Er hatte eine ziemlich genaue Vorstellung, wann sie nach Hause kommen würde. Er brauchte nur zu warten, sich innerlich darauf einzustellen – sich vorzubereiten.

Geräuschlos schlüpfte er in den Keller. Nachdem sich seine Augen an die Dunkelheit gewöhnt hatten, stieg er die Treppe hinauf. Er hatte einen Dietrich bei sich, aber die Kellertür war unverschlossen. Beim Öffnen knarrte sie. Er warf einen Blick in den Flur. Das Licht aus der Küche erleuchtete den Flur so weit, dass er sich im Haus bewegen konnte. Er ging schnell am Schlafzimmer vorbei, ohne irgendwo anzustoßen. Er steuerte geradewegs das Gästezimmer an, wiederum ohne etwas zu berühren. Er öffnete die Tür des Wandschranks ein wenig, trat hinein und schloss sie hinter sich. Es war nicht zu erwarten, dass sie hier nachsehen würde. Sie würde nach Hause kommen und ins Schlafzimmer gehen, ohne jede Ahnung, was im Nebenzimmer auf sie wartete.

Er hatte Herzklopfen. Der Vorgeschmack förderte immer die Erregung. Das Risiko erhöhte den Kitzel, nach dem Motto: Der Gewinner bekommt alles. Wenn irgendjemand ihn beim Einsteigen gesehen hatte oder wenn sie irgendwie seine Anwesenheit spürte, dann saß er in der Falle und war buchstäblich in die Enge getrieben. Aber wenn ihn niemand bemerkt hatte – und daran hatte er keinen Zweifel –, dann gehörte diese Nacht ganz allein ihm.

Leise legte er seinen Lederbeutel ab. Er enthielt alles, was er brauchte, seine Werkzeuge. Er ließ sich auf dem Boden des Wandschranks nieder und blieb reglos sitzen. Er nahm die Kleider wahr, die über ihm hingen, er konnte sie sogar riechen. So kurz vor einem Mord waren seine Sinne stets geschärft. Lichtstreifen fielen durch die Lamellentür auf seinen Körper. Er lugte durch die Lamellen und erkundete das Zimmer. Eine vor dem Haus stehende Straßenlaterne tauchte den Raum in ein gelbliches Dämmerlicht. In der Ecke stand ein Bett. Die Tür befand sich direkt gegenüber. Er hatte sie offen gelassen, so wie er sie vorgefunden hatte, und konnte in den Flur sehen.

Er wandte den Blick ab. Es konnte Stunden dauern, bis sie nach Hause kam. Er musste wachsam bleiben. Normalerweise sorgte das Adrenalin für seine Konzentration. Heute Abend jedoch lenkten ihn seine Gedanken ab. Er kniff die Augen zusammen und öffnete sie wieder, um sich zu sammeln. Es war zwecklos. Seine Lage war das Problem. Versteckt im Wandschrank. Die Kleider, die über ihm hingen. Die schmalen Lichtstreifen, die durch die Lamellen fielen. Die Dunkelheit, die Stille – das alles begann ihn zu verwirren. Er schloss die Augen, um den Erinnerungen zu entfliehen, aber der gedankliche Ausflug ließ sich nicht aufhalten. Er fühlte sich in seine Kindheit zurückversetzt. Er konnte sich selbst sehen, zu Hause im Arbeitszimmer seines Vaters – dem einzigen Raum, den sein Vater für tabu erklärt hatte. Er arbeitete dort, ging vertrauliche Akten und Papiere des Instituts für Folteropfer durch. Es war nur natürlich, dass ein zehnjähriger Junge sich von dem Raum, den zu betreten ihm verboten war, angezogen fühlte. Und es war nur natürlich, dass er sich jedes Mal schleunigst im Wandschrank versteckte, wenn er die Schritte seines Vaters im Flur hörte ...

Die Tür öffnete sich. Durch die Lamellen beobachtete er, wie sein Vater hereinkam, und betete, dass er nicht im Wandschrank nachsehen würde. Er sah nicht nach. Er ging direkt zum Fenster und zog die Jalousien zu. Es wurde dunkel im Zimmer. Und im Wandschrank wurde es noch dunkler. Er konnte kaum noch etwas sehen. Beim erneuten Klang von Schritten begann sein Herz zu rasen. Sein Vater durchquerte das Zimmer. Er schloss die Augen und machte sich darauf gefasst, dass die Tür des Wandschranks geöffnet würde. Wieder passierte es nicht. Er hörte, wie eine Schublade der Kommode herausgezogen und wieder geschlossen wurde. Er öffnete die Augen. Sein Vater hielt etwas in seiner Hand. Eine Videokassette, die er in den Rekorder einlegte. Der Fernseher wurde eingeschaltet. Das Zimmer wurde von dem Flackerlicht erhellt. Sein Vater ließ sich in seinen Sessel sinken, mit dem Rücken zum Wandschrank. Er und sein Vater blickten in dieselbe Richtung und sahen sich dasselbe Video an.

Zuerst flimmerte der Bildschirm, dann erschien eine Frau. Sie saß auf einem Stuhl, blickte in die Kamera. Sie war noch nicht sehr alt, wahrscheinlich in den Dreißigern. Sie hatte kurze dunkle Haare und gebräunte Haut. Sie wirkte nervös. Sie leckte sich ganz oft über die Lippen. Ihre Hand war zu einer Faust geballt. Sie war nicht direkt schön, aber hübsch. Auf jeden Fall hübscher als seine Mutter. Schließlich redete sie.

»Ich heiße Alicia Santiago.«

»Und wo kommen Sie her?«

Die zweite Stimme jagte ihm einen Schreck ein. Sie gehörte seinem Vater. Es handelte sich um ein aufgenommenes Gespräch des Psychotherapeuten mit seiner Patientin.

»Bogotá, Kolumbien.«

Er sah mehrere Minuten lang zu und starrte gebannt auf den Bildschirm. Er vergaß fast, dass sein Vater ganz in der Nähe saß und ebenfalls zusah. Das Band mit seinem fragenden Vater und der antwortenden hübschen Frau schien wirklicher. Es faszinierte ihn, dass sie alle Fragen des Therapeuten beantwortete, selbst nach Einzelheiten aus ihrer Ehe.

»Erzählen Sie mir mehr von Ihrem Mann.«

Sie holte tief Luft. »Er war Richter bei der Strafkammer. Alle möglichen Drogenfälle.«

Es wäre für einen Zehnjährigen langweilig gewesen, auf etwas anderes als ihren Gesichtsausdruck und ihr offensichtliches Leid zu achten. Mit jeder Frage machte sie einen gequälteren Eindruck. Der Tonfall, mit dem sein Vater die Fragen stellte, änderte sich nicht. Er war immer gleich monoton, sehr methodisch.

»Erzählen Sie mir von jener Nacht«, sagte sein Vater. »Die Nacht, in der die Männer Sie überfielen.«

Die Stimme der Frau bebte. »Sie waren ... zu dritt. Glaube ich. Ich kann mich nicht mehr genau erinnern. Ich schlief. Sie packten mich in meinem Bett. Pressten irgendetwas auf meinen Mund. Ich versuchte zu schreien, bekam aber keine Luft. Dann kann ich mich an nichts mehr erinnern.«

»Haben sie Ihnen Drogen verabreicht?«

Sie nickte.

»Wo beginnt Ihre Erinnerung wieder?«

»Als ich aufgewacht bin.«

»Wo waren Sie?«

»Ich weiß nicht. Sie hatten mir die Augen verbunden. Es war eher eine Zelle als ein Zimmer. Ein nackter Betonfußboden. Kalt. Sehr kalt.«

»Waren Sie warm angezogen?«

»Nein.« Sie senkte verlegen den Kopf. »Ich war nackt.«

»Was war mit Ihrer Kleidung passiert?«

»Ich weiß es nicht.«

Einen Moment lang herrschte Schweigen. Sie trank Wasser aus einer Tasse. Die Kamera bewegte sich nicht, immerzu waren ihre Qualen sichtbar. »Alicia, ich weiß, dass das jetzt schwierig ist. Aber ich möchte, dass Sie mir erzählen, was als Nächstes geschehen ist. Nachdem Sie aufgewacht sind.«

»Ich hatte Angst, mich zu bewegen. Ich lag einfach auf dem Fußboden.«

»Wie lange?«

»Schwer zu sagen. Vielleicht einige Minuten. Vielleicht auch länger.«

»Was passierte dann?«

»Dann hörte ich etwas draußen hinter der Tür.«

»Kam jemand herein?«

Sie nickte und kaute nervös auf ihren Lippen.

»Wer war das?«

Ihre Augen füllten sich mit Tränen. Eine Hand erschien auf

dem Bildschirm und reichte ihr ein Taschentuch. Sie nahm es und wischte die Tränen ab. »Einer der Männer.«

»Ihre Augen waren immer noch verbunden?«

»Ja.«

»Was taten Sie?«

»Ich – nichts, wirklich. Ich versuchte mich zu bedecken, meine Brüste, mit meinen Armen. Aber sonst nichts.«

»Was tat er?«

»Er kam auf mich zu. Ich konnte seine Schritte auf dem Betonboden hören.«

»Sie sind sicher, dass es nur ein Mann war?«

»Ich – ich glaube schon. Er ging sehr langsam, kam sehr nahe an mich heran. Dann blieb er stehen.«

»Hat er irgendetwas gesagt?«

Sie nickte und errötete. »Er befahl mir, mich hinzuknien«, sagte sie mit belegter Stimme, »und meinen Mund zu öffnen.«

»Was taten Sie?«

»Alles, was er wollte.«

»Und dann?«

»Ich kniete mich einfach hin und wartete. Ich konnte nichts sehen, aber ich spürte, dass er genau vor mir stand. Ich hatte Angst. Ich hörte, wie er seine Gürtelschnalle löste. Wie er seinen Reißverschluss öffnete. Und dann schrie er mich an. *Weiter auf!* Und ich öffnete meinen Mund weiter. Es war ihm nicht weit genug. Er packte mich.«

»Wo?«

»Am Kinn – er presste die Kiefer auseinander.«

»Hatten Sie Schmerzen?«

Sie weinte. »In diesem Moment war ich wie betäubt. Ich riss mich einfach zusammen, weil ich damit rechnete, dass – Sie wissen schon – er ihn mir in den Mund stecken würde.«

»Tat er das?«

Ihre Stimme bebte. »Konnte ich nicht sehen.«

»Was fühlten Sie?«

»Zuerst nichts. Es war etwas in meinem Mund, ohne dass ich fühlen konnte, was es war.«

»Was passierte dann?«

»Er schrie mich wieder an. *Zumachen!* Also schloss ich meinen Mund.«

»Und was haben Sie gefühlt?«

»Kälte.«

»Kälte?«

Sie nickte. »Es war lang und flach.«

»Flach?«

»Es lag auf meiner Zunge und drückte gegen den Gaumen. Nach ein paar Sekunden spürte ich, wie mir das Blut aus dem Mund quoll.« Sie schloss gequält ihre Augen. Sie verlor beinahe die Fassung, ihre Stimme war kaum noch zu hören. »Die Kanten waren so scharf.«

»Ein Messer?«

Zitternd nickte sie.

»Er befahl mir, nicht zu schlucken. Das Blut sammelte sich in meinem Mund. Es musste irgendwo hin. Mein Mund war voll damit. Es lief mir am Kinn hinab.«

»Was geschah dann?«

»Das Blitzen.«

»Licht?«

»Meine Augen waren immer noch verbunden. Aber es war wie Stroboskoplicht, das an den Rändern durchkam.«

»Weißes Licht?«

»Ja.«

»Haben Sie sich das eingebildet?«

»Nein, nein, es war wirklich. Ein greller Blitz, wieder und wieder.«

»Wozu diente das?«

»Ich weiß es nicht. Ich wusste es nicht.«

»Wissen Sie es jetzt?«

Sie antwortete nicht.

»Wissen Sie, was es war?«, fragte er noch einmal.

Sie antwortete ruhig. »Irgendjemand machte Fotos.«

Auf dem Bildschirm nahm das Schluchzen kein Ende. Der Zehnjährige im sicheren Versteck des Wandschranks schaute wie gebannt hin, er blinzelte nicht einmal. Er sah eine Frau, die kurz davor war durchzudrehen. Doch merkwürdigerweise ließen ihn ihre Tränen kalt. Einen Moment lang hatte er ein schlechtes Gewissen, dass ihn das Leiden der Frau, mit dem sein Vater sich zu Studienzwecken beschäftigte, um ihr helfen zu können, faszinierte. Aber er konnte den Blick nicht vom Bildschirm abwenden.

Das Gespräch auf dem Band ging weiter. »Was geschah als Nächstes?«, fragte sein Vater.

»Er zog das Messer wieder aus meinem Mund. Ganz schnell. Es schnitt mich wie eine Rasierklinge.«

»Und dann?«

»Er fragte mich: ›Gefällt dir das Messer?‹«

»Haben Sie geantwortet?«

»Nein. Deshalb schrie er mich an: ›*Gefällt dir das Messer?*‹«

»Haben Sie dieses Mal geantwortet?«

»Ich schüttelte nur den Kopf. Dann schrie er noch einmal. ›*Sag es laut! Sag, dass das Messer dir nicht gefällt!*‹ Das tat ich. Ich schrie zurück. Wieder und wieder musste ich es schreien – ›*das Messer gefällt mir nicht!*‹«

»Und dann?«

Sie musste schlucken. »Er flüsterte mir ins Ohr.«

»Was sagte er?«

»Beim nächsten Mal wirst du *froh* sein, wenn es nicht das Messer ist.«

Lautes Stöhnen war von der Couch her zu vernehmen, es kam eindeutig nicht vom Videoband. Das Band wurde mit

Hilfe der Fernbedienung abgeschaltet. Einige Sekunden verstrichen. Sein Vater bewegte sich nicht. Dann erhob er sich langsam und drehte sich um. Aus dem Schrank heraus war der Blick ungehindert. Sein Vater wirkte völlig erschöpft. Aber es war nicht das Gesicht seines Vaters, das seine Aufmerksamkeit erregte. Es war der offene Hosenschlitz, die nachlassende Erektion. Er war erst zehn, aber er begriff, was da vor sich ging.

Das hatte nichts mit professionellen Studien zu tun.

... Ein dumpfes Geräusch am Fenster weckte ihn aus seinen Erinnerungen. Er blendete die Vergangenheit aus, aber er hockte immer noch in dem Wandschrank – dem Wandschrank einer fremden Frau. Er spähte durch die Lamellen. Wind war aufgekommen. Ein Zweig schlug gegen das Fenster. Kein Grund zur Unruhe. Dennoch schalt er sich im Stillen. Es stand zu viel auf dem Spiel, als dass er seine Gedanken schweifen lassen dürfte, noch dazu in die Vergangenheit. Er öffnete die Augen weit und starrte zum Flur hin; er dachte jetzt nur noch an die Zukunft. Die unmittelbare Zukunft.

Die würde ihm etwas Besseres bescheren als ein Videoband.

24

Gus kehrte am frühen Nachmittag nach Hause zurück. Morgan war mit einer Freundin in ihrem Zimmer. Carla hatte sie eingeladen. Eine gute Idee, Morgan von ihren schlimmsten Ängsten abzulenken. Er klopfte an ihre Tür und steckte seinen Kopf in ihr Zimmer. »Hallo.«

Sie blickte von ihrem Computer auf. Die beiden Kinder probierten gerade ihre neueste Dinosaurier-CD aus. »Hallo, Daddy.«

»Wer ist deine Freundin?«

»Das ist Hannah.« Ihr Blick sprach Bände. Dass er fragen musste, verstärkte nur seine gedrückte Stimmung, in der er am Morgen das Haus verlassen hatte. »Sie ist meine beste Freundin.«

»Hallo«, flötete sie.

»Hallo, Hannah.«

Schweigend starrten sie ihn an. Gus kam sich absolut unerwünscht vor. Verlegen trat er den Rückzug an. »Also dann viel Spaß, Ihr beiden.«

Er schloss die Tür. Selbst die einfachsten Begegnungen gingen schief. Er legte die Jacke ab und stapfte in die Küche.

Carla saß im Wohnzimmer und sah fern. Irgendeine geistlose Show, bei der Journalisten in Armani-Anzügen irgendwelchen Megastars wirklich bewegende Fragen stellen wie: »Ist Ihr neuester Film nicht schrecklich aufregend?«

Er holte sich ein Bier aus dem Kühlschrank, lehnte sich gegen den Küchentresen aus Granit und schaute ins Wohnzimmer. Carlas Blick blieb auf den Bildschirm geheftet.

»Ich habe heute einen Privatdetektiv angeheuert.«

Sie schaltete den Fernseher mit der Fernbedienung aus. »Tatsächlich?«

»Ich habe fast den ganzen Tag mit ihm verbracht.«

»Bist du unzufrieden mit der Arbeit der Polizei?«

Er öffnete die Flasche und trank einen Schluck. »Ehrlich gesagt habe ich den Eindruck, dass sie Beth längst für tot halten. Ich möchte sichergehen, dass sie nicht zu falschen Schlussfolgerungen gelangen.«

»Heißt das, dass du auf meinen ersten Gedanken zurückgekommen bist – dass sie dich verlassen hat?«

»Ich schließe es nicht aus, obwohl es mir sehr unwahrscheinlich vorkommt. Selbst wenn sie so unglücklich war, wie du sagst, erklärt das nicht die Art und Weise, wie sie verschwunden ist. Dass sie Morgan nicht vom Jugendzentrum abgeholt hat, dass sie ohne Handtasche oder Kreditkarten gegangen sein soll. All das ist ziemlich verwirrend.«

»Und du glaubst, ein Privatdetektiv kann Licht in die Sache bringen?«

»Offensichtlich hat niemand einen Anhaltspunkt, wo sie hingegangen sein könnte. Ich habe allmählich den Eindruck, dass irgendetwas vertuscht wird. Und wenn das der Fall ist, kann mir der Privatdetektiv hoffentlich helfen, es herauszufinden.«

»Das hoffe ich auch.«

Er nickte, dann stellte er die halb leere Bierflasche auf dem Küchentresen ab. »Carla, wusstest du, dass Beth an Essstörungen leidet?«

Sie zuckte kaum merklich zusammen. Die Frage schien nicht unerwartet zu kommen. »Du etwa nicht?«

»Nein. Seit wann hat sie damit zu tun?«

»Seit du angefangen hast, ihr Selbstbewusstsein zu untergraben.«

»Womit habe ich denn ihr Selbstbewusstsein untergraben?«

»Du bist der Einzige, der diese Frage beantworten kann.«

»Hat sie denn irgendwas zu dir gesagt?«

»Eine ganze Menge.«

»Irgendwas Spezielles? Irgendwas, das sie beschäftigt hat?«

»Ja. Zwei Worte. Martha Goldstein.«

Ein kalter Schauer überlief ihn und er musste an Marthas Worte in seinem Büro denken – und daran, wie Beth ihr auf der Weihnachtsfeier der Firma aus dem Weg gegangen war. »Ich habe Beth nie betrogen. Nicht mit Martha und auch mit keiner anderen.«

»So hat Beth das aber nicht gesehen.«

»Was hat sie dir denn erzählt?«

»Sie hat mir keine Fotos von dir und Martha in kompromittierenden Stellungen gezeigt, wenn du das meinst. Und das war auch nicht ihr Problem. Um ehrlich zu sein, sie hätte dir wahrscheinlich vergeben, wenn du betrunken gewesen wärst und eine Nacht mit einer Frau, die dich ansonsten nicht interessierte, im Bett gelandet wärst. Was sie nicht ertragen konnte, war das fortschreitende, qualvolle Auseinanderleben. Und es muss qualvoll sein mit anzusehen, wie der eigene Ehemann sich in eine andere Frau verliebt.«

»Ich bin nicht verliebt in Martha Goldstein«, sagte er verzweifelt.

»Vielleicht nicht. Aber irgendwann hast du aufgehört, Beth zu lieben.«

»Ich habe Beth immer geliebt. Ich liebe sie immer noch. Wenn sie daran Zweifel hatte, hätte sie mit mir darüber reden sollen.«

»Wenn du nicht gehört hast, wie sie sich übergeben hat, hat sie vermutlich gedacht, dass du weghörst.«

Gus hielt den Blick auf Carla gerichtet, schaute jedoch durch sie hindurch. Er blickte in sich selbst hinein und sah Dinge, die ihm nicht gefielen.

»Ich bin fix und fertig. Ich werde mich vor dem Abendessen ein bisschen hinlegen.«

»Ich habe nur Suppe und Wackelpudding gemacht. Steht beides im Kühlschrank. Morgan hat immer noch Probleme mit dem Zahn. Wenn sie krank ist, isst sie gerne Hühnersuppe und Wackelpudding. Mit Kirschgeschmack.«

All die kleinen Dinge, die Morgan betrafen, von denen er keine Ahnung hatte. Dass er sie von Carla erfahren musste, deprimierte ihn noch zusätzlich. »Ich werde mir wohl eine Pizza oder irgendwas bestellen. Hast du schon gegessen?«

»Nein, aber ich muss jetzt nach Hause. Glaubst du, du kommst heute Abend allein mit der Situation klar?«

»Ich denke schon.«

Sie nahm ihren Mantel und ging den Flur hinunter. Gus begleitete sie und hielt ihr wie üblich die Haustür auf. Ein kühler Wind bewegte die immergrünen Sträucher im großen Vorgarten. Carla ging schweigend die Stufen hinab.

»Danke, dass du dich um Morgan kümmerst«, sagte er.

Sie blieb stehen und wandte sich um. »Wozu hat man eine Tante?« Sie ging weiter, hielt aber noch einmal inne, als wollte sie noch etwas sagen. »Gus?«

»Ja?«

Sie wägte zögernd ihre Worte ab. »Ich möchte dir nur das eine sagen. Vielleicht hast du nie aufgehört, Beth zu lieben, und auf deine Weise liebst du sie vielleicht immer noch.« Ihre Augen füllten sich mit Tränen und sie fügte mit zitternder Stimme hinzu: »Aber in den vergangenen sechs Monaten hast du wirklich nichts mehr von ihr mitbekommen.«

Er sah ihr schweigend nach, als sie sich umdrehte und zu ihrem Wagen ging. Er schloss langsam die Tür und blieb allein mit seinen Gedanken in der dunklen und leeren Diele zurück.

25

Das Profil kam per Fax. Sechs maschinengeschriebene Seiten mit doppeltem Zeilenabstand. Andie las es mehrmals. Ihre Aufgabe bestand nicht darin, es zu beurteilen, sondern es zu verteilen. Aber sie konnte nicht widerstehen. Sie musste es zumindest mit den Schlussfolgerungen vergleichen, zu denen sie selbst gekommen war.

In einigen entscheidenden Punkten stimmte sie mit Victoria überein. Ein Mann Ende zwanzig oder Anfang dreißig. Weiß. Wie seine Opfer. Überdurchschnittlich intelligent. Kennt seine Opfer nicht. Hat wahrscheinlich vor nicht allzu langer Zeit ein einschneidendes Erlebnis gehabt wie Verlust des Arbeitsplatzes, Scheidung oder Trennung von seiner Freundin.

Aber der Tenor unterschied sich von dem, was Andie sich vorgestellt hatte. Führt tagsüber ein normales und sogar respektables Leben. Nachts treibt er sich herum, leidet womöglich an Schlaflosigkeit. Keine Verurteilung wegen schwerer Vergehen, aber Vorstrafen wegen Spannerei und Hausfriedensbruch. Hält sich für intelligenter als die Polizei. Keine formale Polizeiausbildung, aber vermutlich Autodidakt in Bezug auf polizeiliche Maßnahmen und eventuell auf Profiling-Techniken. Bezieht regelmäßig Polizeifachzeitschriften, verkehrt in Bars oder Restaurants, in denen sich Cops treffen, ist vielleicht mit einigen befreundet oder führt Diskussionen mit ihnen, um nicht aufzufallen. Abgewiesener Bewerber für den Polizeidienst, möglicherweise ein Wachmann, der nicht ausreichend qualifiziert war.

Im Großen und Ganzen war Andie enttäuscht. Sie hatte nicht gerade Namen und Adresse erwartet. Täterprofile waren von Natur aus Verallgemeinerungen. Aber dieses hier kam ihr doch allzu allgemein vor. Es zeugte nicht von dem Genie, das Victoria Santos war.

Aber was weiß ich denn schon?

Sie beeilte sich, das Profil bis halb sieben an alle örtlichen Polizeidienststellen zu verteilen. Dann wurde es Zeit für ihre übliche Freitagabendbeschäftigung: Yoga. Andie fehlte selten, vor allem wenn sie viel Stress bei der Arbeit hatte. Am besten konnte sie bei der Übung »der Hund« ihren Kopf abschalten, auch wenn diese nicht annähernd so verrückt war, wie der Name vermuten ließ.

Andie stellte ihren Wagen einen halben Block von dem Sportstudio entfernt auf der anderen Straßenseite ab. Unter ihrem Mantel trug sie einen eng anliegenden Gymnastikanzug. Ihre Sporttasche, die sie über die Schulter geschlungen hatte, enthielt die üblichen Yogarequisiten: eine Isomatte, ein Deuserband und zwei Holzklötze. Der Yoga-Lehrer verbot Handys und Pieper im Unterricht. Zum Glück hatte er nie etwas über die Waffe gesagt, die ein FBI-Agent immer bei sich tragen musste. Die war auch in ihrer Tasche.

Das Yoga-Studio teilte sich die Räume mit einem Ballettensemble in einer Gegend, in der die Mieten niedrig waren. Das Bürogebäude auf der gegenüberliegenden Straßenseite war achtzig Jahre alt und sah sogar noch älter aus. Das Lagerhaus aus rotem Backstein, das nebenan lag, stand leer und sollte abgerissen werden. Die paar Restaurants in der Nähe boten nur Mittagstisch an und schlossen am späten Nachmittag. Das Viertel galt nicht gerade als unsicher, war aber auch nichts für ängstliche Gemüter. Die meisten Schüler kamen in Gruppen. Andie, wie üblich zu spät, kam allein.

Sie schloss ihr Auto ab und ging forsch den Gehweg entlang. Ihre Turnschuhe quietschten auf dem nassen Beton. Ein einzelner Wagen kam vorbei und spritzte faulig stinkendes Wasser aus dem Rinnstein auf den Gehweg. Andie sprang zur Seite und ging weiter. Es war nur ein Katzensprung bis zum Studio und nur der Eingang, der in der dunklen Gasse neben dem Lagerhaus lag, gab Anlass, sich unsicher zu fühlen. Sie hatte es sich angewöhnt, die Straßenseite erst auf Höhe der Gasse zu wechseln. Sie hatte die Stelle schnell erreicht. Da keine verdächtigen Gestalten zu sehen waren, überquerte sie die Straße. Ein Lastwagen fuhr vorbei. Das Geräusch der Reifen auf dem nassen Pflaster entfernte sich. Stattdessen hörte sie Schritte.

Andie ging schneller. Die Schritte hinter ihr auch. Lederabsätze, wahrscheinlich ein Mann, dachte sie. Sie verlangsamte das Tempo, einfach als Test. Die Schritte kamen näher.

Du bist schon regelrecht paranoid. Dieses ganze Serienmörder-Zeugs.

Nur um sicherzugehen, trat sie vom Gehweg auf die Straße, so als wollte sie sie überqueren. Das Geräusch veränderte sich vom harten Klappern der Absätze auf dem Beton des Gehwegs zu dem gedämpften Klang von Absätzen auf Asphalt. Sie sprang zurück auf den Gehweg. Die Schritte folgten ihr wieder.

Das war eindeutig *keine* Paranoia.

Sie öffnete ihre Tasche und ergriff ihre Pistole, nahm sie aber noch nicht heraus. Sie blieb stehen und wandte sich schnell um. Er blieb auch stehen. Die Pistole befand sich noch in ihrer Tasche, aber sie zeigte auf die Brust ihres Exverlobten.

»Rick«, stieß sie hervor, »was zum Teufel tust du hier?«

Er schwankte leicht, als hätte er getrunken. »Och, äh ... nichts.«

Seine Augen waren glasig. Er hatte eindeutig getrunken. »Du folgst mir.«

»Ich muss dir was sagen.«

»Rick, lass mich in Ruhe.«

»Ich habe nicht mit deiner Schwester geschlafen.«

»Das weiß ich. Du hast sie gevögelt.«

Er hätte beinahe vor Lachen losgeprustet und konnte kaum an sich halten. Für einen Betrunkenen schien das witzig zu sein. Schließlich bekam er sich wieder in den Griff. »Mann, das war Klasse.«

In der Tasche spannte sich ihr Finger um den Abzug. Einen Augenblick fragte sie sich tatsächlich, ob das als Notwehr durchgehen würde. »Du findest es also lustig, dass du in der Nacht vor unserer Hochzeit mit meiner Schwester Sex hattest?«

Das Lachen hörte auf. Aber das Grinsen blieb. »Komm schon, Andie. Du hasst deine Schwester doch sowieso. Du hast sie doch nur zur Brautjungfer ernannt, weil deine Mutter dich darum gebeten hat.«

»Und damit ist *dein* Verhalten entschuldigt?«

»Sie hat mich angemacht. Ich hab's nicht darauf angelegt.«

Sie sah auf die Uhr und wollte los. »Was willst du von mir?«

»Was glaubst du denn?«

»Okay. Ich verzeihe dir. Schwamm drüber. Und jetzt scher dich zum Teufel und verschwinde aus meinem Leben.«

Sie wandte sich zum Gehen. Er machte einen Schritt auf sie zu und packte ihren Arm. Sie blieb stehen und sah ihn scharf an. »Rühr mich nicht an.«

Er drückte noch fester zu. »Du hast mich zum Narren gemacht.«

»Du bist ein Narr. Jetzt nimm deine Hand da weg.«

Sein Gesicht lief rot an. Sein Griff wurde noch härter. »Und was machst du jetzt, Andie?«

Sie sah ihm direkt in die Augen. Einen Moment sah es so aus, als wollte er sie küssen. Instinktiv riss sie ihr Knie hoch und stieß es ihm in die Genitalien. Er klappte zusammen und fiel auf das Pflaster. Er stöhnte und keuchte. Er stemmte sich auf ein Knie, doch es gelang ihm nicht aufzustehen. Seine Augen funkelten vor Wut.

»Dafür ... wirst ... du bezahlen. Du Miststück.«

Sie erwiderte seinen Blick. »Schick mir die Rechnung«, sagte sie und drehte sich um.

»Ich meine es ernst. Du wirst mir dafür bezahlen!«

Andie ging einfach weiter.

»Hör mir zu!« Sein sinnloses Geschrei folgte ihr und verstummte erst, als sie das Gebäude betreten hatte.

Nachdem er Carla verabschiedet hatte, war Gus müde genug, um schlafen zu gehen, aber seine Gedanken hielten ihn wach. Das Licht war aus, das Schlafzimmer dunkel. Er lag auf dem Rücken und starrte an die Decke.

Als seine Augen sich an die Dunkelheit gewöhnt hatten, erregte das Schmuckkästchen auf der Kommode seine Aufmerksamkeit. Ein Gedanke schoss ihm durch den Kopf, der ihn in Panik versetzte. Er konnte sich nicht daran erinnern, ob er mit dem FBI über Schmuck gesprochen hatte, den Beth womöglich am Tag ihres Verschwindens getragen hatte. Vielleicht konnte das Kästchen darüber Aufschluss geben. Ein Ring oder irgendein anderes unverwechselbares Schmuckstück könnte möglicherweise dazu beitragen, sie zu identifizieren – falls die schlimmsten Ahnungen von Agentin Henning sich bewahrheiten sollten. Er schaltete die Nachttischlampe an und stand auf.

Es war ein wunderschönes antikes Kästchen aus Walnussholz. Früher hatte es eine Melodie gespielt, aber das funktionierte schon seit Jahren nicht mehr. Regelrecht sinnbildlich.

Vorsichtig hob er den Deckel und schaute in das Kästchen. Der Inhalt war ordentlich sortiert. Ohrringe und weniger wertvolle Stücke befanden sich in den mit Filz ausgeschlagenen Fächern im oberen Einsatz; die größeren und wertvolleren Stücke lagen unten. Er bemerkte sofort, dass der Verlobungsring da war. Der Ehering fehlte. Er war sich nicht sicher, was er daraus schließen sollte, ob sie ihn treu getragen hatte, bis sie verschwand, oder ob sie ihn symbolisch weggeworfen hatte, als sie das Haus verließ.

Er konnte es nicht mit Bestimmtheit sagen, aber soweit er es beurteilen konnte, war alles, was er ihr geschenkt hatte, vorhanden. Ein birnenförmiger Diamantanhänger an einer Halskette. Ein mit Diamanten und Smaragden besetztes Armband. Einige Stücke waren eigentlich zu wertvoll, um sie im Haus aufzubewahren. Eigenartig, die einzigen Steine, die Gefühle bei ihm hervorriefen, waren ausgerechnet die kleinsten. Er hatte ihr ein Paar diamantenbesetzte Ohrringe zum zwanzigsten Geburtstag gekauft, der erste Geburtstag, den sie gemeinsam gefeiert hatten. Noch Jahre später, als er schon längst richtig Geld verdiente, konnte er sich darüber freuen, wenn er diese winzigen Ohrringe an ihr sah.

Er hielt sie in seiner Handfläche. Zwei glitzernde Steinchen, nicht viel größer als Punkte. Beth trug sie immer an Jahrestagen von bestimmten Erlebnissen während der Zeit ihrer ersten Verliebtheit, es waren Erinnerungen an unbedeutende Kleinigkeiten, wie zum Beispiel der Tag, an dem sie sich das erste Mal geküsst hatten oder als er zum ersten Mal gesagt hatte: »Ich liebe dich.« Er schämte sich, dass er ihr nie gesagt hatte, wie sehr er sich darüber freute, die Ohrringe an ihr zu sehen, wie sehr ihn diese Sentimentalität rührte. Wahrscheinlich dachte sie, er hätte es gar nicht bemerkt. Hatte er aber.

Er hatte vor allem bemerkt, als sie damit aufhörte.

Sie hatte damit aufgehört, als sie schwanger wurde – als sich eine Menge Dinge zu ändern schienen. Es war keine leichte Schwangerschaft gewesen, obwohl es anfänglich eine glückliche Zeit gewesen war. Sie hatten darüber gesprochen, welche Möbel sie anschaffen würden und wie sie das Kinderzimmer gestalten wollten. Er war sogar drei Mal mit ihr zur Schwangerschaftsberatung gegangen und sie hatten sich für einen Lamaze-Kurs angemeldet. Er hatte darauf bestanden, diese Erfahrung mit ihr zu teilen. Dann gab es riesige Probleme in seinem Büro. Er musste für sechs Wochen nach New York, um seinen wichtigsten Mandanten, eine große Firma, vor dem Versuch einer feindlichen Übernahme zu bewahren. Als er zurückkehrte, war Beth verändert gewesen. Nicht so sehr in körperlicher Hinsicht, obwohl der Unterschied zwischen dem fünften und dem siebten Monat enorm war und er diese Veränderung nicht miterlebt hatte. Es war mehr ihr psychischer Zustand und ihre Persönlichkeit. Sie wirkte zermürbt von der ständigen Übelkeit, die nicht aufhören wollte. Frühmorgens und spätabends konnte er hören, wie sie sich im Badezimmer übergeben musste. Beth hatte es morgendliche Übelkeit genannt und er hatte die Erklärung hingenommen, wohl wissend, dass es keinen Zweck hat, sich mit einer Schwangeren herumzustreiten. Mittlerweile war er sich nicht mehr so sicher. Er musste daran denken, was Dr. Shippee ihm über ihren Zahnschmelz und die schon länger andauernden Essstörungen gesagt hatte. Diese fürchterlichen Geräusche aus dem Badezimmer konnten also durchaus frühe Anzeichen von Problemen gewesen sein. Er erinnerte sich daran, dass Beth in den ersten Monaten der Schwangerschaft geradezu glücklich zu sein schien über ihre Übelkeit, weil dadurch ihr Gewicht niedrig blieb. Aus jetziger Sicht schien sie übermäßig fasziniert gewesen zu sein von den wenigen bekannten Fällen, in denen Frauen sich während der gesamten Schwangerschaft mit Übelkeit herumschlugen. Vielleicht hatte es ja für ihre über die üblichen drei Monate hinaus andauernde Morgenübelkeit keine natürlichen Ursachen gegeben. Es konnte auch etwas so Banales wie der Finger im Hals gewesen sein.

Hätte er nicht so viel zu tun gehabt, wäre ihm vielleicht so einiges aufgefallen, ihre Zwangsvorstellung, nicht mehr als acht Kilo zunehmen zu dürfen, ihr Beharren darauf, ihre eng sitzenden Jeans unmittelbar nach dem Verheilen der Kaiserschnitt-Wunde wieder zu tragen, und ihre Heulkrämpfe, als sie die Knöpfe nicht zubekam. Da spielte eine Menge mehr mit als lediglich die Schwangerschaft und die Hormone. Aber Gus war einfach darüber hinweggegangen.

Er war in den letzten Jahren über zu vieles hinweggegangen. Und wie Carla richtig bemerkt hatte, er musste einen hohen Preis dafür zahlen: Er kannte seine Frau nicht mehr. Er fragte sich, was das genau bedeutete. Kritisierte Carla ihn dafür, nicht mehr offen für Beths Bedürfnisse gewesen zu sein? Oder meinte sie, er würde, wenn Beth zurückkäme und er mit ihr zusammensäße und redete, tatsächlich feststellen, dass er sie gar nicht kannte?

Was auch immer sie gemeint hatte, seine Gedanken führten in dieselbe Richtung. Er war immer mehr fasziniert von etwas, das er sich bislang nicht zu untersuchen getraut und das er nie für möglich gehalten hatte. Bis jetzt.

Gus legte die Ohrringe wieder in das Kästchen und öffnete den begehbaren Wandschrank. Er war riesig und auf der linken Seite hingen mehrere Reihen seiner Geschäftsanzüge. Die rechte Seite gehörte Beth. Der Wandschrank war eher ein Zimmer als ein Schrank. Er wurde beleuchtet von indirektem Weißlicht und nicht von Neonlampen, die es einem schwer machen, Farbnuancen des Gewebes genau zu erkennen. Gegenüber einem großen dreiteiligen Spiegel befand sich ein Sofa mit Seidenbezug. Die Regale und Schubladen waren aus massivem Nussbaum. Fast eine ganze Wand wurde allein von Schuhen und Pullovern eingenommen. An den anderen drei Wänden hingen Kleider auf Bügeln, von links nach rechts geordnet nach Freizeitkleidung und solcher für gesellschaftliche Anlässe.

Er öffnete willkürlich mehrere Schubladen, doch ihm fiel nichts Ungewöhnliches auf. Er ging die Bügel mit Röcken und Kleidern durch. Bei einem Kleid, an dem noch das Preisschild befestigt war, verweilte er. Er nahm es vom Bügel. Es hatte eine hochgeschnürte Taille im Empire-Stil. Beth konnte diesen Stil nicht ausstehen. Er erinnerte sich, dass Beth bei der Heirat einer alten Freundin aus Studienzeiten fast gestorben war, weil die Brautjungfern leuchtend orangefarbene Kleider mit Empire-Taille tragen mussten. Sie war sich vorgekommen wie einer von den Leuchtstäben, mit denen die Polizisten den Verkehr regelten. Damals hatte er das lustig gefunden. Jetzt war ihm nicht zum Lachen.

Gus sah sich nach einem Kleid um, von dem er sicher wusste, dass sie es getragen hatte. Er stieß auf das perlenbesetzte Abendkleid, das sie bei der Weihnachtsfeier der Firma getragen hatte, und überprüfte die Größe. Größe sechs. Das andere Kleid hatte Größe zwölf.

Er legte es sich über den Arm und suchte nach weiteren Kleidern mit Preisschildern. Er fand ein Sommerkleid, Größe zehn. Einen Wollrock, Größe zwei. Hastig überprüfte er die Schuhe auf den Regalen an der anderen Wand. Er nahm ein Paar Stöckelschuhe, die sie getragen hatte, und ein Paar Wanderschuhe. Beide Größe sieben. Auf dem oberen Regal befand sich ein einzelner Stiefel. Er war unbenutzt, das Preisschild klebte noch an seiner Sohle. Größe elf. Ein beigefarbener Pumps, Größe vier. Auch einzeln.

Es lief ihm eiskalt den Rücken hinunter. Er starrte in den dreiteiligen Spiegel und sah sich selbst aus verschiedenen Winkeln. Über dem Arm hatte er Kleider in eigenartigen Größen, die seine Frau nie anziehen konnte.

Es war genau, wie Morgan gesagt hatte. Sie stahl Dinge um des Stehlens willen. Kleider, die nicht passten. Komische Schuhe, von denen der zweite immer noch in irgendeinem hinteren Raum bei Nordstrom's herumlag. Sie packte ihren Schrank mit nutzlosen Trophäen ihrer Beutezüge voll.

»Großer Gott«, murmelte er. »Was ist mit dir los, Beth?«

26

Sie lebte. Er konnte es fühlen. Durch die Latexhandschuhe hindurch konnte er mit zwei Fingern, die er ihr gegen den Hals drückte, einen schwachen Puls ausmachen. Sie war bewusstlos, kam aber langsam wieder zu sich, für die nächste Runde. Die Entdeckung erregte ihn, so als pumpte ihr nachlassender Herzschlag Blut durch seine eigenen Venen. Eiskaltes Blut.

Nach wochenlanger Vorfreude, nach all den langwierigen Vorbereitungen kam jetzt der Zahltag. Alles war haargenau nach Plan gelaufen.

Beinahe drei Stunden hatte er geduldig in dem Wandschrank des Gästezimmers verharrt. Gegen elf hörte er ihren Wagen in die Einfahrt einbiegen. Die Haustür wurde geöffnet und wieder geschlossen. Die Schlüssel klimperten im Schloss; ihre Absätze klapperten auf dem Fliesenboden. Durch die Lamellen in der Tür des Wandschranks sah er sie in dem erleuchteten Flur vorbeigehen. Die Toilettenspülung wurde betätigt, anschließend putzte sie sich die Zähne. Das Licht wurde ausgeschaltet. Das Bett quietschte leicht unter ihrem Gewicht. Der Fernseher lief zwanzig Minuten lang und wurde danach abgeschaltet. Es versetzte ihn augenblicklich in Erregung – Alltagsgeräusche, die ihm ihre völlige Ahnungslosigkeit deutlich machten. Er wäre am liebsten sofort aus seinem Versteck hervorgekommen, aber er zwang sich, den Plan einzuhalten. Er wartete. Nach und nach kehrte Stille im Haus ein. Er gab ihr noch eine halbe Stunde zum Einschlafen. Und dann wollte er zuschlagen.

Leise glitt er aus dem Wandschrank hinaus, schlich den Flur entlang, gekleidet in einen schwarzen eng anliegenden, einteiligen Anzug mit Kapuze, der ihn in der Dunkelheit unsichtbar machte. Das Jagdmesser steckte in der am Arm befestigten Scheide. In einer Hand hielt er die Plastik-Handschellen. In der anderen das Würgeseil. Die Schlafzimmertür war offen. Er stand im Türrahmen gegenüber dem Erkerfenster. Der Vollmond warf Schatten quer durch das Zimmer. An einer Wand hing eine Ansammlung gerahmter Fotos. Ein französisches Bett stand gegenüber der Kommode. Er konnte die Umrisse des Körpers unter der Bettdecke erkennen. Sie lag auf der rechten Seite, das Gesicht von ihm abgewandt. Sicherlich schlief sie schon, aber er wollte lieber warten, bis die Heizung wieder lief. Das Summen des Gebläses würde seine Schritte dämpfen. Er stand mehrere Minuten lang reglos da, nicht einmal ein Muskel zuckte. Schließlich sprang die Heizung an. Warme Luft strömte aus dem Heizungsschacht. Die Spitzengardinen am Fenster begannen sich zu bewegen. Jetzt konnte es losgehen. Er hakte die Plastikhandschellen an seinem Gürtel ein. Er schob den Arm durch die Schlaufe des Würgeseils und legte sie sich um die Schulter. Beide Hände waren frei. Er machte vier Schritte und stand direkt an der Bettkante. Jetzt konnte er sie ganz leicht greifen.

Ihr Gesicht lag halb unter der Bettdecke versteckt, aber er wusste genau, wie sie aussah. Er wusste alles über sie. Sie entsprach genau seinen Anforderungen. Braunes Haar, braune Augen, Mitte dreißig. Angesichts der knappen Zeitvorgaben hatte er eine gute Auswahl getroffen.

Er atmete leise tief ein, dann stürzte er sich mit seiner ganzen aufgestauten Wut auf sie. Er packte sie an Hüfte und Schulter, schleuderte sie nach hinten und bog ihr Rückgrat mit solcher Wucht gegen seine Knie, dass ihr siebter Wirbel brach. Er zerrte sie auf den Boden, flach auf den Bauch. Sie schlug wild um sich, als er sich auf sie fallen ließ und sich mit seinen nahezu neunzig Kilo auf ihre Nieren presste. Er streckte die Arme aus und schlug ihr mit den Handflächen gleichzeitig gegen die Ohren. Sie war so benommen, dass er ihr die Hände hinter den Rücken biegen und mit den Handschellen fesseln konnte. Er riss sie hoch und setzte sie auf die Bettkante. Sie schrie auf. Er warf ihr das Würgeseil über den Kopf und zog es schnell an, um sie zum Schweigen zu bringen. Es war ein simples, aber tödliches Werkzeug, eine sechzig Zentimeter lange Schlinge, die an beiden Enden an einem zwanzig Zentimeter langen Holzgriff befestigt war. Mit einer Hand konnte er den Griff drehen und sein Opfer würgen, während er die andere Hand frei hatte, um das Opfer ruhig zu halten. Er kniete sich hinter sie auf das Bett, während er die Schlinge immer fester zudrehte. Der Blutfluss zu ihrem Gehirn war unterbrochen. Da sie nicht mehr atmen konnte, wurde sie immer schwächer. Er richtete sie mit seinem freien Arm auf, indem er ihre Taille unterhalb des Brustkorbs umfasste, ähnlich einem Rettungsgriff. Solange sie noch lebte, würde er sie nicht fallen lassen. Sie saß gegenüber dem Spiegel. Er war direkt hinter ihr und sah auch in den Spiegel, doch sein Gesicht war hinter der Skimaske nicht zu erkennen. Es war gerade hell genug, dass das Spiegelbild sichtbar war. Bei jeder seiner Aktionen musste ein Spiegel dabei sein.

Nur so konnten seine Opfer zusehen, wie sie erwürgt wurden.

Sie strampelte, ihr Körper bäumte sich auf. Die Aussichtslosigkeit ihrer Bemühungen steigerte seine Erregung nur, unterstrich seine völlige Macht über sie. Dieses Opfer hier kämpfte fast eine halbe Stunde lang. Allerdings lief der Kampf ausschließlich nach seinen Bedingungen ab. Alle paar Minuten drehte er mit seiner rechten Hand die Schlinge fester. Sie stöhnte und wand sich, dann verlor sie langsam das Bewusstsein. Und dann – im richtigen Augenblick – ließ er wieder los. Die Schlinge lockerte sich. Dann bekam sie wieder Luft. Blut floss in das Gehirn. Die roten Würgemale schwollen an und begannen zu pochen. Jedes Mal erwachte ihr fast toter Körper langsam zum Leben. Daran konnte er sich immer wieder aufgeilen. Drei Mal ging das so.

Und *noch einmal* kam sie zu sich.

Sie hustete ein wenig. Noch einmal kehrte Kraft in ihren Körper zurück. Er spürte die Veränderung in ihrem Hals und ihren Schultern. Das war ihm noch nie passiert – vier Mal, auf und nieder und wieder auf. Entweder war sie eine ausgezeichnete Kämpferin oder er wurde einfach immer besser. Wahrscheinlich das Erstere. Er war bereits »der Beste«. Er wusste, wie weit er zu gehen hatte, wie fest er zudrücken, wie lang er festhalten musste. Er hatte dafür jahrelange Übung gebraucht, unter anderem auf Kosten seiner eigenen Halsmuskeln. All jene Nachmittage in der Garage als Jugendlicher, als er auf der Leiter gestanden und mit dem Hals an dem Seil gehangen hatte, das über die behelfsmäßige Rolle lief. Die Praxis hatte seine Technik perfektioniert. Er wusste, wie man sich in dem Extremzustand fühlte. Das Seil hatte ihn dahin gebracht. Und noch wichtiger, er kannte den Weg zurück. Er konnte auch anderen den Weg zeigen. Er konnte jeden wieder zurückbringen.

Oder auch nicht.

Ihr Gesicht war rot und angeschwollen. Blut quoll ihr aus der Zunge und aus den Lippen, wo sie sich gebissen hatte. Ihre Augen öffneten sich blinzelnd und ihre Blicke trafen sich im Spiegel. Ihre Augen waren glasig und blutunterlaufen. Seine waren dunkle, schmale Schlitze. Er drehte den Griff ruckartig, kräftiger als beim letzten Mal und weiter als zuvor. Die Schlinge zog sich fester zu und brach ihr das Genick. Ihr Körper wurde erst steif und erschlaffte dann schlagartig. Sie hatte keine Kraft mehr. Der Kampf war vorbei.

Die hier würde *nicht* mehr zurückkommen.

Er lockerte das Seil, starrte aus der Nähe in das ausdruckslose Gesicht. Die kurze Erregung ließ nach und verwandelte sich in Enttäuschung. Seine Wut müsste eigentlich nachlassen, aber stattdessen wurde sie nur schlimmer. So nah dran, Auge in Auge mit dem Opfer, nach dem Abklingen der durch den Mord verursachten Erregung wurde sein Fehler offensichtlich.

Die hier hatte nicht genug Ähnlichkeit mit Beth Wheatley.

TEIL 3

27

Am Montagvormittag brachte Andie ihr Laufpensum in Rekordzeit hinter sich. Der Himmel klarte auf, als sie die imaginäre Ziellinie vor ihrem Haus erreichte. Nach den schnell gelaufenen drei Meilen, die sie mit einem Endspurt beendete, war sie verschwitzt und atemlos. Das Telefon klingelte genau in dem Moment, als sie den Hintereingang erreichte.

Sie war immer noch außer Atem, als sie in die Küche rannte und den Hörer abnahm. Es war Gus.

»Gu – ten – Mor – gen«, sagte sie nach jeder Silbe keuchend.

»Habe ich Sie bei ... irgendwas gestört?«

»Nein, nein, keine Sorge«, parierte sie seine Anspielung auf Sex.

»Vielleicht sollte ich später noch mal anrufen.«

»Also, es ist alles okay.« Sie atmete erst einmal durch. »Ich komme gerade vom Joggen zurück.«

»Dann bin ich ja erleichtert.«

Sie entfernte das Gummi, mit dem sie ihre Haare zusammengebunden hatte. »Was gibt's?«

»Ich belästige Sie nur ungern so früh zu Hause, aber ich habe das ganze Wochenende über etwas nachgedacht, worüber ich unbedingt mit Ihnen sprechen möchte. Sie haben ja einige Erfahrung mit Psychologie und ich dachte, Sie könnten mir vielleicht helfen.«

»Gern. Schießen Sie los.«

»Es geht um Beth. Sie scheint irgendwie Probleme gehabt zu haben. Auch schon bevor sie verschwunden ist, meine ich.«

Er hatte ihre Neugier geweckt. Sie ließ sich auf einen Stuhl am Küchentisch fallen, während er von der Bulimie und Beths Kleptomanie berichtete. Einmal stand sie auf und nahm die magnetische Merktafel vom Kühlschrank, klemmte sich den Telefonhörer zwischen Schulter und Ohr und machte sich ein paar Notizen. Er brauchte mehrere Minuten, um alles zu erzählen. Sie hörte aufmerksam zu und warf nur hin und wieder ein »aha« oder »verstehe« ein. Während er sprach, rang sie mit sich, ob sie ihm am Telefon eröffnen sollte, dass all das noch mehr als zuvor auf Beth als mögliches Opfer verwies. Als er fertig war, herrschte einen Moment lang Schweigen.

»Hätten Sie was dagegen«, fragte sie, »wenn ich heute Vormittag mal bei Ihnen zu Hause vorbeikäme.«

»Das ist mir recht. Worum geht es denn?«

Sie hütete sich, den Begriff *Viktimologie* gegenüber einem Mann zu gebrauchen, der vielleicht nicht bereit war, seine Frau als Opfer zu betrachten. »Es könnte aufschlussreich sein zu sehen, wo Beth lebt, wie sie lebt. Vielleicht auch einen Blick darauf zu werfen, was sie Ihrer Meinung nach gestohlen hat. Dann können wir uns weiter unterhalten.«

»Hört sich gut an.«

»In ungefähr einer Stunde kann ich bei Ihnen sein.«

»Ausgezeichnet. Bis dann.«

Das Haus der Wheatleys war noch beeindruckender, als Andie erwartet hatte. Das Steinhaus im Tudor-Stil lag ein gutes Stück abseits der Straße, versteckt hinter einer zweieinhalb Meter hohen Hecke, die eine imposante Mauer und ein schmiedeeisernes Tor säumte. Eine lange, gewundene Auffahrt führte zum Haus hinauf. Es lag auf dem höchsten Punkt eines baumbewachsenen Grundstücks. Vom Haus aus hatte man über die Bäume der Nachbarn hinweg einen freien Blick auf den Puget Sound.

Andie parkte unter dem Portikus und klingelte an der Haustür. Gus öffnete. Er wirkte müde, als hätte er die ganze Nacht kaum geschlafen.

»Kommen Sie rein«, begrüßte er sie und trat zur Seite. Die Doppeltüren schlossen sich hinter ihr. Sie stand unter einem Kronleuchter in der Eingangshalle, von wo der Blick auf das Wohnzimmer fiel. Die Decke war in Form des Tudorbogens gewölbt, der Fußboden bestand aus Eichenparkett mit Intarsien aus Teak und Rosenholz an den Rändern. Ein riesiger Kamin nahm eine ganze Wand ein. Eine andere Wand war mit Kunstwerken von Seltenheitswert geschmückt. Diese Art von Möbeln in teurem europäischem Design kannte Andie nur aus Schaufenstern. In der Mitte des Raums lag ein seidener Orientteppich, so groß, dass sie den Boden ihrer ganzen Wohnung damit hätte bedecken können.

»Hübsch haben Sie es hier«, sagte sie, als Gus ihr aus dem Mantel half.

»Es ist gemütlich.«

Stimmt. Mein Subaru ist auch »gemütlich«.

»Kann ich Ihnen etwas anbieten?«, fragte er. »Kaffee?«

»Gern.«

Er ging voraus in die Küche, aber auf halbem Weg wurden sie im Flur sozusagen aus dem Hinterhalt überfallen, als Morgan aus dem Schlafzimmer auftauchte.

»Das ist meine Tochter Morgan.«

Andie beugte sich vor und hielt ihr die Hand hin. »Ich bin Andie.«

»Andie? Das ist ja ein Jungenname.«

»Nicht mehr als Morgan«, erwiderte sie lächelnd.

Das brachte das Eis zum Schmelzen, als hätten sie etwas Verwandtes. »Ich hab einen Zahn verloren«, sagte Morgan und wies auf die Lücke.

»Oje. Tut es weh?«

»Ein bisschen. Auf jeden Fall so viel, dass ich heute nicht in die Schule muss.«

»Verstehe«, sagte Andie lächelnd.

»Und hilfst du meine Mommy finden?«

Andie und Gus tauschten Blicke aus. Sie spürte, dass die Geschichte mit dem FBI noch nicht zwischen Vater und Tochter besprochen war. »Ich bin hier, um deinem Daddy zu helfen.«

Ein Telefon läutete. Morgan nahm ein Handy aus ihrer Barbie-Umhängetasche und sagte: »Hallo, Hannah.«

»Sieht ganz so aus, als hätte da jemand eine Freundin gefunden, die auch die Schule schwänzt«, bemerkte Andie mit einem Zwinkern.

Morgan wurde rot und demonstrierte pflichtschuldig ein schlechtes Gewissen. Sie winkte kurz zum Abschied und ging den Flur hinunter, blieb noch einmal stehen und blickte zurück. »Du kannst nachher mein Zimmer angucken, Andie. Wenn du Lust hast.«

»Sehr gerne.«

Morgan schien zu lächeln, als sie in ihrem Zimmer verschwand.

Gus sah sie verwirrt an. »Wie zum Teufel haben Sie das bloß angestellt?«

»Ist eine Sache zwischen Mädchen.«

»Funktioniert auf jeden Fall besser als mit Vätern, schätze ich.«

»Hören Sie auf. Ein Vater, der seiner kleinen Tochter ein rosa Telefon schenkt, kann so übel nicht sein.«

Sie folgte Gus in die Küche, die locker mit diesen Traumküchen in Zeitschriften konkurrieren konnte. Die Elemente aus massiver Kirsche. Jede Menge Granit und Edelstahl. Eine Arbeitsfläche so groß wie Hawaii. Andie zog einen Hocker an den Küchentresen. Gus blieb stehen, er war zu nervös, um sich hinzusetzen. Ein Willkommens-Sonnenstrahl strömte durch die Lichtkuppel und zog fast eine Linie zwischen ihnen.

»Sie haben Morgan gar nicht erzählt, dass das FBI nach ihrer Mutter sucht, stimmt's?« Es war zwar eine Frage, aber sie klang vorwurfsvoll.

»Nicht direkt. Ich befürchtete, die bloße Erwähnung von so etwas wie dem FBI würde sie nur noch mehr ängstigen.«

»Sie müssen ehrlich sein. Kinder spüren mehr, als man denkt.«

»Vor allem meins hier. Wenn sie schon mit sechs so selbstbewusst ist, frage ich mich, wie das erst mit sechzehn sein wird.«

»Es ist absolut nicht unüblich, dass Einzelkinder reifer sind.«

Gus goss zwei Tassen Kaffee ein und stellte sich ihr gegenüber an den Tresen. »Morgan hat durchaus schon erwachsene Neigungen«, sagte er und musste an das kleine Holzpferd denken, dass aus seinem Büro verschwunden war.

»Was wollen Sie damit sagen?«

»Nichts. Haben Sie darüber nachgedacht, was ich Ihnen über Beth erzählt habe?«

»Während der letzten Stunde habe ich an nichts anderes gedacht.«

»Und?«

»Die Essstörungen, die Kleptomanie. Ich glaube, dass es sich dabei um zusammenhängende Äußerungen desselben Problems handelt. Mangel an Selbstachtung, Lebenssinn, Identität. Hört sich an wie eine Frau in Schwierigkeiten, die um Hilfe schreit.«

»Ich habe von Essstörungen gehört. Sogar von Selbstverstümmelung. Aber Kleptomanie?«

Andie trank einen Schluck Kaffee und blickte sich dann um. »Sie hat in einer Welt gelebt, in der keinerlei materielle Wünsche unerfüllt blieben. Etwas grundlegend Wichtiges wie Kleidung zu stehlen war die letzte Möglichkeit für sie, aus dem auszubrechen, wie sie lebte. Hat sie so etwas früher schon gemacht?«

»Gestohlen?«

»Nein. Hat sie jemals Widerwillen gezeigt gegen das Leben, das Sie ihr geboten haben?«

»Nicht dass ich wüsste.«

»Haben Sie eine Idee, warum sie mit ihrem Leben so unglücklich war?«

»Diese Frage ist schon etwas komplizierter.«

»Lassen Sie mich versuchen, sie etwas einfacher zu formulieren. Ihre Frau hat Sie vor einigen Jahren der Misshandlung beschuldigt.«

»Stimmt.«

»Misshandlung kann eine Frau veranlassen, merkwürdige Dinge zu tun. Vor allem, wenn sich das über mehrere Jahre hinzieht. Ich habe mehr als eine misshandelte Frau gesehen, die ausgerastet ist und ziemlich seltsame Dinge angestellt hat.«

»Beth war keine misshandelte Frau.«

Da sie keine Konfrontation wollte, schlug sie einen versöhnlichen Ton an. »Können wir uns ein wenig darüber unterhalten? Sie sagten das Gleiche, als wir uns in der Gerichtsmedizin trafen. Ich würde es gerne glauben. Aber warum hat sie Anklage erhoben?«

»Wie ich schon sagte. Es ist kompliziert.«

Sie fragte sich, ob »kompliziert« etwas mit Martha Goldstein zu tun hatte. »Ich denke, es wäre für mich wichtig, es zu erfahren, meinen Sie nicht?«

Er war nicht wild darauf, diese alten Wunden wieder aufzureißen, aber es war zweifellos von Bedeutung. »Nachdem Morgan geboren wurde, hatte Beth schreckliche Wochenbett-Depressionen. Sie kam tagelang nicht aus dem Schlafzimmer, wollte nichts mit Morgan zu tun haben.«

»Das kommt öfter vor, als man meinen sollte.«

Er rührte Zucker in seinen Kaffee. »Das wurde mir auch gesagt, aber das machte es nicht leichter. Wir brauchten rund um die Uhr ein Kindermädchen, da Beth sich nicht einmal um sich selbst kümmern konnte. Ich wollte sie dazu überreden, einen Psychiater aufzusuchen, aber sie wollte nichts davon wissen. Der Zustand wurde bald zur Normalität. Ich kam nach Hause und sie lag immer noch im Bett. Wir begannen uns zu streiten. Nur verbal, sonst nichts. Sie weinte und schrie mich an, behauptete, ich würde mich nicht um sie kümmern und sie vernachlässigen. Es war jeden Abend dasselbe. Bis sie irgendwann anfing, von Misshandlung zu reden. Nichts hatte sich geändert. Wenn ich einen Fehler gemacht habe, dann den, dass ich zu viel arbeitete – und, wie sie es nannte, sie vernachlässigte. Aber plötzlich bezeichnete sie es als Misshandlung.«

»Sie wollen also sagen, dass das die ganze Misshandlung war?«

»Genau das will ich sagen.«

»Das lässt sich aber nicht aus den Aussagen schließen, die sie bei der Polizei gemacht hat. Sie behauptete, Sie hätten sie geschlagen.«

»Das war ihre ausufernde Fantasie.«

»Und warum sollte sie sich so etwas ausdenken?«

»Warum sollte sie in einem Kaufhaus ein Kleid Größe zwölf stehlen?«

»Ist es das, was Sie sich erhoffen? Dass alle glauben, jemand, der stiehlt, erhebt auch falsche Anschuldigungen wegen Misshandlung?«

Gus wirkte verblüfft, dann verärgert. »Ich hatte nicht vor,

damit an die Öffentlichkeit zu gehen. Ich erzähle Ihnen das lediglich, weil ich die Hoffnung habe, dass es Ihnen dabei hilft herauszufinden, was mit Beth geschehen ist. Ich habe Sie vertraulich hergebeten.«

»Tut mir Leid. Aber Sie sind ein angesehener Anwalt in dieser Stadt. Man kann sich kaum vorstellen, dass es Ihnen egal ist, was die Leute denken.«

»Es war mir auch nicht egal. Es hat mich damals ziemlich beunruhigt, wie die Leute reagiert haben. Meine Freunde und auch *ihre* Freunde. Meine eigene Anwaltskanzlei. Ich habe deswegen beinahe meine Arbeit verloren. Irgendwie reichte eine einfache Anschuldigung, um mich abzustempeln, selbst nachdem Beth sie zurückgezogen hat.«

»Für Außenstehende ist es in solchen Situationen schwer zu entscheiden, was sie davon zu halten haben.«

»Und warum nehmen sie dann immer das Schlimmste an?«

»Ich schätze, weil die Sache ziemlich pikant ist. Ein hoch angesehener Anwalt, der seine Frau misshandelt hat. Oder eine verzweifelte Ehefrau, die die ganze Sache in die Welt setzt, um ihn davon abzuhalten, sie wegen einer anderen zu verlassen.«

»Wo haben Sie das denn her?«

»Das kann ich nicht sagen.«

»Sie haben mit Martha Goldstein gesprochen, stimmt's?«

»Ich kann wirklich nicht darüber reden.«

»Jetzt begreife ich, was sie vorhat. Sie pflanzt Ihnen Ideen in den Kopf, so dass sie aufrichtig gegenüber meinen Partnern und Mandanten behaupten kann, die Polizei würde gegen mich ermitteln. Das Ganze ist ein Trick. Sie benutzt Sie.«

»Das kann ich nicht beurteilen.«

»Ich weiß, dass es von Martha kommt. Sie hat sich irgendwie eingebildet, diese andere Frau zu sein. Die diesbezüglichen Gerüchte machten es Beth und mir noch schwerer, die Dinge wieder ins Lot zu bringen und unser Leben wieder in den Griff zu bekommen. Das ist ziemlich schwer, selbst wenn man einander liebt. Und ich habe Beth geliebt.«

»Aber nicht so sehr, dass Sie sich geändert hätten.«

Er starrte in seine Kaffeetasse. »Wir schienen immer weiter auseinander zu driften.«

»Wegen der Gerüchte um Martha?«

»Nein. Die große Schwierigkeit war ich. Ich habe nie wirklich geglaubt, dass sie die Anschuldigungen erhoben hat, um meine Aufmerksamkeit zu erregen oder um zu verhindern, dass ich sie verließ. Als sie die Anzeige erstattete, kam es mir so vor, als wünschte sie sich teilweise, ich wäre *tatsächlich* zu weit gegangen. Ich will nicht behaupten, dass sie misshandelt werden wollte. Aber ich glaube schon, dass sie sich gewünscht hat, die Dinge wären eindeutiger. Es klingt vielleicht verrückt, aber das eigentliche Problem war, dass unsere Beziehung vor langer Zeit richtig gut war. Ich vermute, sie brauchte irgendetwas ganz Schlimmes, um sich davon endgültig verabschieden zu können. Verstehen Sie, was ich meine?«

Seine Frage erinnerte sie unangenehm an ihr eigenes Desaster, den Schmerz, den sie kürzlich vor dem Altar empfunden hatte. »Ich glaube, Entscheidungen sind leichter, wenn der andere etwas Fürchterliches anstellt. Wie mein Exverlobter. Ich habe sofort Schluss gemacht. Ohne zu zögern.«

»Was war passiert?«

»Nicht wichtig. Es war völlig anders als bei Ihnen und Beth.«

»Aber Sie verstehen, was ich meine?«

»Ich verstehe, was Sie sagen. Aber wenn Sie sie wirklich geliebt haben, dann verstehe ich nicht, wie Sie es dahin kommen lassen konnten.«

Schweigend verdaute er den Schlag. »Ich auch nicht.«

»Daddy!« Morgan kam den Flur entlanggerast. Gus wandte sich um und riss sich zusammen. Sie rannte ihn fast über den Haufen.

»Daddy, du hast es verpasst, du hast es verpasst!« Sie sprach atemlos und abgehackt, ihre Stimme zitterte.

»Was hab ich verpasst?«

»Ich kann nicht glauben, dass du es verpasst hast!«

Tränen traten ihr in die Augen. Gus nahm sie in den Arm und setzte sie auf den Küchentresen. »Was hab ich verpasst?«

»Eben – eben gerade.«

»Morgan, beruhige dich. Was ist denn los?«

»Während du geredet hast, hast du es verpasst!«

»*Was* denn nun?«

Aus voller Kraft schrie sie: »Mommy hat angerufen!«

Im ersten Moment erstarrte er, dann rannte er den Flur hinunter.

28

Innerhalb von Sekunden war Gus im Zimmer seiner Tochter. Andie und Morgan kamen direkt hinterher. Er las den Hörer von dem rosafarbenen Teppich neben dem Bett auf, wo Morgan ihn hatte fallen lassen. Der Wählton summte.

»Hat Morgans Leitung eine Anruferkennung?«, fragte Andie. Sie stand im Türrahmen.

»Nein.«

»Dann wählen Sie Stern neunundsechzig.«

Gus hatte diesen Service auch schon benutzt. Damit wurde automatisch die Nummer des letzten Anrufers angewählt. Er drückte auf die entsprechenden Tasten und wartete.

Ein junges Mädchen nahm ab. »Hallo.«

»Wer ist da?«

»Hannah.«

Verwirrt deckte Gus die Sprechmuschel ab und fragte seine Tochter: »Hat deine Freundin Hannah dich heute Morgen angerufen?«

Morgan nickte langsam.

Gus sprach wieder ins Telefon. »Tut mir Leid, Hannah. Hier ist der Vater von Morgan Wheatley. Wir haben eine falsche Nummer gewählt.« Er legte auf und sah Morgan streng an. »Ich dachte, deine Mutter hätte angerufen.«

»Hat sie auch!«

Hilfe suchend wandte er sich an Andie. Sie setzte sich auf die Bettkante, in Augenhöhe mit der Sechsjährigen. »Bist du ganz sicher, dass das deine Mommy war, die angerufen hat?«

»*Ja.* Das war sie. Das muss sie gewesen sein.«

»Hör mal, Morgan, es ist ganz wichtig. Wenn sie anruft, dann wollen dein Daddy und ich mit ihr sprechen.«

»Sie hat angerufen. Ich weiß, dass sie es war!«

Gus nahm sanft ihre Hand. »Was hat sie denn gesagt, Kleines?«

»Sie hat gar nichts gesagt.«

Die Erwachsenen tauschten zweifelnde Blicke aus. »Du hast ihre Stimme nicht gehört?«

»Nein.«

»Woher willst du dann wissen, dass es Mommy war?«

»Die Zahlen.«

»Ich verstehe nicht. Welche Zahlen?«

»Neun-fünf-drei-vier-acht-acht-neun.«

Andie fragte: »Ist das Beths Handy-Nummer?«

»Nein. Kleines, wovon redest du?«

Morgan nahm den Hörer und hielt ihn ihrem Vater ans Ohr. »Hör doch.« Sie wählte die Ziffern. Eine Melodie war zu hören.

Gus warf Andie einen Blick zu. »*Mary Had a Little Lamb.* Ein altes Kinderlied.«

»Hab ich dir doch gesagt. Mommy hat mir schon vor langer Zeit gezeigt, wie man das macht. Sie hat mich angerufen und dann die Zahlen gedrückt. Gerade eben. Und dann hat sie aufgelegt.«

Gus lief es eiskalt den Rücken hinunter. »Hast du jemals Hannah diese Nummern gezeigt? Weiß sie auch, wie man die Melodie hören kann?«

»Natürlich nicht. Das ist Mommys und mein Geheimnis.«

Er sah Andie fragend an. »Und warum habe ich dann Hannah am Apparat gehabt, als ich die Memory-Taste gedrückt habe?«

»Man kann Geräte kaufen, mit denen sich die Dienste der Telefongesellschaften umgehen lassen – Memory, Anrufer-Kennung. Das erleben wir dauernd bei irgendwelchen Perversen, die obszöne Anrufe machen.«

»Also könnte der Anruf von einem Telefon gekommen sein, das mit einem derartigen elektronischen Dingsbums ausgerüstet ist?«

»Das würde erklären, warum Sie Hannah dran hatten, als Sie Stern neunundsechzig gewählt haben. Dann bekommt man eben den zweitletzten Anrufer.«

»Also könnte es Beth gewesen sein.«

»Es *war* Mommy. Ich weiß es genau!« Morgan war so außer sich, dass sie ihn am liebsten geschlagen hätte.

Gus schwieg, aber er spürte, dass Andie genau denselben Gedanken hatte wie er. Sie sprang vom Bett auf. »Ich werde einen unserer technischen Agenten kommen lassen. Vielleicht kann er ja den Anruf zurückverfolgen.«

Er reichte ihr das Telefon.

»Morgans Telefon sollten wir nicht mehr benutzen. Ich möchte nichts vermasseln.«

»Das Telefon in der Küche«, sagte Gus und ging voran. »Wenn das Beth war«, fragte er, als sie den Flur entlangeilten, »warum hat sie nichts gesagt?«

»Darauf weiß ich keine Antwort.«

Sie blieben am Küchentresen stehen. Die Angst stand ihm ins Gesicht geschrieben. »Sie glauben nicht, dass das irgendein Streich war?«

»Das können mir hoffentlich unsere Techniker sagen.«

»Aber wenn es kein Streich war – warum dann die Nummern?«

»Ich weiß nicht. Vielleicht kann uns ja Ihre Tochter dabei weiterhelfen.«

»Das glaube ich nicht. Wir müssen die Sache logisch durchdenken. Eine Frau verschwindet fast eine Woche lang. Schließlich gelingt es ihr irgendwie, an ein Telefon zu kommen. Sie ist in der Lage, die Nummer zu wählen. Aber sie sagt nichts. Es gibt nur wenige Möglichkeiten. Entweder sie will nichts sagen oder ...«

»Sie kann es nicht.«

Die Worte jagten ihm einen Schauer über den Rücken. »Sie kann nicht sprechen? Und das bedeutet?«

Sie sahen einander an. Es war, als wollte sie ihm sagen, dass es eine Reihe von Möglichkeiten gab. Keine davon besonders schön. »Sollen die Techniker erst mal ihre Arbeit machen, einverstanden? Dann können wir uns weiter den Kopf zerbrechen.«

Gus nickte und schluckte den Frosch in seinem Hals hinunter. »Okay«, sagte er ruhig, als sie die Nummer wählte.

Andie telefonierte gerade mit den Technikern, als Carla an der Tür klingelte. Bei all der Aufregung hatte Gus ganz vergessen, dass er vor Andies Eintreffen seine Schwester angerufen hatte.

Er wollte, dass sie sich um Morgan kümmerte, falls seine Besucherin vom FBI den ganzen Vormittag bleiben würde oder er womöglich das Haus verlassen müsste. Zum Glück hatte er sie verständigt – obwohl er mit dieser Entwicklung der Dinge nun wirklich nicht gerechnet hatte.

Das Haus wirkte chaotisch in Anbetracht der Tatsache, dass sie nur zu viert waren. Andie war in der Küche und telefonierte auf zwei Leitungen gleichzeitig, mit ihrem Handy und dem Wheatley-Telefon. Morgan lief ständig zwischen ihrem Zimmer und Gus' Arbeitszimmer hin und her, wo die einzigen freien Apparate waren. Sie war davon überzeugt, dass das Telefon wieder klingeln würde, wenn sie nur lange genug darauf starrte, aber sie konnte sich nicht entscheiden, welches sie beobachten sollte. Gus trottete hinter ihr her und ließ sie die Aufregung austoben. Er machte Carla mit allen Einzelheiten vertraut, während sie von den sprunghaften Bewegungen der Sechsjährigen quer durch das Haus auf Trab gehalten wurden.

»Bist du sicher, dass Morgan sich das nicht nur ausgedacht hat?«, fragte Carla. Sie standen an der offenen Tür zu Morgans Zimmer und behielten sie im Auge.

»Nachdem sich diese Diebstahlgeschichte als wahr herausgestellt hat, kann ich ihre Wort kaum noch anzweifeln.«

Morgan düste an ihnen vorbei den Flur entlang. Wieder hinein in Gus' Arbeitszimmer. Gus und Carla folgten ihr in sicherem Abstand, so dass sie nicht hören konnte, was sie sagten.

»Beunruhigt es dich nicht, dass sie nichts gesagt hat?«

»Natürlich tut es das«, erwiderte Gus.

»Ich meine, sie hätte *irgendetwas* gesagt. Wenn sie gekonnt hätte.«

»Bis zu dem Punkt waren Agentin Henning und ich auch schon gekommen.«

»Und ... warum konnte sie es nicht?«

Sie blieben in der Nähe von Gus' Arbeitszimmer stehen, direkt neben der Küche. Er schaute zu Andie hinüber, die immer noch telefonierte, dann senkte er den Blick, unfähig, Carla anzusehen. »Ich habe dieses Bild vor mir.«

»Bild?«

»Ich sehe Beth dauernd vor mir, an Händen und Füßen gefesselt. Wie sie zu einem Telefon kriecht. Den Hörer von der Gabel schlägt. Sie ist geknebelt. Sie kann nicht sprechen. Also tippt sie nur die Nummern mit der Melodie ein.«

»Das ist großartig«, sagte sie beeindruckt.

Er warf ihr einen strafenden Blick zu. »Es ist fürchterlich.«

Ein Aufschrei ließ sie in Richtung Küche herumfahren. Andie legte den Hörer auf und gab ein triumphierendes »Jjjja« von sich, wie ein Tennisprofi, der ein Ass serviert hat. Sie rief: »Wir haben den Anruf lokalisiert.«

Gus stürzte in die Küche. »Wo?«

»Er kam aus Oregon. Von einem Münztelefon direkt hinter der Grenze.«

»Ein Münztelefon?« So viel zu seinem Bild von Beth, die über den Fußboden kroch.

»Ja. Sie sind schon unterwegs, um es zu überprüfen.« Sie zog ihren Mantel an und nahm ihre Autoschlüssel. »Ich fahre auch hin.«

»Ich begleite Sie«, sagte Gus.

»Das geht nicht. Was ist, wenn noch ein Anruf kommt?«

Er rang einen Moment mit sich, sah aber ein, dass sie Recht hatte. »Und was ist, wenn *wirklich* noch einer kommt? Was mache ich dann?«

»Wir haben es so eingerichtet, dass wir ab jetzt alle drei Leitungen im Haus abhören können. Wenn auch nur ein im Ansatz verdächtiger Anruf kommt, halten Sie die Verbindung aufrecht, so lange es geht.«

Gus begleitete sie in die Eingangshalle und öffnete die Haustür. »Rufen Sie mich an, sobald Sie etwas hören.«

»Mach ich. Gus, bitte, eins noch. Versuchen Sie, sich selbst nicht verrückt zu machen vor lauter Sorge.«

Er sah ihr von der obersten Treppenstufe nach, wie sie sich umdrehte und zu ihrem Wagen eilte. *Zu spät,* dachte er, als sie davonjagte, *über das Sorgenmachen bin ich schon längst hinaus.*

29

Andie fuhr allein in den nördlichsten Zipfel des westlichen Oregon. Hier bildete der unregelmäßige Verlauf des Columbia River die Staatsgrenze, was dazu führte, dass dieser Teil Oregons wie eine kleine Tasche in das südwestliche Washington hineinragte. Andies Zielort lag südlich des Flusses in der Nähe der Stadt Rainier, vierzig Meilen nördlich von Portland.

Der größte Teil der Fahrt führte über die Autobahn. Sie schaltete das Radio nicht an, legte keine Kassette ein. Sie hing ihren Gedanken nach, vor allem über Beth Wheatley. Ihr ging eine Menge durch den Kopf. Die Hinweisschilder zu Anschlussstellen zur Route 101 erinnerten sie an die Reise, die sie mit Rick an der Küste entlang unternommen hatte, von Washington bis nach San Francisco, diese endlose Fahrt durch schöne Landschaften. Sie hatte sich einen romantischen Urlaub erhofft, aber Rick, der lieber an Nacktbadestrände in Jamaica gefahren wäre, verbreitete schlechte Laune wegen ihres Einspruchs. Aus jetziger Sicht hätte es ihr damals schon eine Warnung sein müssen, dass ein Kerl seine Freundin zur Schau stellen wollte, um aller Welt zu zeigen, welchen Fang er gemacht hatte. Er hatte derart darauf bestanden, dass es einer Drohung bedurfte, um die Angelegenheit zu beenden. Sie versprach ihm, sie würde größere Mengen Viagra in seine Piña Coladas schütten. Rick lenkte auf der Stelle ein. Nichts war peinlicher als ein käseweißer Tourist, der ständig mit einer Erektion an einem Nacktbadestrand herumlag.

Der trübe Nebel wurde dichter, als sie die Brücke über den Columbia River überquerte, was nun wirklich etwas ganz anderes war als die sonnigen Strände von Jamaica. Als sie durch Rainier in eine etwas außerhalb der Stadt gelegene Gegend fuhr, fing es immer wieder an zu regnen. Nach Auskunft der technischen Agenten war der Anruf auf Morgans Leitung von einer Telefonzelle am Highway gekommen. Genauer gesagt von einem Rastplatz direkt im Westen von Rainier am Rande eines bewaldeten Naturschutzgebiets. Sie hatte es Gus gegenüber nicht erwähnt, aber eine Telefonzelle war das Letzte, was sie erwartet hatte. Die Vorstellung, dass Beth Wheatley von einer Telefonzelle aus »Mary Had a Little Lamb« abspielte, passte einfach nicht zu den drei ermordeten Frauen, die ihr so sehr ähnelten.

Es sei denn, sie war wie durch ein Wunder entkommen.

Regen pladderte auf die Windschutzscheibe und dabei hatte sie plötzlich das Bild deutlich vor sich. Eine verzweifelte Frau springt aus dem Kleinbus ihres Entführers, genau in dem Moment, in dem er um die Ecke biegt. Sie rollt sich auf den Parkplatz und schürft sich auf dem rauen Straßenpflaster die Haut auf. Panisch rennt sie zu der Telefonzelle, den Angreifer auf den Fersen. Mit zitternden Händen tippt sie die Nummern ein. Die Aufregung darüber, dass der Anruf ankommt. Die Frustration, dass sie nicht mit ihrer Tochter sprechen kann, dass sie überhaupt nichts sagen kann. Womöglich ein Knebel. Oder ein Seil um ihren Hals. Ihr Angreifer packt sie, zerrt sie zurück zum Wagen, aber sie schafft es gerade noch, das Telefon so lange festzuhalten, dass sie die Melodie, die ihre Tochter erkennen würde, eintippen kann.

Andie schüttelte das beunruhigende Bild ab und bog auf den Rastplatz ein.

Es war ein typischer Highway-Rastplatz mit einem Flachdach-Toilettenhäuschen aus braun gestrichenen Schlackesteinen. In der Mitte befand sich eine Reihe von drei Münztelefonen, rechts und links davon lagen die Männer- und Frauentoiletten. Das Gebäude, der Parkplatz und das nähere Umfeld waren durch das gelbe Absperrband als Tatort markiert. Die Spurensicherung war schon bei der Arbeit. Zwei Männer nahmen in der Nähe einer Pfütze einen Reifenabdruck. Ein weiterer suchte die Telefone nach Fingerabdrücken ab. Vier Teams waren in alle Richtungen ausgeschwärmt, um die Umgebung nach Kleidungsstücken, Fußspuren, Blut, Waffen und allem, was sonst noch interessant sein könnte, abzusuchen.

Andie parkte neben einem Streifenwagen auf der anderen Straßenseite. Als sie ausstieg, blies ihr ein eisiger Wind um die Ohren. Hohe Pinien hinter dem Häuschen behinderten die Sicht auf den Fluss, obwohl er so nah war, dass man die Feuchtigkeit spüren konnte.

Andie zog den Trenchcoat enger um sich, überquerte die Straße und ging auf das Häuschen zu. Ein Hilfssheriff hielt sie an, als sie sich unter das Absperrband bückte. Sie wies sich mit ihrer Dienstmarke aus. Er erwartete sie bereits.

»Hier lang«, sagte er und führte sie über den längeren Weg außerhalb des abgesperrten Bereichs. Der Wind blies noch heftiger. Ihre Nase fing an zu laufen. Sie blieb einen halben Schritt hinter dem Sheriff, damit er es nicht bemerkte.

»Hat irgendjemand was gesehen?«, fragte sie.

»Wir suchen über den Lokalsender Leute, die sich heute Morgen in der Nähe des Rastplatzes aufgehalten haben. Aber ich würde mir nicht zu viel davon versprechen.«

Sie blieben an einem Abhang fünfzig Meter hinter dem Rastplatz stehen. Die Pinien befanden sich hinter ihnen. Vor ihnen ging es steil hinunter. Schwere, dunkle Wolken schoben sich langsam durch das Tal.

Der Polizist reichte ihr sein Fernglas und deutete auf einen Bereich im Tal. »Da unten. Durch diese Lichtung.«

Mit bloßem Auge nahm sie einen Trupp wahr, der sich am Ufer einer Flusswindung versammelte. Sie richtete das Fernglas auf eine Baumgruppe aus. Sie spähte angestrengt durch die Kronen, die das Herbstlaub abgeworfen hatten, obwohl sie auch ohne hinzusehen hätte beschreiben können, was sich dort abspielte.

Durch das Gewirr der Äste sah sie die übel zugerichtete nackte Leiche einer weiteren brünetten Frau an einem Baum hängen.

Gus kamen die Minuten wie Stunden vor. Andie war schon vor mehr als zwei Stunden weggefahren und er hatte immer noch nichts gehört. Er wusste, dass es weit war bis Rainier, aber er hatte gehofft, regelmäßiger auf dem Laufenden gehalten zu werden. Schließlich klingelte das Telefon.

Gus erhob sich vom Stuhl, nahm aber nicht ab. Es klingelte wieder.

»Nun geh schon ran«, fuhr Carla ihn an.

Einen Augenblick lang lähmte ihn die Angst vor schlechten Neuigkeiten. Beim dritten Klingeln griff er nach dem Hörer.

»Wir haben eine Leiche gefunden«, sagte Andie.

»O mein Gott.«

»Keine Sorge. Es ist nicht Beth.«

Zunächst war Gus erleichtert, dann empfand er Schuldgefühle deswegen. Auch wenn es nicht Beth war, war es doch *irgendjemand.*

Carla hing vor Sorge fast auf ihm. »Haben sie sie gefunden?«

Er bedeckte die Sprechmuschel, erzählte Carla schnell, was er wusste, und sprach dann weiter mit Andie. »Wer ist es?«

»Wir wissen es noch nicht. Die Identifizierung kann einige Zeit dauern. Wieder eine Leiche, die Wind und Wetter ausgesetzt war.«

»Lassen Sie mich raten. Sie ähnelt Beth.«

»Nicht so sehr wie die anderen, aber es stimmt. Es gibt eine gewisse Ähnlichkeit.«

»Wissen Sie irgendetwas über sie?«

»Überhaupt nichts bisher.«

Sein Kopf dröhnte. »Ich glaube, es gibt eine Reihe von Dingen, die wir nie erfahren werden.«

»Und welche?«

»Ob sie Morgans Nummer kannte. Und ob sie wusste, wie man die Melodie von ›Mary Had a Little Lamb‹ am Telefon abspielt.«

Am anderen Ende herrschte Schweigen, als wüsste Andie nichts zu sagen. »Ich muss los, Gus. Ich halte Sie auf dem Laufenden.«

»Danke.« Er legte auf und sah Carla an.

»Was ist los?«, fragte sie besorgt. »Geht es Beth gut?«

»Sie haben keine Ahnung.« Er wandte den Blick ab und starrte ins Leere. Mit entschlossener Miene fügte er hinzu: »Und ich werde den Teufel tun und hier nur herumsitzen und warten, bis sie es herausfinden.«

30

Am späten Montagnachmittag fuhr Andie zum Flughafen Hilton, um sich mit Victoria Santos und Isaac Underwood zu treffen. Das Treffen war nicht geplant, aber Victoria stellte ihren Fall in Sacramento zurück, weil sie es für notwendig hielt, bei einer gemeinsamen Sitzung alle Erkenntnisse zusammenzutragen. Isaac brachte Alex Gould mit, einen Spezialagenten im Ruhestand, der früher als leitender Profiler im FBI-Außendienstbüro von Seattle gearbeitet hatte. Gould war in der FBI-Akademie ausgebildet worden und hatte seinerzeit beeindruckende Arbeit geleistet. Von seiner Persönlichkeit her wäre er allerdings durchaus ein Anwärter auf einen Profiler-Posten in Quantico gewesen. Die Einheit war aber zu klein und zu elitär, um noch Platz für einen weiteren unerträglichen Alleswisser zu bieten, selbst wenn er noch so talentiert war.

Es war eigentlich nicht üblich, einen Agenten im Ruhestand aus der Mottenkiste zu holen. Das machte Andie ein bisschen nervös. Sie fragte sich, ob Isaac ihr immer noch zutraute, ihre Aufgabe zu erfüllen. Immerhin musste sie ihm zugute halten, dass er sie vor dem Treffen beiseite nahm, um sie zu beruhigen.

»Ich wollte einfach noch andere Sichtweisen einbeziehen. Jetzt geraten Sie mir bloß nicht in Panik.«

Sie wollte es gerne so hinnehmen, aber es war nicht in erster Linie Gould, der sie verunsicherte. Es kam ihr merkwürdig vor, dass Isaac persönlich an einem solchen Treffen teilnahm – ein bisschen übertrieben für den stellvertretenden Leiter des Außendienstbüros. Vielleicht wollte er Victoria demonstrieren, welche Bedeutung das Büro diesem Fall beimaß. Vielleicht wollte er sich persönlich von der Leistung seines früheren Schützlings überzeugen. Wie auch immer, Andie kam sich vor wie unter dem Mikroskop.

Victoria zuliebe trafen sie sich in einer Hotelsuite direkt am Flughafen. Hin und wieder düste ein Jet an ihrem Fenster vorbei, aber nicht einmal eine Raumfähre hätte ihre Konzentration beeinträchtigen können. Victoria saß in einem Sessel neben dem Fernseher, Isaac ihr gegenüber auf dem Schreibtisch anstatt auf dem Stuhl. Andie hatte zusammen mit Gould auf der Couch Platz genommen. Sie saßen an entgegengesetzten Enden, aber Gould war so korpulent, dass sie enger beieinander hockten, als es Andie lieb war. Für einen Mann, der auf der Höhe der Image-versessenen Hoover-Ära zum FBI gekommen war, hatte er sich reichlich gehen lassen, seit er in den Ruhestand getreten war.

Andie brachte sie auf den neuesten Stand in Bezug auf das jüngste Opfer in der Nähe von Rainier. Die anderen hörten zu und fischten derweil Cracker aus einer Schale, wobei der Löwenanteil an Gould ging. Als Andie zum Ende kam, ergriff Isaac das Wort.

»Die entscheidende Frage ist, warum sollte der Mörder uns mit diesem merkwürdigen Anruf bei einer Sechsjährigen zu dem Rastplatz führen wollen?«

»Lassen Sie es uns grundsätzlicher betrachten«, wandte Victoria ein. »Es gibt bisher zwei Kontaktaufnahmen. Die letzte mit Morgan Wheatley. Aber die erste mit dem Institut für Folteropfer.« Sie wandte sich Andie zu. »Wie weit sind Sie mit Ihren Nachforschungen in Minneapolis?«

»Sie sind so gut wie abgeschlossen.«

»Entschuldigen Sie«, mischte sich Gould ein. Er bürstete die Restkrümel der Cracker von seinem fetten Bauch in Richtung Andie, als wäre sie eine Kehrschaufel. »Ich habe mir gerade heute Morgen die ganze Akte vorgenommen und nichts entdeckt, von dem man sagen könnte, es wäre erledigt.«

»Vielleicht ist es Ihnen entgangen?« Sie schob die Krümel zurück in seine Richtung.

»Vielleicht irren Sie sich auch.«

Sie warf Isaac einen Blick zu, als wollte sie sagen: *Haben Sie diesen Arsch eingeladen?* »Mr Gould, ich versichere Ihnen, dass ich sehr hart an diesem Fall arbeite.«

»Ich bin mir sicher, dass Sie Ihr Bestes getan haben.«

»Was wollen Sie damit sagen?«

Isaac unterbrach die beiden. »Andie, was geschieht in Minnesota?«

Andie ließ von der Streiterei ab. »Das Büro in Minneapolis hat zwei Agenten auf die Geschichte angesetzt. Sie haben die Akten untersucht, mit den Beschäftigten gesprochen. Soweit möglich haben sie mit früheren Beschäftigten geredet und sogar mit ehemaligen Patienten. Dabei haben sie sich vor allem auf Personen konzentriert, die entlassen oder diszipliniert wurden, auf jeden, der gegenüber dem Institut einen Groll hegen könnte. Weiterhin auf Personen oder Organisationen, die etwas gegen die Art von Arbeit haben, die dort betrieben wird. Sie haben bei einigen Opfern herauszufinden versucht, ob deren Peiniger sich zurzeit in den USA aufhalten.«

»Irgendwelche Spuren?«

»Nichts von Belang.«

»Wir müssen jeden ehemaligen Beschäftigten des Instituts unter die Lupe nehmen«, sagte Isaac. »Nicht nur diejenigen, die entlassen wurden. Überprüfen Sie *jeden.*«

»Das haben wir bereits getan«, erwiderte Andie. »Aber ich werde es noch einmal machen.«

»Was ist mit dem Internationalen Zentrum für Folteropfer in Dänemark?«, fragte Victoria. »Hat man dort irgendeine Nachricht erhalten, die von unserem Mörder stammen könnte?«

»Es wurde keine identifiziert.«

»Sie haben das also wirklich überprüft?«, fragte Gould.

»Ja«, antwortete Andie. »Ich habe das überprüft. Da ist nichts.«

Gould erhob sich und ging in Gedanken versunken auf und ab. Er befeuchtete seine Finger und sammelte damit die letzten Krümel aus der Cracker-Schale ein. »Das scheint für sich zu sprechen.«

»Inwiefern?«, fragte Isaac.

»Wie ich den Akten entnommen habe, ist Miss Henning anfänglich zu dem Schluss gekommen, dass die E-Mail des Mörders an das nationale Institut in Minnesota einfach nur eine Mitteilung an uns war: Meine Handschrift ist die Folter.«

»Tatsächlich war das *meine* Überlegung«, wandte Victoria ein.

»Ist ja gut und schön«, erwiderte Gould, »wir machen alle Fehler, Vicky.«

»Ich heiße Victoria. Und wo liegt der Fehler Ihrer Meinung nach?«

Gould ging immer noch auf und ab und strich sich dabei über das Doppelkinn. »Denken Sie nach. Wenn der Mörder uns nur die Botschaft zukommen lassen wollte, dass er auf Folter abfährt, warum schickt er die E-Mail nur nach Minnesota? Warum nicht auch an das Internationale Zentrum in Dänemark? Das ist über das Internet genauso einfach. Wahrscheinlicher scheint mir, dass irgendeine Verbindung zwischen ihm und dem nationalen Institut besteht. Ein Grund mehr, die Überprüfung darauf zu konzentrieren.«

»Vielleicht kennt er das Internationale Zentrum gar nicht«, wandte Isaac ein.

»Das ist auch möglich. Das würde sogar in meine eigene Vorstellung von dem Burschen passen. Er hat keine Zeit, irgendwelche Dinge zu Hause zu erledigen. Er ist zu sehr in Eile. So sehe ich die Sache. Ein gehetzter Bursche. Ein Mörder, der

Anfälle von Tötungsrausch hat. Wie dieser junge Typ, der Gianni Versace getötet hat.«

»Cunanan.«

»Genau. Andrew Cunanan. Einer, der Leute in schneller Reihenfolge tötet, ohne eine Phase der Beruhigung. Gewöhnlich sind diese Typen ziemlich am Ende, wenn sie so schnell töten. Sie wissen, dass sie geschnappt werden. Sie wollen möglichst noch einen großen Coup landen, bevor sie abtreten.«

»Das liegt dicht beieinander«, bemerkte Victoria, »Rausch und Serie. Serienmörder haben oft auch nur kurze Abkühlungsphasen gegen Ende ihrer Karriere.«

»Wir sollten uns nicht an Etiketten festhalten«, warf Isaac ein.

»Das ist nicht nur eine Frage der Semantik«, erwiderte Victoria. »Wir haben es hier mit sehr unterschiedlichen psychologischen Profilen zu tun. Wenn es sich um einen Serienmörder handelt – selbst wenn er fast am Ende ist –, dann sprechen wir von einem psychopathischen, sadistischen Sexualstraftäter. Und ich denke, dass es hier genau um solch einen geht. So sehr Hollywood auch versucht, sie als clevere Genies in Szene zu setzen, denen es Spaß macht, ein tödliches Katz-und-Maus-Spiel mit der Polizei abzuziehen, sieht doch die Wirklichkeit so aus, dass sie von unbeherrschten sexuellen Fantasien getrieben sind und in ihren pervertierten Wertvorstellungen ihrem eigenen Zehn-Sekunden-Orgasmus eine größere Bedeutung beimessen als dem Leben einer fünfunddreißigjährigen Frau. Jemand, der im Tötungsrausch mordet, ist anders. Wer weiß schon, was Andrew Cunanan dazu trieb, Gianni Versace umzubringen?«

»Rausch, Serie, was auch immer«, beharrte Isaac. »Ich möchte auf meine ursprüngliche Frage zurückkommen. Was hat es mit dem Anruf bei Morgan Wheatley und dem Abspielen der Melodie auf sich?«

»Bei aller gebührenden Hochachtung für Agentin Santos«, meldete sich Gould zu Wort, »glaube ich dennoch, dass dieser Anruf tatsächlich das üble Spiel eines Rauschmörders ist, der auf eine Kraftprobe aus ist. Er wirft uns ein paar Krümel hin, um uns anzulocken, und treibt die Sache auf die Spitze.«

»Ich bin anderer Meinung«, warf Andie ein.

Gould grinste hämisch. »Ganz schön mutig. Auf den Zug von Santos aufzuspringen.«

»Ich denke nur logisch. Wenn der Mörder uns lediglich verspotten wollte, indem er Hinweise gibt, wie er zu finden ist, dann hätte er uns ganz einfach nur selbst anzurufen brauchen.«

»Ich habe nicht gesagt, dass er versucht, es uns *leicht zu machen*«, gab Gould zurück. »Er weiß, dass Mr Wheatley mit dem FBI zu tun hat, und er ist davon ausgegangen, dass die Telefonleitungen in dessen Haus abgehört werden. Vielleicht befürchtete er, dass seine Stimme identifiziert würde.«

»Er hätte Beth reden lassen können«, wandte Isaac ein.

»Zu riskant«, sagte Gould. »Sie hätte vielleicht zu lange gesprochen und dafür gesorgt, dass wir den Anruf zurückverfolgen.«

»Das konnten wir auch so«, bemerkte Isaac.

»Und genau das wollte der Mörder«, pflichtete Andie bei.

»Was, jetzt springen Sie auf Isaacs Zug?«, höhnte Gould. »Sie wissen wohl auch nicht, was Sie wollen?«

»Ich springe auf überhaupt niemandes Zug, Sie Wichtigtuer.«

Empört machte er einen Rückzieher. »Also, ich mache hier aus reiner Gefälligkeit mit. Ich kann auf Ihren Missmut gut verzichten.«

Alle schwiegen. »Tut mir Leid«, sagte Andie. »Ich gebe zu, dass ich von allen Anwesenden die wenigste Erfahrung habe, aber ich habe über diesen Fall mehr nachgedacht als irgendjemand auf der Welt, vielleicht mit Ausnahme von Gus Wheatley. Und ich glaube, ich habe etwas Wichtiges dazu zu sagen.«

»Dann schießen Sie los, Andie.«

»So wie ich die Sache sehe, läuft alles auf zwei Fragen hinaus. Erstens, warum hat er aus dieser Telefonzelle angerufen? Die Antwort: Weil er wollte, dass wir die Leiche finden.«

»Warum sollte er das wollen?«

»Wenn man sich die Landkarte ansieht, bewegen sich die Fundorte immer weiter Richtung Süden. Seattle. Issaquah. Jetzt Oregon. Vielleicht will er uns nur in die falsche Richtung locken.«

Victoria nickte, was Andie Auftrieb gab. »Und das führt uns zur nächsten Frage. Warum hat er sich der Leiche nicht einfach an der Schnellstraße entledigt, wo man sie bald gefunden hätte? Oder wenn es ihm wichtig war, ein Telefon zu benutzen, warum hat er nicht einfach 911 gewählt oder eine Zeitung angerufen und denen mitgeteilt, wo die Leiche war? Warum hat er Morgan Wheatley angerufen und ihr eine Melodie vorgespielt? Ich habe dafür nur eine Erklärung. Er will uns klar machen, dass er Beth Wheatley in seiner Gewalt hat. Dass er sie tatsächlich hat.«

»Meinen Sie in sexueller Hinsicht?«, fragte Isaac.

»Ich rede nicht vom rein Physischen. Er will uns wissen lassen, dass er ihre Gedanken besetzt hat, dass er alles über sie weiß. Bis hin zur Geheimnummer, die sie benutzt, um mit ihrer Tochter zu kommunizieren. Er will uns mitteilen, dass er sie beherrscht.«

Schweigend tauschten die Anwesenden Blicke aus. Niemand erhob Einspruch. Ihre Worte ergaben einen Sinn.

»Unser Mann ist niemand, der im Tötungsrausch mordet, der mit einem Selbstmord vor laufender Kamera seinen Abgang machen will«, fuhr Andie fort. »Er ist ein Serienmörder,

der klar macht, dass er alles im Griff hat. Er will nicht, dass wir ihn ergreifen. Im Gegenteil. Er geht davon aus, dass wir es nicht schaffen.«

In das Schweigen mischte sich Unbehaglichkeit. Es war die bekannte Angst, die in allen Köpfen lauerte, wenn wieder einmal ein Mörder überzeugt ist, dass er nicht gefasst werden kann: Er könnte Recht behalten.

Victoria ergriff das Wort. »Die Frage ist, hat er sie noch in seiner Gewalt?«

»Was meinen Sie damit?«, fragte Gould.

»Ich meine damit: Ist es nur die Erinnerung an Beth Wheatley, die seine pychopathischen Fantasien anheizt?«

»Oder«, fügte Andie hinzu, »hält er sie am Leben?«

Eisige Kälte machte sich im Raum breit, weil keiner wusste, welche der beiden Möglichkeiten die schlimmere war.

31

Gus traf seinen Privatdetektiv im Café René. Der französische Name war trügerisch. Es war eine heruntergekommene Kaschemme mit feuchten, unverputzten Ziegelwänden und Deckenlampen, die aussahen, als könnten sie jeden Moment herunterfallen. Der ausgetretene Dielenfußboden war in einem desolaten Zustand. Da es aber abgetrennte Nischen und den Kaffee in riesigen Tassen gab, war das Café Dexter Bryants Lieblingstreffpunkt. Und außerdem beachtete hier niemand die strengen Vorschriften gegen das Rauchen von Zigarren.

Dex war ein ehemaliger Cop vom Seattle Police Department, dessen Spezialgebiet Kindesentführung und flüchtige Teenager gewesen war. Als Privatdetektiv hatte er sich durch das Auffinden verschwundener Personen einen legendären

Ruf erworben. Wenn man ihn sah, hätte man meinen können, er sei selbst einer der Vermissten. Er hatte sich seit seiner Pensionierung nicht mehr rasiert und ließ sich wieder den Pferdeschwanz wachsen, den er schon in seiner Jugend als Hippie getragen hatte, bevor er die Seite wechselte und zur Polizei ging. Er selbst fand, dass er nie völlig die Seite gewechselt hatte. Er hatte ein Herz für die verlorenen Seelen, nach denen er suchte.

Sie setzten sich in eine Nische ganz hinten, wo Gus ihn auf den neuesten Stand brachte. Dex zündete sich eine Zigarre an und lauschte. Er rauchte die Zigarre nicht wirklich, er bewunderte sie und betrachtete das glimmende Ende, während sein Mandant sprach. Als Gus geendet hatte, sog er langsam und kräftig an der Zigarre. Dicke Rauchwolken quollen ihm beim Sprechen aus dem Mund.

»Wir müssen in die Offensive gehen und versuchen, einige Hinweise zu finden. Haben Sie Kontakte zu Medienleuten?«

»Natürlich.«

»Dann rate ich Ihnen, davon Gebrauch zu machen.«

Gus trank seinen Kaffee und wedelte den Rauch weg. »Das habe ich schon gemacht. Das Resultat war eine sehr interessante Story im Fernsehen über einen Frauenmisshandler.«

»Ach ja. Das habe ich gesehen. Zahlen Sie es diesen schmierigen Reportern heim. Schalten Sie Anzeigen. Sie können es sich leisten.«

»Anzeigen?«

»Ja. Geben Sie einfach eine große Anzeige auf, setzen Sie ein Foto Ihrer Frau auf Seite drei des *P-I*. Sie kennen doch diese Großanzeigen, die diese vornehmen Kaufhäuser jede zweite Woche für ihren Jahres-Schlussverkauf veröffentlichen. Setzen Sie eine Belohnung aus für Informationen, die zu Beths Rückkehr führen. Ich wette, dass dabei einige Anrufe herauskommen, auf deren Fährte ich mich begeben kann.«

»Kann nicht schaden.«

»Ich habe mal ein paar Muster zur Ansicht mitgebracht.« Er öffnete seinen Aktenkoffer und breitete sie auf dem Tisch aus. Von seiner Zigarre fiel dicke Asche herunter, die er mit der Hand wegwischte.

Gus blätterte durch die Muster. Nichts besonders Einfallsreiches, eher so etwas wie die Aufdrucke auf Milchtüten, denen er nie Aufmerksamkeit geschenkt hatte.

»Ich habe die Masken zu Hause auf meinem Rechner. Wir können ein Foto ihrer Frau zusammen mit einigen Informationen einscannen. Dann schicken wir das Ganze an die Zeitungen, so dass es rechtzeitig bei der *Times* ist für die morgige Nachmittagsausgabe und beim *P-I* für die Mittwochfrühausgabe.«

»Wäre es nicht besser, das vorab mit dem FBI abzustimmen?«

»Zu welchem Zweck? Nur damit sie es durch ihre bürokratische Hierarchie schicken und schließlich zum selben Ergebnis kommen wie wir, nur drei Wochen später. Dafür haben Sie mich doch angeheuert, Gus. Damit ich das Richtige tue, und zwar sofort.«

Gus überlegte kurz, dann sagte er sich, was soll's. »In Ordnung, wir machen es so.«

»Großartig. Ich brauche natürlich einen kleinen Vorschuss.«

Gus holte sein Scheckbuch heraus. »Wie viel?«

»Stellen Sie ihn auf die *Seattle Times* aus und lassen den Betrag offen. Ich trage dann die Summe ein, die die Anzeige kostet. Ach ja, wo Sie das Scheckbuch gerade dahaben ...«

Gus sah misstrauisch auf.

»Nun sehen Sie mich doch nicht so an«, sagte Dex. »Ich habe Ihnen doch gesagt, dass ich ein Privatdetektiv mit Rund-um-Service bin. Ich entwickle nur die Ideen. Diese ist jetzt zwar ein bisschen verrückt, aber ich kenne da diesen Hellseher.«

»Einen Hellseher?«

»Ja. Das ist einer, der ein Schmuckstück oder ein Kleidungsstück in die Hand nimmt und die Schwingungen oder was auch immer wahrnimmt und Ihnen vielleicht helfen kann, Ihre Frau zu finden. Ich glaube zwar, dass da ein bisschen Hokuspokus mit ihm Spiel ist, aber selbst die Polizei bedient sich manchmal seiner Dienste, warum also nicht auch Sie? Wenn Sie ernsthaft alles versuchen wollen, ist das einfach eine Option, die ich Ihnen anbiete.«

»Ich werde darüber nachdenken. Warten wir erst mal ab, was bei den Anzeigen herauskommt.«

»Natürlich. Es ist Ihre Sache.«

Gus überreichte ihm den Scheck und nahm dann die Anzeigenmuster auf dem Tisch vor ihm näher in Augenschein. Ein siebzehnjähriges Mädchen. Ein Junge im Kindergarten. Ein halbes Dutzend andere. Ehefrauen, Söhne und Töchter. Ein bunter Strauß von Namen und Gesichtern auf Papier, das Vermächtnis auseinander gerissener Familien.

»Wurden von diesen Personen jemals welche gefunden?«

Dex saugte unruhig an seiner Zigarre. »Ja, die meisten.«

»Und wie viele lebend?«

Er antwortete mit leiser, ernster Stimme. »Sehr wenige.«

Gus lehnte sich mit undefinierbarem Gesichtsausdruck zurück. Dex sagte: »In diesem Geschäft gibt es keine Garantien, Mr Wheatley.«

»Wem sagen Sie das?«, erwiderte Gus besorgt.

Die kleine Expertenrunde tagte fast bis siebzehn Uhr. Gemeinsam verließen die Teilnehmer den Raum und trennten sich im Foyer des Hotels. Victoria nahm ein Taxi zum Flughafen, nachdem sie Isaac versprochen hatte, einige Veränderungen an ihrem Täterprofil vorzunehmen. Gould machte sich auf den Weg zur Bar und murmelte irgendetwas von der Aussicht, dort noch mehr von den schmackhaften Crackers auftreiben zu können. Isaac begleitete Andie zu ihrem Wagen.

Andie genoss es, mal wieder ein bisschen Zeit mit Isaac zu verbringen. Seit er zum stellvertretenden Leiter befördert worden war, hatte sie ihn längst nicht mehr so oft gesehen wie zu der Zeit, als er noch ihr direkter Vorgesetzter gewesen war. Je länger sie zusammen waren, desto mehr wurde ihr klar, dass es nicht so sehr seine Direktiven waren, die ihr fehlten, als vielmehr seine Gesellschaft.

Der Regen hatte aufgehört, aber das Pflaster war immer noch nass. Es war fast dunkel, die Sonne war verschwunden, ohne überhaupt richtig da gewesen zu sein. Andie ging unter den Straßenlaternen, wo der Weg am hellsten war, zu ihrem Wagen.

»Also, was hat das mit Gould zu bedeuten?«, fragte sie.

Isaac vergrub seine Hände in den Manteltaschen und stapfte neben ihr her. »Wie ich schon sagte, ich wollte einfach noch einen anderen Blickwinkel in der Geschichte.«

»Hört sich ziemlich bescheuert an.«

»Ich weiß. Aber es stimmt. Gould hat als Profiler mehr Erfahrung als sonst jemand außerhalb von Quantico. Er ist eine Nervensäge, aber ich glaube, dass er mitgeholfen hat, unseren Blick zu schärfen.«

»Und ich dachte schon, Sie hätten ihn mitgebracht, weil Sie mit mir unzufrieden sind.«

»Nicht im Geringsten.« Sie blieben bei Andies Wagen stehen. »Es ist Victoria, die mir Sorgen macht.«

»Victoria?«

»Sie ist zu oberflächlich. Wie alle ISU-Profiler.«

»Ich muss zugeben, dass ich von dem Profil, das sie erstellt hat, auch nicht besonders beeindruckt war. Nicht so tief schürfend, wie ich erwartet hatte.«

»Das haben Sie nett ausgedrückt, Andie. Sie hat nur Blech geredet, den üblichen Kram über Serienmörder, den eine wie Victoria im Schlaf herunterbeten kann.«

»Also haben Sie Gould mitgebracht, damit er ihr unter die Arme greift?«

»Von wegen. Ich habe ihn mitgebracht, damit er ihr den Marsch bläst.«

»Sie wird sich aber von Gould nichts sagen lassen.«

»Darum geht's nicht. Gould ist der Letzte, von dem sie möchte, dass er hier aufkreuzt. Glauben Sie etwa, sie hat Lust, sich in Quantico sagen zu lassen, dass es ein alter Sack im Ruhestand war, der den Fall geknackt hat, und nicht sie? Sie können darauf wetten, dass sie unserem Fall von nun an höchste Priorität einräumen wird.«

»Und was ist nun mit Gould? Ist er bei dem Fall mit dabei oder nicht?«

»Er ist nicht mit dabei«, sagte Isaac leise lachend. »Er hat seinen Zweck erfüllt. Sie können ganz ruhig bleiben.«

»Ich kann nicht behaupten, dass ich den alten Knaben besonders sympathisch fand. Aber irgendwie tut er mir Leid. Sie haben ihn benutzt.«

»Der Bursche hat sich amüsiert. Meinen Sie etwa, er hätte die Krümel zu Ihnen rübergefegt, wenn er davon ausgegangen wäre, dass das hier zu einer längeren Beziehung wird?«

»Und was sagt das über mich aus? Ich habe sie doch direkt zurückgefegt.«

Sie mussten beide lachen, als sie sich gegen den Wagen gelehnt die Situation vergegenwärtigten. Als das Gelächter vorbei war, trafen sich ihre Blicke und sie lächelten sich an. Es war anders als das übliche Herumgescherze. Irgendwie ernsthafter.

»Was ist?«, fragte Andie.

»Nichts.«

»Kommen Sie schon, Isaac. Was war das für ein Blick? Woran denken Sie?«

»Ich ... ich weiß nicht.«

»Es ist völlig in Ordnung. Sagen Sie es mir ruhig.«

Er lachte nervös in sich hinein. »Was soll ich Ihnen sagen?«

»Wie machen wir jetzt weiter?«

In diesem zweideutigen Moment ließ die Frage mehrere Optionen offen. Sie konnte bedeuten: »Was wird mein nächster Auftrag sein?«, aber auch: »Was machen Sie am Samstagabend?« Vielleicht war es der Altersunterschied. Vielleicht war es aber auch einfach nur Isaacs Gespür für die Autorität, die mit seiner neuen Stellung einherging. Er presste die Luft durch die Zähne.

»Dieser Anruf aus Oregon lässt den Fall in einem ganz anderen Licht erscheinen.«

Andie riss sich zusammen. Sie musste sich auf ihre Arbeit konzentrieren. »Inwiefern?«

»Es geht nicht länger darum, die örtliche Polizei bei ihren Ermittlungen zu unterstützen. Wir haben es jetzt möglicherweise mit einer Entführung über die Staatsgrenze hinweg zu tun. Das ist Kategorie sieben. Und das liegt in unserer Zuständigkeit. Das FBI übernimmt den Fall.«

»Heißt das, Sie werden den Fall jemand anderem übertragen?«

»Sie haben drei Entführungsfälle bearbeitet, wenn man den Bankraub bei First Federal, der zu einer Geiselnahme führte, hinzuzählt. Sie haben alle Fälle mit Bravour gelöst. Warum sollte ich das jetzt jemand anderem übertragen?«

»Das ist eine ziemliche Herausforderung.«

»Eine extreme Herausforderung. Dabei könnten Sie Karriere machen.«

»Wow. Ich weiß gar nicht, was ich sagen soll.«

»Wollen Sie es machen oder nicht?«

»Klar will ich.«

»Dann machen Sie es. Aber unter einer Bedingung.«

»Welche?«

»Vermasseln Sie es nicht.«

Seine Worte klangen hart, aber sie verstand die Botschaft. Egal, wohin sich ihre Freundschaft irgendwann entwickeln würde, sie musste es schaffen. »Sie brauchen sich keine Sorgen zu machen.«

Gus fuhr nach dem Treffen direkt nach Hause. Das Magnolia-Viertel konnte an einem mondlosen Abend ziemlich düster sein, besonders in der Nähe der Wassergrundstücke am westlichen Rand, und das bisschen Licht vom Himmel wurde dazu noch von den Bäumen abgehalten. Bäume gab es reichlich, allerdings keine Magnolien. Landvermesser hatten im neunzehnten Jahrhundert Erdbeerbäume irrtümlich für Magnolien gehalten. Hier befand sich ein weiträumiges Grundstück neben dem anderen, gespickt mit Erdbeerbäumen, Eichen, Ulmen und riesigen Douglasien. Kirschbaumhecken im Überfluss. Selbst ein Bambuswäldchen. Aber keine Magnolien. Gus erschien das irgendwie passend. Ein großartiger Bluff mit allem, was das Herz eines Hauseigentümers begehrte, benannt nach der einen Sache, die tatsächlich gar nicht vorhanden war.

Langsam bog Gus mit seinem Mercedes in die Auffahrt ein. Vor dem Metalltor hielt er an. Zwei riesige Laternen leuchteten oben auf den gewaltigen Steinsäulen zu beiden Seiten des Weges. Das Tor war sehr alt, ein wirkliches Kunstwerk. Nur bei genauester Betrachtung ließ sich in dem kunstvoll gearbeiteten geschwungenen Design der Buchstabe C erkennen, die

Familieninitiale der ursprünglichen Eigentümer. Dieses spezielle Grundstück war immer im Besitz derselben Familie gewesen. Gus hatte es schon seit seiner Kindheit bewundert, für ihn war es das unglaublichste Haus, das je gebaut worden war.

Er erinnerte sich an den Abend, als er es Beth zum ersten Mal gezeigt hatte. Es sah heute noch genauso aus wie damals, zumindest von außen. Der Abend war auch sehr ähnlich gewesen, bewölkt und kühl und mit Nebel in der Luft. Aber in ihrer Beziehung deutete sich bereits eine Veränderung an. Morgan war noch in den Windeln. Gus war ehrgeiziger Juniorpartner bei Preston & Coolidge. Sie befanden sich auf dem Heimweg nach dem Abendessen, mit dem sie seine Berufung in den Aufsichtsrat der Firma gefeiert hatten. Gus war auf dem richtigen Weg – dem Weg zu einer schnellen Karriere. Vom Restaurant hatte er einen Umweg durch Magnolia gemacht und direkt vor dem Tor angehalten.

»Warum hältst du an?«, fragte Beth.

Gus blickte zu dem Grundstück hinüber und dann zu Beth. »Wir sind da.«

»Wo?«

»Zu Hause.«

»Wessen Zuhause?«

»Unseres.«

Sie lachte. »Welche Bank hast du ausgeraubt?«

»Gefällt es dir?«

Sie spähte durch die gepflegte Hecke zu dem riesigen Haus im Tudor-Stil auf dem Hügel. Es war wie aus einem Märchen entsprungen. Aus einem teuren Märchen. »Was sollte mir daran nicht gefallen?«

»In nicht allzu ferner Zukunft werde ich es für dich kaufen.«

Sie lächelte, aber längst nicht so, wie er es erwartet hatte.

»Ich meine es ernst«, sagte er. »Ich werde dieses Haus kaufen.«

»Daran zweifle ich keinen Moment.«

»Das hört sich aber nicht sehr überzeugt an.«

»Ich bin vollkommen davon überzeugt.« Sie wandte den Blick ab, wieder zu dem Haus. »Es macht mir nur ein bisschen Angst.«

»Was macht dir Angst?«

»Du. Und deine Arbeit. Diese neue Position.«

»Es ist eine großartige Gelegenheit. Ich bin der jüngste Anwalt, der je in den Aufsichtsrat gewählt wurde. Ich schwöre dir, ich werde die Leitung dieser verdammten Firma übernehmen. Der nächste Schritt ist die Geschäftsführung. Und dann kaufe ich dieses Haus.«

Sie schaute aus dem Beifahrerfenster. »Lass uns weiterfahren, ja?«

»Was ist los?«

»Nichts.«

»Nein. Irgendwas stimmt nicht. Sag's mir.«

Sie sah ihn kühl an. »Fällt dir eigentlich auf, wie oft du neuerdings davon redest, was *du* tun wirst?«

»Aber ich teile das doch mit dir. Das sind meine Pläne. Meine Träume.«

»Ich habe nur den Eindruck, dass sie früher mehr von uns beiden handelten.«

»Sie betreffen uns beide.«

»Wie bitte? Dass du planst, mir Dinge zu kaufen, das betrifft uns beide?«

Er hätte fast aufgestöhnt. »Ich habe gerade einen tollen Aufstieg in der Firma gemacht. Kannst du dich denn nicht darüber freuen? Und das mit mir teilen?«

Sie blinzelte und senkte den Blick. »Tut mir Leid. Du hast Recht. Ich sollte mich für dich freuen.«

»Aber du tust es nicht?«

Ihre Augen wurden feucht und glänzten im flackernden Licht der Laternen. »Denkst du manchmal noch zurück an unsere Tage in dieser Einzimmerwohnung und weißt du noch, wie glücklich wir zusammen waren?«

»Es war nicht die Wohnung, die uns glücklich gemacht hat.«

»Richtig. Also warum sollte ich darüber glücklich sein, in ein Haus umzuziehen, das so groß ist, dass mein Mann dafür siebzig Stunden in der Woche arbeiten muss? Ein Haus, das so verdammt groß ist, dass man, wenn man die Haustür zumacht, das Echo davon hört. Es ist wie die ständige Erinnerung daran, wie alleine man eigentlich ist. Ich will das nicht. Ich habe keine Lust, mir Echos anzuhören.«

Das Eisentor glitt auf und riss Gus aus seinen Erinnerungen. Carla musste ihn über die Sicherheitskamera gesehen und das Tor von innen geöffnet haben. Das Tor stand jetzt weit offen und lud ihn ein, nach Hause zu kommen. Aber er fuhr nicht los. Er musste immer noch an Beths Worte denken, er hörte sie ganz deutlich. Seine Antwort war auch ganz deutlich, in sein Gedächtnis gemeißelt. Er hatte sich über die Konsole hinweg zu ihr hingebeugt, ihre Wange gestreichelt und sie geküsst. Dann hatte er ihr tief in die Augen gesehen und sanft gesagt: »Das verspreche ich dir, Beth. Das werde ich nie zulassen.«

Erst jetzt, Jahre später, fiel ihm das alles wieder ein. Wieder einmal hatte er gesagt, was *er* zu tun gedachte.

32

Andie schwirrte immer noch der Kopf von der Besprechung im Hotel; gleichzeitig ging ihr der verwirrende Gedankenaustausch mit Isaac nicht mehr aus dem Sinn. Er hatte Recht gehabt, die Dinge im Keim zu ersticken. Isaac machte eine steile Karriere in der »Firma« und konnte sich den Ruf, mit weiblichen Agenten anzubändeln, nicht erlauben. Sie überlegte, ob sie ihm die Entscheidungslast abnehmen und *ihn* zu einer echten Verabredung einladen sollte, aber das wäre auch nicht fair. Es müsste schon auf seine eigene Initiative hin geschehen, wenn er sich mit einer Untergebenen verabreden wollte. Warum einen Freund in die Versuchung führen, die er selbst gar nicht will?

Sie holte sich auf dem Heimweg eine Pizza, ließ sich auf die Couch fallen und bekam im Fernseher gerade noch das Ende eines Basketballspiels der Sonics mit. Sie hatten acht Punkte Vorsprung, aber sie hätte ihre letzten zwei Pizza-Stücke verwettet, dass sie ihre Führung im letzten Viertel wie üblich verspielen würden.

Das Telefon klingelte eine knappe Minute vor Ende der Partie. Mittlerweile stand es unentschieden. Bei dem Spielstand war sie in Versuchung, das Telefon zu ignorieren, aber sie hatte es in dieser Spielzeit schon zu oft erlebt, wie die Sonics es zum Schluss doch noch vergeigt hatten. Sie rollte sich von der Couch und nahm den Hörer ab. Das war gut so. Es war jemand vom kriminaltechnischen Labor.

»Wir haben ein Ergebnis bei den Fingerabdrücken«, sagte er.

Sofort saß sie aufrecht. »Welche Finger?«

»Daumen und Zeigefinger. Es hat ein bisschen gedauert, etwas Verwertbares zu finden. Das ist nun mal so bei Telefonzellen.«

»Und was haben Sie herausgefunden?«

»Die Tastatur war verschmiert, aber wir haben einen verwertbaren Abdruck vom Hörer und wissen sogar, wem er gehört.«

»Wer ist es?«

»Jetzt kommt die Überraschung. Beth Wheatley.«

Andie war zu verblüfft, um etwas zu sagen. Sie bedankte sich bei ihm für die prompt erledigte Arbeit und legte verwirrt auf. Noch vor knapp einer Stunde hatte sie Isaac und alle anderen bei dem Treffen davon überzeugt, dass der Mörder ein Experte für Gehirnmanipulation war, der sich in Beths Kopf eingenistet und die Geheimnummer herausbekommen hatte, die sie benutzte, um sich mit Morgan in Verbindung zu setzen, und dass er selbst die Nummer gewählt hatte. Und jetzt das. Sie zermarterte sich das Hirn, aber ihre Theorie und die Tatsachen widersprachen sich. Fingerabdrücke logen grundsätzlich nicht. Beth hatte den Hörer in der Hand gehalten. Auf die eine oder andere Weise war sie dort gewesen.

Und dann verschwunden. Wieder einmal.

Andie teilte Gus die Neuigkeit noch am selben Abend telefonisch mit. Er stellte Unmengen Fragen, auf die sie überhaupt nicht vorbereitet war. Er war verzweifelt, wenn auch dankbar für den Anruf.

Fast den ganzen Dienstag verbrachte sie im Büro und versuchte, die Arbeit zu organisieren. Isaac hatte ihr nahe gelegt, der Wheatley-Entführung – das war jetzt die offizielle Bezeichnung – höchste Priorität einzuräumen. Glücklicherweise herrschte bei den meisten ihrer dreiunddreißig anderen Fälle relative Ruhe, aber sie wusste auch, dass sich das jederzeit ändern konnte. Für den Fall, dass es brenzlig würde, hatten sich andere Agenten verpflichtet, sich mit darum zu kümmern. Ihr Vorgesetzter war damit einverstanden.

Ihr unmittelbarer Vorgesetzter war Kent Lundquist, der die Einheit für Gewaltverbrechen leitete und diese Position nach Isaacs Beförderung zum ASAC – zum stellvertretenden Leiter des Büros – übernommen hatte. Lundquist bekam seine Anweisungen direkt von Isaac und er erinnerte Andie bei jeder Gelegenheit daran, dass das für sie nicht zutraf. Es war zwar nicht ungewöhnlich, dass ein Agent mit dem ASAC Rücksprache hielt in Bezug auf Entscheidungen seines Vorgesetzten, aber die ungewöhnlich enge Beziehung zwischen Andie und Isaac machte Lundquist ziemlich nervös. Er schien zu fürchten, dass Isaac mehr Vertrauen in sie als in ihn hatte. In technischer Hinsicht oder in Vorgehensfragen, für die man Erfahrung brauchte, war das nicht der Fall. Aber bei Entscheidungen, die auf zwischenmenschlichen Kompetenzen und gesundem Menschenverstand basierten, waren seine Ängste durchaus berechtigt.

Im Büro gab es keine spezielle Arbeitsgruppe für Entführungen. Aber neben Andie hatten auch mehrere andere Agenten aus der Abteilung für Gewaltverbrechen entsprechende Erfahrungen. Andie traf sich mit drei Agenten, die mit dem Fall Wheatley betraut waren, und unterrichtete sie über alle bisherigen Morde, über die Familie Wheatley und die Besonderheiten in Bezug auf Beth und ihr Verschwinden. Gegen Abend waren die Verantwortlichkeiten festgelegt. Für jeden gab es reichlich zu tun. Ihre erste Aufgabe jedoch ereilte Andie in Form einer Anordnung von Lundquist persönlich. Er hatte in seinem Büro die Nachmittagsausgabe der *Seattle Times* gelesen und die riesige Anzeige mit Beths Foto und dem Hinweis auf eine Belohnung gesehen.

»Was zum Teufel soll das?«

Andie saß ihm gegenüber am Schreibtisch und starrte die Seite an. »Ich sehe es zum ersten Mal.«

»Verdammt noch mal, Henning. Sie können nicht zulassen, dass die Familie auf eigene Faust handelt und so etwas macht, ohne es mit Ihnen abzustimmen. Sehen Sie zu, dass Sie Ihren Fall in den Griff bekommen. Oder Sie sind ihn wieder los, bevor Sie überhaupt angefangen haben.«

»Ich treffe mich heute Abend mit Gus Wheatley.«

»Und noch etwas«, knurrte er. »Vergewissern Sie sich gefälligst, dass Gus Wheatley auch wirklich bereit ist, die angegebenen zweihundertfünfzigtausend Dollar zu zahlen. Auch wenn es sich um eine private Belohnung handelt, weiß ich nur zu gut, wie diese Dinge von der Presse ausgeschlachtet werden. Wenn er einen Rückzieher macht, nachdem wir den Täter geschnappt haben, fällt das auf das FBI zurück.«

»Ich verstehe Ihre Bedenken.«

»Das will ich hoffen. Denn Sie tragen die volle Verantwortung.«

»Das ist absolut in meinem Sinne.« Sie antwortete in einem Tonfall, aus dem unmöglich herauszuhören war, ob sie nun übereifrig oder einfach nur großspurig war.

Er starrte sie einen Moment lang an, dann wandte er sich wieder seiner Zeitung zu, womit das Gespräch beendet war. Andie ging direkt zu ihrem Wagen, ohne noch mit irgendwem ein Wort zu wechseln.

Auf dem Heimweg fuhr Andie bei den Wheatleys vorbei. Es war ausgerechnet Abendessenszeit. Gus begrüßte sie an der Tür und führte sie in das Esszimmer, wo Morgan sich auf ihrem Stuhl flegelte und in ihren Erbsen stocherte.

»Hallo, Morgan.«

»Hallo«, erwiderte sie matt.

»Tut mir Leid, dass ich euch beim Essen störe.«

Morgan schob ihren Teller von sich weg. »Schon in Ordnung. Wir sind gerade fertig.«

»Fertig?«, bemerkte Gus. »Du hast doch kaum was gegessen.«

»Ich habe keinen Hunger.«

»Du musst aber essen, Kleines.«

»Warum?«

»Weil du krank wirst, wenn du nichts isst.«

»Ist Mommy denn krank?«

Selbst ihr waren schon die Essstörungen aufgefallen. Noch ein Hinweis mehr darauf, wie unaufmerksam Gus gewesen war.

»Wir wissen nicht genau, wie es Mommy geht. Aber Agentin Henning wird uns dabei helfen, das herauszufinden.«

»Das hast du gestern auch schon gesagt.«

Andie schaltete sich ein. »Wir geben uns ganz große Mühe. Es dauert einfach ein bisschen.«

»Wie lange denn noch?« In ihrer Stimme lag kein Trotz mehr, sie war nur noch schwach.

Gus schob sich neben Morgan auf den Stuhl, legte den Arm um sie und streichelte ihren Kopf. »Wir suchen sie so lange, bis wir sie finden.«

Beide sahen Andie an, als warteten sie auf die Bestätigung. »Das stimmt«, erklärte sie. »Bis wir sie finden.«

Morgans besorgter Gesichtsausdruck entspannte sich ein wenig. Die kleine Erwachsene war wieder mehr ein Kind, obwohl sie offensichtlich litt. »Dad, kann ich meine Goldfische jetzt füttern?«

»Klar.«

Sie schenkte Andie ein Lächeln, als sie vom Tisch aufstand, dann sauste sie den Flur entlang.

»Gib ihnen nicht zu viel«, rief Gus hinter ihr her, aber sie reagierte nicht. Er warf Andie einen Blick zu. »Wenn die Fische noch größer werden, stehen irgendwann die Freunde von Free Willy vor meiner Tür und verlangen, dass ich die Biester freilasse.«

Andie lächelte. Gus fragte mit Blick auf sein leeres Weinglas: »Wollen Sie ein Glas Cabernet?«

»Geht nicht. Ich bin im Dienst. Aber ich trinke sowieso kaum etwas.«

»Ich auch. Normalerweise.«

»Verständlich.«

Gus entschuldigte sich, um das Glas in der Küche nachzufüllen. Während sie allein am Tisch saß, ließ sie den Blick über die feudale Einrichtung schweifen und überlegte, wie sie – ohne ihn vor den Kopf zu stoßen – herausfinden sollte, ob er das Geld für die Belohnung aufbringen konnte. Der Kristallleuchter war zweifellos ein Steuben oder Baccarat. An der Wand ihr gegenüber stand ein antiker Schrank aus Mahagoni und Glas, in dem das Porzellan der Wheatleys ausgestellt war. Das Muster war anfänglich irritierend, da keine zwei Teller einander glichen. Dann bemerkte sie, dass jeder Teller nur einen kleinen Teil eines großen Bildes, Adam und Eva im Paradies, darstellte. Es sah aus, als hätte jemand zwölf Kreise aus einem riesigen Gemälde geschnitten, die Teller zurückbehalten und den Rest weggeworfen. Es wirkte spektakulär, wie etwas aus einem Museum. *Das alleine würde schon einen großen Teil der Belohnung erbringen.*

»Haben Sie meine Anzeige in der Nachmittagszeitung gesehen?«, fragte Gus, als er zurückkam.

»Ja«, erwiderte sie überrascht. »Ich bin froh, dass Sie die Sache zur Sprache bringen.«

»Ich dachte, Sie wären erfreut.«

»Eine Belohnung von einer viertel Million Dollar kommt mir ein bisschen hoch vor, finden Sie nicht auch?«

»Wenn ich dadurch Beth zurückbekomme, kann ich es mir leisten.«

»Das glaube ich Ihnen aufs Wort. Aber hunderttausend hätten es vielleicht auch getan.«

»Ich bin hier nicht auf der Suche nach einem Sonderangebot. Ich versuche, meine Frau zurückzubekommen.«

»Das weiß ich. Aber eine allzu großzügige Belohnung kann dazu führen, dass zwielichtiges Gesindel den Dollarregen wittert.«

»Ich verstehe nicht ganz.«

»Das liegt daran, dass Sie wie ein Opfer denken. Sie müssen sich in einen Kriminellen hineinversetzen – in einen Entführer. Bisher hat es keine Lösegeldforderung gegeben, aber Sie könnten jeden Tag eine bekommen. Stellen Sie sich einfach vor, er sitzt irgendwo da draußen und überlegt, wie viel er fordern kann. Man kann es nicht vorhersagen. Vielleicht ist für ihn eine viertel Million okay. Er hält das für einen ordentlichen Batzen. Dann liest er die Zeitung von heute und sieht, dass Sie zweihundertfünfzigtausend als Belohnung ausschreiben für irgendeinen dahergelaufenen Nobody. Und ganz plötzlich steigen seine Ansprüche.«

»Daran habe ich gar nicht gedacht.«

»Deshalb ist es so wichtig, dass Sie solche Dinge nie unternehmen, ohne vorher mit mir zu reden.«

Das kam ihr ein bisschen schärfer über die Lippen, als sie beabsichtigt hatte.

»Sie klingen ja ziemlich sauer.«

»Ich möchte einfach nur, dass wir uns besser abstimmen. Mir ist klar, dass Sie ein Mann sind, der die Sache gern selbst in die Hand nimmt, aber ich fände es viel besser, wenn Sie solche Dinge vorher mit mir klären würden. Einverstanden?«

Gus nickte, aber sie hatte ihn ziemlich verunsichert. »In

Ordnung. Damit bin ich einverstanden. Solange die Kommunikation in beide Richtungen fließt.«

»Ich halte Sie dauernd auf dem Laufenden.«

Er sah sie zweifelnd an. »Tatsächlich?«

»Ja. So gut ich kann.«

»Dann erzählen Sie mir doch, was mit Beths Fingerabdrücken ist.«

»Ich habe es Ihnen gesagt. Wir haben welche auf dem Telefonhörer gefunden.«

»Geschenkt. Jetzt lassen wir mal die Tatsachen beiseite und Sie sagen mir, was Sie denken.«

»Wir glauben, dass es ihre Fingerabdrücke sind.«

»Kommen Sie«, sagte er mit zusammengezogenen Augenbrauen. »Spielen Sie nicht die Naive. Sie werden sich doch sicherlich schon zurechtgelegt haben, wie die Abdrücke dahin gekommen sind.«

»Gus, einige Aspekte der Ermittlungen müssen leider vertraulich bleiben.«

»Ich verspreche Ihnen, ich arbeite nicht für *Newsweek*.«

»Ich meine es ernst. Einige Dinge kann ich mit niemandem bereden. Nicht einmal mit der Familie des Opfers.«

»Ach ja. Ich vergaß. Das ist das elfte Gebot, habe ich Recht? Oder steht es in der Magna Carta? Oder nein – ich erinnere mich wieder. Es ist ganz einfach ein Behördenschwachsinn, den irgendein Polizeibürokrat erfunden hat.«

Andie nickte, ohne sich von seiner Bemerkung angegriffen zu fühlen. »*Touché.*«

Er nippte an seinem Wein und wurde wieder ernster. »Sie verstehen doch sicher, dass ich gern wüsste, wie Sie die Sache einschätzen.«

»Natürlich.«

Sein Blick wurde angespannt. Es war nicht direkt ein Starren. Eher ein langer, harter Blick. »Ich habe heute Nacht kein

Auge zugemacht. Ich war die ganze Nacht wach, nachdem Sie mich angerufen haben. Ich musste die ganze Zeit an diese Fingerabdrücke denken und fragte mich immer und immer wieder, wie zum Teufel die dahin gelangt sind. Mein erster Gedanke war, dass das Schlimmste passiert ist. Dass er sie dorthin gebracht hat, dass er sie gezwungen hat zu wählen und sie dann getötet hat.«

Andie durfte nicht viel dazu sagen, aber sie konnte ihn auch nicht so zappeln lassen. »Wir haben den ganzen Tatort nach Anzeichen eines zweiten Opfers abgesucht. Nichts außer Beths Fingerabdrücken.«

»Was auf eine Reihe anderer, auch nicht besonders angenehmer Möglichkeiten schließen lässt.«

»Als da wären?«

»Er hat sie dorthin gebracht, um sie zu terrorisieren. Er lässt sie zu Hause anrufen, die Nummer ihrer Tochter wählen und ihr die geheime Nachricht übermitteln. Und in dem Moment, wo sie hofft, dass er sie freilässt, zeigt er ihr das andere Opfer, das am Baum hängt, um ihr klar zu machen, wie sie enden wird, wenn ihr Ehemann seine Forderungen nicht erfüllt.«

»Welche Forderungen?«, fragte sie aufgeschreckt. »Sie haben nichts von Forderungen erzählt.«

»Immer mit der Ruhe. Es gibt auch noch keine. Aber wie Sie selbst sagten, es könnte jederzeit eine Lösegeldforderung auftauchen.«

»Das ist wahr.«

Mit einem langen Zug leerte er sein Glas. »Also, für einen Kerl, der vor Angst und Sorgen Magenkrämpfe hat, habe ich doch schon eine Reihe guter Überlegungen angestellt. Finden Sie nicht auch?«

»Ziemlich gute sogar.«

»Haben Sie noch bessere auf Lager?«

Andie musste nicht antworten, aber plötzlich hatte sie das Gefühl, als hätte er ein Anrecht darauf, es zu erfahren. Sein Leiden konnte ihm ohnehin niemand abnehmen. »Keine bessere«, erwiderte sie, »nur eine andere.«

»Und wie sieht die aus?«

»Es wird Ihnen nicht gefallen.«

»Das sehen wir dann.«

»Es ist eine vage Möglichkeit, aber wir können sie nicht ausschließen.«

»Ich höre.«

»Es geht um etwas, von dem wir glauben, wir sollten es in Hinblick auf die Geschichte Ihrer Frau in Erwägung ziehen.«

»Geschichte?«

»Die Bulimie, die Kleptomanie, die Wochenbettdepression, die falschen Anschuldigungen wegen Misshandlung. Ihre allgemeine psychische Labilität.«

»Ich sehe bei all diesen Dingen noch keine Erklärung dafür, wie ihre Fingerabdrücke auf ein Münztelefon in Oregon gelangt sind.«

Sie zögerte kurz. Es war Lundquists Theorie, eine, die ihr auch nicht besonders gefiel. Es fiel ihr schwer, sie wiederzugeben. »Es besteht die Möglichkeit, dass sie freiwillig dort war.«

»Was zum Teufel wollen Sie damit sagen? Dass sie eine Komplizin ist?«

»Eine vage Möglichkeit. Ja.«

»Das ist absurd.«

»Das ist vielleicht die Erklärung dafür, warum sie noch lebt. Falls sie noch lebt.«

»Meine Frau ist keine Mörderin.«

»Es könnte auch erklären, warum es keine Lösegeldforderung gibt.«

»Denken Sie ernsthaft darüber nach?«

»Es ist eine Überlegung.«

»Es ist eine fürchterliche Überlegung«, sagte er mit scharfer Stimme.

»Ich hoffe ehrlich, dass Sie Recht haben.«

»Ich weiß genau, dass ich Recht habe.« Sein Gesicht war gerötet, sowohl vom Wein als auch von der Aufregung. Ein oder zwei Minuten lang schwieg er und starrte das leere Glas an. Schließlich sagte er, auch wenn er sich nicht mehr so überzeugt anhörte: »Das kann einfach nicht sein.«

33

Am Mittwoch beschloss Andie, noch einmal ganz von vorne anzufangen: Opfer Nummer eins.

Die Befürchtung, Gus' Frau könnte ein Opfer sein, hatte ihre Aufmerksamkeit auf die Opfer Nummer drei, vier und fünf gelenkt, die Beth Wheatley alle ähnlich sahen. Aber wenn sie eine Komplizin war, lag die Antwort ja vielleicht bei den Männern – den ersten beiden Opfern.

Am frühen Morgen suchte sie die Chatham Lane Nr. 151 auf, das Zuhause des verstorbenen Patrick Sullivan. Er war der erste von zwei braunäugigen, einundfünfzigjährigen, einen Ford Pick-up fahrenden, geschiedenen Männern, die im Wohnzimmer mit Handschellen gefesselt, auf dem Sofa erwürgt und mit genau elf Messerstichen verunstaltet worden waren. Etwas ganz anderes als die drei Frauen, die an Bäumen aufgehängt gefunden worden waren. Wenn da nicht das gleiche knapp zwei Zentimeter starke gelbe Nylonseil gewesen wäre, hätte die Polizei nie einen Zusammenhang vermutet.

Andie verbrachte mehr als eine Stunde in Sullivans Haus, machte sich Notizen, einige schriftlich, einige in ihrem Kopf.

Detective Kessler war ihr mit dem Tatort vertrauter Begleiter. Er hatte das Haus mehrmals gründlich durchsucht, als er in dem Mordfall ermittelt hatte.

Gegen neun Uhr beendeten sie dort ihre Arbeit und machten sich auf zu dem leer stehenden Haus von Victor Millner, dem Opfer Nummer zwei. Das Haus lag in der Nähe des Sammamish River im mittleren Norden des King County, einer Gegend, in der man an fast allen Sommertagen und auch an klaren Herbstabenden Heißluftballons beobachten konnte, wie sie friedlich am Himmel entlangzogen. Im Winter war die Gegend völlig verändert. Der Tag hatte grau begonnen und blieb auch so, die trübe Stimmung verwandelte sich hin und wieder in eine bedrohliche. Kein nennenswerter Luftzug. Leichter Nebel hing in der Luft, ein Schirm lohnte sich nicht. Die hohe Luftfeuchtigkeit machte alles düsterer. Den Asphalt schwärzer. Die Stoffmarkise grüner. Andies Stimmung trüber.

Sie stand am Ende des Gehwegs, um einen weiten Blick zu haben. Es war ein relativ neues Einfamilienhaus. Ein weiterer Kasten aus der Zeit des Bauwahns, der die Bevölkerung des Redmond-Gebietes in den vergangenen beiden Jahrzehnten verdreifacht hatte. Von der Bauweise wirkte das Haus wie viele der neuen Fachwerkhäuser im selben Erschließungsgebiet. Was allerdings am meisten auffiel, war die starke Ähnlichkeit mit dem Haus des ersten Opfers, das Meilen entfernt in einem anderen Stadtteil, in einem völlig anderen Viertel lag. Die Ähnlichkeiten lagen nicht so sehr in der Bauweise oder dem allgemeinen Aussehen als vielmehr in den Einzelheiten. Die grüne Markise, die sich von der Garage aus aufspannte. Die hölzernen Blumenkästen auf den Fenstersimsen. Die Hängepflanzen und das Gitterwerk an der Veranda. Andie hatte die Polizeiberichte gelesen, in denen die merkwürdigen Ähnlichkeiten festgehalten waren, aber auf dem Papier wirkten sie eher zufällig. Sie hatte auch die Fotos gesehen, aber die hatten ebenfalls nicht ihre Aufmerksamkeit geweckt. Eine persönliche Inaugenscheinnahme wischte jeden Zweifel beiseite, dass der Mörder ganz bestimmte Kriterien anlegte.

Er erstellte Profile seiner Opfer.

»Wollen Sie hier im Regen stehen bleiben?«, fragte Kessler.

Seine Worte rissen sie aus ihren Gedanken. »Tut mir Leid, was haben Sie gesagt?«

»Wollen Sie hineingehen?«

»Ja, natürlich.«

Sie folgte ihm über den Gehweg und die drei Stufen die Veranda hinauf – genauso viele wie bei dem anderen Haus. Kessler schob das Absperrband zur Seite und suchte den Schlüssel. In diesem Moment fiel ihr einer der größten Unterschiede zwischen den Tatorten auf.

»Kein Einbruch«, sagte sie, laut denkend.

»Das ist im Polizeibericht festgehalten«, erwiderte er. »Das dürfte Ihnen nicht neu sein.«

»Ist es auch nicht. Mein Blickwinkel ändert sich gerade ein wenig.«

»Inwiefern?«

»Einer der Umstände, die Victoria Santos versuchte einzuordnen, war die Tatsache, dass in Sullivans Haus das Schloss geknackt und die Tür aufgebrochen war, während hier keinerlei Einbruchspuren zu sehen sind. Und dennoch wirkt der Tatort völlig identisch.«

»Wahrscheinlich ist es so, wie Santos gesagt hat. Beim ersten Mal hat er sich den Einlass erzwungen, beim zweiten Mal hat er ihn sich erschlichen. Beide Männer wurden mit Handschellen gefesselt. Das gleiche Ritual, wenn man erst mal sein Opfer in der Hand hat.«

»Diese Erklärung ergibt einen Sinn, wenn man herausfinden will, warum ein Mörder, der allein arbeitet, seine Taktik, ins Haus zu gelangen, ändert.«

»Stellen Sie andere Überlegungen an?«

»Ich überprüfe lediglich die Komplizentheorie meines Vorgesetzten.«

Kessler schüttelte grinsend den Kopf. »Sehen Sie, ich bin der Letzte, der einen potentiellen Verdächtigen einfach mal so von seiner Liste streicht. Aber Beth Wheatley ist nicht die Kumpanin eines Serienmörders.«

»Genauso habe ich auch reagiert. Anfangs. Aber wir müssen unsere Anhaltspunkte im Auge behalten. Ein mögliches Szenario geht davon aus, dass die List, die der Mörder anwandte, um sich beim zweiten Mal Zugang zu verschaffen, beim ersten Opfer nicht funktionierte. Er musste mit Gewalt eindringen.«

»Vielleicht war das erste Opfer auch vorsichtiger als das zweite, oder auch findiger.«

»Könnte sein«, erwiderte Andie.

»Oder vielleicht macht Übung auch den Meister. Beim zweiten Mal wandte er schon eine geschicktere List an. Er wirkte beim Opfer Nummer zwei überzeugender.«

»Oder er hatte beim zweiten Mal Hilfe.«

Ein langsames Nicken – er schien ihr zu folgen. »Zum Beispiel eine attraktive fünfunddreißigjährige Frau. Eine, die an die Haustür klopft, behauptet, ihr Auto ist liegen geblieben, und darum bittet, das Telefon benutzen zu dürfen. Ein einundfünfzigjähriger Mann ist eher geneigt, einer in Not geratenen attraktiven Frau die Tür aufzumachen.«

»Was das angeht, würden Frauen genauso reagieren.«

Wieder folgte er ihren Gedanken. »Wie im Falle der nächsten drei Opfer, alles Frauen.«

Sie sahen sich lange an, als wartete jeder darauf, dass der andere die Idee für absurd hielt. Aber keiner reagierte.

Gespannt hob Kessler seine Augenbrauen. »Und was schließen wir daraus?«

Andie sah zu, wie er den Schlüssel drehte und die Tür öffnete. Es war, als öffneten sie ein Grab. Alles war düster und still. Aus dem Wohnzimmer wehte ihnen der Geruch des Todes entgegen.

»Erst mal ist es nur verwirrend«, erwiderte sie, als sie hineinging.

Gus blieb den ganzen Tag zu Hause. Die Aussicht auf einen Anruf ließ ihn dort verharren. Beth. Ihr Entführer. Jemand, der auf seine Anzeige antwortete.

Am Morgen war eine identische Anzeige im *Post-Intelligencer* erschienen. Eine kleinere Fassung sollte am nächsten Tag noch einmal in Seattle und im *Portland Oregoner* erscheinen. Schließlich waren Beths Fingerabdrücke auf einem Münztelefon in Oregon gefunden worden. Agentin Henning hatte ihm geraten, alles mit ihr abzusprechen, aber sie hatte ihm auch gesagt, dass seine Frau vom FBI als mögliche Komplizin verdächtigt wurde. Dadurch änderte sich in Gus' Augen alles. Selbsthilfe war jetzt noch nötiger. Aus diesem Grunde lieh er einen Computerexperten von seiner Firma aus, der ihm dabei helfen sollte, Fotos und Daten von Beth im Internet zu platzieren zusammen mit dem Hinweis auf eine Belohnung. Er kaufte sogar Seiten bei AOL und den anderen großen Internetdiensten. Von dem halben Dutzend Icons mit Werbeanzeigen, die auf dem Bildschirm erschienen, sobald Nutzer sich dort einwählten, würde während der nächsten vierundzwanzig Stunden eins von ihm sein. Da man seine Anzeige erst würde lesen können, wenn man das Icon anklickte und öffnete, musste er sich für dessen Gestaltung etwas einfallen lassen. »Gewinnen Sie 250 000 Dollar!«, schien ihm das Beste. Das war vielleicht ein bisschen irreführend, aber wer würde schon ein Icon mit dem Inhalt: »Haben Sie diese Frau gesehen?«, anklicken?

An diesem Tag hatte er insgesamt nur eine knappe Stunde vergeudet. So lange brauchte er, um Telefonate mit seinem Büro zu führen. Das war Arbeit, die er sowieso erledigen musste, insofern konnte er auch diese Stunde als produktiv betrachten. Aber nachdem die Anrufe erledigt waren, hatte er kaum das Gefühl, etwas geleistet zu haben. Er hatte seine Fälle freiwillig an seine Partner abgetreten, so dass er sich auf die Suche nach Beth konzentrieren konnte. Das befreite ihn weitgehend von juristischen Verantwortlichkeiten. Und durch den unblutigen Putsch von letzter Woche waren ohnehin schon alle seine Verantwortlichkeiten als Geschäftsführer Martha Goldstein zugeschanzt worden. Zum ersten Mal in seinem Leben war er nicht mehr der wichtigste Mann im Büro.

Auf eine Weise war es befreiend zu sehen, wie leicht er sich von Verantwortung lösen und alles hinschmeißen konnte, wenn er wollte. Niemand würde Schaden erleiden, weder die Firma noch die Mandanten. Andererseits schmeichelte diese Art von Freiheit nicht gerade seinem Selbstwertgefühl. Das erinnerte ihn an die so genannte Preston-&-Coolidge-Revolte vor einigen Jahren. Mit seiner Entscheidung, sich trotz seines verhältnismäßig jugendlichen Alters von achtunddreißig Jahren für die Position des geschäftsführenden Partners zu bewerben, hatte er für einige Verärgerung gesorgt. Er war gegen seinen eigenen Mentor angetreten, einen Senior-Partner, der schon lange in der Firma war und zwanzig Jahre mehr Erfahrung aufwies. Elf andere Senior-Partner hatten damit gedroht, aus der Firma auszuscheiden, wenn Gus gewählt würde. Gus bewarb sich dennoch. Und gewann. Die alte Garde machte ihre Drohung wahr. Sie zogen beleidigt aus, um auf der anderen Straßenseite eine konkurrierende Kanzlei aufzumachen.

Sie ließen nichts unversucht, um Preston & Coolidge, oder was davon übrig geblieben war, zu schaden. Sie zogen in den Zeitungen über Gus her. Sie versuchten, die besten jungen Anwälte der Firma und Mandanten abzuwerben. Ihre Aktionen hatten Chaos und Panik in der ganzen Firma zur Folge, und zwar zwei Tage lang. Dann interessierten sich die Medien wieder für andere Neuigkeiten. Die Anwälte gingen wieder ihrer eigentlichen Arbeit nach. Die Mandanten blieben treu. Nach nur einer Woche gingen die Gespräche am Wasserspender, die sich anfänglich um die Frage drehten: »Glaubt ihr, wir schaffen es?«, in Häme über: »Glaubt ihr, dass diese alten Narren ein Bein auf die Erde kriegen?« Nach einem Monat hatte man den Eindruck, als hätte das niederträchtige »Geriatrische Dutzend« nie bei der Firma gearbeitet, und ihr Einfluss schien so lange zurückzuliegen wie das Wirken der seligen Herren Preston und Coolidge, die die Firma vor hundert Jahren gegründet hatten. Das war ja das Schöne bei einer solch alten Firma. Niemand war unersetzlich.

Selbst Gus nicht.

»Da sind wir wieder«, rief Carla, als sie zur Tür hereinkamen. In jedem Arm hielt sie eine Tüte mit Lebensmitteln. Hinter ihr kam Morgan, die eine kleinere Tüte schleppte. Gus empfing sie in der Küche.

»Hallo, Morgan.«

»Hallo«, erwiderte sie leise.

»Kriegt Daddy einen Begrüßungskuss?«

»Ich bin ganz schmutzig. Ich muss mich erst waschen.« Sie rannte aus der Küche, bevor Gus etwas sagen konnte. Er warf Carla einen hilflosen Blick zu.

»Bilde ich mir das ein oder zieht sie sich von mir zurück?«

Carla packte die Einkäufe auf den Küchentresen und zog sich die Jacke aus. »Sie ist heute ein bisschen sauer.«

»Hängt das mit der Anzeige in der Zeitung zusammen?«

»Vielleicht auch.«

»Und womit sonst noch?«

»Ich habe nicht alles aus ihr herausbekommen, aber ich glaube, dass vielleicht in der Schule jemand etwas zu ihr gesagt hat.«

»Und was?«

»Keine Ahnung. Kinder können ziemlich gemein sein.«

»Vielleicht sollte ich mit ihr reden.«

»Ich würde sie erst mal in Ruhe lassen. Ich habe sie schon im Auto ziemlich bearbeitet. Sie will nicht darüber reden.«

Er nickte widerwillig. »Also gut. Später.«

Sie packten gemeinsam die Lebensmittel aus. Carla war wie eine Maschine, sie nahm die Sachen mit knappen Bewegungen und stellte sie ein bisschen zu heftig auf den Tresen.

»Bist du irgendwie sauer?«, fragte Gus.

»Mir ist durch den Kopf gegangen, was du heute Morgen gesagt hast.«

»Und was war das?«

»Dass die Polizei sogar die Möglichkeit in Betracht zieht, dass Beth etwas mit ihrem eigenen Verschwinden zu tun haben könnte. Ich finde das widerlich.«

»Wir können nur hoffen, dass sie damit nicht zu viel Zeit vergeuden.«

»Doch, das werden sie. So läuft es doch immer.«

»Wie läuft es immer?«

»Immer suchen alle die Schuld bei Beth.«

»Niemand tut das.«

Die Tüte war ausgepackt. Sie sah Gus in die Augen. »Aber sie tun es. Genauso war es vor fünf Jahren, als ihr euch verkracht habt. Beth spinnt. Beth braucht einen Psychiater. Beth denkt nur an sich selbst. Immer ist alles *ihre* Schuld.«

»Das hier ist doch nicht dasselbe wie vor fünf Jahren.«

»Wieso ist es nicht dasselbe?«

»Erstens, ich bin kein Serienmörder.«

»Das ist nur ein gradueller Unterschied. Sie war beide Male das Opfer.«

»*Ich* war derjenige, den sie fälschlicherweise beschuldigt hat.«

»Du warst derjenige, der sie verrückt gemacht hat.«

Gus faltete wütend die Papiertüte zusammen, schob sie in den Schrank und schlug die Tür zu. »Ich dachte, das hätten wir geklärt, Carla.«

Sie holte tief Luft. »Tut mir Leid. Ich werfe dir nichts vor.« Sie ließ einen Moment verstreichen. »Zumindest nicht mehr als du selbst.«

»Was soll das jetzt heißen?«

»Ich bitte dich. Eine Belohnung von zweihundertfünfzigtausend Dollar? Selbst die Leute vom FBI fanden das übertrieben. Was bringt dich dazu? Liebe?«

»Ehrlich gesagt, ja.«

»Und du möchtest, dass alle anderen sehen, wie sehr du sie liebst?«

»Ich will nichts beweisen, falls du das meinst.«

»Leute mit Schuldgefühlen müssen immer etwas beweisen.«

Hätte jemand anderes das gesagt, wäre Gus aus der Haut gefahren. Aber Carla konnte er nichts vormachen. Nicht seiner eigenen Schwester. Nicht Beths bester Freundin.

»Ich weiß nicht, wozu das gut sein soll, so etwas zu sagen.«

»Vielleicht hilft dir das ja zu verstehen, warum dir deine Tochter keinen Begrüßungskuss geben will.«

Er überlegte kurz. »Meinst du, sie macht mir auch Vorwürfe?«

»Natürlich. Und das wird sie auch weiterhin tun. Solange du trübsinnig herumschleichst und so offensichtlich Schuldgefühle an den Tag legst.«

»Ich schleiche nicht trübsinnig herum. Ich tue nichts anderes, als Beth zu suchen, seit sie verschwunden ist.«

»Und das finde ich auch wunderbar. Aber ich rede von den ganz persönlichen Situationen, die Art, wie du mit Morgan umgehst. Wie du sie ansiehst. Was du zu ihr sagst. Was du *nicht* zu ihr sagst. Du bist das wandelnde schlechte Gewissen.«

»Ich möchte ihr einfach klar machen, dass es mir Leid tut.«

»Nein. Du möchtest *Beth* klar machen, dass es dir Leid tut. Aber so funktioniert das nicht. Morgan kann dir Beths Verzeihung nicht gewähren. Also hör auf, sie so zu behandeln, als könnte sie es. Oder du treibst sie noch weiter von dir weg.«

Er musste an sein *mea culpa* an Morgans Bett denken und ihre Reaktion mit den Kopfhörern. Vielleicht war ja was dran an Carlas Worten, auch wenn ihr Ton ziemlich hart gewesen war.

Das Telefon schreckte ihn aus seinen Gedanken auf. Er meldete sich mit unbeteiligter Stimme. Eine Frau war am anderen Ende.

»Ich rufe wegen dieser Anzeige in der Zeitung an.«

Gus war plötzlich hellwach. »Ja?«

»Ich kenne Beth Wheatley. Ich glaube, ich kann Ihnen helfen.«

»Wer sind Sie?«

»Shirley Borge.«

Gus versuchte sich zu erinnern, aber der Name sagte ihm nichts. »Woher kennen Sie Beth?«

»Ich kenne sie vom Sehen.«

»Und wo haben Sie sie gesehen?«

Sie antwortete nicht. Er spürte Carlas Blick, die von der Küche herüberstarrte. Sie stand reglos da und lauschte, weil sie die Anspannung in seiner Stimme spürte. »Wo haben Sie sie gesehen?«, fragte er noch einmal.

Immer noch keine Reaktion. »Wollen Sie mich zum Narren halten?«, fragte er verärgert.

»Ihre Frau hat Bulimie.«

Es verschlug ihm die Sprache.

»Und sie ist die dämlichste Ladendiebin im ganzen King County.«

Es schnürte ihm die Kehle zusammen. »Was wissen Sie sonst noch?«

»Eine Menge.«

»Wo ist sie?«

»Ich hab da so eine Idee.«

»Reden Sie schon.«

»Mm, da müssen wir uns erst mal über den Preis einigen.«

»Sie brauchen sich wegen der Belohnung keine Sorgen zu machen. Wir können von mir aus einen Vertrag aufsetzen. Ich verspreche Ihnen, die viertel Million Dollar zu zahlen, wenn Ihre Information dazu führt, dass Beth zurückkommt.«

»Hört sich gut an.«

»Wo möchten Sie sich mit mir treffen?«

Sie lachte. »Am liebsten würde ich Sie in Mexiko treffen. Aber ich glaube, es ist besser, wenn wir uns hier treffen, wo ich wohne.«

»Kein Problem. Und wo ist das?«

»Gig Harbor.«

Er zögerte. »Ist das nicht dort, wo –«

»Genau. Ich bin hier im Washington Corrections Center for Women, dem Frauengefängnis WCCW. Ist das ein Problem für Sie?«

»Unter diesen Umständen bin ich eher geneigt zu sagen, dass das Ihre Glaubwürdigkeit unterstreicht. Ich kann heute Abend dort sein.«

»Gut. Aber kommen Sie nicht, wenn Sie nur das Geld mitbringen.«

»Was wollen Sie damit sagen?«

»So viele Kaugummis kann eine Frau sich gar nicht kaufen. Ich will hier raus.«

Er erstarrte und wusste nicht recht, was er darauf sagen sollte. »Ich glaube nicht, dass ich der Richtige bin –«

»Ich lege gleich auf.«

»Nein, bitte nicht.«

»Sie klingen ganz schön fertig, Mr Wheatley.«

»Meine Frau ist verschwunden. Was glauben Sie denn, wie es mir geht?«

»Dann helfen Sie mir. Und ich werde Ihnen helfen.«

»Ich wollte Ihnen nur sagen, dass ich gar nicht in der Lage bin, über Ihre Freilassung zu verhandeln. Das ist eine Sache zwischen Ihrem Anwalt und dem Staatsanwalt und der Justizbehörde und was weiß ich wem.«

»Sehr schön.«

»Haben Sie einen Anwalt?«

»Ja.«

»Wer ist das?«

»Sie.«

»Wie bitte?«

»Sie sind doch Anwalt, oder?«

»Ja, aber –«

»Aber Sie haben so was noch nie gemacht. Na und? Hier geht's um Einfluss, nicht um Erfahrung. Ein Typ wie Sie hat jede Menge einflussreiche Freunde. Erheblich mehr als dieser unfähige Trottel von Pflichtverteidiger, dem ich es zu verdanken habe, dass ich hier sitze. Wollen Sie, dass ich mich wieder an *den* wende?«

»Ich weiß nur, dass Sie verdammt viel verlangen. Wenn Sie Geld wollen, bekommen Sie es. Aber was diese andere Sache angeht, kann ich überhaupt nichts garantieren.«

»Ihre Garantie besteht darin, dass Sie sich mehr als jeder

andere da reinhängen werden. Weil es nämlich auf der ganzen Welt keinen Anwalt gibt, der ein größeres Interesse daran hat, mich hier rauszuholen.«

Da hatte sie Recht. Er musste es zumindest versuchen. »Warum sind Sie inhaftiert?«

»Weil ich eine Straftat geplant habe.«

»Was für eine Straftat?«

»Mord.«

»Es wird nicht so einfach sein, eine Mörderin aus dem Gefängnis zu holen.«

»Ich sitze nicht wegen Mordes. Ich sitze wegen eines Mordkomplotts.«

»Was soll das heißen? Ein anderer hat abgedrückt?«

»Das heißt, dass niemand ermordet wurde. Es war ein Komplott. Nur ein Plan. Die Polizei hat Wind davon bekommen, bevor jemand getötet wurde.«

»Es wird trotzdem nicht einfach sein.«

»Wollen Sie Ihre Frau zurück oder nicht?«

»Natürlich will ich das.«

»Dann holen Sie mich hier raus.«

»Okay«, erwiderte er. Sein Herz raste. »Ich werde sehen, was ich tun kann.«

34

Um von Seattle zum Frauengefängnis zu gelangen, musste man über die Interstate hinunter nach Tacoma und von dort wieder ein Stück hinauf nach Gig Harbor auf der westlichen Seite des Puget Sound fahren. Bei gutem Wetter und mäßigem Verkehr dauerte die Fahrt normalerweise etwa zwei Stunden.

Gus legte die Strecke in Rekordzeit zurück.

Gig Harbor war eine reizvolle niedliche Hafenstadt. Es gab eine Menge netter altmodischer Geschäfte, Restaurants und Pensionen. Der Weg dorthin führte allerdings über die mehr als eine Meile lange Tacoma Narrows Bridge, wo die Stürme das Wasser so wild aufpeitschten, dass die ursprüngliche Brücke sich nur einige Monate nach ihrer Inbetriebnahme im Jahre 1940 verdreht hatte und ins Meer gestürzt war. Sie war durch die fünftlängste Hängebrücke der Welt ersetzt worden, aber Gus konnte sie nicht überqueren, ohne in einem kurzen Anflug von Panik das Bild der »galoppierenden Gertie« vor Augen zu haben, der verhängnisvollen Vorgängerin, die zu viel galoppiert war.

Das Gefängnis lag außerhalb der Stadt, ein erst kürzlich renovierter Komplex, für den mehrere Morgen Wald gerodet worden waren. Das WCCW war das einzige der zwölf großen Strafanstalten in Washington State, das ausschließlich Frauen vorbehalten war. In dem Gebäudetrakt mit unterschiedlichen Sicherheitsstufen waren ungefähr siebenhundert weibliche Delinquenten inhaftiert, denen Straftaten von einfachem Diebstahl bis hin zu Mord zur Last gelegt wurden.

Gus kam an, als die üblichen Besuchszeiten längst vorbei waren. Er hatte unterwegs mit Andie telefoniert und ihr alles über Shirley Borge erzählt. Andie hatte bei der Zentralverwaltung für Strafvollzugsanstalten angerufen. Wenn diese Insassin dabei mithelfen könnte, einen Serienmörder zu ergreifen, würde der Leiter sicherlich gerne einem Besuch auch außerhalb der normalen Zeiten zustimmen.

Gus betrat den Gefängniskomplex durch den Eingang zur geschlossenen Vollzugsabteilung, ein lang gestrecktes Gebäude, das an alte Armeekasernen erinnerte. Ein Vollzugsbeamter begleitete ihn den Flur entlang in den Besuchsbereich, wo Anwälte sich mit ihren Mandanten besprechen konnten, und nahm seine Personalien auf. Gus betrat die Kabine Nummer eins, einen kleinen Raum mit nur einem Stuhl. Die Tür befand sich hinter ihm. Rundherum weiße Wände. Hinter einer gläsernen Trennwand lag ein identischer Raum auf der Seite des Gefangenentrakts. Vorerst war er noch leer. Gus zog seinen Stuhl näher an die Abtrennung und an das Telefon auf dem Tresen. Er wartete.

Er vernahm ein Geräusch auf der anderen Seite. Der Türknauf drehte sich und die Eisentür wurde geöffnet. Gus machte Anstalten aufzustehen, er hatte einen Moment lang vergessen, dass es kein Händeschütteln geben würde. Er setzte sich wieder. Shirley Borge trat ein. Sie betrachtete ihn. Die Tür wurde hinter ihr geschlossen. Sie setzte sich ihm gegenüber auf den Stuhl, ohne ein Wort zu sagen. Einen Augenblick lang musterten sie sich gegenseitig von der jeweils gegenüberliegenden Seite der Glaswand aus.

Sie wirkte jünger, als sie am Telefon geklungen hatte. Und sie war erheblich hübscher, als er erwartet hatte. Sie hatte aschblondes Haar und geheimnisvolle braune Augen. Das Gesicht war schmal und schön geschwungen, sie hatte volle Lippen. Dennoch, sie war eine verbitterte, zu »lebenslänglich« verurteilte Frau. Andie hatte ihre Gerichtsakten angefordert und mit Gus gemeinsam durchgesehen. Shirley war verurteilt wegen Beteiligung an einem Mordkomplott, war allerdings schon vorher wegen Prostitution mit dem Gesetz in Konflikt geraten. Eine Narbe zog sich von der linken Schläfe über die Wange. Irgendjemand hatte ihr vermutlich mit einem Rasiermesser übel zugesetzt. Tief in ihren Augen war die Wut immer noch zu sehen. Gus wandte den Blick ab, da es ihm peinlich war, ihre Verletzung anzustarren. Seine Augen wanderten zu ihrem Hals. Die Häftlinge im WCCW trugen keine Anstaltskleidung, es sei denn, sie waren in Isolationshaft. Shirley trug einen weiten Baumwollpullover, dessen Reißverschluss bis zum Dekolleté geöffnet war und den Blick auf eine kleine lila Tätowierung oberhalb ihrer linken Brust freigab. Ihre Brüste waren rund und fest, aber die Tätowierung war schauderhaft, vermutlich war sie erst im Gefängnis entstanden.

Gus versuchte wieder, nicht hinzustarren, aber diese Verunstaltung zog ihn unwiderstehlich an.

Sie klopfte an die Scheibe und riss ihn aus seiner Verwirrung. Gus blickte verlegen auf. Sie hielt den Telefonhörer an ihr Ohr gepresst. Gus nahm den Hörer auf seiner Seite auf.

»Gefällt Ihnen das Tattoo?«, fragte sie.

Er blinzelte nun, erst recht verlegen. »Tut mir Leid. Ich habe gerade überlegt, was es darstellt.«

»Wie sieht es denn aus?«

»Wie irgendeine Blume.«

»Nicht schlecht geraten. Es sind meine Genitalien.«

»Wie bitte?«

Sie beugte sich vor, damit er besser sehen konnte, als wäre sie ein anatomisches Schaubild. »Ich weiß, dass es ein bisschen merkwürdig aussieht, aber es ist absolut detailgetreu. Meine kleinen Schamlippen sind größer als meine großen. Erheblich größer. So was nennt man eine voll aufgeblühte Rose.«

Er wusste nicht, was er sagen sollte. »Ich glaube, davon habe ich noch nie etwas gehört.«

»Ich auch nicht. Bis man mich mit siebenhundert anderen Frauen eingesperrt hat.«

Er wand sich, was ihr zu gefallen schien.

»Glauben Sie, ich mache Witze?«

»Es ist mir ziemlich egal. Ich bin hier, um meine Frau zu finden.«

Sie setzte ein verschlagenes Lächeln auf. »Sie überraschen mich. Ich dachte, wenn man mit einer Ladendiebin verheiratet ist, hat man Verständnis für die Nöte von uns eingesperrten Schwerverbrechern.«

»Woher wissen Sie so viel über Beth?«

»Wie wollen Sie mich hier herausholen?« Sie sah ihm ins Gesicht, aber keineswegs verächtlich, sie wollte einfach nur verhandeln.

»Zunächst einmal: Ich kann Sie hier nicht über Nacht herausholen. Ich habe auf dem Weg hierher mit jemandem vom FBI gesprochen. Man lässt Sie nicht einfach laufen, nur weil Sie behaupten, dass Sie Informationen besitzen, mit denen sich ein Verbrechen aufklären lässt.«

»Dann wissen Sie ja, was Sie zu tun haben, stimmt's?«

»Ja, aber Sie müssen mit mir zusammenarbeiten. Es ist wie bei jeder Transaktion. Die FBI-Leute wollen wissen, wo sie dran sind. Das heißt, Sie müssen denen schon zeigen, was Sie zu bieten haben.«

»Wo ich herkomme, legt man das Geld auf den Tisch, bevor man die Möse zu sehen kriegt.«

»Das ist hier kein Bordell. Hier können Sie nicht einfach zum nächsten Freier laufen und einen besseren Preis herausschlagen. Sie haben nur einen Kunden. Und dieser Kunde bestimmt die Regeln.«

Sie dachte einen Moment lang nach und schien sich ihrer selbst nicht mehr ganz so sicher. Sie schien zu begreifen. »Also, ich erzähle Ihnen, was ich weiß. Wie geht's dann weiter?«

»Das FBI geht Ihrem Hinweis nach. Wenn er sich als zutreffend herausstellt und dazu verhilft, meine Frau zu finden, dann schreiben sie einen Brief an den Ausschuss für Entlassungen auf Bewährung und bitten ihn, Ihre Kooperation bei der nächsten Sitzung des Ausschusses mit in Betracht zu ziehen.«

»Es gibt also keine Garantie?«

»Nein. Der Ausschuss kann die Entlassung auf Bewährung immer noch ablehnen.«

Sie dachte nach, dann verengten sich ihre Augen zu Schlitzen. »Dann können die mich mal.«

»Wie bitte?«

»Wenn die sich nicht auf meine Bedingungen einlassen, dann mach ich's nicht.«

»Das ist nicht besonders klug.«

»Wer sind Sie schon, dass Sie das beurteilen könnten?«

»Ich bin Ihr Anwalt.«

»Sie sind nur das, wozu ich Sie bestimme.«

»Ich bin hier, um Ihnen zu helfen.«

»Sie sind hier, um sich selbst zu helfen.«

»Wir können beide gewinnen.«

»Das ist mir egal. Das FBI kann mich mal. Und Sie können mich auch mal.«

»Hier geht es nicht um mich und das FBI.«

»Allerdings. Hier geht's nämlich um *mich*.«

»Verdammt noch mal, Lady. Hier geht's um ein sechsjähriges Mädchen, das seine Mutter vermisst.«

Ihre Blicke trafen sich. Ihm fiel ein leichtes Zucken in ihren Augen auf.

»Sie haben eine Tochter?«

»Ja. Sie heißt Morgan.«

Shirley schwieg.

»Und sie hat jede Menge Fragen«, fügte er hinzu. »Dauernd will sie wissen, warum jemand ihr ihre Mommy weggenommen hat. Und dann will sie wieder wissen, warum ihre Mommy sie verlassen hat. Das alles einer Sechsjährigen verständlich zu machen, ist verdammt schwer.«

Shirley schwieg weiter. Sie fixierten sich gegenseitig mit ihren Blicken, den Telefonhörer ans Ohr gedrückt. Schließlich blinzelte sie.

»Ich habe auch eine kleine Tochter. Sie ist vier.«

»Töchter sind etwas Wunderbares.«

Sie nickte. »Ich seh sie nur nicht oft.«

»Das tut mir Leid.«

»Ja, mir auch«, erwiderte sie mit einem freudlosen Lachen. »Ist ihr auch ziemlich schwer verständlich zu machen, warum ihre Mommy *hier* wohnt.«

Gus wollte etwas sagen, ließ es aber bleiben. Shirley dachte nach, sie schien abzuwägen, sich vielleicht sogar zu quälen.

Er konnte es an ihren Augen ablesen. Kurz darauf war es vorbei. »Ich will Ihnen was sagen, Mr Wheatley. Ich werde Ihnen hier nicht wie ein Trottel mein Herz ausschütten. Aber ich gebe Ihnen eine Chance.«

»Mehr erwarte ich auch nicht.«

»Hören Sie zu. Das FBI muss sich mir gegenüber bewähren und mich davon überzeugen, dass sie ernsthaft an einem Handel interessiert sind. Also sagen Sie denen, sie sollen mir hier ein paar Vergünstigungen verschaffen. Wenn sie das hinkriegen, werde ich reden. Dann würde ich sehen, dass die FBI-Leute es ernst meinen.«

»Was möchten Sie?«

»Ich möchte wieder bei dem Haustier-Programm hier im Knast teilnehmen.«

»Was ist das?«

»Das ist hier ein spezielles Programm. Einige der Häftlinge dürfen Hunde in ihren Zellen halten und sie ausbilden. Die werden dann Behinderten als Haustiere überlassen. Das ist eine feine Sache. Gibt einem das Gefühl, etwas Sinnvolles zu tun. Ich habe das ungefähr ein Jahr lang gemacht. Dann hat man mich aus dem Programm geworfen.«

»Wieso?«

»Ich habe zugelassen, dass der Hund mich geleckt hat.«

Gus wirkte verwirrt.

»Sie werden bestimmt nicht wissen wollen, wo«, fügte sie hinzu.

»Ich verstehe.«

»Es war bescheuert. Es war ein spontaner Einfall und es hat mich auch sofort angewidert. Zum Glück wurde ich erwischt.«

»Wir machen alle mal unsinnige Dinge.«

»Auf jeden Fall möchte ich wieder bei dem Programm mitmachen. Damit haben die vom FBI die Möglichkeit, mir ihren guten Willen zu demonstrieren. Wenn die jetzt eine Kleinigkeit für mich tun können, dann weiß ich, sie nehmen mich ernst. Dann können wir beide miteinander reden.«

»Sie können nicht einfach das FBI auf den Prüfstand stellen. Sie müssen dafür schon eine Gegenleistung erbringen.«

»Ich habe Ihnen doch gesagt, dass ich nicht einfach mal so mein Herz ausschütte.«

»Zeigen Sie wenigstens ein kleines Entgegenkommen. Hier geht's um einen Handel, Shirley. Sie können nicht von Leuten erwarten, dass sie etwas unternehmen, nur weil Sie sie testen wollen. Eine Hand wäscht die andere.«

Sie musterte ihn nachdenklich. »Okay. Ich biete Ihnen etwas an.«

Seine Augen begannen zu leuchten. »Reden Sie.«

»In Yakima gibt es einen Laden für Secondhand-Klamotten, der heißt *Second Chance.* Viele Einwanderer kaufen dort ein. Mexikanische Apfelpflücker, auch einige Inder.«

»Was ist damit?«

»Sehen Sie ihn sich an.«

»Wozu soll ich ihn mir ansehen?«

»Sehen Sie ihn sich einfach an. Nehmen Sie ihn persönlich unter die Lupe. Das ist alles.«

»Was wollen Sie damit sagen, das ist alles?«

»Das ist alles, was ich Ihnen im Moment verrate. Wenn Sie mir hier wieder die Teilnahme am Haustier-Programm ermöglichen, dann erzähle ich Ihnen mehr. Wenn Sie die Zusicherung bekommen, dass mein Strafmaß reduziert wird, erzähle ich alles.« Sie beugte sich vor und zog eine Augenbraue hoch. »Und wenn Sie mich heute Nacht noch hier rausholen, dann zeige ich Ihnen meine voll erblühte Rose.«

Gus starrte sie einfach nur an.

»Ich höre von Ihnen.« Sie schob sich vom Tisch weg und drückte auf den Klingelknopf. Eine vor dem Raum wartende Wärterin öffnete die Tür. Sie warf ihm noch einen Blick zu, dann verschwand sie hinter der Stahltür.

Gus packte seine Papiere zusammen und beeilte sich, ein Telefon zu finden.

35

Am frühen Donnerstagmorgen saßen Andie und ihr Vorgesetzter in Isaac Underwoods Büro. Sie hatte Lundquist über die Insassin des WCCW und ihre ungewöhnlichen Forderungen Bericht erstattet. Sie waren von Anfang an unterschiedlicher Auffassung darüber, wie man der Geschichte mit dem Kleiderladen nachgehen sollte. Andie war die Sache so wichtig, dass sie mit dem ASAC Rücksprache halten wollte. In dem Punkt war Lundquist mit ihr einer Meinung.

Isaac saß hinter seinem Schreibtisch, direkt vor der »Wand der Zähne und der Ehrungen«, wie sie in der ganzen Dienststelle genannt wurde. Isaac waren mehr Auszeichnungsplaketten und Belobigungsurkunden verliehen worden als irgendeinem Agenten der Dienststelle zuvor und viele davon hatte er hinter seinem Schreibtisch gut sichtbar um das offene Maul eines mit riesigen Zähnen gespickten Tigerhais drapiert. Dafür, dass er eigentlich ein netter Kerl war, hatte Isaac erstaunlich wenig Probleme damit, sein Büro zu einem Ort der Einschüchterung zu gestalten.

Isaac war an diesem Morgen besonders beschäftigt. Obwohl er als ASAC formal gesehen nur der Stellvertreter des Chefs war, leitete er faktisch die Dienststelle, seit dieser in den Ruhestand gegangen war. Das Hauptquartier musste noch einen Nachfolger bestimmen. Isaac gab Andie zehn Minuten, keine Sekunde länger. Wenn man die zugeteilte Zeit überschritt, kam unweigerlich das riesige Maul herunter und biss einem den Kopf ab. Andie redete daher schnell, gab Isaac eine Zusammenfassung und umriss dann kurz, was zu tun war.

»Zugegebenermaßen macht die Tatsache, dass die Gefangene in einem Staatsgefängnis einsitzt, die Angelegenheit ziemlich kompliziert. Nach den Vorschriften müssten wir uns an das US-Justizministerium wenden, das sich wiederum mit der Staatsanwaltschaft in Verbindung setzt, wobei wahrscheinlich so viel Zeit vergeht, dass Beth Wheatley inzwischen an Altersschwäche stirbt. Gus Wheatley handelt meiner Meinung nach instinktiv richtig. Die Situation erlaubt uns nicht den Luxus, in monate-, wochen- oder auch nur tagelanger Kleinarbeit ein Verfahren mit der Bürokratie auszuhandeln.«

»Hat schon jemand die Möglichkeit in Betracht gezogen, dass wir es hier mit einer Gefangenen zu tun haben, die aus lauter Langeweile die Leute aufmischen will, nur um daran ihren Spaß zu haben?«, fragte Isaac.

»Und woher weiß sie von der Bulimie? Und von der Klauerei?«

»Sie haben Recht«, gab Isaac zu. »Was schlagen Sie also vor, Andie?«

»Als Erstes brauche ich Ihre Rückendeckung. Wenn an der Geschichte dieser Gefangenen was dran ist, dann ist mindestens jemand im Rang eines ASAC erforderlich, der ein paar Telefongespräche führt und die Bürokratie auf Trab bringt.«

»Damit beschäftigen wir uns, wenn es so weit ist. Also verschwinden Sie jetzt und überprüfen Sie, ob an der Geschichte was dran ist.«

»Genau deshalb sind wir hier«, wandte Lundquist ein. »Wir sind uns nur nicht einig, wie die Überprüfung des Ladens vonstatten gehen soll.«

»Sie haben drei Special Agents in Ihrem Team, das mit der Wheatley-Entführung betraut ist. Stein, Papier, Schere. Wer verliert, fährt nach Yakima und schnüffelt herum. Noch mehr wichtige Entscheidungen, die ich Ihnen abnehmen soll?«

»Genau an dem Punkt sind wir ja unterschiedlicher Meinung«, beharrte Andie.

»Na gut, dann fährt eben der *Gewinner* nach Yakima.«

Isaac war wirklich ein harter Brocken. Das konnte nur daran liegen, dass er am vergangenen Abend auf dem Parkplatz einen Moment lang nicht aufgepasst hatte. *Eindeutiger Fall von Überkompensation,* dachte Andie.

»Die Frage ist nicht, wer geht«, sagte sie. »Sondern wie. Ich halte es nicht für besonders intelligent, wenn unser Mann in diesen Laden marschiert, seine Dienstmarke zückt und anfängt, Fragen zu stellen. Alles deutet darauf hin, dass wir es mit einem ziemlich intelligenten Serienmörder zu tun haben. Wir haben keine Ahnung, in welcher Verbindung er zu dem Kleiderladen steht.«

»Wenn überhaupt«, maulte Lundquist.

»Stimmt, wenn überhaupt. Aber wahrscheinlich vermasseln wir alles, wenn wir uns offen zu erkennen geben. Wir müssen subtiler vorgehen, uns etwas einfallen lassen.«

»Scheint mir ein ziemlich fadenscheiniger Vorwand, das Geld der Steuerzahler für eine aufwendige Überwachungsaktion zu verschleudern.«

Lundquist schloss sich ihm selbstgefällig an. »Genau das habe ich auch gesagt.«

»Es muss ja keine offizielle Überwachung sein. Ich kann ja in einer Nebenrolle auftreten. Der Laden verkauft an Latinos und Indianer mit geringem Einkommen. Ich bin Halb-Indianerin. Ich kann das übernehmen.«

»Was gefällt Ihnen daran nicht, Kent?«

Lundquist verzog das Gesicht. »Dass ich mir genau vorstellen kann, wohin das führt. Sie spielt diese Rolle einen Nachmittag lang. Dann will sie noch einen Tag dranhängen, dann eine Woche und so weiter und so fort. Und bevor wir wissen, wie uns geschieht, stecken wir mitten in einer Undercover-Langzeitaktion, die siebzigtausend Dollar kostet. Und in einem halben Jahr steigen mir die Rechnungsprüfer aufs Dach.«

Isaac verdrehte die Augen. »Hab ich etwa gerade jemanden sagen hören, dass der Himmel einstürzt?«

»Kommen Sie, Isaac, Sie wissen ganz genau, dass diese ›Nebenrollen‹ eine Gefahr darstellen.«

»Sie haben nicht ganz Unrecht.« Er sah Andie eindringlich an. »Also, was ist, Andie? Können Sie mir versichern, dass das nur einen Nachmittag lang dauern wird und kein bisschen länger?«

Sie hätte gerne ja gesagt, aber sie wollte nichts versprechen, was sie nicht halten konnte. »Darf ich einen Vorschlag machen?«

»Bitte.«

»Damit wir uns nicht Tag für Tag über eine Verlängerung herumstreiten müssen, sollten wir uns als Erstes auf eine zeitliche Begrenzung einigen.«

»Wie lange?«

»Geben Sie mir drei Tage. Wenn ich in der Zeit nichts herausfinde, trete ich von dem Auftrag zurück.«

Isaac nickte. »Hört sich vernünftig an. Einverstanden, Kent?«

Kent dachte darüber nach. »In Ordnung. Drei Tage.«

»Gut.« Andie erhob sich und ging zur Tür, bevor sie es sich noch einmal anders überlegten. »Danke, Isaac. Ich bringe Ihnen ein nettes T-Shirt mit oder so was.«

»Für Kent auch eins.«

»O ja«, erwiderte sie mit einem dünnen Lächeln. »Ich werde seins sechs Monate zurücklegen lassen.«

»Drei Tage«, rief er ihr hinterher, aber sie war schon zur Tür hinaus.

Gus hatte gehofft, möglichst bald etwas von Andie zu hören, aber während der Tag voranschritt und ihm dabei das Telefongespräch vom vergangenen Abend immer wieder durch den Kopf ging, war er sich nicht länger sicher, ob sie ihm überhaupt einen Anruf schuldig war. Sie hatte ihm versichert, alles in ihrer Macht Stehende zu unternehmen, um eine Vereinbarung mit Shirley auszuarbeiten, falls ihre Hinweise zu etwas führten. Ihm blieb nichts, als anzunehmen, dass noch nichts Konkretes herausgekommen war.

Am Nachmittag holte er Morgan von der Schule ab. Während der Fahrt nach Hause versuchte er, dem Verdacht nachzugehen, den Carla gestern geäußert hatte – dass in der Schule irgendetwas vorgefallen war, was Morgan bedrückte. Er stellte allgemeine Fragen. Wie war's in der Schule? Alles in Ordnung mit deinen Freundinnen? Das Auto war sowohl der beste als auch der schlechteste Ort für diese Art Gespräch. Sie konnte nicht weg, aber dadurch, dass sie in sicherer Entfernung von den Airbags hinten saß, konnte er weder in ihrem Gesicht lesen noch ihre Körpersprache studieren. Das Gespräch führte zu nichts, deshalb gab er es schließlich auf. Er wollte nicht die schwierigen Fragen stellen und ihre Reaktionen im Rückspiegel ablesen.

Gegen drei Uhr waren sie zu Hause. Morgan ging in ihr Zimmer. Gus hörte den Anrufbeantworter in der Küche und den in seinem Arbeitszimmer ab. Nichts.

Er ließ Morgan ein paar Minuten Zeit, erst mal anzukommen, bevor er in ihr Zimmer ging. Die Tür war halb geöffnet, so dass er alles sehen konnte. Morgan saß mit überkreuzten Beinen auf dem Boden, mit dem Rücken zur Tür. Der Fernseher lief. Er betrachtete ihren Hinterkopf, den dünnen Hals, die schmalen Schultern und ihm fiel auf, was für ein kleines Mädchen sie noch war. Dann blickte er zum Bildschirm. Es war mehr das Geräusch als das Bild, das seine Aufmerksamkeit erregt hatte. Morgan spielte eine ihrer alten Videokassetten ab. Eine ganz alte. Der Film hieß *More Baby Songs.* Gus erinnerte sich daran, weil Morgan ihn sich immer angesehen hatte. Sie war gerade mal zwei gewesen und hatte eben erst gelernt, den Rekorder zu bedienen. Es war schon witzig gewesen, dass sie mit sechsundzwanzig Monaten besser mit dem Gerät umgehen konnte als ihre Eltern. *More Baby Songs* war ihr Lieblingsvideo gewesen und ihr Lieblingslied war das Lied, das Beth ihr beigebracht hatte. Das war genau zu der Zeit gewesen, als Beth beschlossen hatte, wieder im Hotel zu arbeiten. Der Text handelte von einer berufstätigen Mutter, deren Tochter tagsüber im Hort untergebracht ist. Die Tochter weint immer, wenn die Mutter geht, aber der Refrain lehrte sie, nicht mehr zu weinen. *Weil meine Mommy mich holt. Weil sie mich immer abholt. Sie kommt immer und holt mich dann ab.*

Morgans Stimme klang brüchig, als sie mitsang. Gus sah von der Tür her zu, es brach ihm das Herz.

Weil meine Mommy mich holt. Weil sie mich immer abholt. Sie kommt immer und holt mich dann ab.

Gus wäre am liebsten zu ihr hingegangen und hätte sie in seine Arme gehoben, sie gehalten und ihr gesagt, ja, Mommy kommt bald wieder. Aber sie würde die Zweifel in seinen Augen sehen, seine eigene Ungewissheit, was Beth betraf. Das würde alles nur noch schlimmer machen. Im Moment war sie besser dran ohne ihn. Es ging ihr besser mit ihren Videos und ihren Liedern und den Erinnerungen an das vorbehaltlose Versprechen ihrer Mutter.

Zuerst lief es ihm kalt den Rücken hinunter, aber dann spürte er den wärmenden Trost, als würde der bloße Gedanke an Beths Versprechen jeden Zweifel an ihrer Rückkehr auslöschen. Plötzlich hatte er den Eindruck, dass in seiner Familie *er* derjenige war, der die Versprechen nicht einlöste. Und nicht Beth.

Er sah noch eine Weile zu, dann wandte er sich ab und ging zurück, ein bisschen trauriger und doch ein bisschen hoffnungsvoller.

36

Er gelangte immer weiter in den Süden, obwohl die Fahrt bisher eine Zickzackroute durch Oregon gewesen war. Er hatte kein bestimmtes Ziel, Hauptsache, es lag ziemlich weit südlich von dort, wo er sein letztes Opfer hinterlassen hatte. Während der vergangenen drei Tage war er von Stadt zu Stadt gefahren, von Hotel zu Hotel, von Einkaufszentrum zu Einkaufszentrum. Er war ein zwanghafter Planer, aber in erster Linie war er Realist. Die Auswahl des nächsten Opfers erforderte immer auch ein Quäntchen Glück.

Glückspilz, dachte er bei sich, als er die Handtasche seines neuesten Opfers durchwühlte. Er hatte sie am Tag zuvor gestohlen, nachdem er der Frau in eine gut gefüllte Kneipe gefolgt war. Gerade hatte die Handtasche noch auf dem Hocker neben ihr gelegen, im nächsten Moment war sie verschwunden. Danach war er noch in der Nähe geblieben, um ihre Reaktion von weitem zu überprüfen. Die erste Panik, die hektische Suche und dann die Erkenntnis, dass sie weg war. Anhand dessen, wie eine Frau auf eine relativ harmlose Krise wie das Abhandenkommen ihrer Handtasche reagierte, konnte er eine Menge über sie aussagen. Ob sie die Nerven behielt oder völlig hilflos war. Ob sie wütend war oder einfach nur losheulte. Ob sie eine Kämpfernatur war oder eine leichte Beute.

Diese würde eine ziemlich leichte sein.

Und sie passte auch ziemlich gut ins Bild. Alter, Figur, Haar – und Augenfarbe – alles stimmte. Auch hatte sie die nötige Körpergröße, zumindest nach dem, was er ihrem Führerschein entnehmen konnte. Sie arbeitete zwar nicht in einem Hotel wie die anderen, aber es wurde allmählich verdammt schwierig, haargenaue Übereinstimmungen zu finden. Er begann zu pfuschen, zugegeben, aber die Zeit drängte.

Er wartete auf der östlichen Seite ihres Hauses, ganz in Schwarz gekleidet und zwischen die Mülltonnen geduckt. Die tief hängenden Kiefernzweige ließen das Mondlicht nicht durch, so dass er in Dunkelheit gehüllt war. Eine dichte Reihe immergrüner Sträucher erstreckte sich vom Zaun bis ans Haus, vermutlich sollten sie die Mülltonnen verdecken. Es war das perfekte Versteck. Durch die Zweige konnte er die Einfahrt sehen, die aber leer war. Er hatte erwartet, dass sie mittlerweile zu Hause sein würde, aber sie kam zu spät – oder zumindest später als die drei Abende zuvor, an denen er sie beobachtet hatte.

Die Nacht war kalt. Er konnte seinen Atem sehen. Die Gummihandschuhe wurden ganz steif, als sich die Temperatur dem Gefrierpunkt näherte. Schließlich, kurz nach neun, fuhr ihr Wagen in die Einfahrt. Die Scheinwerfer wurden ausgeschaltet. Sie stieg aus, schlug die Wagentür zu und eilte den Gehweg hinauf mit dem Hausschlüssel in der Hand. Der bloße Anblick verursachte ihm Herzklopfen. Er hätte sie jetzt sofort anspringen können, aber er wollte kein unnötiges Risiko eingehen. Frauen waren auf dem Weg von ihrem Auto zur Haustür immer auf der Hut. Es war besser zu warten, bis sie drinnen war, zufrieden und sorglos, ohne jede Ahnung von dem Mörder draußen vor der Tür.

Sie wirkte nervös, als sie die Eingangsstufen hinaufging. Er wusste, dass sie die Schlösser ausgewechselt hatte; er hatte die Schlüssel aus ihrer Handtasche ausprobiert. Der neue Hausschlüssel zitterte, als sie ihn ins Schloss stecken wollte. Man hätte das Zittern auf die kalte Nachtluft zurückführen können, wenn sie nicht in einen dicken Wintermantel gehüllt gewesen wäre und eine warme Strickmütze aufgehabt hätte. Wahrscheinlicher war, dass der Diebstahl ihrer Handtasche sie in Panik versetzt hatte. Wahrscheinlich dachte sie, dass sich irgendein gefährlicher Typ mit einem Messer unter ihrem Schlafzimmerfenster versteckt hielt.

Wie fantasiebegabt sie doch war.

Schließlich öffnete sie die Tür und verschwand im Hausinnern. Ein Fenster nach dem anderen wurde erleuchtet auf ihrem Weg von der Diele ins Wohnzimmer, den Flur entlang bis ins Schlafzimmer. Er kniete unter ihrem Fenster und spähte hinein. Die Jalousien waren nur bis knapp über der Fensterbank heruntergelassen, so dass er ins Zimmer sehen konnte. Sie saß auf der Bettkante, aber durch die Stellung der Lamellen konnte er sie nur von der Taille an abwärts sehen. Für den Moment war das ein reizvoller Anblick. Sie streifte ihre Schuhe ab. Der Rock fiel auf den Fußboden. Sie streifte sich die hautfarbene Strumpfhose von den langen Beinen. Sie schienen an den Waden einen Moment lang hängen zu bleiben. Sehr hübsche Wadenmuskeln. Sie joggte sicherlich, vielleicht machte sie auch Tanztraining. Sie legte die Strumpfhose beiseite und trat vor den Ganzkörperspiegel.

Jetzt konnte er ihren ganzen Körper sehen, ihr Gesicht, ihre Haare. *Die Haare!*

Draußen war die Veränderung unter ihrer Wintermütze nicht zu sehen gewesen. Die brünette Farbe war weg. Sie hatte ihre Haare gefärbt. *Verflucht!*

Drei Tage Vorbereitung und Planung für nichts und wieder nichts. Er war wütend, doch dann wurde ihm bewusst, dass sie es seinetwegen getan hatte. Dass sich genau darin die unglaubliche Macht manifestierte, die er auf sie ausübte. Die Schlagzeilen hatten sie fertig gemacht. Schon wieder eine Frau, die von den Berichten über einen Serienmörder, der es auf brünette Frauen Anfang dreißig abgesehen hatte und sich langsam von Seattle südlich bewegte, in Panik versetzt worden war. Er fragte sich, wie viele Frauen von der gleichen Angst verfolgt wurden, obwohl er nicht daran zweifelte, dass dieser hier der Diebstahl ihrer Handtasche den Rest gegeben hatte.

Er beobachtete sie, wie sie in den Bademantel schlüpfte und ihre neue Haarfarbe im Spiegel bewunderte. Er war versucht, die Geschichte durchzuziehen, einfach aus Verärgerung. Andererseits hatte sein letztes Opfer auch schon nicht die perfekte Ähnlichkeit aufgewiesen. Plötzlich hatte er eine Eingebung. Er könnte sie töten und anschließend ihre Haare wieder tiefbraun färben. Das wäre gleichzeitig die Botschaft, dass keine sicher war. Wenn eine Frau nicht passend aussah, wurde sie eben vom Mörder passend gemacht. Blonde und Rothaarige wären nicht länger immun.

Es war eine bescheuerte Idee, einer Leiche die Haare zu färben. Er hatte keine Lust, Frisör zu spielen. Und wenn er ehrlich war, hatte er an dieser hier ohnehin schon fast jedes Interesse verloren. Diese selbst ernannten Profiler-Experten würden wahrscheinlich den Schluss ziehen, er befände sich in einer Art Abkühlungs-Periode. Sie würden behaupten, er wäre noch zu gesättigt von seiner letzten Tat, um sich schon wieder an der nächsten erregen zu können. Diese Stümper vom FBI glaubten wohl, sie wüssten Bescheid, so als ob jeder Serienmörder auf der Welt nach einem Mord in eine Art Winterschlaf verfiele und Zeit bräuchte, um sich vor dem nächsten Schlag wieder zu regenerieren. Bei einigen mochte das ja so sein. Einige schliefen dann tagelang. Aber er war nicht wie sie.

Sie konnten mit seiner Energie nicht mithalten.

So leise, wie er gekommen war, schlich er sich von dem Haus weg. Jetzt zu gehen war kein Versagen. Seine mangelnde Begeisterung hatte nichts mit der Wahl des Zeitpunkts zu tun. Es war nicht einmal die Sache mit dem Haarefärben, die ihm den Spaß verdorben hatte. Im Grunde hatte er genug von dem ganzen Plan. Nach drei toten Imitaten musste er es endlich wissen.

War Beth Wheatley auf seiner Seite? Oder war sie gegen ihn?

TEIL 4

37

Am frühen Freitagmorgen ging Andie zu Goodwill, um sich Secondhand-Klamotten zu besorgen. Sie kaufte zwei alte Jeans, schwarze und blaue; ein Paar Wanderstiefel; ein fleckiges Sweatshirt; zwei Pullover; schließlich einen braunen Wintermantel mit eingerissenen Taschen. Sie kehrte im Laufe des Vormittags ins Büro zurück und traf sich mit einem Agenten, der sie auf ihre Undercover-Rolle vorbereiten sollte. Da es sich hier nicht um eine Undercover-Operation mit dem sonst üblichen Aufwand handelte, konnten sie darauf verzichten, eine komplette falsche Identität aufzubauen mit Führerschein, Sozialversicherungskarte, Wohnung, Telefonnummer, beruflichem Werdegang, Bonitätsnachweis, Bankkonten und was sonst noch dazugehörte. Für einen so kurzen Auftrag benötigte sie lediglich einen Namen und eine Legende. In den nächsten Tagen wäre sie Kira Whitehook, die von der Highschool geflogen war, immer wieder in Schwierigkeiten steckte und sich in den vergangenen zehn Jahren mit Zeitjobs über Wasser gehalten hatte. Es war nicht gerade eine Vergangenheit, auf die man stolz sein konnte, aber für diesen Zweck war sie genau richtig. Von einer wie ihr würde man nicht erwarten, viele persönliche Fragen zu beantworten.

Es kostete Andie einige Mühe, wie eine Stadtstreicherin auszusehen. Den Großteil dieser Arbeit übernahm sie selbst in einem der Umkleideräume. Sie entfernte den Nagellack von ihren Fingernägeln und schnitt sie so kurz, dass sie aussahen wie abgeknabbert. Von den Hanteln in ihrem Fitnessstudio hatte sie Schwielen an den Händen. Sie raute sie mit einem Bimsstein auf und fügte sich mit den Autoschlüsseln ein paar Kratzer auf den Knöcheln zu. Als Nächstes kamen die Haare an die Reihe. Zu modisch. Sie schnitt die Enden auf eine unregelmäßige Länge, befeuchtete anschließend ihre Haare und föhnte sie fast eine halbe Stunde lang, bis sie strohig und überstrapaziert wirkten. Zum Schluss das Gesicht. Die Augenbrauen waren zu perfekt, aber sie konnte sie schlecht wieder einpflanzen. Sie rasierte die äußere Spitze der linken ab. Es durfte nicht zu sehr irritieren, aber sollte doch eine leichte Asymmetrie ergeben, so als wäre sie irgendwann mal in eine Schlägerei geraten. Sie schminkte sich komplett ab, aber ihr Covergirl-Teint entsprach noch nicht so ganz der neuen Rolle. Sie pappte sich übertrieben viel Make-up auf die Wangen. Mit einem matten braunen Lippenstift verlieh sie ihrem weichen Mund ein hartes Aussehen.

Sie warf einen Blick in den Spiegel und hätte fast laut aufgeschrien. Aber dann fand sie es lustig. Sie stellte sich vor, wie sie sich an Isaac heranschlich und ihm erzählte, dass sie so am Morgen danach aussehen würde. Aber plötzlich war ihr doch nicht mehr so heiter zumute. Vor zwei Wochen hätte sie sich noch ohne weiteres vor ihm über sich selbst lustig gemacht, aber mittlerweile wollte sie lieber nicht, dass er sie so sah.

Das Leben ist doch verdammt kompliziert.

Sie zog den Pullover mit Zopfmuster und die ausgebeulten Bluejeans an und keinerlei Schmuck. Den Rest ihrer Habseligkeiten packte sie in ihren Seesack, zusammen mit zweihundert Dollar in bar. Mehr ließ sich Lundquist nicht aus den Rippen leiern. Ihre FBI-Marke und ihre Papiere ließ sie in ihrem

Schreibtisch zurück. Die Pistole, eine Walther PPK .380, befestigte sie am Fußgelenk unter dem Hosenbein. Sie war kleiner als ihre sonst übliche Sig-Sauer P-228, ihrer Undercover-Tätigkeit aber angemessener.

Sie schlich zur Mittagszeit durch den Hinterausgang aus der Dienststelle, so dass keiner sie fragen würde, wo sie hinwollte oder was ihr Aufzug zu bedeuten hatte. Niemand außer den Leuten des Wheatley-Entführungs-Teams, ihrem Vorgesetzten und Isaac wusste, dass sie einen Undercover-Auftrag hatte. Es war einfach zu gefährlich, dieses Geheimnis zu enthüllen, sei es gegenüber der Familie des Opfers oder gegenüber auswärtigen Polizeidienststellen oder anderen FBI-Agenten, die nicht unbedingt davon wissen mussten. So gern sie auch Gus versichert hätte, dass sie den Hinweisen nachging, kam ein Anruf bei ihm nicht in Frage.

Der Greyhound-Bus verließ Seattle um 15:10 Uhr. Sie hätte vielleicht auch den Wagen nehmen können, aber am sichersten war es, ihrer Rolle von dem Moment an, wo sie das FBI-Büro verließ, treu zu bleiben.

Sie war einer von elf Passagieren, die im Bus verteilt saßen. Andie hatte einen Fensterplatz in der Mitte. Die Fahrt verlief ruhig, bis auf das gelegentliche Geschrei zweier kleiner Jungs, die mit ihrer Großmutter ganz vorne saßen. Der unheimliche Bursche auf der anderen Seite des Gangs suchte Augenkontakt mit ihr, grinste und zog einen Klumpen Kaugummi aus seinem Mund.

»Willst'n Stück abhaben?«

Andie wandte den Blick ab und ignorierte ihn.

Die vierstündige Busfahrt führte durch die Berge. Zwischen Seattle und den mittleren und östlichen Teilen des Staates Washington lagen die North Cascades, ein wunderschönes Gebirge, das an die Alpen erinnerte. Es begann siebenhundert Meilen nördlich von Kalifornien und erstreckte sich bis zum

Fraser River im südwestlichen Kanada. Die westlichen, der Wetterseite zugewandten Hänge waren grün und üppig bewachsen. Durch den häufigen Niederschlag waren riesige Seen, rauschende Flüsse und gewaltige Wasserfälle entstanden. Am imposantesten waren die Snoqualmie-Fälle, deren Wasser aus noch größerer Höhe herunterstürzte als bei den Niagara-Fällen. Am White Pass waren die Skibedingungen in diesem Winter hervorragend gewesen und das ganze Jahr über hatte man eine fantastische Aussicht. Der Mount Rainier in der Nähe von Seattle, dessen zu jeder Jahreszeit schneebedeckten Gipfel man bei klarem Wetter von überall her schon aus zweihundert Meilen Entfernung sehen konnte, war die beeindruckendste Erhebung. Es gab sechs weitere Berge, darunter den Mount St. Helens, der dafür berühmt war, dass im Jahre 1980 ein gewaltiger Vulkanausbruch seine Spitze weggesprengt hatte. Die Vulkanasche wurde damals hunderte von Meilen weit geweht und rieselte wie grobkörniger, schwarzer Schnee in weit entfernten Gegenden wie dem Yakima Valley im mittleren Washington herunter.

Das Yakima Valley auf der dem Wind abgewandten Seite des Gebirges war im Prinzip eine Wüste, in der anstatt dichter Wälder und grünem Moos auf einer braunen, staubigen Ebene Beifuß und Kakteen wuchsen. Es war eine schroffe Landschaft, den Extremen ausgesetzt, im Winter kalt und im Sommer heiß. Bäche trockneten über weite Teile des Jahres aus oder verkümmerten zu Rinnsalen, aber nach Schneeschmelzen oder heftigen sommerlichen Regenfällen konnten sie auch zu reißenden moddrigen Fluten anschwellen. Dass eine große Flut einmal das gesamte Tal in einen riesigen See verwandelt hatte, war sowohl indianische Legende als auch geologische Tatsache. Der Rest der Legende war wirklich nur Legende und es gab keinerlei Beweise für das riesige Kanu, das auf dem Gipfel des Snipes Mountain gelandet war und dem ein junges indianisches Pärchen entstiegen war, das dafür gesorgt hatte, dass das Tal wieder bevölkert wurde.

Wie auch immer die Überlieferung war, die Yakamas – nicht Yakimas, wie sie später fälschlicherweise bezeichnet wurden – waren tatsächlich seit Menschengedenken durch das wogende Grasland gezogen und hatten von Fischfang, Beerensammeln und der Zubereitung von Camassia-Wurzeln gelebt. Sie waren Nomaden gewesen, die Ersten im pazifischen Nordwesten, die Pferde gezüchtet und dressiert hatten. Der weiße Mann war in der Mitte des neunzehnten Jahrhunderts aufgetaucht und in seinem Gefolge kamen Vieh, Landwirtschaft, Entwicklung und Konflikte. Das Land, in dem es nie Zäune gegeben hatte, wurde ab dem Zeitpunkt säuberlich aufgeteilt in riesige quadratische Flächen bewässerten Farmlands. An den Hängen wurden Reihen über Reihen von Obstbäumen gepflanzt. Es waren vor allem die Äpfel, die Yakima weit über die Gegend hinaus bekannt machten.

Und Verbrechen.

Andie hatte die Verbrechensstatistiken von Yakima eingesehen, einer Stadt, die berühmt war für ihre Plantagen und berüchtigt für Gewalttätigkeit. Bezogen auf die Einwohnerzahl von ungefähr fünfzigtausend war sie eine der gefährlichsten Städte des ganzen Landes. Auch auf die Gefahr hin, für politisch inkorrekt gehalten zu werden, betrachteten eine ganze Reihe von Leuten die Gewalt als unvermeidlichen Ausfluss des ständigen Zusammenpralls verschiedener Kulturen. Die Indianer schlugen sich mit den Problemen herum, die das Leben im Reservat mit sich brachte, einschließlich einer Alkoholismusrate, die weit über dem Durchschnitt lag. Lateinamerikanische Wanderarbeiter kamen in Scharen zur Erntesaison. Sie waren arm, wie jede nichtsesshafte Bevölkerungsgruppe, und einige waren ausgesprochen gefährlich. Die meisten von ihnen waren gesetzestreue Leute, aber ohne eigenes Verschulden ließen sie bei den Menschen, die ihre Sprache nicht verstanden, die schlimmsten Charaktereigenschaften zu Tage treten. Die weiße Bevölkerung war in sich geteilt. Robuste Frauen und Männer, die dort schon lange in riesigen Wohnwagen wohnten, und direkt gegenüber inmitten schöner neuer Weingärten die wohlhabenden und visionären Landbesitzer, die Washingtons moderne Weinindustrie aufgebaut hatten.

»Yakima«, rief der Busfahrer.

Andie war einer der drei übrig gebliebenen Fahrgäste. Alle anderen waren vorher in Ellensburg ausgestiegen.

Andie zog den Mantel an, warf sich ihren Seesack über die Schulter und lief den Gehweg hinunter. Es war kälter als in Seattle und es würde nur noch eine halbe Stunde hell bleiben. Ihr Atem gefror in der eisigen, trockenen Luft. Der kalte Wind schnitt ihr ins Gesicht. Sie wünschte sich, sie hätte Geld für Handschuhe ausgegeben, aber dem würde sie in dem Secondhandladen abhelfen können. Sie hatte während der Fahrt einen Stadtplan studiert und wusste, welchen Bus sie nehmen musste. Der Bus Nummer fünf musste an der Ampel nur einen halben Block weiter vorn anhalten. In einem Zehn-Sekunden-Spurt schaffte sie es bis zur Bushaltestelle direkt an der Kreuzung und kam gerade rechtzeitig, um noch einzusteigen. Fünf Minuten später stand sie an der Kreuzung I Street und North First Street.

Der Bus rumpelte davon, nachdem sie an der Ecke vor dem AM/PM-Minimarkt ausgestiegen war. Von ihren Nachforschungen wusste Andie, dass dort Schießereien stattgefunden hatten mit zumindest einem Todesopfer. In Richtung der nördlich gelegenen Stadt Selah gab es ein altes Hotel, das in eine Mission umgebaut worden war. Ehrenwerte Absicht, aber letztlich handelte es sich um einen Sammelpunkt für alle möglichen Ausgestoßenen. Andie beobachtete zwei Obdachlose, die gegenüber auf einem leeren Parkplatz in Pappkartons kauerten. Sie sah auf die Uhr. Viertel vor fünf. Die beiden bereiteten zweifellos ihren Schlafplatz für die kalte Nacht vor. Andie würde sich um ihren eigenen auch bald kümmern müssen. Die Straße hinauf lagen haufenweise heruntergekommene Motels und preiswerte Appartements, die vor allem von Huren und Säufern bewohnt waren. Um ihrer Rolle gerecht zu werden, würde sie sich dort einmieten. Aber sie hatte es damit nicht eilig. Der *Second Chance*-Kleiderladen lag ein paar Häuser die Straße hinunter. Als Erstes wollte sie dort vorbeischauen.

Es war die typische Ladenfront mit Schaufenstern bis zum Boden. Die Klamotten waren nicht an Puppen ausgestellt, sondern hingen an Bügeln. Andie spähte vom Gehweg aus hinein. Der Laden hatte wenig Inventar, dafür umso mehr Ware anzubieten. An den Decken hingen nackte Neonröhren. Die alten Bodenfliesen waren rissig und fleckig. Man konnte genau sehen, wo die früheren Mieter ihre Ladentische und andere Einbauten aufgestellt hatten und dass sie schon vor langer Zeit entfernt worden waren. Auf den Regalen an der hinteren Wand lagen Hosen, T-Shirts und Pullover gestapelt. Aber die meisten Kleidungsstücke hingen an fünf Metallständern, die so lang waren wie der Laden. Kleider und Röcke an einem, Blusen am nächsten. An den restlichen befanden sich Kinderkleidung, Wintermäntel und eine kunterbunte Mischung anderer Sachen. Ganz hinten hingen einige Brautkleider.

Als Andie hineinging, ertönte eine Türklingel. Eine alte Frau kam hinter einem Vorhang hervor. Sie war ein unglaublicher Anblick. Runzlige weiße Haut, wie ein Albinonashorn. Aber schwarzes Haar, als hätte sie es mit Schuhcreme gefärbt. Sie betrachtete Andie wortlos. Andie benahm sich einfach wie eine Kundin.

Es war ein seltsames Gefühl. Sie sah sich zwischen den gebrauchten Klamotten um, obwohl sie nichts brauchte, gab vor, jemand anderes zu sein, als sie war, und hatte nicht die leiseste Ahnung, wie das alles ihr dabei helfen sollte, eine Frau zu finden, die sie nicht kannte, eine Frau namens Beth Wheatley.

Also blieb ihr nichts anderes übrig, als ins Gespräch zu kommen und zu sehen, wohin das führte. Sie fand ein Paar Handschuhe, die sie gebrauchen konnte.

»Was sollen die kosten?«

Die Frau stand nicht weit weg. Sie schlich ständig herum wie eine Aufpasserin, damit nur ja nichts geklaut wurde. »Steht auf dem Preisschild. Wenn Sie noch mehr kaufen, lasse ich Ihnen ein bisschen nach.«

Andie probierte sie an. »Die hier sind hübsch.«

»Würde ich auch sagen.«

»Ich nehme sie.« Sie reichte sie ihr lächelnd.

Die alte Frau ging zur Kasse. Andie folgte ihr und blieb vor dem Tresen stehen. Unter einer Glasscheibe lag Modeschmuck, nichts davon war wertvoll. Andie betrachtete sehnsüchtig eine Kette mit falschen Perlen. »Ich wollte immer schon mal so eine Halskette haben.«

»Kein Problem, wenn man Geld hat.«

»Was kostet die?«

Sie tippte den Betrag für die Handschuhe ein. »Mehr, als du dir leisten kannst.«

»Wie viel denn?«

»Dir würde ich sie für vierzig Dollar lassen.«

»Oh.« Sie war nicht einmal die Hälfte wert, aber Andie spielte die Naive. »Ich glaube, das ist ein guter Preis. Aber ich fürchte, so viel Geld habe ich nicht.«

»Pech.«

»Stimmt. Ich hab gerade keine Arbeit.«

Sie musterte Andie von oben bis unten. »Wer hätte das gedacht.« Die Registrierkasse klingelte, als sich die Geldschublade öffnete. »Das macht drei Dollar für die Handschuhe.«

Andie wühlte in ihren Taschen nach zwei Dollarscheinen und ein bisschen Kleingeld und tat so, als wären es ihre letzten drei Dollar. Sie zählte die Dimes auf den Tresen und reichte sie der Frau. »Vielleicht könnte ich ja hier arbeiten.«

Die Frau hob die Augenbrauen. »Vergiss es.«

»Kommt mir aber so vor, als könnten Sie hier ein bisschen Hilfe gebrauchen. Kisten auspacken, aufräumen und all so was.«

Die Alte starrte sie mit ausdrucksloser Miene an. »Ich stelle keine Fremden ein.«

»Ich arbeite für wenig.«

»Das tut ihr doch alle«, gab sie sarkastisch zurück. »Wenn ihr überhaupt arbeitet.«

Das war eine rassistische Stichelei, an die Andie überhaupt nicht gewöhnt war. Aber sie ließ es auf sich beruhen. »Ich kann ja erst mal drei Tage umsonst arbeiten. Sie gucken sich das an und machen sich ein Bild von mir. Wenn Ihnen meine Arbeit gefällt, dann behalten Sie mich hier und geben mir für die drei Tage die Halskette. Wenn nicht, dann verschwinde ich. Und Sie zahlen mir gar nichts.«

Die Frau musterte Andie forschend. Das war ein prima Angebot. Drei Tage Arbeit für eine Halskette, die nicht mehr als neun Dollar wert war. Mit der Aussicht, sie nachher übers Ohr zu hauen. *Dämliche Indianerin.*

»In Ordnung«, sagte sie schließlich. »Da sind ein paar Kisten, die ausgepackt werden müssen. Die Sachen müssen ausgepreist und zusammengefaltet werden. Du kannst morgen anfangen.«

»Danke.«

»Einen Moment noch«, sagte sie. Andie blieb wie angewurzelt stehen. Die Alte kramte hinter dem Tresen einen Baseballschläger hervor und ging knurrend damit auf Andie zu. Andie wich einen Schritt zurück.

»Nur damit das klar ist, junge Frau. Wenn du versuchst, mich zu bescheißen, schlage ich dir den Schädel ein. Kapiert?«

Andie nickte.

»Gut. Wie heißt du?«

Sie hätte beinahe Andie gesagt, fasste sich aber im letzten Moment. »Kira Whitehook.«

»Ich heiße Marion. Du sagst Mrs Rankin zu mir. Wir sehen uns morgen.«

»Also gut. Bis morgen.« Sie wandte sich um und ging zur Tür, bemüht, sich ihre Freude darüber, dass Kira Whitehook einen Job gefunden hatte, nicht anmerken zu lassen.

Gus wurde allmählich nervös. Er hatte im Laufe des Nachmittags mehrmals bei Andie angerufen und ihr Nachrichten auf dem Anrufbeantworter hinterlassen. Er hatte zweimal mit der Frau in der Telefonzentrale gesprochen, die auch nicht wusste, wo Andie steckte. Beim letzten Mal hatte er ihren Vorgesetzten sprechen wollen, doch auch der war nicht auffindbar. Irgendetwas äußerst Merkwürdiges ging da vor sich.

Carla kam vorbei, um Abendessen zu machen, aber er hatte einen Knoten im Magen. Allmählich verlor er den Boden unter den Füßen. Er hätte am liebsten bei Shirley Borge angerufen und ihr mitgeteilt, dass sie wieder ins Haustier-Programm aufgenommen war und so viele Hunde haben konnte, wie sie wollte. Er wollte ihr nur Bescheid geben. Aber ohne Rücksprache mit Andie durfte er ihr nichts sagen.

Warum zum Teufel ruft Henning nicht zurück?

Die Zeit lief ihm davon. Entweder ließ das FBI sich Zeit und verpasste so womöglich die Gelegenheit oder aber sie unternahmen irgendetwas und ließen ihn im Unklaren. Wie auch immer, es gefiel ihm nicht.

»Soll ich dir das warm stellen?«, fragte Carla. Sie stand am Ofen mit einem der Spaghetti-Gerichte, die Morgan so liebte.

Er sah auf, die Arme auf den Tisch gestützt. Er hatte sein Essen nicht angerührt.

»Misch es doch mit dem Wackelpudding«, meinte Morgan. »Das schmeckt gut.«

Gus rang sich ein Lächeln ab. Wenn Morgan ihn schon ansprach, sollte er sie wenigstens bestätigen und ermutigen. »Vielleicht später«, erwiderte er.

Das Telefon klingelte. Er schaute zum Wandtelefon hinüber, aber das Klingeln kam woanders her. Er sprang von seinem Stuhl auf und rannte durch den Flur in sein Arbeitszimmer. Beim dritten Klingeln stürzte er sich auf den Hörer, kurz bevor der Anrufbeantworter ansprang.

»Hallo«, sagte er atemlos. Schweigen. »Hallo«, wiederholte er.

Immer noch keine Antwort.

Verwirrt zögerte er. »Hallo. Ist da jemand?«

Es war ein merkwürdiges Schweigen. Nicht dasselbe, als wenn im nächsten Moment das Freizeichen erklingen würde. Er wusste genau, dass jemand in der Leitung war.

»Wer ist da?«, fragte er.

Keine Reaktion. Aber Gus legte nicht auf. Er wartete. Sekunden verstrichen, fast eine halbe Minute. Seine Verwirrung verwandelte sich in Verärgerung. »Verdammt noch mal, wer ist da?«

Er hatte das Gefühl, ein Rauschen in der Leitung zu hören. Aber es konnte auch sein eigener Atem gewesen sein. Dann überfiel ihn ein Gedanke. »Beth ...« Seine Stimme zitterte. »Bist du das?«

Keine Antwort. Aber der Anrufer legte nicht auf.

Ihm schwirrte der Kopf. Er musste an den letzten Anruf denken, an das Schlaflied, das sie gespielt hatte. Er musste an all die schrecklichen Dinge denken, die sie womöglich davon abhielten zu sprechen. Seine Stimme wurde panisch. »Beth, wenn du das bist, dann drück drei Mal auf irgendeine Taste.«

Nach ein paar Sekunden hörte er es. Drei lange Töne.

»Beth!«

Es klickte in der Leitung. Der Anrufer hatte aufgelegt. Gus schlug auf die Gabel und wählte ein letztes Mal die Nummer von Agentin Henning.

38

Andie nahm ihr Abendessen in einer Imbissbude ein, dann drehte sie eine Runde um den Block, um das Viertel zu erkunden. Die Nacht war klar und kalt. Das, was in Yakima als Berufsverkehr anzusehen war, hatte sich gelegt und die Straßen waren wie ausgestorben. Zwei Autos standen vor Wendy's Drive-in und spuckten dicke Abgaswolken in die eisige Luft. Drei weitere Wagen parkten auf der I Street, einer davon sah aus, als wäre er seit Bushs Zeiten nicht mehr bewegt worden. In den Rinnsteinen lag zehn Zentimeter hoch klumpiges braunes Eis, die Reste des Schneefalls von letzter Woche. An der Ampel überquerte Andie die Straße. Die beiden Obdachlosen waren immer noch auf dem Parkplatz und kauerten sich in einen Pappkarton, der einmal als Verpackung für einen Kühlschrank gedient hatte. Offensichtlich hatten sich ihnen drei oder vier Kumpel angeschlossen. Gemeinsam waren sie, wenn schon nicht stark, dann wenigstens besser vor dem Erfrieren geschützt.

Gegen sieben fand Andie ein Hotel, vom *Second Chance*-Laden aus ein Stück die Straße hinauf. Es war ein heruntergekommenes einstöckiges Gebäude mit der Daueranzeige ZIM-

MER FREI. Draußen hing eine Preisliste. Pro Monat. Pro Woche. Pro Nacht. Pro Stunde. Das war genau das Richtige für Kira Whitehook. Andie trat ein.

Die Eingangshalle war warm, roch aber nach altem Staub. Ein Latino in mittleren Jahren saß in eine Zeitung vertieft hinter dem Tresen. Er blickte gar nicht auf. Auf der anderen Seite des Raums war schon das übliche Nachtgeschäft zugange. Eine junge Indianerin, nicht älter als neunzehn, stand gegen die Wand gelehnt. Ihre Bluse war bis weit unter die Brüste aufgeknöpft. Drei Männer befummelten sie. Andie hörte, wie sie verhandelten.

»Nichts da«, sagte das Mädchen. »Nicht alle drei auf einmal.«

»Hab dich doch nicht so, du Schlampe.«

»Ihr spinnt ja wohl. Einer nach dem anderen.«

»Ich leg noch eins drauf«, sagte der Mann und meinte Crack.

Sein Kumpel fasste sich in den Schritt. »Ich biete zwei.« Alle lachten, auch das Mädchen. Es war ein einziges Gefeilsche, es ging hin und her, genau wie mit der Alten in dem Secondhandladen. In diesem Teil der Stadt war alles käuflich.

Der Bursche am Tresen blickte auf. »Was ist jetzt?«

»Wie bitte?«, fragte Andie.

Der Angestellte blickte an ihr vorbei und hob seine Stimme. »Ich rede mit diesen Pfeifen. Wollt ihr Burschen ein Zimmer oder wollt ihr keins?«

Der mit der Glatze antwortete. »Wir sind noch dabei, okay? Ich hab Bläst-Affenscharf gleich so weit, dass sie sich Fickt-Drei-Auf-Einmal nennt.«

Wieder großes Gelächter. »Aber nicht hier in der Eingangshalle, Kumpel«, sagte der Angestellte.

Der Mann kam prustend zum Tresen und öffnete seine Brieftasche.

Andie trat ein Stück zur Seite und wartete, während sie die junge Indianerin betrachtete. Ihr Blick war glasig. Ihr Mund stand halb offen, als wäre es zu anstrengend, ihn geschlossen zu halten. Einer der Männer hielt ihr einen Lappen unter die Nase, an dem sie schnüffelte. Ihr wurde auf der Stelle schwindlig. Der Große hatte seine Hand in ihrer Bluse und streichelte ihren weichen, jungen Bauch. Seine Hände waren rau und schmutzig von der Feldarbeit. Aber das Mädchen zuckte nicht zusammen. Offensichtlich war sie schon ziemlich unempfindlich. Abgestumpft. Was auch immer sie inhaliert haben mochte, es würde sie die Nacht durchstehen und ihr Leben ertragen lassen.

»Hey«, sagte der Bursche am Tresen zu den anderen. »Hat einer von euch Schlappschwänzen mal fünf Dollar?«

Andie hörte wieder ihr Gefeilsche, als sie das Geld für die Miete und das Mädchen zusammenwarfen. Sie hielt die Augen aber immer auf das Mädchen gerichtet.

Es war ein schmerzlicher Anblick. Andie hatte Mitleid mit ihr, aber dieses Gefühl hatte auch mit ihr selbst zu tun. Ihr fiel wieder die Bemerkung ein, die die Alte fallen gelassen hatte, etwas in die Richtung, dass sie alle – sie meinte damit die Indianer – für wenig arbeiteten, wenn sie denn überhaupt arbeiteten. Vorurteile waren etwas, womit sie sich nie hatte abfinden können. Diese lächerliche Ansicht, Verbrechen, Arbeitslosigkeit und viele andere soziale Missstände wären schlichtweg ein Teil der indianischen Kultur. Andererseits wusste sie so gut wie gar nichts über die Traditionen und Werte ihrer Vorfahren. In den neun Jahren als Pflegekind hatte sie nur das Überleben gelernt und die nette weiße Familie, von der sie schließlich adoptiert worden war, hatte sie großgezogen wie ihr eigenes Kind, mit den besten Absichten, aber ohne in Betracht zu ziehen, woher sie eigentlich kam. Sie wusste lediglich, dass ihr Vater ein Weißer und ihre Mutter eine Indianerin gewesen war, aber sie wusste nicht einmal von welchem Stamm.

Merkwürdig, sie war ihrer Vergangenheit nie nachgegangen. Das hatte ihr Exverlobter verwunderlich gefunden. Sie hatten einmal darüber geredet, als sie und Rick überlegt hatten, ob sie Kinder wollten. Rick hatte sie geradeheraus gefragt, ob sie sich jemals gefragt hatte, wer ihre Mutter sei ...

»Manchmal«, hatte sie geantwortet.

»Hast du schon mal versucht, sie zu finden?«

»Nein.«

»Warum nicht?«

Andie hatte einen Moment lang nachgedacht. »Einfach aus Respekt.«

»Respekt vor wem?«

»Vor meinen Adoptiveltern. Ich glaube, es würde ihre Gefühle verletzen, wenn ich damit anfinge, meine leiblichen Eltern zu suchen.«

Rick machte sich über sie lustig. »Das ist doch Blödsinn. Willst du etwa ihre Gefühle über alles andere stellen?«

»Es ist mir einfach nicht wichtig.«

»Also hör mal.«

»Ehrlich. Ich will es wirklich nicht wissen.«

»Vielleicht willst du es einfach nicht wahrhaben. Ich glaube, du hast Angst davor.«

»Angst wovor?«

»Angst davor, zu erfahren, was deine Mutter für eine Frau war. Angst, dass sie vielleicht eine Hure oder eine Drogenabhängige war oder sonst was.«

»Scher dich zum Teufel.«

»Tut mir Leid. Du hast Recht. Es spielt keine Rolle. Du bist, was du bist. Nicht, was deine Mutter war.« Er beugte sich zu ihr herüber und nahm ihre Hand, als wäre sein plötzlicher Sinneswandel das Schmeichelhafteste, was sie je gehört hatte.

Als wenn sie jetzt gleich in seinen Armen dahinschmelzen und seine Sensibilität bestaunen müsste. Als ob er tatsächlich glaubte, dass die Zukunft alles war, was zählte. Andie hatte einfach nur den Blick abgewandt und sich gefragt ...

»Hey, Süße.« Es war der Angestellte hinter seinem Tresen, der sie wieder auf den Boden der Realität zurückholte. Er hatte seine Verhandlungen mit dem Trio und dessen neunzehnjähriger Beute abgeschlossen. »Jetzt zu Ihnen.«

Andie blieb reglos stehen. Sie beobachtete, wie sich die Männer im Korridor um das Mädchen scharten. Die Diskussion war mittlerweile bei der Frage angelangt, wer der Erste sein würde.

»Wollen Sie ein Zimmer oder nicht?«, fragte der Angestellte.

Andie antwortete nicht. Der Anblick des Mädchens hatte alle Ängste wachgerufen, die ihre Adoptivmutter ihr eingebläut hatte. Ängste, wer – oder was – ihre leibliche Mutter gewesen war. Ängste, die sie auch gehabt hätte, wenn sie nicht adoptiert worden wäre.

Sie war völlig verwirrt. Sie fühlte sich gezwungen zu handeln. Die Pistole war an ihrem Fußgelenk befestigt, aber das wäre blödsinnig. Sie musste denken wie Kira Whitehook, nicht wie Agentin Henning. Kira würde sie einfach gehen lassen. Sie könnte die Welt auch nicht retten. Sie musste sich selbst retten. *Zum Teufel mit Kira.*

»Hey, Arschloch«, rief Andie.

Die Männer erstarrten. Der Größte von ihnen warf ihr einen scharfen Blick zu. »Was glaubst du eigentlich, mit wem du redest?«

»Mit einem Arschloch, sieht man doch. Du hast dich doch angesprochen gefühlt.«

Die Einstellung amüsierte ihn. »Was haben wir denn hier? Eine Hure, die ihrer Schwester das Revier streitig macht? Wie wär's mit einem Mund-an-Mund-Wettbewerb?« Er lachte über seinen eigenen Wortwitz.

»Nimm deine Pfoten von ihr weg.«

Seine Augen wurden zu Schlitzen. Er zog seine Hand aus ihrer Bluse. »Also jetzt will ich doch mal wissen, wer das von mir verlangt.«

Andie hatte keine üble Lust, ihm eine Kugel zu verpassen. Bevor sie etwas sagen konnte, kam die junge Frau auf sie zu und starrte sie voller Verachtung an. Von dem, was sie vor zwei Minuten inhaliert hatte, war sie so benommen, dass sie lallte. »Verzieh dich gefälligst, du Schlampe. Das ist mein Geschäft.«

Andie erstarrte und wusste nicht, was sie sagen sollte. Hinter ihr polterte es. Der Angestellte packte eine Schrotflinte auf den Tresen.

»Verschwinde«, sagte er und zielte auf Andie. »Oder du bist nur noch ein Fleck an der Wand.«

Andie schaute wieder zu der jungen Frau hinüber. Sie konnte zwar kaum noch stehen, aber immerhin noch schreien. »Verpiss dich, du Flittchen!«

An der Flinte wurde der Hahn gespannt. Der Angestellte meinte es ernst. Andie nahm ihren Seesack, wandte sich ab und ging hinaus. Die Tür schlug hinter ihr zu.

»Lass dich hier nicht wieder blicken, du Miststück.«

Die Nachtluft war eisig. Noch eine Weile folgte ihr das Geschrei den Gehweg hinunter. Es waren nicht die Männer. Nur das Mädchen hielt sich dran, sie zu beschimpfen und mit Obszönitäten zu überhäufen.

Andie ging weiter. Die schrille Stimme verklang langsam, aber der Klumpen in ihrem Magen wurde größer.

Kira hatte die erste Runde verloren. Andie hatte ihre Dämonen gefunden.

39

Das FBI hatte auf alle Telefonleitungen im Haus der Wheatleys Fangschaltungen gelegt, Gus wusste also, dass sie alles mitverfolgten, selbst wenn es nur drei Töne waren und das Geräusch des Auflegens. Ein Agent mit Namen Mel Haveres, den er bisher noch nicht kannte, hatte ihn angerufen, um ihm mitzuteilen, dass sie den Anruf verfolgten. Haveres konnte ihm nicht sagen, wo Agentin Henning war, und Gus konnte sie immer noch nicht dazu bewegen, ihn zurückzurufen.

Was auch immer der Grund sein mochte, das FBI war auf jeden Fall fürchterlich verschwiegen, was den Verbleib von Andie anging. Gus besprach die Sache mit Dex, der vorschlug, sie sollten es bei jemandem außerhalb des FBI versuchen, zum Beispiel bei Detective Kessler. Gus hatte nicht gerade den Eindruck, als hätte er einen guten Draht zu Kessler, vor allem nicht nach dem holprigen Start. Es blieb ihm nichts anderes übrig, als Dex die Nachforschungen zu überlassen.

Um halb neun kam Dexter Bryant vorbei, um sich zurückzumelden. Ein Treffen unter vier Augen war die einzig zuverlässige Möglichkeit sicherzugehen, dass das FBI nicht mithörte. Sie setzten sich an den Küchentisch. Carla brachte Kaffee, der höfliche Versuch, sich zu dem Gespräch einzuladen. Seit Gus sie wegen Shirley Borge in sein Vertrauen gezogen hatte, schien sie zu glauben, dass sie automatisch bei allem mit einbezogen war. Aber Gus hatte den Eindruck, dass sie eine direkte Leitung zu Morgan hatte und ihr Dinge erzählte, die sie nicht zu wissen brauchte. Also schickte er sie fort.

»Was haben Sie herausgefunden?«, fragte Gus.

Dex kippte sich eine beachtliche Menge Milch in seinen

dampfenden Kaffee. »Er hat keine Ahnung, was mit Henning los ist. Hatte aber auch keine Lust, darüber Spekulationen anzustellen.«

»Weiß er von Shirley Borge?«

»Ich glaube nicht. Aber um das Thema musste ich mich ziemlich herummogeln. Wenn das FBI ihn nicht eingeweiht hat, wollte ich nicht derjenige sein, der die Katze aus dem Sack lässt.«

»Ich wünschte mir nur, irgendjemand würde mir sagen, dass sie ihrem Hinweis nachgehen.«

Dex nippte an seinem Kaffee und kippte noch ein bisschen Milch dazu. »Kessler kann Ihnen da nicht weiterhelfen.«

»Ich kann einfach nicht glauben, dass sie das einfach so unter den Tisch fallen lassen.«

»Ich glaube auch nicht, dass sie das tun.«

»Was bewegt Sie zu der Annahme?«

»Einfach, wie das Ganze abläuft. Kessler tappt im Dunkeln. Sie tappen alle im Dunkeln. Ich glaube, Henning schnüffelt gerade in Yakima herum, während wir beide hier reden.«

»Sie meinen in so einer Undercover-Geschichte?«

»So geht das FBI nun mal vor. Sag keinem auch nur irgendetwas. Was aus Ihrer Sicht natürlich zum Kotzen ist. Aber deshalb verlieren sie so selten einen Agenten.«

»Aber das ist nur eine Vermutung, stimmt's? Es gibt keine Möglichkeit, eine Bestätigung dafür zu bekommen, dass sie Shirleys Hinweis ernst nehmen.«

»Ich kann ja wohl schlecht im FBI-Hauptquartier anrufen und mir eine Liste aller Leute schicken lassen, die diese Woche undercover arbeiten, wenn Sie das meinen.«

Gus rieb sich das Gesicht und stöhnte. »Also was unternehmen wir? Hier herumsitzen und warten?«

»Das ist eine Möglichkeit«, erwiderte Dex. »Oder ich könnte nach Yakima fahren.«

Gus wurde plötzlich munter. »Oder vielleicht sollte ich auch hinfahren.«

»Gus, Sie sind Anwalt. Ein *Firmenanwalt.*«

Gus war plötzlich in Gedanken und hörte gar nicht mehr zu. »Ja, das sollte ich tun. Genau das hat Shirley mir gesagt. Sie sagte, sehen Sie sich um. Sehen Sie sich *selbst* um. Sie sagte, *ich* sollte hinfahren.«

»Sie lesen da zu viel hinein.«

»Denken Sie doch mal nach. Gehen wir mal davon aus, dass Agentin Henning jetzt in Yakima ist. Wonach will sie suchen? Wenn es dort irgendwelche Hinweise auf Beth gibt, bin ich derjenige, dem sie vielleicht auffallen. Und nicht irgendeinem FBI-Agenten, der sie nie gesehen hat.«

Dex machte keine Einwände.

»Also, die Sache ist beschlossen«, sagte Gus. »Carla kann sich um Morgan kümmern. Ich fahre nach Yakima.«

Andie nahm sich ein Zimmer im Thunderbird Motel, das eher auf Geschäftsleute eingestellt war als auf betrunkene Außenseiter. Es kostete mehr als vorgesehen und entsprach überhaupt nicht ihrer derzeitigen Rolle, aber das war ihr egal. Sie wollte dieses Mädchen und dieses Viertel hinter sich lassen, zumindest diese Nacht.

Von ihrem Hotelzimmer aus rief sie ihren Kontaktagenten Mel Haveres an. Mel war einer der Agenten aus dem Team, das sich mit der Wheatley-Entführung beschäftigte. Für die Zeit ihrer Undercover-Tätigkeit musste sie sich mit ihm absprechen. Es war kein Verhältnis wie das zwischen einem Vorgesetzten und einer Untergebenen. Sie brachte ihn nur auf den neuesten Stand und teilte ihm mit, dass sie in Sicherheit war. Im Gegenzug hielt er sie mit den Entwicklungen in der wirklichen Welt auf dem Laufenden.

»Die Wheatleys haben heute einen weiteren bizarren Anruf erhalten.«

»Inwiefern bizarr?«

Er setzte sie über Gus' einseitiges Gespräch und die drei langen Töne in Kenntnis. »Wir haben den Anruf nach Südoregon zurückverfolgt. Er kam wieder von einer Telefonzelle auf einem Rastplatz. Diesmal von einem Rastplatz unmittelbar nördlich der kalifornischen Grenze.«

»Herr im Himmel, bloß nicht schon wieder eine Leiche.«

»Noch nicht. Aber unsere Leute halten die Augen offen.«

»Glauben Sie, dass es tatsächlich Beth Wheatley war, die angerufen hat?«

»Das ist völlig unsicher«, erwiderte er. »Diesmal gibt es keine Fingerabdrücke, und dreimal auf eine Taste zu drücken, ist auch keine Zauberei. Das hätte jeder als Reaktion auf Gus' Frage machen können.«

»Ich kann nicht glauben, dass ich das verpasst habe. Ich muss zurückkommen.«

»Lundquist will, dass Sie bleiben, wo Sie sind. Isaac ist auch dafür.«

»Und der Mörder ist auf dem Weg nach Kalifornien. Warum sollte ich hier bleiben?«

»Wir meinen, dass Sie am richtigen Ort sind.«

»Verstehe ich nicht.«

»Der Anruf war ein bisschen zu gerissen, er kam allzu gelegen. Jemand sagt nichts, hält aber die Leitung so lange aufrecht, dass wir den Anruf in aller Ruhe zurückverfolgen können.«

»Und das heißt?«

»Soweit ich Isaac verstanden habe, haben Sie es selbst bei dieser letzten Besprechung mit Victoria Santos gesagt. Es gibt ein gleichmäßiges geographisches Muster, das sich von Seattle aus Richtung Süden zieht. Möglicherweise will der Mörder unsere Aufmerksamkeit von dort ablenken, wo wir eigentlich suchen müssten. Vielleicht ahnt er, dass wir uns um Yakima kümmern, und bemüht sich jetzt noch mehr, uns in Richtung Kalifornien zu locken.«

»Woher sollte er wissen, dass wir uns auf Yakima konzentrieren?«

»Vielleicht reißt ja diese Gefängnisinsassin das Maul auf und prahlt damit herum, dass sie die Belohnung kassieren wird. Es würde mich nicht wundern, wenn unser Mörder durch den Zellenfunk im Gefängnis Wind davon bekommen hat.«

Andie dachte einen Moment nach. »Das ist durchaus möglich.«

»Wir halten es eher für wahrscheinlich als für möglich. Die Anweisungen lauten: Sie bleiben vor Ort. Spielen Sie Ihre Rolle die drei Tage lang und lassen Sie sich überraschen, was passiert.«

»In Ordnung«, willigte Andie ein. »Ich bin schon in dem Laden drin. Wenn irgendwas an Shirley Borges Hinweis dran ist, müsste ich es herausfinden.«

»Gut. Melden Sie sich morgen früh wieder.«

»Mach ich.«

»Ach so. Noch eins. Verstehen Sie es nicht falsch. Es ist nur so, dass Isaac wirklich glaubt, dass Sie am richtigen Ort sind, und er lässt Ihnen etwas ausrichten.«

»Und was?«

»Er meinte, Sie sollen sehr vorsichtig sein.«

Sie lächelte dankbar. »Sagen Sie Isaac, er macht sich zu viele Sorgen.«

Gus fuhr frühmorgens um fünf Uhr von Seattle los und kam kurz vor neun in Yakima an. Er fand einen Parkplatz einen halben Block vom *Second Chance*-Laden entfernt. Sein Detektiv hatte ihn schon darauf vorbereitet, dass der Laden nicht gerade im besten Stadtteil lag, aber das hier war viel schlimmer, als er es sich vorgestellt hatte. Er stieg aus dem Wagen und überlegte einen Moment, ob er wohl noch die Reifen an seinem Mercedes vorfinden würde, wenn er zurückkam. Er schaltete die Alarmanlage ein und machte sich auf den Weg.

Der Laden war geschlossen. Es waren keine Öffnungszeiten angegeben, aber er nahm an, dass um neun geöffnet würde. Die fünf Minuten konnte er warten.

Der Tag war grau und trübe, und es war so kalt, dass er überlegte, ob er im Wagen warten sollte. Wind kam auf und fegte die Blätter einer Zeitung den Rinnstein entlang. Gus hüllte sich enger in den Mantel, um die Kälte abzuwehren. Als er das Geräusch von Schritten hinter sich hörte, wandte er sich um.

»Gus? Was zum Teufel haben Sie hier verloren?«

Er musste zweimal hinsehen. Von ihrem Äußeren hätte er sich täuschen lassen, aber die Stimme erkannte er. Es war Andie. »Ich bin hierher gekommen, um mich umzusehen«, erwiderte er.

»Das ist meine Sache. Verschwinden Sie hier.«

»Warum haben Sie mich nicht zurückgerufen?«

»Gus, Sie lassen meine Rolle auffliegen. Und jetzt hauen Sie ab, bevor die Eigentümerin auftaucht.«

»Genau mit der möchte ich reden. Ich habe Fotos von Beth mitgebracht. Ich habe gedacht, ich zeig sie ihr, dann sehe ich, ob sie etwas weiß.«

»Eine idiotische Idee. Soweit wir wissen, ist die Ladenbesitzerin die Mutter des Mörders. Wenn der davon Wind bekommt, dass Sie oder die Polizei ihm auf den Fersen sind, bedeutet das für Beth nichts Gutes. Er könnte in Panik geraten, stinksauer werden und die Leiche Ihrer Frau in den Fluss werfen. Jetzt verschwinden Sie hier endlich. Ich meine es ernst.«

Er rührte sich nicht, widersprach aber auch nicht.

»Gehen Sie«, sagte sie streng.

Er wandte sich langsam ab, blieb dann aber plötzlich stehen. Die Auslagen im Schaufenster des Ladens hatten seine Aufmerksamkeit erregt.

»Was ist denn jetzt los?«, fragte Andie.

Er trat näher an das Fenster heran und heftete seinen Blick starr auf etwas. »Dieses schwarze Kleid.«

»Was ist damit?«

Sein Gesicht war aschfahl geworden. »Das gehört Beth.«

40

Andie stand allein vor dem Laden, als Mrs Rankin erschien, um aufzuschließen. Andie hatte beschlossen, weiterhin die Rolle von Kira zu spielen und undercover zu bleiben. Für eine naive Angestellte war es wahrscheinlich einfacher, etwas über das Kleid herauszufinden, als für eine FBI-Agentin.

»Du lässt dich tatsächlich blicken?«, fragte die Alte überrascht.

»Ich weiß sowieso nicht, wo ich sonst hin soll.«

»Aber damit das klar ist, du arbeitest für die Halskette. Versuch gar nicht erst, nach den drei Tagen bei mir Geld rauszuschinden. Ich zahle nämlich nichts.«

»Ist in Ordnung.«

Sie sah Andie merkwürdig an, dann schloss sie die Tür auf und ging hinein. Andie folgte ihr. Drinnen war es dunkel und zugig und fast so kalt wie draußen. Mrs Rankin schaltete erst die Heizung und dann das Licht an. Die alten Neonröhren brummten und flackerten an der Decke, bis sie schließlich den Laden erleuchteten.

Mrs Rankin setzte sich auf den Hocker hinter dem Tresen. Es schien ihr zu gefallen, von ihrem Thron herab Anweisungen geben zu können. »Dann wollen wir mal sehen«, sagte sie schwerfällig. »Womit lasse ich dich denn mal anfangen?«

Andie ließ ihren Blick nach vorne schweifen, in die Nähe des Kleides im Schaufenster. Das lange Regal mit den Pullovern sah ziemlich unordentlich aus. »Wie wär's mit den Pullovern? Ich könnte sie ordentlich zusammenlegen.«

»Ja, das ist gut. Gestern hatte ich zwei Frauen hier, die alle nacheinander herausgerupft haben. Die haben absolut nichts gekauft, aber ein Riesendurcheinander hinterlassen.«

»Ich kümmere mich darum.«

»Zwanzig Minuten. Länger wirst du ja nicht dafür brauchen. Hier wird nicht rumgetrödelt. Ich kann es nicht leiden, wenn jemand rumtrödelt. Du trödelst doch nicht rum, oder, Kira?«

»Nein, Ma'am.« Andie wandte sich um und verdrehte die Augen. Gestern musste die Alte noch alles allein machen. *Heute spielt sie schon den großen Boss.*

Die lärmende Heizung hatte den Laden noch nicht erwärmt, deshalb ließ Andie ihren Mantel an. Sie faltete die Pullover zu ordentlichen Stapeln zusammen, arbeitete sorgfältig von links nach rechts, ganz die emsige neue Angestellte. Sie hörte nicht auf, bis sie sich durch den halben Laden gearbeitet hatte und auf gleicher Höhe mit dem Kleid im Schaufenster war. Sie unterbrach ihre Arbeit und berührte das Kleid, als würde sie es bewundern. Heimlich warf sie einen Blick auf das Firmenetikett. Es war ein Kleid von Donna Karan und hatte neu ganz sicher mehrere hundert Dollar gekostet. Sie drehte das Etikett um, die Reinigung hatte den Namen mit wasserfester Tinte geschrieben. Ihr Herz machte einen Sprung. Da stand: »B. Wheatley«.

Kein Zweifel. Das Kleid war von Beth.

»Komm nicht auf dumme Gedanken, Mädchen.«

Andie zuckte zusammen. »Was – was meinen Sie damit?«

»Das Kleid. Du müsstest schon einen ganzen Monat hier arbeiten, um es abzuzahlen.«

Sie atmete erleichtert auf. Die Alte hatte gedacht, sie würde träumen, nicht schnüffeln. Andie streichelte den Stoff. »Wo haben Sie denn so was her?«

»Von einer Frau namens Shirley. Nette Frau. War eine meiner besten Lieferantinnen. Nicht so sehr, was die Menge anging, eher die Qualität. Schaufenster-Shirley hab ich sie genannt. Alles, was sie mir gebracht hat, kam direkt ins Schaufenster. Nur beste Ware.«

»Glauben Sie, Shirley kann mir was in Rot besorgen?«

Die Alte schnaubte verächtlich. »Selbst wenn du es dir leisten könntest, würde ich nicht allzu bald was von Shirley erwarten.«

»Warum nicht?«

»Sie ist eingelocht. Für lange.«

Andie wandte enttäuscht den Blick ab. Sie betrachtete noch einmal das Etikett. »Wer ist denn diese B. Wheatley?«

»Keine Ahnung. Wenn mir jemand was verkauft, stelle ich keine Fragen. Solltest du auch nicht tun.«

Das war deutlich. Andie klang allmählich wie eine Schnüfflerin. Sie machte sich wieder daran, Pullover zusammenzulegen, aber in Gedanken war sie immer noch bei dem Kleid. Die Dinge begannen zusammenzupassen. Sie konnte nicht den ganzen Morgen vertun.

»Ich habe Hunger«, sagte sie. »Ich geh mal eben rüber zu Wendy's. Wollen Sie auch was?«

»Du bist doch eben erst gekommen.«

»Ich war zu aufgeregt heute Morgen, weil ich hier anfange, und hab nichts runtergekriegt. Aber jetzt bin ich hungrig.«

»Na gut. Zehn Minuten, nicht mehr. Und ich zieh's dir von der Mittagspause ab. Bring mir Kekse mit oder so was.«

»Okay.« Andie eilte zur Tür hinaus und überquerte die Straße. Die Telefonzelle war gleich hinter dem Drive-in. Sie rief nicht ihren Kontaktagenten an. Sie rief nicht einmal ihren Vorgesetzten an. Sie wählte direkt die Nummer des ASAC.

»Isaac«, sagte sie mit ernster Stimme. »Ich glaube, es ist an der Zeit, einen Deal mit Shirley Borge auszuhandeln.«

Gus war schon auf halbem Wege zurück nach Seattle, als das Autotelefon klingelte. Andie war dran.

»Sie hatten Recht«, sagte sie. »Das Kleid ist von Beth.«

Ohne es zu merken, nahm Gus den Fuß vom Gaspedal und verlangsamte seine Fahrt, sodass der Verkehr auf der Autobahn an ihm vorbeiflog. »Was bedeutet das?«

»Die Besitzerin hat mir erzählt, sie hätte das Kleid von einer Frau namens Shirley gekauft, die jetzt im Gefängnis sitzt. Das ist offensichtlich der Grund, aus dem Shirley Ihnen geraten hat, den Laden unter die Lupe zu nehmen.«

»Aber Shirley ist seit einem halben Jahr im Gefängnis. Woher konnte sie wissen, dass das Kleid noch da sein würde?«

»Es ist teuerste Designer-Ware, nicht das billige Zeug, das normalerweise in so einem Laden verkauft wird. Deshalb hängt es auch im Schaufenster. Und Shirley hat vielleicht gar nicht dieses spezielle Kleid im Sinn gehabt. Die Besitzerin hat mir gesagt, Shirley hätte ihr viele schöne Sachen gebracht. Wenn wir uns weiter umsehen, finden wir in dem Laden vielleicht noch Dutzende von Kleidungsstücken, die Beth gehört haben.«

Dicke, nasse Schneeflocken pladderten jetzt auf die Windschutzscheibe. Gus schaltete die Scheibenwischer an. »Die wichtigere Frage ist doch wohl, wie sind Beths Kleider überhaupt in Shirleys Hände geraten?«

»Deshalb rufe ich an. Im Moment sind Sie der Einzige, mit dem Shirley redet.«

»Sie wird kein Wort mehr sagen, bis wir uns auf ihre Bedingungen eingelassen haben.«

»Wir werden sie wahrscheinlich wieder ins Haustier-Programm hineinlotsen können.«

»Sie interessiert sich gar nicht für Hunde. Das ist nur ein Test. Wenn wir wirklich wichtige Antworten haben wollen, müssen Sie ihr schon erheblich mehr bieten als das.«

Andie sah sich vor, nichts Voreiliges zu sagen. Sie musste das alles erst noch mit ihren Vorgesetzten abklären. »Ich arbeite dran.«

»Und das soll ich Shirley sagen? Dass Sie daran arbeiten?«

»Gus, ich will ganz offen mit Ihnen reden. Das FBI wird nur unter zwei Bedingungen einen schönen Brief an die Kommission für Entlassung auf Bewährung zu Gunsten von Shirley schicken. Erstens, wenn ihre Information uns hilft, Beth zu finden. Zweitens, wenn sie überhaupt nichts mit Beths Verschwinden zu tun hat.«

»Sehr schön.«

»Verstehen Sie denn nicht? Die Tatsache, dass Shirley Beths Kleid an den Laden verkauft hat, könnte es mir erschweren, meine Vorgesetzten davon zu überzeugen, dass sie nichts mit Beths Verschwinden zu tun hat.«

»Sie war zu der Zeit schon im Gefängnis. Wie könnte sie damit etwas zu tun haben?«

»Die Mafia wird auch aus dem Gefängnis heraus dirigiert.«

»Shirley ist praktisch noch ein Kind. Sie ist kein Gangster.«

»Sie wissen doch gar nichts über sie.«

»Nun gut, dann ist es vielleicht an der Zeit, dass ich etwas in Erfahrung bringe.«

»Was schlagen Sie vor?«

»Bitten Sie Ihre Vorgesetzten einfach darum, für die Geschichte offen zu bleiben. Ich bin schon bei härteren Verhandlungen erfolgreich gewesen.« Er legte auf und drückte aufs Gaspedal, bis sein Tempo erheblich über der erlaubten Höchstgeschwindigkeit war.

41

Gus musste sie nicht erst überreden. Vielleicht dachte sie, es sei ein Spaß oder die Voraussetzung, um ihre Belohnung zu kassieren. Vielleicht glaubte sie auch einfach, sie könnte ihn überlisten. Aus welchem Grund auch immer, Shirley hatte keinerlei Vorbehalte, sich von einem Lügendetektor testen zu lassen.

Andies Anregung hatte ihn sofort auf die Idee mit einem Test gebracht. Shirley würde nichts sagen, bis sie ihren Deal hatte. Das FBI würde sich auf keinen Deal einlassen, falls sie irgendetwas mit Beths Verschwinden zu tun hatte. Also blieb nur der Lügendetektor.

Irving Pappas – Pappy, wie er genannt wurde – war der Beste auf dem Gebiet. Es war zwar schon ein paar Jahre her, dass Gus ihn zuletzt gesehen hatte, aber er sah noch genauso aus wie damals. Liebenswürdige, betagte Augen. Weißes Haar und buschige weiße Augenbrauen. Mit seiner großväterlichen Ausstrahlung und einem Namen wie Pappy hatte er eine angenehme Art, seine Kandidaten zu beruhigen, was die Verlässlichkeit seiner Testergebnisse nur noch erhöhte. Das war entscheidend. Wenn man mit Regierungsstellen zu tun hatte, war der Ruf des Prüfers genauso wichtig wie die Testergebnisse.

Bisher hatte Gus während seiner juristischen Laufbahn erst einmal jemanden gebeten, sich dem Lügendetektortest zu unterziehen. Vor Jahren hatte das Justizministerium gegen einen seiner Mandanten Anklage wegen eines Wettbewerbsvergehens erhoben. Gus hatte Pappy beauftragt. Sein Mandant bestand den Test und Gus teilte der Regierung die Ergebnisse mit. Obwohl diese vor Gericht nicht zulässig waren, maßen außerhalb des Gerichts die Strafverfolgungsbehörden und das FBI den Tests häufig beträchtliches Gewicht bei. Der Plan funktionierte. Es wurde keine Anklage erhoben. Gus hatte einen mächtigen und zuverlässigen Mandanten gewonnen – bis Martha Goldstein Marcus Mueller einen Floh ins Ohr gesetzt und ihn, Gus, hinweggefegt hatte. Nicht zu fassen, dass all das erst zwei Wochen her war. Was Gus noch weniger fassen konnte, war, wie wenig ihn die Sache kümmerte. Das Einzige, worum er sich im Moment kümmerte, war, den Test mit Shirley zu machen, Andie die Ergebnisse zukommen zu lassen und damit wieder einen Schritt näher an Beth heranzukommen.

Sie trafen sich in einem speziellen Raum, der für Anwälte reserviert war, die den Kontakt unter vier Augen mit ihren Mandanten brauchten, ohne eine Plexiglasscheibe zwischen ihnen. Normalerweise bedeutete das die Vorbereitung der Gerichtsverhandlung. Seltener bedeutete es einen Test mit dem Lügendetektor.

Shirley saß auf einem alten Eichenstuhl, der durch ein aufblasbares Gummikissen unter ihrem Sitz und ein weiteres in ihrem Rücken unbequemer gemacht worden war. Am rechten Arm hatte man ihr eine Blutdruckmanschette angelegt. Zwei Finger ihrer linken Hand waren mit Elektroden verbunden. Schläuche eines Pneumatographen bedeckten ihre Brust und den Unterleib.

Pappy saß ihr gegenüber und beobachtete das EKG-Gerät

und den Hautwiderstandmesser auf dem Tisch. Die Papierrolle bewegte sich bereits. Die Nadel vibrierte beim Aufzeichnen einer zittrigen Kurve. »Alles vorbereitet«, sagte Pappy.

»Soll ich hinausgehen?«, fragte Gus.

»Nur wenn Sie Shirley nervös machen.« Pappy sah ihr in die Augen. »Macht Gus Sie nervös?«

»Ach verdammt, nein.« Die Nadel schlug kaum aus, aber es war noch zu früh, um daraus etwas ableiten zu können.

»Es wird wahrscheinlich das Beste sein, wenn Sie draußen warten«, sagte Pappy.

Gus ging hinaus und schloss die Tür. Aber er ging nicht weg. Er lauschte mit einem Ohr an der Tür. In einem solch kahlen Raum waren die Stimmen deutlich zu hören. Gus konnte alles verstehen.

Pappy hatte die Stimme eines vollendeten Hypnotiseurs. Er hielt sich noch zurück und sagte Shirley, sie solle sich entspannen. Um sie zu beruhigen, sprach er mit ihr über unwichtige Dinge. Ob sie jemals fernsah? Ob sie Hunde mochte? Die Fragen waren so weit entfernt vom eigentlichen Thema des Verhörs, dass Shirley wahrscheinlich gar nicht bemerkte, dass der Test bereits begonnen hatte. Während er sprach, registrierte er ihre körperlichen Reaktionen, um die unteren Parameter ihres Blutdrucks, der Atmung und ihrer Transpiration festzulegen. Es war eine Art Fischzug. Der Prüfer musste sie beruhigen und sie dann bei einer kleinen Lüge erwischen, die ihm als untere Basislinie für Falschaussagen dienen würde. Die Standardtechnik bestand darin, eine Frage zu stellen, auf die hin selbst eine sehr aufrichtige Person wahrscheinlich lügen würde. Haben Sie jemals Gras geraucht? Ihre Steuern nicht bezahlt? Schon mal in der Kirche an Sex gedacht? Die meisten Leute logen und so erhielt der Prüfer seine Basislinie. Beim Durchschnittsmenschen war das kein Problem. Ein größeres Problem war das schon bei einer Drogen konsumierenden

Exprostituierten, die ihre linke Brust mit dem eigenartigen Abbild ihrer Genitalien tätowiert hatte, während sie wegen eines Mordkomplotts im Gefängnis saß. Bei ihr das spezielle sensible Thema zu finden, das ihr Schamgefühl berührte und sie dazu bringen würde, sich vor Verlegenheit zu winden, verlangte schon reichlich Geschicklichkeit von Pappy. Gus hörte zu, wie Pappy es anstellte.

»Heißen Sie Shirley?«

»Ja.«

»Mögen Sie Eiskrem?«

»Ja.«

»Sind Ihre Augen braun?«

»Ja.«

»Haben Sie schon einmal etwas gestohlen?«

»Ja.«

»Haben Sie gegen irgendwelche Regeln hier im Gefängnis verstoßen?«

»Ja.«

»Sind Sie eine gute Mutter?«

Sie zögerte und antwortete dann mit schwacher Stimme: »Ja.«

Es gab eine Rhythmusschwankung, dann herrschte Schweigen im Raum. Shirley tat Gus ein wenig Leid. Das hatte ja nicht lange gedauert. Pappy hatte seine Kontrollfrage gestellt. Sie hatte gelogen. Pappy wusste jetzt, wie es aussah, wenn sie log. Jetzt konnte er sich auf die Suche nach der richtig dicken Lüge machen.

»Haben Sie schon mal jemanden getötet?«

»Nein.«

»Ist heute Samstag?«

»Ja.«

»Sind Sie zweiundzwanzig Jahre alt?«

»Nein.«

»Haben Sie irgendwann Beth kennen gelernt?«

»Nein.«

»Sitzen Sie im Moment?«

»Ja.«

»Sind Sie eine Frau?«

»Ja.«

»Wissen Sie, wo Beth Wheatley ist?«

»Könnte sein.«

Pappy grummelte. »Sie müssen mit ja oder nein antworten.«

»Tut mir Leid.«

»Sind Sie blind?«

»Nein.«

»Sind Sie im Gefängnis?«

»Ja.«

»Wissen Sie, wo Beth Wheatley ist?«

»Nein.«

Wieder entstand eine Pause, aber Gus konnte nur raten, was das zu bedeuten hatte.

»Rauchen Sie Zigaretten?«, fuhr Pappy fort.

»Ja.«

»Lebt Ihre Mutter noch?«

»Ich – ich weiß nicht.« Auf seine neutral gemeinte Frage hatte sie eine abweichende Antwort gegeben. Pappy machte weiter. »Sprechen Sie Japanisch?«

»Nein.«

»Können Sie schwimmen?«

»Ja.«

»Besitzen Sie ein Auto?«

»Nein.«

»Haben Sie irgendetwas mit dem Verschwinden von Beth Wheatley zu tun?«

»Nein.«

Gus, der draußen stand, wäre fast gegen die Tür gefallen. Er hatte weiche Knie. Es war vorbei. Er hatte seine Antworten.

Aber entsprachen sie auch der Wahrheit?

42

Andie hatte gehofft zu hören, eine Vereinbarung mit Shirley Borge sei abgemachte Sache. Stattdessen hatte Isaac den Ball an sie zurückgegeben. Wenn Andie ihre eigenen Anhaltspunkte weiterverfolge, dann bräuchten sie sich nicht auf einen Deal mit einem Häftling einzulassen. Der Laden scheine ja der ideale Ort für weitere Nachforschungen zu sein. Er meinte, ein paar Tage mehr undercover würden sie schon nicht umbringen. Aber sie war sich keineswegs sicher, ob sie das Gleiche von Beth Wheatley behaupten konnte.

Mrs Rankin hatte natürlich reichlich Aufgaben gefunden, um Andie undercover zu beschäftigen, notfalls bis ans Ende ihrer Tage. Sie hatte tatsächlich eine handschriftliche Liste angefertigt, auf der Andie jedes Mal, wenn sie eine Aufgabe erledigt hatte, ein Kästchen abhaken musste, bevor sie sich an die nächste machte. Bis zum Nachmittag hatte Andie den Lagerraum gefegt, eine Kiste voller Babysachen gewaschen und sämtliche Kleider von einem Ständer gebügelt.

Die unangenehmste Arbeit hatte sie sich für den Schluss aufgehoben, Pailletten an einem Hochzeitskleid wieder anzunähen. Sie fragte sich unwillkürlich, was mit der Frau passiert war, die das Kleid getragen hatte, warum sie sich davon getrennt hatte. Vielleicht Geldprobleme. Wahrscheinlich die Scheidung. Vielleicht hatte es ihr auch einfach nicht mehr gefallen. Andie war für ihr eigenes Kleid wochenlang durch die

Geschäfte gelaufen, hauptsächlich um ihrer Mutter einen Gefallen zu tun. Dasjenige, das sie hatte haben wollen, war nach Auffassung ihrer Mutter zu sexy. Das erste, das ihre Mutter ausgesucht hatte, war erheblich zu bieder gewesen. Sie hatten sich dann auf ein Kleid aus Seide und Spitze im Wert von tausend Dollar geeinigt, das mittlerweile zusammengerollt im Kleiderschrank lag. Dort hatte es Andie hineingeworfen, nachdem sie aus der Kirche nach Hause gestürmt war und es sich sofort vom Leib gerissen hatte.

Die Glocke an der Tür bimmelte. Eine Kundin betrat den Laden und brachte einen eiskalten Luftzug mit. Andie sah auf. Den Tag über war nicht viel los gewesen, aber sie hatte heimlich jeden gemustert, der hereingekommen war.

Andie fand, dass die Frau auf den ersten Blick genau wie die anderen wirkte, die an diesem Tag gekommen und gegangen waren. Ihre Kleidung war sauber, aber abgetragen. Sie trug mehrere Sachen übereinander, wie jemand, der die meiste Zeit draußen oder in einer schlecht isolierten Behausung verbrachte. Sie lächelte nicht und hatte auch sonst eine völlig ausdruckslose Miene.

Sie steuerte direkt auf die Pullover zu, die Andie am Morgen zusammengelegt hatte. Sie bewegte sich mit Stil – oder wie jemand, der an Stil gewöhnt war. Ihre Erscheinung war allerdings völlig anders. Das Haar war kurz geschnitten, ohne jede Frisur. Sie war ungeschminkt und ihre Fingernägel waren nicht lackiert. Ihr Gesicht war braun gebrannt und wettergegerbt, wie bei den Wanderarbeitern. Ihre Ohrläppchen waren durchstochen, aber sie trug keine Ohrringe, sie trug überhaupt keinen Schmuck. Alles an ihr schien zweckmäßig, nichts war überflüssig. Und dennoch wirkte sie anders als die anderen, irgendwie fehl am Platz.

Andie erhob sich von ihrem Stuhl und ging auf sie zu. Sie wollte ihr Hilfe anbieten, sie vielleicht in ein Gespräch verwickeln. Von allen Kundinnen, die an diesem Tag hereingekommen waren, war diese hier die faszinierendste.

»Raus hier!«, schrie Mrs Rankin.

Andie erstarrte. Die herrische Alte stand ein paar Schritte hinter ihr. Die Kundin blickte unruhig auf. Mrs Rankin eilte an Andie vorbei. »Ich sagte, raus hier!«

Die Frau wirkte verstört. »Ich wollte doch nur –«

»Ich habe dir doch gesagt, du sollst hier nicht mehr auftauchen. Und jetzt raus.«

Ihre Hände zitterten, als sie den Pullover wieder ordentlich auf den Stapel legte. Sie blickte erst Mrs Rankin, dann Andie an. Sie war verlegen, kein bisschen auf Konfrontation aus. Ruhig ging sie zur Tür, öffnete sie und ging wortlos hinaus.

Andie sah der Frau durch das Schaufenster nach, als diese die Straße überquerte, dann wandte sie sich um und stand Mrs Rankin gegenüber. Die Alte starrte sie nur an, als wollte sie sagen: *Stell keine Fragen.*

Andie ließ es bleiben.

Mrs Rankin kehrte wieder auf ihren Hocker hinter dem Tresen zurück. Andie nähte weiter Pailletten an das Hochzeitskleid und fragte sich, was das alles zu bedeuten hatte.

Der Vollzugsbeamte brachte Shirley in ihre Zelle zurück. Pappy und Gus waren allein im Besuchszimmer und besprachen die Testergebnisse.

»Und?«, fragte Gus.

Pappy hob den Blick von der langen Papierrolle auf dem Schreibtisch. »Die gute Nachricht ist, ich bin zuversichtlich hinsichtlich der Zuverlässigkeit der Werte.«

»Und die schlechte Nachricht?«

»Keine wirklich schlechte Nachricht. Die Ergebnisse sind einfach interessant.«

»Interessant im guten oder im schlechten Sinne?«

»Beides.«

»Nun rücken Sie schon raus damit, Pappy.«

»So ein Lügendetektor taugt für drei, maximal vier Testfragen. Wir hatten vier. Zwei Antworten kamen ganz sauber. Ob sie Beth jemals kennen gelernt habe. Und ob sie etwas mit Beths Verschwinden zu tun habe. Auf beide Fragen antwortete sie mit nein.«

»Richtig oder falsch?«

»Kein Anzeichen einer Lüge, bei beiden.«

»Gut. Das müsste doch eigentlich die Bedenken des FBI ausräumen, mit einem Häftling zu verhandeln, der eventuell hinter Beths Entführung steckt. Sonst noch was?«

»Ich habe sie auch gefragt, ob sie weiß, wo Beth sich aufhält. Zuerst sagte sie, vielleicht. Danach sagte sie nein.«

»Was schließen Sie daraus?«

»Ich könnte nicht sagen, ob sie es weiß. Aber so viel kann ich sagen: Als sie antwortete, sie wisse es nicht, habe ich kein Anzeichen für eine Lüge gesehen.«

Gus war enttäuscht. »Das heißt also, sie verarscht mich? Sie kann mich gar nicht zu Beth führen?«

»So würde ich es nicht deuten. Sie konnte wahrscheinlich deshalb nein sagen, weil sie es nicht hundertprozentig weiß.«

Gus nickte langsam, er hätte gerne zugestimmt. »Deshalb hat sie anfänglich ›vielleicht‹ gesagt. Weil sie eine Vermutung hat, was mit Beth passiert ist. Wahrscheinlich eine sehr zutreffende Vermutung. Aber sie kann es nicht mit Sicherheit sagen.«

»Das scheint mir eine angemessene Interpretation zu sein.«

»Was die Überlegung untermauert, dass sie nichts mit Beths Verschwinden zu tun hat. Das ist perfekt. Ich möchte, dass Sie Ihren Bericht jetzt sofort zu Papier bringen, Pappy. Ich kann es gar nicht erwarten, das hier den FBI-Leuten zu zeigen.«

Pappy verzog das Gesicht. »Vielleicht sollten Sie sich das noch einmal durch den Kopf gehen lassen.«

»Wovon sprechen Sie?«

»Es gab noch eine vierte Frage. Ich hatte dabei mit keinem Ausschlag gerechnet, aber es gab einen.«

»Bei welcher Frage war das?«

»Ich habe sie gefragt, ob sie schon einmal jemand getötet hat. Sie hat mit nein geantwortet.«

»Das wäre ja auch die Wahrheit. Sie wurde wegen Mordkomplotts verurteilt, aber der Mord wurde nicht begangen. Sie ist wegen der Vorbereitung eines Mordes in Haft, nicht wegen Mord.«

»Dann muss sie bei ihrer Antwort eine andere Leiche im Sinn gehabt haben.«

»Ich verstehe nicht.«

»Sie hat gelogen, Gus. Sie hat jemanden getötet.«

Gus konnte Pappy nicht darum bitten, das aus dem Bericht auszuklammern. Der Mann war zu integer. Andererseits wusste er, dass das FBI kein großes Interesse daran haben würde, mit einer Frau zu verhandeln, die offensichtlich einen Mord begangen hatte und ungestraft davongekommen war.

»Soll ich den Bericht erstellen?«

Gus dachte einen Moment nach. »Warten Sie noch, Pappy. Lassen Sie mich erst darüber nachdenken.«

43

Es gab zwar keine Panik um Mitternacht und auch keinen gläsernen Schuh, aber wenn Mrs Rankin sie noch einmal den Fußboden wischen lassen würde, könnte Andie stark in Versuchung geraten, ihren Decknamen Kira in Cinderella umzuändern.

Der Laden war sonntags geschlossen, dennoch hatte Andie den ganzen Tag gebraucht, um alles wieder in Ordnung zu bringen. Der Montag hatte genauso begonnen, wie das Wochenende aufgehört hatte, mit einer stumpfsinnigen Arbeit nach der anderen. In der Scheinwelt hatte sich Kira die Halskette, die die alte Dame ihr versprochen hatte, schon gut zur Hälfte verdient. In der realen Welt bemühte sich Andie diskret herauszufinden, was sich hinter der Geschichte mit der harmlos wirkenden Frau verbarg, die Mrs Rankin am Samstagnachmittag aus dem Laden geworfen hatte.

Andie wrang die schmutzige Seifenlauge aus dem Mopp in den Eimer. Mrs Rankin stand über ihr und begutachtete den feuchten, glänzenden Fußboden.

»Nicht schlecht«, befand sie mit verschränkten Armen. »Die Ecken hätten es auch nötig.«

Andie erhob sich und lehnte sich trotzig auf den Schrubbergriff. Sie hatte die Nase voll. »Die Ecken sind schon sauber.«

»Die sind sauber, wenn ich sage, dass sie sauber sind.«

»Das hier ist ein Billig-Laden. Kein Operationssaal.«

»Werd nicht frech. Oder ich schmeiß dich auf der Stelle raus.«

»Das könnte Ihnen gefallen, was? Da kommen Sie sich richtig groß vor.«

»Hüte deine Zunge«, gab sie streng zurück.

»Was ist los mit Ihnen? Sie sitzen den ganzen Tag auf Ihrem Arsch und warten auf eine Gelegenheit, jemanden anzuschnauzen.«

»Ich warne dich, Kira.«

»Nein, ich bin es leid. Sie behandeln mich schlecht, Sie behandeln Ihre Kunden schlecht. Wie die Frau, die gestern hier reingekommen ist und sich nur um ihren eigenen Kram gekümmert hat.«

»Halt dich da raus.«

»Sie hat keinem was getan. Hat sich nur die Pullover angesehen.«

»Halt die Klappe. Du weißt ja nicht, wovon du redest.«

»Ich habe direkt daneben gestanden. Ich habe genau gesehen, was passiert ist.«

»Ich hatte jedes Recht, sie hier rauszuwerfen.«

»Und die Leute haben genau so ein Recht, mit ein bisschen Respekt behandelt zu werden. Mit ein bisschen Freundlichkeit. Vielleicht sollten Sie es mal damit versuchen.«

»Vielleicht hältst du endlich die Klappe, bevor ich dich rauswerfe.«

»Vielleicht gehe ich auch von selbst, wenn Sie nicht anfangen, die Leute anständig zu behandeln.«

»Was geht dich das überhaupt an? Du kennst die Frau doch nicht mal.«

»Das spielt keine Rolle. Sie kam mir jedenfalls ziemlich nett vor.«

Die Alte kochte. Sie packte Andie am Arm.

»Lassen Sie mich los!«

Sie packte noch härter zu und schob Andie zur Tür.

»Sind Sie verrückt geworden?«

Sie riss die Tür auf und zog Andie mit nach draußen. »Komm mit!«, sagte sie schroff. »Du glaubst, sie sieht nett aus, ja? Du möchtest mit dieser Frau befreundet sein, stimmt's? Tu dir bloß keinen Zwang an.« Sie blieben an einem Laternenmast einen halben Block weiter stehen. Ein Handzettel war auf Augenhöhe befestigt. Mrs Rankin riss ihn ab und hielt ihn Andie hin.

»Na, mach schon, du Rotznase. Willst du mit ihr lieb Kind sein, dann nur zu. Aber setz bloß nicht noch mal einen Fuß in meinen Laden.«

Sie wandte sich um und stampfte zurück in ihren Laden. Andie stand verwirrt am Bordstein. Der bedruckte Handzettel lag zusammengeknüllt in ihrer Hand. Sie faltete ihn auseinander und las. Auf der Stelle wusste Andie, dass ihre Arbeit in dem Laden beendet war.

Morgen Abend musste sie ganz woanders sein.

Gus gingen die Testergebnisse nicht mehr aus dem Kopf.

Sein erster Impuls war, Shirley herbeizuzitieren und sie zur Rede zu stellen. Als Anwalt wusste er jedoch, dass bei einem Kreuzverhör ohne Vorbereitung die Katastrophe vorprogrammiert war. Er musste einen klaren Kopf bekommen und alles noch einmal durchgehen, was er an Informationen hatte. Leider verfügte er über nichts, aus dem sich hätte schließen lassen, dass Shirley wirklich jemals einen Menschen getötet hatte. Er hatte eine Kopie ihres Vorstrafenregisters. Er hatte sämtliche Zeitungsartikel, die von ihrer Verhaftung und ihrem Prozess handelten. Er könnte seinen Privatdektektiv losschicken, damit er Nachforschungen anstellte, aber das würde Zeit kosten. Zu viel Zeit.

Am Montagmorgen fuhr er wieder zum WCCW, zwar inzwischen etwas ruhiger, aber nicht besser dafür gewappnet, Shirley zu befragen, als am Samstag. Als er hinter der Abtrennung aus Plexiglas saß, verließ ihn auch noch seine Ruhe. Shirley ließ ihn fast zwanzig Minuten warten. Schließlich öffnete sich die Tür hinter ihm.

Der Wärter sagte: »Shirley will Sie nicht treffen.«

»Wie bitte?«

»Sie hat gesagt, sie will heute Morgen keine Besucher sehen.«

»Ich bin den ganzen Weg hierher gefahren, um mich mit ihr zu treffen.«

»Tut mir Leid.«

»Was hat sie denn in ihrem Terminkalender, Rasentennis in Wimbledon?«

»Hören Sie, wenn sie Sie nicht sehen möchte, kann ich sie nicht zwingen.«

Gus erhob sich und bemühte sich, seine Wut zu beherrschen. Er machte zwei Schritte auf den Wärter zu und rückte ihm auf die Pelle. Der Wärter war fast noch ein Kind, nicht einmal halb so alt wie Gus und erheblich kleiner als dieser.

Der Wärter trat einen Schritt zurück.

»Holen Sie sie sofort her«, befahl Gus. »Oder mir bleibt keine andere Möglichkeit, als den Anstaltsleiter zu rufen und ihn davon in Kenntnis zu setzen, dass Sie sich in die vertrauliche Beziehung zwischen einem Anwalt und seiner Mandantin einmischen.«

»Tun Sie das nicht. Ich hab den Job gerade erst bekommen.«

»Dann lassen Sie sich nicht von einem Häftling zum Narren halten. Bringen Sie mir Shirley Borge.«

Der Wärter blinzelte nervös, als er zur Tür hinausging. Gus setzte sich wieder auf den Stuhl vor der Glasscheibe. Seine Wut wuchs. Shirley trieb ihre Spielchen mit ihm und machte ein Verwirrspiel aus der Frage, ob sie nun wusste, wo Beth war, oder nicht. Sie unterschlug die Tatsache, dass sie wirklich jemanden getötet hatte. Vielleicht hatte sie ja auch gelogen, als sie jede Beteiligung an Beths Verschwinden leugnete, und die Maschine schlichtweg hereingelegt. Und jetzt zog sie auch noch diese »Ich will ihn nicht sehen«-Show ab. Es wurde höchste Zeit für Gus, Klartext mit ihr zu reden.

Die Tür öffnete sich und Shirley betrat den Raum auf der anderen Seite der Scheibe. Sie trat auf ihn zu, blieb eineinhalb Meter vor ihm stehen und starrte ihn an. Sein Ärger verwandelte sich in Verwirrung. Ihr Gesicht war violett und geschwollen. Das linke Auge war fast geschlossen. Ein hässlicher Riss in ihrer Unterlippe war genäht worden.

Sie nahmen beide die Telefonhörer auf. »Was ist denn mit Ihnen passiert?«, fragte er sowohl neugierig als auch besorgt.

»Ich bin aus dem Bett gefallen.« Sie war teilnahmslos und fügte noch hinzu: »Die haben mich völlig fertig gemacht, sieht man das nicht?«

»Wer hat Ihnen das angetan?«

»Niemand Spezielles. Im Gefängnis hat keiner was für einen Spitzel übrig.«

»Wovon reden Sie?«

»Es hat sich rumgesprochen, dass ich am Lügendetektor getestet wurde.«

»Das tut mir Leid. Ich weiß wirklich nicht, wie das passiert ist.«

Sie blickte ihn verächtlich an. »Ich weiß, was Sie vorhaben, Mr Wheatley. Sehr kluger Plan. Sie sorgen dafür, dass ich mich an einen Lügendetektor hänge, dann sagen Sie einem Wärter oder sonst wem, er soll das den anderen Häftlingen stecken. Das ist eine bombensichere Methode, Druck auf mich auszuüben, damit ich kooperiere. Jetzt habe ich zwei Möglichkeiten. Mich jeden Tag zusammenschlagen zu lassen, weil ich ein Spitzel bin. Oder ich kann mit Ihnen reden und hoffen, dass mich das FBI wenigstens in ein anderes Gefängnis verlegt.«

»So war es aber nicht.«

Sie schüttelte den Kopf, alles andere als überzeugt. »Sie haben mir hier alles versaut. Ich hatte hier einen guten Namen. Als ich geschnappt wurde, hätte ich fünf Jahre weniger gekriegt, wenn ich meine Partner verpfiffen hätte. Ich hab's nicht gemacht. Ich habe die ganze Strafe auf mich genommen. Das gilt hier drin als Auszeichnung. Jetzt bin ich sie los.«

»Ich schwöre Ihnen, wir haben alle Vorsichtsmaßnahmen

getroffen, damit das nicht rauskommt. Wir haben keinem was gesteckt.«

»Klar«, höhnte sie und starrte durch die Scheibe. »Viel Glück bei der Suche nach Ihrer Frau, Sie Arschloch.« Sie knallte den Hörer auf und drehte sich um.

Gus wollte hinter ihr her rufen, aber er brachte kein Wort heraus. Er fühlte sich benommen und hilflos, als sie den Raum durchquerte und hinter der Tür verschwand.

44

Andie traf am Dienstagabend kurz vor acht im Eagle Trace Motel in Yakima ein. Sie begab sich auf direktem Wege in ein Zimmer, das Gouverneurssaal genannt wurde, was jedoch nichts mit dem Gouverneur zu tun hatte. Diese beeindruckende Bezeichnung konnte nicht darüber hinwegtäuschen, dass es sich dabei um ein ziemlich unscheinbares Besprechungszimmer handelte.

Vor der Tür drängelten sich ein paar Leute. Eine junge Frau überreichte jedem, der eintrat, ein Flugblatt. Andie war die fünfte in der Schlange, die sich schnell voranbewegte.

»Hallo«, sagte die Frau. »Nehmen Sie bitte Platz, wo Sie möchten.«

Andie nahm das Flugblatt und ging hinein. Es war ein schmuckloser Raum. Keine Bilder an den Wänden. Beigefarbener Teppichboden. Sie zählte zwanzig Reihen mit Klappstühlen, zehn auf jeder Seite des Mittelgangs. Ungefähr die Hälfte der Plätze war besetzt mit Erwachsenen jeden Alters, gleichermaßen Männer wie Frauen. Einige waren wie Andie gekleidet, sie sahen aus wie arme Schlucker. Andere trugen die Kleidung, die Andie in ihrem wirklichen Leben bevorzugte. Es waren zwar einige Paare da, aber die meisten schienen allein gekommen zu sein. Nur wenige sprachen miteinander. Die meisten hatten zwischen sich und dem Nachbarn einen Platz frei gelassen.

Andie setzte sich ganz rechts nach außen in eine der mittleren Reihen. Links neben ihr saß ein alter Mann. Er blickte starr geradeaus zum Podium, obwohl da noch niemand war. Andie zog ihren Mantel aus, legte ihn auf ihren Schoß und las das Flugblatt durch, das ihr das Mädchen an der Tür gegeben hatte. Es hatte den gleichen Inhalt wie der Handzettel, der an dem Laternenmast vor Mrs Rankins Laden befestigt war.

Die Überschrift lautete: »Entdecken Sie die brachliegende Energie in sich selbst und in Ihrer Umgebung«. Das hörte sich doch reichlich harmlos an. Darunter stand: »Wenn Sie jemals die Möglichkeit in Erwägung gezogen haben, dass Menschen die Energie erlangen können, mit der es möglich ist, eine höhere Stufe der menschlichen Existenz zu erklimmen, dann werden Sie gerne an dieser Versammlung teilnehmen.«

Jeder Zweifel an dem wahren Zweck dieser Veranstaltung wurde durch den Zusatz beseitigt: »Wir sind keine religiöse oder philosophische Organisation, die Mitglieder werben will.«

Genau. Und auch sonst steckten keine speziellen Interessen hinter diesem Kongress.

Genau um acht Uhr wurden die Türen geschlossen. Das Licht wurde heruntergedimmt und sofort war es still. Dann fiel von hinten ein Lichtstrahl über das Publikum hinweg auf das Podium. Zuerst war es nur ein verschwommener Lichtkegel, der umso stärker wurde, je mehr die Raumbeleuchtung gedämpft wurde. Es war, als würde man den Mond aufgehen sehen, ein weißer Lichtball stieg über dem Podium auf und leuchtete strahlend hell auf einem reflektierenden Vorhang.

Innerhalb von Sekunden war das Publikum in Dunkelheit gehüllt. Die weiße Kugel über dem Podium war die einzige Lichtquelle.

Ohne Vorwarnung erloschen die Scheinwerfer. Der Raum war völlig dunkel. Genauso plötzlich erschien das Licht wieder. Es durchschnitt die Dunkelheit wie ein Laserstrahl und beleuchtete einen Mann, der beinahe wie durch ein Wunder hinter dem Podium auftauchte. Er stand da mit ausgestreckten Armen und zurückgeworfenem Kopf, die Augen zur Decke gerichtet. Er führte ein Mikrofon an seinen Mund und rief mit tiefer, gewaltiger Stimme: »*I am the god of hellfire and I bring you ... fire!*«

Von hinten dröhnte aus Lautsprechern Musik. Es war der Rock-Hit aus dem Jahre 1968 von *Crazy World of Arthur Brown,* mit seiner schrillen Orgel und dem harten Beat. Ihr Sänger sang mit fast dämonischer Stimme von Feuer und vom Verbrennen. Der Mann auf dem Podium bewegte sich keinen Millimeter, er schien im Licht erstarrt. Die Musik dröhnte noch zehn Sekunden lang bis zu einem Crescendo. Dann hörte sie abrupt auf und die Nadel eines Plattenspielers kratzte über Vinyl.

Das Licht wurde wieder angeschaltet. Die Musik war vorbei. Der Raum war wieder normal. Der verwirrte Mann auf dem Podium stand da mit seitlich angelegten Händen. Ein gut aussehender Mann, nicht viel älter als Andie.

»Ich bin der Gott des Höllenfeuers?«, fragte er ungläubig. Ein Lächeln umspielte seine Lippen. »Das glaube ich nicht.«

Einige Anwesende lachten verlegen in sich hinein.

»Obwohl, Sie alle haben das doch für einen Moment geglaubt, stimmt's?« Er ging auf ein älteres Paar zu, das in der ersten Reihe saß, und sagte neckisch: »Kommen Sie, geben Sie's ruhig zu. Ich hab doch gesehen, wie Sie sich zu Ihrer Frau rübergebeugt und durch die Zähne gemurmelt haben:

›Halt nur ja deine Handtasche fest, Ethyl, das ist ein Verrückter.‹«

Der alte Herr lachte. Andere stimmten in das Lachen ein.

»Wie heißen Sie, Sir?«

»Bob.«

Er schüttelte ihm die Hand. »Schön, Sie kennen zu lernen, Bob. Ich heiße Steven Blechman.« Er lächelte und ging auf das Podium zurück. »Und ich bin kein Gott. Und bei dieser Versammlung geht es nicht um Höllenfeuer. Tatsächlich hat es überhaupt nichts damit zu tun, was *ich* bin. Hier geht es um Sie und Ihr zukünftiges Leben.« Er ließ die Worte effektvoll im Raum nachhallen und fügte dann hinzu: »Und etwas Wichtigeres gibt es nicht.«

Andie beobachtete ihn aufmerksam und lauschte auf jedes Wort. Er war eine merkwürdige Mischung aus einem Fernsehprediger und einem cleveren Komiker. Faszinierend. Fesselnd.

»Ich bin ganz neugierig. Glaubt hier irgendjemand, dass es Energie im Universum gibt?«

Einige Zuhörer antworteten: »Ja.«

»Ach kommen Sie. *Das* glauben Sie doch alle. Die Sterne leuchten. Die Planeten drehen sich. Kometen steigen auf. Es gibt Energie.«

Viele Leute nickten.

»Glückwunsch«, fuhr er lächelnd fort. »Sie alle haben den Grundkurs für Physik in der Schule gehabt. Aber beantworten Sie mir jetzt folgende Frage. Ganz persönlich. Ganz ehrlich. So ehrlich es Ihnen möglich ist.« Er ließ einen Moment verstreichen und beugte sich vor, als würde er jeden einzelnen Zuhörer fragen. »Spüren Sie eine *Verbindung* zu dieser Energie?«

Das Publikum schwieg. Er ließ sie nachdenken. Er wartete fast eine halbe Minute, dann sagte er: »Vielleicht glauben einige das ja. Aber spüren Sie so eine starke Verbindung, dass Sie, würden Sie heute diese Welt verlassen, zur nächsthöheren Daseinsstufe getragen würden? Auf eine Ebene jenseits der menschlichen Existenz?«

Wieder wartete er. Das Schweigen war körperlich spürbar.

»Ich sehe einige zweifelnde Gesichter.« Er lächelte wieder das ältere Paar in der ersten Reihe an. »Seht euch Bob an, alle. Er hat schon wieder diesen Blick. ›Ethyl, nimm deinen Mantel. Der Kerl ist übergeschnappt.‹«

Blechman lächelte. Andere taten es ihm gleich. Dann wurde er wieder ernst. »Aber bin ich das wirklich? Wie kommt denn in diesem Universum etwas von einem Ort an einen anderen? Wie wird aus einem Ding ein anderes?«

Die Frage klang nach. »Energie, stimmt's? Alles, was lebt, hat Energie. In beiläufigen Gesprächen hört man manchmal Leute sagen, dass sie die Schwingungen anderer Menschen spüren. Oder man spricht davon, dass der eine oder andere schlechte Schwingungen aussendet. Die Beach Boys haben sogar ein Lied über die *Good Vibrations* geschrieben. Also, Leute, ihr seht, da ist was dran. In jedem von uns schwingt ständig diese Energie. Wir schwingen auf verschiedenen Ebenen, je nachdem, welche Verbindung wir zur Quelle dieser Energie haben. Eine richtige Verbindung zur Quelle, meine Damen und Herren, ist Voraussetzung für unsere Fähigkeit, unsere menschliche Existenz zu transzendieren, uns auf die nächste Stufe zu heben.«

Er kehrte auf das Podium zurück und trank einen Schluck Wasser. Andie kam selbst dieses Trinken wie eine kalkulierte Handlung vor, dazu bestimmt, die Zuhörer auf seine nächsten Worte durstig zu machen.

»Vieles kann unsere Verbindung zu der Quelle stören. Versuchung. Gier. All diese irdischen Besitztümer, die uns nur vorspiegeln sollen, dass das Menschsein die endgültige Form der

Existenz ist. Diese selbstbezogene Haltung führt dazu, dass wir nur auf der Stufe der menschlichen Existenz schwingen, auf einer niedrigeren Stufe der Energie.«

Einige Leute senkten offensichtlich verlegen den Blick, als hätte er einen Nerv berührt. Er sprach mit sanfterer Stimme weiter, nicht länger wie ein Mann, der zu Gericht sitzt.

»Aber der vielleicht wichtigste Aspekt, den Sie verstehen müssen, ist der, dass man kein schlechter Mensch ist, bloß weil man nicht mit der Quelle verbunden ist. Eigenartigerweise sind es gerade die freundlichsten und hilfsbereitesten Menschen, die am wenigsten verbunden sind. Warum? Weil der gefährlichste Bruch zwischen Menschen und der Quelle von Leuten verursacht wird, denen wir es gestatten, unser Leben zu beherrschen, unsere Gefühle zu diktieren und buchstäblich die Energie aus uns herauszusaugen. Leute, die uns angeblich lieben, aber in Wirklichkeit nur Parasiten sind.«

Alle Augen folgten ihm, als er von einem Ende des Raums zum anderen schritt und wieder zurück zum Podium. »Ich kehre also zu meiner ursprünglichen Frage zurück. Sind Sie so verbunden mit der Quelle in diesem riesigen Universum, dass Sie, sollten Sie die Erde verlassen, auf die nächste Stufe steigen, die Stufe jenseits menschlicher Existenz?« Er blickte wieder ins Auditorium und sah jedem Einzelnen in die Augen. »Das eine kann ich Ihnen sagen. Wenn Sie sich an die Dinge klammern, die Sie als Menschen definieren. Wenn Sie sich anderen hingeben, die Sie als Menschen versklaven. Wenn es irgendetwas oder irgendjemanden auf der Welt gibt, bei dem Sie es nicht ertragen könnten, es oder ihn hinter sich zu lassen. Dann haben Sie keine gute Verbindung.«

Er sah Andie direkt an, vielleicht kam es ihr auch nur so vor. Sie musste sich zwingen, nicht zusammenzuzucken, und war froh, als er sich jemandem zuwandte, der begeisterter wirkte.

»Was soll das alles bedeuten?«, fragte er mit effekthaschender Stimme. »Das bedeutet, dass Sie sich auf den langen und mühsamen Weg vorbereiten müssen, der vor Ihnen liegt. Die gute Nachricht, Leute, ist die, dass es in der Macht jedes Einzelnen von Ihnen steht, erfolgreich zu sein. Gehen Sie einfach zurück zu der Quelle. Sie können es. Ich weiß, dass Sie es können.«

Er lächelte warmherzig, ohne es zu übertreiben. »Jetzt möchte ich, dass Sie zwei Freunde von mir kennen lernen. Zwei Leute, die noch vor gar nicht allzu langer Zeit genauso im Publikum saßen wie Sie heute Abend. Zwei Leute, deren Leben sich verwandelt hat. Sie können Ihnen dabei helfen, zu verstehen, worum es bei dieser Reise geht. Meine Damen und Herren, bitte begrüßen Sie mit einem herzlichen Applaus Tom und Felicia.«

Das Publikum applaudierte. Andie applaudierte auch. Dann erstarrte sie. Felicia war die Frau, die aus dem Billigladen geworfen worden war.

Die beiden wirkten wie zwei ganz normale Leute. Er trug Jeans und ein Flanellhemd; sie hatte eine Hose und einen Pullover an. Sie waren keine großen Redner, aber sie sprachen klug und ehrlich. Zuerst der Mann, dann Felicia. Sie war besonders interessant. Andie hatte mit ihrer Vermutung völlig richtig gelegen, dass die Frau in einem Billigladen völlig fehl am Platz war. Es war nicht überraschend, dass sie sich mit Stil bewegte. Felicia war College-Absolventin. Sie hatte neun Jahre lang ein Reisebüro betrieben. Sie hatte einen Architekten geheiratet, der in Seattle lebte. Sie war nicht unglücklich gewesen. Sie hatte nur keine Verbindung gehabt. Sie hatte alles aus einem einfachen Grund aufgegeben.

»Steve Blechman hat mein Leben verändert.«

»Nein, nein«, schaltete sich Blechman ein. »*Sie* haben Ihr Leben geändert.«

»Stimmt«, sagte sie, als hätte er *immer* Recht. »Ich habe es getan.«

Blechman dankte seinen Freunden und bat das Publikum, Fragen zu stellen. Das nahm weitere zwanzig Minuten in Anspruch. Die meisten Leute stellten ernsthafte Fragen. Einige waren Zyniker, die ihn verwirren wollten. Freund oder Feind, Blechman behandelte alle mit gleicher Hochachtung. Er geriet nicht ein einziges Mal ins Wanken. Er ließ sich nicht beirren. Es war beeindruckend. Der Mann konnte reden.

Felicia erklärte seine Begabung. »Er ist besser verbunden als Sie oder ich.«

Blechman lächelte bescheiden und winkte ab. Er sah auf die Uhr. Die Fragestunde war um. Er kehrte auf das Podium zurück.

»Meine Damen und Herren, ich hoffe, das hier war für Sie mehr als eine unterhaltsame Veranstaltung. Für mich, Tom und Felicia und viele, viele andere ist es eine Sache für ein ganzes Leben. Wie wir vorher gesagt haben, wir rekrutieren keine Mitglieder. Wir überlassen es jedem Einzelnen von Ihnen, sich für den ersten großen Schritt zu entscheiden. Falls es jemanden interessiert, wir veranstalten am kommenden Wochenende eine Klausurtagung. Wir brechen Freitagabend auf und kehren Sonntag zurück. Es wird keine Vergnügungsfahrt. Es gibt einige Hütten in den Bergen. Es ist kalt, aber es gibt Holzöfen und viele Decken. Es gibt keine Imbissbude, nur das, was die Natur uns bietet. Es geht darum, zur Quelle zurückzukehren. Das Ziel für Sie besteht nicht darin, viel über uns zu erfahren. Es ist eine Chance, dass Sie mehr über sich selbst erfahren. Wir würden uns freuen, wenn Sie mitkämen. Ich danke Ihnen, dass Sie so zahlreich erschienen sind.«

Blechman verließ den Raum unter herzlichem, aber nicht umwerfendem Applaus. Einige Leute applaudierten überhaupt nicht. Sie gingen kopfschüttelnd zum Ausgang. Andere waren begeisterter. Sie drängten sich in der Nähe des Ausgangs, nahmen noch mehr Flugblätter mit und stellten der jungen Frau an der Tür noch weitere Fragen. Sie hielt eine Anmeldeliste bereit für Leute, die sich zusätzliche Informationen per Post zuschicken lassen wollten. Mehrere Leute trugen sich ein. Sie verkaufte auch Videobänder für diejenigen, die die Erfahrungen dieses Abends noch einmal nacherleben oder mit Freunden teilen wollten. Andie kaufte eines, dann folgte sie einem Pulk von Leuten, die nach vorne strebten, wo Tom und Felicia Fragen beantworteten. Tom hielt ein Klemmbrett in der Hand mit einer Anmeldeliste für die Klausurtagung.

Andie kämpfte sich zu Felicia durch, die sich mit einem Mann im Studentenalter unterhielt und ihm erklärte, was er für das Wochenende mitnehmen musste und was ihn erwartete. Andie wartete hinter ihm. Als das Gespräch beendet war, schloss Andie auf. Felicia erkannte sie auf der Stelle.

»Hallo. Sie arbeiten im *Second Chance*, stimmt's?«

Andie lächelte scheu. »Ja. Tut mir Leid, was passiert ist.«

»Schon in Ordnung. Mrs Rankin hält nicht viel von unserer Gruppe.«

»Ich befürchte, dass Mrs Rankin von niemandem viel hält.«

Sie mussten beide lachen. Felicia fragte: »Wie heißen Sie?«

»Kira.«

»Nun, Kira, wollen Sie sich uns am kommenden Wochenende anschließen?«

Sie bemühte sich, unentschlossen zu wirken, unsicher, wie das ideale Opfer für diese Leute. »Ich weiß nicht so recht«, erwiderte sie achselzuckend.

»Ach kommen Sie. Ich glaube, Sie wären genau die Richtige.«

»Glauben Sie wirklich?«

»Ich weiß es.«

Andie blinzelte zurückhaltend. »Wird Steve auch dort sein?«

Felicia grinste. Schon wieder eine junge Frau, die ihm erlegen war. »Natürlich.«

»Also gut, was soll's? Was habe ich schon zu verlieren?«

»Gute Entscheidung. Klären Sie es mit Tom. Er hat die Anmeldeliste und alle Infos.«

»Danke.«

»Gern geschehen. Wir sehen uns Freitag.«

Andie ging zu Tom hinüber. Er sprach gerade mit dem älteren Pärchen, das Blechman während seiner Präsentation auf den Arm genommen hatte. Die Frau hielt sich noch zurück, aber ihr Ehemann war ganz aufgeregt und wollte unbedingt unterschreiben. Andie war auch aufgeregt, aber sie versuchte, es sich nicht anmerken zu lassen. Ihr Gefühl sagte ihr, dass mit Blechman und seinen Lehren etwas nicht stimmte. Das Verschwinden von Beth Wheatley bekam eine ganz neue Wendung. Sie konnte nicht bis Freitag warten.

Hauptsache, du vergisst nicht, dass du Kira heißt.

45

Gus traf sich mit seinem Privatdetektiv zu einem zeitigen Mittwochsfrühstück. Dex hatte wieder das Café René ausgesucht, sein Lieblingscafé. Gus schien es inzwischen auch zu gefallen. Es hatte etwas Liebenswertes an sich, wenn ein Lokal sich so wenig anspruchsvoll gab, dass sogar eine zweifelhafte Rezension aus der *Seattle Weekly* auf der Speisekarte abgedruckt war: »Das Essen und der Service sind gleichermaßen schlecht, dafür ist die Atmosphäre lausig.«

Dex verschlang eine dicke Scheibe kanadischen Speck mit

einem Berg Rührei, der in Ketchup schwamm. Gus knabberte an der Beilage, einer Scheibe Toastbrot, während sie das Thema Shirley Borge durchkauten.

»Zuallererst«, sagte Dex mit vollem Mund, »müssen Sie sich entscheiden, wie wichtig Shirley wirklich ist.«

»Die Testergebnisse lassen nur eine einzige Interpretation zu. Shirley weiß vielleicht nicht, wo genau Beth steckt. Aber entweder kennt sie Leute oder sie weiß selbst irgendetwas über Beth, sodass sie sich ein ziemlich gutes Bild davon machen kann, was mit ihr passiert ist.«

»Vielleicht beruhigt sie sich bald wieder und will mit Ihnen reden.«

»Ich glaube nicht.«

Dex kippte noch mehr Ketchup auf seinen Teller. »Sie sollten aufs Ganze gehen. Sorgen Sie dafür, dass das FBI ein bisschen Druck auf sie ausübt, damit sie es sich überlegt und mit Ihnen redet. Isolationshaft. Eine Zelle mit verstopfter Toilette. Eins muss man wissen über das Leben im Knast. Es kann immer noch schlimmer kommen.«

»Solche Spielchen könnten sie noch weiter weg treiben.«

»Oder sie spuckt endlich aus, was sie weiß.«

»Oder sie wird richtig sauer und Beth wird umgebracht.«

Dex kippte die Hälfte seines Orangensafts hinunter. Seine Augen traten hervor, als ihm die Rühreier hochkamen, aber er schaffte es, den Rülpser zu unterdrücken. »Sie haben zwei Möglichkeiten. Entweder Sie gehen durch Shirley Borge durch oder um sie herum.«

Das hörte sich nach geistlosem Geschwätz an. »Was soll ich mir denn darunter vorstellen?«

»Shirley hat Informationen, die Sie haben wollen. Sie sagen mir, Sie können sie weder durch Bitten noch durch Druck noch durch Geldangebote dazu bringen, diese Informationen rauszurücken. Also gehen Sie um sie herum. Finden Sie jemand anderen. Jemanden, der ihr Geheimnis kennt.«

»Und wer könnte das zum Beispiel sein?«

Dex zuckte die Achseln. »Die üblichen Verdächtigen. Freundinnen. Liebhaber.«

»Über eine solche Liste verfüge ich nicht.«

»Man braucht nicht die ganze Liste. Es reicht einer, dem sie sich vielleicht irgendwann mal anvertraut hat.«

Gus nippte am Kaffee und dachte nach. Plötzlich hellte sich seine Miene auf.

Dex lächelte schmallippig. »Sie haben schon jemand?«

Gus setzte die Tasse ab. »Ich glaube, ja.«

Aus Mitgefühl war Kirby Toombs bereit, sich sofort mit Gus zu treffen. Für kurzfristige Termine stand er nur selten zur Verfügung, aber bei einem Anwaltskollegen, dessen Frau vermisst wurde, machte er eine Ausnahme.

Kirby hatte von Gus' verzweifelter Situation aus den Zeitungen erfahren. Er hatte zwar die Anzeige mit der Ausschreibung einer Belohnung gelesen, wusste jedoch nichts davon, dass Shirley Borge sich daraufhin gemeldet hatte. Nachdem Gus sein Dilemma am Telefon geschildert hatte, konnte Kirby es ihm nicht verübeln, dass er mit dem Anwalt reden wollte, der Shirley vertreten hatte.

Als Shirleys Prozess stattfand, war Kirby ein frisch gebackener, unerfahrener Strafverteidiger gewesen. Aus dem P. D. Office, dem Büro der Pflichtverteidiger, waren viele begabte Anwälte hervorgegangen, aber Kirby gehörte nicht dazu. Er war vor vier Monaten entlassen worden, konnte keine Anstellung finden und war jetzt dabei, eine Kanzlei als Strafverteidiger aufzubauen. Allem Anschein nach hatte er noch einen langen Weg vor sich. Sein Büro befand sich in der Nähe des Landgerichts in einem verfallenen Ziegelbau, der reif für die Abrissbirne war. Gus kannte das Gebäude gut, da es einem seiner Mandanten gehörte, der darauf wartete, dass es unter Denkmalschutz gestellt würde, um es dann profitabel sanieren zu können. Mehr als die Hälfte des Gebäudes stand leer. Die übrig gebliebenen Mieter waren zwielichtige Firmen mit schlechter Zahlungsmoral. Auf dem Schild an Kirbys Büro stand VENTURA ENTERPRISES, der Name eines ehemaligen Mieters, der wahrscheinlich nicht einmal der letzte Mieter gewesen war. Gus betätigte die Klingel, aber sie funktionierte nicht. Er klopfte an die Glasscheibe. Kirby meldete sich von innen.

»Wer ist da?« Es klang, als riefe er in einen Mülleimer hinein.

»Gus Wheatley. Ich habe vorhin mit Ihnen telefoniert.«

Die Kette rasselte. Drei Sicherheitsschlösser klickten. Die Tür wurde geöffnet. Kirby stand im Türrahmen. Er mochte die Uni schon seit zwei Jahren hinter sich haben, aber er kultivierte immer noch das pummelige Äußere eines Studenten, der zu viel trank. Er trug einen abgewetzten braunen Anzug in genau dem Farbton, von dem Gus den jungen Anwälten in seiner Firma immer abgeraten hatte, wenn sie nicht wie ein wandelnder Scheißhaufen aussehen wollten.

»Kommen Sie rein.«

Gus bedankte sich und trat ein. Die schäbigen Räume hatten keinerlei Ähnlichkeit mit einem Anwaltsbüro. Es waren zwei Zimmer, wenn man den winzigen Eingangsbereich mitzählte. Es gab keine Sekretärin, lediglich einen hässlichen Metallschreibtisch und einen Anrufbeantworter.

»Wollen Sie Kaffee?«

Die Tasse auf dem Bücherschrank sah aus, als stünde sie da schon seit ewigen Zeiten. »Nein, danke.«

Kirby goss sich eine Tasse ein und ging dann mit Gus ins

Bürozimmer. Durch die verstaubten Jalousien fiel das morgendliche Sonnenlicht in Streifen auf den Teppich. Voll gestopfte Ablagekörbe waren auf dem Schreibtisch und auf der Couch übereinander gestapelt. Kirby räumte die Couch so weit frei, dass Gus sich setzen konnte, und nahm selbst auf einem quietschenden Bürostuhl Platz.

»Sind Sie gerade erst eingezogen?«

»Nein«, erwiderte er ein bisschen beleidigt.

»Tut mir Leid. Ich dachte nur –«

»Ich weiß, ich weiß. Es sieht hier nicht aus wie in den kirschbaumgetäfelten Büros von Preston and Coolidge.«

»Das wollte ich gar nicht sagen.«

»Das brauchten Sie auch gar nicht. Ihre Miene sprach Bände.«

»Wirklich, es ist überhaupt nicht so. Ich habe große Hochachtung vor einem jungen Burschen, der versucht, auf eigenen Beinen zu stehen.«

»Klar. Ich glaube, das haben Sie sogar in dem Ablehnungsschreiben erwähnt, das ich von Ihnen erhielt, als ich noch auf der Uni war. Verehrter Mr Toombs. Wir danken Ihnen für Ihr Interesse an unserer Firma. Leider klopfen wir uns alle auf die Schenkel vor Lachen über die Pfeifen, die es nicht unter die ersten zehn Prozent der Anwaltsliste schaffen.«

Gus wurde vorsichtig. Der Bursche war ziemlich aus dem Gleichgewicht. »Es ist ein hart umkämpfter Markt, Kirby. Sie sollten eine Ablehnung nicht persönlich nehmen.«

»Wie soll ich es denn sonst nehmen?«

»Das ist ... nun mal das Geschäft.«

»Sie haben leicht reden, Sie haben's ja geschafft. Haben Sie überhaupt eine Vorstellung davon, wie man sich fühlt, wenn man entlassen wird?«

Die Frage versetzte Gus einen Stich. Er erinnerte sich daran, wie der Aufsichtsrat ihn von heute auf morgen als Geschäftsführer abgelöst und durch Martha Goldstein ersetzt hatte. »Ich denke schon.«

»Das bezweifle ich. Das tut weh, Mann. Und ich rede nicht nur davon, wie das auf das Ego wirkt. So was spricht sich herum. Und dann ist man nur noch Ausschuss. Ich war kein schlechter Anwalt. Ich hatte nur einfach nicht so einen guten Draht zu den wirklich wichtigen Leuten im Büro der Pflichtverteidiger. Deshalb haben sie mich rausgeworfen. Und jetzt sehen Sie mich an. Keine Kanzlei in der ganzen Stadt stellt einen ein, der vom P. D. Office entlassen wurde.«

»Das bedeutet doch noch lange nicht, dass Sie nicht wieder auf die Beine kommen können.«

Er beugte sich mit wutverzerrtem Gesicht vor. »Sehen Sie sich um, Sie Arschloch. Ich habe mein Anwaltsbüro im Kofferraum meines Wagens.«

»Wer weiß? Vielleicht geht's mir eines Tages genau wie Ihnen.«

»Weiter so. Machen Sie sich nur lustig über mich.«

Gus machte sich nicht über ihn lustig, aber es war sinnlos, ihm das zu erklären. Er änderte seinen Tonfall. »Wollten Sie sich deshalb mit mir persönlich treffen? Wollen Sie Ihren Frust an mir ablassen, weil Sie keinen Job finden? Also gut, ich werde Ihnen mal was sagen. Vor zwei Wochen wäre ich der Letzte gewesen, der das gesagt hätte, aber es gibt schlimmere Dinge im Leben, als einen stumpfsinnigen Job zu verlieren. Also, wenn wir nicht innerhalb der nächsten dreißig Sekunden damit anfangen, über Shirley Borge zu reden, dann gehe ich wieder. Für das hier ist mir meine Zeit zu schade.«

Toombs lehnte sich selbstgefällig zurück, als wäre es ihm eine Genugtuung, jemanden in Gus' Position zu ärgern. »Sie wollen sich über Shirley Borge unterhalten? Kein Problem. Ich werde Ihnen alles sagen, was Sie wissen wollen.«

»Danke.«

»Ich brauche lediglich einen Scheck.«

»Einen Scheck?«

»Genau. Zeit ist Geld.«

»Ich soll Sie für Informationen über Shirley Borge bezahlen?«

Toombs schüttelte den Kopf und verzog das Gesicht. »So, wie Sie das ausdrücken, hat es einen unangenehmen Beigeschmack. Ich würde eher sagen, ich möchte für die aufgewendete Zeit und die mir entstehenden Unannehmlichkeiten entschädigt werden.«

Gus hatte nicht die Zeit, den Burschen über Ethik aufzuklären. Er legte sein Scheckheft auf den Tisch und fing an zu schreiben. »Also gut. Ich bezahle Sie für eine Stunde Ihrer Zeit.«

»Hört sich vernünftig an. Stellen Sie ihn auf fünftausend Dollar aus.«

Gus' Hand erstarrte. Er hörte auf zu schreiben. »Sie machen Witze.«

»Hör ich mich etwa so an?«

»Das ist Wucher.«

»Wahrscheinlich sagen das Ihre Mandanten auch, wenn sie Ihre Rechnungen zu Gesicht bekommen. Selbst mal solche Summen zu berappen, tut weh, stimmt's, Mr Wheatley?«

Es widerstrebte Gus zutiefst, ihm das Geld zu geben, aber er musste an Beth denken, als sie am anderen Ende der Telefonleitung gewesen war, ohne sprechen zu können, vielleicht sogar gefesselt und geknebelt. Er musste an Shirley denken, die die Tür zu ihm zugeschlagen und ihr Geheimnis über Beth mit in die Zelle zurückgenommen hatte. Das war nicht der Zeitpunkt, auf Fünftausend-Dollar-Prinzipien zu bestehen. Er füllte den Scheck aus und unterschrieb ihn.

Kirby griff danach. Gus hielt ihn fest.

»Zuerst beantworten Sie meine Fragen.«

Natürlich hätte Kirby lieber zuerst den Scheck genommen, aber der barsche Tonfall ließ ihn zurückweichen. »Also gut. Was hat Shirley Ihnen bisher erzählt?«

»Nicht viel. Das meiste weiß ich von meinen eigenen Nachforschungen und aus Zeitungsberichten über den Prozess und so weiter. Ich weiß, dass sie verurteilt wurde wegen der Verabredung zu einem Mord, der zwar geplant, aber nicht ausgeführt wurde.«

»Das ist nicht mehr als das Gerüst.«

»Dann ergänzen Sie.«

»Vermutlich haben Shirley und ein paar Freunde im Fernsehen einen Film darüber gesehen, dass immer mehr Obdachlose krankenhausreif oder zu Tode geprügelt werden, und da kamen sie zu dem Schluss, dass das für ihre Wochenenden eine spaßige Abwechslung sein könnte.«

»Sie wollten also irgendeinen beliebigen Obdachlosen töten?«

»So heißt es.«

»Wie wurden sie geschnappt?«

»Nun, sie sind nicht gleich los und haben die Tat ausgeführt. Sie haben sich erst mal einen Plan gemacht. Sie besorgten sich eine Knarre. Dann fing Shirley an, in Kneipen und woanders mit ihrem Vorhaben zu prahlen.«

»Und wer hat sie verpfiffen? Jemand aus der Kneipe?«

»Nein, es war tatsächlich Shirleys Mutter.«

Gus fiel plötzlich wieder der Lügendetektortest ein, bei dem Shirley behauptet hatte, sie wüsste nicht, ob ihre Mutter lebe oder tot sei. »Warum?«

»Shirley war immer ein Problemkind gewesen. Als dann ihre Mutter davon Wind bekam, dass ihre Tochter bei dem Plan, einen Obdachlosen zu töten, mitmischte, sah sie keine andere Möglichkeit mehr. Sie beschloss, ihrer Tochter einen ordentlichen Schreck einzujagen. Sie ging zur Polizei. Allerdings hatte die Polizei mehr im Sinn, als ihr nur einen Schrecken einzujagen. Sie hörten die Telefone im Haus ab und nahmen auf, was Shirley über ihren Plan erzählte. Die Gespräche waren ziemlich unverhüllt. Sie besprachen den Zeitpunkt des Mordes. Welche Waffe sie benutzen würden und wie sie die Waffe wieder verschwinden lassen könnten. Was sie mit der Leiche vorhatten.«

»Also wurde Shirley vor dem Mord verhaftet?«

»Ja.«

»Warum wurden ihre Freunde nicht auch verhaftet?«

»Es war in Wirklichkeit nur einer. Zumindest hatte die Polizei nicht mehr auf den Tonbändern. Niemand wusste, wer es war. Beide passten am Telefon immer auf, dass sein Name nicht genannt wurde. Immer wenn er Shirley anrief, tat er das aus einer Telefonzelle, so dass man den Anruf nicht zurückverfolgen konnte.«

»War das der Typ, dessen Identität Shirley bei der Polizei preisgeben sollte?«

»Richtig. Wir hätten Shirley ziemlich leicht aus der Sache herausgeholt, wenn sie mit dem Namen des Burschen herausgerückt wäre. Aber sie wollte nicht. Also sitzt sie jetzt im WCCW.«

»Sie hat erwähnt, dass sie sich geweigert hatte, ihren Freund zu verpfeifen. Sie schien ganz stolz darauf zu sein.«

»Ich bin mir da nicht so sicher, ob sie wirklich aus Stolz und nicht vielmehr aus Angst geschwiegen hat.«

»Wie kommen Sie darauf?«

»Dafür gibt es gute Gründe.«

»Lassen Sie hören.«

»Wenn Sie mir den Scheck geben.«

Gus legte ihn widerstrebend auf den Tisch. Kirby griff nach ihm, stopfte ihn sich in die Jackentasche und sagte: »Von mir haben Sie das nicht, okay?«

»Meinetwegen.«

»Alles, was ich Ihnen eben erzählt habe, ist die Geschichte, die vor Gericht herauskam. Aber das ist nicht die tatsächliche Geschichte.«

»Deshalb bin ich ja hier. Um was ging es denn nun wirklich?«

»Shirley hing in irgendeiner unheimlichen Sache drin. Das waren nicht einfach ein paar Freunde, die ferngesehen haben und dann auf die Idee kamen, es könnte ihnen Spaß machen, einen Obdachlosen zu töten.«

»Sondern?«

»Genau weiß ich es auch nicht. Vielleicht irgendeine Gang.«

»Hat Shirley Ihnen das gesagt?«

»Nur andeutungsweise. Das meiste habe ich mir zusammengereimt.«

»Warum wollten sie einen Obdachlosen töten?«

Kirbys Miene wurde sehr ernst. »Es gab überhaupt keinen Obdachlosen.«

»Und was war mit den abgehörten Telefongesprächen? Sie müssen doch erwähnt haben, dass sie es auf einen Obdachlosen abgesehen hatten.«

»Haben sie auch. Aber es war eine Art Code, wissen Sie. Die obdachlose Frau. So wie Monica Lewinsky von Bill Clinton nur als dem großen Fiesling geredet hat.«

»Und auf wen hatten sie es tatsächlich abgesehen?«

»Ich weiß es nicht genau.«

»Was glauben Sie, wer es war?«

»Die Frau, die sie angezeigt hat.«

»Ihre Mutter?«

Kirby nickte. »Ihre Mutter.«

In Gus' Kopf begann es, heftig zu arbeiten. Gangs. Serienmorde. Mütter als Mordobjekte. Verschwundene Ehefrauen.

Das war zwar nicht dasselbe, als hätte Shirley ihm gesagt, sie wüsste, wo Beth steckt, aber immerhin war es eine weitere viel versprechende Spur. »Das könnte sehr hilfreich sein.«

Kirby erhob sich. »Freut mich, wenn ich Ihnen nützlich sein konnte. Aber wenn Sie mich bitte entschuldigen wollen, ich muss jetzt wirklich los. In weniger als fünf Minuten habe ich mit einem Mandanten einen Termin im Gericht.«

»Ich werde Sie nicht aufhalten.«

Kirby setzte ein breites Lächeln auf. »Wenn Sie noch etwas brauchen sollten«, sagte er und tippte dabei auf die Jackentasche, in der der Scheck steckte, »ich bin sicher, dass wir uns einigen werden.«

Er streckte ihm die Hand hin. Gus übersah sie geflissentlich.

»Wir hören voneinander, Kirby.« Er öffnete die Tür und ging die Treppe hinunter. Als er sich im Eilschritt von dem Gebäude entfernte, kamen ihm die Wörter *raffgieriger Scheißkerl* in den Sinn, aber er entschied sich für zwei andere.

Zahlungen einstellen.

Er sprang in seinen Wagen und jagte davon.

46

Andie nahm einen Nachtbus zurück nach Seattle und erschien am Mittwoch rechtzeitig zu einer kurzfristig einberufenen, aber wichtigen Team-Besprechung. So wichtig, dass Isaac Underwood tatsächlich Termine ausfallen ließ, um teilnehmen zu können, zusammen mit Lundquist, ihrem Vorgesetzten; außerdem kamen Haveres, ihr Kontaktagent, und zwei weitere Mitglieder des Teams zur Aufklärung der Wheatley-Entführung. Auf Isaacs Bitte hin nahm Victoria per Konferenzschaltung von Quantico aus an der Besprechung teil. Nach dem kurzen Bericht, den Andie ihm vorab telefonisch geliefert hatte, war ihm an der Einschätzung eines Profilers gelegen, der sich mit den verschiedensten New-Age-Sekten auskannte.

Die Besprechung fand in einem kleinen fensterlosen Zimmer neben dem Büro des ASAC statt. Isaac sagte einige einleitende Sätze und übergab dann an Andie. Sie gab eine kurze Zusammenfassung ihrer Erlebnisse im *Second Chance*-Kleiderladen, die sie zu der Versammlung im Eagle Trace Hotel geführt hatten, und beschrieb dann ausführlich die beeindruckende Darbietung von Steven Blechman. Sie schlug vor, das Videoband, das sie gekauft hatte, abzuspielen, aber das hätte den zeitlichen Rahmen der Besprechung überzogen. Das erste Murren wurde laut, als sie die Wochenendklausur erwähnte, an der sie teilnehmen wollte. Es kam von Lundquist.

»Ich wusste es«, sagte er kopfschüttelnd.

»Was wussten Sie?«, fragte Isaac.

»Das ist das Problem, wenn man unerfahrene Agenten undercover einsetzt. Wir schicken sie los mit einem auf drei Tage begrenzten Auftrag, und bevor die drei Tage überhaupt vorbei sind, ist sie schon wieder da und bittet um eine Verlängerung. Bevor wir es richtig mitkriegen, stecken wir in einer *ausgewachsenen* Undercover-Operation, die uns niemand bezahlt.«

Isaac sagte: »Das Ganze wird sicher nicht kostspieliger als eine Gruppen-zwei-Operation, für die immerhin ein Budget von siebzigtausend Dollar zur Verfügung steht. Dafür brauchen wir nicht einmal die Zustimmung des Hauptquartiers.«

»Wir brauchen auch nicht annähernd siebzigtausend Dollar«, warf Andie ein.

Isaac wollte sich nicht festlegen, da er wusste, wie schnell Kosten steigen konnten. »Lassen wir jetzt erst einmal das Budget beiseite. Ich möchte gerne wissen, was Sie mit dieser Aktion bezwecken und wie Sie dabei vorgehen wollen. Sie haben das Wort, Andie. Schießen Sie los.«

Sie dankte ihm mit einem Kopfnicken, dann holte sie das Telefon näher heran, damit Victoria mithören konnte. »Diese ganze Geschichte ergibt erst einen Sinn, wenn man noch mal zurückgeht und sich einige wesentliche Fakten bezüglich Beth Wheatley vor Augen führt.

Erstens weist sie einige Anzeichen emotionaler Labilität auf. Sie beschuldigte ihren Mann fälschlicherweise der Misshandlung, sie litt an Bulimie und sie war offenkundig die wohlhabendste Ladendiebin in der Geschichte der Nordstrom-Kette.

Zweitens ähnelt sie äußerlich allen drei Frauen, die Opfer des Serienmörders wurden, und sie gleicht ihnen ebenfalls im Hinblick auf einige persönliche Charakteristika. Aber im Gegensatz zu den dreien lebt sie möglicherweise noch. Wir haben ihre Leiche nicht gefunden, ihre Tochter erhielt den Anruf mit der Melodie von ›Mary Had a Little Lamb‹ und Beths Fingerabdrücke wurden auf einem Münztelefon in Oregon gefunden, von wo der Anruf kam.

Drittens hat Beth irgendeine Verbindung zu dem *Second Chance*-Laden in Yakima. Eines ihrer Kleider wurde dort gefunden.

Zusammengefasst haben wir es mit einer emotional labilen Frau zu tun, die auf unerklärliche Weise verschwunden ist, die vielleicht noch lebt und sich in der Gewalt eines Serienmörders befindet und deren Kleid im Schaufenster eines Billigladens hängt, der von Mitgliedern einer New-Age-Sekte aufgesucht wird.«

»Andie?« Die Stimme kam aus dem Telefon-Lautsprecher. Es war Victoria.

»Ja?«

»Hat bereits jemand überprüft, ob eines der Opfer des Serienmörders Freunde oder Angehörige hat, die verschwunden sind? Mit verschwinden meine ich, ob sie einfach abgehauen und nicht zurückgekehrt sind, wie das manchmal passiert, wenn Leute sich einer Sekte anschließen.«

Lundquist antwortete. »Das gehört zu den Dingen, um die sich unser Team bereits kümmert.«

»Also«, sagte Andie, »ich habe das schon überprüft. Keines der Opfer hatte Freunde oder Angehörige, die vermisst werden.«

»Gut«, meldete sich Victoria wieder. »Man beginnt am besten immer damit, Offenkundiges auszuschließen. Aber erzählen Sie mir noch mehr über diese mutmaßliche Sekte. Ich weiß jetzt, welche Philosophie sie vertritt, aber wie groß ist sie, aus was für Leuten setzt sie sich zusammen und wo hat sie ihren Standort?«

»Darüber haben wir einige Informationen aus dem Büro des Yakima-County-Sheriffs erhalten. Der Sekte gehört ein altes Farmgebäude ganz in der Nähe von Yakima. Dort leben ungefähr dreißig Leute. Wir verfügen über Fotos von einigen der Mitglieder, die anlässlich einer friedlichen Aktion von zivilem Ungehorsam festgenommen wurden. Sie hatten sich an Rohrleitungen angekettet, als das städtische Wasserwerk versuchte, einen Entwässerungsgraben durch das an das Eigentum der Sekte angrenzende Grundstück zu ziehen. Laut Polizeibericht handelte es sich wohl um einen friedlichen, aber paranoiden Haufen, der hinter dem ganzen Entwässerungsprojekt einen miesen Trick der Regierungsstellen vermutete, um sie auszuspionieren.«

»Sonst irgendwelche Konflikte mit dem Gesetz?«

»Nein.«

»Was ist mit den einzelnen Mitgliedern? Ist einer von denen vorbestraft?«

»Kein Einziger der bei der Aktion Festgenommenen war vorbestraft. Ganz normale Leute, so wie die, die gestern Abend auf der Versammlung waren.«

Isaac schaltete sich ein. »Verstehe ich das richtig, dass diese Shirley Borge keine offiziellen Kontakte zu der Sekte unterhält?«

»Zumindest ist uns nichts davon bekannt. Auf jeden Fall hat sie nicht an der Aktion teilgenommen.«

»Ich möchte ja keine dummen Fragen stellen«, hakte Victoria nach, »aber ich nehme an, dass unter den Fotos der Festgenommenen keins von Beth Wheatley war?«

»Nein«, erwiderte Andie. »Und die Frage ist alles andere als dumm. Um auf Isaacs anfänglich gestellte Frage zurückzukommen, unter anderem möchte ich innerhalb meines Auftrags herausfinden, ob Beth Wheatley ein Opfer ist. Oder eine Komplizin.«

»Eine Komplizin *wobei*?«, fragte Lundquist. »Lassen Sie uns nicht die Tatsache aus dem Auge verlieren, dass diese ganze Theorie auf einem Hinweis einer verurteilten Schwerverbrecherin beruht, die aus dem Gefängnis entlassen werden, eine viertel Million Dollar Belohnung kassieren und sich nach Tahiti absetzen will. Wir haben keinen Beweis dafür, dass Steve Blechman oder sonst irgendwer von dieser so genannten Sekte Beth Wheatley oder ein anderes Opfer des Serienmörders jemals kennen gelernt hat.«

»Genau deshalb möchte ich an dieser Klausur teilnehmen«, sagte Andie.

»Undercover in einem Secondhandladen in Yakima zu arbeiten, war eine Sache«, wandte Lundquist ein. »Eine Sekte zu unterwandern, ist eine ganz andere.«

»Was wollen Sie damit sagen?«, fragte Isaac. »Dass der Auftrag zu riskant ist?«

»Ich meine, wenn wir Beweismittel brauchen, dann besorgen wir uns einen Durchsuchungsbefehl und suchen danach.«

»Sie wissen so gut wie wir alle, dass ein Durchsuchungsbefehl stichhaltig begründet sein muss. Wir müssen genau auflisten, wonach wir suchen.«

»Und was ist mit Beth Wheatley? Ihr Verschwinden ist ein ziemlich stichhaltiger Grund. Wenn wir wirklich davon ausgehen, dass Beth Wheatley sich auf der Farm befindet, die der Sekte von Mr Blechman gehört, dann kriegen wir auch einen Durchsuchungsbefehl und stellen den Laden so lange auf den Kopf, bis wir sie finden.«

Andie wollte gerade ansetzen, etwas zu sagen, aber Victoria war schneller. »Schlechte Idee«, sagte sie laut vernehmlich durch den Telefonlautsprecher. »Eine offene Aktion des FBI könnte die Sektenmitglieder dazu veranlassen, ein großes Gelage mit vergifteten Getränken zu veranstalten wie in Heaven's Gate oder Jonestown oder ein tödliches Inferno in Szene zu setzen wie David Koresh in Waco. Sektenmitglieder sind von der Definition her Selbstmordkandidaten, da sie ihr früheres Leben ohnehin schon abgetötet haben. Nach dem, was Andie uns von Blechmans Lehren erzählt hat, ist diese Sekte auch nicht anders. Er predigt die Notwendigkeit, alle Bindungen mit Familie und Freunden aufzugeben – alles, was eine menschliche Existenz ausmacht. Soweit ich verstanden habe, hat Blechman keine Angst zu sterben. Und er wird auch keine Angst davor haben, seine Jünger mit sich zu nehmen – ob sie wollen oder nicht.«

Lundquist verzog das Gesicht, er wirkte wenig überzeugt. »Ich versuche lediglich, ein vernünftiges Maß zu finden. Wir haben es mit einem Serienmörder zu tun, der jederzeit wieder zuschlagen kann. Ich möchte nicht auf einem Nebenschauplatz eine teure und langwierige Undercover-Operation durchführen, die sich nachher als völlig überflüssig herausstellt.«

»Das ist eine berechtigte Befürchtung«, gab Andie zu. »Aber das Gebäude zu stürmen, kann nicht die Alternative sein.«

»Ich habe nichts von *stürmen* gesagt«, fauchte Lundquist. »Ich habe von einem Durchsuchungsbefehl gesprochen. Drehen Sie mir nicht das Wort im Mund um.«

»Entschuldigung. Aber ich glaube, Victoria wollte darauf hinaus, dass wir die Besonderheit eines paranoiden Zirkels von Sektenmitgliedern nicht aus dem Auge verlieren dürfen, die sich sogar an Wasserrohre anketten, um zu verhindern, dass die Regierung sie ausspioniert.«

Lundquist suchte nach einer Antwort, aber ihm fiel nichts ein. »Klugscheißerin«, murmelte er sich in den Bart.

»Also bitte«, ermahnte Isaac ihn. »Lassen Sie uns nicht persönlich werden.«

»Das sehe ich ganz anders«, erwiderte Lundquist. »Jetzt ist genau der richtige Zeitpunkt, um persönlich zu werden. Ich habe das Gefühl, dass Sie zu einer Undercover-Lösung tendieren. Dann stellt sich logischerweise die Frage, wer der richtige Mann für diese Aufgabe ist?«

»Auch auf die Gefahr hin, dass ich mich wie eine Aufkleber-Parole anhöre, muss ich sagen, der richtige Mann ist eine Frau.«

»Tatsächlich?«, gab Lundquist zurück. »Andie, erzählen Sie uns doch mal, welche Undercover-Ausbildung Sie genossen haben und welche Erfahrungen Sie auf dem Gebiet vorweisen können.«

Sie verfügte weder über das eine noch über das andere, aber sie hatte das Gefühl, darauf irgendeine Antwort geben zu müssen. »Ich habe auf der Uni in einer Theatergruppe gespielt.«

»Wunderbar. Sie können ja als Eliza Doolittle in einer Wiederaufführung von *My Fair Lady* auftreten. Isaac, hätten Sie nicht Lust, 'enry 'iggins zu geben?«

»Das reicht jetzt«, erwiderte Isaac.

»Ich rede hier nicht ins Blaue hinein«, fuhr Lundquist fort.

»Ich mag Andie. Ich glaube, sie hat eine Menge Potential. Aber ich möchte einfach nicht erleben, dass sie bei einem Auftrag getötet wird, dem sie nicht gewachsen ist.«

»Ich bin darauf vorbereitet«, wandte Andie ein.

»Denken Sie, bevor Sie reden, Kindchen. Sie gehen also zu dieser Sekte. Wenn Sie erst mal drin sind, sind Sie ganz auf sich allein gestellt. Unsere Überwachungsagenten können nicht durch Wände sehen. Und wir können Sie nicht verkabeln. Wenn die Sie tätscheln und die Kabel finden, sind Sie tot. Ich sage das nicht, weil ich ein sexistisches Schwein bin. Aber bei zwei toten Männern, drei toten Frauen und einer weiteren Frau, die vermisst wird, sollten Sie vielleicht zweimal nachdenken, bevor Sie in eine Sekte hineinmarschieren, die möglicherweise einen Serienmörder hervorgebracht hat.«

Sie schaute erst Lundquist und dann Isaac an. »Ich habe darüber nachgedacht. Ich möchte es tun.« Ihr Blick verweilte auf Isaac. Bisher war er auf ihrer Seite gewesen, also hoffte sie auf seine Zustimmung. Sie wartete. Einige Sekunden verstrichen. Sie durchlitt das Schweigen und ihre Augen baten ihn inständig.

»Lassen Sie mich darüber nachdenken«, sagte er schließlich.

»Aber –«

Mit einer schnellen Handbewegung schnitt Isaac ihr das Wort ab. Sein Blick verriet deutlich, dass er sich sorgte. Lundquists Worte hatten ihre Wirkung nicht verfehlt. »Ich habe gesagt, ich werde darüber nachdenken.«

Andie sah ihm enttäuscht nach, als er sich erhob und den Raum verließ.

47

Gus war seit drei Uhr früh wach. Erst um die Zeit war Morgan endlich eingeschlafen. Die Nächte wurden jetzt immer anstrengender. Für ein sechsjähriges Mädchen waren eineinhalb Wochen eine Ewigkeit. Beth war schon so lange weg, dass Morgan ernsthaft an ihrer Rückkehr zu zweifeln begann.

Die meiste Zeit hatte Gus es geschafft, seine eigenen Zweifel für sich zu behalten. Er hatte den Rat erhalten, gegenüber Morgan optimistisch zu bleiben. Das hieß ja nicht, dass er deswegen den ganzen Tag mit einem breiten Lächeln im Gesicht herumlaufen musste. Ebenso wenig hieß es, dass er sie belügen sollte. Sie sah seinen Kummer, deshalb hatte er keine Chance, ihr einzureden, er wäre nicht besorgt.

In der vergangenen Nacht war er aber vielleicht ein bisschen zu ehrlich gewesen. Es war bei ihrer dritten Runde, die sie spät abends durchs Haus drehte, nachdem er ihr um elf Uhr Geschichten vorgelesen und um ein Uhr noch ein Glas Wasser gebracht hatte. Morgan war immer noch hellwach gewesen. Offenbar hatte ihr etwas auf der Seele gelegen. Gus holte sie aus dem Bett und nahm sie auf den Schoß. In der Hollywoodschaukel bewegten sie sich sanft hin und her. Ihr Kopf lag auf seiner Schulter. Er fühlte ihren warmen Atem an seinem Hals, das weiche Haar rieb leicht über seine Haut. Sie schaukelten im Schein ihrer Kleine-Meerjungfrau-Nachttischlampe. Es dauerte ein paar Minuten, aber schließlich öffnete sie sich ihm. Sie redete, ohne ihn anzusehen, die Wange an seine Brust gelehnt.

»Daddy?«

»Ja?«

»Was ist eine Belohnung?«

Er konnte sich denken, worauf sie hinauswollte, deshalb

antwortete er vorsichtig. »Das ist ein Preis, den man jemandem übergibt, der etwas Gutes tut.«

»Ein Kind in der Schule hat mir gesagt, dass es eine Belohnung für Mommy gibt.«

»Das ist wahr. Wenn jemand uns Mommy zurückbringt, dann wäre das eine gute Tat. Dann kriegt er eine Belohnung.«

»Was gibst du ihm dann?«

»Geld.«

»Wie viel?«

»Eine Menge.«

»Alles, was wir haben?«

»Nein. Nicht alles.«

»Warum nicht?«

»Weil wir so viel nicht abgeben können.«

»Woher weißt du das?«

»Ich weiß es eben.«

»Aber Mommy ist nicht wieder da. Vielleicht ist die Belohnung nicht hoch genug?«

»Sie ist hoch genug. Aber wenn sie mehr haben wollen, werde ich es ihnen geben.«

Sie schaukelten schweigend. Schließlich fragte sie: »Wie viel mehr?«

»So viel wie nötig.«

»Würdest du ihnen auch dein Auto geben?«

»Na klar.«

»Was ist mit dem Haus?«

»Wenn es sein müsste, auch das.«

»Würdest du ihnen auch Tante Carla geben?«

Er musste lächeln. »Nein, Kleines. Das können wir nicht tun.«

»Würdest du mich abgeben?«

»Niemals«, sagte er bestimmt. »Nicht in einer Million Jahren.«

Sie schmiegte sich an seinen Hals und fragte leise: »Und was ist mit dir?«

»Was soll mit mir sein?«

»Wenn Sie dich zur Belohnung wollten, würdest du gehen?«

Er antwortete nicht gleich. Nicht, weil er die Antwort nicht wusste, aber in dieser Weise hatte er noch nie darüber nachgedacht. »Ja, das würde ich.«

Er spürte, wie sie sich an ihn klammerte. Ihre Stimme klang bekümmert. »Du würdest auch gehen?«

»Nein. Ich würde anstelle von Mommy gehen. Wenn Mommy dafür zurückkäme.«

Sie fing an zu zittern. »Aber wenn es nur ein Trick wäre? Was, wenn ihr *beide* weggehen würdet?«

»Das wird nicht passieren. Mach dir darüber keine Sorgen. Ich verspreche dir, dass das nie passieren wird.«

Sie kroch fast in ihn hinein. Sie drückte sich so stark gegen ihn, wie sie konnte. Sie war ihm so nah, dass er ihre Gedanken praktisch sehen konnte. Er spürte deutlich ihre Ängste und er bedauerte es schon, dass er gesagt hatte, dass er unter bestimmten Umständen weggehen würde. Alles, was er tun konnte, war, sie festzuhalten und sie zu beruhigen. Sie verweilten fast zwei Stunden so, bis Morgan schließlich einschlief.

Nachdem er sie hingelegt hatte, versuchte er erst gar nicht einzuschlafen. Er musste seine Gedanken ablenken. Das frühmorgendliche Fernsehprogramm reichte nicht. Die Zeitung musste erst noch gebracht werden. Sein Blick wanderte zu den gerahmten Fotos auf der Kommode. Es waren mindestens ein Dutzend. Die Rahmen waren schon alt, einige davon stammten noch aus der Zeit, als Gus und Beth gerade zusammengezogen waren. Mit der Zeit hatten sich die Fotos geändert. Es war eine interessante Entwicklung, fiel ihm auf. Auf den Fotos war er immer zusammen mit Beth abgebildet. Sie beide auf Skiern im Schnee. Sie beide am Haystack Rock. Dann kamen die Verlobungs- und Hochzeitsfotos. Dann die Babyfotos. Morgan in ihrer geflochtenen Wiege. Morgan und Mommy. Er sah sich alle Fotos auf der Kommode an.

Es gab kein einziges Foto von ihm mit Morgan.

Neugierig ging er zum Wandschrank und holte die alten Schuhkartons hervor, die all ihre übrigen Fotos enthielten. Während der nächsten Stunden nahm er sich einen Karton nach dem anderen vor, zuerst die älteren, dann die neueren Fotos. Die alten waren ihm vertraut und brachten ihm die Erinnerungen zurück. Die neueren dagegen waren ihm wirklich neu. Er hatte keins davon aufgenommen. Er war auf keinem der Fotos. Er hatte die meisten davon nie zuvor gesehen.

Er nahm sich wieder die älteren vor, aus der Zeit, als er noch zur Familie gehörte. Sein Lieblingsfoto war eins, das er von Morgan in ihrem Kinderbett gemacht hatte. Da war sie gerade erst acht Monate alt. Das war, kurz bevor die Beziehung zwischen Beth und ihm sich zu verschlechtern begann. Ein Sonnenstrahl fiel durch die Lamellen der Jalousien. Er war perfekt wie ein Laserstrahl auf das Kinderbett ausgerichtet. Morgan hielt den Blick konzentriert darauf gerichtet und versuchte, ihn mit ausgestreckter Hand in ihren winzigen Fingern zu fassen. Gus hatte den Moment mit einem Schnappschuss perfekt erwischt. Freunde und Angehörige, die das Bild sahen, reagierten auf dieselbe Weise: »Genau wie ihr Vater. Sauer, weil sie nicht alles haben kann.«

Als Gus das Foto jetzt betrachtete, erschien es ihm ganz anders. Da war nichts Wütendes oder Frustriertes in Baby Morgans Blick. Es war einfach Faszination. Der entschlossene Blick war so stark, dass man, wenn man das Bild nur lange genug ansah, unwillkürlich die eigenen Erfahrungen mit den Gesetzen der Physik vergaß. Man würde schwören, sie könnte den Strahl tatsächlich ergreifen, ihn herumbiegen und verdrehen, wie es ihr gefiel. Sie hatte die angeborene Fähigkeit, das Unmögliche möglich erscheinen zu lassen, aber dabei wurde sie dennoch nicht von einem so hoffnungslosen Ehrgeiz zerfressen wie ihr Vater. Im Laufe der Jahre hatte es sich herausgestellt, dass sie klug genug war, bestimmte Dinge zu lassen, wie sie waren, und sich daran zu erfreuen.

Das hatte sie mehr von ihrer Mutter – von Beth, wie er sich an sie erinnerte.

»Daddy?« Erschrocken blickte er auf. Morgan stand in der Tür, sie hatte noch ihr Nachthemd an. »Bringst du mich zur Schule?«

Er sah auf die Uhr und stöhnte. Es war schon nach neun. »Du liebe Güte, wir kommen zu spät.« Hastig stopfte er die Fotos in die Kartons. In der Eile verstreute er einen ganzen Stapel über den Teppich. Morgan bückte sich, um sie einzusammeln. Sie reichte ihm eins nach dem anderen. Auf diese Weise dauerte es zwar länger, aber Gus gefiel die Zusammenarbeit.

»Danke«, sagte er beim letzten Foto.

»Soll ich mich jetzt anziehen?«

Erst wollte er ja sagen, dann überlegte er es sich anders. Wahrscheinlich hatte sie gar nicht gemerkt, dass ihr Vater auf keinem der Dutzend Fotos zu sehen war, die sie ihm gegeben hatte. Er hatte vorgehabt, Shirley Borge noch einmal aufzusuchen, aber sie konnte sicherlich noch einen Tag brauchen, um sich zu beruhigen. »Morgan, was hältst du davon, wenn wir beide uns heute freinehmen?«

»Und was machen wir dann?«

»Was du willst. Schlittschuh laufen. In den Zoo gehen. Irgendwas.«

Ihre Augen leuchteten. »Du meinst, wir schwänzen gemeinsam?«

»Ja«, sagte er mit einem schmalen Lächeln. »Ich glaube, das ist irgendwie fällig.«

Er brauchte nur ein paar Minuten, um die nötigsten Sachen in den Seesack zu packen, alles wurde zusammengelegt und präzise geordnet. Eine Hose zum Wechseln, zwei saubere Hemden. Besonders warme Socken und Unterwäsche. Drei langärmelige Rollkragenpullover aus Baumwolle und einen schweren Wollpullover. Zahnbürste und Zahnpasta. Ein Rasiermesser und ein Stück Seife, keine Rasiercreme. Ein Schweizer Armeemesser, leicht entzündliche Stahlwolle und wasserfeste Streichhölzer.

Für das Wochenende in den Bergen würde er kaum mehr brauchen. Die Klausurtagung fand schon in einem Tag statt. Er konnte bereits den verstärkten Energiefluss spüren, die Veränderung seiner Schwingungen. Energie war Macht. Macht war sein Lebenselixier – seine Macht über andere.

Die Jalousien waren heruntergelassen und das Zimmer war dunkel, wenn auch nicht völlig finster. Eine schwache Glühbirne im Bad warf einen Schimmer bis ans Bett. Er konnte nur etwas sehen, weil sich seine Pupillen daran gewöhnt hatten, und er konnte sehr gut sehen. Das Muster auf der Tagesdecke. Die Linien unter der Decke. Ihren Kopf, der auf dem Kissen ruhte.

Er machte einen leisen Schritt nach vorn, dann noch einen, bis er an der Bettkante war und direkt über ihr stand. Sie schlief fest. Kein Wunder. Nach dem, was sie in der vergangenen Woche durchgemacht hatte, konnte sie kaum noch Tag und Nacht unterscheiden.

Das war Macht.

Er stellte den gepackten Seesack auf den Stuhl, legte eine schwarze Ledertasche auf die Kommode und öffnete sie. In der Tasche befanden sich Gummihandschuhe. Ein langer Stock. Ein Stück Seil. Ein etwas längeres Stück desselben gelben Nylonseils. Und ein Messer.

Auch das war Macht. Aber von der einfachen Sorte.

Dieses Mal durfte er keine Requisiten oder Werkzeuge benutzen, keinerlei weltliche Instrumente. Er musste tiefer liegende Kräfte heraufbeschwören. Er war sich sicher, dass er es konnte. Er hatte diese Gabe, er wusste es. Er musste nur seine ganze *Willenskraft* aufbringen. Dann würde es funktionieren.

Er holte tief Luft, schloss die Augen und konzentrierte sich. Langsam atmete er aus. Seine Lungen leerten sich, aber er atmete weiter aus. Sein Körper schrie nach Luft, aber sein Geist sagte nein. Die Lunge begann zu brennen, aber er weigerte sich einzuatmen. Er kämpfte gegen den Schmerz an, bis er völlig benommen war. Ihm wurde schwindelig. Er spürte, wie er anfing zu wanken. Genau in dem Moment, als es unerträglich schien, verwandelte sich das Schwarze vor seinen Augen in eine Vision. Er konnte plötzlich sehen, wie sich das Seil straffte, wie der Druck um den Hals zunahm. Er konnte spüren, wie der Körper der Frau zuckte, hören, wie ihr Herz hämmerte. Er nahm seine ganze Konzentration zusammen, seine Schwingungen – jedes Gramm seiner mentalen Kraft und Energie. Schweiß stand ihm auf der Stirn. Sein Gesicht war völlig verkrampft. Seine Hand umklammerte die Kante der Kommode. Ein letztes Mal verzog er das Gesicht und sackte fast bewusstlos in die Knie.

Er stöhnte und schnappte nach Luft. Er schlang sie in schnellen, unregelmäßigen Zügen in sich hinein. Kurz darauf hatte er sich wieder unter Kontrolle. Er holte noch einmal tief Luft und lächelte mit geschlossenen Augen in sich hinein. Es war das schmale Lächeln des Siegers. Sein Erfolg war offenkundig, so real wie stets zuvor. Die Tat war so gut wie ausgeführt. Genau darin lag seine Macht über andere.

In der Macht der Quelle.

48

Andie war ziemlich geduldig, aber am Donnerstagnachmittag konnte sie nicht länger warten. Seit Isaacs Ankündigung, über den Undercover-Auftrag nachzudenken, waren mehr als vierundzwanzig Stunden vergangen. Wenn er sich einbildete, sie würde ewig warten, hatte er sich getäuscht. Beim FBI war es in dieser Hinsicht wie überall sonst auch: Zu vieles wurde entschieden, indem man keine Entscheidung traf.

»Haben Sie einen Moment Zeit?« Sie stand in der offenen Tür zu Isaacs Büro.

Er schien nicht überrascht, sie zu sehen, aber er wirkte auch nicht gerade begeistert. Er winkte sie herein und bedeutete ihr, die Tür zu schließen. Sie trat ein und setzte sich in den Sessel auf der anderen Seite des Schreibtischs. Er lehnte sich in seinem Ledersessel zurück. »Ich nehme an, Sie wollen wissen, wie ich mich entschieden habe.«

»Ich möchte Sie nicht drängen, aber das Klausurwochenende bei Blechman beginnt morgen.«

»Ich kann mir viele Gründe vorstellen, Sie gehen zu lassen. Ihnen den Auftrag zu erteilen, wäre nur logisch, da Sie dort bereits einen Fuß in der Tür haben. Meiner Meinung nach sind Sie die fähigste junge Agentin in unserer Dienststelle. Und um ganz ehrlich zu sein, so viele Agenten, die bereit sind, bei der Unterwanderung einer Sekte ihr Leben aufs Spiel zu setzen, habe ich auch wieder nicht. Und da stellt sich mir natürlich eine Frage. Warum wollen Sie es machen?«

»Weil ich ehrlich glaube, dass uns das zu Beth Wheatley führen wird.«

Er beugte sich vor und stützte die Ellbogen auf den Schreibtisch. »Nein, ich meine, was ist der eigentliche Grund?«

»Ach so, Sie meinen, ob ich glaube, dass es für mich eine berufliche Herausforderung ist? Gut für meine Karriere? Was Besseres als schon wieder ein Wochenende mit Leihvideos und Popcorn aus der Mikrowelle?«

»Ich meine es ernst. Das hier ist ein gefährlicher Auftrag. Ich möchte nicht, dass jemand ihn aus den falschen Beweggründen übernimmt.«

»Was wären denn falsche Beweggründe?«

»Das weiß ich nicht so genau. Aber mal angenommen, da ist eine Frau, die sich immer noch verletzt und betroffen fühlt wegen einer Hochzeit, die mit einer Schlägerei vor dem Traualtar endete. Und um die Geschichte zu verdrängen, kommt ihr ein Undercover-Auftrag gerade recht.«

Einen Augenblick lang war sie sprachlos. »Das hat nichts damit zu tun«, sagte sie schließlich verärgert.

»Werden Sie nicht gleich sauer. Ich möchte doch nur Gewissheit, dass Sie die Sache mit klarem Kopf angehen. Das ist meine berufliche Verantwortung.«

»Es stimmt, dass das Ganze noch nicht lange her ist. Aber gefühlsmäßig habe ich Rick so weit hinter mir gelassen, dass es mich selbst wundert.«

»Sind Sie sich da sicher?«

»Sind Sie sich sicher, dass Ihr Interesse rein berufsmäßig ist?« Sie wollte nicht vorwurfsvoll klingen. Sie wollte ihm nur noch eine Möglichkeit geben, ein klärendes Wort zu sagen.

Isaacs Gesichtsausdruck entspannte sich, aber er blieb dienstlich. »Auf dieser Wochenendklausur geht es wahrscheinlich darum, dass neu geworbene Mitglieder über sich selbst sprechen sollen. Wenn ich diesen Auftrag genehmige, ist

Ihnen doch klar, dass Sie erheblich mehr benötigen als nur gefälschte Papiere. Sie werden eine ganz neue Familiengeschichte erfinden müssen.«

»Das ist einfach. Sie wissen doch, dass ich adoptiert wurde. Keiner hat sich mehr mit einem anderen Leben auseinander gesetzt als ein Adoptivkind. Halten Sie mich nicht für verrückt, aber ich habe jede Menge imaginärer Eltern, zwischen denen ich auswählen kann.«

»Sekten stürzen sich gern auf Leute, die emotionale Verletzungen davongetragen haben. Sie müssten schon etwas erfinden, wo gestörte Verhältnisse ausschlaggebend waren.«

»Kein Problem. Mein Aufenthalt in Yakima hat da schon einiges in dieser Richtung ausgelöst.«

»Was meinen Sie damit?«

Sie musste an die betrunkene Prostituierte in dem Hotel denken, aber wie sollte sie ihm ihre Ängste wegen ihrer Mutter, die sie nie gekannt hatte, vermitteln? »Nichts Bestimmtes, ehrlich. Aber eins können Sie mir glauben: Ich kann mir eine derart gestörte Familie zusammenbasteln, dass die mich zum Neuzugang des Monats ernennen.«

»Sie sollten es nicht übertreiben. Eins der größten Probleme eines Undercover-Agenten besteht darin, sich immer daran zu erinnern, welche Geschichte er erzählt hat. Es empfiehlt sich jedenfalls, so nahe wie möglich an der Wahrheit zu bleiben, zumindest bei unwichtigen Dingen. Solche Sachen wie: Haben Sie Geschwister? Haben Sie als Kind Ballettunterricht genommen? Womit verdient Ihr Vater seinen Lebensunterhalt?«

»Zum Beispiel, dass ich ein Halbblut bin, das von weißen Mittelschichtseltern adoptiert und aufgezogen wurde?«

»Wo Sie es jetzt erwähnen, scheint es mir ziemlich plausibel, dass jemand mit diesem Hintergrund in seinem späteren Leben eine ganze Menge Fragen hat. So dass er sich vielleicht von einer Sekte angezogen fühlen könnte.« Als er ihren Gesichtsausdruck bemerkte, machte er einen Rückzieher. »Ich meinte nicht, dass Sie –«

»Ist schon okay.«

»Ich möchte nicht, dass Sie annehmen, Sie müssten sich jetzt für eine bestimmte Lebensgeschichte entscheiden, nur um meine Zustimmung zu erwirken. Wenn ich diesen Auftrag annehmen würde, könnte ich nur als Schwarzer gehen. Aber Sie sehen aus wie eine Weiße, Sie wurden von Weißen großgezogen, Sie können eine Weiße *sein*. Oder Sie können Indianerin sein. Oder Sie können eine Mischung sein. Sie verfügen über diesen einzigartigen Luxus.«

»Es ist kein Luxus«, gab Andie zurück.

»Schlechte Wortwahl, tut mir Leid.«

Sehr schlecht sogar. Sie hätte ihm davon erzählen können, wie sie als Studentin einmal zu einem Pow-Wow, einem Indianertreffen, das auf dem Campus abgehalten wurde, gegangen war und wie man sie als geile weiße Mieze, die nur einen braunen Indianerkrieger vernaschen wollte, gemieden hatte. Und wie der Ausschuss für Stipendien ihren Anspruch auf den Status als Indianerin abgelehnt hatte, nur weil sie nicht sagen konnte, zu welchem Stamm ihre Mutter gehört hatte. Dass sie als kleines Mädchen ein Ai-Ya-To-Mat besessen hatte, ein Hanfseil-Tagebuch, in dem sie die wichtigsten Tage ihres Lebens mit Knoten und Perlen markiert hatte, bis ihre Mutter es ihr abgenommen und verbrannt hatte, aus Angst, dass man es mit irgendeinem Teufelskult in Verbindung bringen könnte.

»Isaac, bekomme ich nun den Auftrag oder nicht?«

»Sie bekommen ihn.«

»Danke.« Sie war erschrocken und erfreut zugleich.

»Gern geschehen. Aber Sie sollten sich wahrscheinlich eher bei Victoria Santos als bei mir bedanken.«

»Bei Victoria?«

»Ich habe vor einer Stunde mit ihr gesprochen, um herauszufinden, was sie dazu meint. Sie ist seit einiger Zeit ziemlich deprimiert, was ihre glanzlose Vorstellung in diesem Fall erklärt. Ich glaube, sie erkennt sich in Ihnen wieder, was ihre Vergangenheit betrifft. Sie spielen Ihre Karten geschickt zum richtigen Zeitpunkt aus, Sie haben in ihr vielleicht Ihre Mentorin gefunden.«

»Sie würde *meine* Mentorin sein wollen?«

»Sie hat schon ihr Augenmerk auf Sie gerichtet. Sie möchte nicht, dass Sie als junge und unerfahrene Frau bei riskanten Aufträgen wie diesem hier verschlissen werden, ohne die Möglichkeit zu haben, sich einen Ruf zu erwerben, der Ihnen hilft, ganz nach oben zu gelangen.«

Andie wusste, dass Victoria sich vergeblich um die Position des Leiters der CASKU, der Einheit zur Aufklärung von Kindesentführungen und Serienmorden, beworben hatte, und sie wusste ebenfalls, dass bisher noch nie eine Frau die Leitung irgendeiner Profiler-Einheit in Quantico innegehabt hatte. »Merkwürdig, meine schärfsten Kritiker sind schon immer Frauen gewesen. Es ist schön, auch mal eine auf meiner Seite zu wissen. Vielen Dank, dass Sie mir das gesteckt haben.«

»Gern geschehen. Und ich möchte mich noch mal für meine dummen Bemerkungen über Sekten und Ihr gemischtes Erbe entschuldigen. Das war ziemlich daneben.«

»Vergessen Sie's. Ein Adoptivkind zu sein, ist einfach kompliziert. Man fragt sich verschiedene Dinge, zum Beispiel, was mit Brüdern und Schwestern ist, die vielleicht woanders aufgezogen wurden. Vielleicht hatten sie ein noch schwierigeres Leben als ich, aber vielleicht verstehen sie dafür besser, wer sie sind. Können Sie damit irgendetwas anfangen?«

»Natürlich.«

Sie saßen schweigend da. Es war genug über das Thema gesagt worden. Andie sah auf die Uhr. »Wenn die Sache also entschieden ist, dann statte ich jetzt am besten mal den Jungs von der Technik einen Besuch ab.«

»Auf jeden Fall.«

Sie erhob sich und ging zur Tür.

»Ach, Andie?«, rief er.

Sie blieb stehen und wandte sich um. Isaac schüttelte verdrießlich lächelnd den Kopf. »Verdammt, Kira. Sie sind soeben beim ersten Test durchgefallen.«

»Das wird nie wieder passieren, Sir.« Sie lächelte und salutierte scherzhaft, als sie sein Büro verließ. Das hoffe ich zumindest, sagte sie zu sich selbst und ihr Lächeln wich einem Gefühl der Besorgnis.

Es war ein nebliger Freitagmorgen am Puget Sound. Die Sonne würde erst in einer Stunde aufgehen und noch bewegte sich der dichte graue Schleier über dem Frauengefängnis nicht von der Stelle. Um diese Zeit, in der Stille vor dem Sonnenaufgang, waren die nackten Betonböden und die kahlen Mauern am kältesten.

Die meisten Häftlinge schliefen noch in ihren Zellen. Mehrere Dutzend jedoch verbrachten die Nacht in dem großen Schlafsaal, der vorübergehend eingerichtet worden war, da die Abteilung mit weniger strengen Sicherheitsvorkehrungen überbelegt war. Die Metallbetten waren in Reihen hintereinander angeordnet, alle mit weißen Laken und blauen Bettdecken. Die Frauen, die das Pech hatten, in der Nähe der Sicherheitslampen zu liegen, hatten sich gegen das Dauerleuchten ihr Kissen über das Gesicht gelegt. Diejenigen, die neben den Schnarcherinnen lagen, hatten sich die Ohren mit zusammengeknülltem Toilettenpapier zugestopft.

Um fünf Uhr ging ein Vollzugsbeamter durch den Saal, um die Anwesenden abzuzählen. Er bewegte sich mit langsamen und gleichmäßigen Schritten, so dass das rhythmische Klicken seiner Absätze sich anhörte wie das Ticken einer riesigen Uhr. Er schritt jede Reihe ab, ohne jemanden zu stören. Die meisten schliefen während der Inspektion einfach weiter. Die wenigen, die aufwachten, rollten sich schnell auf die andere Seite und schliefen wieder ein. Je näher er der hinteren Reihe kam, desto langsamer wurden seine Schritte. Dort, weiter entfernt von den Sicherheitslampen, ließ sich in der Dunkelheit nur schlecht etwas erkennen. Er zählte ohne Unterbrechung weiter, bis er am neunten Bett ankam. Das Bettzeug war seltsam aufgebauscht. Er schaltete seine Taschenlampe an. Das Bett war leer. Aber das war noch kein Grund zur Beunruhigung. Es kam öfter vor, dass sich eine Gefangene zur Toilette geschlichen hatte oder in das Bett einer Liebsten gekrochen war. Aber dann bemerkte er etwas anderes. Das Betttuch war weg.

Das alarmierte ihn.

Er nahm sein Sprechfunkgerät und benachrichtigte mit aufgeregter Stimme die Befehlszentrale. »Sicherheitsverstoß in Abteilung eins! Licht an!«

Der Alarmsummer ertönte, als die Notbeleuchtung auf volle Helligkeit geschaltet wurde. Dutzende von schläfrigen Häftlingen rollten sich grummelnd aus den Betten. Eine Gruppe von Vollzugsbeamten hastete den gesicherten Flur entlang zum Schlafsaal. Als sich die automatischen Türen öffneten, stürzten sie paarweise hinein und verteilten sich systematisch im Saal.

»In Reihen aufstellen!«, riefen sie. Die Gefangenen nahmen in einer Art militärischer Ordnung Aufstellung, die Wachen überprüften jede Einzelne und sahen auch unter den Betten nach. Es war immer nur eine pro Bett; keine wurde in einem anderen Bett erwischt. Das bedeutete, dass eine Gefangene immer noch fehlte.

Drei Wachen eilten in den Waschraum. Das Echo ihrer

Schritte hallte von den nackten weißen Wänden wider. »Irgendjemand hier drinnen?«, bellte der dienstälteste Beamte.

Bei der kurzen Sichtinspektion stellte sich heraus, dass sich niemand in den Toiletten und an den Waschbecken befand. Sie betraten den riesigen Gemeinschaftsduschraum und erstarrten.

Das fehlende Bettlaken war wie ein Seil zusammengebunden und gedreht und an einem Wasserrohr unter der Decke befestigt. Eine Frau war an ihrem Hals aufgehängt und ihre Zehen baumelten gerade mal fünfzehn Zentimeter über dem Duschabfluss. Sie war völlig nackt und ihre Kleider lagen zusammengerollt in der Ecke.

»Holt sie da runter!«

Der größte Wachmann hielt den Körper fest, als die anderen die behelfsmäßige Schlaufe um ihren Hals lösten. Sie legten sie auf den Boden und fühlten ihr den Puls. Aber es war kein Puls mehr da. Aus Verzweiflung begann einer der Wachleute mit Wiederbelebungsversuchen, aber die anderen hielten ihn zurück. Die Leiche war schon starr. Wiederbelebung war zwecklos.

Der dienstälteste Wachmann trat zur Seite und schüttelte wütend und verwirrt den Kopf. »Verdammt noch mal, Shirley. Warum zum Teufel hast du das getan?«

TEIL 5

49

Der Bus verließ Yakima um zehn Uhr morgens. Es war ein ehemaliger Schulbus, der mattblau angestrichen war. Die Windschutzscheibe war von einem kunstvollen Riss durchzogen, der an den Großen Wagen erinnerte. Der Fußbodenbelag aus Gummi war an vielen Stellen bis auf das blanke Metall abgetreten. Die Rückenlehnen waren übersät mit jahrealten Schülergraffiti. JOEY + DONNA. DONNA VÖGELT. JOEY IST EIN HOMO.

Andie erkannte zwei Männer und drei Frauen von der Versammlung am Dienstagabend wieder. Sie zählte sechs weitere Frauen und noch fünf Männer, einschließlich des Fahrers. Aus der Vertrautheit, mit der sie sich zueinander verhielten, schloss Andie, dass diese elf Leute bereits Mitglieder waren. Felicia und Tom, die beiden, die am Mittwoch zu der Gruppe gesprochen hatten, organisierten die Fahrt. Sie hatten überprüft, ob alle vollzählig waren, hatten dafür gesorgt, dass das Gepäck ordentlich verstaut wurde und dass jeder Neuling den ihm zugewiesenen Platz im Bus einnahm.

Als sie die Stadt verließen, stellte sich Felicia vorne in den Bus und wandte sich über das Rumpeln des alten, lauten Motors hinweg an die Gruppe. »Jetzt wo wir endlich unterwegs sind, möchte ich jeden Einzelnen von Ihnen offiziell begrüßen und Ihnen danken, dass Sie gekommen sind. Klausurtagungen sind eine Gelegenheit für Neulinge herauszufinden, um was es in unserem Leben geht, und für die Mitglieder, ihre Energie wieder aufzuladen. Für einige von Ihnen könnte dieses Wochenende das wichtigste in Ihrem Leben werden. Lassen Sie sich nicht abschrecken, wenn Sie nicht sofort Veränderungen in Ihrem Energiefluss oder in der Stärke Ihrer Schwingungen spüren. Betrachten Sie dieses Wochenende als ersten Schritt und nicht so sehr als die vollständige Reise.

Die Busfahrt wird etwa drei Stunden dauern. Wir haben uns bemüht, im Bus erfahrenere Mitglieder und Neulinge gleichmäßig zu mischen. Also nutzen Sie die Zeit, Ihre Nachbarn kennen zu lernen. Sprechen Sie, wenn Sie möchten. Oder sehen Sie einfach nur aus dem Fenster und entspannen Sie sich. Noch irgendwelche Fragen?«

Die Gruppe schwieg. Schließlich hob ein alter Mann die Hand, es war derjenige, den Blechman am Dienstag verulkt hatte. Seine Frau war nicht bei ihm. »Wo fahren wir hin?«

Diese Frage hatte sich auch Andie schon die ganze Zeit gestellt. Ihr genauer Bestimmungsort war nicht verraten worden.

»Zur Quelle.« Felicia ließ das Wort im Raum stehen, wie um zu unterstreichen, dass nicht mehr gesagt werden musste, lächelte schließlich selbstgefällig und kehrte wieder auf ihren Platz zurück.

Während der folgenden eineinhalb Stunden führte Andie belanglose Unterhaltungen mit dem Mann hinter ihr und den beiden Frauen auf der anderen Seite des Gangs. Sie alle kamen ihr nicht besonders verrückt vor. Die Frauen waren jung, fast noch Mädchen. Sie hatten verschiedene Jobs gehabt und wussten nicht so recht, was sie aus ihrem Leben machen sollten. Der Mann war Musiker, der in den Nachtklubs von billigeren Hotels spielte. Andie erzählte nur von ihrer gerade zurückliegenden Erfahrung im *Second Chance*. Weiter zurück musste sie in Kiras Job-Geschichte gar nicht gehen. Es dauerte nicht lange, bis Andie begriff, dass Undercover-Tätigkeit ähnlich ablief wie ein erstes Rendezvous mit jemandem, den man nicht kannte. Um Erfolg zu haben, musste man lediglich ein interessiertes Gesicht aufsetzen und sein Gegenüber reden lassen – am besten über sich selbst.

Während der Fahrt hatte sich Felicia von vorne nach hinten, von Sitz zu Sitz, vorgearbeitet und blieb bei jedem Neuling zehn, fünfzehn Minuten lang zu einem persönlichen Gespräch sitzen. Andie saß im hinteren Drittel des Busses. Felicia kam pünktlich nach zwei Stunden bei ihr an.

»Darf ich mich ein bisschen zu Ihnen setzen, Kira?«

»Gern.«

Felicia nahm den Platz zum Gang hin ein, sagte aber nichts. Andie vermutete, dass es an ihr war, Fragen zu stellen.

»Und wie häufig veranstalten Sie denn diese Klausurtagungen?«

»Ungefähr einmal monatlich. Im Sommer auch zweimal pro Monat.«

Das war öfter, als Andie angenommen hatte. Die Tatsache, dass sie eine Klausur in derselben Woche veranstalteten, in der sie in dem Kleiderladen gearbeitet hatte, war vielleicht doch nicht so ein großer Zufall.

»Ist das ein gutes Ergebnis?«

»Nicht schlecht, ja.«

Zahllose Fragen schossen Andie durch den Kopf, aber sie wollte nicht zu neugierig wirken, zu sehr wie eine Polizistin. Nach einer Minute des Schweigens fragte Felicia: »Gibt es etwas Besonderes, das Sie gerne wissen möchten, Kira?«

Wo zum Teufel ist Beth Wheatley?, dachte sie. »Im Moment fällt mir nichts Spezielles ein. Ich beherzige einfach Ihren Rat. Sie wissen schon, immer einen Schritt nach dem anderen zu machen.«

»Das ist wirklich der einzige Weg. Einen Schritt nach dem anderen.«

»Ich frage nur aus Neugier, wie viele Schritte gibt es denn?«

Felicia lächelte, als wäre die Frage naiv. »Das ist sehr individuell.«

»Ich hoffe, es stört Sie nicht, wenn ich frage, aber wie viele Schritte waren es bei Ihnen?«

»Eins Ihrer Ziele besteht darin, das für sich selbst herauszufinden. Am Ende der Klausur sollten Sie in der Lage sein, die Energie, die andere ausströmen, zu erkennen und ihr Niveau der Schwingungen zu bestimmen.«

»Soll das heißen, Sie kennen das Niveau meiner Schwingungen?«

»Ihres ist das unterste, Kira. Sehr menschlich. Aber lassen Sie sich nicht entmutigen. Wir haben alle unten angefangen. Auch Steve Blechman.«

»Er wird doch da sein am Wochenende, nicht wahr? Als ich Sie bei der Einführungsveranstaltung gefragt habe, sagten Sie, Steve würde kommen.«

»Das wird er auch.«

»Warum ist er nicht bei uns im Bus?«

»Er muss auf Klausuren sehr behutsam vorgehen.«

»Was meinen Sie damit?«

»Er muss die Zeit beschränken, die er mit uns zusammen verbringt.«

»Wir werden ihn doch alle kennen lernen, oder?«

Felicia wich der Frage aus. »Ich fürchte, das wird nicht gehen. Keiner der Neulinge wird ihn kennen lernen.«

»Warum nicht?«

»Er wird seine Zeit mit den erfahreneren Mitgliedern verbringen.«

»Hat er denn keine Zeit, uns wenigstens zu begrüßen?«

»Das ist nicht so einfach. Um sich unter vier Augen mit

Steve zu treffen, muss man vorbereitet sein. Ohne die angemessene Vorbereitung neigen die Neulinge dazu, zu sehr an seiner Energie zu zehren. Sie werden wie Blutegel. Diese Art von übermäßigem Genuss ist überhaupt nicht das, worum es hier geht. Man muss genau wissen, wie viel man nehmen kann. Und mehr darf man nicht nehmen.«

»Wie beginne ich mit der Vorbereitung?«

Felicia schien erfreut zu sein, dass sie fragte, und Kiras Eifer schien ihr zu gefallen. »Sie werden heute Abend damit beginnen.«

»Ich kann es gar nicht abwarten«, antwortete Andie und sie meinte es wirklich.

Die Nachricht von Shirleys Tod hatte Gus völlig betäubt. Für den Freitag hatte er einen weiteren Besuch geplant, um den Erkenntnissen ihres Anwalts über das Mordkomplott nachzugehen. Ob sie nun einer Gang angehört hatte oder nicht, war nicht so sehr entscheidend. Er wollte lediglich die Namen der Beteiligten an dem Komplott. Er wollte herausfinden, ob sie, ebenso wie Shirley, Beth gekannt hatten. Vielleicht wussten sie ja sogar, was mit ihr geschehen war. Shirley und ihre namenlosen Kumpane waren ihm wie die beste Spur erschienen. Bis heute Morgen.

Während des ganzen Vormittags rief Gus wiederholt bei Andie an und hinterließ Nachrichten, aber sie reagierte nicht. Schließlich bekam er einen Rückruf von Agent Haveres, der ihm mitteilte, er habe Agentin Hennings Verantwortlichkeiten im Fall Wheatley übernommen. Das passte Gus überhaupt nicht. Irgendetwas stimmte da nicht und er bekam keinerlei Antworten am Telefon. Um die Mittagszeit steuerte er also das FBI-Gebäude in der Innenstadt an und verlangte, Andies Vorgesetzten zu sprechen.

Lundquist ließ ihn fast eine Stunde in der Eingangshalle warten. Als schließlich deutlich wurde, dass Gus nicht aufgeben und nach Hause gehen würde, brachte eine Telefonistin ihn zum Büro des Vorgesetzten. Sie stellten einander kurz vor, es gab kein Vorgeplänkel. Gus kam direkt zur Sache.

»Wo ist Agentin Henning und warum ruft sie mich nicht zurück?«

Die Direktheit erschreckte Lundquist. »Sie ist versetzt worden.«

»Wohin, nach Sibirien?«

»Fall und Ort sind vertraulich. Wie Agent Haveres Ihnen heute Morgen mitgeteilt hat.«

»Er hat mir nicht die Bohne erzählt. Er hat lediglich gesagt, er habe Andies Fälle übernommen.«

»Mehr müssen Sie ja auch nicht wissen, oder?«

»Ich will wissen, woher die plötzliche Veränderung im Verhalten des FBI mir gegenüber kommt. Anfänglich fühlte ich mich über alles informiert. Seit meine Frau aus dieser Telefonzelle in Oregon angerufen hat, habe ich den Eindruck, dass jemand die Telefonleitungen gekappt hat.«

»Das ist für uns ein Balanceakt, Mr Wheatley. Einerseits möchte das FBI die Familie auf dem Laufenden halten. Zum anderen können wir die Ermittlungen nicht durch Lecks gefährden.«

»Ich nehme auch an den Ermittlungen teil. Wenn Sie mich im Dunkeln lassen, können wir uns nicht gegenseitig helfen.«

»Deshalb möchte ich Sie ermutigen, alle Informationen, die Sie haben, an uns weiterzugeben, egal für wie unwichtig Sie sie halten mögen.«

»Und alles, was ich im Gegenzug vom FBI erwarte, sind die Antworten auf einige Fragen.«

»Ich werde mein Bestes tun.«

»Hat Agentin Hennings plötzliches Verschwinden etwas

mit der Tatsache zu tun, dass Shirley Borge heute Morgen tot aufgefunden wurde?«

»Das kann ich nicht beantworten.«

»Das ist doch überhaupt der Grund für dieses ganze Versteckspiel. Sie alle glauben, dass Shirley zu einer Gruppe gehörte, die etwas mit Beths Verschwinden zu tun hat.«

Sein Scharfsinn versetzte Lundquist in Erstaunen. »Tut mir Leid, aber dieses Thema kann ich mit Ihnen nicht erörtern.«

»Andie arbeitet undercover, stimmt's?«

»Ich kann darüber nicht reden.«

»Wäre es Ihnen lieber, wenn ich darüber Spekulationen anstellte? In der Öffentlichkeit?«

Lundquist warf ihm einen drohenden Blick zu. »Es wäre weder im Interesse Ihrer Frau noch im Interesse von Agentin Henning, wenn Sie irgendetwas über diese Sekte hinausposaunen würden.«

»Eine Sekte? Ich dachte, es wäre eine Gang.«

»Was bringt Sie zu der Annahme, dass eine Gang beteiligt ist?«

Er war drauf und dran, Kirby Toombs zu erwähnen, überlegte es sich jedoch anders. »Ich nehme es schon nicht mehr an. Also hören Sie auf mit den Wortspielchen und verraten Sie mir lieber, was das FBI zu der Annahme verleitet, dass es sich hier um die Aktivitäten einer Sekte handelt.«

»Vieles, wovon ich das meiste nicht weiter erklären darf. Es reicht wohl zu sagen, dass unsere Experten aus gewissen Hinweisen schließen, dass wir es mit einer Art Gruppenkodex zu tun haben könnten, der letztendlich zu Mord führen kann.«

»Wollen Sie damit andeuten, dass es sich um so was wie die Manson Family handelt?«

Lundquist antwortete nicht, aber das war auch nicht nötig. Gus stöhnte: »Mein Gott, wollen wir hoffen, dass Sie sich irren.«

»Mr Wheatley, ich möchte nicht, dass Sie sich allzu lange mit der Frage herumplagen, ob eine Sekte in die Morde verwickelt ist. Für Sie geht es um etwas sehr viel Persönlicheres. Etwas, das Ihnen möglicherweise helfen könnte zu verstehen, warum der Informationsfluss zwischen Ihnen und dem FBI nicht mehr so glatt läuft, wie er anfangs gelaufen ist.«

»Ich verstehe nicht recht.«

»Sie müssen sich die gleiche Frage stellen, die wir uns stellen. Ist Ihre Frau ein Opfer? Oder ist sie eine Komplizin?«

»Wie bitte?«

»Sie haben mich verstanden.«

Damit war für ihn das Maß voll. Gus war plötzlich froh, dass er sein Gespräch mit Kirby Toombs nicht erwähnt hatte. Wenn seine Frau jetzt schon als Verdächtige galt, musste er sich ganz genau überlegen, was er dem FBI erzählte. Er musste gehen, bevor er etwas sagen würde, was er nachher bereute.

»Vielen Dank für Ihre Offenheit«, sagte Gus und erhob sich.

»Gern geschehen.«

Auf dem Weg zur Tür blieb Gus noch einmal stehen. »Lassen Sie mich Ihnen und dem ganzen verdammten FBI nur noch eins sagen. Wenn Sie glauben, dass meine Frau irgendetwas mit diesen Morden zu tun hat, dann müssen Sie völlig übergeschnappt sein.«

»Wir werden sehen«, lautete die kühle Antwort.

Gus starrte Lundquist so lange an, bis der Agent blinzelte. Beinahe hätte er die Tür hinter sich zugeschlagen.

50

Sie waren irgendwo im zentralen Norden Washingtons, wo genau, wusste Andie nicht. Während der letzten halben Stunde ihrer Fahrt hatte es so gut wie keine Straßenschilder mehr gegeben. Obwohl sie schon seit drei Stunden unterwegs waren, hatte sie das Gefühl, dass sie nicht annähernd drei Stunden von Yakima entfernt waren. Sie waren jede Menge Umwege gefahren. Den Weg zurück hätte sie unmöglich allein finden können. Ebenso unmöglich würde es sein, dieselbe Route drei Wochen später noch einmal wiederzufinden. So weit entsprach die ganze Herumkurverei einer gewissen paranoiden Logik.

Sie befanden sich eher in einer hügeligen Landschaft als in den Bergen. Von den neun Holzhütten mit gemauerten Kaminen aus hatte man einen Blick über einen eiskalten Fluss, der sich durch das Gelände schlängelte. Der Frühling stand vor der Tür und überall brachen schon die ersten blauen und gelben Wildblumen durch die braune, winterliche Erdkruste. Der auftauende Boden war glitschig und schlammig, so dass man mit den Stiefeln stecken blieb. Bei Einbruch der Nacht würde die Oberfläche wieder überfrieren. Die Berge in nicht allzu weiter Ferne waren schneebedeckt. Der Bus hätte es niemals über die Nebenstraßen oberhalb der Schneegrenze geschafft. Sicherlich war sich Blechman dessen bewusst gewesen, als er eine Klausurtagung »in den Bergen« versprochen hatte. Mit dieser kleinen Notlüge hatte er dafür gesorgt, dass diejenigen, die nicht mitgefahren waren, über den tatsächlichen Zielort im Unklaren blieben.

Andie wurde zusammen mit drei anderen Frauen – auch Neulinge – in einer Hütte untergebracht. Zwei davon waren die jungen Frauen, mit denen sich Andie schon im Bus unterhalten hatte. Die andere war eine Frau um die fünfzig und hieß Ingrid. Andie sah sich nach den Toiletten um, aber es gab keine. Die einzige Wasserstelle war eine Handpumpe in der Küche. Für die neun Hütten gab es nur ein Toilettenhäuschen nahe beim Fluss, zum Glück auf der windabgewandten Seite. In der Hütte gab es weder Telefon noch Strom. Die einzigen Lichtquellen waren drei kleine Fenster und eine Kerze auf dem Kaminsims. Offensichtlich funktionierte der Kamin, man sah noch verkohlte Reste des letzten Feuers. Es gab nur Segeltuch-Feldbetten, keine Matratzen. Sie waren zugeteilt, damit gar nicht erst Diskussionen darüber aufkamen, wer wo schlafen wollte.

Alles für das Wochenende Notwendige lag auf den Betten, es war schon vor ihrer Ankunft bereitgelegt worden. Je eine Decke, ein Stück Seife, Zahnbürste und Zahnpasta. Je ein Paar Stiefel und Kleidung, ordentlich zusammengelegt. Die Kleidung war nicht neu, aber sauber und in gutem Zustand. Sie erinnerte Andie an das Zeug, das sie bei *Second Chance* verkauft hatte. Einige von den Sachen stammten zweifellos von dort.

»Alles in Ordnung?«, fragte Felicia und betrat das Zimmer.

»Bestens«, antworteten die drei unisono.

»Danke für die Extra-Kleidung«, fügte Andie hinzu.

»Das sind keine Extras«, erwiderte Felicia. »Die tauschen Sie gegen Ihre aus.«

Ingrid, die ältere Frau, begutachtete ihren Austauschpullover und untersuchte mit den Fingern ein Loch von der Größe eines Golfballs. »Da ziehe ich doch meinen eigenen vor.«

Felicia überhörte sie geflissentlich und reichte jeder Frau eine Einkaufstüte aus Papier. »Ziehen Sie sich die neuen Sachen an und packen Sie alles, was Sie mitgebracht haben, in die Tüten. Das Begrüßungsabendessen findet draußen in einer halben Stunde statt. Bringen Sie die Tüten dann mit.« Ohne ein weiteres Wort ging sie hinaus und schloss die Tür hinter sich.

Die zwei jungen Frauen begannen sofort, ohne weitere Fragen ihre Kleidung zu wechseln. Andie und die ältere Frau tauschten Blicke aus.

»Also ich ziehe dieses vergammelte alte Zeug nicht an«, sagte Ingrid.

Sie erwartete offensichtlich von Andie ein Zeichen der Solidarität. Andie wandte den Blick ab und begann, sich ihrer Kleidung zu entledigen und sie in der Tüte zu verstauen.

Im Laufe des Tages wurde Gus' Wut immer größer. Er unterdrückte sie noch so lange, bis er Morgan von der Schule abgeholt hatte, aber als dann Carla vorbeikam, um das Abendessen zuzubereiten, musste er seinem Ärger Luft machen.

»Ich bin stinksauer«, sagte er am Küchentisch sitzend. »Ich würde ihm am liebsten in den Arsch treten.«

Carla rührte das Gemüse um. »Mensch, warum bist du nicht eher auf diese Idee gekommen? Das wird endlich alle Probleme lösen.«

»Sehr schön. Werd nur sarkastisch. Aber als Beth verschwunden ist, dachte die Polizei, ich wäre ein Frauenmisshandler, der seine Frau getötet und die Leiche vergraben hat. Nachdem sie diese Theorie jetzt verworfen haben, denken sie, Beth ist ein Sektenmitglied und Komplizin eines Serienmörders. Ich möchte mal wissen, wieso die uns wie Verbrecher behandeln.«

»Ich nehme an, sie sind einfach nur gründlich. Sie prüfen jede Möglichkeit.«

»Glaubst du etwa ernsthaft, Beth könnte etwas mit einer Sekte zu tun haben?«

»Nicht mehr als ich glaube, dass du ein Frauenmisshandler bist.«

»Was willst du damit sagen?«

»Nichts.«

»Deine kleinen Sticheleien hängen mir zum Hals raus, Carla. Es tut mir Leid, dass dein früherer Freund dich geschlagen hat, und es tut mir Leid, dass du das alles durchmachen musstest. Aber ich bin nicht er, und ich war auch nie wie er.«

»Hier geht es nicht um ihn.«

»Warum verteidigst du den Mann, der dich geschlagen hat?«

»Ich verteidige ihn nicht!«

»Doch, das tust du. Ich weiß nicht, wie ich es erklären soll, aber ich werde das Gefühl nicht los, dass du all die Dinge, die du ihm gerne gesagt hättest, stattdessen mir vorwirfst. Du leitest deine Wut in die falsche Richtung um. Verdammt noch mal, manchmal könnte ich schwören, dass du den Typen immer noch liebst.«

Sie sah ihn wütend an. »Spiel hier nicht meinen Psychiater.«

»Ich wollte nur –«

»Das tun, was du am besten kannst. Anderen Leuten die Schuld an ihrem eigenen Unglück geben, damit du ihnen nicht zu helfen brauchst.«

»Wovon redest du?«

»Es gibt jede Menge Brüder, die auf ihre Schwestern aufpassen. Die nicht so sehr mit sich selbst beschäftigt sind. Die nicht so leicht bereit sind zu glauben, dass all die blauen Flecken und geschwollenen Augen nur daher kommen, dass man vom Pferd gefallen ist.«

Er fand es nicht ganz fair. Aber wenn sie ihre Vergangenheit dadurch bewältigen konnte, dass sie ihm die Schuld an ihrem Unglück gab, dann würde er es halt hinnehmen. »Tut mir Leid.«

»Vergiss es einfach.«

»Nein, du hast Recht. Ohne jeden Beweis und ohne nachzudenken gehe ich davon aus, dass meine Schwester immer noch den Typen liebt, der sie geschlagen hat. Andererseits rege ich mich im selben Atemzug über die Bullen auf, weil sie in Bezug auf meine Frau die Beweislage verdrehen.«

»Ich würde mir nicht so viele Sorgen machen, dass Beth beschuldigt werden könnte. Ich bin sicher, dass das nur eine von mehreren Theorien ist.«

»Aber wenn die Bullen sich erst mal an einer Idee festgebissen haben, dass sie vielleicht eine willige Mittäterin bei der Verübung von Ritualmorden ist, besteht die Gefahr, dass sie zur Untermauerung ihrer Theorie nach den passenden Beweismitteln suchen. Wenn sie nicht das sehen, was sie sehen wollen, verdrehen sie lieber die Augen, schielen oder machen einen Kopfstand – sie werden es aus allen denkbaren Richtungen betrachten, bis sie es endlich in dem Licht sehen, das sie für ihre verdammte Theorie brauchen.«

Carla drehte die Flamme unter dem Topf mit Soße kleiner. »Also, Beth zuliebe kann ich nur hoffen, dass du dich irrst.«

»Ich irre mich nicht. Und das wirklich Ärgerliche ist, dass ich denen gerne alles erzählen würde, was mir Shirleys Anwalt gesagt hat.«

»Was alles?«

»Dass es bei dem Mordkomplott nicht um einen Obdachlosen ging, sondern um ihre eigene Mutter. Dass ihre unbekannten Komplizen möglicherweise Mitglieder einer Gang waren. Die Theorie einer Gang klingt jetzt, wo die Polizei von einer Sekte redet, sogar noch interessanter. Aber wenn ich das jetzt erwähne, weißt du, was dann passiert?«

»Was denn?«

»Denk doch mal nach. Wenn ich ihnen Insider-Informationen über Shirleys Mordkomplott zukommen lasse, dann werden sie wahrscheinlich glauben, Beth sei einer von Shirleys unbekannten Komplizen gewesen.«

Carla sah ihn durchdringend an und widmete sich wieder der Soße. Es war nur ein kurzer Blickwechsel gewesen, aber Gus schien zu wissen, was sie dachte.

»Ich muss das tun, nicht wahr, Carla?«

»Was musst du tun?«

»Wenn ich den Verdacht des FBI bezüglich Beth widerlegen will, muss ich als Erstes beweisen, dass sie nicht zu Shirleys kleiner Gruppe gehört hat.«

»Ich habe nicht gesagt, dass du irgendetwas tun musst.«

»Das war auch nicht nötig.«

Es war Neumond und die Nacht war stockfinster. Meilenweit entfernt von den Lichtern der Stadt kam einem die Stunde nach Sonnenuntergang beinahe schon wie Mitternacht vor. Immer mehr Sternbilder wurden am tiefschwarzen Himmel sichtbar.

Andie, Ingrid und die beiden jüngeren Mitbewohnerinnen gingen gemeinsam von ihrer Hütte zum Lagerplatz am Fluss. Wie befohlen hatten sie ihre Einkaufstüten mit ihren persönlichen Gegenständen bei sich. Mitten auf dem Platz brannte ein großes Lagerfeuer mit hoch auflodernden Flammen. Die Gruppenmitglieder saßen um das Feuer herum und wärmten sich an seiner Glut. Der Kreis wurde vergrößert, um für die Neuankömmlinge Platz zu machen.

Andie konnte Blechman nicht unter den Anwesenden entdecken. Das Abendessen war ohne sie begonnen worden. Niemand sprach. Die Gruppe wartete auf das Stichwort von Felicia und den anderen »Feldwebeln«, wie Andie sie im Stillen bezeichnete. Solange die Bosse schweigend aßen, taten die anderen es ihnen gleich.

Verschiedene Körbe mit Lebensmitteln wurden herumgereicht. Andie schaute sich von Felicia ab, was sie zu tun hatte. Die Übung bestand darin, sich aus jedem Korb etwas zu nehmen, es vor sich auf eine große Stoffserviette zu legen und in seinem eigenen Tempo zu essen. Andie nahm jeweils ein Stück von allem, so dass sie schließlich ein ganzes Sortiment von

Delikatessen beisammenhatte. Zuerst aß sie den Räucherlachs, der mehr ein Fraß war als eine Delikatesse, wie man sie im Restaurant bekam. Die getrockneten Beeren schmeckten gut, sie waren noch vom Sommer. Das Fleisch – irgendein zähes und übel riechendes Zeugs – bewahrte sie sich für den Schluss auf. Sie probierte etwas, das an einen Keks erinnerte, irgendwie süß, aber trocken.

»Das ist ein Camassia-Wurzel-Kuchen«, sagte Felicia und brach das Schweigen. Sie hatte beobachtet, wie Andie in ihrem Essen herumstocherte.

»Schmeckt gut«, erwiderte Andie.

»Die Camassia-Wurzel ist die Zwiebel der hier wachsenden Lilien. Sie diente den Menschen in dieser Gegend über Tausende von Jahren als Grundnahrungsmittel.«

»Wie werden sie zubereitet?«

»Die Zwiebeln werden ausgegraben und in einem Steinofen gebacken. Dann werden sie zerstoßen, bis die Masse so fein ist wie Maismehl, zu Teig geknetet und in der Sonne getrocknet.«

»Hört sich nach viel Arbeit an.«

»Man wird Ihnen dabei helfen.«

Andie merkte, dass sie gerade zur freiwilligen Helferin erkoren worden war. Felicia fragte in die Runde: »Wer möchte Kira dabei helfen, Camassia-Kuchen für das Essen morgen zuzubereiten?«

Andies eifrige Mitbewohnerinnen reckten ihre Arme in die Luft.

»Sehr gut«, sagte Felicia. »Ingrid, wie sieht's mit Ihnen aus? Sie könnten doch ein Projekt Ihrer ganzen Hütte daraus machen.«

Die ältere Frau gab eine ausweichende Antwort. »Ach, ich bin keine besonders gute Köchin, fürchte ich.«

»Dann graben Sie die Zwiebeln aus«, wies Felicia sie zurecht.

Ingrid nickte nervös. »Wie Sie meinen.«

Andie beugte sich zu ihr hinüber und sagte leise: »Es ist schon in Ordnung, wenn Sie nicht wollen.«

Ingrid lächelte verlegen und flüsterte: »Sie wirkte bei der Versammlung viel netter.«

Sie aßen einige Zeit schweigend weiter. Als der Letzte sein Mahl beendet hatte, wurden die Körbe wieder herumgereicht und die Reste eingesammelt. Eine junge Frau sammelte die Körbe ein und brachte sie weg. Auf Felicias Befehl hin schürte ein Mann das Feuer und warf noch mehr Holzscheite hinein. Schließlich stand Felicia auf und wandte sich an die Gruppe.

»Heute Abend sind sechs Neulinge unter uns und der Hauptzweck dieser gemeinsamen Mahlzeit besteht darin, sie willkommen zu heißen. Wir haben keine geheimen Handzeichen oder ein Passwort oder irgend so etwas. Keiner von uns hält es besonders mit Zeremonien oder Ritualen. Aber es gibt eine Tradition, die sich mit der Zeit weiterentwickelt hat. Das ist etwas, das wir jedes Mal in der ersten Nacht einer Klausurtagung durchführen, solange ich mich erinnern kann. Es hat eine gewisse symbolische Bedeutung. Aber noch wichtiger ist, dass es jeden von Ihnen zu der angemessenen Einstellung führen wird, möglichst viel aus dieser Klausur mitzunehmen.

Und jetzt möchte ich alle Neulinge bitten, sich zu erheben.«

Andie und die anderen standen auf. Ingrid stand neben ihr. Ihre übrigen beiden Mitbewohnerinnen standen ein bisschen weiter rechts. Zwei Männer standen auf der gegenüberliegenden Seite des Feuers.

Felicia fuhr fort: »Sie alle haben Steve Blechmans Rede Anfang dieser Woche gehört. Offensichtlich hat er etwas in Ihnen berührt, sonst wären Sie heute Abend nicht hier. Aber niemand ist hier, um sich lediglich inspirieren zu lassen. Wir sind hier, um auf eine neue Daseinsstufe zu gelangen. Wenn Sie Steve aufmerksam zugehört haben, dann haben Sie begriffen, dass man, um die nächste Stufe zu erlangen, sich von den weltlichen Dingen trennen muss, die einen festhalten.

Als Sie heute Nachmittag angekommen sind, haben Sie alles erhalten, was Sie für das Wochenende benötigen. Sie haben alles, was Sie mitbrachten, in eine Papiertüte gepackt. Haben Sie diese Tüten jetzt bei sich?«

Einer der Männer antwortete: »Ja.« Die anderen nickten nur.

»Ingrid?«, sagte Felicia.

Die Frau erschrak.

»Werfen Sie Ihre Tüte ins Feuer.«

Ingrid umklammerte sie wie ihre Lohntüte. »Sie wollen, dass ich meine Sachen verbrenne?«

»Ja.«

Sie warf Felicia einen nervösen Blick zu. Plötzlich fing sie an, in der Tüte zu wühlen. »Na, also, wenn Sie meinen, ich will nur noch meine Brieftasche –«

»Verbrennen Sie sie«, befahl Felicia streng. »Verbrennen Sie *alles*, was Sie mitgebracht haben.«

»Aber da sind Kreditkarten und Fotos drin –«

»Verbrennen Sie sie.«

Ingrid erstarrte. Alle Augen waren auf sie gerichtet. »Ich möchte ja nicht schwierig erscheinen, aber –«

»Ingrid. Werfen Sie die Tüte ins Feuer.«

»Lassen Sie mich wenigstens die Fotos meines Ehemanns behalten.«

»Sie dürfen sich nicht an den Dingen dieser Welt festklammern.«

»Sie sind meine Erinnerungen. Sie sind alles, was ich habe.«

»Sie sind alles, was Sie *je* haben werden. Setzen Sie sich hin.«

Ingrid zitterte, sie schien zu schrumpfen, als sie auf ihren Platz zurückkehrte. Andie wäre gerne zu ihr hingegangen und hätte ihr gesagt, sie solle sich nicht einschüchtern lassen, dass sie sich völlig richtig verhalten habe. Aber das war jetzt nicht der richtige Zeitpunkt.

»Kira?«, sagte Felicia.

Andie wirkte alarmiert.

»Wollen Sie den ersten Schritt tun?«

Andie spürte, dass alle Blicke auf sie gerichtet waren. Sie fand es schrecklich, Ingrids Gefühl, eine Ausgestoßene zu sein, noch zu verstärken, aber sie wusste, was sie zu tun hatte. Sie nahm ihre Tüte, trat einen Schritt nach vorn und warf sie ins Feuer. Die Flammen schossen hoch, als ihnen Kiras Habseligkeiten zum Opfer fielen. Die Gruppe beobachtete wie gebannt das zeremonielle Feuer. Andie trat wieder zurück, sie hatte ihre Aufgabe erfüllt.

»Warten Sie«, befahl Felicia.

Andie blieb stehen und sah fragend auf.

»Der Ring«, sagte Felicia.

»Wie bitte?«

»Der Ring an Ihrem Finger. Den haben Sie doch auch mitgebracht, oder?«

»Ja, aber –«

»Der muss auch weg.«

Andie zögerte. Diese Auseinandersetzung war nicht vorgesehen.

»Kira, davon müssen Sie sich auch trennen. Werfen Sie ihn ins Feuer.«

Mit deutlichem Widerwillen streifte sie den Ring von ihrem Finger, hielt ihn noch einen Moment in der Hand und warf ihn in die Flammen.

Felicia lächelte. Sie klatschte in die Hände und die ganze Gruppe applaudierte prompt. Alle erhoben sich einer nach dem anderen von ihren Plätzen in dem Kreis und kamen zu ihr, um sie zu umarmen. Herzliche, kräftige Umarmungen, von denen jede zehn Sekunden oder noch länger dauerte. Sie sagten nichts, aber ihr Verhalten drückte alles aus. Nichts in Andies Leben hatte jemals solch eine spontane Anerkennung und Zustimmung gefunden.

Als der Letzte sie umarmt hatte, wandte sie sich Felicia zu. Die lächelte zwar, erhob sich aber nicht, um sie zu umarmen. Es war die deutliche Botschaft, dass ein Neuling einen noch viel weiteren Weg zurücklegen musste, um sich das Lob des inneren Zirkels zu verdienen.

»Willkommen, Kira«, sagte sie schlicht.

Andie nickte kurz und kehrte auf ihren Platz zurück. Sie hörte, dass Felicia den Namen des nächsten Neulings rief, aber sie war so sehr auf das Feuer fixiert, dass die Stimmen hinter dem Zischen und Prasseln der Holzscheite völlig untergingen. Sie starrte auf die tanzenden gelben Flammen und versuchte vergeblich, den Ring zu entdecken. Er war nicht irgendein Schmuckstück gewesen. Es war ein sehr spezieller Ring. In ihm versteckt war ein winziger elektronischer Sender. Isaac hatte darauf bestanden, dass sie ihn zu ihrer eigenen Sicherheit trug. Und jetzt war er verbrannt.

Kira hatte Anerkennung gewonnen. Aber Andie war jetzt wahrhaftig auf sich allein gestellt.

51

Gus rief seinen Detektiv am frühen Samstagmorgen zu Hause an. Dex kam gerade mit der Angelrute in der Hand durch die Küchentür. Das war sein erstes freies Wochenende seit Monaten und er hatte sich vorgenommen, es ausgiebig zu genießen. Gus hatte andere Vorstellungen.

»Ich möchte, dass Sie Shirley Borges Mutter für mich suchen.«

Natürlich wollte er wissen warum und Gus erklärte es ihm in groben Zügen.

»Soweit ich mich an Shirleys Testergebnisse erinnere«, wandte er ein, »wusste sie doch noch nicht einmal, ob ihre Mutter überhaupt noch lebt.«

»Das stimmt. Aber wenn sie lebt, möchte ich mit ihr reden.«

»Sucht das FBI nach ihr?«

»Sie wissen nicht einmal, dass sie das wahre Ziel des Mordkomplotts war. Das hat mir Shirleys Anwalt gesteckt. Wenn die FBI-Leute davon Wind bekämen, würden sie Beth prompt für eine der unbekannten Beteiligten an dem Komplott halten.«

»Glauben Sie denn, da könnte was dran sein?«

»Nein«, erwiderte er heftig.

Dex schwieg, als wollte er seinem Klienten Zeit lassen, darüber nachzudenken.

»Ausgeschlossen.« Diesmal klang Gus schon weniger überzeugt.

»Ist in Ordnung. Das ist nicht das erste Mal, dass jemand mich beauftragt hat herauszufinden, ob der Ehepartner möglicherweise wirklich in ein Verbrechen verwickelt ist, anstatt mit seinen Informationen zur Polizei zu gehen.«

»Aber das tue ich doch gar nicht.«

»Vielleicht ist es Ihnen nicht klar. Aber letztlich tun Sie genau das.«

»Sie bringen mich allmählich auf die Palme.«

»Sie haben keinen Grund, sauer auf mich zu sein. Ebenso wenig auf das FBI. In Anbetracht von Beths Anruf, ihrer Ladendiebstähle und des Kleids, das Agentin Henning bei ihrer Undercover-Tätigkeit in dem Secondhandladen gefunden hat, scheint es durchaus denkbar, dass eine Sekte oder eine Gang bei den Morden eine Rolle spielt. Und dass Beth irgendwie ... in die Sache verwickelt sein könnte.«

»Beth könnte niemandem etwas zuleide tun.«

»Aber sie könnte eine passive Rolle gespielt haben. Sie ist eine attraktive Frau.«

»Was hat denn das damit zu tun?«

»Ich rede hier einfach mal ins Unreine. Zur Erinnerung, die beiden ersten Opfer des Serienmörders waren Männer, die bei sich zu Hause getötet wurden. Keinerlei Anzeichen eines Einbruchs bei dem zweiten. Eine attraktive Frau vorzuschicken, ist eine wirksame Methode, einen Mann abzulenken und ins Haus zu gelangen. Diesen Trick habe ich schon selbst angewandt. Ich habe eine attraktive Bardame angeheuert, die bei einem Mann an die Tür klopfte, behauptete, ihr Auto sei liegen geblieben, und ihn bat, sein Telefon benutzen zu dürfen. Als sie schließlich im Haus war, versteckte sie eine Wanze für mich.«

»Sie meinen, Beth könnte diejenige gewesen sein, die dem Serienmörder die Tür geöffnet hat?«

»Ich meine lediglich, dass sie in diese Morde verwickelt sein könnte, ohne selbst jemanden erwürgt zu haben.«

»Es besteht aber noch eine andere Möglichkeit«, hielt Gus ihm entgegen. »Jemand will die Polizei glauben machen, dass sie eine Komplizin ist. Er fingiert Beweismittel, die für Beths Beteiligung sprechen, wie zum Beispiel den Anruf bei Morgan.«

»Aber warum?«

»Keine Ahnung. Vielleicht, um die Bullen abzulenken. Vielleicht will er gerade erreichen, dass das FBI sich an die Fersen dieser Sekte in Yakima heftet, anstatt Shirleys Gang in Seattle zu schnappen. Das ist auch eine Sache, die ich herausfinden muss.«

»Soll ich dem nachgehen?«

»Ich möchte, dass Sie Shirleys Mutter finden. Können Sie das schnell erledigen?«

»Kleinigkeit.«

»Rufen Sie mich an, wenn es so weit ist«, sagte Gus.

Für Anfang März war es ein ungewöhnlich warmer Samstagnachmittag. Seit Thanksgiving hatte der Winter das Tal in seinem eisigen Griff, aber seit der vergangenen Woche stiegen die Temperaturen beständig, der Frühling kündigte sich an. Aus der nahe gelegenen Stadt Selah war schon das Gebrumm der Rasenmäher zu hören, die zum ersten Mal in diesem Jahr zum Einsatz kamen. Jetzt konnte man die Schneemobile wieder bis zur nächsten Saison im Keller verstauen, die Mäntel im Schrank lassen und die Wärme auf der Haut spüren.

Zum ersten Mal seit mehr als einer Woche verließ Flora das Haus.

Auf der Farm gab es immer reichlich Arbeit, so auch heute. Zweihundert gerade erst geschlüpfte Küken waren letzte Woche in den Hühnerstall geliefert worden. In sechs Wochen würden die Junghennen groß und zart genug sein, um geschlachtet zu werden. Heute Nachmittag hatte sie eine primitive, aber dennoch wichtige, in gewisser Hinsicht sogar philosophische Aufgabe zu erledigen. Man nannte es das Ausmerzen. Bei jeder Kükenlieferung gab es kranke Tiere. Man durfte nicht warten, bis diese die gesunden ansteckten. Jeden Tag musste jemand in den Hühnerstall gehen, die kränklichen Tiere heraussuchen. Man packte sie am Hals und dann ging es ganz schnell. Die flauschigen Tierchen passten gut in die Hand. Sie wanden sich ein wenig und tschirpten ahnungslos. Und mit einer einzigen schnellen Drehung war schon alles vorbei.

Anfangs widerstrebte es ihr, aber mittlerweile hatte sie sich daran gewöhnt. Es war nicht so sehr das Töten, das sie nach wie vor störte, als vielmehr der Geruch. Nichts stank schlimmer als ein Hühnerstall.

Zum Glück konnte sie wenigstens ein und aus gehen, ohne sich immer die Nase zuhalten zu müssen, was ihr bei ihrem ersten Besuch auf der Farm vor über einem Jahr noch nicht gelungen war. Natürlich war es nicht der Wunsch, Hühner zu züchten oder Äpfel zu pflücken, der sie hierher gebracht hatte. Vielmehr waren es die typischen privaten Probleme. Ärger zu Hause. Eine unglückliche Ehe. Ein Ehemann, der ihr fremd geworden war. Sie hatte an Dutzenden von Erleuchtungsworkshops und -kursen teilgenommen, die alle nicht länger als einen Tag gedauert hatten. Mit der Zeit hatte sie sich zu einer anderen Art von Familie hingezogen gefühlt, zu den Lehren der Gruppe. In den Obstplantagen oder auf der Farm zu arbeiten, hatte durchaus therapeutische Wirkung, aber sie hatte nie ernsthaft vorgehabt, dort zu bleiben.

Mittlerweile jedoch stand wegzugehen nicht mehr zur Debatte.

»Flora?«, schallte die Stimme des Mannes aus dem Haus. Er stand auf der Terrasse, fast vierhundert Meter von ihr entfernt.

Sie reagierte nicht. Er rief noch einmal, diesmal energischer. »Flora!«

Beim zweiten Mal schrak sie zusammen. Er meinte sie. Trotz der strengen Schulung hatte sie sich noch nicht an ihren neuen Namen gewöhnt.

Wortlos warf sie noch schnell die letzten toten Tiere in ihren Korb und machte sich gehorsam auf zum Haus. Diesen Teil fürchtete sie. Mittlerweile durchschaute sie das Muster. Jedes Mal, wenn er ihr etwas gegeben hatte, zum Beispiel Freizeit, bürdete er ihr dafür eine Last auf. Die Last der Schuld.

Ihre Schritte wurden schwerer, als sie den Hof überquerte, und sie wusste, was sie erwartete, wenn sie in ihr Zimmer zurückkam. Die Fotos. Die unschuldigen Opfer. Immer neue Gedankenspiele, die auf ihr Gewissen zielten. Diese Frauen waren früher Fremde für sie gewesen. Aber inzwischen kannte sie ihre Namen, ihre Gesichter und jede Einzelheit ihres fürchterlichen Todes. Das Schlimmste war, dass sie wusste, es würden noch mehr werden. Das hatte er ihr gründlich eingebläut. *»Nur du hast die Macht, das zu beenden, Flora. Es liegt in deinen Händen.«*

Mit gesenktem Kopf stieg sie die Stufen hinauf und betrat das Haus. Sie empfand alles andere als Macht. Sie fühlte sich absolut nicht wie »Flora«.

Andie war erschöpft. Sie hatten den Vormittag damit verbracht, Camassia-Wurzeln für die Kuchen auszugraben. Da das Gelände höher gelegen war, war der Boden teilweise noch hart gefroren, was die Arbeit mühsam gestaltete. Dennoch hatten sie es geschafft, mehr als acht Körbe voll mit ihren langen, gebogenen Messern auszubuddeln. Die Messer waren als Werkzeuge gut geeignet. Andie fragte sich allerdings auch, wie gut sie als Waffe geeignet waren.

Am späten Nachmittag schmerzten ihre Knöchel von den großen Steinen, mit denen sie die Wurzeln zu Mehl zerstampfte. Sie und ihre Mitbewohnerinnen hatten das Mehl zu Kuchen geformt, bis es fast nur noch mechanische Handgriffe gewesen waren. Am frühen Nachmittag hatten sie die Kuchen zum Trocknen in die Sonne gelegt. Felicia kam vorbei und zollte ihnen Lob. Ingrid und die beiden jungen Frauen gingen in ihre Hütte, um aufzuräumen. Felicia hielt Andie noch auf, um mit ihr zu reden.

»Sie sind eine gute Arbeiterin«, sagte Felicia.

»Wir alle haben hart gearbeitet.«

»Nicht wirklich. Für die anderen ist es nur ein Spaß. Bei Ingrid – wundert es mich regelrecht, dass sie überhaupt den ganzen Tag durchgehalten hat. Aber Sie haben die ernsthafte Zielstrebigkeit, die uns gefällt.«

»Danke.«

Sie forderte Andie auf, gemeinsam mit ihr auf einer dichten

Schicht getrockneter Blätter Platz zu nehmen. Als sie sich gegenübersaßen, fragte Felicia: »Warum sind Sie hier?«

»Sie meinen, auf der Welt oder hier auf dem Klausurwochenende?«

Felicia lächelte. »Mir gefällt Ihre Art zu denken. Warum Sie an der Klausur teilnehmen.«

Andie spürte, dass sie ausgefragt werden sollte. Sie wollte die richtigen Antworten geben. »Ich bin hier, weil ich mehr über Ihre Gruppe wissen möchte.«

»Was haben Sie bisher herausgefunden?«

Sie untersuchte ihre schwieligen Hände. »Dass das Zurückkehren zur Quelle Blasen verursachen kann.«

»Was sonst noch?«

Andie wurde ernster. »Auch wenn der Einsatz hoch ist, er ist es wert.«

»Woher wissen Sie das?«

»Ich habe gute Instinkte.«

»Glückwunsch, Kira. Sie haben den ersten Schritt geschafft: zu lernen, den eigenen Instinkten zu vertrauen.«

»Was ist der nächste Schritt?«

»Der wird sich von selbst ergeben. Nachdem Sie Ihre Energie konzentriert haben.«

»Wie konzentriere ich sie?«

»Durch Meditation und Nachdenken.«

»Worüber werde ich nachdenken?«

Felicia fixierte Andies Blick, aber es war eher ein herzliches Anschauen als ein kaltes Starren. »Lassen Sie mich Ihnen etwas über uns erzählen. Uns geht es nicht um Kometen oder das Ende des Millenniums oder sonst irgendwas, das hunderte von UFO-süchtigen Gruppen umtreibt, die in jüngster Zeit kommen und gehen. Wir glauben nicht, dass ein Raumschiff auf der Erde landen wird und uns mit auf die nächste Ebene jenseits des Menschlichen mitnehmen wird. Indem wir unsere eigene Stufe der Schwingungen verändern, streben wir die Verbindung mit einer höheren Quelle an, für die eine emotionale Trennung von der negativen Energie notwendig ist, die uns auf dem falschen Lebensweg verharren lässt.«

»Woher kommt diese negative Energie?«

»Offen gesagt, die übliche Quelle ist die traditionelle Familie. Eltern, die alles in ihrer Gewalt haben, Ehepartner, die manipulieren. Aber bei jedem Einzelnen sieht es anders aus. Jeder muss über seine eigenen Quellen der negativen Energie in seinem Leben nachdenken und sie analysieren.«

Es kam Andie so vor, als versuchte Felicia etwas über ihre Vergangenheit herauszufinden. Sie hatte sich ihre Geschichte eingeprägt, aber je mehr sie erzählte, desto größer war das Risiko, sich irgendwann in Widersprüche zu verwickeln. Andie antwortete allgemein. »Das klingt wie eine sehr einsichtige Art zu denken.«

»Ja. Aber ich versichere Ihnen, es ist völlig unmöglich, die wahre Quelle der negativen Energie in seinem Leben zu erkennen, wenn man wieder in seine alte Umgebung zurückkehrt.«

»Das ist nur logisch. Man muss die Dinge aus der Distanz betrachten, um objektiv sein zu können.«

»Genau diese Möglichkeit biete ich Ihnen an.«

»Das verstehe ich nicht.«

»Die Klausur endet morgen früh. Die meisten Neulinge werden nach Hause zurückkehren. Sie werden sich nie über ihr gegenwärtiges Selbst hinaus entwickeln. Aber Sie sind anders, Kira.«

»Und das heißt?«

»Wir möchten gerne, dass Sie bei uns bleiben. Kommen Sie mit zur Farm und gehen Sie Ihren Weg weiter.«

»Was ist mit den anderen?«

»Machen Sie sich keine Gedanken über die anderen. Sie, Kira, sind es, die ausgewählt wurde, nicht die anderen.«

»Ich weiß gar nicht, was ich sagen soll.«

Felicia drückte ihre Hand. »Sagen Sie ja.«

Andie zögerte, sie wollte nicht übereifrig wirken. »Okay. Ich nehme an.«

»Natürlich nehmen Sie an.« Ihr Tonfall ließ keinen Widerspruch zu, so als sei das Ja die einzig mögliche Antwort.

»Danke, Felicia.«

»Danken Sie nicht mir. Danken Sie Steve.«

»Ich weiß gar nicht wie.«

»Das werden Sie merken«, erwiderte sie trocken. »*Das* kann ich Ihnen versprechen.«

52

Der Bus kehrte am frühen Sonntagmorgen nach Yakima zurück. Von den sechs Neulingen waren nur Andie und einer der Männer, der aufstrebende Barmusiker, auf die Farm eingeladen worden. Die anderen wurden neben dem Parkplatz abgesetzt, auf dem sie am Freitag ihre Autos geparkt hatten.

Der Bus sollte nach einer Pause von einer Viertelstunde zur Farm weiterfahren, so dass jeder noch Zeit hatte, nach der dreistündigen Busfahrt in der Stadt auf die Toilette zu gehen. Andie wusste, dass sie ein Telefongespräch führen musste, bevor sie auf der Farm ankamen. Ihre Vorgesetzten hatten keinen Undercover-Auftrag über das Wochenende hinaus genehmigt. Sie überlegte, ob sie einfach zur Telefonzelle gehen und anrufen sollte, aber sie wollte keinen Verdacht erregen. Sie nahm Felicia beiseite, um ihr ihr Anliegen sozusagen undercovermäßig vorzutragen.

»Ich muss meine Mutter anrufen«, sagte Andie. »Ich habe

ihr gesagt, dass ich nur übers Wochenende weg bin. Wenn sie nichts von mir hört, wird sie sich Sorgen machen.«

»Warum wollen Sie sie anrufen?«

»Wie ich sagte, sie wird sich Sorgen machen. Wer weiß, sie bringt es fertig und verständigt die Polizei, um mich als vermisst zu melden.«

»Ich verstehe. Immer wenn wir Neulinge auf die Farm einladen, ermutigen wir sie sogar dazu, genau aus diesem Grunde ihre Familien zu verständigen und ihre Entscheidung mitzuteilen. Aber Telefonate können problematisch sein. Wir ziehen es vor, dass Briefe geschrieben werden.«

»Sie kennen meine Mutter nicht«, sagte Andie. »Sie wird mir nie glauben, dass es wirklich allein meine Entscheidung war, wenn sie nur einen Brief in der Post findet. Sie will es ganz bestimmt aus meinem Munde hören.«

Felicia sah sie vorwurfsvoll an, als wollte sie sagen, Andies Mutter sei genau eine dieser Familienangehörigen mit negativer Energie, die man am besten eliminierte. »In Ordnung. Rufen Sie sie an, wenn's unbedingt sein muss. Aber seien Sie stark. Lassen Sie sich nichts ausreden, von dem Sie wissen, dass es richtig ist.«

»Danke.« Andie wollte gerade losgehen zur Telefonzelle auf der anderen Straßenseite.

»Kira?«, sagte Felicia. »Sagen Sie ihr, dass Sie nicht wieder zu Hause anrufen werden. Sagen Sie ihr, wenn sie in Zukunft von Ihnen hört, dann nur per Post.«

»Mach ich«, erwiderte sie und ging zur Telefonzelle.

Das Telefon klingelte im Hause der Underwoods. Isaac war mit seiner Tochter in der Küche und bereitete gerade das Frühstück zu, während im Fernseher *Die Sesamstraße* lief. Es war eines seiner beiden Wochenenden im Monat, eine von zwei

Dutzend Gelegenheiten im Jahr, bei denen er beweisen konnte, dass auch geschiedene Männer in der Lage sind, Sonntagmorgen-Pfannkuchen zu machen. Er stellte den Fernseher leiser und nahm den Hörer ab, kümmerte sich aber weiter um die Pfannkuchen.

Als er Andies Stimme hörte, war er zutiefst erleichtert. Seine technischen Agenten hatten ihm gesagt, dass der Sender in Andies Ring sich das ganze Wochenende über nicht gerührt hatte, und er war in Sorge gewesen. Andie klärte ihn über die Verbrennungszeremonie und die anderen Dinge auf, während sie hin und wieder zu dem Bus hinüberschielte, um sich zu vergewissern, dass niemand mithörte.

Isaac sagte: »Was Sie erzählen, stimmt mit dem neuesten Profil überein.«

»Wovon geht Santos jetzt aus?«

»Sie geht inzwischen wieder davon aus, dass die Wunden, die alle Opfer aufweisen, auf Mord aus persönlichen Motiven schließen lassen. Der Mörder handelt aus persönlicher Wut auf seine Opfer. Vermutlich sind die Morde nicht zufällig, wie Santos ursprünglich dachte. Der oder die Mörder könnten nach einem sehr speziellen Handlungsablauf vorgehen. Das ist vor allem in Hinblick darauf interessant, dass wir es mit einer Sekte zu tun haben.«

»Das ist der Grund dafür, dass ich den Auftrag noch nicht beenden kann.«

»Wie bitte?«

»Tut mir Leid, dass ich das nicht auf dem üblichen Wege absegnen lasse. Es ist nur so, dass ich nur dieses eine Mal telefonieren kann. Mein Kontakt-Agent hat aber nicht die nötigen Befugnisse für die Verlängerung meines Auftrags und Lundquist macht sich sowieso schon vor Angst in die Hose. Also was sagen Sie?«

»Wie lange?«

»So lange wie nötig.«

Die Pfannkuchen brannten an. Isaac nahm die Pfanne von der Platte und warf die verkohlten Überreste in den Ausguss. »Andie, solange die Gefahr besteht, dass ein Serienmörder jeden Augenblick einen weiteren Mord begeht, müssen Sie sich beeilen. Normalerweise würde ich sagen, lassen Sie sich Zeit, um Kontakte aufzubauen. In diesem Fall allerdings müssen Sie aggressiver vorgehen und dabei laufen Sie Gefahr, dass Ihre Tarnung auffliegt.«

»Ich verstehe.«

»Das glaube ich nicht. Zumindest nicht in vollem Umfang. Sie erinnern sich an das Videoband, das Sie bei der Einführungsveranstaltung mit Blechman gekauft haben. Ich habe es zu einem Audio-Experten geschickt, um es analysieren zu lassen. Einen Spezialisten für Analysen von psychischem Stress.«

»Ich dachte immer, das FBI würde von solchen Spezialisten keinen Gebrauch machen.«

»Als ich noch beim Seattle Police Department war, habe ich solche Analysen einige Male durchführen lassen, und ich fand, unter diesen Umständen könnte es auch uns nützen. Sie wissen, um was es bei diesem Verfahren geht, vermute ich?«

»Ja. Dabei werden Veränderungen und Zittern in Stimmmustern gemessen, die für das menschliche Ohr nicht hörbar sind.«

»Stimmt. Das Gerät erfasst die Veränderungen und bildet eine Art Stimmabdruck ab. Das haben wir mit Ihrem Band gemacht. Wir haben einen Stimmabdruck von Blechman machen lassen und ebenso von Felicia und von Tom, den beiden Feldwebeln, die ebenfalls auf der Versammlung geredet haben.«

»Und was haben Sie herausgefunden?«

»Blechman redet authentisch. Das ist normal. Er ist der Chef. Interessant sind Tom und Felicia. Bei ihnen haben wir einen nahezu identischen Stimmabdruck. Der Experte konnte sie kaum auseinander halten.«

»Was schließt er daraus?«

»Es gibt zwei Möglichkeiten«, erwiderte Isaac. »Entweder sind diese beiden Personen ausgebildete Schauspieler, die auf sehr kontrollierte und identische Weise eine sehr gut geübte Stimmhöhe vortragen.«

»Oder ...?«

»Oder sie sind vollkommen gleich programmiert. Identisch. Dann hat irgendjemand den beiden eine gründliche Gehirnwäsche verpasst.«

»Irgendjemand namens Blechman.«

»Ich möchte Sie nicht ängstigen, Andie. Ich sage das nur, weil ... ach, Sie wissen schon warum.«

»Wirklich?«

»Ich denke schon.«

Sie lächelte, aber es war ein gezwungenes Lächeln. *Junge, das ist jetzt nicht der Zeitpunkt.* »Ich pass schon auf mich auf. Keine Sorge.«

»Nun gut, da Sie ja hinten keine Augen haben, werden wir die Farm punktuell überwachen. Das wird nicht rund um die Uhr möglich sein und es ist auf jeden Fall zu teuer, eine solche Überwachung ewig und drei Tage aufrechtzuerhalten. Ich möchte, dass Sie mich spätestens Mittwoch wieder anrufen. Sehen Sie zu, dass Sie irgendwie an ein Telefon herankommen. Wenn ich nichts von Ihnen höre, dann ziehe ich die Notbremse.«

Isaac konnte spüren, dass sie zögerte, als würde sie plötzlich abgelenkt, vielleicht sogar beobachtet.

»Es wird nicht leicht sein«, erwiderte sie schließlich, »aber ich verspreche Ihnen, dass ich in Kontakt bleiben werde.«

Es war so ein Morgen, an dem Gus am liebsten gleich wieder ins Bett gegangen und dort geblieben wäre. Nicht der typische müßige Sonntagmorgen mit einer Tasse Kaffee und dem *Post-Intelligencer*. Mehr wie der Sonntag, an dem Beth seit zwei Wochen verschwunden war.

Martha Goldstein hatte einen Riecher für perfektes Timing. Ausgerechnet an dem Tag, an dem er ganz sicher in ein emotionales Tief fallen würde, ließ sie bei ihm zu Hause einen Brief per Boten abliefern. »Lieber Gus, ich weiß, dass Sie mit anderen Dingen beschäftigt sind, aber könnten Sie es vielleicht in der kommenden Woche einrichten, ins Büro zu kommen und bei der ordnungsgemäßen Übergabe Ihrer Akten zu helfen?«

Ein Meisterwerk an Manipulation. Sie hatte den Text auf ihrem privaten Briefpapier mit der Hand geschrieben und nicht auf das offizielle Firmenpapier getippt, als könnte sie damit die Tatsache verschleiern, dass sie ihm auf offiziellem Wege mitteilen wollte, dass, sollte während der Zeit der Suche nach seiner Frau in der Firma irgendetwas schief gehen, sein Kopf rollen würde und nicht ihrer.

»Sehr taktvoll, Martha. Du hast nur das Smiley unter deiner Unterschrift vergessen.«

Im Gesamtzusammenhang war ihm klar, dass die »ordnungsgemäße Übergabe der Akten« einen weiteren Schritt darstellte, ihn auf Dauer aus der Position des Geschäftsführers hinauszumanövrieren, und letztlich auf seine Trennung von Preston & Coolidge hinauslief. Das Gleiche war schon vor fünf Jahren passiert, als er das Ruder übernommen und seinen Vorgänger in die Wüste geschickt hatte. Am besten er trat zurück, damit konnte er dem alten Geschäftsführer die Peinlichkeit und dem neuen den Ärger ersparen. Der Gedanke, die ganze Situation in die Länge zu ziehen, kotzte ihn an, die bloße Vorstellung, die Kondolenzbesuche seiner Partner über sich ergehen lassen zu müssen, die in sein Büro kommen würden, um ihm zu erzählen, dass er reingelegt worden sei und wie sie seinen Kampfgeist bewunderten, nur um sich schließlich seinen Arbeitsplatz unter den Nagel zu reißen. Die Widerwärtigkeit der ganzen Angelegenheit verstärkte bei Gus den Wunsch nach einem sauberen Bruch. Dies war seine große Chance, einen seiner ältesten Träume zu verwirklichen. Das hätte er nie gewagt, ohne dazu gezwungen zu sein. Seine eigene Anwaltskanzlei zu gründen. Jetzt war ihm dieser berufliche Traum die Mühe wert.

Aber erst, wenn er Beth gefunden hatte.

Das Telefon klingelte. Es war Dex, sein Detektiv. »Ich habe Shirleys Mutter gefunden.«

Plötzlich wurde die Kanzlei zur Nebensache. »Tot oder lebendig?«

»Auf jeden Fall lebt sie noch, ungefähr eine Stunde von hier entfernt. Mehr in der Wallachei als in den Vororten. Wenn Sie wollen, kann ich ihr heute einen Besuch abstatten. Vielleicht redet sie ja.«

»Nein«, erwiderte Gus, »das übernehme ich selbst.«

»Im Ernst?«

»Ja«, sagte er und sprang aus dem Bett. »Im Ernst.«

53

Das Gelände der Farm wirkte um einiges größer, als es mit seinen zwölf Morgen tatsächlich war. Es lag mitten in der Prärie, und wäre es nicht von einem Stacheldrahtzaun umgeben gewesen, hätte man seine Grenzen nicht wahrgenommen. Eine lange und staubige Einfahrt führte zu einer Scheune, die genug Platz für den alten Schulbus, einen Traktor, zwei PKWs und neun Pferde bot. Nebenan lag ein weißes zweistöckiges Holzhaus. Es war alt, aber frisch angestrichen und in gutem Zustand, auch die Originaldetails im viktorianischen Stil waren noch intakt. Auf der anderen Seite der Scheune standen zwölf Aluminiumbaracken. Sie erinnerten Andie an ein Gefängnis niedriger Sicherheitsstufe.

Der Bus fuhr direkt in die Scheune. Die Leute stiegen aus und begaben sich zu den kleineren Wohnbaracken. Keiner ging ins Haupthaus.

»Kommen Sie mit«, sagte Felicia. »Ich führe Sie herum.«

Andie begleitete sie auf einem kurzen Rundgang. Nach Osten hin lag ein Obstgarten von fünf Morgen mit Äpfeln und Aprikosen. Die Bäume waren T-förmig beschnitten, die ersten Knospen ließen sich sehen. Auf der Fläche von zwei Morgen war ein Gemüsegarten angelegt, aber es ließ sich noch nicht erkennen, wo was gepflanzt worden war. Die Tiere befanden sich hinter dem Haus. Ein Hühnergehege erstreckte sich bis zu dem hinteren Zaun, so dass der Geruch nicht bis ins Haupthaus drang. Ein halbes Dutzend Pferde und Kühe grasten entlang des Zauns, zu dem sie gebührenden Abstand hielten. Andie bemerkte die Isolatoren. Es war ein Elektrozaun.

Sie gingen an den Hühnern vorbei zu einem Teich und einer Baumgruppe. Hinter den Bäumen entdeckte Andie ein kleines rechteckiges Gebäude.

»Was ist das?«, fragte sie.

»Da können wir nicht hingehen«, erwiderte Felicia.

»Warum nicht?«

»Wir sind noch nicht bereit. Das ist ein besonderer Ort für Versammlungen und Zeremonien. Nur die Mitglieder, die die höchste Stufe erlangt haben, können dorthin.«

»Selbst Sie können dort nicht hin?«, fragte Andie.

»Glauben Sie etwa, *ich* hätte die höchste Stufe erreicht?«, gab sie belustigt zurück. »Davon bin ich noch weit entfernt, meine Liebe. Ich habe noch einen langen Weg vor mir.«

»Wie viele Stufen gibt es denn?«

»Man durchläuft so viele Stufen der Selbstreinigung, wie nötig sind. Die menschlichen Verwirrungen, Frustrationen und Sorgen müssen überwunden werden, um das Reich jenseits der menschlichen Existenz zu erreichen.«

»Also ist das bei jedem anders?«

»Ja, weil wir alle mit einer unterschiedlichen Geschichte hier ankommen. Denken Sie daran, das letzte Ziel besteht darin, seine Ebene der Schwingungen körperlich zu verändern, so dass man in der Lage ist, den Energiefluss direkt von der Quelle aufzunehmen. Bei jedem sind es unterschiedliche Umstände, die ihn auf der menschlichen Ebene der Schwingungen festhalten. Manche Leute sind verheiratet, einige haben Kinder. Manche leben noch in der Vergangenheit und grübeln darüber nach, wie sie mit achtzehn oder zwanzig oder mit fünfunddreißig waren. Das Festklammern an andere Menschen oder an der eigenen Vergangenheit hält die Menschen davon ab, sich weiterzuentwickeln.«

»Wollen Sie damit sagen, dass ich vergessen muss, wer ich war?«

»Absolut.«

Andie holte tief Luft. »Das ist allerdings viel verlangt.«

»Ja. Und auf jeder neuen Stufe, die man erreicht, wird noch mehr von einem verlangt.«

»Was denn?«

»Das werden Sie dann erfahren.«

»Wie lange wird das dauern?«

»Es gibt keinen festen Zeitrahmen. Wenn Sie so weit sind, weiter aufzurücken, weiß er das. Und er wird es Ihnen sagen.«

»Er?«

»Steven Blechman natürlich.«

»Ach ja, natürlich.«

»Kommen Sie, Kira. Ich zeige Ihnen Ihr Zimmer.«

Felicia begleitete sie zu den bescheidenen Baracken auf der anderen Seite der Scheune. Alle zwölf Häuser sahen völlig identisch aus. Felicia steuerte das letzte an, das am weitesten von der Scheune entfernt lag. Die Tür hatte kein Schloss und drinnen war die Luft stickig, als hätte dort längere Zeit niemand gewohnt. Vier Betten standen an den Wänden. Kleider und andere Dinge des Alltags lagen auf den Betten ausgebreitet, genau wie in der Hütte vom Wochenende. Es gab ein Bad, das aber nicht viel größer war als der Wandschrank daneben. Die Vorstellung, sich diesen Ort mit drei weiteren Frauen teilen zu müssen, begeisterte Andie nicht gerade.

»Etwa eine Woche lang werden nur wir beide hier sein«, sagte Felicia.

»Wir wohnen zusammen?«

»Jeder Neuankömmling bekommt einen Partner zugewiesen. Es ist meine Aufgabe, Ihnen behilflich zu sein.«

»Danke.«

»Keine Ursache.« Sie wies auf das Badezimmer. »Vielleicht wollen Sie sich ein bisschen frisch machen?«

»Ich würde liebend gerne duschen.«

»Im Bad finden Sie ein Handtuch. Bedienen Sie sich.«

Die Duschkabine war eng, was Andie nicht weiter störte. Eine heiße Dusche war das einzig Normale, was sie in den vergangenen drei Tagen erlebt hatte. Sie genoss sie, solange das Wasser heiß war, und das war nicht sehr lange. Weniger als zwei Minuten. Offensichtlich gab es eine Zeitschaltuhr, damit man es nur ja nicht übertrieb.

Andie trocknete sich ab und suchte den Spiegel. Die Stelle über dem Waschbecken, normalerweise der Platz für den Spiegel, war leer.

Andie kam in ein Handtuch gewickelt aus dem Bad. Felicia saß auf dem Bett. Neben ihr lagen auf einem Handtuch eine Haarbürste, ein Kamm und eine Schere.

»Wussten Sie, dass es im Bad keinen Spiegel gibt?«

»Wir haben überhaupt keine hier.«

»Keine Spiegel?«

»Kommen Sie, setzen Sie sich zu mir.«

Andie setzte sich auf das Bett. »Wie Sie sich selbst sehen, ist nicht von Bedeutung«, erklärte Felicia. Sie begann, ihr die Haare zu kämmen, wie Andie selbst es nie tat. Sie scheitelte sie auf der falschen Seite. »Es ist nur wichtig, wie *er* Sie sieht. Wir machen jeden so zurecht, dass es ihm gefällt.«

Andie erstarrte, als ihre neue Partnerin nach der Schere langte. Am liebsten hätte sie protestiert, hielt sich jedoch zurück. Sie musste sich unterwerfen. Kira würde sich unterwerfen.

»Heißt das, dass jede Frau, die hierher kommt, ihr Aussehen verändert hat?«

»Jede Frau und jeder Mann.«

Bei dem Gedanken lief es ihr eiskalt über den Rücken. Sie hatte sich aufmerksam umgesehen, aber vielleicht nicht aufmerksam genug. Es war durchaus möglich, dass sie Beth Wheatley schon gesehen, sie aber nicht erkannt hatte. Andererseits gehörte Beth vielleicht ja auch zu den weniger zugänglichen Mitgliedern auf einer höheren Stufe.

Die Schere klapperte und lange Strähnen nasser Haare fielen zu Boden.

Die kiesbedeckte Auffahrt zum Haus von Meredith Borge war leer und es meldete sich niemand, als Gus an die Tür klopfte. Er hatte beschlossen, nicht vorher anzurufen, aus Angst, sie würde ihn nicht treffen wollen. Er hatte sich überlegt, dass es am besten war, sie kalt zu erwischen.

Meredith wohnte in einer ländlichen Gegend am Ende einer Schotterstraße, an der nur zwei Häuser lagen. Die Auffahrt bestand lediglich aus zwei ausgefahrenen Spurrillen im Rasen und führte bis direkt an die Veranda. Gus parkte hinter einer Wendestelle am Ende der Straße neben einem Kanalschacht und wartete. Hinter den lichten Kiefern konnte er das Haus deutlich erkennen. Eine Stunde verging, in der kein einziges Auto ankam oder wegfuhr. Bestimmt ein Dutzend Mal fing es an zu regnen und hörte wieder auf, bevor schließlich ein zwanzig Jahre alter Pick-up in die Auffahrt bog. Eine Frau stieg aus und ging den Gehweg hinauf. Sie schien Mitte vierzig zu sein, schlank und brünett, genau wie Dex sie ihm beschrieben hatte. Gus sprang aus dem Wagen.

»Mrs Borge?«

Sie blieb stehen, wandte sich zu ihm um, antwortete aber nicht. Ihr misstrauischer Blick veranlasste Gus, ebenfalls stehen zu bleiben. »Entschuldigen Sie die Störung«, sagte er, »aber ich würde mich gerne mit Ihnen über Ihre Tochter unterhalten.«

»Ich habe keine Tochter.«

»Ich weiß. Es tut mir Leid, dass Ihre Tochter tot ist.«

»Wer sind Sie? Was wollen Sie?«

»Mein Name ist Gus Wheatley. Meine Frau ist heute vor zwei Wochen verschwunden. Ihre Tochter und ich hatten vor ihrem Tod einige Gespräche über den möglichen Aufenthaltsort meiner Frau.«

Sie starrte Gus mit eiskaltem Blick an. »Ich habe Ihnen nichts zu sagen.«

»Mrs Borge, bitte.«

Gus folgte ihr bis auf halbem Wege zur Veranda, aber ihr Blick wurde nur noch kälter. »Verschwinden Sie von meinem Grundstück oder ich rufe die Polizei.«

»Es ist wichtig, dass wir miteinander sprechen. Bitte, nur eine Minute.«

Sie schloss die Tür auf. Einen Augenblick lang sah es so aus, als wollte sie etwas sagen, sie wirkte eher nervös als feindlich gesinnt.

»Bitte.«

»Tun Sie uns beiden einen Gefallen. Gehen Sie.« Sie betrat das Haus und schlug die Tür hinter sich zu. Gus stand allein auf der Veranda.

Andie hatte seit dem frühen Samstagnachmittag nichts mehr gegessen, aber auf dem Speiseplan für Sonntag stand weder Frühstück noch Mittagessen. Während des Klausurwochenendes hatte man sie bis spätnachts auf den Beinen gehalten und morgens wieder früh geweckt, sie hatte seit Donnerstag nur insgesamt sieben Stunden geschlafen. Ausruhen war allerdings am Sonntag auch nicht vorgesehen.

Felicia war immer in ihrer Nähe. Sie hielten sich beide ständig in der Baracke auf. Sie verbrachten Stunden damit, mit geschlossenen Augen und überkreuzten Beinen auf dem Boden zu sitzen. Felicia brachte ihr verschiedene Atemübungen bei, die ihr helfen sollten, sich zu entspannen und zu meditieren. Im Abstand von einer halben Stunde forderte sie Andie auf, mit ihr zusammen laut ein Mantra zu wiederholen. »Ich werde mich über mich hinaus erheben und meine menschlichen Bedürfnisse und Aktivitäten überwinden und mein Sein in etwas verwandeln, das mehr ist als nur der Körper.« Ein anderes Gesprächsthema gab es nicht. Das Ziel bestand darin, Andies Energie und Gedanken zu kanalisieren. Ihre Gedanken waren eindeutig konzentriert, obwohl sie nur das eine denken konnte: *Worauf zum Teufel habe ich mich bloß eingelassen?*

Am späten Nachmittag, nachdem sie die ganze Zeit in der gleichen Position gesessen hatte, waren ihre Beine völlig verkrampft und ihre Knie standen kurz vor der Explosion. Der Hunger war ihr mittlerweile längst vergangen, als Felicia ankündigte, es sei Zeit zu essen. Sie brauchten das Zimmer nicht zu verlassen. Felicia öffnete die Tür und wie auf Bestellung stand ein Tablett mit zwei Camassia-Kuchen auf der Schwelle. Felicia nahm einen und bot Andie den anderen an. Sie aß weder schnell noch langsam, machte alles ganz genauso wie Felicia.

Als das Mahl beendet war, stimmte Felicia wieder denselben Singsang an. *Ich werde mich über mich hinaus erheben und ...*

Andie fiel mit ein. Sie hörte sich sprechen, spürte jedoch ihre Lippenbewegung nicht mehr. Plötzlich schien sich das Licht im Zimmer zu verdunkeln und ihr wurde schwarz vor Augen. Sie fühlte sich schwindelig und orientierungslos. Im Hintergrund hörte sie Felicias Stimme, aber wie aus weiter Entfernung. Andie konzentrierte sich, als wären die Worte aus Felicias Mund eine Rettungsleine zurück in die Realität, als könnte sie mit ansehen, wie sie sich langsam aus dem dunklen, wirbelnden Loch heraushangelte.

Schließlich ließ die Benommenheit nach. Obwohl sie immer noch zitterte, konnte sie wieder klar denken. Sie öffnete die Augen. Felicia starrte sie an und musterte sie eingehend. Andie konnte noch immer das Kribbeln in ihren Fingerspitzen spüren. Das war kein gewöhnlicher Camassia-Kuchen.

Oder hatte sie etwa ganz einfach einen Durchbruch erlebt?

»Es ist Zeit«, sagte Felicia.

»Wofür?«

»Für Ihre Begegnung mit Steven Blechman.«

»Unter vier Augen?«

»Ja.«

»Mein Gott, bin ich denn bereit?«

»Ja.«

»Ich bin so nervös.«

»Das brauchen Sie nicht zu sein«, erwiderte Felicia. »Die erste Begegnung ist für alle gleich.«

»Was geschieht dabei?«

»Er schließt sie an den Lügendetektor an.«

Andie erhob sich, spielte die Eifrige, um ihre wahren Gefühle zu verstecken. *Was mach ich jetzt bloß?*

54

Gus wartete noch eineinhalb Minuten vor Mrs Borges Haus, bis er zu dem Schluss kam, dass er zu den Anschuldigungen wegen Misshandlung nicht noch eine Anklage wegen Belästigung gebrauchen konnte. Sie hatte ihm gesagt, er sollte abhauen, und schien es ernst zu meinen. Er war gescheitert, also fuhr er widerstrebend davon, um seine Möglichkeiten zu überdenken.

Zu Hause wurde ihm sofort klar, dass nicht nur er davon betroffen war, dass an diesem Sonntag genau zwei Wochen vergangen waren, seit Beth Morgan bei der Spielstunde abgeliefert hatte und danach nicht wieder aufgetaucht war. Er musste unbedingt mit seiner Tochter aus dem Haus gehen und etwas unternehmen. Die Sonics spielten heute in der Stadt und Gus hatte Dauerkarten, die er meistens Mandanten überließ und nur selten selbst nutzte. Morgan war zwar mehr an Fußball als an Basketball interessiert, aber es zeigte sich, dass er auf diese Weise ihre Gedanken gut von Beth ablenken konnte. Für sich selbst konnte er das nicht behaupten. Er bekam nicht viel mit von dem Spiel.

Es endete mit einem Sieg der Sonics und die Fans verließen die Halle in aufgeräumter Stimmung. Gus trug Morgan durch den Trubel, aber sobald sie draußen waren, wollte sie wieder selbst laufen. Er nahm sie an die Hand, während sie sich gemeinsam mit tausend anderen zu dem Parkhaus auf der anderen Straßenseite treiben ließen.

»Das hat Spaß gemacht, Daddy.«

»Ja, das machen wir bald noch mal.«

Ihr Auto stand direkt vor ihnen. Kaum hatte er den Satz beendet, da fiel ihm der Zettel auf der Windschutzscheibe auf. Er schluckte ein paar Flüche in Morgans Gegenwart hinunter und fragte sich, welches schreckliche Vergehen er schon wieder begangen hatte. Zu nahe am Rand geparkt? Vergessen, die Räder gerade auszurichten? Oder sollte er vielleicht vergessen haben, die Fans des gegnerischen Teams zu überfahren?

Er packte Morgan auf den Rücksitz und sah sich den Strafzettel unter dem Scheibenwischer an. Es war alles andere als ein Strafzettel. Es war ein Werbezettel wie von einem Pizzaservice oder Ähnlichem und normalerweise entfernte er so etwas, ohne es zu lesen. Doch dieser Zettel zog plötzlich seine Aufmerksamkeit auf sich. Außen drauf stand sein Name geschrieben. Er faltete den Zettel auf und erstarrte.

Halt dich fern von Meredith Borge. Sonst ende ich genauso wie ihre Tochter.

Ihm sträubten sich die Nackenhaare. Instinktiv blickte er sich im Parkhaus um, als wäre derjenige, der den Zettel angebracht hatte, womöglich so dumm, sich immer noch in der Nähe aufzuhalten und zuzusehen, wie er ihn las. Gus sah nur glückliche Sonics-Fans auf dem Weg zu ihren Autos. Vorsichtig steckte er den Zettel in seine Jackentasche und stieg in den Wagen.

»Was war das, Daddy?«

»Was war was?«

»Das Ding an der Windschutzscheibe.«

Er musste sich zusammenreißen, um eine Antwort zu geben. »Es war ... nichts Besonderes, wirklich.«

»Und warum behältst du es dann?«

»Weil hier kein Mülleimer ist. Wenn wir zu Hause sind, werfe ich es weg.«

»Können wir unterwegs anhalten und ein Eis essen?«

»Heute Abend nicht, Kleines. Wir haben noch Eis im Haus. Daddy muss schnell nach Hause.«

Gus war unsicher, ob er die Polizei verständigen oder lieber seinen Detektiv anrufen sollte. Er musste etwas unternehmen, aber nicht in Morgans Gegenwart. Er fädelte sich aggressiv in den Verkehr ein. Mit ein bisschen Einsatz konnte er es in einer Viertelstunde nach Hause schaffen. Als sie die I-5 entlangjagten, nahm er sich in Gedanken die Mitteilung vor, vor allem den letzten Teil. *Sonst ende ich genauso wie ihre Tochter*. Shirley Borge hatte Selbstmord begangen. Warum sollten seine Gespräche mit Meredith Borge einen weiteren Selbstmord auslösen?

Vielleicht ging es aber genau darum. Vielleicht war Shirleys Tod kein Selbstmord gewesen.

»Daddy, kann ich eine Katze haben?«

Er betrachtete sie im Rückspiegel. Vor einigen Jahren hatte Morgan sich schon einmal eine Katze gewünscht. Die Antwort war nein gewesen. »Wir können keine Katze halten, erinnerst du dich nicht? Deine Mutter ist allergisch.«

»Bist du denn allergisch?«

»Nein.«

»Und Tante Carla?«

»Auch nicht.«

»Warum können wir denn dann jetzt keine Katze haben?«

Sie wollte herausfinden, ob er wirklich daran glaubte, dass ihre Mutter wieder nach Hause kommen würde. Wenn er nicht so abgelenkt gewesen wäre, wenn die ganze beschissene Situation nicht so traurig und dramatisch gewesen wäre, hätte er bestimmt gedacht, was für ein intelligentes Kind sie war.

»Morgan, wenn wir eine Katze haben, müssen wir sie wieder abschaffen, sobald deine Mutter nach Hause kommt.«

Sie war nicht zufrieden. Sie merkte ihm an, dass er ihre List durchschaut hatte.

Das Metalltor am Ende der Auffahrt öffnete sich und der Wagen fuhr vors Haus. Sobald sie eingetreten waren, huschte Morgan in ihr Zimmer. Gus ging zum Telefon.

Das rote Lämpchen am Anrufbeantworter leuchtete. Eine Nachricht. Er spielte sie ab. »Hier ist Meredith Borge. Ein Anruf für Gus Wheatley.«

Es folgte eine lange Pause. Gus ging näher an den Apparat heran, als wollte er sie darin bestärken weiterzusprechen. Schließlich sagte sie: »Wir können uns heute Abend um acht Uhr im Coffeeshop des Red Lion Hotels am Flughafen treffen. Kommen Sie allein. Ich habe kein Interesse daran, mit der Polizei zu reden.«

Wieder herrschte Schweigen, schließlich meldete die digitale Ansage: »Keine weiteren Nachrichten vorhanden.«

Es war eine kryptische Mitteilung, umso unheimlicher, als sie so kurz nach der Nachricht auf der Windschutzscheibe kam. Gus war sich nicht sicher, was er von den beiden halten sollte. Ein bizarrer Zufall? Eine Inszenierung? Er sah auf die Uhr. Kurz vor sechs. Noch Zeit genug, zum Flughafen zu fahren und sie zu treffen.

Mit den Autoschlüsseln in der Hand nahm er den Telefonhörer und rief seinen Detektiv an.

»Dex, wir müssen uns treffen. Irgendwer hat heute Nachmittag eine Mitteilung an meiner Windschutzscheibe hinterlassen. Sie ist unterschrieben mit dem Namen Flora. Aber ich könnte schwören, dass es Beths Handschrift ist.«

55

Die nächtliche Kälte lag über dem Tal, aber Andie war zu benommen, um sie zu empfinden, als Felicia mit ihr zum Haupthaus der Farm ging. Das musste entweder an dem präparierten Camassia-Kuchen liegen oder an ihren Befürchtungen wegen des bevorstehenden Tests. Oder an beidem.

Andie wusste, dass man Lügendetektoren hereinlegen konnte. Das Problem war, dass sie nicht wusste, ob es auch ihr gelingen würde.

Sie gingen zum Hintereingang des Hauses und blieben vor der Kellertür stehen. Das Haus selbst betraten sie nicht. Leuten wie Felicia und natürlich auch Andie war der Zutritt nicht gestattet. So waren nun mal die Regeln, aber auch das konnte ihr nicht das ungute Gefühl nehmen, im Keller des Hauses einem potentiellen Serienmörder ausgeliefert zu sein.

Felicia öffnete die Kellertür. »Er erwartet Sie.«

Es war einer dieser entscheidenden Augenblicke für einen Undercover-Agenten. Sie war noch nicht annähernd lange genug in dieser Rolle, als dass ihr klar gewesen wäre, wann sie sie aufgeben und sich in Sicherheit bringen musste.

»Kommen Sie mit mir?«

Felicia schüttelte den Kopf. »Nur Sie und Steven.«

Andie blickte die dunkle Betontreppe hinunter und sagte dann zu Felicia: »Wünschen Sie mir Glück.«

»Glück gibt es nicht, Kira.«

Ich könnte jetzt aber verdammt welches gebrauchen, dachte Andie. Sie stieg die Treppe hinab. In dem Augenblick, als sie an der untersten Stufe angekommen war, schloss sich die Tür hinter ihr. Völlige Dunkelheit. Sie wartete, bis ihre Augen sich daran gewöhnten, aber da überhaupt kein Licht da war, hätte sie ewig warten können. Ihr Herz raste. Am liebsten wäre sie die Treppe wieder hinaufgerannt, zur Tür. Das Licht ging an.

Steven Blechman stand einen Meter entfernt vor ihr. Sie bekam einen gewaltigen Schrecken.

»Willkommen«, sagte er und hielt ihr die Hand hin.

Sie versuchte sich zusammenzureißen. »Sie haben mir Angst eingejagt.«

»Es gibt keinen Grund, Angst zu haben.«

»Sie haben leicht reden.«

»Stimmt. Angst ist eine menschliche Fessel, die ich schon vor langer Zeit abgelegt habe.«

»Ich glaube nicht, dass ich schon auf Ihrer Stufe angelangt bin.«

»Schon in Ordnung. Sie lernen ja gerade.« Er kam ein bisschen näher und bot ihr noch einmal die Hand an. »Kommen Sie.«

Andie sah ihm in die Augen. Merkwürdig, er hatte keine gelben Augen, die in der Dunkelheit leuchteten. Er sah aus wie ein ganz normaler Mann.

»Wo gehen wir hin?«

»Nirgendwo. Wir bleiben genau hier, wo wir sind.«

»Muss das denn unbedingt hier unten sein? Es ist so kalt.«

»Sie sind nervös«, sagte er mit einem angedeuteten Lächeln.

»Wären Sie das nicht?«

»Natürlich. Jeder ist es.«

»Also hat Felicia Recht gehabt? Sie unterziehen jeden einem Lügendetektor-Test.«

»Auf jeden Fall.«

Andie sah sich um. Das Licht von der Glühbirne, die an der Decke baumelte, war bestenfalls schummrig. Trotzdem ließ sich alles im Keller erkennen. Eine Sumpfpumpe. Zwei alte Fahrräder. Zwei Stühle. Aber nichts, das wie ein Lügendetektor aussah.

»Wo ist denn Ihre Ausrüstung.«

»Meine was?«

»Ihre Lügendetektor-Ausrüstung.«

Er lachte in sich hinein. »Haben Sie geglaubt, ich würde Sie an das ganze technische Zeug anschließen?«

»Ja. Ich kenne sonst keine Art, jemanden einem Lügendetektor-Test zu unterziehen.«

»Ich schon.« Etwas an seiner Reaktion ließ sie frösteln. Er drehte sich um und ging zu einem der Stühle hinter ihm. »Setzen Sie sich mir gegenüber.«

Zögernd kam sie seiner Aufforderung nach. Erst als sie saß, fiel ihr auf, dass ihr Stuhl einige Zentimeter höher war als seiner und sie somit auf gleicher Höhe saßen. Blechman starrte ihr in die Augen. Andie blinzelte.

»Schauen Sie nicht weg«, sagte er.

Sie hielt seinem Blick stand. Es war ein durchdringender Blick, als könne er in sie hineinsehen.

Er hielt ihr die Arme entgegen. »Greifen Sie meine Handgelenke.«

Sie streckte ihre Hände aus und sie fassten sich gegenseitig an den Unterarmen. Beide konnten den Puls des anderen fühlen, die jeweils rechte Hand lag am linken Handgelenk und die linke am rechten. Aber in dem Moment spürte Andie vor allem, wie ihr Herz raste.

»Und jetzt entspannen Sie sich erst einmal«, wies er sie an.

Sie atmete tief ein. Es war völlig in Ordnung, dass sie zitterte. *Kira würde auch zittern.*

»Mache ich Ihnen Angst, Kira?«

»Ja.«

»Warum?«

»Ich weiß nicht.«

»Haben Sie Angst vor dem, was ich Sie fragen könnte?«

»Nein.«

Sein Griff um ihr Handgelenk wurde fester. »Sie lügen.«

»Ich bin einfach ... nervös.«

»Wie alt sind Sie, Kira?«

»Siebenundzwanzig.«

»Wo sind Sie geboren?«

»In Seattle.«

»Erzählen Sie mir von Ihren Eltern.«

»Was wollen Sie wissen?«

»Alles.«

Andie konzentrierte sich. Es war ganz entscheidend, dass sie ihre erfundene Geschichte korrekt wiedergab. Sollte Blechman sie überprüfen, wollte sie sicher sein, dass alles stimmte.

»Meine Mutter hat dreißig Jahre lang an der Highschool unterrichtet. Sie ist pensioniert. Mein Vater hat fast das ganze Leben bei Boeing gearbeitet, bis er vor sechs Jahren starb.«

»Was für eine Beziehung haben Sie zu Ihrer Mutter?«

»Eine normale.«

»Haben Sie eine eigene Wohnung?«

»Nein.«

»Halten Sie es für normal, dass eine Frau mit siebenundzwanzig Jahren immer noch bei ihrer Mutter lebt?«

»Solange man es selbst peinlich findet, glaube ich, ist es normal.«

Er zeigte nicht die Spur eines Lächelns. »Wo wohnt Ihre Mutter?«

»In Tacoma.«

Er stellte eine Reihe von Fragen über die Geschichte und die Lebensgewohnheiten ihrer Mutter. Es würde sich alles überprüfen lassen. Das FBI hatte eine Agentin im Ruhestand dafür gewinnen können, die Rolle von Kiras Mutter zu spielen.

»Lieben Sie sie?«

»Natürlich.«

»Haben Sie Ihren Vater geliebt?«

»Ja.«

»Haben Sie schon mal jemand außer diesen beiden geliebt?«

Jetzt bewegten sie sich außerhalb ihres erfundenen Hintergrunds. Andie dachte an ihren Exverlobten. »Ich würde sagen, nein.«

Er grinste. »Ich würde sagen, ja.«

Andie zuckte zusammen. Blechmans Griff verstärkte sich. »Sie haben erst kürzlich eine Beziehung beendet, stimmt's?«

»Ich war nie verheiratet, wenn Sie das meinen.«

»Eine aufgelöste Verlobung?«

Sie wand sich, verblüfft darüber, dass er darauf gekommen war.

Blechman sagte: »Sie wollen nicht darüber reden, stimmt's?«

»Dazu gibt es nicht viel zu sagen.«

»Dann lassen Sie uns dahin zurückgehen, wo Sie sich sicher fühlen. Haben Sie Geschwister?«

Sie zögerte einen Augenblick. Wieder wurde sie von der wirklichen Welt eingeholt. Die Wahrheit war, dass sie es nicht wusste. Sie gab die FBI-Antwort: »Nein.«

»Sind Sie sicher?«

»Natürlich bin ich sicher. Ich wüsste doch, wenn ich Geschwister hätte.«

»Wurden Sie adoptiert, Kira?«

Seine Menschenkenntnis haute sie um. »Stellen Sie sich manchmal Fragen über Ihre wahren Eltern?«, fuhr er fort.

»Ich weiß nicht, was Sie meinen.«

Er starrte sie intensiver an. »Die grünen Augen sind eine hübsche Tarnung.«

»Sie sind keine Tarnung. Es sind meine.«

»Wie kommt denn ein indianisches Mädchen zu grünen Augen?«

»Wie bitte?«

»Sie sind Halbindianerin, nicht wahr? Ich kann es sehen.«

Das konnte längst nicht jeder, nicht einmal alle Indianer. Aber jetzt, nachdem es raus war, hatte es keinen Sinn, es zu leugnen. »Ja, zur Hälfte.«

»Welche Hälfte? Körper oder Geist?«

»Ich weiß nicht, wie ich das beantworten soll.«

»Von welchem Stamm sind Ihre Vorfahren?«

»Ich weiß es nicht.«

»Sie *sind* adoptiert worden, nicht wahr?«

Plötzlich bedauerte sie, dass sie *ich weiß nicht* gesagt hatte. Sie hätte einfach die Cherokee nennen sollen oder einen von den anderen Stämmen, über die man nicht so viel wusste, einen, den Blechman nie hätte verifizieren können. Seinen eigenen Stamm nicht zu kennen, konnte nur bedeuten, dass man adoptiert worden war. »Ja, ich bin adoptiert worden.«

Er schien leicht zu lächeln, überzeugt, auf der richtigen Fährte zu sein. »Wenn ich raten müsste, würde ich sagen, Sie sind eine Yakama.«

»Warum?«

»Das Wort Yakama bedeutet davonlaufen. Sind Sie davongelaufen?«

»Nein.«

»Sie laufen vor etwas davon, Kira. Sagen Sie mir, was es ist.«

»Ich weiß wirklich nicht, wovon Sie reden.«

»Laufen Sie vor etwas davon, das Sie in Ihrer Vergangenheit versteckt haben? Oder laufen Sie vor der Tatsache davon, dass Sie Ihre Vergangenheit tatsächlich *nicht kennen*?«

»Die Vergangenheit ist die Vergangenheit.«

»Nein, Kira. Solange man nicht die menschliche Ebene hinter sich gelassen hat, wird man von seiner Vergangenheit definiert. Sie ist das, was man ist.«

Er sah ihr tief in die Augen. »Wer *sind* Sie, Kira?«

»Was – was meinen Sie damit?«

»Sie sind nicht, wer Sie vorgeben zu sein. Sagen Sie mir, wer Sie sind. Wer Sie *wirklich* sind.«

Andie bekam es jetzt richtig mit der Angst zu tun. Entweder er wusste, dass ihre Identität erfunden war, oder er war zumindest kurz davor, es herauszufinden. Sie riss sich von ihm los und sprang von ihrem Stuhl auf, bereit, um ihr Leben zu laufen.

»Halt!«, schrie er. Andie fuhr herum, bereit, sich zu verteidigen.

»Es ist okay«, sagte Blechman.

Etwas in ihr sagte, lauf los, aber sie unterdrückte den Impuls. Noch war ihre Tarnung nicht völlig aufgeflogen. Das vermutete sie zumindest.

Seine Stimme und sein Benehmen wirkten nicht bedrohlich. »Kira, viele meiner ergebensten Anhänger haben mich anfänglich über ihre Vergangenheit belogen. Manche waren einfach unfähig, frei über Beziehungen, in denen sie missbraucht worden waren, zu reden. Andere befürchteten, ich würde sie zurückweisen, wenn ihr früheres Leben mit Kriminalität, Drogenmissbrauch, sexuellen Ausschweifungen oder Ähnlichem ans Licht kommen würde.«

Sie fühlte sich erleichtert. Er hatte nicht einmal den Verdacht, dass sie beim FBI war. Er hielt sie offenbar für ein armes Würstchen mit einer wechselhaften Geschichte. »Es tut mir Leid, dass ich Sie belogen habe.«

»Es tut mir Leid, dass Sie sich unbehaglich gefühlt haben. Aber wenn Sie sich auf diesen Weg begeben wollen, müssen Sie mit der Vergangenheit brechen. Und um mit der Vergangenheit zu brechen, müssen Sie sich Ihren Dämonen stellen.«

»Das ist das, was ich will.«

»Gut. Und fürchten Sie sich nicht. Auf diesem Weg sind Sie nicht allein. Felicia wird Ihnen helfen. Ich werde Ihnen helfen. Und wenn Sie sich von einer Stufe auf die nächste bewegen, werden Sie andere finden, die Ihnen dabei behilflich sind, die menschlichen Eigenschaften, die Sie quälen, zu überwinden.«

»Ich werde nicht wirklich von etwas gequält.«

»Doch, das werden Sie. Deshalb sind Sie ja hier. Nur wenn Sie sich von diesen Schwingungen der Vergangenheit lösen, können Sie auf der nächsten Stufe schwingen. Wollen Sie die nächste Stufe erreichen?«

»Ja. Natürlich.«

»Dann machen Sie das zu Ihrem einzigen Ziel für die Zeit, die Ihnen noch auf der Erde bleibt. Nicht ein besserer Mensch zu werden, wie es Ihnen Ihre Eltern und Lehrer beigebracht haben. Sondern mehr zu werden als ein Mensch. Solange man lediglich Mensch ist, spielt es keine Rolle, ob man Prostituierte oder Wissenschaftler, ein Minister oder ein Mörder ist.«

Bei dem Wort Mörder zuckte sie innerlich zusammen. »Ich verstehe.«

Er erhob sich und ging auf sie zu. Andie wich einen Schritt zurück, aber er griff plötzlich nach ihr. Sie erstarrte vor Angst, aber es war nur eine herzliche Umarmung. Er hielt sie fast eine Minute in den Armen, dann flüsterte er leise: »Sie heißen jetzt Willow und Sie gehören zu uns.«

56

Gus ließ sich bei der Verabredung mit Meredith Borge von seinem Detektiv beschatten, der für alle Fälle bewaffnet war. Obwohl es illegal war, ihre Unterhaltung ohne Einwilligung von Meredith aufzuzeichnen, stattete Dex ihn mit einem Aufnahmegerät aus. Man konnte nicht wissen, welche Wendung diese Geschichte nehmen würde. Er wollte alles auf Band haben.

Der Coffeeshop war nahezu leer, nur zwei Männer standen am Tresen und an einem Ecktisch schlang eine fünfköpfige Familie bergeweise Spaghetti in sich hinein. Meredith saß allein in einer Nische neben der Kuchentheke. Gus kam, wie gewünscht, um Punkt acht Uhr an.

»Ich habe Ihren Anruf erhalten«, sagte er zur Begrüßung.

Sie sah von ihrem Kaffee auf und blickte aus den Augenwinkeln zur Tür, als wollte sie überprüfen, dass ihm niemand folgte. »Nehmen Sie Platz.«

Die Kellnerin goss ihm Kaffee ein und schenkte ihr noch frischen nach. Nachdem sie weg war, fragte Gus: »Woher der Sinneswandel?«

»Warum waren Sie so dumm, am helllichten Tage an meiner Tür zu erscheinen?«

Gus wusste nicht recht, wie er darauf reagieren sollte, aber in Anbetracht der Mitteilung, die am Nachmittag an der Windschutzscheibe klemmte, erschien ihm die Frage vernünftig. »Ich glaube, darüber habe ich gar nicht nachgedacht.«

»Das halte ich für eine ziemlich gefährliche Verhaltensweise.«

»Mir sind Gefahren nicht fremd. Zumindest in letzter Zeit nicht.«

»Ich bin über Ihre Situation gut informiert.«

Er fragte sich, ob das auch die Anschuldigungen wegen Misshandlung der Ehefrau einschloss. »Glauben Sie nicht alles, was in der Zeitung steht oder was im Fernsehen berichtet wird.«

»Das tue ich nicht. Aber meine Tochter war eine sehr zuverlässige Quelle.«

Gus setzte die Tasse wieder ab. »Shirley hat gesagt, sie wüsste nicht mal, ob Sie überhaupt noch leben.«

»Wir hatten sehr lange nicht miteinander gesprochen. Das stimmt.«

»Sie meinen, nachdem sie den Plan gefasst hatte, Sie zu töten?«

Sie war überrascht, dass er davon wusste. »Ja, das hatte einen Bruch in unserer Beziehung zur Folge.«

»Und wann haben Sie das überwunden?«

»Als sie mich anrief und mir erzählte, Sie würden ihr eine viertel Million Dollar zahlen.«

»Wenn sie mir geholfen hätte, meine Frau zu finden.«

»Genau aus diesem Grund hat sie mich angerufen.«

»Ich verstehe nicht.«

Sie lächelte ironisch. »Shirley war ohne meine Hilfe gar nicht in der Lage, sie zu finden.«

»Wissen Sie denn, wo meine Frau ist?«

»Nein.«

»Hören Sie auf, Spielchen mit mir zu spielen.«

»Es ist kein Spielchen. Es ist eine Theorie. Shirleys Theorie, um genau zu sein. Aber sie konnte sie nicht ohne mich beweisen. Ich weiß, was Sie wissen müssen.«

Gus ging das gezierte Gerede auf die Nerven. »Reden Sie von der Sekte?«

»Alle Achtung, Sie haben offenbar Ihre Hausaufgaben gemacht.«

»Was wissen Sie darüber?«

»Sie meinen die im Yakima Valley, stimmt's? Die auf den zehn Morgen Land mit dem alten weißen Farmhaus, der großen Scheune, mit Apfel- und Aprikosenplantagen? Mit dem Hühnergehege hinten auf dem Grundstück?«

»Entweder Sie binden mir hier einen Bären auf oder Sie waren dort.«

»Ich habe dort *gelebt.*«

»Wann?«

»Lange bevor Ihre Frau begonnen hat, Ladendiebstähle zu begehen und Kleider an den *Second Chance*-Laden zu spenden.«

»Sind Sie immer noch ... dabei?«

»Nein. Das ist Jahre her. Damals war das noch eine ziemlich positive Umgebung. Als Blechman die Führung übernommen hat, bin ich ausgeschieden.«

»Blechman?«

»Ein jüngerer Bursche. Sehr ehrgeizig. Glaubt, er hätte das Denken der Sekte erfunden, aber er ist bloß ein Egomane mit einer Kanzel.«

»Wie meinen Sie das?«

»Er hat ein Manuskript geschrieben, von dem er glaubte, es würde sich fünfzig Millionen Mal verkaufen und zwei Jahre lang auf der Bestsellerliste der *New York Times* stehen. Mehr als tausend Seiten. Ich bin ganz sicher, dass jeder Verleger auf der Welt ihn abgewiesen hat. Nicht dass es keinen Markt für dieses platte Bekehrungszeug gäbe. Man sieht ja seit einiger Zeit all diese Bücher, die auf der Welle von Spiritualismus und Erleuchtung außerhalb der konventionellen Religionen schwimmen. Auf jeden Fall hat sich Blechman ausgerechnet, er könnte die Geschichte weiter ausbauen. Eine eigene Wochenzeitung, CD-Roms, Tonbänder und sogar seine eigene weltweite Fernsehshow. Bisher ist allerdings seine Farm der einzige Ort, an dem sich seine Philosophie durchgesetzt hat.«

»Was ist das für eine Philosophie?«

»Kann ich nicht sagen. Ich habe das Buch nie gelesen.«

»Ich könnte mir aber vorstellen, dass Sie einige Einblicke bekommen haben, wenn Sie so viel Zeit auf der Farm verbracht haben.«

»Könnte man annehmen«, erwiderte sie vage.

»Wie lautet der Titel des Buchs?«

»Seines *Manuskripts*. Es gibt kein Buch. Er nennt es ›Die Echos‹.«

»Die Echos? Was soll das bedeuten?«

»Vielleicht lesen Sie es und finden es heraus.«

»Können Sie mir eine Kopie besorgen?«

»Sicher. Ich verkaufe Ihnen eine. Und zwar für einen Bruchteil von dem, was Sie Shirley angeboten haben. Fünfundzwanzigtausend.«

»Für ein beschissenes unveröffentlichtes Manuskript?«

»Wollen Sie Ihre Frau finden oder nicht?«

»Wollen Sie behaupten, dass in dem Buch steht, wo meine Frau ist?«

Sie setzte wieder das verschlagene Lächeln auf. »Ich kann mir vorstellen, dass es Ihnen alles erklärt.«

»Warum sollte ich das glauben?«

»Was denken Sie, warum meine Tochter ermordet wurde?«

»Der Tod Ihrer Tochter war Selbstmord, kein Mord.«

»Und warum hat man dann keinen Hocker oder Stuhl oder so was bei ihr gefunden? Wie hat sie sich denn allein da oben an der Decke aufgehängt?«

»Darüber weiß ich nichts.«

»Sie haben Shirley kennen gelernt. Glauben Sie etwa, die hätte sich aufgehängt?«

Gus antwortete nicht, aber was die Frau sagte, ergab einen Sinn.

Sie beugte sich zu ihm vor, legte die Unterarme auf den Tisch und sagte leise: »Diese Sekte ist ein verdammter Oktopus. Ihre Arme reichen überall hinein. In Gefängnisse. In Secondhandläden. Selbst in perfekte kleine Wohnviertel wie Ihres.«

Gus erwiderte ihren Blick. »Wie bald kann ich dieses Manuskript bekommen?«

»Sobald Sie mir das Geld besorgen.«

»Morgen.«

»Ich werde Sie anrufen«, erwiderte sie. »Rufen Sie nicht an. Kommen Sie nicht zu mir nach Hause. Und wagen Sie es nicht, irgendwem davon zu erzählen, dass wir miteinander gesprochen haben. Ich möchte nicht wie meine Tochter enden. Verstehen Sie, was ich meine?«

»Ja«, gab Gus zurück, »so allmählich.«

Sie brachen getrennt auf, zuerst Meredith, dann Gus ein paar Minuten später. Gus rief seinen Detektiv aus dem Auto an. »Haben Sie es gehört?«

»Ja«, sagte Dex. Sein Wagen stand nur einen Block weiter. »Die Verkabelung hat perfekt funktioniert.«

»Was denken Sie?«

»Ich denke, jemand hat Sie beobachtet.«

»Wie bitte?«

»Ich hatte den grünen Mercury auf der anderen Straßenseite des Hotels im Blick. Der stand da während der ganzen Zeit, als Sie mit Meredith gesprochen haben, und fuhr zur gleichen Zeit los wie Sie. Könnte das FBI gewesen sein. Könnte aber auch jemand anderes gewesen sein.«

Gus schaute in den Rückspiegel. Mehrere Scheinwerferpaare waren auf den drei Spuren hinter ihm, aber in der Dunkelheit war es unmöglich auszumachen, ob davon welche zu einem grünen Mercury gehörten. »Was glauben Sie, sind die mir gefolgt oder Meredith?«

»Kommt darauf an, wer *die* sind. Und ob Meredith immer noch zu ihnen gehört.«

»Das heißt, sie könnte immer noch zu der Sekte gehören?«

»Denken Sie noch einmal an ihre letzten Worte: ›Ich möchte nicht so enden wie meine Tochter.‹ Interessanter Zufall, dass sie fast dieselben Worte gebraucht hat, die auf dem Zettel an Ihrem Auto standen.«

Gus hielt an der Ampel. »Ich glaube nicht, dass sie noch bei der Sekte ist, Dex. Sie konnten ja nur mithören, was sie gesagt hat, aber ich habe die Wut in ihren Augen gesehen. Sie hasst diesen Blechman. Das merkte man schon allein daran, wie sie seine Schriften ins Lächerliche gezogen und betont hat, es wäre gar kein Buch, sondern lediglich ein beschissenes Manuskript. Wenn Sie mich fragen, hat sie sogar ihrer Tochter verziehen, dass sie sie töten wollte. Ich glaube, sie macht die Sekte dafür verantwortlich.«

»Das sind alles Vermutungen«, gab Dex zu bedenken.

»Ich glaube nicht, dass sie so weit hergeholt sind. Vor allem die Frage, ob der Tod ihrer Tochter nicht eher auf Mord als auf Selbstmord zurückzuführen ist.«

»Da stimme ich Ihnen zu.«

»Gut. Wenn Shirley getötet wurde, dann könnte das auch die Mitteilung auf meiner Windschutzscheibe erklären.«

»Wie das?«

»Es ist Beths Handschrift, also können wir davon ausgehen, dass sie es geschrieben hat. Es war eine Warnung. Sollte ich mit Meredith Borge sprechen, wird sie auch so enden wie Shirley. Das ergibt keinen Sinn, wenn Shirley Selbstmord begangen hat. Aber es ergibt sehr wohl einen Sinn, wenn Shirley ermordet wurde.«

»Ich würde Ihnen zustimmen, wenn Beth die Nachricht mit ihrem eigenen Namen unterschrieben hätte. Aber sie hat mit ›Flora‹ unterschrieben. Das hört sich für mich wie ein Sektenname an.«

»Genau darauf will ich hinaus. Irgendjemand von der Sekte hat Beth gezwungen, den Brief zu schreiben. Das ist eine Drohung an mich in der Handschrift meiner Frau. Sollte ich mit Meredith reden, wird Beth getötet. Das heißt, sie halten sie gegen ihren Willen fest.«

»Oder es heißt, Beth ist froh, Flora zu sein und ein neues

Leben bei der Sekte zu führen, und sie möchte, dass Sie sie in Ruhe lassen. Denn wenn ihr Ehemann weiterhin dort herumschnüffelt, muss sie befürchten, dass die Sekte zu der Auffassung gelangt, sie sei den ganzen Ärger nicht wert.«

»Meine Theorie gefällt mir besser.«

»Da wäre ich mir nicht so sicher«, erwiderte Dex. »Wenn Sie Recht haben, werden sie sie töten, sobald sie herausfinden, dass Sie mit Meredith gesprochen haben.«

Die Ampel sprang auf Grün. Gus nahm die Auffahrt zur Schnellstraße. »Wenn ich Recht habe, ist sie so gut wie tot, wenn ich *nicht* mit Meredith rede.«

57

In dem alten Farmgebäude war es tagsüber ruhig, nachts aber totenstill. Ab und zu knarrte eine Bodendiele im Flur vor der Schlafzimmertür. Manchmal vernahm man das Rauschen von Wasser in den alten Leitungen. Und die Heizung ratterte gegen die Kälte an. Für Beth Wheatley waren das die vertrauten Geräusche der Nacht.

Das und der Videorekorder um Mitternacht.

Sie regte sich nicht unter ihrer Bettdecke. Sie lag auf dem Doppelbett in der Ecke des fensterlosen Zimmers mit dem Rücken zur Tür und mit dem Gesicht zur Wand. Das einzige Licht kam vom Fernsehbildschirm. Es dauerte gerade einmal zwanzig Minuten. Wie jede Nacht. Um dieselbe Zeit. Seit zwei Wochen. Dies war ein stilles nächtliches Ritual – und heute Nacht war keine Ausnahme.

Das Schloss klapperte und die Tür wurde geöffnet. Ein wenig Licht drang vom Flur in das Zimmer. Beth rührte sich nicht. Die Tür wurde geschlossen und es war wieder dunkel.

Schwere Stiefel polterten über den Holzboden, dann machten sie Halt. Sie fühlte sich beobachtet, als stünde jemand über ihr. Ihr Herz raste, aber sie wagte nicht, sich zu rühren. Nach einer endlosen Minute spürte sie, wie der Besucher sich langsam vom Bett entfernte und in dem Sessel vor dem Fernseher Platz nahm.

Wie auf ein Stichwort hin wurde der Fernseher angeschaltet.

Zwanzig Minuten lang lauschte Beth in der Dunkelheit auf der Seite liegend, den Rücken dem Fernseher und dem nächtlichen Besucher zugewandt. Nach vierzehn Nächten kannte sie das Band in- und auswendig. Sie hatte sich gezwungen, auch nicht einen einzigen verstohlenen Blick auf den Bildschirm zu werfen. Sie hatte sich auch bemüht, nicht hinzuhören, aber das war unmöglich. Es war eine Art aufgezeichnetes Gespräch. Ein Mann und eine sehr verängstigte Frau. Der Mann sprach wie ein Psychiater in einem gleichmäßigen professionellen Tonfall, während die Frau ihre Geschichte wie einen Alptraum darlegte, eine Geschichte von Folter und einem phallischen Messer, die jede Nacht mit demselben fürchterlichen Crescendo endete.

»Er zog das Messer wieder aus meinem Mund. Ganz schnell. Es schnitt mich wie eine Rasierklinge.«

»Und dann?«

»Er fragte mich: ›Gefällt dir das Messer?‹«

»Haben Sie geantwortet?«

»Nein. Deshalb schrie er mich an: ›Gefällt dir das Messer?‹«

»Haben Sie dieses Mal geantwortet?«

»Ich schüttelte nur den Kopf. Dann schrie er noch einmal. ›Sag es laut! Sag, dass das Messer dir nicht gefällt!‹ Das tat ich. Ich schrie zurück. Wieder und wieder musste ich es schreien – ›das Messer gefällt mir nicht!‹«

»Und dann?«

»Er flüsterte mir ins Ohr.«

»Was sagte er?«

»›Beim nächsten Mal wirst du froh sein, wenn es nicht das Messer ist.‹«

Beth krampfte sich unter ihrer Decke zusammen. Die Erfahrung hatte sie gelehrt, dass das Ende des Bands erst den schlimmsten Teil auslöste. Das hemmungslose Stöhnen. Den Höhepunkt und die Entspannung. Heute Nacht, wie auch in den Nächten zuvor, erfüllte dieses tiefe, gutturale Geräusch das Zimmer. Sie musste gar nicht erst unter der Decke hervorlugen, um zu wissen, was passierte. Die unmissverständlichen Geräusche ließen keinen Zweifel daran, welche perverse Fantasie sich in dem Sessel neben ihr austobte. Eins hörte sie auf jeden Fall deutlich. Der Eindringling war ein Mann.

Der Fernseher wurde abgeschaltet. Der Sessel quietschte. Die Stiefel des Eindringlings schlurften über den Boden. Die Tür öffnete sich und schloss sich wieder hinter ihm. Von außen wurde wieder abgeschlossen.

Sie war wieder allein in völliger Dunkelheit.

Andie schlief kaum in dieser Nacht. Sie lag wach, beunruhigt davon, mit welcher Leichtigkeit Blechman so private Dinge wie ihre Adoption und ihre gelöste Verlobung herausgefunden hatte. War es möglich, dass er irgendeine Art Begabung für so etwas hatte? Sie hatte von solchen Leuten gehört, obwohl es ihr genauso wahrscheinlich erschien, dass er sein Spiel mit ihr getrieben hatte und längst wusste, dass sie eine Undercover-Agentin war. Andererseits mussten sich praktisch alle seine Anhänger von fehlgeschlagenen Beziehungen und irgendwelchen familiären Problemen erholen. Ein erfahrener Handleser hätte es wahrscheinlich genauso gut gekonnt wie er.

Um fünf in der Früh klopfte es an der Tür. Felicia öffnete wortlos, als hätte sie damit gerechnet. Ein Mann trat ein. Andies Augen gewöhnten sich langsam an die Dunkelheit. Es war nicht Blechman. Es war Tom, der andere Feldwebel, der auf der Veranstaltung am Dienstagabend gemeinsam mit Felicia geredet hatte – der Mann, dessen Stimmabdruck identisch mit ihrem war.

»Wir gehen, Willow.« Andie brauchte einen Augenblick, bis sie begriff, dass er mit ihr sprach. Andie alias Kira war jetzt Willow.

»Wohin gehen wir?«

»Ziehen Sie sich an, wir gehen.«

Sie hatte nur ein Nachthemd und knappe Sportshorts an. Tom sah ihr verstohlen nach, als sie ins Bad ging. Der Blick war lüstern, wie man ihn von diesen einsamen Fünfzigjährigen kannte, die einmal alle zehn Jahre geküsst werden und die in einem Van herumfahren mit einem dieser Aufkleber auf der Stoßstange: DAS FANGEN VON FLIEGEN UND **VÖGELN IM AUTO** IST **VERBOTEN**.

Du könntest dich auch ein bisschen mehr anstrengen, dich von so irdischen Gelüsten frei zu machen, du Arsch.

Fünf Minuten später waren sie draußen. Felicia blieb im Haus zurück.

Es war noch mehr als eine Stunde bis zum Sonnenaufgang. Die Erde war feucht von den Nebelschwaden. Ihre Stiefel machten ein fauchendes Geräusch, als sie durch das knöchelhohe Wiesengras stapften. In sicherer Entfernung zum Haus angelangt, blieb Tom stehen und zündete sich eine Zigarette an.

»Ist hier Rauchen erlaubt?«, fragte Andie.

»Haben Sie ein Problem damit?«

»Es scheint mir eins dieser verbotenen Laster zu sein.«

»Gebot Nummer eins, Willow: Du sollst nicht über deine Vorgesetzten richten.«

Interessant, dachte Andie. Ein Raucher. Und ein Spanner dazu. Und dennoch war sein Stimmabdruck praktisch identisch mit dem von Felicia. Entweder war er ein Jünger mit kleinen Schwächen oder ein Nicht-Jünger mit unglaublichen schauspielerischen Fähigkeiten. Wie dem auch sein mochte, Andie nahm sich vor, es herauszufinden.

Sie gingen schließlich weiter über einen Hügel zu einem Hühnergehege, wo sie von dem Ammoniak-Gestank von Hühnerexkrementen und vom unablässigen Piepsen hunderter Küken begrüßt wurden. Wie Ameisen kletterten sie übereinander her auf dem Weg zu den Futterstellen und Wassernäpfen, die gleichmäßig im Gehege verteilt waren. Kleine gelbe Flauschbällchen, ein niedlicher Anblick, wo man auch hinsah. Andie fühlte sich an Ostern erinnert, bis sie näher hinsah. Einige lagen tot auf dem Boden. Die Schwächeren taumelten umher, zu ängstlich, um einen ernsthaften Versuch zu unternehmen, an das Fressen zu gelangen.

»Heben Sie die toten Tiere auf«, wies Tom sie an. »Legen Sie sie in den Eimer.«

Andie nahm den Eimer, betrat das Gehege und sah sich vor, nicht auf die lebenden Küken zu treten. Bei jedem Schritt verscheuchte sie ganze Pulks der Tierchen. Alle Meter fand sie ein totes Tier. Sie empfand eine Mischung aus Mitleid und Ekel, besonders für diejenigen, die zerfleddert und ihren gierigen Artgenossen zum Opfer gefallen waren. Der einzelne Kadaver wog praktisch nichts, dennoch war ihr Eimer bald schwer. Sie brauchte nur einige Minuten, dann kehrte sie wieder zu Tom zurück.

Er nahm den Eimer entgegen und reichte ihr einen weiteren. »Und jetzt nehmen Sie die Schwachen.«

»In einen Eimer?«

»Ja. So wie ich es mache.« Er griff sich ein Küken, das am Rande herumtaumelte. Es piepste Mitleid erregend in seiner

Hand. Mit einem kurzen Ruck brachte er es zum Schweigen und warf es in den Eimer.

Andie hatte während ihrer Laufbahn schon Schlimmeres erlebt, aber Tom schien von Willow einigen Widerwillen zu erwarten. Offensichtlich glaubte er, er könnte sie beeindrucken. Sie spielte mit. »Ich kann keine unschuldigen Küken töten.«

»Doch, das können Sie.«

»Aber ich möchte es nicht.«

»Es ist Ihre Aufgabe, Willow.«

»Aber Sie machen es so gut.«

»Mit ein wenig Übung werden Sie es ganz genauso gut machen.« Er zwinkerte ihr zu.

Es war nicht ganz einfach, mit einem offenkundigen Versager zu flirten, aber es schien ihr eine Möglichkeit zu sein, die Tür zu öffnen. »Ich kann mir vorstellen, dass es einem Burschen wie Ihnen von Natur aus leicht fällt, Vögelchen aufzusammeln.«

»Das war in meinem früheren Leben«, sagte er kokett lächelnd.

»Sie waren sicherlich ein ziemlicher Herzensbrecher, was?«

»Hmmm, ich hab meinen Spaß gehabt.«

»Und jetzt leben Sie ... enthaltsam?«

Er machte schnell einen Rückzieher. »Felicia wird mit Ihnen darüber reden.«

»Ich hatte einfach nur angenommen, dass das mit dazugehört. Bei all den Reden darüber, dass man sich der irdischen Gelüste entwöhnen sollte. Damit ist doch Sex genauso gemeint wie Kabelfernsehen und Eiskrem.«

Ihm war sichtlich unbehaglich. Andie fragte: »Mache ich Sie nervös?«

»Es ist einfach so, dass Männer und Frauen solche Gespräche nicht miteinander führen sollen. Felicia wird mit Ihnen darüber sprechen.«

»Schade. Irgendwie habe ich mich dabei wohl gefühlt, mit Ihnen zu reden.«

Das schien ihn zu freuen. »Wirklich?«

»Ja. Sie wissen, wie Sie jemanden dazu bringen können, sich wohl zu fühlen, stimmt's?«

»Äh ... sicher.«

»Aber nichts für ungut, wenn es Ihnen unangenehm ist, dann gehen wir doch wieder dazu über, kleinen Küken den Hals umzudrehen.«

»Nein, ich wollte Sie nicht abweisen.«

»Das will ich auch nicht hoffen«, erwiderte Andie. »Es wäre nett, einen Freund zu haben.«

»Ich glaube nicht, dass die Gebote das untersagen.«

Sie warf einen kurzen Blick auf seine Zigarette. »Es ist ja schließlich nicht so, dass die Gebote in Stein gemeißelt wären.«

»Rauchen ist nur ein minderer Verstoß«, rechtfertigte er sich. »Aber ernsthaftere Sachen können schon dazu führen, dass man rausgeschmissen wird.«

»Was denn zum Beispiel?«

»Zum Beispiel ... Sex.«

»Was ist daran so schlimm?«

»Dass Sex nicht nur die Energie erschöpft, sondern einen weiter von der Quelle entfernt. Das ist das ganze Problem mit der Befriedigung der weltlichen Bedürfnisse.«

»Also ist dieses ganze Glaubenssystem auf Abstinenz aufgebaut?«

»Nein. Auf Erfüllung. Aber man erreicht sie auf ganz anderem Wege, als man es sonst erlebt hat.«

»Wenn es so erfüllend ist, warum macht Ihnen dann so etwas wie Rauchen noch Spaß?«

»Weil ich mich immer noch auf der menschlichen Ebene befinde. Um ehrlich zu sein, es macht mir gar nicht so viel Vergnügen. Ich tue es einfach. Genauso ist das mit den anderen Dingen, die uns an diese Welt binden. Das ist der Eckpfeiler der Philosophie von Mr Blechman. Er lehrt uns, dass unsere Gefühle, unsere Impulse, unsere Bedürfnisse wie – ein Echo sind.«

»Wie ein Echo?«

»Ja. Jede Erfahrung ist beim ersten Mal am intensivsten und befriedigt uns am meisten. Jede folgende Erfahrung ist nur noch Wiederholung, wird schwächer und schwächer, wie ein Echo, bis wir die Verbindung zur Quelle der Energie, die uns zuerst dazu inspiriert hat, etwas Neues auszuprobieren, völlig verloren haben.«

»Ich möchte ja nicht, dass Sie mein Denken für eindimensional halten, aber ich würde nicht sagen, dass mein erster Sex auch der beste war, den ich je hatte.«

»Lassen Sie Sex mal beiseite, tun Sie mir bitte den Gefallen, ja? Denken Sie an das erste Mal, als Sie das Meer gesehen haben. Das erste Mal, als Sie mit dem Fahrrad gefahren sind. Das erste Mal, als Sie in einem Flugzeug geflogen sind.«

»Das erste Mal, als Sie getötet haben?«

Er war völlig überrascht.

»Ich meine so ein Küken.«

»Dabei funktioniert es auch. Alles, was einem einen Energieschub versetzt und die Ebene der Schwingungen verändert. Nach einiger Zeit stumpft man einfach ab. Aber wir machen es dennoch weiter, in der Hoffnung, noch einmal einen Schimmer der Erregung zu verspüren, die man beim ersten Mal gespürt hat.«

»Werden Sie vom Töten erregt?«

»Ich habe nicht Erregung gesagt.«

»Tut mir Leid, ich dachte, doch.«

Er war wieder nervös und saugte an der Zigarette, obwohl sie schon bis zum Filter heruntergebrannt war. »Alles, was ich sage, ist, dass wir nicht unsere Energie mit Wiederholungen vergeuden sollten. Wir sollten unsere Energie umleiten.«

»Zur Quelle?«, fragte Andie.

»Ja.« Er trat die Zigarette aus. »Aber wir dürften diese Diskussion eigentlich nicht führen. Ich greife Ihrem Programm schon viel zu weit vor. Sie wissen erheblich mehr, als jemand auf Ihrer Stufe wissen sollte.«

Viel mehr, dachte sie.

Ein Wolkenband riss am Horizont auf. Goldene Strahlen der Morgensonne brachen durch den Lattenzaun des Hühnergeheges. Als Tom in die aufgehende Sonne sah, musterte Andie sein Profil. Sie konnte es nicht richtig einordnen, aber es kam ihr merkwürdig vertraut vor. Als er ihren Blick bemerkte, wandte sie sich ab.

Andie nahm ihren Eimer wieder in die Hand, setzte ihre Arbeit fort und beobachtete dabei aus dem Augenwinkel, wie Tom sich systematisch vorwärts bewegte und die schwächlichen Küken ausmerzte.

58

Die Sonne war noch nicht aufgegangen. Gus befand sich wieder in Beths Teil des Wandschranks. Seit er ihre Diebesbeute entdeckt hatte, fragte er sich, ob sich dort vielleicht noch andere Hinweise auf Beths Aufenthaltsort finden ließen. Während der letzten beiden Wochen hatte er den Schmuck, die Fotos, Erinnerungsstücke und tausende anderer kleiner Sachen durchgesehen, die in all den Schubladen und Schachteln verstaut waren. Nachdem er manches zum dritten oder vierten Mal unter die Lupe genommen hatte, wurde ihm bewusst, dass es ihm weniger um die Jagd nach Hinweisen ging als vielmehr darum, wieder eine Verbindung zu Beth herzustellen. Das war sein einziger Halt in manch schlafloser Nacht.

Heute Nacht war er konzentrierter. Etwas an dem Brief von Martha Goldstein hatte Erinnerungen wachgerufen. Es war mehr das Papier gewesen als der Inhalt des Briefes. Der ungewöhnlich hohe Leinengehalt ihres privaten Briefpapiers ließ den malvenfarbenen Pastellton marmoriert erscheinen. Irgendwo hatte er das schon einmal gesehen. Erst nachdem er einige Stunden lang wach gelegen hatte, fiel es ihm wieder ein.

Beth hatte in ihren Schränken eine Schublade mit Ramsch, der irgendwie mit seiner Arbeit zu tun hatte. Er hatte sie nur flüchtig durchsucht und sich überhaupt nicht vorstellen können, dass sie irgendetwas Wichtiges enthielt. Diesmal jedoch untersuchte er die Schublade näher, seine Meinung änderte sich rapide. Hinter alten Programmen früherer Firmenbankette klemmte ein malvenfarbener Briefumschlag. Am Datum des Poststempels ließ sich erkennen, dass der Brief über ein Jahr alt war. Weder auf dem Umschlag noch auf dem Briefpapier selbst war ein Absender angegeben. Jemand hatte auf einem dieser leeren zusätzlichen Blätter, die in jeder Schachtel gravierten Briefpapiers enthalten waren, einen anonymen Brief geschrieben. Es war ein nicht unterschriebener Brief an Beth – in derselben Handschrift und auf dem gleichen malvenfarbenen Briefpapier wie der Brief von Martha Goldstein, den Gus am Vortag erhalten hatte.

Er las angespannt und beim zweiten Absatz wurde er richtig wütend. *»Es spielt keine Rolle, wer ich bin«*, stand da, *»wichtig ist nur, dass Ihr Mann sich mir hingegeben hat. Es ist an der Zeit, dass Sie der Wahrheit ins Gesicht sehen.«*

Verblüfft hielt er inne. Sie hatte ihre Worte sorgfältig gewählt, »sich mir hingegeben hat«. Es passte genau in Marthas Sicht von ihnen beiden als Seelenverwandten. Die Implikation jedoch – und damit die beabsichtigte Botschaft an Beth – war, dass Gus Sex mit einer anderen Frau hatte. Das ganze Täuschungsmanöver war typisch für Martha. Der Brief war nicht unterzeichnet, was bedeutete, Beth hätte Gus zur Rede stellen müssen, um zu erfahren, wer ihn geschrieben hatte. Daraufhin hätte er an Marthas Handschrift erkannt, von wem der Brief stammte. Indem Martha ihn auf diese Weise zwang, seiner Frau zu sagen, wer die »anonyme« Briefschreiberin war, würde sie den Brief in Beths Augen nur noch glaubhafter erscheinen lassen.

Irgendwie war Beth von selbst darauf gekommen, dass der Brief von Martha sein musste, da sie ihn in die Schublade mit dem Firmenzeugs gesteckt hatte. Beth hatte Gus gegenüber nie ein Wort darüber verloren. Sie hatte das alles in sich hineingefressen. Jetzt begriff er endlich, warum Beth so eine paranoide Eifersucht auf Martha entwickelt hatte.

Ein Geräusch schreckte ihn auf. In der Dunkelheit vor der Dämmerung pfiff der Wind durch die Äste vor dem Schlafzimmerfenster. Die Uhr tickte im Flur. Ansonsten war alles ruhig.

Er dachte sofort an Dex' Befürchtung, dass ihm am Abend zuvor jemand zum Red Lion Hotel gefolgt sein könnte.

Leise trat er aus dem Wandschrank und untersuchte die Alarmanlage an der Wand. Sie war eingeschaltet, aber es gab kein Anzeichen, dass jemand eingedrungen war. Er verließ das Schlafzimmer und spähte in den Flur. Alles war still. Er ging langsam zur Eingangstür und lugte durch das Facettenglas. Der Wagen stand noch in der Einfahrt. Niemand huschte über den Rasen. Er ging in die Küche. Der Wind wurde schärfer, aber die gegen das Haus schlagenden Äste machten absolut nicht dasselbe Geräusch, das ihn aus dem Schlaf gerissen hatte. Er schaltete die Küchenbeleuchtung ein und erschrak.

Der Mülleimer war unter dem Waschbecken hervorgezogen und stand neben der Spülmaschine – nicht an seinem gewohnten Platz. Er stand zwar aufrecht, quoll aber über. Irgendetwas, das einem Schwanz ähnelte, ringelte sich unter dem Deckel hervor. Gus trat einen Schritt näher, hob den Deckel und schaute in den Eimer.

Es war Garfield. Eines von Morgans großen Stofftieren lag im Müll.

Er zog es heraus. Auch Tigger steckte im Mülleimer, zusammen mit einem flauschigen Löwenbaby aus der *König der Löwen*-Kollektion, dann noch zwei weitere Plüschkatzen. Und der Kater Sylvester aus Keramik. Keines der Spielzeuge war beschädigt, beschmutzt oder abgenutzt. Sie waren ganz einfach alle zusammen weggeworfen worden.

Er lief zu Morgans Zimmer. Die Tür stand offen und das Licht brannte. »Morgan?«, sagte er eindringlich.

Ihr Kopf tauchte unter der Decke hervor. »Ich kann nicht schlafen.«

»Was ist los?«

»Nichts.«

»Hat das irgendwas mit dem zu tun, was ich im Mülleimer gefunden habe?«

»Du hast sie doch nicht etwa wieder rausgeholt, oder?«

»Doch.«

»Nein, Daddy. Tu sie wieder rein.«

»Warum wirfst du sie denn weg?«

»Deshalb.«

Ihm fiel ihr Katzengespräch wieder ein. »Morgan, deine Mommy ist allergisch gegen richtige Katzen. Nicht gegen Stofftiere.«

»Weiß ich. Aber wenn ich all diese falschen Katzen behalte, vergesse ich es nachher noch.«

Mit schwermütigem Blick ging er zu ihr und setzte sich auf die Bettkante. »Kleines, du wirst deine Mommy nie vergessen.«

»Ich will überhaupt *nichts* von ihr vergessen. Auch keine Kleinigkeiten. Ich will auch nicht vergessen, dass sie allergisch gegen Katzen ist.«

»Mach dir keine Sorgen deswegen, okay? Ich werde alles unternehmen, um Mommy wieder herzuholen. Und dann brauchst du dir nie, wirklich nie wieder Sorgen zu machen, dass du irgendwas vergessen könntest.«

Sie schwieg einen Moment, dann sah sie ihn fragend an. »Hast du schon was von Mommy vergessen?«

Er wusste nicht, was er darauf sagen sollte. Er entschied sich für die Wahrheit. »Es ist ulkig, aber seit deine Mutter verschwunden ist, erinnere ich mich wieder an mehr Dinge, die sie betreffen. Ich glaube, das ist gut so. Man kann Dinge, die man vergessen hat, wieder ins Gedächtnis zurückholen.«

»Wenn man seinen Kopf ganz doll anstrengt?«

»Nicht so sehr den Kopf, Kleines.«

»Was denn dann?«

Er hielt sie in den Armen. »Etwas, das ich schon seit langem nicht mehr benutzt habe.«

Nach dem Frühstück nahm Felicia Andie in dem alten Kombi mit in die Stadt. Mit im Auto saßen eine Frau, ebenfalls eine Vorgesetzte wie Felicia, und ein neunzehnjähriges Mädchen, das schon den zweiten Monat auf der Farm war. Tom und der eben erst angeworbene Mann fuhren getrennt in einem Geländewagen. An jedem Montagmorgen kaufte die Sekte Lebensmittel und andere Dinge des täglichen Lebens, die nicht auf der Farm produziert werden konnten. Diese Arbeit war für die neuen Mitglieder vorgesehen, bei der sie natürlich von ihren Mentoren streng überwacht wurden.

Sie hielten bei einem Billigkaufhaus, wo es alles von Autoreifen bis zu Zimtschnecken gab, meist in Großpackungen.

Andie kannte in Seattle einen ähnlichen Laden, mit nacktem Betonfußboden und riesigen Paletten mit Honigwaffeln und Papierhandtüchern, die zwanzig Meter hoch bis unter die Decke gestapelt waren. Sie kam sich vor wie eine Liliputanerin.

Sie teilten sich in Zweiergruppen auf, je ein Neuling mit einem Mentor. Jedes Team hatte eine Liste mit Dingen, die aus den verschiedenen Abteilungen zusammengesucht werden mussten. Sie sollten nur Dinge kaufen, die auf der Liste standen. Salz, Mehl und Rohzucker. Seife. Toilettenpapier. Streichhölzer und Batterien. Arzneimittel wie Aspirin und Alkohol zum Einreiben. Alles, was Blechman für notwendig erachtete.

Andie schob den Einkaufswagen, während Felicia die Waren aus den Regalen holte. Sie sprachen sehr wenig. Andie musste dauernd an das »Echo«-Konzept denken. Ihre Doppelgänger-Theorie war seit einiger Zeit den Bach runtergegangen, aber »Echos« schien passend. Zwei Männer und drei Frauen waren auf echo-mäßige Weise ermordet worden.

Ihre Entdeckung ließ ihr keine Ruhe, sie brannte darauf, sich mit jemandem darüber auszutauschen. Isaac hatte ihr bis Mittwoch Zeit gegeben, sich zu melden, aber sie wusste nicht, wann sie das nächste Mal von der Farm weg sein würde. Sie musste die Gelegenheit beim Schopf ergreifen.

»Felicia? Ich gehe mal auf die Toilette, ja?«

»Okay. Ich bleibe hier.«

Die Toiletten befanden sich im hinteren Teil des Ladens in der Nähe der Fleischabteilung hinter Schwingtüren am Ende eines langen Flurs. Andie hoffte, dass es ein Münztelefon gab. Sie hatte Glück. Sie wählte schnell Isaacs Privatnummer.

»Isaac, hier ist Andie.«

»Wie geht's Ihnen?«

»Gut. Ich kann nicht lange sprechen.« Sie hatte Angst, Felicia könnte jeden Augenblick in der Tür erscheinen. In zwei

Minuten gab sie eine Zusammenfassung des Wochenendes und konzentrierte sich vor allem auf die »Echos«.

»Aber selbst wenn diese Philosophie zu den Morden geführt hat«, gab Isaac zu bedenken, »heißt das noch lange nicht, dass Blechman unser Serienmörder ist.«

»Ich habe mich gefragt, welche Schlüsse Sie wohl daraus ziehen würden.«

»Es könnte einer seiner verrückten Anhänger sein. Es könnte ebenso irgendein Wahnsinniger sein, der von diesen Lehren gehört oder darüber gelesen hat und der ganz einfach die Echo-Idee auf seine Weise in die Tat umsetzt. Immerhin sind seine Vorträge öffentlich. Wer weiß, auf was für verrückte Ideen Leute kommen?«

»Das ist es, was ich herausfinden möchte.« Sie schaute sich nervös um, weil sie das Gefühl hatte, Schritte zu hören.

»Andie, Sie haben Ihre Aufgabe hervorragend bewältigt. Aber ich glaube, zu Ihrer eigenen Sicherheit ziehen wir Sie besser ab und schauen uns diesen Laden einfach mal genauer an.«

»Aber ich habe noch keinerlei Hinweise auf Beth Wheatley gefunden. Ich kann Ihnen nicht einmal sagen, ob sie dort ist.«

»Dann ist sie vielleicht gar nicht dort.«

»Aber wenn sie dort ist, dann ist sie tot, sobald das FBI an die Tür klopft.«

»Wir könnten auch eine aggressivere Vorgehensweise in Betracht ziehen. Einen Überraschungsschlag.«

»Das ist eine ganz schlechte Idee und das wissen Sie selbst. Erinnern Sie sich an Waco?«

»Sie waren selbst mittendrin. Glauben Sie, da wäre ein Massenselbstmord möglich?«

»Keine Ahnung. Aber denken Sie daran, was Sie selbst mal gesagt haben. Was, wenn der Mörder jemand ist, der vielleicht früher einmal bei der Sekte war, inzwischen aber längst nicht mehr? Das FBI wird vielleicht auf die Kooperation der Sekte angewiesen sein in Bezug auf die Identifizierung von Leuten, die an ihren Versammlungen teilgenommen haben. Wenn das Gebäude gestürmt wird, wird das die Leute nicht gerade für das FBI einnehmen.«

Isaac schwieg. Andie warf wieder einen Blick zur Tür am Ende des Flurs. Durch das rautenförmige Fensterchen sah sie, wie Felicia den Gang entlangkam. Das dauerte schon zu lange. »Geben Sie mir noch achtundvierzig Stunden, Isaac. Und zwar *jetzt*, bevor sie mich hier beim Telefonieren erwischen.«

Er überlegte. Andies Herz klopfte, als Felicia immer näher kam. »Isaac, *bitte.*«

»Okay. Genehmigt.«

»Danke. Ich muss los.« Sie knallte den Hörer auf und machte sich auf den Weg zur Tür, als diese gerade aufschwang.

»Da sind Sie ja«, sagte Felicia.

59

Beth lag allein in der Dunkelheit. Sie fühlte sich hilflos, aber sie hatte gelernt, nicht gegen die Wände zu hämmern oder um Hilfe zu schreien. Das hätte nur zur Folge, dass sie gefesselt und geknebelt wurde. Eines Nachts hatte sie es so lange gemacht, bis er ihr das Recht auf Licht entzog. Zwei Tage völlige Dunkelheit, selbst beim Essen und beim Gang zur Toilette. Jedenfalls nahm sie an, dass es zwei Tage waren, gemessen an der Anzahl der Mahlzeiten, die sie bekommen hatte. Ohne Uhr und Fenster konnte sie sich nicht sicher sein.

Gutes Betragen schien belohnt zu werden. Das Licht wurde nur während des Essens und für den Gang zur Toilette angeschaltet. Zurzeit schien sie vorher und nachher zusätzliche Vergünstigungen zu erhalten. Einmal war ihr sogar erlaubt worden, draußen im Hühnergehege zu arbeiten, allerdings nicht ohne den elektronischen Gürtel, der um ihren Körper befestigt war. Er funktionierte wie diese unsichtbaren Zäune für Hunde, nur dass dieser Gürtel ihr einen Stromschlag wie ein Elektroschockgerät verpasste, wenn sie zu nah an den Elektrozaun herankam. Es hatte ihr gut getan, an die frische Luft zu gehen, aber an jenem Tag war die Farm merkwürdig verlassen gewesen. Beth wusste von den Klausurtagungen. Bei einer solchen Veranstaltung war auch sie rekrutiert worden.

Im Nachhinein ließ sich die anfängliche Anziehungskraft von Blechmans Philosophie leicht begreifen. Sie war es leid gewesen, ihre Energie mit dem Versuch zu vergeuden, ihrer Ehe wieder etwas von dem ursprünglichen Zauber zu verleihen. Es war tatsächlich wie ein Echo gewesen, zuerst intensiv, dann immer schwächer. Als wäre jeder Hochzeitstag ein immer dumpferes Läuten in der Ferne gewesen, jedes Mal ein bisschen schwächer und weiter entfernt von der Quelle, bis es völlig unhörbar wurde und verschwand. Die Idee, ihre Energie umzuleiten und ihre Ebene der Schwingung zu ändern, war eine Offenbarung gewesen. An Tagen, als Gus nicht in der Stadt war, hatte sie die Farm besucht und war für eine Zeit lang wieder aufgelebt. Das Gute war, dass sie ihr geholfen hatten, ihren Kummer zu benennen und darüber zu reden. Aber letztlich hatte sie sich mit ihren Mentoren heftig über die eigentliche Ursache zerstritten. Sie sahen es als übergreifendes Problem, sie selber nicht.

Sie liebte Gus noch immer.

Beth war nicht bereit gewesen, das Problem auf die von ihr erwartete Weise anzugehen, also hatte man sie in Isolationshaft gesteckt. Sie erhielt nicht viele Anweisungen von den Führern, aber sie nahm an, dass sie so lange von weltlichen

Einflüssen fern gehalten werden sollte, bis sie ihre Energie angemessen kanalisiert hatte. Aber sie hatte sich dadurch nur noch weiter von der Denkweise der Sekte entfremdet. Da sie niemanden hatte, mit dem sie reden konnte, beschwor sie angenehme Erinnerungen aus ihrer Vergangenheit herauf. Ein häufiges Thema war Morgan. Aber sie dachte auch oft an Gus und wie sie miteinander gelebt hatten. Hätten sie ihre Gedanken lesen können, wären ihre Mentoren noch ärgerlicher geworden.

Heute waren ihre Gedanken nicht so angenehm. Fast gegen ihren eigenen Willen kamen ihr bestimmte Geräusche immer wieder in den Sinn. Sie drehten sich um das nächtliche Ritual, das sie mittlerweile so sehr fürchtete. Sie versuchte, die Geräusche, die ihr Angst machten, auszublenden – die Stimme der Frau auf dem Band, sein Stöhnen beim Orgasmus. Stattdessen konzentrierte sie sich auf die Dinge, die sie verwirrten. Besonders das Geräusch, das er machte, wenn er das Zimmer verließ.

Wie er sich aus dem Sessel erhob und den Fernseher abschaltete. Wie er durch das Zimmer ging und die Tür öffnete. Wie er die Tür hinter sich schloss und verriegelte. Das waren die Geräusche, die sie jede Nacht hörte. Vergangene Nacht jedoch hatte irgendetwas gefehlt. Es gab eine Abweichung von der Routine. Sie hatte das vertraute Geräusch, mit dem die Videokassette ausgeworfen wurde, nicht gehört. Sie konzentrierte sich stärker, diesmal auf den Moment, als er gekommen war. Ihr fiel auf, dass sie auch nicht gehört hatte, dass er das Band *eingelegt* hatte. Und das war nicht erst seit vergangener Nacht so. Das war schon mindestens seit einigen Nächten so gewesen. Das erklärte das Spulgeräusch nach seiner Ankunft, das Geräusch, wenn ein Band zurückgespult wurde.

Aus irgendeinem Grund hatte er das Band im Rekorder gelassen.

Vielleicht hatte er es übersehen, aber das war unwahrscheinlich. Sehr Weniges passierte auf der Farm ohne Zweck. Wenn er also das Band im Rekorder ließ, hatte er einen Grund dafür. Und es gab nur einen, den sie sich vorstellen konnte.

Er wollte, dass sie es sich ansah.

Die Vorstellung war weniger beängstigend, wenn er nicht im Zimmer war. Sie hatte es schon so oft gehört, es konnte daher nicht so beunruhigend sein, es auch zu sehen. Langsam schlüpfte sie aus dem Bett und richtete sich auf. Im Zimmer war es völlig dunkel, aber sie kannte den Weg auswendig. Sie machte kleine Schritte, glitt beinahe über den Boden. Sie hielt ihre Hände vor sich ausgestreckt, bis sie etwas fühlen konnte. Es war der Fernseher. Sie tastete sich solange vorwärts, bis sie den Einschaltknopf gefunden hatte. Sie betätigte ihn. Flimmern erschien auf dem Bildschirm. Sie schaltete den Lautsprecher schnell ab, damit niemand im Flur etwas hören konnte. Das Gerät war natürlich nicht an ein Kabel oder eine Antenne angeschlossen. Zumindest hatte sie jetzt eine Lichtquelle, aber bisher hatte sie sich nicht getraut, davon Gebrauch zu machen, aus Angst, gegen die Regeln zu verstoßen. Die Neugier machte sie mutiger. Nicht dass sie erpicht darauf gewesen wäre, sich dieses Video anzusehen. Eher wollte sie herausfinden, warum *er* wollte, dass sie es sich ansah.

Sie spulte das Band bis zum Anfang zurück. Es dauerte nur eine Minute. Dann drückte sie auf den Startknopf und trat einen Schritt zurück. Sie starrte auf den Bildschirm und das Bild erschien. Eine Frau saß auf einem Stuhl, mit dem Gesicht zur Kamera. Sie wirkte unruhig, aber es war nicht ihr Verhalten, das Beth wie ein Blitz traf.

»Ich heiße Alicia Santiago«, sagte die Frau.

Beth schaltete das Band mit zitternden Händen ab. In den zehn Sekunden hatte sie genug gesehen. Das Bild der Frau war verschwunden, aber der Bildschirm leuchtete auf dem dunkelblauen Hintergrund. Beth konnte ihr Spiegelbild auf der Mattscheibe sehen. Sie hatte sich selbst seit ihrer Ankunft nicht mehr gesehen. Sie hob eine Hand an ihr Gesicht und fühlte die Umrisse ihrer Wangen, die Linie ihres Mundes. Sie berührte ihr Haar. Das dunkle kurze Haar. Jetzt war es offensichtlich, warum sie es abgeschnitten hatten. Die Ähnlichkeit war erschreckend.

Beth sah fast genauso aus wie die Frau auf dem Video.

Sie schaltete den Fernseher ab und kehrte zurück in die Finsternis.

60

Der Montag verstrich und Gus hatte noch nichts von Meredith gehört. Er hatte das Geld für Blechmans Manuskript, fünfundzwanzigtausend Dollar. Er konnte sich kaum vorstellen, dass sie sich eine solche Summe einfach entgehen lassen würde. Sie hatte ihm verboten anzurufen, aber allmählich machte er sich Sorgen. Von seinem Arbeitszimmer aus wählte er ihre Nummer.

Keine Antwort. Das konnte alles Mögliche bedeuten, nur nichts Gutes.

Er nahm den Hörer wieder auf und drückte die Kurzwahltaste. »Hallo Carla, ich bin's, Gus. Kannst du herkommen und dich um Morgan kümmern? Ich muss eine Zeit lang weg.«

Andie war allein in ihrer Behausung, als sie ein Klopfen an der Tür hörte. Felicia war zu irgendeiner Versammlung. Es war Tom und er wirkte wütend.

»Ich muss mit Ihnen reden, Willow.«

Sie fühlte sich von seinem Tonfall bedroht. »Okay«, sagte sie, bat ihn aber nicht herein.

»Drinnen.«

»Gibt es ein Problem?«

»Sie wissen, von welchem Problem ich rede.« Er ergriff ihren Arm und schob sie hinein, fast hätte er sie auf ihr Bett gestoßen.

»Was soll das?«, fragte sie.

Er ging auf und ab und wurde immer unruhiger. »Sie haben Felicia eine Menge Ärger bereitet, wissen Sie das? Steve liest ihr gerade im Moment die Leviten.«

»Wovon reden Sie eigentlich?«

»Sie brauchen es gar nicht zu leugnen«, fauchte er sie an.

»Leugnen? Was denn?«

»Dieser Anruf, den Sie von dem Einkaufsmarkt aus gemacht haben. Sie wurden dabei beobachtet.«

Beobachtet wäre ja okay. Mehr Sorge machte Andie, ob jemand etwas gehört hatte. »Es hat also jemand ... mitgehört?«

»Wir müssen es nicht mithören. Wir wissen, dass Sie nicht über die Uhrzeit und das Wetter geredet haben. Wer war es? Wieder Ihre Mutter?«

Sie versuchte, sich ihre Erleichterung nicht anmerken zu lassen. Sie senkte den Kopf. »Ja«, piepste sie mit beschämter Miene. »Ich hatte Mom versprochen, sie bei der ersten Gelegenheit anzurufen.«

»Hab ich's mir doch gedacht.«

»Ich wollte einfach nicht, dass sie sich Sorgen macht.« Sie setzte ein reuiges, kokettes Gesicht auf. Es funktionierte.

Er hörte auf herumzulaufen. Seine Stimme verlor ihre Schärfe. »Verflixt noch mal, Willow. Sie müssen endlich aufhören, sich über Leute und Dinge, die Sie hinter sich gelassen haben, Sorgen zu machen.«

»Ich bin doch erst ganz kurz hier. Da können Sie keine Wunder erwarten.«

»Ein sauberer Bruch ist die einzige Möglichkeit. Wenn Sie sich alles immer nur in kleinen Portionen abgewöhnen wollen, dann klappt es nie.«

»Haben Sie es denn so gemacht?«

»Wir alle haben es so gemacht.«

»Haben Sie nichts vermisst?«

»Doch. Meinen Pick-up.«

»Sie mussten Ihren Pick-up aufgeben?«

»Das war mein Beitrag, als ich mich der Gruppe angeschlossen habe. Wir alle liefern einen Beitrag, um die Sache zu finanzieren. Eine Frau hat sogar ihr Haus abgetreten.«

»Ich wünschte, ich könnte auch etwas beisteuern.«

»Das ist nicht wichtig. Jetzt ist erst mal nur wichtig, dass Sie die Regeln befolgen. Ihre Mutter anzurufen ... also, das ist erheblich schlimmer, als hin und wieder eine Zigarette zu rauchen.« Er rang sich ein Lächeln ab, um sie etwas zu beruhigen.

Sie erwiderte das Lächeln, dann wurde sie ernst. »Darf ich Sie etwas fragen?«

»Klar.«

»Ich habe mich das schon die ganze Zeit gefragt. Das Gespräch, das wir heute Morgen geführt haben, hat mich nur noch neugieriger gemacht.«

»Und um was geht es?«

»Es kommt mir so vor, dass ich eine Menge darüber höre, Opfer zu bringen und den irdischen Begierden zu entsagen. Der Zweck davon ist doch, die nächste Stufe zu erreichen, stimmt's?«

»Stimmt.«

»Mal angenommen, ich mache alles richtig. Ich höre auf damit, meine Mutter anzurufen, ich unterdrücke alle selbstsüchtigen Neigungen, die mich so menschlich machen, ich tue alles, was man von mir verlangt. Wie geht es dann weiter? Wie gelange ich von dieser Ebene zur nächsthöheren?«

Er wich ihrem Blick aus. »Die Frage geht erheblich zu weit über Ihr Programm hinaus.«

»Aber vielleicht würde es mir helfen, mich mehr zu disziplinieren, wenn ich es wüsste. Diese Dinge, die Sie mir heute Morgen über die Echos gesagt haben, standen auch nicht auf meinem Stundenplan und trotzdem haben sie mir geholfen.«

»Ich kann wirklich nicht mit Ihnen über die Transformation sprechen.«

»Aber irgendetwas werden Sie mir doch darüber sagen können. Ist das wie bei traditionellen jüdisch-christlichen Religionen, die davon ausgehen, dass man erst sterben muss, bevor man in den Himmel kommt?«

»Nein«, erwiderte er bestimmt. »Es hat überhaupt nichts damit zu tun.«

»Das heißt also, die Transformation findet noch zu Lebzeiten statt?«

»Ja.« Er zögerte, sah sich jedoch dann zu weiteren Erklärungen veranlasst. »Aber bei uns ist es auch nicht so wie bei den Ufologen, die behaupten, man müsste bei vollem Bewusstsein sein.«

»Das verstehe ich nicht.«

»Sie haben bestimmt von diesen Gruppen gehört, die glauben, dass ein Ufo kommen und uns alle auf die nächsthöhere Ebene mitnehmen wird. Diese Leute gehen davon aus, dass man bei dieser Reise bei vollem Bewusstsein sein muss.«

»Blechman hat neulich gesagt, dass er kein Ufologe ist. Aber was ist er dann?«

»Ich kann Ihnen nicht alles erklären, aber vertrauen Sie mir. Es ergibt alles einen Sinn.«

»Aber es ergibt keinen. Wenn er nicht glaubt, dass man sterben muss, aber auch nicht glaubt, dass man bei Bewusstsein sein muss, was will er dann sagen? Dass man im Koma liegen muss?«

Tom wurde äußerst ernst, als hätte ihn ihre Bemerkung beleidigt. »Er sagt, es gibt eine Tür der Erleuchtung zwischen Leben und Tod. Haben Sie schon mal von Menschen gehört, die eigentlich schon tot waren und nachher behaupten, ihr ganzes Leben sei an ihrem geistigen Auge vorübergezogen?«

»Natürlich.«

»Diese Rückblenden sind die Echos, von denen Steven spricht. Das ganze Leben erscheint als Echo vor einem und in diesem einen erleuchteten Moment begreift man, woher man kommt und wohin man geht. Und haben Sie auch von Leuten gehört, die schon auf der anderen Seite waren und ein weißes Licht gesehen haben oder die von einem Licht umfangen wurden?«

»Ja.«

»Diese Leute gehen nirgendwo hin, Willow. Wenn sie die Echos nicht sehen, haben sie nichts begriffen. Sie erreichen die nächste Ebene nicht.«

Allmählich schien alles einen Sinn zu ergeben – vor allem das Erhängen der Opfer. »Ist es immer die gleiche Tür der Erleuchtung, egal wie man stirbt? Oder ist es vorteilhaft, eine Zeit lang zwischen Leben und Tod zu schweben?«

»Das ist etwas, worüber ich nicht reden kann.«

Andie nickte. Sie zog es vor, das Thema auf sich beruhen zu lassen. »Ich verstehe. Das war wirklich sehr hilfreich. Vielen Dank.«

»Gern geschehen. Ich muss jetzt zum Haus zurückgehen und mich um Felicia kümmern.«

Als er zur Tür ging, bedachte sie ihn noch einmal mit ihrem entwaffnenden Lächeln. »Hey, Tom?«

»Ja?«

»Nur aus Neugier, aber was für einen Pick-up hatten Sie eigentlich?«

»Einen Ford. Ist mir richtig schwer gefallen, mich von dem Wagen zu trennen, aber – ach zum Teufel, er ist nicht wichtig.«

»Gute Nacht.«

»Gute Nacht«, erwiderte er und schloss die Tür hinter sich.

Sie blieb nachdenklich auf dem Bett sitzen. Vielleicht war *ihm* der Wagen nicht mehr wichtig, aber ihr schon. Die körperliche Ähnlichkeit war vorhanden, seine braunen Augen und das grau melierte Haar. Aber es waren die persönlichen Fakten, die die Erkenntnis ausgelöst hatten. Die kleinen Einzelheiten, die sie aus Gesprächen mit ihm und anderen zusammengesetzt hatte. Er war geschieden. Anfang fünfzig. Er hatte sogar den gleichen Wagen gefahren, einen Ford Pick-up.

Tom passte genau zu den beiden männlichen Opfern des Serienmörders.

61

Gus benötigte weniger als eine Stunde zum Haus von Meredith Borge. Dex folgte ihm und parkte seinen Wagen außer Sichtweite ein Stück die Straße hinauf in der Dunkelheit. Sollte Meredith zu Hause sein, wollte Gus allein bei ihr auftauchen. Falls aber irgendetwas nicht stimmte, wollte er auf keinen Fall allein sein.

Ihr Wagen stand in der Einfahrt, aber das Verandalicht war ausgeschaltet. Soweit Gus sehen konnte, brannte auch innen kein Licht. Das Haus lag in völliger Dunkelheit.

Er ging die Stufen zur Haustür hinauf, klingelte und wartete. Niemand öffnete. Er hatte die Klingel nicht einmal gehört.

Er klopfte, aber nichts rührte sich. Er legte die Hände an die Augen und spähte durch das ovale Fenster der Eingangstür ins Haus. Es war zu dunkel, um etwas zu erkennen. Er trat einen Schritt zurück, da er den Eindruck hatte, das Geräusch eines näher kommenden Wagens gehört zu haben. Die Schotterstraße war leer. Eine Tür wurde zugeschlagen, aber das kam von einem Nachbarhaus in der nächsten Straße. In dieser ländlichen Gegend, wo an den langen, gewundenen Schotterstraßen immer nur ein oder zwei Häuser standen, wurden Geräusche weit übertragen.

Er gab Dex, der ihn aus einiger Entfernung mit dem Nachtsichtglas beobachtete, ein Zeichen. Gus stieg die Stufen wieder hinunter und ging um das Haus herum. Hinten war es noch dunkler als vorn, von der Straßenlaterne drang gar kein Licht mehr dorthin. Ein Geräusch bei den Mülltonnen ließ ihn zusammenfahren. Ein hungriger Waschbär auf der Suche nach Essensresten huschte davon. Als es wieder still war, gewann Gus seine Fassung zurück. Bei der Ruhe hier draußen hätte sie sein Klopfen hören müssen. Wenn sie zu Hause war. Und wenn sie noch hören konnte.

Am herausgerupften Müll vorbei trat er an die Hintertür. Er wollte gerade klopfen, als er feststellte, dass eine der kleinen Fensterscheiben eingeschlagen war – genau die über dem Türschloss. Jemand musste gewaltsam ins Haus eingedrungen sein.

Sein Instinkt riet ihm, das Weite zu suchen, doch er verharrte reglos. »Meredith?«, rief er. Seine Stimme klang hohl. Keine Antwort. Er versuchte es noch einmal, diesmal lauter. »Meredith Borge?«

Dex kam von der anderen Seite der Garage angerannt und rief aufgeregt: »Die Stromleitung ist gekappt! Rufen Sie neun-eins-eins an!«

Als Gus gerade nach seinem Handy in seiner Tasche langte,

wurde die Tür aufgestoßen. Es war wie eine Explosion ohne Sprengstoff, als würden Pferde aus der Koppel stürmen. Durch die Wucht wurde Gus rückwärts die Stufen hinunter auf den Rasen geschleudert. Ein Mann in einem eng anliegenden schwarzen Ganzkörperanzug stürzte sich auf ihn.

»Keine Bewegung!«, schrie Dex mit gezogener Waffe. Ein Schuss peitschte durch die Nacht. Dex sank zu Boden. Im Fallen feuerte er mehrere Schüsse ab. Der Angreifer schoss zurück, während er durch den Garten hastete und über einen Zaun sprang.

Gus eilte zu Dex, der an der Schulter getroffen war und sich vor Schmerzen wand.

»Habe ich ihn erwischt?«, fragte Dex.

»Ich glaube nicht.«

»Verdammt! Wer zum Teufel war das?«

»Auf jeden Fall nicht Meredith. Hat es Sie schlimm erwischt?«

»Ich werd's überleben«, antwortete er stöhnend. »Aber meine Schulter ist hin. Rufen Sie endlich neun-eins-eins an.«

Das Handy war bei dem Kampf ein Stück weiter auf dem Boden gelandet. Gus hob es auf und wählte. »Hallo, Vermittlung, es hat eine Schießerei am Haus von Mrs Borge an der Rural Route siebenundsechzig gegeben.«

»Können Sie eine genauere Adresse angeben?«

»Leider nicht.«

»Jemand ist angeschossen worden, sagen Sie?«

»Ja, ein Mann.«

»Lebt er noch?«

»Ja. Er ist an der Schulter verwundet.«

»Ist sonst noch jemand verletzt?«

Er blickte zum Haus und musste an Meredith denken. »Gut möglich.«

»Wie viele Personen genau sind verletzt, Sir?«

»Keine Ahnung. Auf jeden Fall eine. Herrgott noch mal, schicken Sie jetzt jemanden her oder nicht?«

»Ich schicke sofort Polizei und einen Notarzt los.«

»Danke. Machen Sie schnell.« Er beendete das Gespräch und rief zu Hause an. Seine Schwester nahm ab.

»Carla. Ist bei euch alles in Ordnung?«

»Ja. Alles bestens.«

»Etwas Schreckliches ist passiert.«

»Was denn?«

»Nur – es ist nicht wichtig. Ich möchte, dass du dir auf der Stelle Morgan schnappst. Springt ins Auto und fahrt auf direktem Wege zur Polizei.«

»Gus, was ist los?«

»Tu einfach, was ich dir sage!«

»Ist ja schon gut.«

»Ich komme dorthin, sobald der Notarzt hier ist.«

»Notarzt! Gus –«

»Beeilt euch, Carla!«

»Okay. Wir sind schon unterwegs.«

Ich hoffe nur, dass das schnell genug ist, dachte er, wagte aber nicht, es auszusprechen.

Dex lag völlig ermattet auf dem Gehweg, seine Schulter blutete stark. Gus ging zu ihm und deckte ihn mit seinem Mantel zu, um ihn gegen die Kälte zu schützen und eine Schockreaktion zu verhindern.

»Noch ein Anruf«, sagte Dex schwach.

»Wovon reden Sie?«

»Höchste Zeit, dass Sie dem FBI von dem Zettel auf Ihrer Windschutzscheibe berichten.«

Plötzlich schoss ihm die Warnung in Beths Handschrift durch den Kopf: *Halte dich von Meredith Borge fern. Sonst ende ich wie ihre Tochter*. Dass sie mit »Flora« unterschrieben war, machte die Sache noch komplizierter.

Dex packte ihn mit neu erwachter Kraft. »Sie müssen dort anrufen. Selbst wenn es so aussieht, als könnte Beth wirklich zu dieser Sekte gehören.«

Gus ergriff Dex' Waffe. »Zuerst muss ich mich um Meredith kümmern.«

»Sie gehen nicht in dieses Haus.«

»Ich muss nach ihr sehen. Es kann gut und gerne zehn Minuten dauern, bis die Cops hier sind. Falls man sie aufgehängt hat, zählt jede Minute.«

»Und wenn da noch ein Typ mit einer Waffe drin ist, sind Sie ebenfalls tot. Setzen Sie nicht Ihr Leben aufs Spiel, um diese Frau zu retten.«

»Diese Frau weiß möglicherweise, wo meine Frau ist.«

»Nehmen Sie es endlich zur Kenntnis, Mann. Ihre Frau hat sich einer Sekte angeschlossen.«

»Halten Sie verdammt noch mal die Klappe! Oder ich schieße Ihnen auch noch in die andere Schulter.«

»Von mir aus, spielen Sie den Helden. Ich kann nur hoffen, dass sie allein ist.«

»Und lebt«, bemerkte Gus und ging zum Haus.

62

Andie hatte sich nicht aus dem Bett bewegt. In Gedanken ging sie noch einmal das Gespräch mit Tom durch und versuchte, die Philosophie der Sekte und die physischen Beweismittel bei den Serienmorden miteinander in Einklang zu bringen. Zwei tote Männer. Beide ähnelten Tom. Drei tote Frauen. Alle ähnelten Beth. Eine Sekte, deren Philosophie auf der Vorstellung basierte, dass alle weltlichen Erfahrungen einem Echo glichen und dass die Transformation zur nächsten Ebene nur durch das Durchschreiten einer Tür der Erleuchtung zwischen Leben und Tod möglich war – einer Tür, die weit offen stand, während man am Hals aufgehängt war.

Wenn alles so einfach war, warum war dann Beth Wheatley nicht auf der Farm? Oder wenn sie da war, warum war sie nirgendwo zu sehen?

Andie wollte gern schlafen, aber sie konnte kein Auge zutun; zu viele Fragen schwirrten ihr im Kopf herum.

Beths Zimmer war stockfinster, als die Musik einsetzte. Sie hatte keinen Einfluss darauf, genauso wenig wie sie Einfluss auf die Zimmertemperatur oder sonst etwas in ihrer Umgebung hatte. Während der vergangenen beiden Wochen waren über zwei große Lautsprecher in der Decke unterschiedliche klassische Musikstücke abgespielt worden, immer zu verschiedenen Zeiten und ohne ersichtlichen Grund. Zuerst hatte sie geglaubt, es handele sich dabei um irgendeine Art von Belohnung. Inzwischen hatte sie eher den Eindruck, dass sie nicht hören sollte, was außerhalb ihres Zimmers vor sich ging.

Es schien schon so lange her zu sein, dass sie Morgan bei der Spielstunde abgegeben hatte, dann weitergefahren war, um sich mit Carla zum Mittagessen zu treffen, und ihren Wagen im Parkhaus geparkt hatte. Alles war so schnell gegangen. Schnelle Schritte hinter ihr, ein starker Arm um ihren Hals, ein Lappen, der ihr ins Gesicht gedrückt wurde und nach Chemikalien roch. Später dann – sie konnte nicht sagen, wie viel später – war sie in genau diesem Raum wieder zu sich gekommen.

Das Schloss klickte und die Tür wurde urplötzlich geöffnet. Beth kauerte sich an die hintere Wand. Der Mann im Türrahmen war nur als Silhouette zu erkennen.

»Wer ist da?«, fragte sie im Dunkeln sitzend.

»Tom.«

Sie konnte sich an einen Tom von den früheren Sitzungen erinnern, an denen sie freiwillig teilgenommen hatte, bis sie mitbekam, dass es sich um eine Sekte handelte. Damals war er ihr wie ein ziemlich netter Mann vorgekommen. Ihre Angst legte sich etwas, aber sie blieb vorsichtig. »Was wollen Sie?«

Von außen schaltete er die Lampen an und schloss die Tür hinter sich. »Steve möchte das Videoband haben.«

Er war es also wirklich. Sie hatte ihren nächtlichen Besucher nie gesehen, aber sie hatte vermutet, dass es Blechman war.

»Sie haben es sich angesehen«, sagte er überrascht. Er hielt das Band hoch, sie hatte vergessen, es zurückzuspulen.

»Ich –«, sagte sie nervös. »Ich dachte, er wollte es so.«

»Das ist richtig. Er wollte immer, dass Sie es wissen.«

»Was sollte ich wissen? Dass ich aussehe wie diese arme Frau?«

»Dass Sie dazu bestimmt waren, sich dem inneren Kreis anzuschließen.«

»Ich möchte mich niemandem anschließen. Deshalb bin ich auch nicht mehr zu den monatlichen Zusammenkünften gekommen.«

»Sie haben aufgehört zu kommen, weil ihr Ehemann sie dazu veranlasst hat.«

»Mein Ehemann wusste überhaupt nichts hiervon.«

»Er ist doch genau der Typ des dominanten Ehepartners, vor dem Steve uns gewarnt hat. Er beeinflusst Sie und Sie bemerken es nicht einmal.«

»Und das hier soll ich wohl für ein besseres Leben halten? Eingesperrt zu sein wie ein Tier?«

»Es liegt in Ihrer Hand, sich selbst zu befreien, Flora.«

»Ich heiße *nicht* Flora. Und ich bin es leid, mir anzuhören, es läge in Floras Macht, sich selbst zu befreien. Es läge in ihrer Macht, zu verhindern, dass unschuldige Frauen getötet werden. Was für eine Macht? Alles, was ich will, ist, nach Hause zu gehen. Wird mich irgendjemand freilassen, damit ich endlich wieder nach Hause zurückkehren kann?«

Er starrte sie an und sagte: »Ich konnte Sie nie leiden, *Beth*.«

Sie blinzelte heftig, schockiert darüber, wie er ihren richtigen Namen ausgespuckt hatte. »Wie bitte?«

»Ich habe von Anfang an gewusst, dass Sie nie das tun würden, was nötig ist, um in den inneren Kreis aufgenommen zu werden.«

Je wütender er wurde, desto redseliger wurde er. Es war riskant, aber sie nahm all ihren Mut zusammen und provozierte ihn ordentlich.

»Als wenn ein Schwachkopf wie Sie wüsste, wie man in den inneren Kreis hineingelangt.«

»Ich *bin* der innere Kreis.«

»Und was haben Sie getan, um dorthin zu gelangen? Haben Sie Steve versprochen, ihm bis an sein Lebensende den Wagen zu waschen?«

Er lief rot an. Einen Augenblick lang dachte sie, er würde sich auf sie stürzen, aber er biss nur die Zähne zusammen und sagte: »Ich habe für ihn getötet. *Damit* gelangt man in den inneren Kreis.«

Sie wich ängstlich zurück. Sie hatte die Fotos der ermordeten Frauen gesehen.

»Steve und ich haben es gemeinsam getan«, sagte er. »Wir haben die Verbindungsschnur zwischen meiner alten und meiner neuen Familie durchtrennt. Ich habe mein altes Selbst getötet.«

»Sie haben also nicht wirklich einen Menschen getötet?«, fragte sie in der Hoffnung, die Fotos seien Fälschungen gewesen. »Das ist alles symbolisch gemeint?«

»Der Prozess ist symbolisch. Aber die Morde sind real.«

»Sie ... Sie haben tatsächlich jemanden getötet?«

»Und das Schönste daran ist, dass die Cops es nie herauskriegen werden. Ich habe kein offensichtliches Motiv. Ich habe meine Opfer nie vorher gesehen. Eine gewisse Ähnlichkeit ist die einzige Verbindung. Er war einundfünfzig wie ich auch. Er war geschieden und lebte allein, genau wie ich. Er verkörpert mein altes Ich. Den Teil, der sterben muss, bevor man eine höhere Ebene der Schwingungen erreichen kann.«

»Sie haben einfach irgendeinen armen Kerl ausgewählt und ihn getötet?«

»Steve wählt sie aus. Er hat beide Opfer ausgewählt.«

»Beide?«

»Natürlich. Steve würde nie einen seiner ergebensten Schüler etwas tun lassen, was er nicht selbst ausprobiert hatte. Er tötet den Ersten und zeigt einem, wie man es macht. Dann ahmt man die Tat genau nach.«

»Wie ein Echo«, sagte Beth und musste daran denken, wie Blechman bei den Vorträgen auf sein Manuskript verwiesen hatte.

»Jetzt kapieren Sie allmählich.«

Sie konnte vor Angst kaum noch sprechen. »Hat er deswegen die Frauen getötet, deren Fotos er mir gezeigt hat? Weil er mir den Weg weisen wollte?«

»Klar. Nur dass er es mittlerweile satt hat, Sie durch Beispiele anzuleiten. Er hat Ihnen drei Chancen gegeben. Jedes Mal hat er Ihnen gesagt, dass es in Ihrer Macht liegt, das Töten zu beenden. Sie hätten nur seinem Beispiel zu folgen brauchen. Ihr altes Selbst zu töten. Und die Echos würden aufhören.«

»Wie um alles in der Welt kommt er auf die Idee, ich wäre zu einem Mord fähig?«

»Sie haben auch für ihn gestohlen.«

Ihr wurde plötzlich mulmig. Die Ladendiebstähle bei Nordstrom's. »Steve hat es als eine ganz harmlose Handlung dargestellt, wie diese Verstöße gegen die guten Sitten, die man zu Studienzwecken im Psychologieunterricht macht, wie zum Beispiel lautes Singen im Bus, um die Reaktionen der Umgebung zu studieren.«

»Es war der erste Schritt, um mit Ihrem alten Selbst zu brechen.«

»Und der ist offensichtlich schief gegangen.«

»Ja. Und Ihr Versagen ist mittlerweile für jeden offenkundig. Auch für Steve.« Er nahm das Videoband und ging zur Tür.

»Warten Sie. Was werden Sie jetzt mit mir tun?«

Seine Augen verengten sich zu Schlitzen, während er das Videoband mit der gefolterten Frau umklammerte, die Beth auf so unheimliche Weise ähnelte. »Das ist allein Steves Entscheidung«, erwiderte er, dann zog er die Tür hinter sich zu und schloss ab.

Das Licht wurde von draußen abgeschaltet und sie war wieder mit der Dunkelheit allein.

63

Ein Geräusch von draußen ließ Andie zusammenfahren. Sie schaute aus dem Fenster zum Haupthaus hinüber. An den vergangenen Abenden war es auf der Farm so ruhig gewesen, dass es schon beinahe langweilig wurde. Heute Abend jedoch herrschte rege Betriebsamkeit in dem Haus. Die Lichter brannten. Türen wurden zugeschlagen, Leute kamen und gingen. Männer standen auf Leitern und brachten Läden an den Fenstern des ersten Stocks an. Die Läden schienen aus massivem Metall zu sein, nicht wie die alten aus Holz mit Lamellen.

Aus der Art, wie die Männer sich ins Zeug legen mussten, um sie hochzuwuchten, schloss Andie auf dickwandigen Stahl.

Kugelsicher?, fragte sie sich.

Sie trat hinaus. Ein Mann rannte vorbei, einer der frisch Rekrutierten. »Was ist los?«, fragte sie.

Er war völlig außer Atem, aber in Hochstimmung. »Vorbereitungen!«

»Vorbereitungen wozu?«

Er rannte weiter, ohne zu antworten. Andy rief hinter ihm her und wiederholte die Frage: »Vorbereitungen wozu?«

Er schrie zurück: »Die Transformation!«

Während er auf das Haus zulief, stand Andie da und beobachtete das Geschehen. Sie bekam es mit der Angst zu tun.

»Meredith?« Gus stand in der Tür, halb drinnen, halb draußen. In der einen Hand hielt er die Taschenlampe, die er aus dem Auto geholt hatte, in der anderen Hand die Pistole. Die Tür hing nur in einer Angel. Scherben waren über dem Treppenabsatz verstreut.

Es kam keine Antwort. Er hatte auch keine erwartet.

Vorsichtig langte er um den Türrahmen herum und probierte den Lichtschalter in der Küche. Nichts. Dex hatte Recht. Die Stromkabel waren durchtrennt.

Er schaltete die Taschenlampe ein und machte vorsichtig zwei Schritte hinein. Der dünne Lichtstrahl erfasste zuerst den Kühlschrank und die Wandschränke, ruhte dann auf dem Küchentisch. Es gab vier Stühle, aber nur ein Tischgedeck. Auf dem Teller befand sich ein komplettes Gericht. Das Wasserglas war noch fast voll. Die Serviette war ordentlich gefaltet und offensichtlich unbenutzt. Der Eindringling hatte sie offenbar beim Abendessen überrascht. Oder Gus hatte *ihn* beim Abendessen überrascht.

War dieser Scheißkerl so eiskalt, dass er sie zuerst umbrachte und sich anschließend noch gemütlich zum Essen hinsetzte?

Bei jedem Schritt knirschten Splitter unter seinen Schuhen. Der Gedanke, dass Meredith vielleicht noch um ihr Leben kämpfen könnte, nachdem sie gerade erst aufgehängt worden war, zog ihn vorwärts. Aber die Vorstellung, dass noch ein weiterer Einbrecher an der nächsten Ecke lauerte, ließ ihn verharren.

»Ich habe eine Pistole«, sagte er laut, als könnte das einen Mörder so sehr erschrecken, dass er sich auf der Stelle ergeben würde.

Er beugte sich vor und richtete den Strahl der Taschenlampe den Flur entlang in das Wohnzimmer. Das Sofa stand an seinem Platz. Keine Lampen waren umgeworfen. Es gab kein Zeichen von Unordnung. Aber auch keinerlei Zeichen von Meredith.

Er ging in die andere Richtung durch die Küche zum Esszimmer. Kristall und Silber schimmerten im Glasschrank. Mehrere gerahmte Fotos standen wie Dominosteine aufgereiht auf dem Bücherschrank, eins hinter dem anderen. Ein Hochzeitsfoto. Einige Babyfotos. Kein einziges Foto aus jüngerer Zeit. Der Lichtstrahl huschte auf das letzte Foto, huschte wieder zurück und verweilte. Es war ein Foto von einer Frau und einem jungen Mädchen. Das Mädchen war Shirley, vor vielleicht fünf Jahren. Aber es war die Frau, die ihn faszinierte.

Er nahm das Foto in die Hand und betrachtete es eingehend. Die Frau musste Meredith sein, obwohl sie kaum der hageren Frau mit dem kurzen Haar ähnelte, die er kennen gelernt hatte. Als er sah, wie sie mit langem Haar und gut dreißig Kilo Übergewicht ausgesehen hatte, wurde ihm einiges klar.

Er hatte gerade den Zusammenhang erkannt.

Sirenen und Blaulicht vor dem Haus rissen ihn aus seinen Gedanken. Polizisten waren angekommen und hämmerten gegen die vordere Eingangstür.

»Polizei, aufmachen!«

Gus warf noch einen Blick auf das alte Foto, dann verstaute er es in seiner Jacke und eilte zum Hinterausgang hinaus.

In der Einsatzzentrale des FBI-Büros in Seattle wurde bereits auf Hochtouren gearbeitet, als Isaac Underwood eintraf. Der Anruf von Gus war nur einer der Auslöser für die allgemeine Hektik gewesen.

»Also, was haben wir bisher?«, fragte Isaac. Er kam hereingerauscht mit zwei Assistenten im Gefolge.

»Wir haben die Bestätigung, dass Meredith Borge tot ist«, erwiderte Lundquist. »Erwürgt.«

Isaac trat an den Tisch in der Mitte des Zimmers. Helles Deckenlicht beleuchtete eine detaillierte Skizze von Blechmans Farm und eine Reihe von Luftaufnahmen. »Was gibt's Neues aus Yakima?«

»Unsere Agenten, die zur Überwachung vor Ort sind, berichten von verstärkten Aktivitäten auf dem Gelände, vor allem nachts. Die Fenster des Haupthauses werden mit Fensterläden verrammelt.« Er deutete auf das entsprechende Kästchen in der Skizze. »Offensichtlich aus kugelsicherem Material.«

»Gibt es irgendein Zeichen von Andie?«

»Nein.«

»Kann es sein, dass sie abgehauen ist?«

Lundquist zuckte die Achseln. »Falls ja, hat sie sich noch nicht gemeldet.«

»Haben wir irgendwelche konkreten Anhaltspunkte, was zum Teufel diese Leute vorhaben?«

»Wenn man Gus Wheatley glauben kann, dann war Meredith Borge diejenige, die etwas über die Verbindung zwischen Blechmans Gruppe und seiner Frau wissen konnte. Das ist ihr zweifellos zum Verhängnis geworden. Aber vielleicht befürchten sie, dass sie sie nicht früh genug zum Schweigen gebracht haben, und rechnen jetzt mit irgendeiner Offensive der Polizeikräfte. Dieses Szenario ergäbe vor allem dann einen Sinn, wenn sie Beth Wheatley gewaltsam dort festhalten.«

»Stimmt. Das ist eine Möglichkeit.«

Beide Männer schwiegen. »Ich glaube, die andere Möglichkeit ist uns beiden klar«, bemerkte Lundquist. Isaac blickte ins Leere und sagte mehr zu sich selbst: »Oder sie haben schließlich doch herausgefunden, dass Andie vom FBI ist.«

»Ich fürchte, ich sehe das genauso, Sir. Was wollen Sie tun?«

»Verhandlungen aufnehmen.«

»Einzelheiten?«

»Ich möchte, dass ein Verhandlungsteam aufgestellt wird. Richten Sie eine mobile Einheit als vorgeschobenen Posten ein.«

»Das Problem ist nur, dass es auf der Farm kein Telefon gibt.«

»Dann besorgen Sie einen Hubschrauber, der ein Handy bei den Idioten abwirft. Wenn das nicht klappt, nehmen Sie einen Lautsprecher. Aber bleiben Sie außerhalb der Reichweite von Scharfschützen.«

»Was ist mit unseren Scharfschützen?«

»Beordern Sie zwei dorthin. Sie sollen erst mal nur beobachten.«

Lundquist rührte sich nicht.

»Machen Sie schon!«, forderte Isaac ihn auf.

»Isaac, ich bin absolut dafür, Verhandlungen zu führen. Aber wir sollten nicht vergessen, dass irgendjemand auf der Farm mit aller Wahrscheinlichkeit für das Erdrosseln von mindestens fünf Menschen verantwortlich ist. Sechs, wenn man Meredith Borge mit dazuzählt, mit Shirley sieben. Wenn die wissen, dass Andie FBI-Agentin ist, werden Gespräche nicht das geeignete Mittel sein, sie da herauszuholen.«

Sie sahen sich an, schließlich sagte Isaac: »Bringen Sie Sondereinsatzkommandos in Alarmbereitschaft. Zwei SWAT-Teams.«

»Das wird gehen. Noch was?«

»Ja«, erwiderte Isaac mit leiser und ernster Stimme. »Keine Gewaltanwendung, bis ich das Zeichen gebe. Wir verhandeln so lange wie möglich. In der Zwischenzeit sorgen Sie verdammt noch mal dafür, dass die SWAT-Leute außer Sichtweite bleiben.«

Während Andie das Geschehen von der Schwelle ihrer Baracke aus beobachtete, hatte sie den Eindruck, die Einzige zu sein, die nicht unter Strom stand. Ständig rannten Männer und Frauen an ihr vorbei. Sie schleppten unbeschriftete Kisten mit Lebensmitteln und Ausrüstung aus der Scheune in das Haupthaus. Einige wirkten verängstigt. Andere waren wütend. Jedenfalls schienen alle genau zu wissen, was sie zu tun hatten.

»Kommen Sie schon, Willow! Packen Sie mit an!«

Eine Gruppe von Frauen eilte an ihr vorbei, aber Andie konnte die Stimme keinem Gesicht zuordnen. Willow hätte nicht einfach nur herumgestanden. Aber Andie hatte zunehmend das Gefühl, dass sie diese Rolle nicht mehr lange aufrechterhalten würde.

Offensichtlich vermittelte den Sektenchefs irgendetwas das Gefühl, dass ein Angriff von außen unmittelbar bevorstand, aber sie hatte nicht die geringste Ahnung, was eigentlich die Entscheidung ausgelöst hatte, das Haus in eine Festung zu verwandeln. Bei ihrem letzten Telefongespräch mit Isaac hatte er versprochen, die Farm überwachen zu lassen. Vielleicht war einer der Agenten entdeckt worden. Vielleicht hatte Isaac auch den Beschluss gefasst, den Druck zu verstärken, ohne ihr etwas davon mitzuteilen. Neue Erkenntnisse bezüglich der Serienmorde konnten leicht eine Straßensperre oder sogar den Einsatz von SWAT-Teams um das Gebäude herum ausgelöst haben. Andie musste einen hoch gelegenen Beobachtungsposten finden, von wo aus sie sehen konnte, was sich abspielte.

Sie rannte von den Unterkünften zur Rückseite der Scheune. Eine Leiter führte zum Heuboden. Sie kletterte schnell hinauf und kroch zu der Öffnung auf der Vorderseite, in der Hoffnung, von dort einen Blick auf die Hauptstraße zu haben. Heute Abend war es so dunkel, dass man nicht einmal mehr das Ende der Auffahrt erkennen konnte. Wenn Polizeikräfte irgendwo da draußen waren, dann war es ein bewusst unauffälliger Einsatz ohne jede Demonstration ihrer Präsenz. Es gab kein Blaulicht, nicht einmal das Glimmen einer Zigarette in der Dunkelheit. Von ihrem erhöhten Posten aus hatte sie allerdings einen besseren Blick auf die Männer, die die Fensterläden am Haupthaus anbrachten. Sie waren vielleicht dreißig Meter weit weg, aber Andie konnte die Automatik-Pistolen sehen, die sie an den Hüften trugen.

Ein Gewehrschuss schlug durch die Bretterwand der Scheune. Noch ein Schuss, und das nächste Brett zerbarst. Plötzlich schienen die Wände unter einem Sperrfeuer aus der der Scheune gegenüberliegenden Richtung zu explodieren, das alte Holz zersplitterte in tausend Stücke. Andie duckte sich, während ihr die Kugeln um die Ohren flogen. Schreie ertönten aus dem Haupthaus, gegen dessen Metallläden Schüsse aus vollautomatischen Gewehren hämmerten. Andie sah mit an, wie einer der Männer auf der Leiter mehrfach getroffen wurde. Er torkelte die Sprossen hinunter und prallte dumpf auf dem Boden auf. Er bewegte sich nicht mehr. Tot. Zwei weitere Männer lagen tot auf dem Dach.

Ein Angriff! Warum?

Die notdürftig organisierte Menschenkette von der Scheune zum Haus hatte sich völlig aufgelöst, die Leute rannten panisch auseinander. »Geht ins Haus!«, schrie jemand von unten.

Andie roch Rauch. Flammen schlugen hinter ihr hoch. Feuer fraß sich durch die Scheune und erfasste das lose Heu und die Ballen. Sie konnte nicht mehr zur Leiter zurück. Hinter ihr tobte ein Flammenmeer, gleichzeitig wurde die Front der Scheune von einem Kugelhagel eingedeckt. Da ihr keine andere Wahl blieb, sprang sie vom Heuboden hinunter und rannte in geduckter Haltung vor den Flammen davon. Verängstigte Pferde flohen aus ihren verqualmten Ställen und wären fast über sie hinweg getrampelt. Eine erneute Gewehrsalve riss eine Frau nur sechs Meter vor ihr von den Beinen. Andie kauerte sich hinter eine der Baracken. Andere schrien und rannten zum Haus oder zu den Baracken, irgendwohin, wo sie sich Schutz erhofften.

Eine Salve zertrümmerte die Fenster über Andies Kopf. Sie drückte sich mit dem ganzen Körper an den Boden, so niedrig wie möglich. Sie hatte Angst, aber mehr noch war sie schockiert. Die FBI-Leute hatten das Feuer eröffnet. Ohne Warnung.

Was zum Teufel treiben diese Idioten?

64

In der Einsatzzentrale brach völlige Verwirrung aus. Ein halbes Dutzend Agenten telefonierte miteinander, alle schrien durcheinander, jeder versuchte herauszufinden, was es mit der Schießerei auf sich hatte.

»Wer zum Teufel hat da draußen den Befehl? Lieutenant Calley?«

Lundquist hatte keine Erklärung. »Unsere Leute haben nicht geschossen.«

»Wer dann? Der Sheriff von Yakima? Heutzutage hat doch jeder sein eigenes SWAT-Team.«

»Das dortige Polizeirevier hat niemanden dorthin beordert. Ich schwöre Ihnen, Isaac, bisher ist noch nicht einmal eine einzige paramilitärische Einheit vor Ort. Auch keins von unseren SWAT-Teams.«

Allmählich dämmerte es Isaac. Er trat an die Karte und sagte leise: »Die bringen sich gegenseitig um.«

»Wie bitte?«, fragte Lundquist entgeistert. »Warum zum Teufel sollten sie das tun?«

»Warum haben sie in Waco Feuer gelegt? Um das Jüngste Gericht einzuläuten.«

Lundquist schwieg perplex.

»Schicken Sie die SWAT-Teams los«, sagte Isaac, »es wird Zeit, dass wir die Leute vor sich selbst schützen.« Er senkte sorgenvoll den Blick. »Oder zumindest Andie retten.«

Ein pulsierender Alarm durchdrang die Nacht, hallte wie eine Luftangriffssirene über das Gelände. Andie lag in einer Vertiefung auf dem Boden, die allerdings kaum Schutz bot. Sie würde bald zu einem flachen Grab werden, wenn Andie keine sicherere Stelle fand. Die Kugeln verfehlten sie nur um Zentimeter und wirbelten um sie herum Dreck auf. Plötzlich gab es eine kurze Feuerpause, als müssten sie nachladen oder sich neu formieren. Andie robbte zum Eingang der Baracken hinüber und schob eine Tür auf, die im selben Moment mit einer Salve belegt und zertrümmert wurde. Doch es gelang ihr, sich durch den Eingang zu rollen und die Tür wieder zuzudrücken. Sie kauerte sich auf den Boden. Als sie nach oben sah, blieb ihr die Luft weg.

Drei Leichen waren unter der Decke aufgehängt. Ein Mann, zwei Frauen. Sie zuckten jedes Mal zusammen, wenn Kugeln durch die zertrümmerten Fenster pfiffen und die Leichen durchsiebten. Sie drehten sich langsam um sich selbst und schließlich erkannte Andie ein Gesicht. Es war Felicia.

Die Apokalypse hatte begonnen.

Andie war völlig erstarrt, sie konnte es nicht mit ansehen, andererseits konnte sie den Blick auch nicht abwenden. Plötzlich roch sie schon wieder Rauch. Der kam nicht von der Scheune. Der kam von hinten aus den Baracken. Die Container standen in Flammen.

Die Tür wurde aufgestoßen. Sie sprang auf, um sich zu verteidigen, aber ein Mann griff nach ihr. Er war bewaffnet und trug eine kugelsichere Weste. Außerdem trug er einen Arbeitsanzug und hatte sich das Gesicht mit Fettschminke beschmiert. Instinktiv schlug sie zweimal nach ihm und verpasste ihm einen kräftigen Kinnhaken.

»Willow, hören Sie auf!«

Sie erkannte ihn. Es war Tom. Und er glaubte immer noch, sie wäre auf seiner Seite.

»Gehen wir. Alle ins Haus.«

Sie hatte keine Ahnung, was jetzt los war, doch dann fiel der Groschen. Sie bemerkte das vollautomatische AK-47-Sturmgewehr und die Hohlspitzmunition, die er bei sich trug. *Du Scheißkerl. Du hast auf deine eigenen Leute geschossen.*

»Verdammt noch mal, kommen Sie endlich! Ins Haus!« Er packte sie und zerrte sie regelrecht zur Tür hinaus.

65

Die Auffahrt war leer, als Gus zu Hause ankam. Carlas Wagen war nicht da. Auf dem Rückweg von Meredith hatte er aus dem Auto angerufen und versucht, ihr die Dringlichkeit der Situation deutlich zu machen, ohne sie mit der Nachricht über einen Mörder, der zu ihr unterwegs war, zu Tode zu erschrecken. Er würde ja noch nicht sofort an der Tür der Wheatleys erscheinen. Carla hatte also Zeit genug, Morgan in Sicherheit zu bringen, bevor der Angreifer zu seinem Wagen gelangen und die ganze Strecke von Meredith bis zu ihr zurücklegen konnte.

Es sei denn, er hatte einen Komplizen.

Gus bekam plötzlich Herzrasen. In dem ganzen Durcheinander – Abwehr des Angreifers, Dex' Schussverletzung – hatte er die Möglichkeit, dass zwei Mörder am Werk waren, völlig außer Acht gelassen. Er eilte ins Haus und rief schon in der Eingangshalle ihre Namen.

»Morgan, Carla?«

Keine Antwort. Es schien niemand im Haus zu sein. Er schloss die Tür und schaltete das Licht ein. Zuerst ging er in Morgans Zimmer. Leer. Er nahm das schnurlose Telefon und wählte die Nummer des Polizeireviers, um sicherzugehen. Während er als Nächstes sein Schlafzimmer ansteuerte, meldete sich jemand.

»Guten Tag, mein Name ist Gus Wheatley. Ich möchte

nachfragen, ob meine sechsjährige Tochter und meine Schwester bei Ihnen sind. Das hört sich vielleicht komisch an, aber ich habe sie dorthin geschickt, weil etwas vorgefallen ist und sie Angst hatten, allein zu Hause zu bleiben.«

»Ich werde nachsehen. Wie waren die Namen?«

»Wheatley ist der Familienname. Morgan und Carla.«

Gus hörte es klicken, dann wurde Musik vom Band gespielt. Er war in der Warteschleife. Er betrat den begehbaren Kleiderschrank, klemmte sich den Hörer unter das Kinn, zog Beths großen Karton mit den alten Fotos aus dem Regal, setzte sich im Schneidersitz auf den Boden und wühlte den Karton durch.

Diesen Karton hatte er schon in einer der vergangenen Nächte untersucht, während er sich an Beth und die alten Zeiten erinnert hatte. Bei einigen Fotos hatte er länger verweilt. Andere hatte er sich nur flüchtig angesehen. Zuerst hatte er sich nur auf die Fotos von Beth und ihm oder von Beth und Morgan konzentriert. Gegen Ende der Nacht hatte er allerdings fast alle Fotos betrachtet. Einige waren zu einer Zeit aufgenommen worden, als er noch gar nicht näher mit Beth zu tun hatte. In jener Nacht hatte er Beth wiederentdeckt, er hatte die Möglichkeit, Freundinnen von ihr kennen zu lernen, von denen er bis dahin gar nichts wusste.

Auf eine dieser Freundinnen konzentrierte sich mittlerweile sein Verdacht.

Wenn er sich richtig erinnerte, war sie nur auf einem Foto unter tausenden. In der Nacht hatte ihm das Foto gar nichts gesagt. Irgendein Schnappschuss unter vielen. Er hatte es sich wahrscheinlich nicht einmal länger als fünf Sekunden angesehen. Aber am frühen Abend, als er das fünf Jahre alte Foto von Meredith Borge in ihrem Esszimmer gesehen hatte, war der Groschen gefallen. Er hätte schwören können, irgendwo in dem Haufen Fotos eins von Beth und Meredith gesehen zu haben. Wenn es wirklich existierte, musste er es finden. Er musste herausfinden, wie Beth mit der Sekte in Kontakt gekommen war.

Er war sich nicht sicher, welcher Stapel genau dieses eine Foto enthielt. Hastig ging er die Stapel durch. Schließlich hielt er inne. Er hatte es gefunden. Er legte es auf den Teppichboden neben das Foto, das er bei Meredith eingesteckt hatte, und verglich die beiden. Es gab keinen Zweifel. Die Frau auf dem Foto war die jüngere und viel fettere Meredith Borge mit langen braunen Haaren. Die Frau rechts neben ihr war Beth. Neugierig sah er sich die anderen Fotos von derselben Filmrolle an, Fotos, die ihm so unbedeutend erschienen waren, dass er sich in jener Nacht nicht einmal die Mühe gemacht hatte, sie näher zu betrachten. Er fand noch eins von Meredith und Beth. Aber dieses war anders. Es gab noch eine dritte Frau, die den Arm um Meredith gelegt hatte, offenbar eine enge Freundin.

Es war seine Schwester.

Die Vermittlung war wieder am Apparat. »Sir? Hier gibt es keine Morgan oder Carla Wheatley.«

Bevor er etwas erwidern konnte, unterbrach ihn Carla. »Leg auf, Gus.«

Er wirbelte herum. Sie stand im Türrahmen des Wandschranks und hielt eine Pistole auf ihn gerichtet. Sie hatte einen Hörer in der anderen Hand. Sie hatte den Anruf mitgehört.

»Sir?«, fragte die Vermittlung.

Carla sagte: »Sag ihr, dass alles in Ordnung ist, und leg auf. *Sofort.*«

»Sir, sind Sie noch dran?«

»Ach so – da kommen sie ja. Sie fahren gerade die Einfahrt herauf. Trotzdem danke, dass Sie nachgesehen haben.«

Er legte auf und fauchte: »Was hast du mit Morgan gemacht?«

»Es geht ihr gut. Und ihr wird es auch weiterhin gut gehen, wenn du tust, was ich dir sage.«

»Bist du verrückt? Was treibst du?«

»Ich habe versucht, dich zu warnen. Der Zettel an der Windschutzscheibe. Du hast ihn einfach ignoriert.«

»Aber es war Beths Handschrift.«

»Glaubst du, ich kenne Beths Handschrift nicht?«

»Du steckst hinter der Geschichte mit ›Mary Had a Little Lamb‹ aus der Telefonzelle, stimmt's? Du bist die Einzige, die von dem kleinen Geheimnis zwischen Beth und Morgan gewusst haben kann.«

»Halt den Mund, Gus. Jetzt bestimme *ich* hier.«

66

Asche und brennende Schindeln fielen wie glühende Schneeflocken von der Scheune herab. Ein scharfer Wind trug sie zum Haupthaus, aus dem ein Dutzend Leute in Panik in den Garten hinter dem Haus rannten. Zwei Männer in der gleichen Tarnkleidung wie Tom standen an den offenen Kellertüren und zwangen die Leute nach unten. Andie wusste von ihrem Lügendetektor-Test, dass der Keller nicht annähernd groß genug war, um alle Sektenmitglieder aufzunehmen. Da viele durch Erhängen und in der Schießerei ums Leben gekommen waren, hatten sich die Reihen deutlich gelichtet.

Ausgemerzt, dachte Andie und erinnerte sich an den Begriff, den Tom beim Hühnergehege benutzt hatte.

Das Gewehrfeuer ging weiter, war aber unregelmäßig, als würden sie absichtlich daneben schießen. Andie duckte sich, als sie und Tom den Garten zum Haus hin durchquerten. Glühende Holzstücke verfingen sich in ihren Haaren und verbrannten ihr das Gesicht. Es konnte nur noch eine Frage der Zeit sein, bis das ganze Haus in Flammen aufging. Direkt vor ihr eilten die Leute auf der Suche nach Schutz in den Keller. Das war eindeutig eine tödliche Falle. Sie musste zusehen, dass sie hier wegkam.

Ein Streit brach an der Kellertür aus. Eine Frau weigerte sich, die Treppe hinunterzugehen. Von irgendwo draußen wurde eine Salve abgefeuert, die die Frau auf der Stelle tötete. Die anderen stoben in Panik auseinander. In dem Durcheinander riss Andie sich von Tom los und rannte weg. Sie tauchte in die Sträucher am Haus ab, an der Stelle, wo einer der Leute von der Leiter geschossen worden war. Er war mausetot, aber seine Pistole steckte noch im Halfter. Andie schnappte sich die Waffe und verstaute sie in ihrer Jacke.

Tom brüllte seinen Untergebenen Befehle zu, wandte sich um und entdeckte Andie. »Willow!« Er hatte nicht mitbekommen, dass sie die Waffe an sich genommen hatte. Sie hörte nicht auf ihn.

»Kommen Sie hier rein!«, rief er.

Andie rannte in die entgegengesetzte Richtung, die hintere Terrasse hinauf und ins Haus, in der Hoffnung, er würde ihr folgen. Er kam tatsächlich. Sie setzte ihren Weg in voller Geschwindigkeit fort, durch die Küche und von dort in die Diele. Das Haus war evakuiert und es brannte kein Licht. Fensterläden aus Stahl waren vor fast allen Fenstern angebracht, außer vor demjenigen über dem Waschbecken. Durch dieses fiel das einzige Licht herein, das Flackern der brennenden Scheune dreißig Meter vor dem Haus.

Oder hatte das Haus Feuer gefangen?

Andie bezog im Flur unter dem Treppenabsatz Stellung. Sie überprüfte ihre Pistole. Sie war geladen. Im Schutz der Dunkelheit mit dem Rücken zur Wand wartete sie ab.

Ein Geschoss prallte von dem Fensterladen des vorderen Panoramafensters ab, aber sie zuckte nicht zusammen. Einige von Blechmans Feldwebeln waren offensichtlich noch draußen und verbreiteten Chaos.

Die Küchentür wurde aufgestoßen. »Willow!«, schrie Tom. »Runter in den Keller.«

Sie reagierte nicht.

»Ich gebe Ihnen fünf Sekunden, um da rauszukommen.«

Sie zählte lautlos mit. Genau bei fünf nahm Tom das leere Munitionsmagazin aus dem Gewehr und legte ein neues nach. »Sie haben es nicht anders gewollt«, sagte er laut und ging durch die Küche.

Sie befanden sich in dem Teil des Wandschranks, der für die Ankleide vorgesehen war. Beths Klamotten lagen überall um sie herum auf Regalen oder hingen an Kleiderbügeln. Gus legte sich bäuchlings auf den Boden, wie Carla befohlen hatte. Sie stand über ihm und hielt die Waffe auf seinen Rücken gerichtet. Sie zerrte an einem Kleid, um den Gürtel daraus zu lösen, mit dem sie seine Hände fesseln konnte.

Gus sah zu ihr auf. »Du hast Beth in die Sekte gebracht, stimmt's?«

»Schlaues Kerlchen. Wie viele Jahre hast du gebraucht, um das herauszufinden?«

»Du und deine Freundin Meredith. Sie ist tot. Weißt du das?«

Sie lächelte gequält, als wäre ihr Bruder leicht unterbelichtet. »Natürlich weiß ich das. Meredith ist nicht mehr meine Freundin, seit sie sich gegen uns gewandt hat und ihre Tochter von der Farm weggeholt hat.«

»Hat Shirley deshalb versucht, sie zu töten?«

»Es war nicht Shirley allein. Sie ist dafür in den Knast gewandert, und da sie ein braves Mädchen ist, hat sie keine Namen genannt. Sie hat sich der Gruppe gegenüber loyal verhalten. Bis du mit einer viertel Million Dollar vor ihrer Nase herumgewedelt hast.«

»Du bist also verantwortlich für Shirleys Tod. Du hast Blechman erzählt, dass sie mit mir gesprochen hatte.«

»Sieh dich vor. Versuch nicht, alles herauszukriegen. Als Workaholic, der mit seinem Beruf verheiratet war, hast du deutlich sicherer gelebt.«

»Das war meine Fahrkarte in die Sicherheit, oder was? Immer schön beschäftigt sein und ahnungslos glücklich, während du meine Frau überredest, sich einer Sekte anzuschließen.«

»Wenn es dich tröstet, sie hat sich nie wirklich der Sekte verschrieben. Unser Meister gibt sich jede Menge Mühe mit ihr, seit ich sie zur Farm gebracht habe. Er bearbeitet sie immer noch. Ihm gefällt, wie sie aussieht.«

»Falls dieser *Meister*«, sagte er wütend, »auch nur ein einziges Mal Hand an sie legt –«

Ein Schrei zerriss die Spannung. Er war von irgendwo im Haus gekommen. In diesem Moment sprang Gus Carla an und stieß sie rücklings in die hängenden Kleider, so dass sie wild um sich schlug. Sie versuchte, ihm mit ihren Fingernägeln die Augen auszukratzen, während sie um die Waffe rangen. Als das Gerangel vorbei war, war Gus über ihr und zielte mit der Pistole auf ihr Gesicht.

»Was war das für ein Schrei?«, fragte er scharf, aber ruhig.

»Ich weiß nicht.«

»Wo ist Morgan?«

»Es geht ihr gut, ich schwöre es. Ich habe sie im Keller eingeschlossen, bis ...«

»Bis du mich erledigt hast?«, fragte er ungläubig.

Wieder war ein Schrei zu hören. Er schien aus dem Keller

gekommen zu sein. Die Pistole immer noch an ihren Kopf gedrückt, zog er Carla auf die Füße und schob sie zur Tür. »Beweg dich. Du kommst mit mir.«

Andie wagte kaum zu atmen, während sie unter den Treppenstufen abwartete. Die Dunkelheit war ihr einziger Schutz. Es war nicht völlig finster, aber doch dunkel genug, um sie zu verdecken. Tom bewegte sich vorsichtig. Ein Schritt. Pause. Noch ein Schritt. Pause. Jeder Schritt ein bisschen näher, jeder Schritt ein bisschen lauter. Schließlich konnte sie ihn im Dunkeln sehen, seine Umrisse nahmen allmählich Formen an. Das ganze Haus schien heller zu werden und das lag nicht nur an ihren Augen, die sich an die Dunkelheit gewöhnten. Das Feuer wurde größer und warf mehr Licht durch das Küchenfenster. Sie hörte ein Rumpeln draußen, als würde die Scheune in sich zusammenfallen. Die plötzlich auflodernden Flammen tauchten den Flur in grelles Licht.

Ihre Blicke trafen sich und sie wusste, dass es jetzt um ihr Leben ging. Sie stürzte ins Wohnzimmer. Tom feuerte, verfehlte sie jedoch. Andie schoss zurück. Sie traf seine rechte Hand und seine Pistole flog durch die Luft. Andie sprang ihn an und warf ihn auf den Rücken. Sie versuchte, ihn auf dem Boden festzuhalten, aber er wand sich unter ihr.

»Stillhalten!«, schrie sie.

Er schlug wild um sich, aber seine zertrümmerte Hand war nutzlos. Sie rammte ihm ihr Knie in die Weichteile und drückte ihm die Waffe ins Gesicht. »Stillhalten, habe ich gesagt!«

Tom stöhnte und gab den Widerstand auf.

»Bringen Sie mich zu Beth Wheatley.«

»Zu wem?«, erwiderte er atemlos.

Sie spannte den Hahn und drückte ihm den Lauf in die Augenhöhle. »Sie bringen mich jetzt zu Beth Wheatley oder ich puste Ihnen das Gehirn aus dem Schädel.«

Andie war sich nicht sicher, ob Beth hier war. Sie war sich nicht einmal sicher, ob Beth gegen ihren Willen festgehalten wurde. Sie hoffte, dass ihr Bluff funktionieren würde.

»Sie ist auf dem Dachboden.«

Es hatte funktioniert. Sie erhob sich langsam und hielt die Pistole immer noch auf ihn gerichtet. »Wenn Sie auch nur eine Bewegung machen, die mir nicht gefällt, sind Sie tot. Los, gehen wir.«

Sie stiegen die Treppe zum ersten Stock hinauf, dann eine kleinere Treppe in den zweiten Stock. Am Ende der Treppe befand sich eine abgetrennte Sitznische, die auf eine außen am Haus angebrachte kleine Plattform führte. Im hinteren Teil der Nische gab es eine hässliche Abtrennung, die eindeutig zur Absicherung und nicht aus ästhetischen Gründen da war. Die Tür war mit einem Kastenschloss versehen und konnte nur von außen verriegelt werden.

»Sie ist da drin.«

Wenn sie tatsächlich da drin war, dann als Gefangene. »Schließen Sie auf.«

»Ich habe keinen Schlüssel.«

»Legen Sie sich mit dem Gesicht nach unten auf den Boden.«

Er folgte ihrer Anweisung. Andie rief laut: »Beth Wheatley, sind Sie da drin?« Keine Antwort. »Wenn Sie da drin sind, dann gehen Sie weg von der Tür.«

Mit einem schnellen Schuss zerstörte sie das Schloss. Eine Frau in dem Raum stieß einen Schrei aus. »Beth, Sie sind in Sicherheit. Hier ist das FBI!«

»Flora, das ist eine Falle!«

Andie richtete die Pistole auf ihn. »Klappe halten!«

»Sie gehört zu den Feinden, Flora! Sie bringen uns alle um!«

Andie sagte: »Beth, kommen Sie jetzt heraus!«

»Bleib, wo du bist, Flora!«

Andie drehte ihm mit einem Ruck den Arm um. »Los, wir gehen rein.«

Sie trat die Tür auf. Beth schrie noch lauter. Sie lag zusammengekauert in der hinteren Ecke unter einem mit Brettern zugenagelten Fenster. »Lasst mich in Ruhe!«

Plötzlich prasselten von außen Schüsse auf die Metallläden. Als Beth wieder anfing zu schreien, wirbelte Tom herum und warf Andie über seine Schulter. Sie krachte auf den Boden. Ihre Pistole schlitterte über den Fußboden. Beth sprang aus der Ecke hervor und ergriff sie.

»Halt!«, rief sie.

Andie und Tom verharrten reglos, beide auf den Knien. Beth zitterte verwirrt und hielt die Pistole auf beide gerichtet. Sie betrachtete Tom offenbar nicht als Freund, aber Andie musste diese Frau erst noch davon überzeugen, dass sie keine Feindin war.

»Ich bin Agentin Henning vom FBI. Bitte glauben Sie mir, ich bin hier, um Ihnen zu helfen.«

»Sie ist keine FBI-Agentin, Flora. Sie führt die Revolte an. Sie wollen uns alle töten.«

Beth zielte unsicher auf Andie. »Wenn Sie vom FBI sind, dann zeigen Sie mir Ihre Dienstmarke.«

»Ich habe keine. Ich bin hier als Undercover-Agentin.«

»Sie ist eine der Aufständischen«, sagte Tom. »Bring sie um, bevor sie uns beide tötet.«

»Bleib, wo du bist!«

»Erschieß sie, Flora! Du hast schon für uns getötet. Töte noch einmal.«

»Ich habe nie jemanden getötet!« Sie warf Andie einen flehenden Blick zu, war aber immer noch nicht davon überzeugt, dass sie eine FBI-Agentin war. »Er lügt, er versucht, mich ins Gefängnis zu bringen.«

»Ich glaube Ihnen«, sagte Andie. »Jetzt lassen Sie mich aufstehen und geben Sie mir die Waffe.«

»Nein!«, schrie Beth. »Ihr beide bleibt, wo ihr seid!«

Tom stand auf und ging langsam auf sie zu. »Komm schon, Flora. Du gehörst zu uns.«

»Nein, das tue ich nicht!«

»Gib mir die Pistole.«

»Halt! Keinen Schritt näher.«

Er ging immer weiter. »Es ist Zeit, mit der Vergangenheit zu brechen. Komm in den inneren Kreis.«

»Keinen Schritt weiter! Oder ich schieße!«

»Das würde Steve nicht sehr glücklich machen oder was meinst du?«

Bei der bloßen Erwähnung seines Namens lief ihr Gesicht rot an. Es war deutlich, dass er die falsche Karte gespielt hatte. Er machte einen Sprung auf sie zu und griff nach der Pistole. Ein Schuss fiel, dann noch einer. Andie duckte sich tief und Tom fiel zu Boden. Beth versuchte zu sprechen, aber sie konnte nur noch krächzen. Eine Blutlache bildete sich unter Toms verdrehtem Körper. Er bewegte sich nicht mehr.

Beth ließ die Pistole fallen, sie warf sie beinahe weg. Andie glitt über den Boden und nahm sie an sich. Beth kauerte sich auf das Bett und schluchzte. Andie untersuchte Toms Puls und fühlte nichts mehr. Vorsichtig näherte sie sich Beth und berührte sanft ihren Arm.

»Es ist alles gut. Es ist vorbei.«

Beth musste weinen und versuchte, sich zu beherrschen. »Sind Sie sicher?«

»Ja. Ich bin sicher.«

»Wo ist Blechman?«

Andie durchfuhr ein kalter Schauer. Sie wusste es nicht. »Alles ist unter Kontrolle«, sagte sie, bemüht, sich ihre eigenen Sorgen nicht anmerken zu lassen.

67

Die Kellertür quietschte in ihren Scharnieren, als sie langsam aufschwang. Gus wäre am liebsten losgerannt, um Morgan herauszuholen, fürchtete aber, in eine Falle zu laufen. Er stand an der Kellertreppe und hielt Carla als menschlichen Schutzschild vor sich, die Pistole an ihrem Hinterkopf.

»Morgan, bist du da unten?«

Das Schweigen bestätigte seine Befürchtungen. Sie war nicht allein.

Er schaltete das Licht ein. Die schwache Birne beleuchtete kaum den oberen Teil der steilen und engen Holztreppe. Ab der zehnten Stufe lag sie in völliger Dunkelheit; die nicht fertig gestellten Kellerräume rochen schimmelig und verschluckten jedes Geräusch. Es gab nur einen Weg hinein und auch hinaus – durch diese Tür.

»Sollte jemand da unten sein, ich habe bereits die Polizei verständigt«, rief Gus laut. »Sie sind schon unterwegs hierher.«

Gus wartete, die Sekunden verstrichen. Er hatte tatsächlich die Polizei angerufen. Aber die Schreie von vorhin hatten ihm klar gemacht, dass er keine Zeit verlieren durfte. Er hielt Carla fest und rief: »Wer ist da unten?«

Plötzlich ging unten das Licht an. Ein Mann stand am unteren Ende der Treppe, es war der Mann, der ihn im Haus von Meredith angefallen hatte. »Wir sind hier.«

Das war Blechman, vermutete Gus, der gut aussehende junge Sektenanführer, den Meredith ihm beschrieben hatte. Er benutzte Morgan als Schutzschild und hielt ihr gleichzeitig eine Pistole an den Kopf. Morgan war zu klein, um seinen ganzen Körper zu verdecken, allerdings stand sie eine Stufe höher als er, während er hinter ihr kniete.

»Morgan!«, schrie Gus.

»Sparen Sie sich Ihren Atem«, sagte Blechman. »Sie kann Sie weder sehen noch hören.«

Aus Kopfhörern dröhnte Musik in Morgans Ohren und ihr Mund war mit Klebeband verschlossen. *Gott sei Dank,* dachte Gus. Er bemerkte, dass auch ihre Hände und Füße gefesselt waren. Er drückte die Pistole noch fester gegen Carlas Kopf. »Lassen Sie meine Tochter gehen oder Carla ist tot.«

»Und wohin soll das führen?«, fragte Blechman kühl.

»Lassen Sie sie gehen!«

»Sie haben keine Chance, Gus. Ist Ihnen das nicht klar? Ich halte jemanden fest, für den Sie sterben würden. Sie halten jemanden fest, der für *mich* sterben würde. Sag es ihm, Rosa.«

»Rosa?«, fragte Gus verwirrt.

»Die Frau, die deine Schwester war«, klärte Carla ihn auf.

Blechman lächelte. »Sag ihm, dass du für mich sterben würdest.«

»Ich würde liebend gerne für dich sterben.«

»Sehen Sie, Gus? Jetzt händigen Sie mir Ihre Pistole aus und retten Sie Ihre Tochter.«

»Sie scheinen mich für einen Idioten zu halten.«

»Wir töten nicht gerne Kinder«, sagte Blechman. »Geben Sie uns Ihre Pistole und wir werden nur Sie töten. Dann ist Morgan frei. Wenn Sie Ihre Waffe nicht rausrücken, puste ich Ihrer kleinen Tochter direkt vor Ihren Augen das Gehirn weg.«

Gus zitterte. »Sie werden uns doch sowieso beide töten.«

»Ihre Tochter weiß überhaupt nichts. Es gibt keinen Grund, sie zu töten.«

»Ich werde doch nicht meine eigene Nichte töten«, schaltete Carla sich ein.

»Ach so, aber deinen eigenen Bruder würdest du töten.«

»Du hast uns dazu getrieben. Ich habe versucht, dich zu warnen. Du wolltest ja nicht hören.«

»Das reicht, Rosa«, fuhr Blechman dazwischen.

Gus konnte keinen klaren Gedanken mehr fassen. »Lassen Sie Morgan einfach gehen. Die Cops sind bereits unterwegs hierher. Ich habe nicht geblufft. Ich habe sie tatsächlich verständigt.«

»Stimmt das, Rosa?«

»Ja. Er hat noch einmal vom Schlafzimmer aus angerufen, nachdem er mir die Pistole abgenommen hatte.«

Blechmans Augen funkelten wütend. Er verstärkte den Griff, mit dem er Morgan hielt. »Das hätten Sie nicht tun sollen. Und du«, sagte er zu Carla, »hättest es nicht zulassen dürfen.«

»Nehmen Sie die Hand von meiner Tochter. Ich drücke ab, das schwöre ich Ihnen.«

»Das ist Rosas Pistole«, sagte Blechman. »Sie ist gar nicht geladen. Stimmt's, Rosa?«

Sie war ziemlich nervös. »Das stimmt. Sie ist gar nicht geladen.«

Blechman sagte: »Also los, machen Sie schon. Drücken Sie ab.«

Gus konnte sehen, dass Morgan langsam das Bewusstsein verlor. Blechman hatte die ganze Zeit nur ihren Rumpf umklammert, aber jetzt hatte er die Hand um ihren Hals gelegt. »Lassen Sie meine Tochter los!«

Blechman fixierte Carlas Blick, als habe er sie damit in der Gewalt. »Sag es ihm. Sag ihm, er soll endlich voranmachen und abdrücken.«

Ihre Stimme zitterte, aber sie wagte nicht, ihm den Gehorsam zu verweigern. »Mach nur, Gus. Die Pistole ist nicht geladen.«

Er merkte genau, dass sie log. Wenn er sie nicht irgendwie dazu brachte, weiterzureden, würde er seine eigene Schwester töten müssen. »Was haben Sie mit meiner Frau gemacht?«, fragte Gus.

»Sie war eine herbe Enttäuschung für mich«, antwortete Blechman. »Ich habe mich ziemlich lange mit ihrem Ungehorsam herumgeschlagen. Sie hatte ein besonderes Aussehen. Sie hätte es weit bringen können. Aber Morgan sieht ihr verdammt ähnlich. Wenn es so weit ist, wird sie vielleicht weiter gehen.«

Seine perversen Absichten lagen plötzlich klar auf der Hand. Einer spontanen Eingebung folgend, stieß Gus Carla die Treppe hinunter, so dass Blechman einen Augenblick lang von Morgan abgelenkt wurde. Es ging blitzschnell und Gus musste all seine Erfahrung mit Schusswaffen zum Einsatz bringen. Aber es war seine einzige Chance. Er feuerte einen Schuss ab, der Blechmans Kopf in einer blutigen Explosion nach hinten schleuderte.

Blechman stürzte in die Dunkelheit und riss Morgan mit sich.

»Morgan!« Gus sprang die Treppe hinunter. Blechman hatte sich nicht mehr bewegt. Morgan wand sich in ihren Fesseln auf dem Betonboden, ohne sehen und hören zu können. Gus riss ihr die Kopfhörer herunter und drückte sie an sich.

»Ich bin's, Daddy. Alles ist in Ordnung, Kleines. Es wird alles wieder gut.«

Am Fuß der Treppe lag Carla neben Blechman auf den Knien und weinte vor sich hin. Gus packte Blechmans Pistole und schob sie in seinen Hosenbund. Er nahm Morgan in die Arme, ließ aber noch das Klebeband auf ihren Augen, während er an seiner Schwester vorbeiging. Er wollte nicht, dass seine Tochter das Blutbad sah. Carla rührte sich nicht, als Morgan und Gus die Treppe hinaufstiegen.

Oben angekommen, warf er einen Blick zurück in den Keller. Carla beugte sich vor und küsste Blechmans blutige Lippen, dann sah sie Gus an.

»Du hast meinen Mann ermordet«, sagte sie mit brechender Stimme.

Gus betrachtete sie mit einer Mischung aus Verachtung und Mitleid. Sie war vom Regen in die Traufe gekommen. Nachdem sie einen Freund gehabt hatte, der sie missbraucht und mit Schlägen ihre Unterwerfung erzwungen hatte, war sie bei einem psychopathischen Sektenführer gelandet, der ihren Geist beherrschte. So traurig es war, aus diesen Tiefen gab es keine Rückkehr.

Gus schloss die Kellertür und verriegelte sie. Sirenen lärmten in der Auffahrt und kündigten das Eintreffen der Polizei an. Er hielt Morgan fest in den Armen und wartete einfach.

68

Mehr als ein Dutzend Tote.

Mit diesem niederschmetternden Fazit sah sich Andie konfrontiert, als sie am folgenden Morgen kurz vor Sonnenaufgang nach Seattle ins Büro zurückkehrte. Zwei Männer und drei Frauen waren brutal ermordet worden – mit Shirley und Meredith Borge waren es noch zwei mehr. Die Sekte hatte elf Mitglieder verloren, einschließlich Blechman, Felicia und Tom. Einige waren im Feuer umgekommen, bevor die FBI-Leute sie hatten evakuieren können. Einige hatten sich in dem ganzen Wahnsinn selbst erhängt.

Andie hatte die ganze Nacht nicht geschlafen und stand immer noch unter Hochspannung. Als sie im Vorraum des FBI-Verhörzimmers durch den Einwegspiegel spähte, hatte sie endlich einmal die Gelegenheit, Victoria Santos in Hochform bei der Arbeit zu erleben. Isaac hatte sie spät in der Nacht zum Verhör von Gus' Schwester ins Büro bestellt, nachdem mehrere andere Agenten ihr lediglich leere Blicke hatten entlocken können. Carla hatte nicht um einen Anwalt gebeten, so dass ein weiteres Verhör gesetzlich zugelassen war. Es wurde aber jemand gebraucht, der fähig und erfahren genug war, Zugang zu einer treu ergebenen Sektenanhängerin zu finden, die eben erst ihren geliebten Guru und Ehemann verloren hatte. Isaac hatte Victoria hergebeten. Und das war die richtige Entscheidung gewesen.

Andie sah fast eine halbe Stunde zu und bekam das Ende des Verhörs mit. Victoria wirkte verjüngt und schien ihre alte Form wiedergefunden zu haben. Andie wollte nur zu gerne glauben, was Isaac ihr vor einiger Zeit gesagt hatte – dass sie der Auslöser für Victorias wiederentdeckte Energie gewesen sei, dass Victoria in ihr ihr früheres Selbst entdeckt und dadurch ihr Gefühl, ausgebrannt zu sein, überwunden habe. Zwar konnte sie sich nicht vorstellen, dass das der Wahrheit entsprach, trotzdem hatte ihr Isaacs Bemerkung gut getan.

Kurz nach acht Uhr kam Victoria schließlich heraus. Andie, sie und Isaac begaben sich in ein Besprechungszimmer am Ende des Flurs. Victoria wirkte müde, gleichzeitig aber hellwach und erregt, als hätte sie einen Tanzmarathon gewonnen. Das erinnerte Andie daran, dass sie selbst ihr eigenes Gesicht nicht mehr gesehen hatte, seit sie bei der spiegellosen Sekte angekommen war. Die Aussicht war erschreckend.

»Wie ist es gelaufen?«, fragte Isaac.

»Es reicht, damit der Staatsanwalt Mordanklage gegen sie erheben kann.«

»Für welche Morde?«

»Keiner der fünf, an die Sie denken. Es sieht ganz so aus, als ob die Mordserie noch weiter zurückreicht als zu den beiden Männern, die Tom ähnlich sahen, und den drei Frauen, die Beth Wheatley glichen.«

Isaac war nahe daran, laut aufzustöhnen. »Sagen Sie bloß nicht, dass in dieser verdammten Sekte jeder auf diese Weise getötet hat.«

»Nein. Aber es war als eine Art Aufnahmeritual in Blechmans inneren Zirkel vorgesehen. Das Konzept befand sich noch in der Entwicklungsphase.«

»Entwicklungsphase?«

»Soweit ich es verstanden habe, war Carla das erste Mitglied, das diese höhere Stufe erreichen sollte. Ursprünglich vertrat Blechman die Theorie, dass man, um die Ebene des Menschlichen zu überwinden, sich nicht nur von den Menschen, die einen festhalten, trennen muss, sondern dass man die Dinge – oder die Person – auslöschen muss, die die Energie absaugen. In Carlas Fall war es ihr Exfreund, der sie misshandelt hatte.«

»Das passt aber nicht zu den Echo-Morden«, wandte Isaac ein. »Die Opfer ähnelten nur einem Sektenmitglied, das sie nicht einmal kannten. Sie waren allesamt keine alten Freunde oder etwas in der Art.«

»Das stimmt«, erwiderte Victoria. »Soweit Carla es mir erklärt hat, hat Blechman sofort erkannt, dass es zu gefährlich war, wenn seine Anhänger die tatsächliche Person töteten, die sie zurückhielt. Er hätte schnell einen Haufen von Anhängern mit ermordeten Müttern, Freunden, Ehemännern oder Ehefrauen am Hals gehabt. Die wären für die Polizei wie Leuchtmarkierungen gewesen. Also hat er den Initiationsritus geändert. Er beschloss, symbolische Opfer zu benutzen.«

»Symbole wofür?«

»Das Opfer repräsentiert das alte Selbst der Initiierten«, erklärte Andie.

»Verstehe«, sagte Isaac. »So wie diese beiden Männer Tom ähnelten. Und wie die drei Frauen Beth Wheatley ähnlich waren.«

»Nur dass Beth nicht willens war mitzumachen«, fügte Andie hinzu.

Isaac strich sich nachdenklich über das Kinn. »Nicht willens ... vielleicht. Sie gehen also davon aus, dass sie die vollständige Wahrheit gesagt hat, als Sie sie befragt haben.«

»So traumatisiert wie Beth war«, erwiderte Andie, »war sie sicher kaum in der Lage, sich ausreichend zu verstellen, um auch nur an einer Halbwahrheit festzuhalten.«

Isaac wirkte skeptisch. »Sie ist noch hier im Gebäude, stimmt's?«

»Ja. Sie ist zusammen mit Gus im westlichen Besprechungszimmer. Sie sind bereit zu kooperieren, aber am liebsten wäre es ihnen, wenn ich sie nach Hause gehen ließe.«

»Glauben Sie, Mrs Wheatley wäre damit einverstanden, mit Victoria zu reden?«

Andie wollte gerade antworten, aber Victoria kam ihr zuvor. »Ich sehe dazu keine Veranlassung. Ich vertraue auf Andies Einschätzung der Situation.«

Andie fühlte sich geschmeichelt. »Wirklich?«

»Ja, wirklich. Sie haben wahrhaftig ausgezeichnete Arbeit geleistet.«

»Also, ich ...« Sie unterbrach sich und sparte sich die Dankesfloskeln, weil sie sich noch gut an Victorias Bemerkung erinnern konnte, als sie Andie das erste Mal gelobt hatte – dass Komplimente bei der »Firma« rar waren und man besser den Mund hielt und sie einfach hinnahm. »Danke.«

Victoria sah Isaac an. »Ich bin erledigt. Sollten Sie mich innerhalb der nächsten zwei Stunden brauchen, ich haue mich unten in der Krankenstation aufs Ohr. Wenn mich sonst irgendjemand braucht, bin ich in Milwaukee.«

»Ich würde sagen, Sie haben sich eine Mütze Schlaf verdient.«

Sie schüttelte Andie die Hand. »Nicht dass ich mir noch

mehr Serienmörder wünsche, aber ich hoffe, wir haben wieder mal die Gelegenheit zusammenzuarbeiten.«

»Das hoffe ich auch.«

Victoria steuerte auf den Aufzug zu. Andie und Isaac tauschten Blicke aus. Er sagte es nicht, vielleicht weil er glaubte, dass es sich im Vergleich zu dem dicken Lob von Victoria Santos lahm ausnehmen würde. Aber sie spürte, wie stolz er auf sie war.

Andie sagte: »Kommen Sie, gehen wir zu den Wheatleys.«

Schweigend gingen sie den Flur entlang zum westlichen Besprechungsraum und blieben vor der Tür stehen. Die Lamellen der Jalousie vor dem Fenster in der Tür waren gerade so weit geöffnet, dass man hineinsehen konnte. Gus und seine Frau saßen nebeneinander mit dem Rücken zur Tür. Er hatte seinen Arm um sie gelegt. Ihr Kopf lag auf seiner Schulter.

Andie deutete ein Lächeln an. »Sie glauben ihr wirklich, stimmt's?«, fragte Isaac.

»Sind Sie noch unsicher?«

»Eine Sache nervt mich. Ihre Erklärung, wie ihre Fingerabdrücke auf das Münztelefon in Oregon gelangt sind. Die ganze Idee, dass Blechman sie gezwungen hätte, einen Hörer in die Hand zu nehmen, als sie in Yakima gefangen war, um diesen dann ans Münztelefon in Oregon zu schrauben und es so aussehen zu lassen, als ob sie da gewesen wäre.«

»Das finde ich plausibel. Schließlich wurden Beths Fingerabdrücke nur am Hörer gefunden und nicht auf den Wähltasten, die für die Melodie von ›Mary Had a Little Lamb‹ gedrückt werden mussten. Auf diese Weise konnte Blechman mit dem eingeschmuggelten Beweismittel den Eindruck erwecken, sie hätte mit der Sekte zu tun und könnte unmöglich in ihr früheres Leben zurückkehren.«

»Sie sind also zufrieden?«

»Wenn Sie mich fragen, ob ich sie für unschuldig halte, lautet die Antwort ja.«

»Völlig unschuldig?«, setzte er nach. »Alles, was sie Ihnen gesagt hat, entspricht der Wahrheit?«

»Ich glaube nicht, dass ich sie gut genug kenne, um beurteilen zu können, ob alles der Wahrheit entspricht. Aber *er* kennt sie«, erwiderte sie mit einer Kopfbewegung in Gus' Richtung.

Sie sahen durch das Fenster zu, wie Gus und Beth einander umarmten. Es wirkte echt, kein bisschen gespielt. Sie waren allein in dem Raum und hatten keine Ahnung, dass Isaac und Andie sie von außen beobachteten.

»Also gut«, sagte Isaac. Das klang, als wäre er gerade in diesem Augenblick zu einem Entschluss gekommen. »Sagen Sie den Wheatleys, sie können nach Hause gehen.«

»Gute Instinkte, Boss.« Andie langte nach dem Türknauf.

»Hey«, sagte Isaac und hielt sie auf. Sie wandte sich zu ihm um. Er sah aus, als wollte er irgendetwas sagen, wüsste aber nicht, was.

»Nehmen Sie den Rest des Tages frei.«

»Danke.«

»Hey«, sagte er noch einmal.

Wieder hielt sie inne und sah ihm in die Augen.

Er blinzelte zweimal, dann fragte er: »Was halten Sie von einem gemeinsamen Abendessen?«

Sein Gesichtsausdruck verwirrte sie – es lag eine gewisse Nervosität darin, die den Eindruck vermittelte, dass er tatsächlich mit ihr ausgehen und nicht bloß mit der Kollegin ein Bier trinken wollte. »Heute Abend?«

»Ich dachte ... vielleicht Samstagabend.«

Sie lächelte ironisch. »Ich kenne einen wunderbaren Ort, wo es fantastische Camassia-Kuchen gibt.«

»Was für Kuchen?«

»Schon gut. Suchen Sie was aus. Aber sorgen Sie dafür, dass

nur für zwei Leute reserviert ist. Kira und Willow bleiben nämlich zu Hause.«

»Also für zwei«, erwiderte er lächelnd.

Sie zwinkerte ihm zu, drehte sich um und betrat den Besprechungsraum.

Herbst

»Wheatley und Partner«, sagte die Empfangsdame ins Telefon.

Gus ging beschwingt an ihrem Tresen vorbei in die Lobby. Während der vergangenen acht Monate hatte er wahrscheinlich tausend Mal gehört, dass sie sich am Telefon mit diesen Worten meldete, die ihm immer wieder ein prickelndes Gefühl vermittelten. Seine eigene Kanzlei.

Mit achtzehn Anwälten war sie nicht so groß wie Preston & Coolidge. Das war das Gute daran. Sie waren groß genug, um die gleiche Qualitätsarbeit zu leisten, und klein genug, um ihm sein Privatleben zu lassen. Die meisten Anwälte waren mit Gus zusammen von P & C gekommen. Einige waren alte Freunde von Gus, begabte Anwälte, die bei der alten Firma nie eine Anstellung gefunden hätten, wie zum Beispiel Jack Shode, ein Konkurs-Spezialist, der seine Wochenenden als Leadgitarrist einer der heißesten Bands in der Stadt verbrachte. Vielleicht passte er nicht in das Schema von P & C, aber wer verstand schon mehr von Schulden als ein Mann, der von verhinderten Rockstars umgeben war?

»Schöner Ohrring, Jack.«

»Schöne Budapester, Chef.«

In diesem schalkhaften Umgangston grüßten sie sich nachmittags im Flur auf dem Weg zur Kaffeemaschine. Für Gus war es ein Vergnügen, einfach im Laufe des Tages Zeit zu haben, mal nicht am Telefon zu sein und sich selbst eine Tasse Kaffee zu holen.

Natürlich war nicht alles nur eitel Sonnenschein gewesen. Das Ende der »Echo-Morde« hatte zu einem ausgiebigen Medienspektakel in Seattle geführt. Angefangen bei Isaac Underwood bis hin zum Grundschullehrer von Steve Blechman waren alle im Fernsehen erschienen. Als die Bilanz der Opfer bekannt wurde, war die Sauregurkenzeit vorbei. So viele unschuldige Menschen hatten Schaden genommen, nicht nur die eigentlichen Mordopfer, sondern auch die Familien der irregeführten Sektenmitglieder, die mit ihrer Scham zurechtkommen mussten. Der Ankläger war fest entschlossen, die Sekte für immer aus dem Verkehr zu ziehen, indem er Mordanklage gegen Carla erhob. Sie saß seit acht Monaten im Gefängnis und wartete auf ihren Prozess.

Weder Gus noch Beth hatten den Medien ausführliche Interviews gegeben. Gus gab lediglich eine kurze Stellungnahme ab, den Opfern gelte sein Mitgefühl und seine Familie sei dabei, sich von den Strapazen zu erholen. Es hatte Monate gedauert, bis sie von der Presse in Ruhe gelassen wurden, aber irgendwann konnten sie wieder ein halbwegs normales Leben führen.

Ihr Leben hatte sich grundlegend verändert, aber das war keineswegs schlecht. Sie verbrachten mehr Zeit miteinander, hatten wieder gemeinsame Abendessen und führten längere Gespräche, die über das simple »Und wie war dein Tag?« hinausgingen. Sie waren sogar in ein kleineres Haus gezogen – eins, in dem es keine Echos gab. Sie erholten sich schneller als erwartet. Und das nicht nur, weil Gus sowohl von Carla als auch von Blechman erfahren hatte, dass Beth sich nie wirklich der Sekte angeschlossen hatte. Sie begriffen, dass ihre Verliebtheit irgendwann vorbei gewesen war, dass sie aber nie aufgehört hatten, einander zu lieben. Das Kribbeln wieder zu spüren, konnte einige Zeit dauern, aber es konnte auch schon hinter der nächsten Ecke lauern. Gus fiel auf, dass Beth seit kurzem wieder öfter die kleinen mit Diamantsplittern besetzten Ohrringe trug, die er ihr zum einundzwanzigsten Geburtstag geschenkt hatte. Sie waren nicht besonders wertvoll, aber dadurch, dass Beth sie bei wichtigen Anlässen – an Geburts- und Jahrestagen – getragen hatte, war er immer wieder daran erinnert worden, was in ihrer Ehe wesentlich war.

Es war ein schönes Gefühl, dass sie ihm wieder öfter Anlass gab, sich zu erinnern.

»Entschuldigen Sie bitte, Gus.« Seine Sekretärin steckte ihren Kopf durch die Tür. Gus sah von seinem Schreibtisch auf.

»Ja?«

»Ihre Frau ist am Telefon. Sie ruft aus dem Geschäft an.«

Es war ein Geschäft für Tisch- und Bettwäsche am Bel Square, in dem Beth jahrelang eingekauft hatte. Sie war dort mittlerweile Geschäftsführerin und spielte mit dem Gedanken, der siebzigjährigen Eigentümerin, die sich aus dem Geschäft zurückziehen wollte, den Laden abzukaufen. Mit ihrer neuen Tätigkeit als Geschäftsfrau hatte sie die Möglichkeit, ihr Selbstbewusstsein wiederzufinden und sich auf die Zukunft zu konzentrieren. Gus unterstützte sie dabei voll und ganz.

Er nahm den Hörer. »Hallo. Was gibt's?«

»Es tut mir Leid, aber heute Nachmittag ist hier der Teufel los. Die Abrechnung hält mich noch mindestens eine Stunde lang auf. Ich weiß, ich bin heute damit dran, Morgan abzuholen, aber könntest du für mich einspringen?«

»Klar.«

»Sie hat bis halb drei Schule.«

»Nein, dienstags hat sie bis um drei Schule.«

Beth schwieg einen Augenblick, als sei sie einerseits erfreut darüber, dass er sich erinnerte, andererseits aber peinlich berührt, dass sie es nicht wusste. »Ich fürchte, das hatte ich vergessen.«

»Niemand ist vollkommen.«

»Glaubst du, dass du weg kannst?«

»Also, der Boss hier ist ein ziemlicher Tyrann, aber dieses eine Mal kann ich ja vielleicht beide Augen zudrücken, wenn ich mich hier hinausschleiche.«

Er spürte, dass sie lächelte. »Ich bin so gegen halb vier zu Hause«, sagte sie.

»Bis dann.«

Er legte auf und nahm seinen Mantel. Er hatte noch Zeit genug, Morgan abzuholen, aber das Beste war, möglichst schnell zu verschwinden. Wenn er zu spät käme, würde sie das Beth anlasten, und das wollte er nicht. Er packte gerade seine Aktentasche zusammen, als das Telefon klingelte. Er bedeutete seiner Sekretärin, er sei »schon weg«, aber sie hielt sich nicht daran.

»Ben Albergo ist am Apparat«, sagte sie in einem Tonfall, der für den Papst reserviert war. »Er ruft aus Washington an.«

Es kam nicht oft vor, dass Gus mit Ben sprach, einem seiner wenigen verbliebenen Freunde in den oberen Etagen. Ben war ein mächtiger Mann in der neuen Verwaltung, einer, der mit dem Stabschef des Präsidenten Golf spielte.

Er schloss die Bürotür und nahm den Hörer ab. »Hey, Ben. Was verschafft mir die Ehre?«

»Du wirst es nicht glauben, aber ich rufe wegen Martha Goldstein an.«

Gus' freudige Erregung legte sich auf der Stelle. »Ich glaube, du hast die falsche Nummer gewählt.«

»Nein, hör zu. Sie steht auf der Vorschlagsliste des Präsidenten für die Ernennung zum Unterstaatssekretär im Finanzministerium.«

»Martha? Das ist wohl doch ein bisschen über ihrem Limit, oder?«

»Deine alte Firma legt sich mächtig ins Zeug für sie.«

»Das überrascht mich. Ich habe gehört, sie können sie dort nicht ausstehen.«

»Das ist freundlich ausgedrückt. Sie geht allen nur noch auf die Nerven. Aber soweit ich weiß, haben ein paar Idioten im Aufsichtsrat einige unglaubliche E-Mails über sie ausgetauscht. Sexuelle Anspielungen auf der ganzen Linie. Letztendlich können sie sie aber nicht rausschmeißen, ohne wegen Diskriminierung verklagt zu werden.«

»Also gibt es nur eine Möglichkeit, sie loszuwerden«, bemerkte Gus.

»Genau. Sie lassen all ihre politischen Beziehungen spielen und loben sie auf einen Traumjob hier in Washington weg.«

»Und was hat das mit mir zu tun?«

»Dir ist sicherlich bekannt, dass der Präsident seinen Wahlkampf unter dem Motto moralische Integrität aufgebaut hatte.«

»Ja, der ›Ich schlafe nur mit meiner Frau‹-Präsident.«

»Es hat ihm jedenfalls genutzt. Aber leider gehen seine moralischen Werte für einige Kandidaten nach hinten los. Wir können uns einfach nicht die Peinlichkeit erlauben, schon wieder eine Nominierung in den Sand zu setzen mit einer Kandidatin, die nicht haargenau dem guten Beispiel des Präsidenten folgt.«

»Ich kann mir schon denken, auf was du hinauswillst.«

»Ich habe gerüchteweise gehört, dass Martha einer Überprüfung nicht standhalten würde.«

»Zielst du darauf ab, ob Martha und ich eine Affäre hatten?«

»Das ist hier völlig vertraulich, Gus. Nach meiner Ansicht ist sie überhaupt nicht für diese Berufung qualifiziert. Sie ist es nicht wert, sich ihretwegen zu streiten. Wenn es irgendeinen Fleck auf ihrer weißen Weste gibt, sag's mir ruhig. Dann kann ich dem Präsidenten einen Hinweis geben, wir streichen sie von der Vorschlagsliste und gehen zum nächsten Kandidaten über. Ich beabsichtige übrigens nicht, die Geschichte mit dir an die große Glocke zu hängen.«

»Du willst darauf hinaus, dass, wenn ich jetzt bestätige, dass Martha eine Leiche im Keller hat, sie nicht berufen wird.«

»Genau.«

»Was bedeutet, dass meine alten Freunde bei Preston und Coolidge sie noch schön lange als Geschäftsführerin behalten dürfen.«

»Darum geht's so ungefähr.«

»Das ist allerdings in der Tat verlockend.« Er begriff, dass sein alter Kumpel ihm einen prächtigen Ball zuspielte, eine Möglichkeit, in Verschwiegenheit zu beichten und eine alte Rechnung mit Martha und den anderen von P & C zu begleichen. Die Wahrheit war jedoch, dass er nie mit Martha geschlafen hatte. Aber er hatte noch etwas in der Hand.

»Das ist eine heikle Angelegenheit«, meinte Gus. »Ich kann nicht behaupten, dass Martha Goldstein jemals mit einem verheirateten Mann, das heißt mit mir, ins Bett gegangen ist.«

»Ich verstehe.«

»Aber ich kann dir verraten, dass sie einen von ihr selbst handgeschriebenen Brief an meine Frau geschickt hat, in dem sie behauptet, ein bestimmter verheirateter Mann hätte sich mit ihr eingelassen.«

»Im Ernst?«

»Ich schwöre es dir, ich habe ihn selbst vor ein paar Monaten gelesen.«

»Das wird dem Präsidenten aber überhaupt nicht schmecken.«

»Ich würde auch nichts anderes erwarten von jemandem, der Theologie studiert hat.«

»Danke für die Hilfe, Gus.«

»Nein, ich habe zu danken.«

»Und wie geht's dir mit deiner neuen Kanzlei?«

»Fantastisch.«

»Läuft das Geschäft gut?«

»Könnte nicht besser laufen.« Seine Sekretärin ließ eine Nachricht im Display seines Telefons aufleuchten. Morgan warte auf ihn. »Tut mir Leid, dass ich dich jetzt abhängen muss, Kumpel. Aber ich fürchte, ich muss mich auf der Stelle auf die Socken machen.«

»Immer auf Trab. Ganz der alte Gus, wie ich sehe.«

Gus ging zum Wandschrank, um das Geschenk zu holen, das er während der Mittagspause für Morgan gekauft hatte. »Jawohl«, sagte er mit einem dünnen Lächeln, »ganz der Alte.«

Danksagung

Mit jedem Buch wächst meine Dankesschuld. Auch diesmal gilt mein Dank Carolyn Marino, Robin Stamm und Joan Sanger für ihre Sachkenntnis als Lektoren und Artie und Richard Pine für ihre Sachkenntnis auf so ziemlich allen anderen Gebieten. Außerdem möchte ich mich bedanken bei all den Kritikern, die die ersten Fassungen dieses Buchs begutachtet haben: Carlos Sires, Eleanor Rayner, Nancy Lehner, Jennifer Stearns, Terri Gavulic und Roberta Hall.

Eine ganze Reihe von Handlungen hätte ich nicht korrekt beschreiben können ohne die Hilfe von James Hall vom Sheriff's Department von Yakima County, von Patricia Wachtel von Legal and Media Relations Liason und dem Washington Corrections Center for Women.

Und, wie immer, hätte ich überhaupt nichts verwirklichen können ohne Tiffany. Vielen Dank für die Unterstützung.